LAVYRLE SPENCER

NACH ALL DEN JAHREN

Roman

Deutsche Erstausgabe

WILHELM HEYNE VERLAG
MÜNCHEN

HEYNE ALLGEMEINE REIHE
Nr. 01/8232

Titel der Originalausgabe
BITTER SWEET
Aus dem Amerikanischen übersetzt
von Renate Zeschitz

Printed in Germany 1991
Umschlagillustration: Franco Accornero/Agentur Schlück
Umschlaggestaltung: Atelier Ingrid Schütz, München
Satz: Compusatz GmbH, München
Druck und Bindung: Elsnerdruck, Berlin

ISBN: 3-453-04843-1

Dieses Buch ist meinen Schulfreunden gewidmet, die mir Freunde fürs Leben geworden sind...

Dodie Fread Nelson
Carol Judd Cameron
Carol Robinson Shequin
Judean Peterson Longbella
Nancy Thorn Rebischke
Nancy Norgren

In Liebe
denke ich gerne an die guten, alten Zeiten zurück.

Berle

Während ich an diesem Buch schrieb, dachte ich oft an Schulfreunde, die ich aus den Augen verloren habe: Lona Hess... Timothy Bergein... Gaylord Olson... Sharon Naslund... Sue Staley... Ann Stangland... Janie Johnson... Keith Peters.

Wo seid ihr abgeblieben?

Für die Hilfe bei den Recherchen zu diesem Buch danke ich
Christine und Sverre Falck-Pedersen,
Thorp House Inn, Fish Creek, Wisconsin,
Captain Paul von der Captain Paul's Charter Fishing Fleet,
Gills Rock, Wisconsin,
und meiner Mitautorin Pamela Smith aus Seattle, Washington.

1. Kapitel

In dem Raum befanden sich ein kleiner Kühlschrank mit Apfelsaft und anderen alkoholfreien Getränken, ein Elektrokocher mit zwei Herdplatten, ein Plattenspieler, abgewetzte, bequeme, im Kreis aufgestellte Stühle und eine verschmierte, grüne Tafel, auf der stand: GRUPPENTHERAPIE 14–15 Uhr.

Maggie Stearn hatte noch fünf Minuten Zeit, als sie den Raum betrat. Sie hängte ihren Regenmantel an einen Haken und holte sich einen Teebeutel und heißes Wasser. Langsam ging sie in dem Zimmer auf und ab. Dabei schwenkte sie den Teebeutel in einem Styroporbecher hin und her.

Beim Fenster angelangt, warf sie einen Blick nach unten. Das Wasser des Schiffskanals war von den ersten kräftigen Augustregenschauern aufgewühlt und wälzte sich ölig und trübe dahin. Der Puget-Sund war hinter einem dichten, grauen Regenschleier verborgen, und die Gebäudesilhouette von Seattle konnte man nicht einmal erahnen. Ein rostiger Tanker tuckerte schwerfällig durch das dunkle Wasser in Richtung Ozean. Reling und Navigationsantennen waren durch die Regenwand nur undeutlich auszumachen. Auf dem verwitterten Deck standen wie verschwommene, gelbe Farbkleckse reglos Matrosen der Handelsmarine, vom Kopf bis zur Hüfte in Ölzeug gehüllt.

Regen. So viel Regen, und dabei stand der Winter erst bevor.

Sie seufzte, als ihr einfiel, daß sie ihn alleine würde überstehen müssen. In diesem Augenblick betraten zwei weitere Mitglieder der Gruppe den Raum.

»Hallo, Maggie«, sagten die beiden wie aus einem Munde. Diane war sechsunddreißig. Ihr Mann war an einem geplatzten Blutgefäß im Gehirn gestorben, als sie zusammen mit ihren drei Kindern auf Whidbey Island Muscheln suchten. Nelda war zweiundsechzig. Ihr Mann war beim Dachdecken tödlich verunglückt.

Maggie konnte sich nicht vorstellen, wie sie das vergangene Jahr ohne Diane und Nelda überstanden hätte.

»Hallo«, antwortete sie und lächelte. Diane durchquerte das Zimmer und fragte dabei: »Wie war deine Verabredung?«

Maggie verzog das Gesicht. »Frag lieber nicht.«

»So schlimm?«

»Na ja, man fühlt sich immer noch verheiratet und ist es nicht mehr.« Mit diesem Problem hatten sie alle zu kämpfen.

»Das kenne ich«, stimmte Nelda zu. »Ich habe mich schließlich doch breitschlagen lassen und bin mit George – ihr wißt schon, der Mann aus meiner Kirche – zum Bingo gegangen. Den ganzen Abend hatte ich das Gefühl, Lou zu betrügen. Beim Bingo, das müßt ihr euch mal vorstellen!«

Während die beiden anderen zustimmend nickten, gesellte sich ein dünner, fast kahlköpfiger Mann Ende Fünfzig zu ihnen. Er trug eine altmodische Hose mit Bügelfalten und einen abgetragenen Pullover, der an seinem mageren Körper schlaff herunterhing.

»Hallo, Cliff.« Sie nahmen ihn in ihren Kreis auf.

Cliff grüßte mit einem Kopfnicken. Er war als letzter zu der Gruppe gekommen. Seine Frau war bei ihrer ersten Autofahrt nach einem chirurgischen Eingriff an der Schlagader, durch den sie das peripherische Sehvermögen eingebüßt hatte, bei Rot über die Ampel gefahren und tödlich verunglückt.

»Wie war die letzte Woche bei dir?« fragte Maggie ihn.

»Ach...« Das Wort kam von einem Seufzer und einem Achselzucken begleitet heraus.

Maggie streichelte ihm über den Rücken. »Manche Wochen sind besser, andere wieder schlechter. Es braucht eben seine Zeit.« Wie oft hatte ihr schon jemand in diesem Raum über den Rücken gestreichelt! Sie wußte, wie gut so eine Berührung tat.

»Und bei dir?« Nelda wandte sich an Maggie. »Fängt diese Woche nicht für deine Tochter der Unterricht am College an?«

»Ganz recht«, erwiderte Maggie mit gespielter Leichtigkeit. »Noch zwei Tage.«

»Das habe ich auch schon bei drei von meinen durchgemacht. Versprich mir, daß du mich anrufst, wenn es dir zuviel wird. Dann gehen wir aus und sehen uns einen Männerstriptease oder etwas ähnliches an.«

Maggie lachte. Nelda würde genausowenig zu einem Striptease gehen wie selbst einen aufs Parkett legen. »Ich wüßte schon gar nicht mehr, was ich mit einem Mann anfangen sollte.« Sie lachten alle. Es war leichter, über den Mangel an Sex in ihrem Leben zu lachen, als etwas dagegen zu tun.

Dr. Feldstein kam herein. In einer Hand trug er ein Klemmbrett, in der anderen einen Becher mit dampfend heißem Kaffee. Er sprach mit Claire, die ihre sechzehnjährige Tochter durch einen Motorradunfall verloren hatte. Dr. Feldstein grüßte nach allen Seiten, zog die Tür hinter sich zu, strebte seinem Lieblingsplatz zu und stellte seinen Kaffeebecher auf einem Tisch in der Nähe ab. »Sieht aus, als wären wir vollzählig. Dann wollen wir gleich anfangen.«

Sie nahmen ihre Plätze ein. Die Gespräche verstummten. Sie waren eine Gruppe von mitfühlenden Menschen, die sich um ihre Leidensgenossen kümmern wollten. Maggie saß auf dem braunen Sofa zwischen Cliff und Nelda, Diane auf dem Boden auf einem dicken blauen Kissen und Clair auf einem Stuhl rechts von Dr. Feldstein.

Maggie fiel plötzlich auf, daß jemand fehlte. Sie sah sich um und fragte in die Runde: »Sollten wir nicht auf Tammi warten?« Tammi war die Jüngste der Gruppe, gerade erst zwanzig, unverheiratet, schwanger, vom Vater des Kindes im Stich gelassen. Außerdem hatte sie erst kürzlich beide Eltern verloren. Alle mochten sie besonders gern. Sie war für alle so etwas wie eine Ersatztochter.

Dr. Feldstein legte sein Klemmbrett auf den Boden und antwortete: »Tammi kommt heute nicht.«

Sie sahen ihn an, keiner wagte zu fragen.

Dr. Feldstein legte die Ellenbogen auf die hölzernen Stuhllehnen und verschränkte die Hände vor seinem Bauch.

»Tammi hat vor zwei Tagen eine Überdosis Schlaftabletten genommen und liegt immer noch auf der Intensivstation. Darüber wollen wir heute reden.«

Die Nachricht schlug wie ein Blitz ein. Es war mucksmäuschenstill im Raum. Maggie spürte, daß der Schock der Nachricht wie eine kleine Bombe in ihrem Magen explodierte und sich die Druckwelle bis in ihre Haarspitzen fortsetzte. Sie starrte den Arzt an, sah sein langes, intelligentes Gesicht, die leicht gebogene Nase, die vollen, kräftig roten Lippen, die von einem dichten, schwarzen Bart umgeben waren. Seine Augen wanderten langsam von einem zum anderen – es waren kluge, dunkle Augen, unter denen sich blau-violette Ringe abzeichneten. Er wartete auf die Reaktion der Gruppe.

Maggie durchbrach schließlich die unheimliche Stille und stellte die Frage, die sie alle bewegte.

»Wird sie überleben?«

»Kann man noch nicht sagen. Sie hat eine Tylenol-Vergiftung. Es steht auf des Messers Schneide.«

Vom Kanal drang das dumpfe Tuten eines Nebelhorns herauf. Regungslos saß die Gruppe da. Brennend stiegen Tränen in ihren Augen auf.

Claire sprang auf, stürmte zum Fenster und trommelte mit den Fäusten auf die Fensterbank. »Verdammt nochmal! Warum hat sie das getan?«

»Warum hat sie nicht einen von uns angerufen?« fragte Maggie. »Wir hätten ihr doch gerne geholfen.«

Damit hatten sie sich schon öfter auseinandergesetzt – mit der Hilflosigkeit, mit der Wut angesichts dieser Hilflosigkeit. Alle kannten dieses Gefühl, und der Rückschlag eines einzelnen war ein Rückschlag für die ganze Gruppe. Sie alle hatten Zeit und Tränen investiert, hatten sich ihre innersten Ängste und Schmerzen anvertraut. Nach so viel harter Arbeit eine solche Niederlage zu erleiden, kam einer Katastrophe gleich.

Cliff saß reglos da und kämpfte gegen die Tränen an.

Diane schniefte und senkte den Kopf auf ihre hochgezogenen Knie herab.

Dr. Feldstein langte hinter sich, holte eine Schachtel Kleenex-Tücher hervor, die auf dem Plattenspieler gelegen hatte, und stellte sie in die Mitte des Tisches in jedermanns Reichweite.

»Also gut, fangen wir ganz unten an«, sagte er sachlich. »Wenn sie beschlossen hatte, sich an keinen von uns zu wenden, dann hatten wir auch keine Möglichkeit, ihr zu helfen.«

»Aber sie gehört doch zu uns«, entgegnete Margaret und breitete mit einer hilflosen Geste die Hände aus. »Schließlich sitzen wir doch alle hier in einem Boot. Und wir dachten, wir hätten Fortschritte gemacht.«

»Und wenn sie es tun konnte, dann kann es jedem von euch genauso ergehen. Nicht wahr, das wollten Sie doch sagen?« fragte Dr. Feldstein und beantwortete auch gleich seine Frage. »Falsch! Damit wären wir auch gleich bei einer ganz wichtigen Sache, die Sie sich gut merken sollten. Tammi hat eine Entscheidung getroffen. Jeder von uns trifft jeden Tag Entscheidungen. Es ist ganz in Ordnung, wenn Sie wütend auf Tammi sind, weil sie das getan hat, aber es ist nicht in Ordnung, wenn Sie sich mit ihr identifizieren.«

Sie führten eine lange, leidenschaftliche Diskussion, die immer lebhafter wurde. Aus Zorn wurde allmählich Mitleid, aus dem Mitleid entstand der feste Entschluß, es im eigenen Leben besser zu machen. Nachdem sie alle ihre Gefühle geordnet und wieder unter Kontrolle hatten, verkündete Dr. Feldstein: »Wir wollen heute eine Übung machen, für die Sie alle, glaube ich, jetzt bereit sind. Wenn nicht, passen Sie einfach – niemand wird nach den Gründen fragen. Aber denjenigen, die aus dem Tal der Hoffnungslosigkeit, in das wir nach Tammis Selbstmordversuch gefallen sind, herauswollen, wird unser Experiment helfen.«

Er stand auf und stellte einen Holzstuhl in die Mitte des Raumes. »Wir werden uns heute von einem Menschen oder einem Gegenstand verabschieden, der uns daran hindert, daß es uns besser geht. Von jemandem, den uns der Tod entrissen oder der uns freiwillig verlassen hat, von etwas, mit dem wir nicht zurechtkommen. Es kann irgendein Ort sein, der uns Unbehagen bereitet, oder ein alter Groll, den wir schon ewig mit uns herumschleppen. Was immer es ist, wir werden es uns auf diesem Stuhl vorstellen und uns dann ganz laut davon verabschieden. Wenn wir das getan haben, dann werden wir diesem Ding oder dieser Person mitteilen, was wir in Zukunft tun werden, um unser Leben glücklicher zu gestalten. Haben Sie alles verstanden?« Als niemand antwortete, fuhr Dr. Feldstein fort: »Ich mache den Anfang.«

Er stand vor dem leeren Stuhl und fuhr sich mit den Händen nachdenklich durch den Bart. Dann atmete er tief durch, starrte erst auf den Boden und schließlich auf den Stuhl.

»Ich werde mich nun ein für allemal von meinen Zigaretten verabschieden. Ich habe das Rauchen vor über zwei Jahren aufgegeben, aber ich greife immer noch instinktiv an meine Brusttasche. Also nun, liebe Sargnägel, die Zeit ist reif für einen endgültigen Abschied. In Zukunft werde ich glücklicher sein, weil ich meinen Groll darüber, daß ich das Rauchen aufgegeben habe, nicht mehr zulassen werde. Anstatt leise vor mich hinzufluchen, wenn ich wieder mal an meine leere Brusttasche lange, werde ich mir selbst für das Geschenk danken, das ich mir gemacht habe.« Er winkte in Richtung Stuhl. »Auf Nimmerwiedersehen, ihr Glimmstengel.«

Er ging zu seinem Platz zurück und setzte sich.

Die Tränen der Gruppenmitglieder waren versiegt. Statt dessen versuchten alle, offen und ehrlich in sich hineinzuhorchen.

»Claire?« munterte Dr. Feldstein sanft auf. Claire saß eine ganze lange Minute regungslos da. Keiner sprach ein Wort. Schließlich stand sie auf und stellte sich vor den Stuhl.

Als sie immer noch nichts sagte, half Dr. Feldstein: »Wer sitzt auf dem Stuhl, Claire?«

»Meine Tochter Jessica«, kam es schließlich heraus.

»Und was möchten Sie Jessica sagen?«

Claire strich sich mit den Händen über die Oberschenkel und schluckte. Alle warteten. Endlich raffte sich Claire auf. »Ich vermisse dich sehr, Jess, aber ab jetzt soll das nicht mehr mein ganzes Leben beherrschen. Ich habe noch viele Jahre meines Lebens vor mir, und dein Dad und deine Schwester können nicht glücklich sein, ehe ich es nicht bin. Deshalb werde ich nach Hause gehen und als erstes einmal deine Sachen aus dem Schrank holen und sie zur Kleidersammlung bringen. Also, leb wohl, Jess.« Sie ging zu ihrem Stuhl zurück und machte auf halbem Weg kehrt. »Oh, und ich verzeihe dir auch, daß du an jenem Tag deinen Helm nicht getragen hast; denn nur nachdem ich dir das verziehen habe, kann es mir wieder besser gehen.« Sie hob die Hand. »Leb wohl, Jess.«

Maggie spürte Tränen in ihren Augen aufsteigen und sah nur verschwommen, daß Claire sich setzte und Diane aufstand.

»Die Person auf dem Stuhl ist mein Mann Tim.« Diane trocknete sich die Augen. Sie öffnete den Mund, um weiterzureden, und ließ dann entmutigt den Kopf sinken. »Es ist so schwer«, flüsterte sie.

»Wollen Sie lieber warten?« fragte Dr. Feldstein.

Wieder wischte sie sich wild entschlossen über die Augen. »Nein. Ich will da jetzt durch.« Unverwandt schaute sie den Stuhl an, schob ihr Kinn vor und begann. »Ich war wirklich stocksauer auf dich, Tim, als du gestorben bist. Schließlich waren wir seit unserer High-School-Zeit zusammen, und ich habe noch einmal mit fünfzig Jahren gerechnet.« Wieder fuhr sie sich mit dem Papiertaschentuch über die Augen. »Nun, ich möchte dir jetzt eigentlich nur sagen, daß ich nicht mehr stocksauer bin, denn wahrscheinlich hast auch du noch mit weiteren fünfzig Jahren gerechnet; also was will ich eigentlich? Und ich habe vor...« Sie öffnete eine Hand, kratzte mit dem Daumennagel der anderen die Handfläche entlang und sah dann auf. »...ich habe vor, mit den Kindern an diesem Wochenende in unsere Hütte zu fahren. Sie betteln schon so lange darum, und ich habe immer irgendeine Ausrede erfunden. Aber jetzt werden wir das tun. Ich werde mich besser fühlen, und dann können endlich auch die Kinder wieder glücklich sein. Also leb' wohl, Tim. Mach's gut, alter Junge.«

Rasch ging sie zu ihrem Platz zurück und setzte sich.

Alle Gruppenmitglieder wischten sich die Augen.

»Cliff?« forderte Dr. Feldstein auf.

»Ich möchte weitergeben«, flüsterte Cliff und starrte auf seinen Schoß.

»Gut. Nelda?«

Nelda sagte: »Ich habe mich schon lange von Carl verabschiedet. Ich gebe weiter.«

»Maggie?«

Langsam stand Maggie auf und ging zu dem Stuhl. Dort saß Phillip mit den zehn zusätzlichen Pfunden, die er seit seinem dreißigsten Lebensjahr nicht mehr losbrachte, mit seinen grünbraunen Augen und dem senffarbenen Haar, das dringend geschnitten werden mußte – wie damals, als er jenes Flugzeug bestieg – und seinem Lieblings-Sweatshirt, das sie bis jetzt noch nicht gewaschen hatte. Gelegentlich nahm sie es aus dem Schrank und roch daran. Sie hatte panische Angst davor, ihren Kummer loszulassen, sie hatte panische Angst, überhaupt keines anderen Gefühls mehr fähig sein zu können. Sie legte eine Hand flach auf die Stuhllehne und atmete stockend durch. »Nun, Phillip«, begann sie, »es ist jetzt ein Jahr her, also ist es wohl an der Zeit. Ich bin, wie Diane es eben geschildert hat, auch ziemlich sauer auf dich, weil du wegen dieses blöden Glücksspiels in dieses Flugzeug gestiegen bist; gegen deine Spielerei hatte ich doch schon immer was. Und außerdem fand ich es furchtbar, daß du gerade dann sterben mußtest, als Katy die High School beendet hatte und wir jetzt so viel mehr Zeit gehabt hätten, zu reisen und unsere Freiheit zu genießen. Aber ich werde versuchen, darüber hinwegzukommen und alleine zu verreisen. Schon bald. Und dann hoffe ich auch, daß ich das Geld von der Versicherung nicht mehr als schmutziges Geld betrachte und es ein wenig genießen kann. Mit Mutter werde ich es auch noch einmal versuchen, weil ich sie jetzt, da Katy nicht mehr da ist, vielleicht brauchen werde.« Maggie trat zurück und deutete mit der Hand einen letzten Abschiedsgruß an. »Also leb' wohl, Phillip, ich habe dich geliebt.«

Es entstand ein langes Schweigen. Schließlich fragte Dr.

Feldstein: »Wie fühlen Sie sich?« Die Antworten kamen nur zögernd.

»Müde«, sagte Diane.

»Besser«, gab Claire zu.

»Erleichtert«, schloß sich Maggie an.

Dr. Feldstein ließ ihnen etwas Zeit, mit diesen neuen Gefühlen zurechtzukommen. Dann beugte er sich nach vorne und sagte mit seiner vollen, wohlklingenden Stimme: »All diese alten Gefühle, die Sie lange genug mit sich herumgeschleppt haben, sollen jetzt vergangen und vergessen sein. Sie haben verhindert, daß es Ihnen besser geht. Denken Sie immer daran. Ab jetzt werden Sie, denke ich, glücklicher sein und offener für positive Gedanken.«

Er lehnte sich zurück.

»Trotzdem – es wird sicher keine ganz leichte Woche. Sie werden sich wegen Tammi Sorgen machen, und diese Sorgen werden sich in Depressionen äußern. Um dem vorzubeugen, möchte ich, daß Sie mit alten Freunden Kontakt aufnehmen. Je älter die Freunde, desto besser, Freunde, die Sie aus den Augen verloren haben; rufen Sie sie an, schreiben Sie ihnen, versuchen Sie, sich mit ihnen zu treffen.«

»Meinen Sie Freunde aus der Schulzeit?« wollte Maggie wissen.

»Zum Beispiel. Plaudern Sie gemeinsam über alte Zeiten, lachen Sie miteinander über die lächerlichen Dinge, die Sie taten, als Sie noch jung und dumm waren. In dieser Zeit hatten die meisten von uns ein sehr sorgloses Leben. Wir mußten eigentlich nur in die Schule gehen, einigermaßen gute Noten nach Hause bringen, vielleicht nebenher ein bißchen arbeiten und uns ansonsten soviel wie möglich amüsieren. Durch die Rückbesinnung auf unsere Vergangenheit können wir sehr oft unsere Gegenwart in eine andere Perspektive rücken. Versuchen Sie es und achten Sie darauf, wie Sie sich fühlen.« Er sah auf seine Uhr. »In unserer nächsten Sitzung werden wir uns dann darüber unterhalten. In Ordnung?«

Es kam Bewegung in den Raum. Die Therapiestunde war

zu Ende. Die Teilnehmer streckten sich, rutschten auf die Stuhlkanten und stopften ihre durchweichten Taschentücher in die Tasche. »Heute haben wir viel geschafft«, sagte Dr. Feldstein und stand auf. »Ich finde, wir sind ein gutes Stück weitergekommen.«

Maggie ging mit Nelda zum Lift. Die beiden hatten zueinander eine engere Beziehung als zu den anderen, weil sie ein sehr ähnliches Schicksal verband. Nelda war manchmal ein wenig zittrig und geistesabwesend, aber sie hatte ein Herz aus Gold und einen nicht unterzukriegenden Humor.

»Hast du noch Kontakt zu Freunden aus früherer Zeit?« fragte Nelda.

»Nein, ist doch viel zu lange her. Du etwa?«

»Mein liebes Kind, ich bin zweiundsechzig Jahre alt. Ich bin nicht einmal sicher, daß ich von damals noch jemanden ausfindig machen kann.«

»Wirst du es versuchen?«

»Vielleicht. Mal sehen.« In der Halle blieben sie stehen, um ihre Regenkleidung anzuziehen. Nelda umarmte Maggie. »Vergiß nicht, was ich gesagt habe. Ruf mich an, wenn deine Tochter wegfährt.«

»Mach' ich. Versprochen.«

Draußen prasselte der Regen vom Himmel und verursachte lauter kleine Explosionen in den Pfützen. Maggie öffnete ihren Schirm und eilte zu ihrem Wagen. Als sie dort ankam, waren ihre Füße naß, von ihrem Regenmantel lief das Wasser in kleinen Bächlein ab und sie war auf den wenigen Metern schon ziemlich durchgefroren. Sie ließ den Motor an und blieb eine Minute ruhig sitzen. Die Hände zwischen den Knien gefaltet, beobachtete sie, wie ihr Atem die Scheiben beschlug, ehe das Gebläse klare Sicht schaffen konnte.

Es war eine besonders anstrengende Sitzung gewesen. Gedanken schwirrten ihr durch den Kopf: Tammi, ihr Abschied von Phillip, die Versprechen, die es zu halten galt, Katys Abreise. Sie hatte eigentlich keine Gelegenheit gehabt, davon zu sprechen, aber dieser Abschied bestimmte all ihr Denken, drohte jedes kleine bißchen Fortschritt, den sie sich im vergangenen Jahr erkämpft hatte, mit einem Schlag wieder zunichte zu machen.

Das Wetter tat ein übriges. Mein Gott, wie sehr sie den Regen doch leid war!

Aber Katy war ja schließlich noch da, und sie hatten immerhin noch zwei Abende miteinander. Vielleicht würde sie heute abend Katys Lieblingsessen, Spaghetti und Fleischklößchen, machen. Danach könnten sie ein Feuer im Kamin anzünden und Pläne für Thanksgiving machen, wenn Katy keine Vorlesungen haben und nach Hause kommen würde.

Maggie schaltete die Scheibenwischer an und machte sich auf den Nachhauseweg, über die Montlake Bridge, die unter den Reifen dröhnte, dann weiter nach Norden in Richtung Redmond. Als die Straße langsam bergauf ging, drang der scharfe, harzige Geruch von Kiefern in den Wagen. Sie fuhr am Eingang des Bear Creek Country Club vorbei, wo sie und Phillip jahrelang Mitglied gewesen waren. Seit seinem Tod hatte mehr als nur einer ihrer verheirateten, männlichen Freunde versucht, sich an sie ranzumachen. Der Country Club hatte für sie seit Phillips Tod in mehrfacher Weise an Anziehungskraft verloren.

In der Lucken Lane fuhr sie in eine Auffahrt vor einem im ländlichen Stil gebauten Haus. Es war aus verwittertem Zedernholz und dunkel gebrannten Ziegelsteinen gebaut und lag an einem bewaldeten Hügel, ein typisches Mittelklassehaus mit ordentlich gepflegten Ringelblumenrabatten, die den Weg zum Haus säumten. Geranientöpfe standen auf beiden Seiten der Eingangsstufen. Ein Druck auf die Fernbedienung öffnete das Garagentor, und Maggie sah enttäuscht, daß Katys Wagen nicht da war.

In der Küche war es ganz still. Nur den Regen hörte man durch das Fallrohr rauschen. Draußen fiel das Garagentor rumpelnd ins Schloß. Auf dem Tisch lag neben einem angebissenen Muffin und einer knallrosa Haarklammer eine rasch hingekritzelte Notiz.

Bin mit Smitty beim Einkaufen. Bringe auch gleich noch ein paar leere Kartons mit. Kein Abendessen für mich, bitte. In Liebe, K.

Maggie versuchte ihre Enttäuschung hinunterzuschlukken, zog ihren Mantel aus und hängte ihn in die Garderobe. Langsam ging sie den Flur hinunter und blieb vor Katys Zimmer stehen. Überall lagen Kleider herum, in Stapeln, in Schachteln, achtlos auf halbleere Koffer geworfen. Zwei riesige, schwarze Plastiksäcke, vollgestopft mit abgelegten Sachen, standen zwischen den Schranktüren. Ein Stapel Jeans und ein weiterer mit bunten Sweatshirts warteten am Fuß des Bettes darauf, gewaschen zu werden. Vom Spiegel der Frisierkommode war nur die obere Hälfte zu sehen; die untere war von einem Stoß *Seventeen*-Hefte und einem Wäschekorb mit ordentlich gefalteten Handtüchern und neuen Bettüchern, die noch in der Plastikhülle steckten, verdeckt. Der Korb stand bereit zum Abtransport nach Chicago. Am Boden verstreut lagen, mit schmalen Pfaden dazwischen, siebzehn Jahre Erinnerungen: ein Stapel Schulhefte und dicke Ordner, deren Vorderseiten mit Kritzeleien verziert waren; eine Softball-Mütze und ein Handschuh für eine Zwölfjährige; zwei Korsagen, eine brüchig und vergilbt, auf der anderen waren die Teerosen immer noch rosa; ein verstaubtes Poster von Bruce Springsteen; eine Schuhschachtel voll mit Gratulationskarten zum Schulabschluß und nicht verwendeten Danksagungskarten; eine weitere mit Parfumflaschen, eine Dose mit einem unentwirrbaren Durcheinander aus Ohrringen und billigen Plastikketten; abgegriffene Stofftiere; ein Kasten für ein Waldhorn; ein mauvefarbenes Körbchen mit der Korrespondenz zwischen Katy und der Northwestern University.

Northwestern University – da hatten auch Maggie und Phillip studiert – war einen halben Kontinent weit entfernt.

Warum hatte sich Katy nicht hier bei der Universität am Ort beworben? Um von einer Mutter wegzukommen, die im letzten Jahr nicht gerade die Fröhlichste war?

Maggie fühlte, wie sich ihr Hals zusammenschnürte, und wandte sich ab. Sie wollte den Rest des Tages hinter sich bringen, ohne zusammenzubrechen. In ihrem Schlafzimmer vermied sie den Blick auf das breite Bett und die Erinnerungen, die es hervorrief. Entschlossen ging sie zu dem Spiegelschrank, nahm Phillips Seahawk-Sweatshirt heraus und trug es in Katys Zimmer, wo sie es in einem der großen Plastiksäkke vergrub.

In ihrem Zimmer zog sie sich eines der großen rotweißen Pepsi-Sweatshirts an, ging in das angrenzende Badezimmer und begann ihre dunklen Augenringe mit Make-up abzudekken. Plötzlich schossen ihr Tränen in die Augen, und sie ließ die Hände sinken. Wem wollte sie eigentlich etwas vormachen? Sie sah aus wie eine vierzigjährige Vogelscheuche. Seit Phillips Tod war sie um zwei Kleidergrößen und eine ganze BH-Größe abgemagert. Ihr kastanienbraunes Haar hatte all seinen Glanz verloren, weil sie sich nicht mehr richtig ernährte. Sie hatte weder Lust am Kochen noch an ihrem Beruf, sie drückte sich davor, das Haus in Ordnung zu halten und sich ordentlich anzuziehen. Sie tat es nur, weil es sein mußte und weil sie nicht wie Tammi enden wollte.

Sie starrte in den Spiegel. Ich vermisse ihn und möchte am liebsten auf der Stelle losheulen.

Nach fünfzehn Sekunden des Selbstmitleids stellte sie das Make-up hastig in die Schublade zurück, löschte das Licht und ging aus dem Zimmer.

In der Küche machte sie das Spültuch naß und wischte Katys Muffinkrümel auf. Aber auf dem Weg zum Mülleimer machte sie den Fehler, von dem kalten Muffin abzubeißen. Der Geschmack nach Zimt, Rosinen und Erdnußbutter – eine Lieblingsmischung sowohl von Katy als auch von ihrem Vater – löste eine Reaktion in ihr aus, gegen die sie machtlos war. Wieder stiegen Tränen in ihren Augen auf – heiß und brennend.

Sie schleuderte das Muffin mit solch einer Wucht in das Spülbecken, daß es abprallte, hochsprang und neben dem Mehlbehälter landete. Sie umklammerte die Kante der Arbeitsfläche und lehnte sich mit der Hüfte dagegen.

Verdammt noch mal, Phillip, warum mußtest du dieses Flugzeug nehmen? Du solltest jetzt hier sein. Wir sollten das gemeinsam durchstehen.

Zwei Tage später stand Maggie in der Auffahrt neben Katys Wagen und sah ihrer Tochter zu, die die letzte Reisetasche hinter dem Sitz verstaute. Die Luft des frühen Morgens war kühl. Der Nebel zeichnete einen Strahlenkranz um die Garagenbeleuchtung. Katy hatte einen teuren, neuen Wagen, ein Kabriolett mit allen Schikanen. Ein winziger Teil des Versicherungsgeldes war nach Phillips Tod dafür verwendet worden – ein Trostpreis der Luftfahrtgesellschaft für Katy, die nun keinen Vater mehr hatte.

»So, das wärs.« Katy richtete sich auf und klappte die Sitzlehne zurück. Sie wandte sich zu Maggie – ein hübsches, junges Mädchen mit den braunen Augen ihres Vaters, Maggies Grübchen im Kinn und einer außerirdischen Frisur, die vom Titelblatt eines Science-Fiction-Romans zu stammen schien. Nie hatte sich ihre Mutter damit anfreunden können. Jetzt, da die Stunde des Abschieds gekommen war, dachte Maggie wehmütig daran, wie sie versucht hatte, Katys feines Babyhaar oben auf dem Kopf zu einer kessen Locke hochzuzwirbeln.

Katy brach das traurige Schweigen. »Danke für die Muffins mit Erdnußbutter, Mom. Die werden uns gerade recht kommen, so etwa in Spokane.«

»Ich habe dir auch ein paar Äpfel eingepackt und eine Dose Cherry Coke für jeden von euch. Bist du sicher, daß du genug Geld hast?«

»Ich habe alles, Mom.«

»Denk daran, was ich dir über zu schnelles Fahren auf den Autobahnen gesagt habe.«

»Ich fahre mit dem Tempomat, also mach' dir keine Sorgen.«

»Und wenn du müde wirst –«

»– laß' ich Smitty fahren. Ich weiß, Mom.«

»Ich bin so froh, daß sie mit dir kommt. Daß ihr zusammenseid.«

»Ich auch.«

»Also...«

Der Augenblick des Abschieds war gekommen. Sie waren

sich in dem vergangenen Jahr seit Phillips Tod sehr nahegekommen.

»Ich muß los«, sagte Katy ruhig. »Ich habe Smitty versprochen, pünktlich um halb sechs bei ihr zu sein.«

»Ja, du mußt los.«

Ihre Augen trafen sich, feucht vom Abschiedsschmerz.

»O Mom...« Katy umarmte ihre Mutter und drückte sie fest an sich. Ihre Bluejeans verschwanden in der üppigen Weite von Maggies gestepptem Morgenmantel. »Ich werde dich jeden Tag vermissen.«

»Ich dich auch, Liebes.« Eng umschlungen standen sie da und hielten sich fest. Der Geruch der Ringelblumen hing streng in der Luft. Tautropfen fielen vom Dach auf die darunterliegenden Blumenbeete.

»Vielen Dank, daß du mich gehen läßt, und für alles, was du mir gekauft hast.«

Maggie antwortete nur mit einer Kopfbewegung. Ihre Kehle war wie zugeschnürt. Sie brachte keinen Ton heraus.

»Ich lasse dich so ungern allein zurück.«

»Ich weiß.« Maggie hielt ihre Tochter und spürte, wie ihr warme Tränen – waren es ihre eigenen oder die Katys? – den Hals hinunterliefen. Katy wiegte ihre Mutter hin und her und klammerte sich an ihr fest.

»Ich liebe dich, Mom.«

»Ich liebe dich auch.«

»Und ich komme zu Thanksgiving nach Hause.«

»Damit rechne ich ganz fest. Paß auf dich auf und ruf' recht oft an.«

»Mach' ich. Versprochen.«

Sie gingen dicht nebeneinander mit gesenkten Köpfen zum Wagen. »Weißt du, ich kann es kaum glauben, daß du einmal ein kleines Mädchen warst, das sich so wild aufführte, als ich es zum ersten Mal in den Kindergarten brachte.« Maggie streichelte Katys Arm.

Katy lachte verlegen, während sie sich hinter das Steuer setzte. »Dafür werde ich auch eine tolle Kinderpsychologin, weil ich solche Tage wie damals erlebt habe und verstehe.«

Sie sah zu ihrer Mutter auf. »Und solche Augenblicke wie diesen.«

Ihre Augen sagten sich ein letztes Mal Lebewohl.

Katy ließ den Motor an, Maggie schlug die Tür zu und lehnte sich mit beiden Händen darauf. Die Scheinwerfer leuchteten auf und schnitten mit einem goldenen Lichtkegel in den dichten Nebel. Maggie beugte sich durch das offene Wagenfenster und küßte ihre Tochter.

»Halt dich tapfer«, sagte Katy.

Maggie nickte zustimmend.

»Leb wohl«, formte Katy mit den Lippen.

»Leb wohl«, versuchte Maggie zu sagen, aber ihre Lippen bewegten sich tonlos.

Der Motor heulte schmerzlich auf, als Katy in der Einfahrt zurückstieß, den Wagen in die Fahrtrichtung lenkte, stehenblieb und den ersten Gang einlegte. Dann verschwand das Auto im Morgennebel – ein leises Zischen der Reifen auf dem nassen Pflaster und die Hand eines jungen Mädchens, die aus dem offenen Wagenfenster noch einmal zum Abschied winkte.

Maggie blieb in der Stille zurück. Sie faßte sich an die Arme, legte den Kopf in den Nacken und suchte den Himmel nach Zeichen eines heraufdämmernden Morgens ab. Der Himmel war noch schwarz, die Spitzen der Kiefern nicht zu erkennen. Immer noch fielen Tautropfen auf die Ringelblumenbeete. Eine leichte Benommenheit erfaßte sie, ein Gefühl, als stünde sie neben sich selbst und beobachtete, wie sich Maggie Stearn nun verhalten würde. Jetzt nur nicht zusammenbrechen! Sie ging um das Haus herum, wobei ihre Hausschuhe patschnaß wurden. Im Saum ihres Morgenmantels verfingen sich pieksende Kiefernnadeln. Sie kümmerte sich nicht darum und ging an den trapezförmigen Lichtflächen vorbei, die die Badezimmerlampen nach draußen auf das Gras warfen. Dort im Bad hatte Katy noch ein letztes Mal zu Hause geduscht, und daneben in der Küche ein letztes Mal zu Hause gefrühstückt.

Ich werde diesen Tag irgendwie hinter mich bringen. Nur diesen einen. Der nächste wird schon viel leichter sein. Und dann wird's wieder gehen und mit jedem Tag ein bißchen leichter werden.

Hinter dem Haus bückte sie sich zu ein paar Petunien hinunter, die vom Regen arg mitgenommen waren, und richtete sie auf, kehrte zwei Kiefernzapfen von der Holzterrasse und legte drei Scheite Brennholz, die von dem Stapel an der hinteren Garagenwand heruntergefallen waren, wieder an ihren Platz.

Die Aluminiumleiter lag an der Nordseite der Garage. *Du mußt sie wegräumen. Sie liegt seit letzten Frühling da, als du die Kiefernnadeln aus der Dachrinne entfernt hast. Was würde Phillip dazu sagen?* Aber sie ging weiter und ließ die Leiter wieder liegen.

In der Garage stand ihr Wagen, ein neuer, luxuriöser Lincoln Town Car, gekauft von dem Geld, das sie nach Phillips Tod bekommen hatte. Sie ging vorbei und den Weg zwischen den Ringelblumenrabatten auf das Haus zu und hockte sich zusammengekauert auf die Eingangsstufe. Langsam kroch die Feuchtigkeit, die von der Betonstufe aufstieg, durch ihren Morgenmantel.

Verängstigt. Einsam. Verzweifelt. Sie dachte an Tammi und daran, daß eben diese Art von Einsamkeit sie zum Letzten getrieben hatte. Ob sie es bemerken würde, wenn es mit ihr so schlecht stünde?

Sie verbrachte den Tag damit, in die Woodinville High School zu fahren und in den Hauswirtschaftsräumen herumzuwerkeln. Das Gebäude war fast leer, nur das Sekretariat war besetzt. Die Lehrer würden erst in anderthalb Wochen zurück sein. Sie hantierte alleine in den sauberen, weitläufigen Räumen, ölte Nähmaschinen, schrubbte einige Spülbecken, die für die Ferienkurse benützt worden waren, repetierte im Geiste tausendmal Gesagtes, kopierte Unterlagen, die sie austeilen wollte und schrieb mit schön verzierten Buchstaben an die Tafel: JEANSKLEIDUNG FÜR DEN HERBST.

Eigentlich konnte ihr die Jeanskleidung für den Herbst gestohlen bleiben. Die Vorstellung, wieder das zu unterrichten, was sie schon seit fünfzehn Jahren unterrichtete, schien ihr ebenso unbefriedigend wie für eine Person zu kochen.

Den Nachmittag verbrachte sie daheim in dem jetzt endgültig leeren Haus. Wo war all die Geschäftigkeit geblieben, als hier drei Personen lebten? Sie rief im Krankenhaus an, um sich nach Tammi zu erkundigen, und erfuhr, daß ihr Zustand immer noch kritisch war.

Zum Abendessen machte sie sich French Toast, setzte sich zum Essen an den Küchentresen und sah sich auf dem Fernseher mit dem 25-Zentimeter-Minibildschirm die Abendnachrichten an. Während sie aß, läutete das Telefon, und sie sprang auf in der Annahme, es wäre Katy, die nur Bescheid sagen wollte, daß sie in Butte im Staat Montana angekommen sei, daß sie dort in einem Motel übernachten wolle und daß alles in Ordnung sei. Statt dessen vernahm Maggie eine Tonbandstimme, einen ausgebildeten Bariton, der nach einer künstlichen Pause mit ebenso künstlicher Beflissenheit sagte. »Hallo! ... Ich habe für Sie eine wichtige Nachricht von ...«

Maggie knallte den Hörer auf die Gabel und starrte ihn angewidert an, als hätte sie einen obszönen Anruf erhalten. Zornig wandte sie sich ab. Irgendwie fühlte sie sich bedroht von der Tatsache, daß dieses Gerät, über das in letzter Zeit so häufig Unangenehmes mitgeteilt worden war, jetzt plötzlich ihr Blut in Wallung bringen konnte.

Die restliche Toasthälfte verschwamm vor ihren Augen. Sie ließ sie auf dem Teller liegen und ging in Phillips Arbeitszimmer. Langsam ließ sie sich in seinen großen, grünen Ledersessel sinken, legte die Hände auf die Armlehnen und drückte den Kopf gegen die gepolsterte Lehne, wie er es so oft getan hatte.

Hätte sie Phillips Seahawk-Sweatshirt noch, hätte sie es jetzt sicher angezogen; aber da es nicht mehr da war, raffte sie sich auf und rief Nelda an. Das Telefon läutete dreizehnmal – keine Antwort. Als nächstes versuchte sie es bei Diane, aber auch da hatte sie kein Glück. Ihr fiel ein, daß Diane wahrscheinlich mit den Kindern nach Whidbey Island gefahren war. Bei Claire bekam sie deren Tochter an den Apparat, die ihr erklärte, ihre Mutter sei zu einem Treffen gegangen und würde wahrscheinlich erst sehr spät zurückkommen.

Mit dem Daumennagel zwischen den Zähnen starrte Maggie nachdenklich das Telefon an.

Cliff? Sie lehnte ihren Kopf wieder zurück. Der arme Cliff kam mit seinem eigenen Schicksal schon nicht zurecht, geschweige denn mit dem eines anderen Menschen.

Ihre Mutter? Nein, der Gedanke daran ließ sie erschaudern.

Erst als alle ihre Möglichkeiten erschöpft waren, dachte Maggie an Dr. Feldsteins Vorschlag.

Rufen Sie Freunde an, je älter, um so besser, Freunde, die Sie aus den Augen verloren haben...

Aber wen?

Die Antwort fiel ihr wie Schuppen von den Augen: Brookie.

Der Name rief so lebendige Erinnerungen in ihr wach, als wäre alles erst gestern gewesen. Sie und Glenda Holbrook, beide Altstimmen, standen nebeneinander in der ersten Reihe des Gibraltar-High-School-Chores und nervten den Chordirektor Mr. Pruitt gnadenlos, indem sie auf den Schlußakkord des Liedes leise eine mißtönende Note summten und so aus der reinen C-Dur eine aufdringliche, verjazzte C-Septime machten.

Ain't-a that good news, lord, ain't-a that good newwwwws?

Manchmal ließ Pruitt ihnen ihre kreativen Ausrutscher durchgehen, aber meistens runzelte er mißbilligend die Stirn und bestand auf dem reinen Schlußakkord. Einmal brach er sogar die Probe ganz ab und wetterte: »Holbrook und Pearson, Sie können draußen im Gang nach Herzenslust Ihre Dissonanzen trällern. Wenn Sie dann bereit sind, das Stück so zu singen, wie der Komponist es vorgesehen hat, dann können Sie gerne wieder reinkommen.«

Glenda Holbrook und Maggie Pearson waren seit dem ersten Schultag unzertrennlich. Am zweiten Schultag mußten sie schon gemeinsam in der Ecke stehen, weil sie unaufhörlich miteinander getuschelt hatten. In der dritten Klasse hatte ihnen der Schuldirektor eine Standpauke gehalten, weil beim Eichelnwerfen plötzlich ein Stein geflogen war, der Timothy Ostmeiers Vorderzahn ausschlug. Keines der Mädchen wollte damals damit rausrücken, wer den Stein geworfen hatte. In der fünften Klasse erwischte Miß Hartman sie, wie sie sich in der Mittagspause spitze Pappbecher in die Bluse steckten. Miß Hartman, eine flachbrüstige, sauertöpfische alte Jungfer, die auf einem Auge schielte, hatte die Tür zum Waschraum der Mädchen gerade in dem Augenblick aufgemacht, als Glenda lauthals verkündete: »Wenn wir solche Titten hätten, wären wir glatt Filmstars!« In der sechsten Klasse waren die beiden Mädchen zusammen mit Lisa Eidelbach öffentlich für ihr dreistimmiges Singen beim Elternabend belobigt worden. In den unteren Klassen der High School hatten sie zusammen die Bibelstunden besucht und kluge, respektlose Bemerkungen in ihre Arbeitshefte geschrieben.

An die Ränder der Bücher zur Gesundheitserziehung hatten sie ganz erstaunliche männliche Körperteile gezeichnet, lange ehe sie diese in Wirklichkeit jemals gesehen hatten.

In den oberen Klassen der High School waren sie als Cheerleaders aufgetreten, hatten sich am Anfang der Saison gegenseitig die schmerzenden Muskeln massiert, hatten blaugoldene Pompons gemacht, waren in Bussen zum Spiel gefahren und hatten nachher in der Schulaula den Sieg der Mannschaft beim Tanzen gefeiert. Sie waren mit zwei Jungs ausgegangen, hatten sich gegenseitig Kleider geborgt, unzählige Teenagergeheimnisse miteinander geteilt und so regelmäßig beieinander übernachtet, daß jede schon eine Zahnbürste im Haus der anderen deponiert hatte.

Brookie und Maggie – unzertrennliche Freundinnen – hatten sie damals gedacht.

Aber Maggie war an die Northwestern University in Chicago gegangen, hatte einen Flugzeugbauingenieur geheiratet und war nach Seattle gezogen. Glenda hingegen hatte eine Friseur- und Kosmetikschule in Green Bay besucht, hatte einen Kirschplantagenbesitzer aus Door County in Wisconsin geheiratet, war zu ihm auf die Plantage gezogen, hatte ihm sechs – oder waren es sieben? – Kinder geboren und nie wieder einem Kunden die Haare geschnitten.

Wie lange war es her, daß sie sich aus den Augen verloren hatten? Nach dem zehnjährigen Klassentreffen hatten sie sich eine Zeitlang regelmäßig geschrieben. Dann war der Abstand zwischen den Briefen immer größer geworden, bis es schließlich nur mehr Weihnachtskarten waren, die ebenfalls bald aufhörten. Maggie war nicht zum zwanzigjährigen Klassentreffen gegangen, und während der seltenen Besuche bei den Eltern waren sie sich auch nie über den Weg gelaufen.

Sollte sie tatsächlich anrufen? Was sollte sie sagen? Was hatten sie nach so langer Zeit noch für Gemeinsamkeiten?

Aus reiner Neugier beugte sich Maggie in dem Sessel vor und drückte im Telefonregister auf den Buchstaben H. Das Register sprang auf. Da war die Nummer, feinsäuberlich in Phillips ordentlicher Handschrift, noch unter Glendas Mädchenname: Glenda Holbrook (Mrs. Eugene Kerschner), R. R. 1, Fish Creek, WI 54212.

Einem spontanen Gefühl folgend hob Maggie den Hörer von der Gabel und wählte.

Nach dem dritten Läuten wurde abgehoben. »Hallo?« Eine aufgeweckte Jungenstimme.

»Ist Glenda da?«

»Ma!« rief die Stimme, »für dich!« Der Hörer klapperte, als wäre er auf einer Holzoberfläche abgelegt worden. Nach einer kurzen Pause nahm ihn jemand auf.

»Hallo?«

»Glenda Kerschner?«

»Jawohl!«

Maggie lächelte. »Brookie, bist du's?«

»Wer ist...« Selbst über die Entfernung hinweg spürte Maggie Brookies Überraschung.

»Maggie, bist du das?«

»So ist es.«

»Wo bist du? Bist du in Door? Kannst du vorbeikommen?«

»Ich wollte, ich könnte es, aber ich bin in Seattle.«

»Oh, verdammt. Bleib mal dran.« Sie schrie zu jemandem am anderen Ende des Zimmers: »Todd, schalt' das verdammte Ding aus und nimm es ins andere Zimmer. Ich verstehe hier kein Wort. Tut mir leid, Maggie, Todd macht gerade Popcorn mit ein paar Freunden, und du weißt ja, wie laut so ein Haufen Jungs sein kann. Meine Güte, wie geht es dir?«

»Ganz gut.«

»Wirklich, Mag? Wir haben gelesen, daß dein Mann bei diesem Flugzeugabsturz ums Leben gekommen ist. Im *Advocate* war ein Artikel darüber. Ich wollte dir eine Beileidskarte schicken, hatte sogar schon eine gekauft, aber irgendwie lief mir die Zeit davon, und ich habe es nie geschafft, sie wegzuschicken. Es war Pflückzeit, und da war bei uns wie immer die Hölle los. Maggie, es tut mir so leid. Ich habe so oft an dich gedacht.«

»Danke, Brookie.«

»Also, wie geht es dir wirklich?«

»Ach, na ja, es gibt gute und schlechte Tage.«

»Ist heute ein schlechter Tag?« fragte Brookie.

»Ja... irgendwie schon. Ich meine, es hat auch schon schlechtere gegeben, aber...« Plötzlich brach es aus Maggie heraus. »Oh, verdammt noch mal, Brookie.« Sie stützte sich mit dem Ellbogen auf den Schreibtisch und legte eine Hand vor die Augen. »Es ist furchtbar. Katy ist heute weggefahren, zur Northwestern University in Chicago, eine Frau aus meiner Therapiegruppe hat letzte Woche einen Selbstmordversuch unternommen, und ich sitze hier in dem leeren Haus und frage mich, was zum Teufel aus meinem Schutzengel geworden ist.«

»Oh, Maggie...«

Schniefend fuhr Maggie fort: »Mein Psychiater meint, es hilft manchmal, sich mit alten Freunden zu unterhalten... über alte Zeiten zu reden und wieder das Lachen zu lernen. So, und da bin ich nun und weine mich an deiner Schulter aus, als wären wir immer noch Teenager mit Liebeskummer.«

»Oh, Maggie, ich könnte mich sonstwohin beißen, daß ich mich nicht bei dir gemeldet habe. Wenn man so viele Kinder wie ich hat, dann vergißt man leicht, daß es außer der Küche und dem Wirtschaftsraum auch noch etwas anderes gibt. Es tut mir leid, daß ich mich nicht früher mal gerührt habe. Ich habe eigentlich auch gar keine Entschuldigung. Maggie, bist du noch da?« Brookies Stimme klang besorgt.

»Ja«, antwortete Maggie mühsam.

»Oh, Maggie, ich wünschte, ich wäre näher bei dir.«

»Ja, das wäre schön. Manchmal würde ich viel darum geben, nur mit dir beisammen zu sein und mich ausheulen zu können.«

»Ach, Maggie..., wein' doch nicht.«

»Es tut mir leid. So habe ich das ganze letzte Jahr zugebracht. Es ist so verdammt hart.«

»Ich weiß, Herzchen, ich weiß. Ich wollte, ich könnte bei dir sein... aber erzähl' doch einfach weiter. Ich habe sehr viel Zeit.«

Maggie trocknete ihre Augen mit dem Handrücken und atmete tief durch.

»Weißt du, wir haben diese Woche in der Gruppentherapie so eine Übung gemacht, bei der wir uns von einer Person oder einem Gegenstand endgültig verabschieden mußten. Ich habe mich von Phillip verabschiedet, und anscheinend hat das wirklich funktioniert, denn plötzlich ist mir schlagartig klar geworden, daß er nie mehr wiederkommen wird.« Es war so leicht, mit Brookie darüber zu reden, so als gäbe es die vielen Jahre der Trennung nicht. Maggie erzählte ihr alles – wie glücklich sie mit Phillip gewesen war, wie sie versucht hatte, ihm diese Reise auszureden, wie er ihr schließlich als Ersatz eine Reise zu Ostern nach Florida versprochen hatte, wie groß der Schock war, als sie hörte, daß das Flugzeug mit sechsundfünfzig Menschen an Bord abgestürzt war, wie schrecklich es war, zur Identifizierung zahnärztliche Unterlagen beibringen zu müssen und auf die offizielle Liste der Opfer zu warten, wie grotesk es war, an einem Gedenkgottesdienst ohne Leiche teilzunehmen, bei dem die Fernsehkameras ständig auf ihr und Katys Gesicht gerichtet waren.

Und was danach passierte.

»Es ist wirklich komisch, was passiert, wenn du verwitwet bist. Deine besten Freunde behandeln dich, als hättest du Lepra. Du bist diejenige, die die ungerade Zahl in die Tafelrunde bringt, verstehst du? Das fünfte Rad am Wagen, die eine Person ohne Sicherheitsgurt. Phillip und ich waren Mitglieder in einem Country Club, aber selbst dort war plötzlich alles anders. Unsere Freunde – nun, ich dachte immer, sie wären unsere Freunde, – zwei von ihnen machten mich an, wobei ihre Frauen nur ein paar Meter weiter entfernt standen. Nach diesem Erlebnis gab ich das Golfspielen auf. Im letzten Frühjahr ließ ich mich dann, dem Drängen einer Kollegin nachgebend, auf ein Rendezvous mit einem Unbekannten ein.«

»Wie war das?«

»Verheerend.«

»Du meinst so wie Frankie Peterson?«

»Frankie Peterson?«

»Ja doch, du mußt dich einfach an Frankie Peterson erinnern. Auch Katastrophen-Frankie genannt.«

Maggie fing an zu lachen. Sie lachte, bis sie nicht mehr konnte. Erschöpft lehnte sie sich in dem Sessel zurück und drückte mit der Schulter den Telefonhörer an ihr Ohr.

»Du meine Güte, Frankie Peterson hatte ich schon beinahe vergessen.«

»Welches Mädchen aus der Gibraltar High School könnte wohl je Frankie Peterson vergessen? Niemand entging seinen lüsternen Blicken.«

Sie lachten noch eine Weile. Dann wollte Brookie wissen: »Also, was war denn nun mit dem Typen, den man dir zugedacht hatte? Hat bestimmt versucht, dich sofort aufs Kreuz zu legen, stimmt's?«

»Ganz genau. Um ein Uhr nachts. Vor meiner Haustür, das mußt du dir mal vorstellen. Es war schrecklich. Ich hatte schon fast verlernt, wie man sich durchschlagend zur Wehr setzt, weißt du. Es war so peinlich und erniedrigend und... und... weißt du, Brookie, ganz ehrlich, ich wurde so wütend!«

»Und? Was hast du dann gemacht? Ihm eine verpaßt, oder was?«

»Ich trat ihm mit dem Knie in eine strategisch wichtige Stelle, ging ins Haus und haute mir zwei Eier in die Pfanne.«

»Eier? Wie passend!« Brookie mußte so sehr lachen, daß sie kaum sprechen konnte.

Zum erstenmal konnte Maggie über die Situation, die so beleidigend für sie gewesen war, und ihre Reaktion darauf herzlich lachen. Sie lachte mit Brookie, bis sie keine Luft mehr bekam und sich den Bauch halten mußte. Sie sah zur Zimmerdecke hinauf.

»O Gott, es tut gut, mit dir zu reden. Brookie. So habe ich seit Monaten nicht mehr gelacht.«

»Auf diese Weise bringe ich wenigstens auch noch etwas anderes fertig außer Kinderkriegen.«

Wieder mußten sie lachen. Dann wurde Maggie wieder ernst.

»Es ist so komisch.« Sie machte es sich auf dem Ledersessel bequem und spielte mit dem Telefonkabel. »Da sehnst du dich so sehr – nicht nur nach Sex, sondern nach Zuneigung. Dann hast du endlich eine Verabredung, und wenn er versucht, dich zu küssen, dann wirst du steif wie ein Stock und machst dich lächerlich. Ist mir erst letzte Woche wieder passiert.«

»Wieder so ein Blindgänger?«

»Na ja, nicht ganz so blind. Ein Mann, der in meinem Supermarkt arbeitet und auch vor mehreren Jahren seine Frau verloren hat. Ich kenne ihn schon ewig und weiß irgendwie, daß er mich mag. Jedenfalls fanden die Mitglieder meiner Gruppe, ich müßte mal den ersten Schritt tun, wozu ich mich dann auch schließlich überreden ließ. Glaub' bloß nicht, daß das so einfach ist! Zu unserer Zeit waren es die Männer, die den ersten Schritt taten. Jetzt hat sich das Blatt gewendet. Also habe ich ihn gefragt. Als er versuchte, mich zu küssen, bin ich zur Salzsäule erstarrt.«

»Nur nicht so eilig, Mag. Gut Ding will Weile haben, und das waren doch erst zwei Verabredungen.«

»Ja... schon...« Maggie seufzte und gab dann zu: »Wenn man heiß ist, kann man nicht mehr klar denken.«

»Nun hör mal zu, du scharfes, kleines Luder. Fühlst du dich jetzt nicht viel besser, nachdem du es mir erzählt hast und es mich nicht umgeworfen hat?«

»So ist es.«

»Na, siehst du.«

»Dr. Feldstein hatte recht. Er sagte, es tut gut, mit alten Freunden zu reden, weil es uns in eine sorglosere Zeit zurückversetzt. Deswegen habe ich dich angerufen, und du hast mich nicht enttäuscht.«

»Ich freue mich, daß du angerufen hast. Hast du es auch bei den anderen versucht? Fish? Lisa? Tani? Die würden sich bestimmt auch freuen, von dir zu hören.«

»Es ist ewig her, daß ich von denen etwas gehört habe.«

»Aber wir waren doch schließlich die Glorreichen Fünf. Ich bin sicher, sie würden dir gerne helfen. Ich gebe dir ihre Telefonnummern gern.«

Während Brookie suchte, versuchte sich Maggie ihre Gesichter vorzustellen: Lisa, die kühle Blonde, die aussah wie Grace Kelly; Carolyn Fisher, genannt Fish, mit der Stupsnase, für die sie sich immer so geschämt hatte. Auf allen Klassenbildern hatte sie ihre Unterschrift über ihr Gesicht geschrieben, um die Nase zu verdecken; Tani, ein sommersprossiger Rotschopf.

»Maggie, bist du noch da?«

»Klar.«

»Hast du was zum Schreiben?«

»Schieß los.«

Brookie ratterte die Telefonnummern der Freundinnen runter und meinte dann: »Ich habe noch mehr. Wie wär's mit Dave Christianson?«

»Dave Christianson?«

»Na ja, warum sollst du nicht auch die Jungs anrufen? Schließlich waren wir doch alle Freunde, oder? Er hat ein Mädchen aus Green Bay geheiratet und besitzt eine Kugellagerfabrik, glaube ich.«

Maggie schrieb Daves Nummer auf, dann die von Kenny Hedlund – mit Cynthia Troy verheiratet; die beiden lebten in Bowling Green, Kentucky –, von Barry Breckholdt – wohnt im Staat New York, verheiratet, zwei Kinder – und von Mark Mobridge – Mark ist homosexuell, sagte Brookie, lebt in Minneapolis und hat einen Mann namens Greg geheiratet.

»Das hast du doch erfunden!« sagte Maggie mit vor Staunen weit aufgerissenen Augen.

»Keineswegs. Ich habe ihnen eine Glückwunschkarte zur Hochzeit geschickt. Was soll's – leben und leben lassen lautet die Devise. Ich habe mich mit Mark bei den Schulorchesterfahrten immer bestens verstanden.«

»Du hast tatsächlich noch alle Adressen und Telefonnummern.«

»Hier, da ist noch eine für dich. Eric Severson.«

Maggie setzte sich kerzengerade in ihrem Sessel auf. Das Lächeln erstarb auf ihrem Gesicht. »Eric?«

»Ja, KL5 3500, gleiche Vorwahl wie meine.«

Nach einigen stummen Sekunden erklärte Maggie: »Ich kann Eric Severson nicht anrufen.«

»Warum nicht?«

»Nun ja ... so halt.« Vor langer Zeit, in den oberen Klassen der High School, waren Maggie Pearson und Eric Severson mächtig ineinander verliebt gewesen. Unerfahren waren sie gewesen, und schreckliche Angst hatten sie davor gehabt, erwischt zu werden oder ein Kind gezeugt zu haben. Beide Befürchtungen hatten sich glücklicherweise als unbegründet erwiesen.

»Er wohnt gleich hier in der Nähe in Fish Creek. Macht auch in Charterbooten, wie sein Alter.«

»Brookie, ich sagte doch schon, ich kann Eric nicht anrufen.«

»Warum nicht? Weil du's mal mit ihm getrieben hast?«

Maggie fiel der Kinnladen runter. *»Brookieee!«*

Brookie lachte. »Wir haben damals wohl doch nicht alle unsere Geheimnisse geteilt. Aber immerhin war auch ich damals am Tag nach dem Schulball auf dem Boot seines

Vaters. Und was sonst hättet ihr beide wohl so lange unter Deck gemacht? Und was hat das heute schon noch zu sagen? Deinen Eric gibt es immer noch, und er ist auch immer noch so nett wie früher. Ich bin sicher, daß er sich freuen würde, von dir zu hören.«

»Aber er ist doch verheiratet, oder?«

»Ist er. Mit einer sehr schönen Frau. Sie ist einfach toll, und soviel ich weiß, sind die beiden sehr glücklich.«

»Na, siehst du.«

»Maggie, um Himmels willen, werde erwachsen. Wir sind doch keine Teenager mehr.«

Maggie war selbst überrascht über die Worte, die aus ihrem Mund kamen. »Aber was soll ich denn zu ihm sagen?«

»Wie wär's mit: ›Hallo, Eric, wie geht's?‹« Maggie konnte förmlich sehen, wie Brookie die Hände über dem Kopf zusammenschlug. »Wie zum Teufel soll ich wissen, was du zu ihm sagen sollst? Ich habe dir lediglich seine Telefonnummer gegeben, zusammen mit denen der anderen. Ich konnte schließlich nicht ahnen, daß du daraus eine so große Sache machen würdest.«

»Mach' ich doch gar nicht.«

»Na also.«

»Ich...« Maggie wollte noch etwas dazu sagen, ließ es dann aber sein. »Hör zu... danke, Brookie. Vielen lieben Dank, von ganzem Herzen. Das hat mir richtig gutgetan.«

»Halten Sie den Mund, Pearson. Für so etwas bedankt man sich nicht bei einer Freundin. Kann man dich jetzt wieder alleine lassen? Und du wirst dich nicht in der Toilette ertränken? Versprich mir das!«

»Mir geht's sehr viel besser.«

»Bist du sicher?«

»Ganz sicher.«

»Gut, also. Ich muß weitermachen. Die Kinder zu Bett bringen. Aber du kannst mich jederzeit anrufen, hörst du?«

»Mach ich, und du mich auch.«

»Gut. Bis bald, Mag.«

»Adieu, Brookie.«

Nachdem sie aufgelegt hatte, rollte sie sich im Stuhl zusammen und lächelte lange Zeit verträumt vor sich hin. Es waren angenehme Erinnerungen, die in ihrem Kopf Revue passierten, Erinnerungen an ihre Jugend und die Schulzeit in der High School – Fish, Tani, Lisa und Brookie. Ganz besonders Brookie, die nicht die besten Noten hatte, aber bei allen wegen ihres unschlagbaren Humors und ihres Gerechtigkeitssinns beliebt war. Nie hätte sie jemanden verraten oder hinter seinem Rücken Schlechtes über ihn erzählt. Wie schön, daß sie noch immer die Alte war, immer noch in Door County lebte und den Kontakt mit den anderen Mitschülern über die Jahre hinweg nicht hatte abreißen lassen.

Maggie zog den Sessel näher zum Schreibtisch und betrachtete die Telefonnummern im Lichtkegel der Schreibtischlampe. Fish, Lisa, Tani, Dave Christianson, Kenny Hedlund.

Eric Severson.

Nein, das kann ich nicht machen.

Sie lehnte sich zurück und dachte weiter nach. Schließlich stand sie auf und suchte im Buchregal nach einem dünnen Buch mit cremefarbenem Ledereinband und längst verblichenen Goldlettern: *Gibraltar High School 1965.*

Sie öffnete den Buchdeckel, sah ihre eigene eckige Handschrift und dann Brookies miserable Krakelschrift.

Liebe Maggie,

nun haben wir es also geschafft! Du meine Güte, ich kann es immer noch nicht fassen. Ich habe gedacht, Morrie-baby würde uns beim Biertrinken erwischen und uns von der Schule verweisen. Na ja, manchmal haben wir ganz schön gebechert, was? War es nicht lustig, hinten auf Fishs Lieferwagen mit den Senior Scourges singend und tanzend durch die Maisfelder zu fahren? Weißt du noch, wie wir anhielten und mitten auf die Main Street pinkelten? O Gott, wenn man uns dabei erwischt hätte! Und dann unser Chorausflug, als wir grünen Schleim in Pruitts Thermosflasche füllten und ihn zur Weißglut brachten, weil wir immer falsch sangen! Erinnerst du dich noch an das Nacktfoto, das wir, mit entsprechendem Namen versehen, im Umziehraum der Jungs angeklebt haben? (Meine Mutter weiß bis heute nichts von den Schwierigkeiten, in die wir deshalb kamen.) Am schönsten aber war es beim Abschlußball mit Arnie und Eric, und am Tag danach in Carrett's Bay auf Erics Boot. (Seufz!) Ich hoffe doch stark, daß für euch beide, für Eric und dich, alles bestens läuft. Ihr seid ein so nettes Paar! Auch wenn ihr an der Northwestern seid und ich in der Kosmetikschule in Green Bay, werden wir uns doch gelegentlich an den Wochenenden sehen und mit Fish, Lisa und Tani einen draufmachen. Ich hoffe, wir verlieren uns nicht aus den Augen. Alles Gute bei allem, was du anpackst! Du bist so gescheit und begabt, da kann ja gar nichts schiefgehen, und du bist meine allerbeste Freundin. Bleib, so wie du bist, und vergiß mich nicht! Versprochen?

In Liebe, Brookie

Maggie lächelte wehmütig, als sie fertiggelesen hatte. Sie konnte sich weder an den grünen Schleim in Mr. Pruitts Thermosflasche erinnern, noch hatte sie die leiseste Ahnung, wessen Namen sie auf das Nacktfoto geschrieben hatten. Und wer zum Teufel war Morrie-baby? Mein Gott, war das alles lange her!

Sie holte das Foto von Brookie heraus, dann Tanis, Lisas, Fishs und ihr eigenes Foto – und rümpfte dabei die Nase. Wie mädchenhaft sie doch alle aussahen, und wie ungekünstelt. Aber eigentlich hatte sie das Buch nur aufgeschlagen, um nach einem Foto zu suchen – nach dem von Eric Severson.

Und da war es dann auch. Er sah außerordentlich gut aus für seine siebzehn Jahre – groß, schlank, ein nordischer Typ. Obgleich die Fotos in dem Jahrbuch durchweg schwarzweiß waren, konnte sie sich die Farben noch sehr gut vorstellen, vor allem Erics strahlende Augen, die so blau waren wie die Wegwarten in Door County im August, sein sonnengebleichtes Haar, das gesträhnt war wie reife Maishülsen, die sonnengegerbte Haut, die er durch seine Arbeit auf den Fischerbooten seines Vaters bekommen hatte.

Eric Severson, meine erste Liebe.

Am Ende des Buches fiel ein von ihm geschriebener Brief heraus.

Liebe Maggie,

zu Beginn dieses Jahres hätte ich mir nie vorstellen können, wie schwer mir diese Zeilen an Dich heute fallen würden. Was für ein wundervolles Jahr doch hinter uns liegt! Ich denke an jenen ersten Abend, als ich es wagte, Dich zu fragen, ob ich Dich nach Hause bringen dürfte. Und als Du ja sagtest, dachte ich: Wow, Maggie Pearson und ich! Und jetzt sieh uns an! Wir haben die Schule hinter uns und tausend schöne Erinnerungen an dieses Jahr. Nie werde ich unseren ersten Tanz vergessen, bei dem du mir sagtest, ich solle nicht so laut mit dem Kaugummi schmatzen, wenn ich meinen Kopf an Deinen legte. Und an unseren ersten Kuß auf der Snowmobil-Bahn unten an der Old Bluff Road. Wenn unser Coach Gilbert ernste Worte mit der Mannschaft sprach, schielte ich verstohlen zur anderen Seite der Turnhalle, wo Du mit den anderen Mädchen die Cheerleader-Schritte einstudiertest. Du gefielst mir schon lange Zeit, ehe ich es wagte, dich um ein Rendezvous zu bitten. Jetzt wünsche ich mir, ich hätte es schon drei Jahre früher getan. Ich werde dich unendlich vermissen, wenn im Herbst meine Vorlesungen an der Stout State beginnen, aber wir haben immerhin eine feste Verabredung zu Thanksgiving, und zu Weihnachten sehen wir uns ja wohl auch. Nie werde ich den Tag nach dem Schulball und die Nacht im Obstgarten des alten Easley vergessen. Vergiß Felicity und Aaron nicht, und im Frühjahr '69 müssen wir ernsthaft über Du weißt schon was reden. Trage weiter Rosa – aber nur, wenn Du eine Verabredung mit mir hast. Ich habe noch nie eine Frau gesehen, der Rosa so gut stand. Ich werde dich nie vergessen, Maggie, mein Mädchen.

In Liebe, Eric.

Felicity und Aaron – die Namen hatten sie für ihre zukünftigen gemeinsamen Kinder ausgesucht. Himmel, das hatte sie schon ganz vergessen gehabt. Im Frühjahr hatten sie ihre Heiratspläne ausführlicher besprechen wollen. Er hat an ihr immer die Farbe Rosa besonders gern gemocht. Und er hatte sie immer besonders lieb »Maggie, mein Mädchen« genannt.

Wehmut erfaßte sie. Während sie jetzt, im reifen Alter, an jene turbulenten Tage zurückdachte, fand sie, daß Brookie recht hatte. *Er ist mit einer wunderschönen Frau glücklich verheiratet, und schließlich sind wir alle seit geraumer Zeit erwachsen. Wieso sollte also ein Anruf von einem Mädchen, das er vor dreiundzwanzig Jahren gekannt hat, seine Ehe oder mein seelisches Gleichgewicht bedrohen. Es wird einfach ein freundliches Gespräch sein, weiter nichts.*

Gemäß Dr. Feldsteins Anregung hob Maggie den Hörer ab und wählte.

2. *Kapitel*

Das Telefon schnarrte.

Eric Severson erwachte aus einem gesunden Schlaf. Neben ihm murmelte Nancy etwas und drehte sich auf die andere Seite. Er tastete im Dunkeln nach dem Nachtkästchen und hob den Hörer ab.

»Hal...« Er räusperte sich. »Hallo?«

»Hallo, ist dort Eric Severson?«

»Wer spricht bitte?« fragte er ungnädig und sah auf die roten Ziffern des Digitalweckers.

»Hier ist Margaret Stearn... mh, Pearson.«

»Wer?«

Nancy drehte sich mit einem Schwung herum und fragte irritiert: »Wer um alles in der Welt ruft um diese nachtschlafende Zeit an?«

»Hier ist Maggie, Eric«, sagte die Frau am Telefon. »Maggie Pearson.«

»Mag...« Er überlegte scharf, wer Maggie Pearson war.

»Oh, ich habe dich aufgeweckt, nicht wahr? Das tut mir wirklich leid. Wie gedankenlos von mir. Aber ich bin in Seattle, und hier ist es erst neun Uhr abends. Hör zu Eric, ich rufe dich ein andermal untertags an, wenn...«

»Nein, schon gut. Wer... Maggie? Etwa Maggie Pearson von der Gibraltar High School. Die Abschlußklasse von 65?« Er erkannte ihr Lachen und setzte sich jetzt hellwach auf. »Na, das gibt's doch nicht.«

Nancy drehte sich zu ihm und fragte: »Wer ist es?«

Er deckte die Muschel mit der Hand ab und antwortete: »Ein Mädchen, mit dem ich zur Schule gegangen bin, Maggie Pearson.«

»Na, großartig«, brummelte Nancy und drehte sich wieder auf die andere Seite.

»Ist jemand bei dir?«

Eric sprach leise direkt in die Muschel: »Ja, meine Frau.«

»Es tut mir wirklich leid, Eric. Ich habe mich so spontan zu diesem Anruf entschlossen. Bitte, entschuldige mich bei deiner Frau und schlaft jetzt weiter.«

»Einen Moment mal«, unterbrach er sie und setzte sich mit einem Schwung auf die Bettkante. »Maggie?«

»Ja?«

»Ich gehe nur rasch zu einem anderen Apparat. Bleib dran.« Er stand auf, zog die Bettdecke über Nancys Körper zurecht und küßte sie auf die Wange. »Könntest du bitte hier oben auflegen, Liebes, wenn ich den Hörer unten genommen habe? Tut mir leid, dich zu stören.«

»Was will sie denn?«

»Keine Ahnung«, gab er zur Antwort, ehe er das Zimmer verließ. »Erzähle ich dir morgen früh.«

Die anderen Telefone waren alle unten. Er bewegte sich behende durch den dunklen Gang und die Treppe hinunter, ging über den weichen Wohnzimmerteppich und über den kühlen Kunststoffboden in der Küche. Dort schaltete er das Neonlicht über dem Spülbecken ein. Blinzelnd ob der plötzlichen Helligkeit hob er das Telefon ab.

»Hallo?«

»Ja«, antwortete Maggie.

»Ja, jetzt können wir reden. Ich bin unten. Maggie, was für eine Überraschung, von dir zu hören.«

»Es tut mir wirklich leid. Wie dumm von mir, daß ich nicht an die Zeitverschiebung gedacht habe. Weißt du, ich habe gerade mit Brookie gesprochen – sie hat mir übrigens deine Nummer gegeben und vorgeschlagen, daß ich dich anrufe. Wir haben uns so gut unterhalten, daß ich, nachdem ich aufgelegt hatte, keinen Gedanken auf die Uhrzeit verschwendet habe.«

»Nun hör schon auf, dich ständig zu entschuldigen.«

»Aber was wird deine Frau denken?«

»Die schläft wahrscheinlich längst wieder.« Eric hatte das Klicken gehört, als Nancy oben aufhängte. Er hatte nur Unterhosen an und machte es sich mit dem Telefon auf einem

Küchenstuhl bequem. »Sie ist viel unterwegs, deshalb ist sie es gewöhnt, in Hotels und Flugzeugen zu schlafen, wie immer sie es braucht. Wenn sie dann schon mal zu Hause ist, schläft sie in ihrem eigenen Bett wie ein Murmeltier, das kannst du mir glauben.«

»Brookie hat mir erzählt, daß du verheiratet bist, und zwar mit einer sehr schönen Frau.«

»Ja, das ist sie, danke. Sie heißt Nancy.«

»Sie ist nicht aus Door County?«

»Nein, sie ist aus Estherville im Staat Iowa. Ich habe sie im letzten Collegejahr kennengelernt. Und du? Du lebst in Seattle?«

»Und war achtzehn Jahre verheiratet. Er starb vor einem Jahr.«

»Es tut mir leid, Maggie ... ich habe davon im *Advocate* gelesen.« Nach einer Pause fragte er weiter: »Kinder?«

»Eines. Eine Tochter, Katy, siebzehn. Du?«

»Nein, leider keine.«

Nach seiner Antwort entstand eine Pause. Maggie überlegte rasch, was sie sagen sollte und fuhr dann fort: »Brookie sagt, du führst die Charterbootfirma deines Vaters?«

»Ganz recht. Von Gills Rock aus, zusammen mit meinem Bruder Mike. Du erinnerst dich doch an Mike? Er war in der Schule zwei Klassen über uns.«

»Natürlich erinnere ich mich an Mike. Er lieh uns seinen Wagen für den Schulball.«

»Richtig, hatte ich vergessen. Wir haben jetzt zwei Boote, und Ma macht den ganzen Bürokram für uns, bedient das Funkgerät, koordiniert die Termine und verkauft die Erlaubnisscheine.«

»Deine Mutter? Wie geht es ihr?«

»Unschlagbar. Sieht aus wie immer – wie eine Kreuzung zwischen Burgess Meredith und einem Persianermantel.«

Maggie lachte. Die Stimme in der Telefonleitung schien die Zeit zurückzudrehen. »Ma ist immer noch die Alte, genausofrech wie früher«, fügte Eric hinzu und machte es sich erneut auf dem Stuhl bequem.

»Deine Mutter war so eine schwungvolle Frau. Ich mochte sie so gern. Und dein Vater... lebt nicht mehr, hat mir meine Mutter geschrieben.«

»Ja, vor sechs Jahren.«

»Du hattest eine so enge Beziehung zu ihm. Sicher vermißt du ihn sehr.«

»Wir alle vermissen ihn.« Es stimmte. Selbst nach sechs Jahren spürte Eric den Verlust des Vaters immer noch sehr schmerzlich. Er hatte alles von seinem alten Herrn gelernt. Er war in den Beruf seines Vaters hineingewachsen. Der Vater hielt seine kräftigen Arme über Erics Gerte und befahl seinem Sohn: »Nie ruckartig an der Schnur ziehen, mein Sohn. Ruhig halten!«

Mehr als die Hälfte von Erics Charterkunden waren Stammkunden. Seit den Anfangszeiten von Severson Charters waren sie immer wieder gekommen, um auf der *Mary Deare* zu fischen. Aus Erics Stimme klang rauhe, herzliche Zuneigung, als er sagte: »Nun ja... er hat ein schönes Leben gehabt, ist bis zum Schluß mit dem Boot rausgefahren, kam nach Hause und starb in Mas Armen mit allen vier Kindern an seinem Bett.«

»Ach ja, ich habe ganz auf deine beiden anderen Geschwister vergessen – wo sind sie?«

»Ruth lebt in Duluth und Larry in Milwaukee. Ich sehe übrigens deine Leute, vor allem deinen Vater, öfter mal, wenn ich Einkaufen gehe. Er erkundigt sich immer, ob die Fische auch beißen.«

»Ich bin sicher, er beneidet dich, weil Angeln dein Beruf ist.«

Eric lachte glucksend. »Vor etwa einem Monat habe ich ihm angeboten, ich würde ihn einmal mitnehmen zum Angeln.«

»Ich nehme an, er hat das Angebot nie wahrgenommen.«

»Stimmt genau.«

»Mutter hat es ihm sicher nicht erlaubt«, bemerkte Maggie hämisch.

Maggies Mutter hatte Eric schon immer an eine alte Vettel erinnert. Er dachte daran, daß er direkt Angst vor Vera

Pearson gehabt hatte, solange er mit Maggie ausgegangen war, und daß auch die anderen Frauen in der Gegend sie nicht mochten.

»Sie hat sich also nicht geändert?«

»Nicht viel. Zumindest nicht, als ich das letztemal zu Hause war, also... ja, ich denke, das ist jetzt drei Jahre her. Sie hat Daddy immer noch mächtig unter dem Pantoffel, und am liebsten möchte sie auch mich herumkommandieren. Folglich fahre ich nicht sehr oft nach Hause.«

»Du warst nicht bei unserem letzten Klassentreffen.«

»Nein... Phillip und ich lebten hier in Seattle und... nun, es ist eine weite Fahrt. Irgendwie haben wir das nie geschafft, obwohl wir sehr viel reisen... ich meine, reisten.«

Ihre Bemerkung sorgte für einen Augenblick betretenen Schweigens auf beiden Seiten. »Tut mir leid«, versicherte sie. »Ich versuche das zwar zu vermeiden, aber manchmal passiert es mir trotzdem.«

»Nein, das ist... das ist schon in Ordnung, Maggie.« Er hielt inne und gab dann zu: »Weißt du, ich versuche gerade, mir dein Gesicht vorzustellen. Ist es nicht komisch, daß es so schwierig ist, sich jemanden älter vorzustellen, als man ihn in Erinnerung hat?« In seiner Vorstellung war sie immer noch siebzehn, dünn, mit kastanienbraunem Haar, braunen Augen, einem feingeschnittenen Gesicht und einem süßen Grübchen im Kinn. Lebhaft. Immer fröhlich. Er hatte sie damals so leicht zum Lachen bringen können.

»Ich bin älter. Ganz entschieden älter.«

»Sind wir das nicht alle?«

Eric nahm eine Birne aus Teakholz von der Schale in der Mitte des Tisches und rubbelte sie mit dem Daumen. Er hatte nie verstanden, warum Nancy Holzfrüchte auf den Tisch stellte, wo es doch ringsum in der Gegend so viel frisches Obst gab.

»Vermißt du deinen Mann sehr?«

»Ja, doch. Wir führten eine Musterehe.«

Er suchte nach einer Antwort, doch es fiel ihm nichts ein. »Ich fürchte, ich tauge nicht als Tröster, Maggie, verzeih mir.

Als mein Vater starb, war es genauso. Ich wußte nicht, was ich zu meiner Mutter sagen sollte.«

»Schon gut, Eric. Viele Leute fühlen sich so einer Situation nicht gewachsen. Ich manchmal auch nicht.«

»Maggie, darf ich dich etwas fragen?«

»Natürlich.«

Er überlegte eine Weile. »Nein, vergiß es.«

»Na, sag' schon. Was willst du wissen?«

»Ich bin neugierig. Das ist alles. Es ist... also...« Vielleicht war es eine unverschämte Frage, aber er mußte sie trotzdem stellen. »Warum hast du mich angerufen?«

Seine Frage erschreckte sie. Er spürte das an der kleinen Pause, die eintrat. »Ich weiß nicht. Einfach so.«

Nach dreiundzwanzig Jahren – einfach so? Das erschien seltsam, und doch gab es anscheinend keinen anderen logischen Grund. Rasch sprach sie weiter. »Nun... es ist spät, und du mußt sicherlich früh raus. Samstag in Door County... ich erinnere mich nur zu gut. Jede Menge Touristen, und wahrscheinlich wollen alle zum Lachsangeln. Hör zu, verzeih, daß ich dich aufgeweckt habe, und bitte entschuldige mich bei deiner Frau. Ich weiß, daß ich sie auch geweckt habe.«

»Macht gar nichts, Maggie. Du, ich freue mich wirklich, daß du angerufen hast. Ganz ehrlich.«

»Ich mich auch.«

»Also...« Eric wartete ein wenig unbehaglich, ohne zu wissen warum. Dann fiel ihm ein Schlußsatz ein: »Ruf uns doch an, wenn du nächstesmal nach Hause kommst. Ich möchte, daß du Nancy kennenlernst.«

»Mach ich. Und grüß deine Mom und Mike von mir.«

»Wird gemacht.«

»Also leb wohl, Eric.«

»Leb wohl.«

Er hörte das Klicken in der Leitung, saß danach noch lange da und starrte verwirrt auf das Telefon.

Was zum Teufel?

Er stellte das Telefon an seinen Platz zurück und starrte es dabei immer noch an. *Nach dreiundzwanzig Jahren um elf Uhr abends ruft Maggie an. Warum?* Mit den Händen kratzte er sich am Bauch und grübelte weiter. Dann öffnete er den Kühlschrank und spürte, wie die kalte Luft über seine nackten Beine strich. *Warum nur*, dachte er wieder.

Einfach so, hatte sie gesagt, aber das nahm er ihr nicht ab.

Er nahm eine Flasche Orangensaft aus dem Kühlschrank, öffnete sie und trank sie zur Hälfte leer. Nachdenklich stand er immer noch im Lichtschein der offenen Kühlschranktür. Wahrscheinlich würde er nie ihren wahren Beweggrund erfahren. Einsamkeit vielleicht. Nichts weiter.

Nachdem er den Saft in den Kühlschrank zurückgestellt hatte, knipste er das Licht aus und ging ins Schlafzimmer zurück.

Nancy saß bei Licht mit gekreuzten Beinen im Bett. Sie trug einen pfirsichfarbenen Satinschlafanzug, unter dem sich ihre weiblichen Formen abzeichneten.

»Na, das hat ja eine Weile gedauert«, bemerkte sie trokken.

»Kam ganz überraschend.«

»Maggie Pearson?«

»Mmh.«

»Mit der du beim Abschlußball warst?«

»Mmh.«

»Was wollte sie?«

Er ließ sich auf das Bett fallen, umfaßte ihre Hüften und küßte ihre Brust dort, wo die verführerische pfirsichfarbene Spitze sie freigab. »Meinen edlen Körper, was sonst?«

»Eric!« Sie packte ihn an einem Haarbüschel und zog seinen Kopf nach oben: »Was wollte sie?«

Er zuckte unbeteiligt die Schultern. »Wenn ich das bloß wüßte! Sie sagte, sie hat mit Brookie gesprochen, und Brookie hätte ihr meine Nummer gegeben und sie ermuntert, mich anzurufen. Ich komme da auch nicht ganz klar.«

»Brookie?«

»Glenda Kerschner. Ihr Mädchenname war Holbrook.«

»Oh. Die Frau des Kirschplantagenbesitzers.«

»Ja. Sie und Maggie waren in der High School die dicksten

Freundinnen. Wir waren alle Freunde, eine ganze Blase, und haben viel gemeinsam unternommen.«

»Das beantwortet immer noch nicht meine Frage. Warum ruft dich deine Schulfreundin plötzlich mitten in der Nacht an?«

Zärtlich streichelte er ihre Knie und lächelte schelmisch in ihr Gesicht. »Eifersüchtig?«

»Neugierig.«

»Ehrlich gesagt, ich weiß es nicht.« Er küßte Nancy auf den Mund. »Ihr Mann ist gestorben.« Er küßte ihren Hals. »Sie ist einsam, deshalb vielleicht.« Er küßte ihren Hals. »Sie läßt sich bei dir entschuldigen, daß sie dich aufgeweckt hat.« Er biß durch die Seide in ihre Brustwarze.

»Wo wohnt sie?«

»Seattle.« Seine Antwort klang gedämpft, weil er seinen Mund gegen ihre Seidenwäsche gepreßt hatte.

»Ja, wenn das so ist...« Nancy öffnete ihre Beine, legte sich auf den Rücken, zog ihn auf sich und umklammerte ihn mit Armen und Beinen. Sie küßten sich lange und genüßlich. Als er seinen Kopf hob, sah sie ihm in die Augen und sagte: »Ich habe Sehnsucht nach dir, wenn ich nicht zu Hause bin, Eric.«

»Dann bleib doch zu Hause.«

»Und was täte ich hier?«

»Meine Buchhaltung machen, einen Laden aufmachen und all die tollen Kosmetika an die Touristen hier in Fish Creek verkaufen...« Er zögerte, bevor er fortfuhr: »...einfach Hausfrau sein und eine Schar Kinder aufziehen.« *Zumindest eines wär' ja auch schon mal nicht schlecht für den Anfang.* Aber er wollte das Thema nicht forcieren.

»He«, schalt sie ihn, »wir hatten doch gerade etwas Spezielles vor. Verdirb' uns nicht die Laune mit dieser alten Geschichte.«

Sie zog seinen Kopf zu sich herab, öffnete einladend ihren Mund, damit seine Zunge eindringen konnte. Sie war es, die die Führungsrolle übernahm – sie zog ihm seine Unterhose aus, rollte ihn auf den Rücken, damit auch sie sich ausziehen konnte. Sie war erfahren und geschickt, sehr geschickt und sehr begehrenswert. Wie andere Frauen auf einen ordentlichen Haushalt achteten, kümmerte sie sich vor allem darum, begehrenswert zu sein und zu bleiben. Darauf verwendete sie viel Zeit und Energie; sie hatte sogar einen festen Zeitplan in den normalen Tagesablauf eingebaut.

Bei Gott, sie war wirklich ein wunderschönes Geschöpf. Während sie ihn verführte, bewunderte er sie aus nächster Nähe, ihre feine eierschalenfarbene Haut, der man die achtunddreißig Jahre überhaupt nicht ansah, und die zweimal pro Tag intensiv mit den teuren französischen Pflegeprodukten, die sie verkaufte, verwöhnt wurde. Ihre Nägel waren perfekt manikürt und in leuchtendem Himbeerrot lackiert. Ihr Haar hatte derzeit einen kräftigen Mahagoniton, in den ein Haarkünstler aus einer fernen Stadt, in der sie letzte Woche war, noch besondere Glanzlichter hineingezaubert hatte. Orlane zahlte Zuschüsse für Haar- und Nagelpflege, und außerdem konnten die Handelsvertreter unbegrenzte Mengen an Orlane-Produkten bekommen, mit der unausgesprochenen Auflage, daß ihr Aussehen die beste Reklame für die eigenen Produkte sein sollte. Die Firma fuhr nicht schlecht mit Nancy Macaffee. Sie war eine wunderschöne Frau.

Sie fuhr mit einem ihrer langen Nägel die Konturen seiner Lippen nach. Er biß leicht zu und streichelte über ihr Haar.

»Die neue Farbe steht dir gut«, murmelte er, zog es zwischen den Fingern nach oben und ließ es dann fallen. Sie hatte volles, gesundes Haar, das sie tagsüber ordentlich im Nacken mit einer Sechzig-Dollar-Goldspange zusammenfaßte. Heute abend rahmte es ihre hohen Wangenknochen ein und ließ sie ein wenig wie Kleopatra aussehen.

Schlank und nackt saß sie auf seinem Unterleib, schüttelte sich die Haare zurecht und hatte sich mit ihren langen Nägeln wie eine dösende Katze in seinen Brusthaaren verkrallt.

»Maurice hat es gemacht... in Chicago.«

»So, Maurice also.«

Noch einmal schüttelte sie ihre prachtvolle Mähne, lächelte geheimnisvoll und sah ihn mit halb geschlossenen Augen an.

»Mm-hmm...«

Unaufhörlich streichelte er über ihre Hüften. »Weißt du, du bist wirklich unglaublich.«

»Ach ja? Wieso?« Langsam fuhr sie mit dem Nagel von seinem Hals bis hinunter zu seinen Lenden und betrachtete die weiße Linie auf seiner Haut.

»Du wachst mitten in der Nacht auf und siehst aus, als wärst du gerade von Maurice' Stuhl aufgestanden.«

Ihre Augenbrauen waren nach oben gebürstet, dichte, schwarze Wimpern umrahmten dunkelbraune Augen. Vor langer Zeit, als sie noch in der Ausbildung war, hatte sie ihm erzählt, was sie gelernt hatte: Die meisten Menschen haben eine Reihe Wimpern, manche jedoch zwei. Nancy hatte zwei Reihen und noch einige dazu. Sie hatte märchenhafte Augen und einen ebensolchen Mund.

»Komm sofort her«, befahl er scherzhaft, packte sie unter den Armen und zog sie an sich. »Wir haben fünf Tage nachzuholen.« Er legte sie neben sich und fuhr mit der Hand zwischen ihre Beine. Die feuchte Wärme bestätigte ihm, daß auch sie ihn begehrte. Endlich legte sie die Hand um seinen Penis und machte die erste Bewegung, unter der er erschauerte. Sie kannten ihre sexuellen Bedürfnisse, wußten, was der andere mochte und am liebsten hatte. Aber in dem Augenblick, als er bereit war, in sie einzudringen, drückte sie ihn weg und flüsterte: »Warte, Liebling, ich bin gleich wieder da.«

Er hielt sie fest. »Warum kannst du heute nicht mal drauf vergessen?«

»Geht nicht. Zu riskant.«

»Na und?« Er umwarb sie mit unzähligen Küssen und liebkoste ihren Körper. »Laß es doch drauf ankommen«, schlug er vor. »Was wäre denn schon dabei, wenn du schwanger würdest?«

Sie gluckste, knabberte an seinem Kinn und wiederholte: »Ich bin gleich wieder da«, entwand sich ihm und tappte über den Teppich in das Badezimmer.

Er seufzte, legte sich auf den Rücken und schloß die Augen, *Wann?* Er wußte die Antwort. Nie. Sie verhätschelte ihren Körper nicht nur für die Firma Orlane und für ihn, sondern auch für sich selbst. Sie hatte Angst, diese Perfektion aufs Spiel zu setzen. Er hatte heute abend wieder einmal versucht, darüber zu sprechen. Meistens wurde sie ärgerlich, wenn er von einem Kind anfing, und suchte sich schnell irgendeine Beschäftigung. Danach herrschte für den Rest des Wochenendes eine eher gespannte Atmosphäre. Er hatte gelernt, ihr deswegen nicht mehr zuzusetzen. Aber die Jahre vergingen. Im Oktober würde er einundvierzig werden, und ein paar Jahre danach würde er sich zu alt fühlen, noch eine Familie zu gründen. Ein Kind brauchte einen Vater, mit dem es herumtollen und raufen konnte.

Eric dachte daran zurück, wie sein Vater ihn hoch über seinen Kopf gehoben und ihm die Möwen gezeigt hatte. »Siehst du die Vögel, mein Sohn? Folge ihnen, und sie werden dir zeigen, wo die Fische sind.« Gleich darauf sah er noch einmal das Bild seiner Geschwister vor sich, die alle am Bett des sterbenden Vaters versammelt waren. Tränen strömten über ihre Gesichter, als sie sich mit einem Kuß auf die leblose Wange von dem alten Mann verabschiedeten, dann ihre Mutter küßten und schließlich das Zimmer verließen, um sie mit ihm alleine zu lassen.

Nichts wünschte er sich mehr als eine Familie zu gründen.

Die Matratze bewegte sich, und Eric öffnete die Augen.

Nancy kniete über ihm. »Hallo, da bin ich wieder.«

Sie liebten sich mit allen Raffinessen, probierten neue Stellungen aus und sprachen über ihre sexuellen Wünsche. Eric kam einmal zum Höhepunkt, Nancy zweimal. Aber als es vorüber war, legte er die Hände hinter den Kopf, starrte auf das Schattenspiel an der Decke und grübelte darüber nach, wie leer doch die ganze Sache ohne ihre ursprüngliche Bestimmung war.

Nancy schmiegte sich an ihn, legte einen Arm und ein Bein über seinen Körper und versuchte ihn zum Schmusen zu bewegen. Dann nahm sie seinen Arm und legte ihn um ihre Taille.

Aber er hatte nicht das Bedürfnis, sie zu halten, bis sie beide eingeschlafen waren.

Am Morgen stand Nancy um halb sechs Uhr auf – Eric um Viertel vor sechs, sobald die Dusche frei war. Er war der festen Überzeugung, sie wäre die einzige Frau in ganz Amerika, die noch einen Frisiertisch hatte und benutzte. Das ländliche Haus, Baujahr 1919, hatte Nancy nie gefallen. Nur widerwillig war sie hier eingezogen, klagte, die Küche sei unzureichend ausgestattet, zu wenige Anschlüsse seien vorhanden und das Bad sei eher ein Witz. Deshalb der Frisiertisch im Schlafzimmer.

Er stand an einem schmalen Wandstück zwischen zwei Fenstern; sein großer, runder Make-up-Spiegel war ringsum von einer Vielzahl von Lampen umgeben.

Während Eric sich duschte und anzog, stand bei Nancy das allmorgendliche Schönheitsritual an: Töpfchen und Tiegelchen, Fläschchen und Döschen; Gels und Lotionen; Sprays und Cremes; Fön und Lockenwickler, Pinzette und Feile. Obgleich er nie verstehen konnte, weshalb die Prozedur eine Stunde und fünfzehn Minuten dauerte, wußte er, daß unter dieser Zeit nichts zu machen war. Oft genug hatte er ihr dabei zugeschaut. Das kosmetische Ritual war Nancy ebenso in Fleisch und Blut übergegangen wie das Einhalten ihrer Diät. Es war tägliche Routine, und für sie war es ganz normal, zu Hause am Frühstückstisch genauso perfekt auszusehen wie bei einem geschäftlichen Treffen mit dem Firmenvorstand in New York.

Während Nancy vor dem Spiegel saß, hörte Eric dem Wetterbericht im Radio zu, zog weiße Jeans und weiße Reeboks an, dazu einen kräftig blauen Pullover mit dem Firmenemblem, einem Steuerrad, und seinem Namen auf der Brusttasche.

Er band sich die Schuhe zu und fragte: »Möchtest du etwas aus der Bäckerei?«

Sie malte sich gerade feine Striche als Wimpern auf das untere Augenlid. »Du ißt zuviel von dem Zeug. Solltest dich lieber an Vollkorn halten.«

»Mein einziges Laster. Ich bin gleich wieder da.«

Sie sah ihm nach und war stolz auf seine schlanke Figur

Zwischen durch:

Nancy ist eine Perfektionistin: das alltägliche Schönheitsritual und das Einhalten ihrer Diät sind ihr in Fleisch und Blut übergegangen. Kein Wunder, daß sie auch die Leckereien aus der Bäckerei für ein Laster hält…

Keine schwerwiegende Sünde – wohl aber eine schmackhafte Abwechslung – ist dagegen ein heißer Drink für zwischendurch: der…

und sein gutes Aussehen. Er war letzte Nacht ärgerlich gewesen, das wußte sie, und es machte ihr Sorgen. Sie wollte, daß auch ihm ihre Zweisamkeit genügte, so wie es bei ihr der Fall war. Nie hatte sie verstehen können, warum er meinte, mehr haben zu müssen.

Bevor er das Haus verließ, setzte er in der Küche den Kaffee auf. Vor der Haustür blieb er einen Augenblick stehen und ließ seinen Blick über die Stadt und das Wasser schweifen. Die Main Street, einen Häuserblock weiter, verlief genau entlang der Küstenlinie der Hafenbucht von Fish Creek, über der heute morgen rosagetönte Nebelfetzen hingen, die die Sicht auf den Peninsula State Park jenseits des Wassers im Norden versperrten. An den Anlegestellen lagen reglos Segelboote im Wasser. Ihre Masten durchstießen die Nebelwand und waren über den Baumwipfeln und den Dächern der Geschäftshäuser entlang der Main Street sichtbar. Er kannte die Straße und die Geschäfte ebensogut wie die Bucht selber, vom staatlichen alten White Gull Inn im Westen bis zu dem eleganten, neuen Ladenzentrum im Osten. Auch die Menschen dort unten kannte er alle; sie winkten, wenn er mit seinem Lieferwagen an ihnen vorbeifuhr. Er wußte, daß die Post jeden Tag zwischen 11 und 12 Uhr im Postamt eintraf, wie viele Kirchen die Stadt hatte und wer welcher Glaubensgemeinschaft angehörte.

Diese ersten Minuten in der frischen Morgenluft gehörten für ihn zu den schönsten Augenblicken des Tages. Er prüfte, was das Wetter bringen würde, indem er das Wasser betrachtete und den östlichen Himmel über den Wäldern, die die Stadt umgrenzten, und hörte dem Lied einer Trauertaube zu, die auf einem Leitungsdraht saß. Mit einem tiefen Atemzug sog er den Duft der riesigen Zedern hinter dem Haus ein, der sich mit dem frischen Brotes von der Bäckerei unten am Fuße des Hügels vermischte.

Warum hat mich Maggie Pearson nach dreiundzwanzig Jahren plötzlich angerufen?

Ganz unvermittelt schoß ihm dieser Gedanke durch den Kopf. Ein wenig erschreckt setzte er sich in Bewegung und joggte den Hügel hinunter, grüßte Pete Nelson, der ihm durch den Hinterausgang der Bäckerei zuwinkte und lief um das Gebäude herum. Es war ein hübsches, kleines, ein wenig von der Straße zurückgesetztes Haus. Der Rasen vor dem Haus war von Blumenbeeten begrenzt, und die Veranda von einem weiß gestrichenen Geländer umgeben. Im Geschäft nickte er zwei Feriengästen zu, die zu so früher Stunde schon unterwegs waren, begrüßte das junge, hübsche Hawkins-Mädchen hinter der Ladentheke und erkundigte sich nach dem Befinden der Mutter, die gerade eine Gallenblasenoperation hinter sich hatte, tauschte ein paar Freundlichkeiten mit Pete aus, der seinen Kopf aus dem Hinterzimmer steckte, und plauderte mit Sam Ellerby, der gerade die übliche Ration Brötchen und Brot für das Summertime Restaurant an der Spruce Street, zwei Häuserblocks weiter, abholte.

Eric hatte den täglichen Weg zu der Bäckerei genauso liebgewonnen wie das Gebäck, das er von dort mitbrachte. Gut gelaunt kam er mit seiner Wachspapiertüte zu Hause an und goß gerade den Kaffee ein, als Nancy in die Küche kam.

»Guten Morgen«, sagte sie. Für Nancy war es erst ein guter Morgen, wenn ihr Make-up perfekt saß.

»Guten Morgen.«

Sie trug einen sandfarbenen Leinenrock und eine Bluse mit tief angesetzten, weit geschnittenen Ärmeln und einem hochgeschlossenen Kragen, deren Stoff winzige lilafarbene und grüne Katzen zeigte. Wer außer Nancy könnte einen Stoff mit lilafarbenen und grünen Katzen tragen und trotzdem schick aussehen? Auch ihr Gürtel aus gedrehtem, lilafarbenem Sisal und einer Schnalle von der Größe einer Radkappe hätte bei jeder anderen Frau unmöglich ausgesehen. Aber Erics Frau hatte Stil und einen untrüglichen Sinn für dekorative Aufmachung – und zudem Einblick in die elegantesten Geschäfte von ganz Amerika, wo sie außerdem noch Prozente auf ihre Einkäufe bekam. Wenn Nancy Macaffee einen Raum betrat, verblaßte alles und jeder um sie herum.

Er betrachtete sie, wie sie in ihren lila Schuhen durch die Küche ging. Das Haar hatte sie ordentlich im Nacken zusammengenommen, die Augen waren mit Lidschatten und Wimperntusche geschminkt, die Lippen mit Konturenstift nachgezeichnet und mit passendem Lippenstift ausgemalt. Eric nippte an seinem Kaffee und grinste.

»Danke.« Sie nahm die Tasse, die er ihr reichte, und führte sie vorsichtig zum Mund. »Mmm... du hast anscheinend gute Laune.«

»Stimmt.«

»Worüber lächelst du?«

Er lehnte sich gegen den Küchenschrank, biß herzhaft in einen dicken, zuckerglasierten Doughnut und trank dazu Kaffee in kleinen Schlucken. »Ich stelle mir dich gerade als Polyester-Mama vor – ungefähr zweihundert Pfund Lebendgewicht, mit Jerseyhosen und Lockenwicklern in den Haaren.«

»Freu dich nicht zu früh.« Sie zog eine Augenbraue hoch und grinste ihn hämisch an. »Hast du jemanden in der Bäckerei getroffen?«

»Zwei Feriengäste, Sam Ellerby, die kleine Hawkins, und Pete steckte seinen Kopf aus der Backstube.«

»Irgendwelche Neuigkeiten?«

»Nöö.« Er leckte seine Finger ab und trank seinen Kaffee aus. »Was machst du heute?«

»Die wöchentliche Verkaufsabrechnung, was sonst? Dieser Job wäre ideal, wenn nur nicht so viel Papierkram dranhinge.«

Und die Geschäftsreisen, dachte er. Nach fünf Reisetagen verbrachte sie den sechsten und manchmal auch die Hälfte des siebenten Tages mit Abrechnungen und Berichten – sie arbeitete verdammt hart, das mußte man ihr lassen. Aber andererseits liebte sie die Eleganz und Pracht, die sie in Läden wie Bonwit Teller, Neiman-Marcus und Rocco Altobelli, alles ihre Kunden, kennengelernt hatte. Und wenn Geschäftsreisen eben zu ihrem Job gehörten, dann nahm sie Nachteile gern in Kauf und genoß dafür die Glitzerwelt.

Sie war schon bei Orlane beschäftigt, als sie wieder nach Door County zogen. Er hatte damals gedacht, sie würde den

Job aufgeben, zu Hause bleiben und eine Familie gründen wollen. Aber statt dessen hatte sie Überstunden in Kauf genommen, nur um den Job behalten zu können.

»Und du?« fragte sie, setzte sich eine Brille auf und schlug die Zeitung auf.

»Wir sind heute ausgebucht. Mike auch. Drei Chartergruppen.«

Er spülte seine Tasse aus, stellte sie in die Geschirrspülmaschine und setzte sich eine weiße Seemannskappe mit einem glänzenden schwarzen Schild auf.

»Du kommst also nicht vor sieben?«

»Wahrscheinlich nicht.«

Sie sah durch ihre übergroße Hornbrille zu ihm auf. »Versuch, es früher zu schaffen.«

»Kann ich nicht versprechen.«

»Versuch es bitte, ja?«

Er nickte.

»Ja, ich glaube, ich muß los«, stellte Nancy fest und klappte die Zeitung zu.

»Ich auch.«

Mit der Kaffeetasse in der einen und dem Saftglas in der anderen Hand legte sie ihre Wange an seine.

»Bis heute abend.«

Sie machte sich auf den Weg in ihr kleines Büro unten im Haus, er ging den kurzen Weg hinüber zu der mit Schindeln verkleideten Garage. Er öffnete die Tür, betrachtete Nancys äußerst respektablen, stahlgrauen Acura und kletterte in seinen rostigen Ford Lieferwagen, der vor zwölf Jahren einmal weiß gewesen war, früher links hinten noch einen Kotflügel gehabt hatte und dessen Auspuff damals noch nicht mit einem Draht festgebunden war. Nancy hielt das Fahrzeug für unzumutbar, aber Eric war die alte Hure, wie er es liebevoll nannte, richtig ans Herz gewachsen. Der Motor war unverwüstlich, der Firmenname und die Telefonnummer auf den Türen waren immer noch gut lesbar, und der Fahrersitz hatte nach all den vielen Jahren genau die Form seines Rückens.

Er steckte den Schlüssel ins Zündschloß und murmelte: »Also gut, du alte Hure, dann wollen wir mal.«

Mit ein bißchen gutem Zureden sprang der Motor nach weniger als einer Minute an.

Er drückte auf die Tube, lächelte, legte den Rückwärtsgang ein und fuhr aus der Garage.

Die Fahrt von Fish Creek nach Gills Rock führte durch neunzehn der schönsten Meilen, die er kannte. Green Bay war mit Unterbrechungen auf der linken Seite zu sehen, Bauernhöfe, Obstgärten und Wälder auf der rechten. Die von Blumen gesäumte Main Street in Fish Creek stieg nach dem Ortsende leicht an; dann ging es durch dichte Wälder, an alleinstehenden Landhäusern vorbei und durch kleine Ferienorte hindurch, ein wenig nach Nordosten, aber immer wieder zum Strand hinunter. Nach dem malerischen kleinen Ort Ephraim mit den zwei weißen Kirchtürmen, die sich im klaren Wasser spiegelten, kam Sister Bay, wo Al Johnsons berühmte Ziegen bereits auf dem Grasdach seines Restaurants grasten. Von dem Hügel hinter dem Grand View Hotel in Ellison Bay hatte man dann den schönsten Panoramablick der ganzen Gegend. Schließlich gelangte er nach Gills Rock, wo sich das Wasser des Lake Michigan mit dem von Green Bay traf und es zu jenen gefährlichen Strömungsverhältnissen kam, von denen die Gegend ihren Namen bekommen hatte: Death's Door.

Eric hatte sich schon oft gefragt, warum eine Stadt und ein Felsen nach einem längst vergessenen Siedler namens Elias Gill benannt waren, während die Seversons schon viel eher und länger und noch immer da waren. Schließlich war der Name Gill schon längst von den Steuerlisten und aus dem Telefonbuch verschwunden. Aber die Seversons waren noch immer gut vertreten. Erics Großvater hatte das Bauernhaus auf der Klippe über der Buch gebaut, sein Vater hatte das hinter Zedern versteckte Haus und das Charterbootgeschäft aufgebaut, das er und Mike so erweitert hatten, daß zwei – oder drei, wenn man Ma dazuzählte – Familien gut davon leben konnten.

Manche Leute hätten Gills Rock nicht einmal als Stadt bezeichnet. Eigentlich bestand es nur aus einer Reihe von verwitterten Häusern, die sich um die südöstliche Buchtseite scharten. Nur ein Restaurant, ein Souvenirladen, einige Docks, eine Bootanlegestelle und Mas Haus hinderten die Bäume daran, direkt bis zum Wasserrand zu wachsen. Dazwischen gab es noch einige kleinere Hütten und das übliche Drum und Dran eines Fischerhafens – Bootsanhänger, Seilwinden, Pumpen und die Stapelschlitten, auf denen die Boote im Winter ausruhten.

Der Wagen holperte über die steinige Erde die Einfahrt hinunter. Unbekümmert schossen Baumsprößlinge aus dem Kiesboden und zwischen den Hütten nahe der Docks. Auf dem Dach der Hütte, in der die Fische gesäubert wurden, hatte sich schon eine Reihe von Möwen niedergelassen, deren Kot die grünen Schindeln weiß gestreift hatte. Stechender, blauer Rauch aus der Räucherhütte hing in der Luft. Über allem schwebte der allgegenwärtige Geruch von Fisch und moderndem Holz. Als er unter seinem Lieblingsahorn den Wagen anhielt, sah er, daß Mikes Söhne, Jerry Joe und Nicholas, bereits an Deck der *Mary Deare* und der *Dove* waren, staubsaugten, die Kühlbehälter mit Eis auffüllten und Erfrischungen an Bord schleppten. Wie er selbst und Mike waren die beiden hier am Wasser aufgewachsen und schon mit hinausgefahren, sobald ihre Hände groß genug waren, die Reling zu umfassen. Mit ihren achtzehn und sechzehn Jahren waren Jerry Joe und Nicholas schon verläßliche, verantwortungsbewußte Helfer auf den Booten geworden.

Als er die Wagentür zuschlug, winkte er ihnen zu und ging in Richtung Haus.

Hier war er aufgewachsen, und es machte ihm nichts aus, daß daraus inzwischen ein Büro für Charterausflüge geworden war. Die Eingangstür war zwar manchmal geschlossen, aber nie versperrt. Jetzt um fünf Minuten vor sieben Uhr stand sie jedenfalls schon weit offen und wurde von einem Sechserpack Coca-Cola daran gehindert zuzuschlagen. An den mit knorriger Kiefer verkleideten Wänden des Büros hingen Köder und Blinker, Regalbretter, auf denen Insektenmittel standen, ein Funkgerät mit Sende- und Empfangsstation, Fischereierlaubnisscheine, Landkarten von Door County, Netze und zwei präparierte Lachse. Außerdem zierten unzählige Fotos von Touristen mit ihren stolzen Fängen die noch freien Wandstellen. An einer Stange hingen gelbe Regenmäntel zum Verkauf, an einer anderen Sweatshirts in allen Regenbogenfarben mit der Aufschrift SEVERSON'S CHARTER FISHING, GILLS ROCK. Am Boden standen noch weitere Sechserpacks mit Dosengetränken und auf einem Kartentisch in der Ecke eine Kaffeemaschine für fünfundzwanzig Tassen, an der sich die Kunden gratis bedienen konnten. Er ging um die Theke mit der alten Messingregistrierkasse herum, durch eine schmale Tür in einen Raum, der einmal eine Art verglaste Nebenveranda war, aber jetzt Kühlbehälter und die Eismaschine beherbergte.

Am anderen Ende der Veranda führte eine weitere Tür in die Küche.

»Morgen, Ma«, sagte er, als er eintrat.

»Morgen, Junge.«

Er holte sich eine dickwandige weiße Tasse aus dem Schrank und goß sich aus einer abgeschlagenen Emailkanne Kaffee ein, die auf einem ramponierten Gasherd stand, derselbe Gasherd, der schon seit seiner Kindheit an dieser Stelle stand. Die Feuerstellen waren dick verkrustet, und die Wand dahinter trug deutliche Abnützungsspuren. Ma war alles andere als eine gute Hausfrau – mit einer Ausnahme: Zweimal pro Woche buk sie selbst Brot und weigerte sich strikt, im Laden gekauftes zu essen. Steif und fest behauptete sie: »Daran stirbt ein normaler Mensch.«

Auch heute morgen knetete sie Brotteig auf einem alten Klapptisch, über den sie ein blaues Wachstuch gebreitet hatte. Soweit sich Eric erinnern konnte, war das Wachstuch in der Küche das einzige Utensil, das seit 1959 ausgewechselt worden war. Damals hatte Ma die alte hölzerne Eisbox durch den Gibson-Kühlschrank ersetzt, der inzwischen auch schon wieder eine Antiquität war, aber immer noch lief.

Ma warf niemals etwas weg, das auch nur noch einen einzigen Tag seinen Dienst tun würde.

Sie war wie üblich angezogen, Bluejeans und ein enges, wasserblaues T-Shirt, unter dem sich drei stattliche Fettringe abzeichneten. Anna Severson liebte T-Shirts mit Aufschriften. Heute hatte sie eines mit dem Satz: ICH TU'S MIT JUNGEN MÄNNERN ausgesucht, das eine alte Frau und einen jungen Mann beim Angeln zeigte. Zwischen ihren grauen Löckchen war noch zu erkennen, wie die einzelnen Haarbüschel bei der selbstgemachten Heimdauerwelle abgeteilt worden waren. Auf ihrer Nase – wenn sie überhaupt als solche zu bezeichnen war – saß eine Brille, die sicher ebenso alt war wie der Gibson-Kühlschrank und schon ganz gelbliche Gläser hatte.

Eric beobachtete mit der Tasse in der Hand, wie sie zum Schrank ging, um nach den Brotbackformen zu stöbern.

»Wie geht's dir heute?« fragte er.

»Hmh.«

»Ach ja, so richtig ›hmh‹?«

»Kommst du nur hierher, um meinen Kaffee zu trinken und mich zu belästigen?«

»Ach, Kaffee nennst du das?« Er blickte nachdenklich in die Tasse. »Rollt einem glatt die Zehennägel auf.«

»Dann geh und trink das gefärbte Wasser im Büro.«

»Du weißt, daß ich diese Plastikbecher hasse.«

»Dann trink deinen Kaffee zu Hause. Oder kann deine Frau nicht Kaffee kochen? Ist sie gestern abend heimgekommen?«

»Ja, ist sie. Etwa um Viertel nach zehn.«

»Hmh.«

»Ma, fang' nicht wieder damit an.«

»Das ist vielleicht ein Eheleben – du hier und sie sonstwo in den Vereinigten Staaten.« Sie fettete eine Brotbackform und schob sie über das Wachstuch. »Dein Vater hätte mich an den Haaren nach Hause geschleppt, wenn ich so etwas versucht hätte.«

»Dazu hast du nicht genug Haare. Apropos Haare, was ist dir da passiert?«

Er tat, als wollte er ihre wilden Löckchen einer ernsthaften Bewertung unterziehen.

»Ich war gestern abend bei Barbara und ließ mich schönmachen.«

Barbara war Mikes Frau. Die beiden wohnten gleich in der Nähe am Waldrand.

»Sieht aus, als würde es wehtun.«

Sie zog ihm mit der Brotbackform eine über und klatschte dann einen Brotlaib hinein. »Ich habe keine Zeit für dieses Affentheater, das weißt du ganz genau. Hat du gefrühstückt?«

»Ja.«

»Was? Doughnuts mit Zuckerguß?«

»Ma, du mischt dich schon wieder ein.«

Sie schob den Brotlaib in den Ofen. »Wozu sonst sind Mütter da? Gott hat kein Gebot gemacht, in dem es heißt: ›Du sollst dich nicht einmischen‹, also mische ich mich ein. Das steht mir als Mutter zu.«

»Ich dachte, Mütter wären dazu da, Fischereierlaubnisscheine zu verkaufen und Boote zu vermieten.«

»Wenn du eine Wurst möchtest, dann iß.« Sie zeigte mit dem Kopf auf eine gußeiserne Pfanne auf dem Herd und wischte mit der Handkante das Mehl von dem Wachstuch.

Er hob den Pfannendeckel, nahm eine der beiden fast kalten Polnischen – eine war für Mike gedacht, eine für ihn –, lehnte sich gegen den Herd und biß nachdenklich von seiner Wurst ab. »Ma, erinnerst du dich an Maggie Pearson?«

»Natürlich erinnere ich mich an Maggie Pearson. Mein Gehirn funktioniert noch ganz gut. Warum fragst du?«

»Sie hat mich gestern abend angerufen.« Zum erstenmal, seit er die Küche betreten hatte, hielt seine Mutter in ihrer Arbeit inne. Sie drehte sich vom Spülbecken weg und sah über ihre Schulter.

»Sie hat dich angerufen? Weswegen?«

»Einfach nur um ›hallo‹ zu sagen.«

»Sie lebt doch irgendwo im Westen, oder?«

»Seattle.«

»Sie hat dich aus *Seattle* angerufen, nur um ›hallo‹ zu sagen?«

Eric zuckte mit den Achseln.

»Sie ist verwitwet, nicht wahr?«

»Ja.«

»Ah, darum also.«

»Was meinst du mit: darum also?«

»Sie hat schon immer eine Schwäche für dich gehabt. Sie streckt die Fühler aus, jawohl, das tut sie. Witwen tun das, wenn sie einen Mann brauchen.«

»Um Himmels willen, Ma. Nancy lag neben mir, als sie anrief.«

»Als wer anrief?« unterbrach Mike, der gerade zur Tür hereinkam. Er war dreißig Pfund schwerer und zwei Jahre älter als sein Bruder und trug einen Vollbart.

»Seine alte Flamme«, gab Ma zur Antwort.

»Sie ist nicht meine alte Flamme!«

»Von wem sprecht ihr?« wiederholte Mike, ging zum Geschirrschrank, um sich eine Tasse herauszuholen, und schenkte sich Kaffee ein.

»Die kleine Pearson, mit der er auf der Veranda herumpoussiert hat, in der Annahme, alle seien schon zu Bett gegangen.«

»Ach, du meine Güte«, seufzte Eric auf.

»Maggie Pearson?« Mike zog die Augenbrauen hoch.

»Die Tochter von Vera und Leroy Pearson – du erinnerst dich doch«, sagte Anna nachdrücklich.

Mike nippte an dem heißen Kaffee und grinste seinen Bruder an.

»Hört! Hört! Bei euch beiden hat doch in High-School-Zeiten öfter mal die Erde gebebt.«

»Wenn ich gewußt hätte, daß ihr nur dumme Reden schwingt, hätte ich euch nichts erzählt.«

»Also, was wollte sie denn?« Mike fand die Wurst in der Pfanne und nahm sie.

»Ich weiß nicht. Sie und Glenda Holbrook haben noch Kontakt, und sie hat einfach...« Eric zuckte mit den Achseln.

»... angerufen, gefragt, wie's mir geht, ob ich verheiratet bin, Kinder habe und so weiter.«

»Sie streckt die Fühler aus«, wiederholte Ma.

»Ma!«

»Ja, ja, ich weiß schon. Sie wollte nur hallo sagen.«

»Sie läßt euch beide grüßen, aber ich weiß wirklich nicht, warum ich das überhaupt noch sage.«

»Mmh... da fehlt doch noch was«, grübelte Mike.

»Na, wenn es dir eingefallen ist, wirst du es mich sicher wissen lassen«, bemerkte Eric sarkastisch zu seinem Bruder.

Draußen im Büro krächzte das Funkgerät, und Jerry Joes Stimme war zu hören.

»*Mary Deare* an Zentrale. Bist du da, Großmama?«

Eric, der am nächsten stand, ging nach nebenan, um zu antworten. »Hier ist Eric. Schieß los, Jerry Joe.«

»Morgen, Captain. Die Sieben-Uhr-Gruppe ist da. Ich habe sie gerade zu euch ins Büro geschickt. Nick und ich könnten hier Hilfe gebrauchen.«

»Schon unterwegs.«

Eric sah durch die offene Bürotür eine Gruppe von Männern über die Asphaltstraße heraufkommen, die sich anmelden, zahlen und kaufen wollten – Mas Zuständigkeitsbereich. Jenseits der Tische, auf denen die Fische gesäubert wurden, sah er Tim Rooney, das »Mädchen für alles«, der ein Boot zu Wasser ließ. Gleichzeitig bog ein weiterer Lieferwagen mit Bootsanhänger in ihren Parkplatz ein.

Eric schaltete das Mikrofon ab und rief: »Ma! Mike! Kundschaft aus allen Himmelsrichtungen. Ich geh' zum Boot.«

Pünktlich um 7 Uhr 30 röhrten die Motoren der *Mary Deare* auf. Eric stand am Steuer. Jerry Joe löste die Vertäuung und sprang an Bord. Eric betätigte das Signalhorn, und Mike, der ebenfalls gerade die Motoren angelassen hatte, antwortete mit demselben ohrenbetäubenden Signal, das die morgendliche Stille durchschnitt.

Das große, hölzerne Steuerrad zitterte unter Erics Händen, als er vom Rückwärts- in den Vorwärtsgang wechselte und aus der Hafenbucht hinaussteuerte.

Den frühen Morgen eines Tages mochte Eric am liebsten, wenn die Sonne hinter ihm aufging, die Nebel aufstiegen und sich teilten, wenn das Boot sich einen Weg durch das Wasser bahnte. Begleitet wurden sie regelmäßig von einer Schar Silbermöwen, deren laute Schreie weit hinaus zu hören waren. Im Westen zeichnete sich Door Bluff scharf und grün gegen den blaßvioletten Horizont ab.

Er steuerte das Boot nach Norden, ließ den feuchten Fisch- und Holzgeruch des Hafens zurück und fuhr in die prickelnde Frische des offenen Wassers hinaus. Dann schaltete er das Echolot und das Funkgerät über seinem Kopf ein.

»Hier ist die *Mary Deare* auf Kanal zehn. Wer ist denn heute draußen?«

Kurz darauf meldete sich eine Stimme. »Hier ist die *Mermaid* auf Höhe von Table Bluff.«

»Hallo, Rog, geht heute was?«

»Noch nicht, aber wir orten sie in fünfundfünfzig Fuß.«

»Wer ist sonst noch draußen?«

»Die *Mariner* wollte in Richtung Washington Island, aber da ist zuviel Nebel, also haben sie nach Osten abgedreht.«

»Vielleicht versuche ich es um Door Bluff.«

»Warum nicht? Hier ist nichts los.«

»Wie tief bist du?«

»Ach, nur fünfundvierzig etwa.«

»Dann versuche ich es ein bißchen tiefer. Danke, Rog.«

»Petri Heil, Eric.«

Bei den begleiteten Angeltouren in Door County war es üblich, Informationen auszutauschen, denn erfolgreiche Touren brachten immer wieder neue Kunden.

Eric betätigte noch einmal das Mikrofon. »*Mary Deare* an Feststation.«

Mit krächzender, rauher Stimme meldete sich Ma. »Was gibt's, Eric?«

»Wir versuchen's in Richtung Door Bluff.«

»Verstanden.«

»Bis um elf. Bis dahin müßte doch auch das Brot gebacken sein, oder?«

Er hörte noch ihr glucksendes Lachen, als sie das Mikrofon drückte. »Schon gut, Junge. Du wirst es erwarten können.«

Lächelnd hängte er das Mikrofon an den Haken und winkte Jerry Joe herbei. »Übernimm bitte, damit ich die Angelgerten herrichten kann.«

In der nächsten halben Stunde war er damit beschäftigt, die glänzenden Blinker zu befestigen, die Gerten zusammenzustecken und die richtige Tiefe einzustellen, indem er zählte, wie oft die Schnur von der Rolle spulte. Er teilte jedem seine Gerte zu, hielt auf dem Bildschirm Ausschau nach Köderfischschwärmen oder Lachsen und achtete darauf, daß sich die Schnüre beim Ablauf von der Rolle nicht verhedderten. Dabei vergaß er auch nicht, mit den Kunden zu plaudern, sie ein wenig zu necken, sich mit den Neuen in der Gruppe zu unterhalten, um sie besser kennenzulernen, mit den Stammkunden ein wenig Anglerlatein aufzuwärmen und insgesamt alle so mit seinem Charme zu bezaubern, daß sie in jedem Fall wiederkommen würden.

Er machte seine Arbeit gut, konnte mit dem Angelgerät genausogut wie mit den Kunden umgehen. Als der erste Fisch anbiß, heizte er die Stimmung mit seiner Begeisterung an, nahm die Gerte in die Hand, gab kurze, knappe Befehle und übergab die Angel an einen dünnen, kahlen Mann aus Wisconsin, legte ihm eilig einen schweren Ledergürtel um, an dem der Gertengriff abgestützt werden konnte und wiederholte die Anweisungen, die er Jahre zuvor von seinem Vater bekommen hatte: »Nicht ruckartig zurückziehen! Bleiben Sie nahe an der Reling!« Und zu Jerry Joe: »Fahrt drosseln, rechts herum! Wir haben ihn!« Er schimpfte und ermutigte mit gleicher Liebenswürdigkeit, als wäre dies der erste Fisch in seinem Leben. Mit dem Gaff legte er selbst Hand an und hievte den Fang über die Reling.

Fast sein gesamtes Leben hatte er in diesen Gewässern gefischt, und so war es keine Überraschung, daß alle sechs Kunden je einen Lachs fanden.

Um elf Uhr kehrten sie in den Hafen zurück. Eric wog die Fische, hing sie an einem Brett auf, über dem in großen

Lettern stand: SEVERSONS CHARTERAUSFLÜGE, GILLS ROCK, reihte die stolzen Angler daneben auf, um ein paar Erinnerungsfotos mit der Polaroidkamera zu machen, gab jedem Kunden eines davon, putzte den Fisch, verkaufte vier Kühlboxen und vier Packungen Eiswürfel und ging dann zum Essen zu seiner Mutter.

Um sieben Uhr abends hatte er drei derartige Angelausflüge hinter sich gebracht. Er hatte zweiundvierzigmal angeködert, acht neue und elf alte Kunden betreut, hatte ihnen geholfen, fünfzehn Lachse und drei Seeforellen an Land zu bringen und es trotzdem fertiggebracht, öfter an Maggie Pearson zu denken, als ihm eigentlich lieb war. Seltsam, was so ein Anruf auslöste! Alte Erinnerungen, Nostalgie, Fragen wie: *Was wäre, wenn?*

Als er zum letzten Mal an diesem Tag zum Haus seiner Mutter hinaufging, dachte er wieder an Maggie. Er sah auf die Uhr. Viertel nach sieben. Nancy würde das Abendessen schon fertig haben. Aber vorher wollte er unbedingt noch einen Telefonanruf tätigen.

Mike und die Jungen waren nach Hause gegangen, und Ma schloß gerade die Bürotür. »War ein guter Tag«, sagte sie und zog den Stecker der Kaffeemaschine heraus.

»Ja.«

In der Küche hing das Telefonbuch für Door County an einer schmutzigen Schnur neben dem Kühlschrank. Während er die Nummer nachsah, wußte er ganz genau, daß Ma hinter ihm stehen würde. Aber er hatte nichts zu verbergen. Er wählte. Während er wartete, stützte er sich mit einem Ellenbogen auf dem Kühlschrank ab. Ma kam mit der Kaffeemaschine und machte sich am Spülbecken zu schaffen.

»Hallo?« Am anderen Ende der Leitung meldete sich ein Kind.

»Ist Glenda da?«

»Einen Moment.« Aus dem Telefonhörer klackte es, dann meldete sich das Kind wieder und sagte: »Sie will wissen, wer dran ist.«

»Eric Severson.«

»Okay, noch einen Augenblick bitte.« Er hörte, wie das Kind rief. »Eric Severson!« Ma ging im Zimmer auf und ab und bekam ganz große Ohren.

Kurz darauf meldete sich Glenda. »Eric, hallo! Wenn man vom Teufel spricht...«

»Hi, Brookie.«

»Hat sie dich angerufen?«

»Maggie? Ja. Hat mich wirklich überrascht.«

»Mich auch. Ich mache mir wirklich Sorgen um sie.«

»Sorgen?«

»Nun ja, ich meine, sag mal... du etwa nicht?«

Er stutzte. »Sollte ich?«

»Hast du etwa nicht bemerkt, wie deprimiert sie war?«

»Nein, eigentlich hat sie darüber kein Wort gesagt. Wir haben einfach über vergangene Zeiten geplaudert.«

»Sie hat nichts von ihrer Gruppe erzählt?«

»Was für eine Gruppe?«

»Ihr geht's schlecht, Eric«, klärte ihn Brookie auf. »Sie hat vor einem Jahr ihren Mann verloren, und jetzt ist auch ihre Tochter außer Haus. Offensichtlich ist sie in einer Gruppentherapie, und da brach mit einemmal ihre Welt zusammen. Sie hatte sich bemüht, die Tatsache zu akzeptieren, daß ihr Mann tot ist, und mittendrin hat eine aus der Gruppe versucht, Selbstmord zu begehen.«

»Selbstmord!« Eric nahm den Ellenbogen vom Kühlschrank. »Meinst du, daß man um sie Angst haben muß?«

»Weiß ich nicht. Ich weiß nur, daß der Psychiater ihr geraten hat, alte Freunde anzurufen, wenn es ihr schlecht geht. Deshalb hat sie sich bei uns gemeldet. Wir sind ihre Therapie.«

»Brookie, das wußte ich nicht. Hätte ich... aber sie erwähnte mit keinem Wort einen Psychiater, eine Gruppentherapie oder irgend etwas in der Richtung. Ist sie im Krankenhaus?«

»Nein, sie ist zu Hause.«

»Wie kam sie dir vor? Ich meine, war sie immer noch deprimiert oder...?«

Sein besorgter Blick traf auf Anna, die die Arbeit stehengelassen hatte und ihn beobachtete.

»Ich weiß nicht. Ich habe sie schon ein bißchen zum Lachen gebracht, aber was heißt das schon. Wie kam sie dir vor?«

»Ich bin mir auch nicht sicher. Meine Güte, Brookie, das ist dreiundzwanzig Jahre her. Von ihrer Stimme her kann man das so schlecht beurteilen. Wir haben auch miteinander gelacht, aber zum Teufel, wenn sie doch ein Sterbenswörtchen gesagt hätte.«

»Na gut, wenn du Zeit hast, ruf sie doch hin und wieder an. Ich glaube, das wird ihr helfen. Ich habe schon mit Fish und Lisa und Tani telefoniert. Wir werden uns abwechseln.«

»Gute Idee.« Eric überlegte kaum zwei Sekunden und hatte sich dann entschieden. »Hast du ihre Nummer, Brookie?«

»Klar. Hast du etwas zu schreiben?«

Er griff nach dem Bleistift, der an einer schmuddeligen Schnur hing. »Ja, schieß los.«

Seine Mutter sah zu, wie er Maggies Telefonnummer zwischen Dutzende anderer auf den Umschlagdeckel des Telefonbuchs kritzelte.

»206 – 555 – 3404«, wiederholte er. »Danke, Brookie.«

»Eric?«

»Ja?«

»Grüß sie von mir und sag ihr, ich denke an sie und melde mich bald bei ihr.«

»Mach ich.«

»Und grüß deine Mutter von mir.«

»Wird erledigt. Ich bin sowieso gerade in ihrem Haus. Auf Wiedersehen, Brookie.«

»Mach's gut.«

Als er auflegte, starrte ihn seine Mutter unverwandt an. Er fühlte sich innerlich aufgewühlt.

»Sie ist mit Selbstmordgefährdeten in einer Gruppentherapie. Ihr Arzt hat ihr geraten, alte Freunde anzurufen.« Stokkend atmete er aus und sah unruhig um sich.

»Das arme, kleine Ding.«

»Sie hat kein Sterbenswörtchen davon erwähnt, Ma.«

»Das ist sicher auch nicht so leicht, darüber zu reden.«

Er ging langsam zum Küchenfenster hinüber, blickte hinaus und sah Maggie, wie er sie in Erinnerung hatte: ein fröhliches, junges Mädchen, das furchtbar gern lachte. Lange stand er da und überlegte, was zu tun sei.

Schließlich drehte er sich zu Anna um. Er war vierzig Jahre alt, aber in diesem Fall wollte er doch wissen, ob seine Mutter einverstanden war. »Ich muß sie anrufen, Ma.«

»Natürlich.«

»Macht es dir was aus, wenn ich von hier aus anrufe?«

»Mach schon. Ich nehme einstweilen ein Bad.« Sie ließ die Kaffeemaschine und den Kaffeesatz im Spülbecken stehen, ging zu ihm, umarmte ihn und klopfte ihm aufmunternd auf den Rücken. »Manchmal, mein Sohn, haben wir keine andere Wahl«, sagte sie und ließ ihn alleine.

3. Kapitel

Am Tag nach den Gesprächen mit Brookie und Eric schien es, als wollte sich Maggies Telefon für sein langes Schweigen entschuldigen. Der erste Anruf kam um sechs Uhr früh.

»Hallo, Mom.«

Maggie war mit einem Schlag hellwach und sah auf die Uhr.

»Katy, ist alles in Ordnung?«

»Es ist alles in Ordnung, und du hättest das schon gestern wissen können, wenn nicht abends dein Telefon ständig belegt gewesen wäre.«

»Oh, Katy, es tut mir leid.« Maggie streckte sich und steckte sich ihr Kissen in den Nacken. »Ich hatte zwei wundervolle Gespräche mit zwei alten Schulfreunden.« Sie erzählte Katy die wichtigsten Neuigkeiten, fragte, wo sie war, bat sie, ganz bestimmt abends noch einmal anzurufen, und verabschiedete sich dann ohne das Gefühl der Einsamkeit, das sie nach dem ersten Ferngespräch mit ihrer Tochter befürchtet hatte.

Der nächste Anruf kam, als sie gerade ihren ersten Teebeutel in der Tasse schwenkte. Es war Nelda.

»Tammi wird es schaffen, und Dr. Feldstein meint, es würde ihr guttun, wenn wir sie besuchten.«

Maggie griff sich ans Herz und atmete tief durch. »Oh, Gott sei Dank.« Es schien kein schlechter Tag zu werden.

Um halb elf kam der nächste Anruf, der eine Überraschung brachte.

»Hallo«, meldete sie sich und hörte eine längst vergessene Stimme: »Hallo, Maggie, hier ist Tani.«

Maggie umfaßte freudig den Hörer mit beiden Händen.

»Tani. O Tani, wie geht's dir? Wie schön, dich zu hören.«

Sie sprachen vierzig Minuten miteinander. Es war kaum eine Stunde vergangen, da hing Maggie wieder am Telefon;

diesmal war eine unverkennbare Mickymaus-Stimme am anderen Ende der Leitung.

»Hi, Maggie. Rat mal, wer dran ist.«

»Fish? Fish, du bist es, stimmt's?«

»Jawohl. Hier ist Fish.«

»Ach du meine Güte, ich kann es nicht glauben. Brookie hat euch verständigt, nicht wahr?«

Als Lisa dann noch anrief, hatte Maggie schon fast darauf gewartet. Sie war gerade dabei, sich zu schminken, um Tammi im Krankenhaus zu besuchen, als das Telefon wieder läutete.

»Hallo, Fremdling«, sagte eine liebe Stimme.

»Lisa... oh, Lisa...«

»Lang, lang, ist's her.«

»Zu lang. Ach du meine Güte... ich bin nicht sicher... wahrscheinlich breche ich gleich in Tränen aus.« Sie lachte und weinte gleichzeitig.

»Ich bin auch ganz durcheinander. Wie geht es dir, Maggie?«

»Wie würde es dir gehen, wenn vier deiner ältesten Freunde sich melden, nachdem du einen Hilferuf losgelassen hast? Ich bin überwältigt.«

Sie plauderten eine halbe Stunde. Am Ende des Gesprächs sagte Lisa: »Hör zu, Maggie, ich hatte da eine Idee. Erinnerst du dich an meinen Bruder Gary?«

»Natürlich. Er ist mit Marcy Kreig verheiratet.«

»War. Sie sind schon seit fünf Jahren geschieden. Gary heiratet nächste Woche zum zweiten Mal, und ich werde zur Hochzeit nach Door kommen. Ich dachte, du könntest auch mal wieder nach Hause kommen; Tani und Fish kämen sicher auch, und wir könnten uns alle bei Brookie treffen.«

»O Lisa, ich kann nicht.« Man hörte Maggie die Enttäuschung an. »Das klingt verlockend, aber in knapp zwei Wochen fängt mein Unterricht wieder an.«

»Nur ganz kurz?«

»Ich fürchte, das wäre zu kurz, und zu Anfang des Semesters... es tut mir leid, Lisa.«

»Oh, schade. Das ist eine echte Enttäuschung.«

»Ist es. Das wäre ein großes Hallo gewesen.«

»Hör zu . . . denk doch noch einmal darüber nach. Vielleicht geht's übers Wochenende. Es wäre doch super, wenn wir alle wieder einmal zusammenkämen.«

»Gut«, versprach Maggie, »ich werde darüber nachdenken.«

Das tat sie dann auch, als sie zu Tammi ins Krankenhaus fuhr. Sie dachte an Brookie, die alle zusammengetrommelt hatte, und daran, daß alle doch so besorgt um sie waren. Nach all den Jahren hatten sie sich sofort bei ihr gemeldet. Wie sehr ihr doch das geholfen hatte! Und nun konnte sie die moralische Unterstützung, die ihr zuteil geworden war, an einen anderen Menschen weitergeben.

Fünf Minuten vor drei Uhr saß sie im Warteraum der Intensivstation des Washington University Hospitals und blätterte eine Ausgabe von *Good Housekeeping* durch. Sie wartete, daß sie aufgerufen wurde. Aus dem Fernseher an der gegenüberliegenden Wand drang gedämpftes Gemurmel. In einer Ecke beim Fenster warteten ein Vater und zwei Söhne auf Nachricht von einer Mutter, die eine Bypaßoperation hinter sich gebracht hatte. Der Duft von starkem Kaffee erfüllte den Raum.

Eine hübsche, schlanke Krankenschwester trat ein und kam auf ihren leisen, weißen Schuhen auf Maggie zu.

»Mrs. Stearn?«

»Ja?« Maggie ließ die Zeitschrift sinken und sprang auf.

»Sie können jetzt zu Tammi hinein. Aber nur für fünf Minuten.«

»Danke.«

Maggie war auf den Anblick nicht vorbereitet. So viel medizinische Technik. So viele Schläuche und Flaschen. Bildschirme, die piepsende Töne von sich gaben. Und mittendrin eine durchsichtig blasse Tammi, die an tausend Schläuchen hing. Ihre Augen waren geschlossen, ihre Arme von blauen Flecken übersät, wo sie Infusionen bekommen hatte. Ihr aprikosenfarbenes Haar, das sie ähnlich wie Katy frisierte, lag brüchig und stumpf auf dem Kissen. Mit wieviel Teenagerstolz hatte sie sich immer um ihre Frisur gekümmert!

Maggie stand schon eine Weile vor ihrem Bett, als Tammi die Augen öffnete.

»Hallo, Kleines.« Maggie beugte sich über sie und drückte die Wange an ihr Gesicht. »Wir haben uns solche Sorgen um dich gemacht.«

Tammis Augen füllten sich mit Tränen, und sie drehte das Gesicht weg.

Maggie strich ihr das Haar aus der Stirn. »Wir sind so froh, daß du noch am Leben bist.«

»Aber ich schäme mich so.«

»Neeeeiin... Neeeiiin.« Maggie nahm Tammis Gesicht zwischen ihre Hände und drehte es zu sich. »Du sollst dich nicht schämen. Schau nach vorne, denk nicht zurück. Du wirst jetzt stärker sein, und wir werden alle daran arbeiten, daß du wieder glücklich wirst.«

Immer noch kämpfte Tammi gegen die Tränen an. Sie versuchte eine Hand zu heben und sie wegzuwischen, aber die Hand mit den vielen Schläuchen zitterte zu sehr. Maggie nahm vorsichtig ihre Hand und legte sie auf die Bettdecke zurück, holte dann ein Papiertaschentuch heraus und trocknete Tammis Tränen.

»Ich habe das Baby verloren, Maggie.«

»Ich weiß, Liebes, ich weiß.«

Tammi drehte sich weg. Maggie blieb neben ihr und streichelte ihre Schläfe.

»Aber du lebst, und uns ist dein Glück wichtig. Wir wollen dich wieder lächeln sehen.«

»Warum sollte sich um mich jemand kümmern?«

»Weil du du bist, ein ganz besonders einmaliges, menschliches Wesen. Du hast andere Menschen in einer Art und Weise berührt, die dir gar nicht bewußt ist. Jeder von uns tut das, Tammi. Jeder von uns ist ein wertvoller Mensch. Soll ich dir was erzählen?« Tammi wandte ihr Gesicht wieder Maggie zu. »Gestern abend war ich unheimlich deprimiert. Meine Tochter ist weggefahren, du warst im Krankenhaus, und das Haus war so leer. Alles erschien mir so sinnlos. Dann habe ich eine alte Freundin aus der Schulzeit angerufen, und weißt du, was dann passierte?«

Tammis Augen zeigten ein kleines Fünkchen Interesse. »Was?«

»Sie rief einige andere Freunde an, und daraus wurde eine Kettenreaktion. Heute haben drei alte Freundinnen angerufen – wunderbare, liebe Freundinnen, von denen ich jahrelang nichts gehört habe, Menschen, von denen ich nicht im Traum angenommen hätte, daß ihnen mein Glück am Herzen liegt. Und so wird es bei dir auch sein. Du wirst schon sehen. Als ich dann endlich so weit war, das Haus zu verlassen, um dich zu besuchen, hoffte ich, das Telefon würde einmal aufhören zu läuten.«

»Wirklich?«

»Wirklich.« Maggie lächelte und wurde auch mit einem kleinen Lächeln belohnt. »Jetzt hör mal zu, Kleines...« Sie nahm Tammis Hand, vorsichtig, um keinen der Schläuche herauszureißen. »Ich darf nur fünf Minuten bleiben, und die sind, glaube ich, vorbei. Aber ich komme wieder. In der Zwischenzeit kannst du schon mal darüber nachdenken, was ich dir bringen soll, wenn du in ein normales Krankenzimmer kommst. Malzbier, Zeitschriften – was immer du willst.«

»Ich weiß gleich was.«

»Na, sag schon.«

»Könntest du mir Haarshampoo und Pflegespülung bringen? Ich muß mir unbedingt meine Haare waschen.«

»Natürlich. Ich bringe auch den Fön und die Brennschere. Wir werden dich herrichten wie Tina Turner.«

Tammi mußte beinahe lachen.

»Ja, so mag ich es, wenn man deine Grübchen sieht.« Sie küßte Tammi auf die Stirn und flüsterte: »Ich muß gehen. Werd' schnell gesund.«

Maggie war voller Optimismus, als sie das Krankenhaus verließ. Wenn einem knapp zwanzigjährigen Mädchen eine ordentliche Frisur wichtig war, dann war sie ohne Zweifel auf dem Weg der Besserung. Sie blieb auf dem Nachhauseweg bei einer Parfümerie stehen und kaufte die Sachen ein, die Tammi haben wollte. Als sie mit der Tragtüte in der Hand die Küchentür aufmachte, läutete das Telefon wieder.

Eilig durchquerte sie den Raum, hob den Hörer ab und meldete sich atemlos. »Hallo?«

»Maggie? Hier ist Eric.«

Sie war überrascht, drückte die Tragtüte gegen ihren Magen und stand volle fünf Sekunden sprachlos da, ehe ihr bewußt wurde, daß sie antworten mußte. »Eric – du meine Güte, was für eine Überraschung.«

»Alles in Ordnung?«

»In Ordnung? Ich... ach ja, ich bin nur ein wenig außer Atem. Ich komme gerade zur Tür herein.«

»Ich habe mit Brookie gesprochen, und sie hat mir den wahren Grund deines Anrufs genannt.«

»Den wahren Grund?« Langsam stellte sie die Tragetüte ab. »Ach, du meinst meine Depressionen.«

»Ich hätte es mir ja auch denken können. Ich wußte, daß du nicht ›einfach so‹ anrufst.«

»Heute geht es mir viel besser.«

»Brookie sagte, eine aus eurer Gruppe hat einen Selbstmordversuch gemacht. Ich hatte auf einmal so Angst – ich meine...« Er atmete tief und hörbar durch. »Du liebe Güte, ich weiß nicht, was ich meine.«

Maggie umfaßte mit ihrer freien Hand den Hörer. »O Eric, willst du damit sagen, daß du gedacht hast, auch ich könnte Selbstmord begehen? Rufst du deshalb an?«

»Nun... ich wußte nicht so recht, was ich denken sollte. Ich mußte nur – heute dauernd an dich denken und habe mich gefragt, warum du angerufen hast. Schließlich habe ich mit Brookie gesprochen, und als sie mir von deiner Therapie erzählte und wie deprimiert du warst, da ging mir ein Licht auf. Maggie, du warst ein so fröhliches Mädchen, als wir jung waren.«

»Ich bin sehr weit weg von Selbstmordgedanken, ehrlich, Eric. Es war eine junge Frau namens Tammi. Ich habe sie gerade im Krankenhaus besucht. Sie wird überleben, und ich habe sie sogar fast zum Lachen gebracht.«

»Welche Erleichterung.«

»Es tut mir leid, daß ich gestern abend am Telefon nicht ganz ehrlich war. Vielleicht hätte ich dir sagen sollen, daß ich eine Gruppentherapie mache, aber nachdem ich dich an der Strippe hatte, war ich – wie soll ich es beschreiben? – ein wenig befangen, glaube ich. Bei Brookie tat ich mich ein bißchen leichter, aber bei dir, ich konnte dich doch nach so vielen Jahren nicht mit meinem Kram belabern.«

»Wie dumm von dir!«

»Vielleicht. Jedenfalls danke. Hör zu, was meinst du, wer heute auch angerufen hat. Tani *und* Fish *und* Lisa. Brookie hat sie alle mobilisiert. Und jetzt du. Ist ja fast ein halbes Klassentreffen.«

»Wie geht es den anderen? Was machen sie?«

Maggie erzählte ihm, was sie erfahren hatte, und im weiteren Gespräch verschwanden die Hemmungen der letzten Nacht. Sie schwelgten ein wenig in der Vergangenheit und lachten miteinander. Maggie hatte beide Ellenbogen auf den Küchentisch abgestützt und plauderte locker und entspannt. Er erzählte ihr von seiner Familie, sie erzählte ihm von Katy. Als eine Gesprächspause eintrat, war das beiden nicht peinlich. Schließlich sagte Eric: »Ich habe heute viel an dich gedacht, als ich mit dem Boot draußen war.«

Gedankenverloren strich sie über eine blaue Dose. »Ich habe auch an dich gedacht.« Die Entfernung machte es ihr leicht, dies zu sagen. Es war ungefährlich.

»Wenn ich über das Wasser blickte, sah ich dich in dem blauen Pullover mit Goldbuchstaben vor mir, wie du für die Gibraltar Vikings Stimmung machst.«

»Wahrscheinlich mit einer schrecklichen Bienenkorbfrisur und einem Augen-Make-up à la Cleopatra.«

Er lachte glucksend. »Ja, so ungefähr.«

»Möchtest du wissen, was ich vor mir sehe, wenn ich die Augen schließe und an dich denke?«

»Da ist mir nicht ganz wohl dabei.«

Sie drehte sich um und lehnte ihr Rückgrat gegen die Eckkante des Küchenschranks.

»Ich sehe dich in einem himmelblauen Pullover mit einer Zigarette im Mundwinkel zu Beatles-Musik tanzen.«

Er lachte. »Die Zigarette ist nicht mehr, aber ich trage noch immer einen blauen Pullover – nur daß inzwischen Captain Eric drauf steht.«

»*Captain* Eric?«

»Die Kunden mögen das. So haben sie das Gefühl, auf große Fahrt zu gehen.«

»Ich wette, du kannst es mit ihnen. Sicher lieben sie dich.«

»Nun, für gewöhnlich bringe ich sie zum Lachen und sorge dafür, daß sie nächstes Jahr wiederkommen.«

»Gefällt dir deine Arbeit?«

»Ich liebe sie.«

Sie lehnte sich jetzt bequem gegen den Schrank. »Erzähl mir von heute. War schönes Wetter, hast du Fische gefangen, waren viele Segelboote draußen?«

»Es war ein wunderschöner Tag. Erinnerst du dich noch – an manchen Tagen war der Nebel so dick, daß man morgens nicht einmal den Peninsula Park sehen konnte?«

»Mmm...«, antwortete sie verträumt.

»So war es heute früh auch, dicker Nebel; dann kam die Sonne hinter den Bäumen hoch und färbte den Nebel rot. Aber als wir eine Stunde auf dem Wasser waren, war der Himmel so blau wie die Blüten der Wegwarten.«

»O ja, die Wegwarten! Blühen sie gerade?«

»Stehen in voller Blüte.«

»Mmm, ich sehe sie direkt vor mir. Diese Jahreszeit hatte ich zu Hause am liebsten. Wir haben hier keine Wegwarten. Erzähl weiter. Hast du Fische gefangen?«

»Achtzehn heute – fünfzehn Lachse und drei Seeforellen.«

»Achtzehn«, wiederholte sie beeindruckt.

»Wir waren voll ausgebucht.«

»Nicht schlecht. Waren auch Segelboote da?«

»Segelboote...«, wiederholte er verächtlich. In Door County hatte es immer schon Rivalitäten zwischen Segelbooten und Motorbooten gegeben. »Wen interessieren schon Segelboote?«

»Mich.«

»Ach ja, ich erinnere mich, du hast dich immer schon für diese Dinger interessiert.«

»Und du schon immer für diese Stinker.«

Maggie lächelte und wußte, daß auch er lächelte. Wehmut erfaßte sie. »Ich war schon lange nicht mehr auf dem Wasser.«

»Ich dachte, wenn man in Seattle lebt, hat man auch ein Boot.«

»Haben wir auch. Natürlich ein Segelboot. Aber ich habe es seit Phillips Tod nicht benützt und war auch nicht angeln.«

»Du solltest nach Hause kommen. Dann könnte ich dich und deinen Dad mitnehmen. Wir lassen einen Vierundzwanzigpfünder anbeißen, damit du wieder mal was zum Staunen hast.«

»Mmm, klingt fantastisch.«

»Komm doch.«

»Ich kann nicht.«

»Warum nicht?«

»Ich bin Lehrerin, und der Unterricht beginnt wieder in knapp zwei Wochen.«

»Ach ja, richtig. Was unterrichtest du gleich wieder?«

»Hauswirtschaft – Ernährung, Bekleidung, Familienleben, Berufsplanung. Das Fach beinhaltet alles mögliche heutzutage. Wir haben sogar einen Kurs, bei dem wir aus der Abteilung einen Kindergarten machen, damit die Schüler die Entwicklung im Vorschulalter hautnah erleben können.«

»Klingt nach Lärm.«

Sie zuckte mit den Achseln. »Manchmal.«

»Bist du... eine gute Lehrerin?«

»Ich denke, ja. Ich komme gut mit den Kindern zurecht, und ich glaube, ich mache den Unterricht interessant für sie. Aber...« Sie hielt inne.

»Aber was?«

»Oh, ich weiß nicht.« Sie drehte sich wieder um und stützte die Ellenbogen auf. »Ich habe dasselbe jetzt so viele Jahre gemacht, daß es ein wenig langweilig wird. Und seit Phillips Tod...« Maggie legte eine Hand gegen ihre Stirn. »O Himmel, mir hängt dieser Satz so zum Hals raus. *Seit Phillips Tod.* Ich habe ihn so oft gesagt, als würde an diesem Tag der Kalender beginnen.«

»Klingt, als könntest du eine Veränderung brauchen.«

»Vielleicht.«

»Ich habe mich vor sechs Jahren verändert. Das war das Beste, was ich mir je antun konnte.«

»Was hast du gemacht?«

»Ich bin hierhergezogen, nachdem ich seit meiner Collegezeit in Chicago gelebt habe. Als ich hier die Schule abgeschlossen hatte, hätte ich nie im Leben geglaubt, daß ich hierher zurückkommen wollte. Aber nach all den Jahren am Schreibtisch habe ich Platzangst bekommen. Dann starb Dad, und Mike wollte unbedingt, daß ich mit ihm das Geschäft weiterführe. Er kam auf die Idee, ein zweites Boot zu kaufen und den Laden zu vergrößern. Schließlich sagte ich ja und habe es noch keine Sekunde bereut.«

»Du klingst sehr glücklich.«

»Bin ich.«

»Auch in deiner Ehe?«

»Auch in meiner Ehe.«

»Das ist wunderschön, Eric.«

Wieder entstand eine Pause. Es schien alles gesagt zu sein, was sie sich zu sagen hatten. Maggie richtete sich auf und sah auf die Küchenuhr. »Hör mal, ich lasse dich jetzt besser gehen. Du meine Güte, haben wir lange geschwätzt!«

»Ja, scheint so...» Ein undefinierbares Geräusch folgte, wie wenn sich jemand streckt. »Ich bin immer noch in Mas Haus. Nancy wartet sicher schon mit dem Abendessen.«

»Eric, vielen Dank für deinen Anruf. Es war sehr schön, mit dir zu plaudern.«

»Finde ich auch.«

»Und mach dir bitte meinetwegen keine Sorgen mehr. Ich bin seit Wochen nicht mehr so glücklich gewesen.«

»Das hört sich gut an und noch etwas... ruf mich an, wann

immer dir danach ist. Wenn ich nicht zu Hause bin, dann ruf hier bei Ma an. Sie würde sich riesig freuen, von dir zu hören.«

»Vielleicht mache ich das. Grüße sie schön von mir. Sag ihr, sie machte das beste Brot der Welt. Ich weiß noch, daß ich nach der Schule bei euch war und einen halben Laib verputzt habe.«

Er lachte. »Sie backt immer noch selber und behauptet immer noch, nach dem Genuß von gekauftem Brot würde man tot umfallen. Sie wird sicher bald größenwahnsinnig, aber ich werde ihr die Nachricht von dir ausrichten.«

»Eric, noch mal vielen Dank.«

»Keine Ursache. Ich fand es schön. Und du läßt dich nicht aus der Ruhe bringen, hörst du?«

»Jawohl, Captain.«

Zum ersten Mal in über dreißig Minuten entstand eine peinliche Pause.

»Also, dann ... auf Wiedersehen«, sagte er.

»Auf Wiedersehen.«

Als Maggie aufgehängt hatte, ruhte ihre Hand noch eine Weile auf dem Telefon. Dann ließ sie sie sinken. Sie starrte den Hörer an und stand lange bewegungslos da. Die späte Nachmittagssonne schickte ihre schrägen Strahlen über den Küchenboden. Von draußen drang gedämpft das Geräusch eines Rasenmähers vom nachbarlichen Grundstück herüber. Bilder von Sonnenstrahlen in Green Bay schossen ihr durch den Kopf, von anderen Rasen, von anderen Bäumen, von anderem Wasser. Langsam wandte sich Maggie vom Telefon ab und ging zur Verandatür. Sie öffnete sie, lehnte sich gegen den Türstock und hing ihren Erinnerungen nach. Er. Die ganze Gruppe. Door County. Das letzte High-School-Jahr. Die erste Liebe. Ach, Nostalgie.

Aber er war ein glücklich verheirateter Mann. Und wenn sie ihn wiedersehen würde, hätte er sicher fünfundzwanzig Pfund Übergewicht und eine Stirnglatze. Dann würde sie froh sein, daß er mit jemandem anderen verheiratet ist.

Nichtsdestotrotz, durch das Gespräch mit ihm wurden

lang vergessene Erinnerungen wach. Sie sah nicht die von immergrünen Pflanzen umgebene Redwood-Terrasse vor sich, sondern azurblaue Wegwarten. Es gab kein intensiveres Blau als das der Wegwarten in der Augustsonne. Gegen Abend bekamen sie dann einen Stich ins Violette, der einem das Gefühl vermittelte, Erde und Himmel würden miteinander verschmelzen. Wildwuchernde Schafgarbe teilte sich den kargen Boden mit der Schwarzäugigen Susanne. Nirgends sonst auf der Welt gefiel es den Wildblumen so gut wie in Door.

Sie sah die Walmdächer der roten Scheunen, Reihen um Reihen von Maispflanzen, jahrhundertealte, weißgekalkte Blockhütten, alte Zäune und Trockenmauern, die von orangefarbenen Lilien begrenzt wurden. Sie sah weiße Segel auf blauem Wasser und kilometerlange, unberührte Strände. Sie kostete hausgemachtes Brot, hörte die Motoren von den abends einlaufenden Booten noch einmal aufheulen, roch den typischen Samstagabendgeruch nach gebratenem Fisch, der aus den Restaurants mit den rotweiß gewürfelten Tischdecken emporstieg, hörte die Gitarren, die die Gäste unterhielten.

Aus zweitausend Meilen Entfernung erinnerte sich Maggie an alles und spürte plötzlich ein Heimweh, wie sie es seit Jahren nicht gekannt hatte.

Ob sie zu Hause anrufen sollte? Aber ihre Mutter könnte am Telefon sein, und das würde ihr mit einem Schlag jede Laune verderben.

Statt dessen ging sie lieber in das Studierzimmer und holte sich ein Buch mit dem Titel *Journeys to Door County*. Fast eine halbe Stunde saß sie in Phillips Stuhl und betrachtete die Bilder mit den typischen Leuchttürmen, Blockhütten und Landschaften. Dann endlich faßte sie sich ein Herz und nahm den Telefonhörer zur Hand.

Sie wählte die Nummer ihrer Eltern und hoffte, ihr Vater würde abheben.

Doch leider hörte sie die Stimme ihrer Mutter: »Hallo?«

Maggie versuchte die Enttäuschung zu verbergen und antwortete:

»Hallo, Mutter.«

»Margaret?«

»Ja.«

»Nun, es ist ja auch höchste Zeit, daß du anrufst. Seit zwei Wochen haben wir nichts mehr von dir gehört, und du sagtest, du würdest uns mitteilen, wann wir mit Katy rechnen könnten. Ich warte und warte, und du denkst gar nicht daran anzurufen!«

Nicht: *Hallo, Liebes, wie schön von dir zu hören;* sondern: *Es ist ja auch höchste Zeit, daß du anrufst!* Damit war Maggie gezwungen, ihren Anruf mit einer Entschuldigung zu beginnen.

»Es tut mir leid, Mutter, ich weiß, ich hätte anrufen sollen, aber ich war so sehr beschäftigt. Und ich fürchte, Katy wird nicht vorbeikommen können. Es ist so weit ab von ihrer Fahrtroute. Außerdem fährt sie mit einer Klassenkameradin und hat das Auto bis oben vollgeladen. Deshalb haben die beiden beschlossen, ohne Umwege direkt zur Universität zu fahren und sich im Wohnheim zu melden.«

Maggie schloß die Augen und wartete auf das Gejammere, das unweigerlich folgen würde. Und so geschah es auch.

»Nun, ein wenig enttäuscht bin ich ja schon. Schließlich habe ich die ganze Woche gekocht und gebacken, habe zwei Apple Pies eingefroren und ein großes Stück Rindsbraten gekauft. Was soll ich jetzt mit einem so großen Stück Fleisch machen, das dein Dad und ich niemals schaffen werden. Außerdem habe ich dein altes Zimmer gründlich gestöbert, Bettdecke und Vorhänge gewaschen, die ganz schrecklich zu bügeln sind.«

»Mutter, ich habe dir doch gesagt, wir würden uns melden, wenn Katy vorbeikommt.«

»Ja, ich weiß, aber ich war ganz sicher, sie würde kommen. Schließlich sind wir die einzigen Großeltern, die sie hat.«

»Ich weiß, Mutter.«

»Ja, ja, die jungen Leute heutzutage haben keine Zeit mehr für ihre Großeltern, wie das in meiner Jugend war«, bemerkte Vera spitz.

Maggie strich mit den Fingern über ihre Stirn. Sie spürte, daß Kopfschmerzen im Anzug waren.

»Sie sagte, sie würde euch ein paar Wochen später von Chicago aus besuchen, nachdem sie sich in der neuen Umgebung ein wenig eingewöhnt hätte.«

»Womit fährt sie? Du hast ihr doch wohl nicht das Kabriolett gekauft, oder?«

»Doch, das habe ich.«

»Margaret, das Mädchen ist zu jung für einen so extravaganten Wagen. Du hättest ihr ein vernünftigeres Auto kaufen oder noch besser warten sollen, bis sie mit der Universität fertig ist. Wie soll sie jemals lernen, die Dinge zu schätzen, wenn du ihr alles auf dem Silbertablett präsentierst?«

»Ich glaube, Phillip hätte es gerne so gehabt, und ich kann es mir weiß Gott leisten.«

»Das ist kein Grund, die Sache zu übertreiben, Margaret. Und wenn wir schon vom Geld sprechen, dann solltest du ganz besonders vorsichtig sein, mit wem du dich triffst. Die geschiedenen Männer lauern doch geradezu auf eine reiche, einsame Witwe. Sie würden dich nur wegen deines Geldes nehmen und damit den Unterhalt für ihre Kinder bezahlen, das kannst du mir glauben.«

»Ich paß' schon auf mich auf, Mutter«, versprach Maggie müde und spürte, wie ihre Kopfschmerzen stärker wurden.

»Also ich erinnere mich nur zu gut an den jungen Gearhart, der sich in eine Touristin vergaffte, die aus Louisiana angereist kam. Die beiden wurden an Bord eines schicken Bootes gesehen, wie sie sich am Samstag abend leidenschaftlich küßten. Und am Sonntag morgen kam er dann mit Frau und Kindern in die Kirche, als wär' nichts gewesen. Also, wenn Betty Gearhart gewußt hätte, was...«

»Mutter, ich sagte, ich kann auf mich aufpassen. Außerdem habe ich keinerlei Verabredungen mit einem Mann. Du brauchst dir also keine Sorgen zu machen.«

»Ja, man kann nie vorsichtig genug sein.«

»Ich weiß.«

»Und weil wir gerade von Scheidungen sprachen, fällt mir ein, daß Gary Eidelbach nächsten Samstag zum zweiten Mal heiratet.«

»Ich weiß, ich habe mit Lisa gesprochen.«

»Wirklich? Wann?«

»Heute. Ich habe in letzter Zeit mit all den Mädchen gesprochen.«

»Davon hast du mir keinen Ton erzählt.« In Veras Worten schwang ein Ton des Vorwurfs mit, als erwartete sie, immer über alles im voraus informiert zu werden.

»Lisa möchte, daß ich zu der Hochzeit komme. Nun, eigentlich nicht direkt wegen der Hochzeit. Aber da sie aus Atlanta kommt, dachte sie, wir Schulfreundinnen könnten uns bei der Gelegenheit alle bei Brookie treffen.«

»Kommst du?«

Dann hättest du auch gleich einen Abnehmer für dein Rindfleisch und deine Apple Pie, nicht wahr, Mutter.

»Nein, ich kann nicht.«

»Warum nicht? Was sonst wirst du mit dem vielen Geld machen? Du weißt, daß wir es uns nicht leisten können, mit dem Flugzeug zu reisen. Und schließlich warst du schon drei Jahre nicht mehr zu Hause.«

Maggie seufzte. Am liebsten hätte sie ohne ein weiteres Wort aufgelegt. »Es ist keine Frage des Geldes, Mutter, es ist eine Frage der Zeit. Die Schule fängt bald an und...«

»Nun, wir werden alle nicht jünger. Dein Vater und ich hätten es schon ganz gern, wenn du uns hin und wieder besuchtest.«

»Ich weiß. Ist Daddy da?«

»Ja, er ist hier irgendwo. Einen Augenblick.« Im Telefon klackte es, und Vera rief: »Roy, wo bist du? Margaret ist am Telefon.« Ihre Stimme wurde wieder lauter, als sie den Hörer aufnahm. »Einen Augenblick noch. Er werkelt draußen in der Garage herum und schleift schon wieder die Messer des Rasenmähers. Es ist ein Wunder, daß davon überhaupt noch etwas übrig ist, so oft wie er daran herumbastelt. Da kommt er.« Während Margarets Mutter den Telefonhörer übergab, sagte sie: »Nimm deine Hände von der Theke, Roy, sie sind schmutzig!«

»Maggie, Liebes?« Roys Stimme hatte all die Wärme, die

Vera fehlte. Als sie ihn hörte, stieg das Heimweh wieder in ihr auf.

»Hallo, Daddy.«

»Was für eine Überraschung! Weißt du, ich habe gerade heute an dich gedacht, an damals, als du ein kleines Mädchen warst und zu mir kamst, um ein Fünfcentstück zu erbetteln, weil du ein Dixie Cup kaufen wolltest.«

»Und du hast mir immer eines gegeben.«

Er lachte, und Maggie sah sein rundes Gesicht und die schütteren Haare vor sich, die leicht nach vorne gebeugten Schultern und die Hände, die nie ruhten.

»Nun, einem hübschen Mädchen konnte ich doch nicht widerstehen. Es tut wirklich gut, deine Stimme zu hören, Maggie.«

»Ich dachte, ich rufe euch lieber an und sage euch, daß Katy nicht kommt. Sie fährt direkt zur Universität.«

»Na ja, sie wird ja vier Jahre in unserer Gegend sein. Irgendwann wird sich's schon ergeben.« So war es immer gewesen. Vera bauschte die Dinge auf; Roy rückte sie wieder in die richtige Perspektive.

»Und wie sieht's bei dir aus?« fragte er. »Ich denke, es wird ziemlich einsam sein ohne sie?«

»Es ist schrecklich.«

»Liebes, schau, daß du unter Leute kommst. Geh ins Kino oder unternimm sonst was. Du solltest am Samstagabend nicht alleine sein.«

»Bin ich nicht. Ich gehe zum Abendessen in den Club«, log sie, um ihn zu beruhigen.

»Gut... gut. Das höre ich gerne. Die Schule fängt bald an, nicht wahr?«

»In knapp zwei Wochen.«

»Hier auch. Dann wird es unter der Woche auf den Straßen wieder ruhig sein. Du weißt schon – wir schimpfen über die Sommerurlauber, wenn sie hier sind, und vermissen sie, wenn sie wieder weg sind.«

Sie lächelte. Wie oft hatte sie das schon von ihm und anderen gehört. »Ich weiß.«

»Also hör zu, Kleines, deine Mutter möchte noch einmal mit dir sprechen.«

»Ein dicker Kuß für dich, Daddy.«

»Auch einen von mir. Paß auf dich auf.«

»Leb wohl, Daddy.«

»Lebw...«

»Margaret?« Vera hatte den Hörer genommen, noch ehe Roy ausgesprochen hatte.

»Ja, Mutter.«

»Bist du das Segelboot schon losgeworden?«

»Nein, aber im Hafen kümmert sich jemand um den Verkauf.«

»Daß du ja nicht damit alleinc aufs Wasser gehst!«

»Mach ich nicht.«

»Und sei vorsichtig, bei wem du dein Geld anlegst.«

»Ja, Mutter. Ich muß jetzt gehen. Ich will zum Abendessen in den Club, und es ist schon ziemlich spät.«

»Gut, aber laß bis zum nächsten Anruf nicht wieder so viel Zeit vergehen.«

»Ist recht.«

»Weißt du, wir würden schon öfter anrufen, aber diese Ferngesprächsgebühren sind absolut horrend. Hör zu, wenn du mit Katy sprichst, sag ihr, ihr Großvater und ich würden sie gerne bei uns sehen.«

»Mach ich.«

»Also dann... auf Wiedersehen, meine Liebe.« Vera vergaß nie, ein »liebes« Wort an den Schluß des Gespräches zu setzen.

»Auf Wiedersehen, Mutter.«

Als sie aufgehängt hatte, brauchte sie ein heißes Getränk zur Nervenberuhigung. Sie machte sich eine Tasse Kräutertee und nahm sie mit ins Badezimmer, wo sie sich mit kräftigen, zornigen Bürstenstrichen das Haar bürstete.

War es wirklich zuviel von einer Mutter verlangt, daß sie nach dem Wohlergehen ihrer Tochter fragte? Nach ihrem Glück? Nach ihren Freunden? Nach ihren Ängsten? Wie immer hatte Vera sich selbst in den Vordergrund gestellt.

Veras harte Arbeit. *Veras* Enttäuschungen. *Veras* Forderungen. Die ganze Welt sollte nach Veras Pfeife tanzen.

Nach Door County zurückkehren? Und sei es nur für ein paar Ferientage? Nicht um alles in der Welt.

Maggie traktierte immer noch ihre Kopfhaut, als das Telefon wieder läutete. Diesmal war es Brookie, die gleich ohne Vorrede zur Sache kam.

»Es ist alles arrangiert. Lisa kommt am Dienstag und wird etwa eine Woche bei ihrer Mutter sein. Tani ist direkt in Green Bay, und Fish hat nur drei Stunden Fahrt von Brussels. Also, wir treffen uns alle hier bei mir am Mittwoch nachmittag; und wir rechnen auch mit dir. Was sagst du dazu? Kannst du kommen?«

»Nicht in die Nähe meiner Mutter. Da führt kein Weg hin.«

»Oho! Klingt als hätte ich einen schlechten Tag erwischt.«

»Ich habe eben mit ihr gesprochen.«

Brookie erkundigte sich beflissen: »Wie geht's der alten Schreckschraube?«

Maggie mußte lachen. »Brookie, sie ist meine *Mutter*!«

»Ja, dafür kannst *du* allerdings nichts. Und es sollte dich auch nicht davon abhalten, deine alten Freundinnen wiederzusehen. Also, was sagst du – wir fünf, ein paar Flaschen Vino, ein wenig lachen und viel Weibergeschwätz. Du brauchst nur ein Flugticket.«

»Das klingt sehr verlockend.«

»Dann sag schon, daß du kommst.«

»Aber ich habe ...«

»Kein Aber. Du sollst kommen. Laß einfach alles stehen und liegen und springe ins nächste Flugzeug.«

»Verdammt noch mal, Brookie.«

»Ich bin ein Teufelchen, nicht wahr?«

»Ja.« Maggie stampfte mit dem Fuß auf. »Oh, ich möchte so gerne kommen.«

»Also dann los, was hält dich zurück?«

Maggie sprudelte ihre Entschuldigungen heraus, als müßte sie sich selbst überzeugen. »Es ist schon so bald, und ich habe nur fünf Tage. Die Lehrer müssen drei Tage vor den

Schülern in der Schule sein. Und dann müßte ich bei meiner Mutter wohnen, wo ich doch nicht einmal ein Telefongespräch hinter mich bringen kann, ohne den Wunsch zu haben, mich selbst zur Adoption freizugeben.«

»Du kannst bei mir wohnen. Ich kann immer einen zusätzlichen Schlafsack auf den Boden und einen Knochen mehr in die Suppe werfen. Bei mir hier sind so viele Leute, da fällt einer mehr gar nicht auf.«

»Das kann ich doch nicht machen – nach Wisconsin kommen und dann bei dir wohnen. Das würde ich bis an mein Lebensende hören.«

»Dann übernachte bei deiner Mutter und laß dich dafür dort tagsüber nicht blicken. Wir gehen schwimmen und hinüber nach Cana Island, um in den Antiquitätenläden herumzustöbern. Mein Gott, wir tun einfach, wonach uns zumute ist. Ich habe noch eine Woche, ehe die Schule wieder anfängt und ich meine familieneigene Babysitterriege verliere. Bei Gott, ich könnte auch ein wenig Abwechslung brauchen. Wir könnten uns ein paar schöne Tage machen, Maggie. Was meinst du?«

»O Brookie.« Maggies Widerstand schmolz dahin.

»Das hast du schon gesagt.«

»O Brookiiiee!« Sie lachten. Maggie verzog das Gesicht. Sie befand sich in einem Zwiespalt der Gefühle.

»Ich nehme an, du hast genug Geld, ein Ticket zu kaufen«, fügte Brookie hinzu.

»Soviel, daß dir die Augen rausfielen, wenn ich es dir sagte.«

»Gut so. Also komm. Bitte.«

Maggie gab auf.

»Na gut, du Quälgeist, ich komme.«

»Yiiipppie!« Brookie erklärte ihren Aufschrei irgend jemandem, der neben ihr stand. »Maggie kommt!« Zu Maggie sagte sie: »Ich werde jetzt auflegen, damit du den Flughafen anrufen kannst. Ruf mich an, sobald du hier bist, oder, noch besser, schau hier vorbei, ehe du zu deinen Leuten gehst. Bis Dienstag!«

Maggie hängte auf und sagte: »Ich fliege nach Door County.« Sie stand auf und schrie es der Wand mit hoch erhobenen Armen entgegen: »Ich fliege nach Door County. Übermorgen fliege ich doch tatsächlich nach Door County!«

Die Überraschung über ihren plötzlichen Entschluß hielt an und wurde sogar noch stärker. Maggie schaffte rein gar nichts am Sonntag. Sie packte fünfmal und fand schließlich, daß sie etwas Neues brauchte. Sie versuchte verschiedene Frisuren und kam auch hier zu dem Schluß, daß ein Besuch beim Friseur nicht schaden könnte. Sie buchte einen Flug erster Klasse. Schließlich hatte sie fast anderthalb Millionen Dollar auf der Bank und fand – übrigens zum ersten Mal –, daß es an der Zeit war, ihr Geld zu genießen.

Am nächsten Tag bei Gene Juarez ließ sie dem Haarstylisten freie Hand: »Machen Sie mir etwas nach der neuesten Mode. Ich treffe mich zum ersten Mal seit dreiundzwanzig Jahren mit meinen Freundinnen aus der High School.« Als sie den Laden verließ, sah sie aus wie etwas, das gewaschen und verkehrt herum zum Trocknen aufgehängt worden war. Seltsamerweise belustigte sie das sogar.

Danach ging sie zu Nordstrom und fragte den Verkäufer: »Was würde meine Tochter tragen, wenn sie zu einem Prince-Konzert ginge?« Sie kam mit drei Paar ausgewaschenen Jeans und einigen unterhemdähnlichen Gebilden heraus, die so aussahen wie die, die der alte Niedzwiecki beim Verkauf von Autowrackteilen trug.

Bei Helen's Of Course kaufte sie ein paar schöne Kleider – eines für die Reise und eines für alle Fälle – schnüffelte an allen bekannten Parfums von Elizabeth Taylor bis Lady Bird Johnson und landete schließlich bei Woolworth, da Emeraude für 2 Dollar 95 immer noch ihr Lieblingsparfum war.

Am Dienstag morgen stieg sie bei strömendem Regen am Sea-Tac International Airport aus dem Taxi und verließ vier Stunden später bei strahlendem Sonnenschein in Green Bay das Flugzeug. Ungläubig mietete sie sich einen Wagen. In all den Jahren mit Phillip hatten sie ihre Reisen immer Wochen, ja Monate zuvor geplant. Impulsivität war eine neue Erfahrung für Maggie – eine sehr erfrischende Erfahrung. Warum hatte sie nur früher nie so etwas getan?

Sie fuhr nach Norden. Als sie den Kanal an der Sturgeon Bay überquerte, spürte sie ein Heimatgefühl in sich aufsteigen. Endlich war sie in Door County und sah die ersten Kirschbaumplantagen. Die bereits abgeernteten Bäume standen in Reih und Glied inmitten von lieblichen Wiesen, die von Kalksteinmauern und grünen Wäldern begrenzt waren. Die Apfel- und Pflaumenbäume waren noch voll von reifen, glänzenden Früchten, die in der Augustsonne verführerisch leuchteten. Entlang der Straße waren Verkaufsstände aufgebaut, die Obst, Beeren, Gemüse, Säfte und Marmeladen feilboten.

Und natürlich waren da die Scheunen, die die Nationalität der Erbauer verrieten: die der Belgier aus Ziegelsteinen, die englischen mit einer Rahmenkonstruktion, Giebeldächern und seitlich angesetzten Türen, die norwegischen aus eckig behauenen Balken, die deutschen aus Rundbalken, die hohen finnischen Scheunen mit zwei Stockwerken. Es gab deutsche Scheunen mit Fachwerkkonstruktion, bei denen die Zwischenräume mit Ziegeln oder Brennholz ausgefüllt waren. Und ein besonders auffälliges rot gestrichenes Exemplar, das mit einem lustigen Blumenmuster bemalt war.

In Door County blieben die Farmen oft über hundert Jahre und mehr unverändert. Die alten Holzkonstruktionen wurde liebevoll erhalten, oft mit Erkerfenstern und Gauben aufgepäppelt und mit weiß gestrichenen Tür- und Fensterrahmen herausgeputzt. Die Höfe waren von Staketenzäunen und üppigen Blumenbeeten umgeben – prächtige Taglilien in gelben und orangefarbenen Schattierungen, dichtstehende Petunien in leuchtendem Rosa und Stockrosen mit ihren auffallenden, prächtigen Blütenständen.

Durch Egg Harbor fuhr Maggie sehr langsam und staunte, wie groß der Ort geworden war. Überall schwirrten Feriengäste umher. Sie überquerten eislutschend die Fahrbahn, standen vor Antiquitätenläden, drückten sich an den Auslagen die Nasen platt und verweilten vor Kunsthandwerkgeschäften. Sie fuhr am Blue-Iris-Restaurant und am Cupola House vorbei, das groß und weiß und unverändert dastand. Ein Gefühl der Vertrautheit durchströmte sie wohlig. Dann fuhr sie weiter in Richtung Fish Creek, vorbei an goldgelben Weizenfeldern, weiteren Obstplantagen und hochgewachsenen Birken, deren Stämme wie Kreidestriche auf grünem Samt wirkten.

Sie gelangte zu der steilen Klippe oberhalb ihres Heimatortes, fuhr an einer letzten Kirschbaumplantage vorbei, in einer scharfen Kurve um den Kalkfelsen herum und direkt in den Ort hinein. Die Fahrt in den Ort war immer wieder überraschend. Noch eine Minute zuvor hatte die ländliche Umgebung nicht den leisesten Hinweis darauf gegeben, daß schon ein paar Meter weiter ein Stop-Zeichen stehen würde. Von dort sah man auf das glitzernde Wasser und die Hauptstraße von Fish Creek hinunter.

Es war genauso, wie sie es in Erinnerung hatte – überall Touristen, die Autos quälten sich im Schneckentempo durch den Ort, während sich die Fußgänger den Teufel um den Verkehr scherten und überall dazwischensprangen. Lustig dekorierte Läden in alten Häusern entlang der schattigen Hauptstraße, deren östliches und westliches Ende sie von ihrem Standpunkt aus sehen konnte. Wie lang war es doch her, daß sie in einer Stadt ohne eine einzige Verkehrsampel und ohne Abbiegespuren gewesen war. In einer Stadt, in der an der Hauptstraße im Sommer gemäht und im Herbst Laub gerecht werden mußte. Wo sonst gab es eine Tankstelle, die aussah wie Goldlöckchens Häuschen? Und eine Bäkkerei mit einer Veranda vor dem Haus? Und wo sonst mußten die Wege zwischen den Gebäuden regelmäßig gegossen werden, damit die Petunien und Geranien nicht verdursteten?

Jenseits der Hauptstraße erweckte ein altes Gebäude mit falscher Fassade ihre Aufmerksamkeit: der Fish Creek General Store, wo ihr Vater arbeitete. Sie lächelte und stellte ihn sich hinter der langen, weißen Theke vor, wo er Fleisch und

Sandwiches hergerichtet hatte, so lange sie zurückdenken konnte.

Hallo, Daddy, dachte sie. *Ich bin gleich wieder da.*

Sie fuhr nach Westen und quälte sich dann im Schneckentempo unter den Ahornbäumen hindurch, an Blumenrasen und Giebelhäusern vorbei, die zu Geschenkläden umgebaut worden waren, am Whistling Swan vorbei, einem riesigen schindelverkleideten Gasthaus, auf dessen großer Veranda viele Korbstühle standen. Dann ging es weiter zum Zuckerbäcker und zum Founders Square, zum Haus von Asa Thorp, dem Stadtgründer, und zur Gemeindekirche, wo die Tauben und die Trichterwinden in den Buntglasfenstern noch genauso aussahen, wie sie sie in Erinnerung hatte. Nach dem White Gull Inn war die Straße zu Ende. Hochgewachsene Zedern standen am Eingang zum Sunset Beach Park. Dort gaben die Bäume den Blick frei auf das überwältigende Panorama von Green Bay, das in der Spätnachmittagssonne glitzerte.

Sie hielt den Wagen an, stieg aus, beschattete die Augen mit der Hand und bewunderte die Segel – Dutzende von Segeln – weit draußen auf dem Wasser.

Sie war wieder zu Hause.

Nach einer Weile fuhr sie den gleichen Weg zurück.

Die Straße war total verstopft, und Parkplätze waren nur schwer zu finden, doch sie schnappte sich einen vor einem Geschenkladen mit dem Namen The Dove's Nest und ging anderthalb Häuserblocks zurück, vorbei an Touristen, die im Freien saßen und kühle Drinks schlürften.

Sie hob die Hand, um die Straßen überqueren zu können, und schlängelte sich zwischen zwei Stoßstangen hindurch. Die Betonstufen zum Fish Creek General Store waren immer noch abgetreten. Die Bodendielen knarrten noch wie früher, die Beleuchtung war eher unzureichend, und der Geruch barg viele Erinnerungen in sich. Es roch nach hausgeräucherter Wurst, nach überreifem Obst und dem Reinigungsmittel, das Albert Olson immer noch wie früher verwendete, wenn er abends den Boden auffegte.

Es war fünf Uhr nachmittag, und der Laden war voll. Sie

ging an der vorderen Theke vorbei und winkte Alberts Frau Mae zu, die ihr ein überraschtes »Hallo« zuwarf, und stellte sich am Ende der Schlange am Fleisch- und Delikatessenstand an. Dahinter stand ihr Vater mit einer weißen Schürze und bezauberte die Kunden, während er die Schneidemaschine betätigte.

»Frisch?« übertönte er das Summen der Maschine. »Nun, ich habe heute morgen um sechs Uhr diese Kuh noch gemolken.« Er schaltete die Maschine ab und arbeitete zügig weiter. »Also einmal ein französisches Brötchen mit Senf und Schweizer Käse. Und einmal das gleiche mit Pumpernickel.« Er schnitt ein französisches Brötchen durch, legte sich zwei Scheiben Pumpernickel zurecht, bestrich sie mit Butter und Senf, klappte zwei Scheiben Corned beef drauf, öffnete die Thekentür, holte zwei Scheiben Käse, legte sie auf das Fleisch, klappte alles zusammen und legte die fertigen Sandwiches in einen Plastikbehälter. Das Ganze hatte nicht länger als dreißig Sekunden gedauert.

»Sonst noch was?« fragte er, die Hände auf die schulterhohe Theke gestützt. »Der Kartoffelsalat ist der beste vom ganzen Lake Michigan. Meine Großmutter hat die Kartoffeln selbst angebaut.«

Er blinzelte dem Pärchen zu, das auf die Sandwiches wartete.

Sie lachten und sagten: »Nein, danke, das ist alles.«

»Vorne können Sie bezahlen. Der nächste, bitte!« rief Roy laut.

Ein etwa sechzigjähriger Mann in Bermudashorts und einer Frotteestrandjacke bestellte zwei Pastrami-Sandwiches.

Maggie beobachtete ihren Vater bei der Arbeit und war erstaunt, wie geschäftstüchtig er war – und wie er sich so ganz anders verhielt als zu Hause. Er war amüsant und erstaunlich gewandt. Die Leute mochten ihn auf Anhieb. Er brachte sie zum Lachen, und sie kamen wieder zum Einkaufen.

Sie hielt sich im Hintergrund, beobachtete ihn, wie er die Ware wie ein Marktschreier anbot und kaum Zeit hatte, die wartenden Kunden anzusehen. Sie hörte die Geräusche von

Pergamentpapier und von der schweren Tür der Kühltheke, die sie schon als Kind gekannt hatte. Die Kunden mußten warten, wie immer im Sommer, aber er hielt sie bei Laune mit seinem Frohsinn und seiner Tüchtigkeit.

Nachdem sie ihn einige Minuten beobachtet hatte, trat sie an den Ladentisch, als er ihr gerade den Rücken zuwandte.

»Ich hätte gerne ein Fünfcentstück, um mir ein Dixie Cup zu kaufen«, sagte sie leise.

Er blickte über seine Schulter, und sein Gesicht begann zu strahlen.

»Maggie?« Er drehte sich um und wischte sich die Hände an der Schürze ab. »Maggie, Liebling, bist du eine Fata Morgana?«

Sie lachte und war glücklich, daß sie gekommen war. »Nein, ich bin es wirklich.« Wäre die Theke etwas niedriger gewesen, wäre er bestimmt drübergesprungen. Statt dessen ging er um die Theke herum und drückte Maggie fest an sich.

»Also Maggie, das ist ja eine Überraschung.«

»Für mich auch.«

Er hielt sie an beiden Schultern fest. »Wieso bist du denn hier?«

»Brookie hat mich dazu überredet.«

»Weiß es deine Mutter schon?«

»Nein, ich bin direkt hierhergekommen.«

»Na so was!« Er lachte laut und herzlich, umarmte sie und dachte dann wieder an seine Kunden. Den Arm um ihre Schultern gelegt, wandte er sich an sie. »Für alle, die denken, ich sei nur ein armseliger alter Mann – dies ist meine Tochter Maggie aus Seattle. Sie hat mir gerade die größte Überraschung meines Lebens bereitet.« Er ließ sie los und sagte: »Gehst du jetzt zum Haus hinauf?«

»Ich denke, ja.«

Er sah auf seine Uhr. »Nun, ich habe hier noch fünfundvierzig Minuten zu arbeiten. Ich werde um sechs da sein. Wie lange bleibst du?«

»Fünf Tage.«

»Nicht länger?«

»Nein. Ich muß am Sonntag zurück.«

»Nun, fünf sind besser als gar nichts. Jetzt geh schon, und ich kümmere mich hier um die Leute.« Er besann sich wieder auf seine Pflichten und rief Maggie nach: »Sag deiner Mutter, sie soll anrufen, wenn sie noch etwas zum Abendessen braucht.«

Als Maggie den Wagen startete und in Richtung ihres Elternhauses fuhr, schwand ihre Begeisterung dahin. Sie fuhr langsam und fragte sich, woran es wohl lag, daß Wiedersehen mit ihrer Mutter immer eine Enttäuschung war. Erwartete sie zuviel von ihr? Sie fuhr vor dem Haus vor, in dem sie aufgewachsen war, und betrachtete es eine Weile, ehe sie ausstieg. Keine Veränderung. Im ländlichen Stil gebaut, zwei Stockwerke, Walmdach, weit überstehende Dachrinnen. Eigentlich hatte es einen fast quadratischen Grundriß, wäre da nicht die Veranda mit ihrem massiven Fundament aus Kalksteinen gewesen. Ein solider, massiver Bau, eingerahmt von zwei Buchsbaumsträuchern auf beiden Seiten der Steinstufen und zwei Ulmen an der Seite des Hauses. Das Haus sah aus, als würde es in hundert Jahren noch genauso dastehen.

Maggie stellte den Motor ab und blieb noch eine Weile sitzen. Solange sie sich zurückerinnern konnte, war ihre Mutter bei jedem Geräusch auf der Straße sofort ans Fenster gelaufen, hatte sich hinter dem Vorhang versteckt und zugesehen, was die Nachbarn aus dem Wagen ausluden. Beim Abendessen gab es dann eine detailgenaue, mit Verleumdungen gespickte Schilderung der Vorgänge. »Elsie muß heute in Sturgeon Bay gewesen sein. Sie kam mit Tragtüten von Piggly Wiggly. Warum sie in diesem Laden einkauft, ist mir absolut schleierhaft. Schon der Geruch alleine! Ich möchte wetten, daß die Sachen dort niemals frisch sind. Aber Elsie versteht das halt nicht.«

Oder: »Toby Miller hat die kleine Anderson am hellichten Nachmittag mit nach Hause gebracht. Ich weiß ganz sicher, daß seine Mutter um diese Zeit in der Arbeit war. Ganze sechzehn Jahre – und eineinhalb Stunden alleine in dem Haus. Judy Miller würde durchdrehen, wenn sie das wüßte.«

Maggie schloß die Wagentür ab und ging fast widerwillig auf das Haus zu. Am Fuße der Stufen standen wie immer zwei Tontöpfe mit rosafarbenen Geranien und Immergrün. Der Holzboden der Veranda war glänzend grau gestrichen. Die Türmatte sah aus, als hätte sie nie ein Schuh betreten. Im Gitterfenster der Aluminiumtür war ein »P« zu sehen.

Sie öffnete sie leise und stand lauschend im Flur. Am anderen Ende des Hauses spielte leise ein Radio, und das Wasser in der Küche lief. Das Wohnzimmer war ruhig, geschmacklos, tadellos. Anders hätte es nie sein können, das hätte Vera nicht zugelassen. Schuhe mußten vor der Tür ausgezogen werden, die Füße durften nicht auf den Couchtisch, und Rauchen in der Nähe der Vorhänge war strengstens verboten. Neben dem Kamin waren Birkenholzscheite gestapelt. Seit dreißig Jahren waren es die gleichen Scheite, denn selbstverständlich durften sie nicht verheizt werden. Das Kaminfeuer machte Asche, und Asche machte Schmutz. Die Kaminböcke und der fächerförmige Feuerschutz waren noch nie mit Rauch in Berührung gekommen, und die zimtbraunen Ziegel waren noch unverfärbt. Der Kaminsims aus Mahagoni war auf Hochglanz poliert. Auf dem Eßtisch aus Kirschbaum, den man durch den Mauerbogen sah, lag der gleiche Spitzenläufer wie immer. Und in der Mitte des Tisches die unvermeidliche Silberschale – eines von Veras und Roys Hochzeitsgeschenken. Maggie empfand das Unveränderte gleichzeitig als beruhigend und erdrückend.

Auf dem auf Hochglanz gebohnerten Fußboden neben dem Läufer im Flur spiegelte sich das Licht von der Küche im hinteren Bereich des Hauses wider. Links wand sich die Mahagonitreppe der Wand entlang in den ersten Stock hinauf und führte nach einem Treppenabsatz mit einem hohen Fenster nach rechts weiter hinauf. Tausendmal war Maggie hier heruntergepoltert und bekam jedes Mal von unten zu hören: »Margaret! Die Treppe geht man *langsam* hinunter!«

Maggie stand und sah zu dem Treppenabsatzfenster hinauf, als Vera von der anderen Seite in den Flur kam, stehenblieb, nach Luft schnappte und dann entsetzt aufschrie.

»Mutter, ich bin es, Maggie.«

»O Gott im Himmel, Mädchen, du hast mich zu Tode erschreckt!«

Sie lehnte sich an die Wand und griff sich ans Herz.

»Es tut mir leid, das wollte ich nicht.«

»Was um alles in der Welt machst denn du hier?«

»Ich bin einfach nur so hergekommen. Ich bin einfach...« Maggie breitete die Arme aus und zuckte mit den Achseln. »...in ein Flugzeug gestiegen und hergeflogen.«

»Also weißt du, warum hast du denn kein Sterbenswörtchen davon gesagt. Und was um Himmels willen ist mit deinem Haar passiert?«

»Ich habe etwas Neues ausprobiert.« Maggie fuhr sich durch die Haare und versuchte verschämt, die hochstehenden Haarbüschel zu glätten, die ihr noch gestern ein so beschwingtes Gefühl gegeben hatten.

Vera fächelte sich mit der Hand Luft zu. »O je, o je, mein Herz klopft immer noch bis zum Hals. Ein Mensch in meinem Alter kann von so einem Schock einen Schlaganfall bekommen. Da steht sie einfach im Flur, so daß man nicht einmal ihr Gesicht erkennen kann. Ich konnte eigentlich nur das senkrecht abstehende Haar sehen. Du hättest ja auch ein Einbrecher sein können, der nach etwas Wertvollem Ausschau hält. Heutzutage weiß man nie. Man braucht ja nur die Zeitung aufzuschlagen. Die Stadt wimmelt nur so von Fremden. Man müßte die Eingangstür eigentlich immer verschlossen haben.«

Maggie ging auf Vera zu. »Krieg' ich keinen Kuß?«

»Aber ja doch.«

Vera war wie ihr Haus: stämmig und bodenständig, ordentlich, ohne Firlefanz. Sie trug seit 1965 die gleiche Frisur. Die Haare waren streng nach hinten gekämmt und hochgesteckt. An der Stirn waren zwei unverrückbare Löckchen ins Gesicht gezogen. Einmal pro Woche wurden die Haare in Beas Beauty Nook von Bea höchstpersönlich für die Ewigkeit festgesprüht. Und Bea hatte eher noch weniger Fantasie als ihre Kunden. Vera trug immer hellblaue Polyester-Jerseyhosen, einen weißen Kittel und weiße Krankenschwesterschuhe mit dicken Kreppsohlen. Die randlosen Brillengläser waren durch einen silbernen Quersteg verbunden. Auch eine Schürze durfte nicht fehlen.

Maggie ging auf sie zu und drückte ihre Mutter fester an sich, als es umgekehrt der Fall war.

»Ich habe nasse Hände«, erklärte Vera. »Ich war gerade beim Kartoffelschälen.«

Maggie spürte wieder dieses unbestimmte Gefühl der Enttäuschung, das sie immer hatte, wenn sie sich um die Zuneigung ihrer Mutter bemühte. Mit ihrem Vater wäre sie Arm in Arm in die Küche geschlendert. Bei ihrer Mutter ging sie auf Distanz.

»Mmm... es riecht wunderbar hier.« Sie wollte sich *sehr* bemühen.

»Ich mache Schweinekotelett mit Champignonrahmsoße. O Gott, hoffentlich reicht es für alle. Du hättest dich aber wirklich anmelden können, Margaret.«

»Daddy läßt ausrichten, du sollst anrufen, wenn du noch etwas brauchst.«

»Ach, du warst schon bei ihm?« Da war er wieder – der leicht eifersüchtige Unterton, den Maggie immer spürte, wenn sie von Roy sprach.

»Nur ganz kurz. Ich habe beim Geschäft schnell angehalten.«

»Nun, jetzt ist es zu spät, noch weitere Koteletts dazuzugeben. Sie würden nicht mehr gar. Ich denke, ich muß sie für dich einfach schnell abbraten.« Vera ging zum Telefon.

»Nein, Mom, mach dir keine Umstände. Ich kann mir ein Sandwich holen.«

»Ein Sandwich, das wär' ja noch schöner.«

Maggie aß kaum noch Schweinefleisch und hätte lieber ein Truthahnsandwich gehabt, aber Vera hatte schon den Telefonhörer in der Hand, ehe Maggie ihren Wunsch bekräftigen konnte. Während sie sprach, polierte sie mit der Schürze das makellos saubere Telefon. »Hallo, Mae? Hier ist Vera. Könntest du Roy bitten, noch zwei Schweinekoteletts mitzubringen?« Inzwischen polierte sie die Arbeitsfläche neben dem Telefon. »Nein, zwei reichen uns. Und sag ihm, er soll um sechs Uhr da sein, sonst ist wieder alles zusammengeschmort wie gestern. Danke, Mae.« Sie hängte auf und werkelte sofort am Spülbecken weiter. »Man könnte meinen, dein Vater besäße keine Uhr. Er soll um sechs Uhr Schluß machen, aber es kümmert ihn überhaupt nicht, wenn er erst eine halbe Stunde später hier eintrifft. Neulich habe ich zu ihm gesagt: ›Roy‹, habe ich gesagt, ›wenn dir deine Kunden im Laden wichtiger sind, als rechtzeitig zum Essen nach Hause zu kommen, dann zieh doch gleich in den Laden.‹ Und weißt du, was er getan hat?« Veras Kehlkopf zitterte. Sie nahm einen Kartoffelschäler und begann erbarmungslos eine Kartoffel zu bearbeiten. »Er ging in die Garage, ohne mich auch nur eines Wortes zu würdigen. Manchmal wär's genauso, wenn ich nicht da wäre. Er ist die ganze Zeit über in der Garage. Jetzt hat er sich sogar einen Fernseher hingestellt, damit er die Baseballspiele sehen kann, während er herumwerkelt.«

Vielleicht würde er sie lieber im Haus sehen, Mutter, wenn du ihm erlaubtest, sein Popcorn dorthin zu stellen, wo er es haben möchte, oder seine Füße auf deinen kostbaren Couchtisch zu legen.

Maggie fragte sich, wie ihr Vater es mehr als vierzig Jahre mit dieser Frau ausgehalten hatte. Sie war erst fünf Minuten hier und schon ganz kribbelig.

»Aber du bist ja nicht hierhergekommen, um das zu hören«, sagte Vera in einem Ton, der Maggie als Warnung diente, daß sie in den kommenden vier Tagen noch viel davon zu hören bekommen würde. Vera war mit dem Kartoffelschälen fertig und setzte den Topf auf den Herd. »Hol du doch schon mal deine Koffer rein und bringe sie nach oben. Ich decke einstweilen den Tisch.«

Wie gern hätte Maggie gesagt: »Ich wohne bei Brookie«, aber daran war nicht zu denken. Selbst mit vierzig Jahren hatte Maggie nicht den Mut, ihrer Mutter Paroli zu bieten.

Oben im ersten Stock legte sie ihren Koffer auf das Bett. Einen Augenblick später nahm sie ihn wieder und stellte ihn mit einem vorsichtigen Blick in Richtung Tür wieder auf den

Boden. Sie strich die Bettdecke glatt und stellte erleichtert fest, daß sie keine Spuren hinterlassen hatte.

Das Zimmer sah aus wie früher. Wenn Vera Möbel kaufte, dann kaufte sie sie für ewig. Maggies Ahornbett und der Frisiertisch standen noch immer an der alten Stelle. Die dezente, blau geblümte Tapete, in die Maggie nie Reißzwekken hatte drücken dürfen, würde noch einige Jahre überdauern. Ihr Schreibtisch war wieder an seinem Platz. Als Katy ein Baby war, hatte Vera ihre Wiege an diese Stelle gestellt, damit es die Eltern bequemer hatten.

Die Erinnerung daran ließ Wehmut aufkommen. Maggie ging zum Fenster, schob den Vorhang zurück und blickte auf den ordentlichen Hinterhof hinunter.

Phillip, ich vermisse dich so sehr. Es war immer leichter, es mit Mutter auszuhalten, wenn du bei mir warst.

Sie seufzte, ließ den Vorhang fallen und kniete sich nieder, um auszupacken.

Im Schrank hing neben ein paar alten Anzügen ihres Vaters ein versiegelter Plastiksack mit ihrem Abschlußballkleid. Rosa. Eric hatte sie gebeten, dieses kräftige Rosa zu tragen, und ihr dazu ein Ansteckbukett aus Teerosen geschenkt.

Eric ist verheiratet, und du benimmst dich wie ein kleines Dummerchen, wenn du hier stehst und ein verstaubtes altes Kleid anstarrst.

Sie zog ihr Leinenkostüm aus und ein Paar neue Guess Jeans an, zwei Boxer-Shirts, blau über weiß, band sich ein Baumwolltuch um den Hals und legte noch überdimensionale, rautenförmige Ohrringe an.

Als sie in die Küche kam, taxierte Vera sie von oben bis unten und sagte: »Meinst du nicht, daß du für diese Art von Kleidung ein wenig zu alt bist, Liebes?«

Maggie sah an sich herab und antwortete: »Es war keine Altersbegrenzung an dem Firmenschild, als ich das Zeug kaufte.«

»Du weißt ganz gut, was ich meine, meine Liebe. Manchmal macht sich eine Frau mittleren Alters lächerlich, wenn sie versucht, jünger auszusehen als sie ist.«

Die Wut ballte sich zu einem Klumpen in Maggies Hals zusammen. Sie wußte, wenn sie nicht bald dem Gesichtskreis ihrer Mutter entkäme, würde sie platzen, und die nächsten vier Tage würden unerträglich sein.

»Ich gehe heute abend zu Brookie und glaube kaum, daß es sie interessiert, was ich anhabe.«

»Zu Brookie! Kaum bist du da, willst du schon wieder weg. Das verstehe ich nicht.«

Nein, das verstehst du sicher nicht, Mutter, dachte Maggie und ging zur Hintertür, um ihrer Mutter wenigstens für ein paar Minuten zu entkommen

»Brauchst du etwas aus dem Garten?« fragte sie mit gespielter Leichtigkeit.

»Nein. Das Abendessen ist fertig. Jetzt warten wir nur noch auf deinen Dad.«

»Ich gehe trotzdem kurz raus.« Maggie verdrückte sich und spazierte in dem makellos ordentlichen Garten hinter dem Haus hin und her, vorbei an ordentlichen Studentenblumenrabatten, die die Hausmauer entlangliefen, in Daddys Garage. Sein Schraubstock und seine Werkzeuge waren mit militärischer Präzision eingeräumt. Der Boden war geradezu lächerlich sauber, und das Fernsehgerät stand oberhalb der Werkbank auf einem eigens dafür angebrachten Regal.

Armer Daddy.

Sie schloß die Tür und schlenderte durch den Gemüsegarten. Die Bohnen und die Erbsen waren bereits abgeerntet, und die Zwiebeln welkten oben schon ab. Sie konnte sich nicht erinnern, daß ihre Mutter jemals irgendeine Arbeit aufgeschoben hatte, die getan werden mußte. Warum nahm sie ihr sogar das übel?

Vera rief von der Gartentür aus: »Jetzt ist mir doch etwas eingefallen, Liebes. Bring mir ein paar reife Tomaten mit.«

Maggie pflückte zwei reife Tomaten und brachte sie ins Haus. Als sie sie in der Küche abliefern wollte, schalt sie Vera: »Zieh deine Schuhe aus, Liebes. Ich habe gestern erst den Boden gebohnert.«

Als Roy nach Hause kam, war Maggie kurz vorm Explodieren. Sie ging ihm auf halbem Weg entgegen und hakte sich bei ihm unter.

»Es tut gut, wenn du mir so entgegenkommst«, sagte er liebevoll.

Sie lächelte und drückte seinen Arm. Ihre Nervosität legte sich.

»Ach, Daddy!« seufzte sie und schaute gen Himmel.

»Sicherlich war deine Mutter ziemlich überrascht.«

»Sie hätte beinahe einen Schlaganfall bekommen – behauptet sie wenigstens.«

»Deine Mutter wird niemals einen Schlaganfall bekommen. Sie würde sich das verbieten.«

»Du kommst spät, Roy«, unterbrach Vera, die an der Haustür stand, und winkte ungeduldig zu dem weißen Päckchen in seiner Hand. »Ich muß doch noch die Koteletts braten. Beeil dich, gib sie schon her.«

Er gab ihr das Päckchen, und sie verschwand. Roy stand immer noch am Eingang, zuckte mit den Achseln und lächelte schmerzlich seiner Tochter zu.

»Komm«, sagte sie, »zeig mir deine Werkstatt.«

In dem Raum roch es nach frischem Holz. Maggie fragte: »Warum läßt du dir das gefallen, Daddy?«

»Ach, deine Mutter ist eine gute Frau.«

»Sie ist eine gute *Köchin* und eine gute *Haushälterin*. Aber sie macht uns beide verrückt. Ich muß nicht mehr damit leben, aber du. Warum lehnst du dich nicht dagegen auf?«

Er überlegte einen Augenblick und sagte dann: »Ich denke, ich habe es nie der Mühe wert gefunden.«

»Statt dessen ziehst du dich hierher zurück.«

»Nun ja, mir gefällt's hier. Ich habe ein paar Vogelhäuschen gebastelt, die ich dann im Laden verkaufe.«

Sie legte eine Hand auf seinen Arm. »Aber hast du nicht manchmal das Bedürfnis, ihr zu sagen, sie soll den Mund halten. Daddy, sie macht mit dir, was sie will.«

Er nahm ein Stück gehobeltes Eichenholz und rieb mit den Fingerspitzen darüber. »Erinnerst du dich an Großmama Pearson?«

»Ja, ein wenig.«

»Sie war genauso. Hat meinen Dad wie ein Feldwebel herumkommandiert. Ich kenne nichts anderes.«

»Aber deswegen ist es auch nicht richtig, Daddy.«

»Sie schafften es bis zur Goldenen Hochzeit.«

Ihre Blicke trafen sich. »Das ist Gewohnheit, Daddy, nicht Glück. Das ist ein Unterschied.«

Er hörte auf, über das Holz zu streichen, und legte es ordentlich beiseite. »Das ist es, woran meine Generation glaubt.«

Vielleicht hatte er recht. Vielleicht war sein Leben friedlich genug – hier in seiner Werkstatt und bei seiner Arbeit. Ganz ohne Zweifel bot ihm seine Frau ein untadeliges Heim, gutes Essen und saubere Kleidung – eben jene traditionell hausfraulichen Pflichten, an die seine Generation ebenfalls glaubte. Wenn er damit zufrieden war, wie kam sie dazu, Unfrieden zu säen?

Sie griff nach seiner Hand. »Gut, vergiß bitte, daß ich es erwähnt habe. Laß uns jetzt essen gehen.«

4. Kapitel

Glenda Holbrook Kerschner wohnte in einem neunzig Jahre alten Farmhaus, das von zwanzig Morgen Montmorency-Kirschbäumen, sechzig Morgen Wiesen und Wald, einer ehrwürdigen, alten roten Scheune, einer weniger ehrwürdigen mit Stahlträgern und einer Vielzahl von Pfaden umgeben war, die von Kindern, Maschinen, Hunden, Katzen, Pferden, Kühen, Waschbären und Stinktieren ausgetreten waren.

Maggie war vor Jahren schon einmal hier gewesen, aber das Haus war jetzt größer, hatte einen Holzaufbau, der sich an die ursprüngliche Kalksteinkonstruktion anschloß. Die Veranda war verglast und damit zu einem Teil des Wohnraums gemacht worden. Hinter dem Haus erstreckte sich ein riesiger Gemüsegarten, und auf einer Wäscheleine, die fast so lang wie der Garten war, hingen vier große Fleckerlteppiche. Maggie kam gegen acht Uhr abends.

Der Motor lief noch, als schon die Hintertür aufflog und Brookie herausgelaufen kam: »Maggie, endlich bist du da!«

Maggie ließ die Wagentür offen und rannte ihr entgegen. Mit feuchten Augen fielen sie sich in die Arme.

»Brookie, wie schön, dich wiederzusehen!«

»Ich kann es nicht glauben! Ich kann es einfach nicht glauben!«

»Ich bin es wirklich!«

Endlich ließen sie voneinander ab und Brookie betrachtete Maggie: »Meine Güte, sieh dich bloß an! Dünner als eine Bohnenstange! Gibt es in Seattle nichts zu essen?«

»Ich bin hierhergekommen, um mich ein wenig aufpäppeln zu lassen.«

»Na, hier bist du richtig, wie du siehst.«

Glenda drehte sich um die eigene Achse. Nach jeder Schwangerschaft hatte sie fünf Pfund mehr auf den Rippen behalten, aber sie war süß, hatte kurze, braune Locken, die ihr Gesicht einrahmten, ein ansteckendes Lachen und hübsche, haselnußbraune Augen.

Sie sah an sich herunter und klopfte sich auf die breiten Hüften. »Wie Gene sagen würde – schön warm im Winter und schattenspendend im Sommer.« Noch ehe Maggie aufgehört hatte zu lachen, hatte Brookie sie am Arm genommen und ins Haus geführt. »Komm herein und begrüß ihn.«

Gene Kerschner wartete an der Türschwelle, groß, eckig, bekleidet mit Bluejeans und einem verwaschenen, karierten Hemd. An der Hand hielt er ein kleines, barfüßiges Mädchen im Nachthemd, das ihm gerade bis zur Hüfte ging. Er sah wie ein zufriedener Farmer und ein glücklicher Familienvater aus, dachte Maggie. Nachdem er die Hand des Kindes losgelassen hatte, umarmte er Maggie zur Begrüßung. »Also, das ist Maggie. Es ist schon so lange her.«

»Hallo, Gene.« Sie lächelte zu ihm auf. Langsam, wie es seine Art zu sprechen war, sagte er: »Vielleicht hört Glenda jetzt, da du da bist, endlich auf zu jammern.«

Das kleine Mädchen zupfte an seinen Jeans. »Daddy, wer ist das?«

Er nahm das Kind auf seinen Arm. »Das ist Mommys Freundin Maggie.« Und zu Maggie: »Das ist unsere zweitjüngste, Chrissy.«

»Hallo, Chrissy«, sagte Maggie und streckte dem Kind die Hand entgegen.

Das Kind steckte einen Finger in den Mund und verbarg sein Gesicht an der Schulter des Vaters.

Lachend gingen sie weiter ins Haus. Glenda erklärte: »Die restlichen Kinder sind irgendwo verstreut. Justin ist zwei und Gott sei Dank heute schon im Bett. Julie und Danny sind auf Penelope, unserem Pferd, ausgeritten. Erica hat ein Rendezvous – sie ist süße sechzehn und unsterblich verliebt. Todd kellnert in der Cookery. Er ist neunzehn und überlegt sich gerade, ob er sich zur Air Force melden soll. Und Paul, unser Ältester, ist schon wieder am College.«

Das Haus war geräumig und funktionell eingerichtet. In der riesigen Bauernküche stand ein großer Tisch mit gedrechselten Beinen, um den herum acht Stühle standen. Von der Küche aus ging es direkt ins Wohnzimmer, das mit abgewetzten Sofas und einem Fernseher ausgestattet war. Im Bereich der verglasten Veranda stand eine alte Chaiselongue und zwei Schaukelstühle. Die Einrichtung war nichts Besonderes, eine Mischung aus Versandhauskatalog, Kinderzeichnungen, Wandtafeln und Zimmerpflanzen. Aber Maggie fühlte sich sofort zu Hause.

Man spürte es – Brookies Familie wurde von einer festen, aber liebenden Hand regiert.

»Gib Mommy einen Kuß«, sagte Gene zu Chrissy, »du mußt ins Bett.«

»Neeeiiin!« protestierte das Kind, stemmte seine Füße gegen seinen Magen und hielt sich an seiner Schulter fest.

»Doch, da führt kein Weg dran vorbei.«

Sie nahm das Gesicht ihres Vaters in beide Hände und versuchte es mit weiblicher List und Tücke.

»Biiittte, Daddy, kann ich nicht noch eiiine Minute aufbleiben?«

»Du bist eine Schmeichlerin«, sagte er und reichte sie ihrer Mutter. »Mach schnell, wenn du noch einen Kuß haben willst.«

Die beiden umarmten und küßten sich. »Gute Nacht, Herzchen.«

Ohne weiteres Wehklagen ließ sich das Kind vom Vater ins Bett bringen

»Na also«, seufzte Glenda, »jetzt sind wir allein. Und wie ich versprochen habe...« Sie öffnete mit einer ausladenden Handbewegung den Kühlschrank und holte eine schlanke, grüne Flasche heraus. »...habe ich aus gegebenem Anlaß eine Flasche Wein kaltgestellt. Was sagst du?«

»Da sag' ich nicht nein! Besonders, da ich die letzten drei Stunden bei meiner Mutter verbringen mußte.«

»Wie geht's dem alten Feldwebel Pearson?« Der Name stammte noch aus der Zeit, als Brookie vor der Haustür mit dem »P« erst einmal strammstand, ehe sie sich mit Maggie über die Schwelle wagte.

»Nervtötend wie immer. Brookie, ich weiß nicht, wie mein Vater das aushält. Sie geht bestimmt mit ihm zum Klo, um sicherzugehen, daß er nicht die Brille vollpinkelt.«

»Schrecklich, und dabei ist dein Dad ein so wundervoller Mann. Alle mögen ihn.«

»Ich weiß.« Maggie nippte an ihrem Wein. »Mmm, danke.« Sie folgte Brookie zum hinteren Ende des Wohnzimmers. Brookie ließ sich in einen Schaukelstuhl fallen. Maggie setzte sich auf die Chaiselongue und umklammerte ein dickes Kissen. Dann erzählte sie Brookie, was ihre Mutter an ihr und ihrem Vater in der kurzen Zeit, seit sie zu Hause war, alles auszusetzen gehabt hatte. Gene kam nach unten, nippte an Glendas Wein, küßte sie auf den Kopf und ließ die beiden mit einem »Viel Spaß!« alleine.

Doch schon nach fünf Minuten stürmten Julie und Danny herein. Sie rochen nach Pferd und ließen widerwillig aber höflich das Vorstellen über sich ergehen. Dann verschwanden sie in die Küche und rührten sich eine Limonade an. Erica und ihr Freund brachten, laut und fröhlich, noch ein weiteres junges Pärchen mit und suchten nach der Zeitung, um nachzusehen, was im Drive-in-Kino lief. »Oh, hallo!« rief Erica, als sie Maggie vorgestellt wurde. »Wir haben schon viele Geschichten gehört, was Sie und Mom zusammen in der High School getrieben haben. Das sind meine Freunde, Matt und Karlie und Adam. Mom, dürfen wir uns Popcorn fürs Kino machen?«

Während in der Küche Popcorn produziert wurde, kam Todd nach Hause und neckte seine jüngeren Geschwister in der Küche. Er sagte: »Hallo, Mom, ist das Maggie? Sie sieht genauso aus wie auf dem Bild in deinem Album.« Er schüttelte Maggies Hand, nahm dann das Weinglas seiner Mutter und kostete. »Das Zeug hemmt dein Wachstum. Gib her.«

»Bei dir hat das aber nicht funktioniert«, neckte er sie und sprang zur Seite, als sie ausholte, um ihm einen Klaps auf den Hintern zu geben.

»Geht's hier immer so zu?« fragte Maggie, als Todd den Raum verlassen hatte, um seinen Geschwistern Popcorn zu stibitzen und sie zu ärgern.

»Meistens.«

Der Gegensatz zwischen Maggies Leben und dem von Brookie war so kraß, daß sich einige Vergleiche förmlich aufdrängten. Als es im Haus schließlich ruhiger wurde und die beiden alleine waren, plauderten sie offen miteinander, als wären die Jahre der Trennung nie gewesen.

Maggie berichtete, wie es war, als ihr Mann bei einem Flugzeugunglück ums Leben kam und sie die Nachricht im Frühstücksfernsehen erfuhr. Brookie erzählte, wie man sich fühlte, wenn man mit achtunddreißig schwanger wurde.

Maggie schilderte, wie einsam man sich fühlte, wenn das einzige Kind das Haus verläßt, um das College zu besuchen. Brookie gab zu, wie frustrierend es sein kann, sieben auf einmal ständig um sich zu haben.

Maggie beschrieb ihre einsamen Abendessen in dem stillen, leeren Haus, wenn einem nur die Fernsehmoderatoren Gesellschaft leisteten. Brookie stöhnte über die Essenszubereitung für neun Personen bei 35 Grad ohne Klimanlage.

Maggie erzählte, wie peinlich es war, von einem verheirateten Freund in ihrem Golfclub angemacht zu werden. Brookie hielt dagegen, daß sie zwanzig Morgen Land mähen müsse, um das Unkraut unter den Kirschbäumen in Grenzen zu halten.

Maggie beschrieb die Einsamkeit eines leeren Bettes, nachdem man sich zwanzig Jahre an einen geliebten Menschen hatte kuscheln können. Brookie entgegnete: »Wir schlafen immer noch zu dritt im Bett – manchmal auch zu viert, wenn Gewitter ist.«

»Ich beneide dich, Brookie«, sagte Maggie. »Dein Haus ist so voller Leben.«

»Ich würde keinen hergeben, obgleich es Zeiten gab, in denen ich glaubte, meine Gebärmutter würde herausfallen.«

Sie lachten. Sie hatten die Flasche Wein geleert und lagen leicht benebelt in ihren Sesseln. Es brannte nur eine Stehlampe im ganzen Zimmer, und das Haus strahlte eine vertrauenerweckende Ruhe aus.

»Phillip und ich haben versucht, noch mehr Kinder zu

haben«, gestand Maggie. Sie hatte die Beine nach oben gezogen und schwang das leere Weinglas leicht zwischen zwei Fingern hin und her. »Wir haben es zweimal versucht, aber ich hatte zwei Fehlgeburten, und jetzt komme ich in die Wechseljahre.«

»Schon?«

»Etwa drei Monate nach Phillips Tod lag ich im Bett. Es war gegen elf Uhr, und ich dachte, ich hätte einen Herzinfarkt. Ich meine, es war wirklich so, wie ich mir einen Herzinfarkt vorstelle, Brookie. Es begann in meinem Brustkorb und ging dann wie elektrische Stromstöße die Arme und Beine hinunter, bis in die Finger und die Zehen. Meine Handflächen und Fußsohlen waren patschnaß. Ich war in Panik. Dann passierte es zum zweiten Mal. Ich weckte Katy auf, und sie fuhr mich ins Krankenhaus. Rate, was es war.«

»Keine Ahnung.«

»Fliegende Hitzen.«

Brookie versuchte sich ein Grinsen zu verbeißen, aber sie schaffte es nicht.

»Brookie, wenn du lachst, kleb' ich dir eine!«

»Fliegende Hitzen?«

»Ich saß im Behandlungsraum und wartete auf den Arzt. Eine Schwester bat mich, die Symptome zu beschreiben. Während ich das tat, stieg wieder eine in mir auf. Sie sah mich an und sagte: ›Mrs. Stearn, wie alt sind Sie?‹ Ich hielt es für ziemlich unverfroren, mir eine solche Frage zu stellen, während ich gerade wieder einen Herzanfall bekam. Ich sagte, ich sei neununddreißig und sie antwortete, ich hätte keinen Herzanfall, sondern fliegende Hitzen. ›Ich sehe, wie Ihr Brustkorb und Ihr Hals ganz rot anlaufen.‹«

Glenda konnte sich nicht mehr beherrschen. Sie stieß ein glucksendes Lachen aus, dann noch eines. Schließlich lehnte sie sich in ihrem Schaukelstuhl zurück und prustete los.

Maggie streckte einen Fuß aus und knuffte sie.

»Wenn du glaubst, das sei lustig, dann warte, bis du eine bekommst!«

Brookie fing sich wieder und kreuzte die Hände über dem

Bauch. »Meine Güte, kannst du dir vorstellen, daß wir schon *so* alt sind?«

»Nicht wir. Nur ich. *Du* bringst ja immer noch Kinder zur Welt.«

»Nicht mehr, damit ist's vorbei. Ich habe immer eine Bonbondose voller Kondome in greifbarer Nähe.«

Sie lachten wieder und schwiegen dann versonnen. Maggie griff nach Brookies Hand. »Es tut gut, hier bei dir zu sein. Du bist besser als Dr. Feldstein. Besser als eine Gruppentherapie. Besser als meine Freunde in Seattle. Vielen, vielen Dank.«

»O je, jetzt wird's schnulzig.«

»Nein, Brookie, ich meine es ernst. Ich wäre nicht hier, wenn du nicht alle mobilisiert hättest. Erst Tani, dann Fish und Lisa, und sogar Eric.«

»Ach, hat er dich wirklich angerufen?«

»Ja. Ich war völlig überrascht.«

»Was hat er gesagt?«

»Daß er von dir den wahren Grund erfahren hätte, warum ich ihn angerufen hatte. Er hatte Angst, ich spielte mit Selbstmordgedanken, aber da konnte ich ihn beruhigen.«

»Und?«

»Und... ansonsten das Übliche. Wir sprachen über sein Geschäft, wie es mit dem Fischen läuft, über meine Lehrtätigkeit, wie lange wir beide verheiratet waren und wie viele Kinder wir haben oder nicht haben. Und er erzählte mir, daß er sehr glücklich verheiratet ist.«

»Warte, bis du seine Frau siehst. Sie ist eine Attraktion. Der Stoff, aus dem die Models sind.«

»Ich werde wohl weder sie noch Eric zu Gesicht bekommen.«

»Na ja, kann sein. Dazu bist du nicht lange genug hier.«

»Warum, glaubst du, haben sie keine Kinder? Es kommt mir seltsam vor, denn als ich mit ihm befreundet war, sagte er immer, er möchte mindestens ein halbes Dutzend haben.«

»Wer weiß.«

»Na ja, geht mich ja auch nichts an.« Maggie gähnte und

streckte sich. Da mußte auch Brookie gähnen. Maggie stand auf und sagte: »Von seiten der Gastgeberin kommen eindeutige Zeichen...« Sie sah auf die Uhr und rief aus: »Ach, du meine Güte, es ist fast ein Uhr.«

Brookie begleitete Maggie zum Wagen. Es war eine warme Nacht, und die Luft roch nach Pferden und Petunien. Sterne funkelten an einem blauschwarzen Firmament.

»Es ist irgendwie seltsam mit Vaterstädten«, sinnierte Maggie.

»Sie holen einen zurück, nicht wahr?«

»Ganz genau. Besonders wenn Freunde da sind. Und morgen werden wir alle wieder beieinander sein.«

Sie umarmten sich.

»Vielen Dank, daß du für mich dawarst, als ich dich brauchte. Und daß du dich um mich gekümmert hast.«

Diesmal blieb Glenda ernst. »Es ist schön, daß du wieder hier bist. Ich wünschte, du könntest für immer dableiben.«

Für immer. Maggie dachte auf der Heimfahrt durch die kühle Augustnacht darüber nach. Der Geruch des geschnittenen Getreides und reifender Äpfel erinnerte daran, daß der Herbst vor der Tür stand. Nirgends war der Herbst so spektakulär wie in Door County. Es war zwanzig Jahre her, seit sie zum letztenmal die herbstliche Färbung der Blätter miterlebt hatte. Wie schön wäre es, wieder einmal im Herbst hier zu sein. Aber für immer? Mit ihrer Mutter in der gleichen Stadt? Niemals.

Zu Hause wurde sie mit einem letzten Befehl von ihrer Mutter konfrontiert. An ihrer Frisiertischlampe lehnte eine Nachricht: *Nachtlicht im Bad ausmachen.*

Am folgenden Tag um elf Uhr vormittags trafen sich vier seriöse Erwachsene in Brookies Haus und verwandelten sich dort in ein kicherndes, albernes Quintett zurück.

Sie umarmten sich. Sie hüpften auf der Stelle. Sie heulten. Sie küßten sich. Sie sprachen alle durcheinander und nannten sich bei ihren längst vergessenen Spitznamen aus Schulzeiten. Sie waren mit Kraftausdrücken nicht zimperlich, nachdem sie diese jahrelang als undamenhaft aus ihrem Wortschatz gestrichen hatten. Sie bewunderten Lisa (immer noch die Hübscheste), sprachen Maggie (der Verwitweten) ihr Mitgefühl aus, neckten Brookie (die Fruchtbarste), Carolyn (die erste Großmutter) und Tani (die Grauhaarigste).

Sie tauschten Familienbilder aus, sprachen über Neigungen der Kinder und über Erinnerungen an Geburten; über Eheringe, Ehemänner und Beruf, über Reisen, Wohnstile und gesundheitliche Rückschläge. Sie aßen Geflügelsalat, tranken Wein und wurden immer fröhlicher, erzählten sich endlose Familiengeschichten über Mütter, Väter, Schwestern und Brüder, klatschten über ehemalige Klassenkameraden und wärmten alte Teenagererinnerungen auf. Dann holten sie Brookies Album heraus und kicherten über sich selbst, über die unvorteilhaften Frisuren und das dicke Augen-Make-up von damals. Die unbeliebten Lehrer bekamen ebenfalls ihr Fett weg, die guten wurden gelobt. Der Versuch, das Schullied anzustimmen, scheiterte daran, daß alle, bis auf Brookie, die noch öfter zu Veranstaltungen in die alte Schule ging, den Text vergessen hatten. Schließlich einigten sie sich auf »Three White Doves Went Seaward Flying«, von Lisa, Brookie und Maggie in etwas zweifelhaftem Dreiklang intoniert.

Sie legten zerkratzte Beatles-Platten auf und tanzten Watusi. Zu fünft eingehakt, streunten sie durch Brookies Wiese und sangen unanständige Lieder, die sie ihren eigenen Kindern natürlich verbieten würden.

Zum Abendessen trafen sie sich in der Cookery und wurden von Todd, Brookies Sohn, bedient, der das dickste Trinkgeld seiner Karriere bekam. Dann schlenderten sie zusammen mit den Spätsommer-Feriengästen zum Strand hinunter, setzten sich auf die Felsen und genossen den Sonnenuntergang.

»Warum haben wir das nicht schon früher einmal gemacht?« wunderte sich eine von ihnen.

»Wir sollten jetzt schon ausmachen, daß wir uns einmal im Jahr hier treffen.«

»Das sollten wir wirklich.«

»Warum klingt ihr auf einmal alle so traurig?« fragte Lisa.

»Weil es traurig ist, auf Wiedersehen sagen zu müssen. Es war so ein schöner Tag.«

»Was heißt da auf Wiedersehen? Ihr kommt doch alle zu Garys Hochzeit, oder?«

»Wir sind doch nicht eingeladen.«

»Natürlich seid ihr eingeladen. Ach, das hätte ich beinahe vergessen!« Lisa öffnete ihre Handtasche. »Gary und Deb haben mir das für euch alle mitgegeben.« Sie holte einen hellgrauen Umschlag heraus, auf dem alle ihre Namen standen, und reichte ihn herum.

»Gene und ich kommen auch«, versicherte Brookie in die Runde. »Kleinstadthochzeit... alle sind eingeladen.«

»Und Maggie fährt erst am Sonntag nach Hause«, stellte Lisa fest. »Ihr beide wohnt nah genug, um herfahren zu können. Ehrlich, Gary und Deb würden sich wirklich freuen, wenn ihr kämt. Er hat mich extra daran erinnert. Der Empfang wird im Baileys Harbor Yacht Club sein.«

Sie sahen sich an und zuckten mit den Achseln. Kommen würden sie schon gerne.

»Ich komme«, machte Tani den Anfang, »ich liebe das Essen im Yacht Club.«

»Ich schließe mich an«, sagte Fish. »Und du, Maggie?«

»Ja natürlich komme ich mit, wenn ihr alle hingeht.«

»Riesig!«

Sie standen von den Felsen auf, klopften ihre Kleidung ab und gingen zurück.

»Was ist mit morgen, Maggie«, wollte Brookie wissen. »Wollen wir etwas gemeinsam unternehmen? Schwimmen? Oder Einkaufen? Auf Cana Island spazierengehen? Oder sonst was?«

»Ich habe ein schlechtes Gewissen, wenn ich dich wieder deiner Familie entführe.«

»Ein schlechtes Gewissen?« Brookie konnte sich nicht genug wundern. »Wenn du eine so große Familie wie ich hättest, würdest du auch jede Gelegenheit rauszukommen beim Schopf ergreifen. Gene und ich, wir tun sehr viel für die

Kinder. Folglich können sie auch mal was für mich tun und mich hin und wieder einen Tag entbehren.«

Die Sache war abgemacht; sie vereinbarten eine Zeit und sagten sich dann Gute Nacht.

Am nächsten Morgen saß Maggie mit ihrer Mutter bei einer Tasse Tee und versuchte, ein Gespräch zu führen, ohne dabei die Geduld zu verlieren.

»Brookie hat eine wunderbare Familie, und ich fühle mich richtig wohl in ihrem Haus.«

»Es ist eine Schande, wie sie ihre Figur vernachlässigt«, bemerkte Vera. »Und was ihre Familie betrifft, etwas weniger wäre mehr gewesen. Sie muß schon achtunddreißig gewesen sein, als das letzte Kind kam.«

Maggie hielt sich zurück und verteidigte ihre Freundin. »Sie kommen so gut zurecht. Die älteren Kinder passen auf die jüngeren auf, und alle müssen hinter sich aufräumen. Sie sind eine wundervolle Familie.«

»Nichtsdestoweniger hätte sie vorsichtiger sein müssen. Schließlich ging sie auf die vierzig zu und hätte ein behindertes Kind bekommen können!«

»Schwangerschaften bei Frauen über vierzig sind schon lange nichts Ungewöhnliches mehr, Mutter, und Brookie sagte, alle ihre Kinder waren Wunschkinder. Auch das letzte war nicht ungeplant.«

Vera spitzte die Lippen und zog eine Augenbraue hoch.

»Und was ist mit Carolyn?« fragte sie.

»Carolyn scheint eine glückliche Farmersfrau zu sein. Sie und ihr Mann wollen Ginseng anbauen.«

»Ginseng! Wer um alles in der Welt ißt Ginseng?«

Wieder mußte Maggie eine Freundin verteidigen. Je älter Vera wurde, um so starrköpfiger wurde sie. Egal worum es ging, wenn Vera es nicht tat, hatte oder billigte, mußte sie es in Grund und Boden verdammen. Als Vera sich nach Lisa erkundigte, hätte Maggie am liebsten geschrien: Warum fragst du eigentlich, Mutter, es interessiert dich doch ohnehin nicht. Aber sie riß sich zusammen und antwortete: »Lisa ist so schön wie eh und je. Vielleicht sogar schöner. Ihr Mann ist Pilot. Folglich sind sie natürlich um die halbe Welt gedüst. Und erinnerst du dich an Tanis feuerrotes Haar? Es hat jetzt den schönsten Pfirsichton, den du je gesehen hast. Wie ein Silberahornblatt im Herbst.«

»Ich habe gehört, ihr Mann hat einen Laden aufgemacht und dann vor ein paar Jahren Konkurs gemacht. Hat sie darüber nichts erzählt?«

Nichts wie weg hier, ehe ich platze, dachte Maggie.

»Nein, Mutter, hat sie nicht.«

»Ich wette,nicht eine von ihnen hat so viel Geld wie du.«

Wie bist du so geworden, Mutter? Sind dir Toleranz und Großzügigkeit so fremd? Maggie stand auf und stellte ihre Tasse in das Spülbecken. »Ich treffe mich heute mit Brookie, also rechne für das Mittagessen nicht mit mir.«

»Mit Brookie... aber du warst insgesamt noch keine zwei Stunden hier, seit du gekommen bist!«

Diesmal sparte sich Maggie die Entschuldigung. »Wir wollen einkaufen und machen dann ein Picknick auf Cana Island.«

»Was willst du denn dort, um Himmels willen? Dort warst du doch schon hundertmal!«

»In Erinnerungen schwelgen.«

»Wie sinnlos! Der alte Leuchtturm wird demnächst zusammenfallen, und wenn deswegen etwas passiert, muß der Bezirk dafür bezahlen...«

Maggie ging noch während Veras Schimpftirade aus dem Zimmer.

Maggie holte Brookie ab. Zusammen gingen sie in den Fish Creek General Store und ließen sich von Maggies Vaters mächtige Sandwiches mit Truthahn und Käse machen. Lächelnd sagte er: »Viel Spaß!«

Den Vormittag verbrachten sie in den Trödelläden am Highway 57. In restaurierte Blockhütten mit weißen Fensterläden und riesigen Stockrosen war wieder Leben eingezogen. Die Tore einer riesigen roten Scheune waren weit geöffnet und ließen reichlich Sonnenschein auf den Dielenboden. Von den Dachsparren hingen dicke Büschel getrockneter Kräuter und Blumen abwechselnd mit handgenähten Decken. Es gab handgezogene Kerzen, Krüge, Schüsseln, Zinnspielzeug, alte Spitzen und Holzschlitten mit gebogenen Hörnern, irdene Töpfe, Schaukelpferde, Vasen und Schränke.

Brookie fand einen süßen blauen Korb mit Schleierkraut und getrockneten Kornblumen. Am Henkel prangte eine riesige rosa Schleife.

»Ist der nicht süß?« Sie schwenkte ihn an einem Finger.

»Kauf ihn«, schlug Maggie vor.

»Kann ich mir nicht leisten.«

»Aber ich kann.« Maggie nahm ihn Brookie ab.

Brookie schnappte ihn sich und setzte ihn an seinen Platz zurück. »O nein, das wirst du nicht tun.«

Maggie nahm den Korb wieder. »Das werde ich doch tun.«

»Nein, das wirst du nicht.«

»Brookie«, drohte Maggie. Sie hielten beide den Korb fest. »Ich habe so viel Geld und niemanden, dem ich etwas dafür kaufen kann. Bitte... laß mich.«

Ihre Augen trafen sich. Über ihren Köpfen erklang leise ein Windspiel.

»Gut. Danke dir.«

Eine Stunde später waren sie den steinigen Weg nach Cana Island hinübergegangen, hatten dem alten Leuchtturm einen Besuch abgestattet, waren geschwommen und hatten ihr Picknick mit Blick auf den Lake Michigan genossen. Maggie lag auf einer Decke und schützte ihre Augen mit einer Sonnenbrille.

»Du, Brookie«, sagte sie.

»Hm?«

»Kann ich dir etwas sagen?«

»Sicher.«

Maggie nahm ihre Sonnenbrille ab und betrachtete eine Wolke. »Weißt du, es stimmt wirklich, was ich vorhin in dem Laden gesagt habe. Ich bin unverschämt reich, und dabei ist mir das Geld ziemlich egal.«

»Ach, eine Weile könnte ich es schon damit aushalten.«

»Es ist der *Grund* meines Reichtums, Brookie.« Sie setzte entschlossen die Brille wieder auf. »Sie gaben mir über eine Million Dollar für Phillips Leben, aber ich würde alles dafür geben, ihn wiederzuhaben. Es ist so ein seltsames Gefühl...«

Maggie rollte sich auf die Seite, stützte ihren Kopf auf eine Hand und sah Brookie an. »Von dem Augenblick an, als die Aufsichtsbehörde bekanntgab, daß es sich um menschliches Versagen handelte – die Bodencrew hat eine Klappe versehentlich offengelassen –, da wußte ich, daß es mir an Geld nie mehr mangeln würde. Was meinst du, was solche Entschädigungssummen alles in Betracht ziehen.« Sie zählte es sich an den Fingern ab. »Schmerzensgeld für die Kinder, Unterhalt, Universitätsausbildung, Schmerzensgeld für die Hinterbliebenen, selbst Schmerzensgeld für das *Opfer* für den Augenblick, als das Flugzeug vom Himmel fiel. Dafür bekomme *ich* Geld, Brookie!« Entsetzt faßte sie sich ans Herz. »Kannst du dir vorstellen, wie ich mich fühle, wenn ich für Phillips Schmerzen Geld kassiere?«

Brookie hielt dagegen: »Hättest du lieber nichts bekommen?«

Maggie fiel die Kinnlade runter. Nachdenklich sah sie Brookie an. Sie rollte sich wieder auf den Rücken und legte einen Arm über ihre Stirn. »Ich weiß nicht. Nein. Es wäre dumm, so etwas zu sagen. Aber verstehst du – alles ist bezahlt, das Haus in Seattle, Katys Ausbildung, neue Autos für uns beide. Und ich bin es leid, Zehntkläßlern beizubringen, wie man Blätterteig macht, weil sie ihn ohnehin tiefgekühlt kaufen werden. Und ich bin es leid, mich mit lauten Vorschulkindern abzuplagen und Kinderpsychologie zu unterrichten, wenn die Statistiken eindeutig beweisen, daß jedes dritte Ehepaar sich gegen Kinder entscheiden wird und die restlichen fast alle vor dem Scheidungsrichter landen. Da sitze ich nun mit all dem Geld und habe niemanden, mit dem ich es ausgeben kann. Außerdem bin ich noch nicht so weit, daß ich wieder ausgehen möchte, und wenn ein Mann mich einladen würde, dann hätte ich bestimmt das Gefühl, er täte es nur, weil er hinter meinem Geld her ist. O Gott, ich weiß selbst nicht, was ich eigentlich sagen will.«

»Ich schon. Dir fehlt Motivation. Du brauchst eine Veränderung.« Brookie setzte sich auf.

»Das sagen alle.«

»Wer sind *alle*?«

»Mein Psychiater. Eric Severson.«

»Nun, wenn das alle sagen, dann muß wohl was Wahres dran sein. Fragt sich nur, *was* du tun könntest.« Brookie blickte gedankenversunken auf das Wasser.

Maggie riskierte ein Auge, schloß es wieder und murmelte: »Na, da bin ich ja mal gespannt.«

»Also, laß uns mal überlegen ... gehen wir einmal davon aus, was du gut kannst. Einen Augenblick ... einen Augenblick ... gleich hab' ich's ...« Brookie setzte sich auf. »Ich hab's! Das alte Harding-Haus in der Cottage Row! Wir haben letzte Woche beim Abendessen darüber gesprochen. Wußtest du, daß der alte Harding letztes Frühjahr gestorben ist und das Haus seither leersteht? Man könnte eine wunderschöne Frühstückspension draus machen. Es wartet nur darauf ...«

»Bist du verrückt? Ich bin doch keine Gastwirtin!«

»... hergerichtet zu werden.«

»Ich will nicht festgenagelt sein.«

»Nur im Sommer. Du müßtest nur im Sommer hier sein. Im Winter könntest du dein Geld zählen und dir auf den Bahamas einen Mann suchen, der noch reicher ist als du. Du hast doch gesagt, du bist einsam. Du hast gesagt, du haßt dein leeres Haus. Warum kaufst du nicht eines, in das Leute kommen.«

»Da führt kein Weg hin.«

»Die Cottage Row hat dir schon immer gefallen. Und das alte Harding-Haus hat sicher jede Menge Atmosphäre.«

»Und jede Menge Mäuse, Holzwürmer und sonstiges Ungeziefer.«

»Das kann dich doch nicht schrecken. Zum Teufel, worum geht's denn bei der Hauswirtschaft? Wie man ein Haus kostengünstig bewirtschaftet – Kochen, Saubermachen, Ausstatten.«

»Brookie, ich will nicht...«

»Und du hast ein Faible für Antiquitäten. Was meinst du, wieviel Spaß es dir machen würde, für das Haus alte Dinge einzukaufen. Wir könnten nach Chicago auf die Flohmärkte und Auktionen fahren. Nach Green Bay zu den Trödelhändlern. In ganz Door County alle Boutiquen und Antiquitätenläden abklappern. Mit deinem Geld könntest du das Haus wie das Biltmoresche Herrenhaus ausstatten und...«

»Ich weigere mich, im Umkreis von tausend Meilen von meiner Mutter zu leben! Du liebe Zeit, Brookie, das wäre für sie nicht einmal ein Ferngespräch!«

»Das habe ich allerdings vergessen. Deine Mutter ist ein Problem...« Brookie biß sich gedankenverloren auf die Unterlippe. Plötzlich erhellte sich ihr Gesicht. »Das bekommen wir in den Griff. Laß sie einfach putzen, schrubben oder etwas Ähnliches tun. Ihr kannst du doch die größte Freude machen, wenn du ihr einen Staublappen in die Hand drückst.«

»Das kann nicht dein Ernst sein. Meine Mutter will ich unter keinen Umständen im Haus haben.«

»Okay, dann kann Katy saubermachen.« Brookies Begeisterung steigerte sich noch. »Natürlich! Daß ich da nicht früher draufgekommen bin! Katy kann im Sommer von Chicago nach Hause kommen und dir helfen. Und wenn du so nahe wohnst, dann kann sie auch an den Wochenenden und an Feiertagen kommen. Und das wolltest du doch, oder?«

»Brookie, jetzt hör aber auf. Eine alleinstehende Frau kann sich unmöglich so ein altes Haus antun.«

»Du kannst die Männer bezahlen. Handwerker, Gärtner, Maurer, Teenager, die im Sommer Arbeit suchen. Sogar meine eigenen Teenager, die in den Ferien arbeiten wollen. Die Schmutzarbeit kannst du den Handwerkern überlassen, du kümmerst dich um das Geschäft. Und der Zeitpunkt wäre ideal. Du kaufst es jetzt, richtest es im Winter her, machst Werbung und bist für die nächste Feriensaison gerüstet.«

»Ich will keine Frühstückspension!«

»Und die Lage! Direkt an der Bucht! Ich möchte wetten, von jedem Zimmer hat man einen tollen Blick. Die Gäste werden dir die Bude einrennen.«

»Ich will keine Gäste, die mir die Bude einrennen!«

»Wenn ich mich nicht täusche, gibt es da auch eine Dienstbotenwohnung über der Garage. Ganz versteckt. O Maggie, das wäre eine tolle Sache!«

»Dann muß es eben für jemand anderen eine tolle Sache sein. Du scheinst zu vergessen, daß ich eine Hauswirtschaftslehrerin aus Seattle bin und am Montag wieder unterrichten muß.«

»Ach ja, dieses Seattle! Der Ort, wo es den ganzen Winter regnet, wo sich die Ehemänner deiner besten Freundinnen im Country Club an dich ranmachen und wo du solche Depressionen bekommst, daß du dich in einer Gruppentherapie ausweinen mußt.«

»Jetzt wirst du geschmacklos.«

»Habe ich etwa nicht recht? Haben dir dort Freunde geholfen, als du sie brauchtest? Hier sind deine Freunde. Hier bist du zu Hause, ob du es wahrhaben willst oder nicht. Was hält dich noch in Seattle?«

Nichts. Maggie biß sich auf die Lippen, um es nicht laut zu sagen.

»Warum bist du so starrköpfig? Du hast einen Job, der dich langweilt, du kehrst in ein leeres Haus zurück, zurück zu ... zum Teufel, ich weiß nicht, wohin du zurück möchtest. Dein Seelendoktor sagt, du brauchst eine Veränderung, und wir wissen nicht, was für eine Veränderung das sein kann. Aber wie, um Himmels willen, möchtest du das herausfinden, wenn du dich nicht umtust? Vielleicht hast du keinen Spaß an der Frühstückspension, aber was schadet es schon, es auszuprobieren? Und wenn du erst einmal wieder in Seattle bist, ist niemand da, der dir Mut zuspricht. Also, was sitzen wir hier noch rum? Pack deine Sachen, wir sehen uns das Harding-Haus an!«

»Brookie!«

Brookie stand bereits und rollte das Strandtuch auf. »Pack deine Sachen, habe ich gesagt! Wir haben je heute nachmittag sonst nichts vor. Du kannst aber auch hierbleiben, wenn du möchtest. *Ich* sehe mir das Harding-Haus auch alleine an.«

»Brookie, warte!«

Brookie war bereits zehn Meter entfernt, das Strandtuch unter einem Arm und die leere weiße Tasche unter dem anderen. Maggie saß auf ihren Fersen und sah ihr verzweifelt hinterher. Brookie rief über die Schulter zurück: »Ich wette, das Haus ist älter als hundert Jahre, alt genug, um in der Denkmalliste eingetragen zu sein. Überleg doch mal, dann wär' deine Frühstückspension da aufgeführt!«

»Zum letztenmal: Ich will da nicht aufgeführt sein!« Maggie trommelte mit beiden Fäusten auf ihre Schenkel. »Verdammt, Brookie«, rief sie und sprang auf.

Althea Munne von dem Immobilienbüro Homestead Realty leckte gerade ein Kuvert ab, um es zu verschließen. Sie blickte auf.

»Ich komme sofort, meine Damen. Oh, hallo, Glenda.«

»Hallo, Mrs. Munne. Können Sie sich noch an Maggie Pearson erinnern?«

»Aber sicher doch.« Althea stand auf und betrachtete Maggie durch Brillengläser, deren Ränder mehr Ecken hatten als das Dach des Vatikans. Die Gläser waren roséfarben getönt, und in der linken unteren Ecke, direkt oberhalb von Altheas Wangenknochen, prangte ein winziges, goldenes A. Die Fassung schien aus Kronjuwelen zu bestehen, und Althea glitzerte und funkelte wie ein Spiegelsaal. Die Brille saß auf einer winzigen Eulennase. Ihre Lippen hatte sie grotesk überschminkt, und die rosa Farbe war in die Falten um ihren Mund hineingelaufen. Als ehemalige Lehrerin musterte sie Maggie von oben bis unten und erinnerte sich: »Abschlußklasse '64. Schulchor, Cheerleader.«

»Stimmt, bis auf das Jahr. Es war '65.«

Das Telefon läutete, und während sich Althea entschuldigte, warf Brookie Maggie einen belustigten Blick zu und sagte hinter vorgehaltener Hand: »Ich wette, so einen Immobilienmakler gibt es in Seattle nicht.«

Mrs. Munne war sofort wieder zur Stelle und sagte: »Was kann ich für Sie tun?«

»Wir interessieren uns für das Harding-Haus«, begann Brookie.

»Das Harding-Haus.« Althea fuhr sich mit der Zunge über die Lippen. »Wer von Ihnen möchte es sehen?«

»Sie.«

»Sie.«

Maggie zeigte auf Brookie, Brookie auf Maggie.

Althea spitzte die Lippen. Sie wartete, wieder ganz Lehrerin, bis sich die Klasse beruhigt hatte.

Maggie seufzte und log: »Ich.«

»Das Haus steht für neunundsechzigvier zum Verkauf. Es hat anderthalb Morgen Land und 50 Meter Strand dabei.« Althea holte die Unterlagen. Maggie warf Brookie einen verzweifelten Blick zu. Die Immobilienmaklerin kam zurück und fragte: »Wäre das innerhalb Ihrer Preisvorstellung?«

»Ach...« Maggie faßte sich ein Herz. »Ja, das wäre es.«

»Es steht leer. Es muß ein wenig hergerichtet werden, bietet aber ungeahnte Möglichkeiten. Wollen Sie hinüberfahren und es sich ansehen?«

»Hmh...« Maggie zögerte und bekam dafür von Brookie einen diskreten Knuff gegen das Knie. »Ja, das möchte ich... natürlich.«

Althea fuhr den Wagen und erzählte während der Fahrt ein wenig über die Geschichte des Hauses.

Das Harding-Haus wurde 1901 von einem Reeder aus Chicago namens Throckmorton für seine Frau gebaut, die jedoch starb, ehe das Haus fertig war. Untröstlich über ihren Tod verkaufte Throckmorton das Haus an einen gewissen Thaddeus Harding, dessen Nachkommen es bewohnt hatten, bis der Enkel William Harding im letzten Frühjahr verstarb. Williams Erben waren über das ganze Land verteilt und hatten kein Interesse an dem Haus, wollten lediglich ihren Anteil ausbezahlt haben.

Hinten saßen Maggie und Brookie. Maggie zeigte demonstrativ Desinteresse. Sie fuhren zum westlichen Ende der Hauptstraße, dann eine malerische Straße, die Cottage Row, entlang, die sich einen steilen Kalksteinfelsen hinaufschlängelte. In den dichten Wäldern hatten sich zu Beginn des zwanzigsten Jahrhunderts begüterte Chicagoer Bürger große Grundstücke gekauft. Im Sommer kamen sie den Lake Michigan hinauf, um die kühle Brise der Door-Halbinsel zu genießen. Rechts und links von der Straße bekam man ab und zu hinter hohen Steinmauern vornehme Häuser zu sehen. Keines glich dem anderen. Manche waren von alten Büschen umgeben, bei anderen waren die Wände mit Spalieren bedeckt. Gelegentlich sah man auch das türkisblaue Wasser der Green Bay auf der anderen Seite aufblitzen und bekam eine Vorstellung von der fantastischen Aussicht, die man von diesen Häusern haben mußte. Maggies erster Eindruck vom Harding-Haus war nicht das Haus selbst, sondern ein verwahrloster Tennisplatz, der am Fuß der Klippe auf der gegenüberliegenden Straßenseite lag. Moos hatte sich zwischen den Fugen der Kalksteine angesiedelt. Das Spielfeld war bedeckt mit Laub, Zweigen, Kiefernzapfen und Aluminiumdosen, die achtlose Touristen aus dem Fenster geworfen hatten.

Aber ein Baumsitz am südlichen Ende des Spielfeldes, völlig überwuchert von Wildem Wein, zeugte von besseren Zeiten, als hier die Tennisbälle geflogen waren und der Schiedsrichter von seinem Hochsitz aus das Feld bestens unter Kontrolle gehabt hatte. Die Spieler konnten zwischen den Spielen auf hölzernen Bänken neue Kräfte sammeln. Der Wein hatte so überhandgenommen, daß die Holzkonstruktion des Sitzes teilweise heruntergebrochen war. Am anderen Ende des Platzes war eine Garage mit einem darüberliegenden Apartment, das später angebaut worden war, aber mit den schweren Holztüren immer noch sehr altertümlich wirkte. Maggie mußte noch einmal zu dem Hochsitz schauen, während sie Althea durch eine Öffnung in einem Lebensbaumdickicht folgte, das Garten und Haus von der Straße abschirmte.

»Wir gehen erst außen herum«, kündete Althea an.

Das Haus war im Queen-Anne-Stil gebaut, war grau verwittert und heruntergekommen und schien von dieser Seite wenig mehr zu bieten als eine kleine Veranda mit einem verrotteten Boden und einem kaputten Geländer. Die Seitenwandungen aus Holz hatten dringend einen Anstrich nötig. Aber als Maggie Althea weiter folgte, bekam sie ein bezauberndes Sortiment von asymmetrischen Formen und Konstruktionen zu sehen, verkleidet mit Schindeln in Fischschuppenform, überall kleine angebaute Erkerbalkone, häkelspitzenähnliche Giebelsimse, geschnitzte Giebelschutzbretter mit Kreuzblumen und entsprechenden Pendants in den Giebelspitzen, vorne eine überwältigende Veranda mit Blick auf den See und im zweiten Stock an der Südwestecke den bezauberndsten Balkon überhaupt. Er war rund und hatte gedrechselte Holzsäulen unter einem spitz zulaufenden Dach.

»Oh, Brookie, schau doch!« rief sie aus und zeigte hinauf.

»Das Belvedere«, erklärte Althea, »gleich neben dem größten Schlafzimmer. Wollen Sie hineingehen?«

Althea war natürlich nicht dumm. Sie führte sie zum Vordereingang über die breite Veranda, deren Boden in viel besserem Zustand war als der des hinteren Eingangs. Die geschnitzte Eichentür hatte ein buntes, bleiverglastes Fenster und dazu passende Außenlampen. Beim Anblick der geräumigen Eingangshalle und der breiten Treppe entfuhr Maggie ein kleiner Schrei des Entzückens. Oben waren zwei Treppenabsätze um einen Säulenschaft, der den Mittelpunkt der oberen Halle bildete.

Maggies Herz begann schneller zu schlagen, obwohl sie auch den Schimmel und Moder roch.

»Das ganze Haus ist aus Ahornholz gebaut. Es heißt, Mr. Throckmorton hat es nach eigenen Angaben in Sturgeon Bay sägen lassen.«

Von einem Durchgang auf der linken Seite meldete sich Brookie: »Maggie, schau dir das an!« Sie ließ eine Schiebetür zurückgleiten und stand gleich darauf in einer dicken Staubwolke. Zwischen dicken Spinnweben kamen rostige Werkzeuge heruntergepoltert.

Althea beeilte sich, eine Erklärung abzugeben: »Mr. Harding lebte hier fast zwanzig Jahre allein, nachdem seine Frau gestorben war, und so ist vieles einfach total heruntergekommen. Viele Räume hat er einfach zugeschlossen. Aber ein geübtes Auge wird erkennen, was unter den Staubschichten steckt.«

Im Erdgeschoß war ein großer Salon mit einem kleinen gemauerten Kamin und einem anschließenden Musikzimmer. Auf der anderen Seite der Eingangshalle befand sich das Eßzimmer, das über einen Anrichteraum für den Butler mit der Küche im hinteren Bereich des Hauses verbunden war. Gegenüber des Anrichteraums war noch ein Personalzimmer. Als Althea die Tür öffnete, verschwand ein aufgeschrecktes Eichhörnchen blitzschnell hinter riesigen Stapeln von Zeitungen, die im Laufe der Jahre offenbar mehrfach naß und wieder trocken geworden waren.

»Hier müßte mal ordentlich zugepackt werden«, kommentierte Althea hilflos und ging weiter in Richtung Küche.

Die Küche war in einem schrecklichen Zustand. In einer Ecke blätterte der Putz als Zeichen undichter Wasserleitungen in gallgrünen Schichten ab. Das Spülbecken war rostiger als ein alter Öltanker, und die Geschirrschränke – nicht länger als ein Meter fünfzig – waren aus einfachen Brettern gezimmert und im gleichen Braun gestrichen wie die Wände. An den zwei langen, schmalen Fenstern hingen zerfetzte Spitzenvorhänge, die die Farbe von alten Pferdezähnen angenommen hatten, und dahinter noch bröckelige Rollos in Olivgrün. Zwischen den beiden Fenstern führte eine arg mitgenommene, fensterlose Tür zu der kleinen, verrotteten Veranda, die sie schon draußen gesehen hatten.

Die Küche brachte Maggie auf den Boden der Tatsachen zurück.

»Mrs. Munne, ich fürchte, wir verschwenden Ihre Zeit. So etwas hatte ich mir nicht vorgestellt.«

Althea ließ sich nicht beirren. »Man muß sich das Haus

vorstellen, wie es aussehen könnte, nicht wie es jetzt aussieht. Es tut mir leid wegen der Küche, aber da wir nun schon einmal hier sind, sollten wir uns auch gleich im ersten Stock ein wenig umsehen.«

»Das halte ich nicht mehr für nötig.«

»Komm schon.« Brookie nahm Maggie am Arm und zog sie mit. Während sie hinter Mrs. Munne die Treppen hinaufstiegen, zwickte Maggie Brookie in den Arm und flüsterte mit zusammengebissenen Zähnen: »Dieses Haus ist eine Ruine, und es riecht hier nach Fledermauskacke.«

»Woher weißt du, wie Fledermauskacke riecht?«

»Auf dem Dachboden meiner Tante Lil hat es danach gerochen.«

»Das Haus hat fünf Schlafzimmer«, erklärte Mrs. Munne. »Mr. Harding hatte sie alle bis auf eines verschlossen.«

Das einzige Schlafzimmer, das er benützt hatte, war das Belvedere-Zimmer. Sobald Maggie es betreten hatte, schmolz ihr Widerstand dahin. Weder die von Wasserflecken verunzierten Tapeten, noch der modrig riechende Teppich noch der widerwärte Anblick von Mausbefraß an Polstermöbeln konnte den Charme des Zimmers mindern. Der Blick auf den See durch hohe Fenster mit breiten Fensterbrettern und die aufwendig gedrechselten Balkonpfosten waren einfach hinreißend. Wie verzaubert öffnete Maggie die Balkontür und trat hinaus. Sie preßte ihre Knie gegen das Holzgeländer und blickte gen Westen, wo die Sonne das Wasser der Green Bay goldglitzernd aufleuchten ließ. Unten vor dem Haus war der verwahrloste Rasen zu sehen. Ein verfaulter Holzsteg lag schon halb im Wasser, aber es gab wunderschöne, alte Ahornbäume mit filigranem Blätterwerk. Das Belvedere-Zimmer war anmutig und strahlte Atmosphäre aus. Sicherlich waren hier früher Frauen gestanden und hatten nach den Schiffen Ausschau gehalten, die ihre Männer nach Hause bringen sollten.

Maggie vermißte ihren Mann, der nie über den Rasen auf sie zukommen würde, der nie dieses Zimmer mit ihr teilen oder die wunderschöne Treppe herunterlaufen würde.

Aber sie wußte sicher, daß sie diesen Wahnsinn, den Brookie ihr vorgeschlagen hatte, noch hundertmal bereuen würde. Trotzdem – sie wollte hier im Harding-Haus leben.

»Zeigen Sie mir die anderen Schlafzimmer«, bat sie und ging wieder nach innen. Sie waren eigentlich nicht mehr wichtig. Jeder der vier Räume hatte einen eigenen Reiz, aber nicht vergleichbar mit dem Belvedere-Zimmer. Als sie vom Dachboden zurückkamen – Maggie hatte recht gehabt – sie würde das Haus mit Hunderten von Fledermäusen teilen –, ging sie noch einmal in ihr Lieblingszimmer.

Ich bin nach Hause zurückgekehrt, dachte sie unsinnigerweise und fröstelte.

Auf dem Weg in das Erdgeschoß sagte sie zu Althea: »Ich möchte eine Frühstückspension daraus machen. Könnte es da Probleme mit der Zulassung geben?«

Brookie packte Maggie von hinten am Arm und sah sie mit großen Augen an.

»Machst du es wirklich?« flüsterte sie.

Maggie preßte eine Hand gegen ihren Magen und flüsterte zurück: »Ich zittere am ganzen Körper.«

»Eine Frühstücks... hmm...«, sagte Althea, die inzwischen unten angekommen war. »Bin ich nicht sicher. Müßte ich mich erkundigen.«

»Und ich möchte, daß sich ein Architekt die Bausubstanz ansieht. Gibt es einen Keller?«

»So etwas Ähnliches. Das Haus steht auf einem Felsen, also ist es wirklich nur ein klitzekleiner Keller.«

Die Spanische Inquisition hätte ihren Spaß an diesem Keller gehabt, so dunkel und unheimlich war er. Aber es gab einen Ofen, der laut Altheas Beteuerung auch funktionierte. Eine nochmalige genauere Betrachtung der Küchenwand und der angrenzenden Personalzimmer bestätigten die Vermutung, daß die Wasserleitungen undicht sein mußten. Wahrscheinlich tropfte es durch die Decke von den oberen Badezimmern durch. Maggie zitterte immer noch, als Brookie sie vom Salon aus rief:

»Maggie, komm her! Das mußt du sehen.«

Brookie hatte einen mottenzerfressenen Teppich zurückgeklappt und kniete auf dem Boden. Sie rieb mit einem feuchten Papiertaschentuch auf dem Boden herum. Sie spuckte, rubbelte, spuckte, rubbelte noch einmal und rief dann aus: »Es ist – es ist Parkett!«

Maggies Gefühlsbarometer stieg noch einmal ganz nach oben.

Die beiden, immer noch in Badeanzügen und Strandjakken, rutschten auf Knien über den Boden und hatten entdeckt, was selbst Althea nicht geahnt hatte. Der Fußboden im Salon war aus Ahornholz und in einem wunderschönen, aufwendigen Parkettmuster verlegt worden, das lediglich von dicken Staubschichten überlagert war.

»Du lieber Himmel! Stell dir den Boden abgeschliffen und versiegelt vor«, sagte Brookie. »Er würde glänzen wie eine neue Geige.«

Maggie mußte nicht mehr überredet werden. Sie rannte noch einmal nach oben, um dem Belvedere-Zimmer zumindest vorläufig auf Wiedersehen zu sagen.

Eine Stunde, nachdem sie das Immobilienbüro betreten hatten, saßen Maggie und Brookie wieder in ihrem gemieteten Toyota, sahen sich mit offenen Mündern an und konnten ihre Aufregung kaum unterdrücken.

»Was, um Himmels willen, tue ich da?« sagte Maggie.

»Du kurierst deine Depressionen aus.«

»Oh, Brookie, das ist völlig verrückt!«

»Ich weiß! Aber ich bin so aufgeregt, daß ich mir gleich in die Hose mache.«

Sie lachten, jauchzten und trampelten mit den Füßen. »Was ist heute für ein Tag?« fragte Maggie, die zu aufgeregt war, um über solch banale Dinge nachdenken zu können.

»Donnerstag.«

»Mir bleiben also noch zwei Tage, um etwas zu erledigen, anderthalb, wenn ich zu der Hochzeit gehe. Verdammt, hätte ich doch Lisa nicht zugesagt, daß ich komme. Hast du eine Idee, wo ich mich wegen der Genehmigung erkundigen könnte?«

»Wir könnten es im Rathaus versuchen.«

»Gibt es hier Architekten oder Bauingenieure?«

»In Sister Bay gibt es einen Architekten.«

»Und einen Rechtsanwalt?«

»Carlstrom and Nevis, wie gehabt. Mein Gott, Maggie, du gehst aber ran!«

Maggie preßte eine Hand gegen ihr rasend pochendes Herz. »Weißt du, wie lang es her ist, daß ich mich so gefühlt habe?«

Brookie lachte. Maggie drückte das Steuerrad, so fest sie konnte, warf den Kopf zurück und preßte ihre Schulterblätter fest in die Rückenlehne. »Oh, Brookie, ist das ein tolles Gefühl!«

Zu spät kam Brookie mit ihrer Warnung heraus: »Es wird dich eine ganze Stange Geld kosten, das herzurichten.«

»Ich bin Millionärin. Ich kann mir das leisten.«

»Und die Gegend ist vielleicht als reine Wohngegend deklariert.«

»Ich kann es zumindest versuchen. Es gibt in Amerika viele Frühstückspensionen in reinen Wohngegenden. Wie haben die das geschafft?«

»Du wirst dann in Ortsgesprächsnähe zu deiner Mutter wohnen.«

»Oh«, stöhnte Maggie, »mußtest du mich daran erinnern?«

»Was wollen wir zuerst tun?«

Maggie ließ den Motor an, lächelte und spürte, daß sie wieder Lebensmut hatte.

»Wir werden es zuallererst meinem Dad erzählen.«

Roy strahlte und sagte: »Ich werde dir helfen, wo immer ich kann.«

Veras Gesicht verdüsterte sich: »Du bist verrückt, Mädchen.«

Maggie beschloß, sich an ihren Vater zu halten.

Es war nur noch eine Stunde Zeit, bei offiziellen Stellen jemanden zu erreichen, aber im Rathaus erfuhr Maggie immerhin noch, daß die Cottage Row tatsächlich als reines

Wohngebiet ausgeschrieben war, und daß man, um eine Ausnahmegenehmigung zu bekommen, eine Petition einreichen mußte, und zwar an den Bezirk, nicht an die Gemeinde. Dann sprach Maggie mit Burt Nevis und bat ihn, die entsprechenden Kaufpapiere – unter Vorbehalt – vorzubereiten. Der Architekt von Sister Bay, Eames Gillard, teilte ihr mit, er sei zwar die nächsten zwei Wochen total ausgebucht, empfahl ihr aber einen Statiker aus Sturgeon Bay namens Thomas Chopp. Chopp versprach, sich das Haus anzusehen und wollte ihr dann seine *Meinung* sagen, sich jedoch keinesfalls auf eine schriftliche Garantie einlassen. Auch kenne er keinen Kollegen, der das bei einem neunzig Jahre alten Haus tun würde. Schließlich rief sie noch Althea Munne an und sagte: »Ich komme morgen um fünf Uhr nachmittags mit einer Anzahlung und einem vorbehaltlichen Kaufvertrag bei Ihnen vorbei.«

Nach dem Abendessen saß Maggie mit ihrem Vater am Tisch, der eine systematische Liste erstellte, was alles zu überprüfen war: Heizung, Rohrleitungen, Strom, Schädlingsbefall, Landvermessung und Trinkwasserüberprüfung, falls das Grundstück eine eigene Wasserversorgung hatte. Aber da Fish Creek keine zentrale Wasserversorgung hatte, wäre das sicher der Fall.

Dann machte er eine Liste von Firmen, bei denen sie Kostenvoranschläge und Beratung bekommen würde.

Währenddessen keifte Vera ununterbrochen: »Ich kann ja wirklich nicht verstehen, warum du dir nicht oben auf der Klippe ein schönes neues Haus bauen oder in eine Eigentumswohnung ziehen möchtest. Die werden überall gebaut, und da hättest du wenigstens Nachbarn in unmittelbarer Nähe und müßtest dich nicht mit undichten Rohrleitungen und Holzwürmern herumschlagen. Und dann Gäste aufnehmen! Um Himmels willen, Maggie – das ist doch unter deiner Würde. Ganz abgesehen davon, wie das aussieht, wenn eine alleinstehende Frau wildfremde Menschen in ihrem Haus aufnimmt. Wer weiß schon, was für Spinner da reinkommen können? Und mit denen schläfst du dann unter einem Dach!

Mir läuft es kalt den Rücken hinunter, wenn ich nur daran denke!«

Zu Maggies Überraschung senkte ihr Vater den Kopf und sagte: »Warum suchst du dir nicht etwas zum Putzen, Vera?«

Vera öffnete den Mund, um etwas zu entgegnen, klappte ihn wieder zu und verließ mit hochrotem Gesicht das Zimmer.

Die nächsten anderthalb Tage vergingen mit Telefonieren, Terminen bei Rechtsanwälten, Vergleichen von Immobilienpreisen. Maggie forderte von Firmen feste Zusagen, sprach mit der Handelskammer, mit Althea Munne, den Bezirksbeamten und immer wieder mit den staatlichen Behörden, um Einblick in die Bestimmungen bezüglich Betriebs von Frühstückspensionen zu bekommen. Nachdem sie sage und schreibe neunmal mit der falschen Stelle verbunden worden war, hatte sie schließlich die Person an der Strippe, in deren Zuständigkeitsbereich Frühstückspensionen fielen. Es war der staatliche Milchkontrolleur.

Der staatliche Milchkontrolleur, wer hätte das gedacht?

Nachdem sie ihm das Versprechen abgerungen hatte, daß er ihr die entsprechende Broschüre mit Luftpost an ihre Adresse in Seattle schicken würde, sauste sie los, um den Kaufvertrag abzuholen, den ihr Rechtsanwalt vorbereitet hatte, dann zu Althea Munne, wo sie die Anzahlung leistete, ohne die Betriebsgenehmigung zu haben. Während sie Altheas Hand schüttelte, wagte sie einen kurzen Blick auf die Uhr. Sie hatte gerade noch fünfzig Minuten Zeit, nach Hause zu fahren, ein Bad zu nehmen, sich umzuziehen und rechtzeitig zu Gary Eidelbachs Hochzeit in der Kirche zu sein.

5. Kapitel

Es konnte keinen schöneren Tag für eine Hochzeit geben. Die Temperatur bewegte sich um angenehme zwanzig Grad, der Himmel war klar, und Schatten sprenkelte die Stufen zur Gemeindekirche von Fish Creek, wo sich die Hochzeitsgesellschaft nach der Zeremonie versammelte.

Eric Severson kannte alle offiziellen Gratulanten und auch die meisten anderen Gäste. Seine Mutter und Nancy standen vor ihm in der Schlange, hinter ihm kamen Barbara und Mike, gefolgt von Geschäftsleuten, Nachbarn und Freunden, die er schon seit Jahren kannte. Er schüttelte den Eltern des Bräutigams die Hand und stellte vor: »Liebling, das sind Garys Mutter und Vater. Carl, Mary, das ist meine Frau Nancy.«

Während sie Freundlichkeiten austauschten, sah er ihre bewundernden Blicke auf seiner Frau und war wie immer stolz, sie neben sich zu haben. Wo immer er mit ihr auftauchte, richteten sich alle Augen auf sie, egal ob Frauen, Kinder, alte Männer, junge Männer. Nicht einmal die Braut bekam mehr bewundernde Blicke.

Als Eric mit seinen Glückwünschen an der Reihe war, küßte er die Braut auf die Wange. »Du siehst wunderschön aus, Deborah. Meinst du, du kannst diesen Hallodri bändigen?« neckte er sie und grinste den Bräutigam an, der zehn Jahre älter war als die Frau an seiner Seite. Der Bräutigam lächelte, zog seine soeben Angetraute an sich und schaute ihr tief in die Augen.

»Kein Problem«, antwortete er.

Eric schüttelte Garys Hand. »Herzlichen Glückwunsch, alter Junge, du hast es verdient.« Alle Bewohner der Stadt wußten, daß Garys erste Frau vor fünf Jahren samt den zwei Kindern mit einem Filmemacher aus Los Angeles durchgebrannt war, der zufällig in Door County einige Szenen gedreht hatte. Die Kinder waren jetzt elf und dreizehn und standen, zum ersten Mal in ihrem Leben fein angezogen, neben ihrem Vater.

»Sheila«, neckte sie Eric und nahm das Mädchen bei den Händen. »Weißt du nicht, daß es unhöflich ist, hübscher als die Braut zu sein?« Er küßte sie auf die Wange, die rosa anlief – genau in der Farbe ihres ersten knöchellangen Kleides.

Sie lächelte, zeigte ihre Zahnspange und erwiderte verschämt: »Deine Frau ist hübscher als alle Bräute auf der ganzen Welt.«

Eric lachte, legte Nancy einen Arm um die Schultern und betrachtete sie bewundernd. »Danke, Sheila, das finde ich allerdings auch.«

Dann kam Brett, der Elfjährige. Eric betastete das seidene Revers von Bretts Smoking und pfiff anerkennend durch die Zähne. »Da könnte sich Michael Jackson noch was abschauen.«

»Ich hätte lieber meine Jogginghose an«, murrte Brett und zerrte an seinem Kummerbund. »Ich verlier' das Ding andauernd.«

Sie lachten und gingen weiter zum Ende der Schlange. Erics Gesicht strahlte, als er ein Gesicht entdeckte, das er schon jahrelang nicht mehr gesehen hatte.

»Ja, das gibt's doch nicht. Lisa... Hallo!«

»Eric!«

Er umarmte die hübsche dunkelhaarige Frau und stellte sie dann seiner Gattin vor. »Nancy, das ist Garys Schwester Lisa. Abschlußklasse 1965. Schönste der Klasse. Wie man sieht. Wir waren befreundet damals, als Gary noch ein kleiner Stöpsel war, der uns Großen ständig auf die Nerven ging. Lisa, das ist meine Frau Nancy.«

Die beiden Frauen begrüßten sich, und Eric fügte hinzu: »Lisa, ich meine das ernst. Du siehst sensationell aus.« Die nachfolgenden Gäste drängten, und er mußte weitergehen. »Wir unterhalten uns später noch ein Weilchen, okay?«

»Ja, gut. Oh, Eric...« Lisa hielt ihn am Arm fest. »Hast du Maggie gesehen?«

»Maggie?« Seine Augen blitzten auf.

»Sie ist hier irgendwo.«

Eric ließ seinen Blick über die Hochzeitsgesellschaft schweifen.

»Dort drüben...« zeigte Lisa. »Mit Brookie und Gene. Und mein Mann Lyle steht auch bei ihnen.«

»Danke, Lisa. Ich gehe rüber und begrüße sie.« Zu Nancy gewandt sagte er: »Es macht dir doch nichts aus, Liebling?«

Natürlich machte es ihr was aus, aber sie hütete sich, es zuzugeben. Er legte eine Hand auf ihre Schulter und ließ sie bei seiner Mutter zurück: »Entschuldige mich, Liebling, ich bin gleich wieder da.«

Nancy sah ihm mit einem unguten Gefühl nach. Sie wußte, er ging zu seiner großen Jugendliebe. Die Frau war eine reiche Witwe, die ihn kürzlich mitten in der Nacht angerufen hatte. Und Eric war ein attraktiver Mann in seinem neuen grauen Anzug und dem weißen Hemd, das seine sportliche Figur und die gesunde Sommerbräune so gut zur Geltung brachte. Als er sich durch die Menge schlängelte, sahen ihm zwei Teenager und eine gut siebzigjährige Frau bewundernd nach. Wenn sie schon einen Blick riskierten, wie würde da erst seine alte Schulfreundin reagieren?

Eric sah Maggie zunächst nur von hinten. Sie trug ein weißes Kleid mit einem auffallenden pinkfarbenen Schal um den Hals und um eine Schulter. Ihre Haare waren immer noch kastanienbraun, und sie war sehr schlank. Wild gestikulierend plauderte sie mit den anderen, hob beide Hände, klatschte, verlagerte ihr Gewicht auf einen Fuß und stemmte den hohen Absatz des anderen Schuhs gegen das Trottoir.

Als er sich ihr näherte, überkam ihn ein Gefühl der Spannung – eine Mischung aus Vorfreude und Neugier. Sie puffte immer noch plaudernd Brookie in die Seite, und alle lachten. Als er in Hörweite war, rief sie gerade »...der Milchkontrolleur des Staates Wisconsin, ihr hättet es nie erraten!«

Er legte ihr eine Hand auf die Schulter. »Maggie?«

Sie sah ihn an und erstarrte. Sie schauten sich beide lange in die Augen. Jahre waren vergangen, aber die Vertrautheit zwischen ihnen war noch immer da. Keiner von ihnen brachte zunächst einen Ton heraus.

»Eric…«, sagte sie zögernd. Sie hatte als erste die Fassung wiedergewonnen.

»Ich wußte, das mußt du sein.«

»Nun, Eric Severson, wie schön, dich wiederzusehen.« Jedem anderen wäre sie um den Hals gefallen, aber ihm reichte sie nur beide Hände.

Er nahm sie und drückte sie fest. »Wie geht es dir?«

»Gut. Viel besser.« Sie zuckte mit den Achseln und lachte über das ganze Gesicht. »Ich bin glücklich.«

Sie war sehr dünn. Das Grübchen im Kinn war immer noch da, und wenn sie lächelte, bildeten sich zwei tiefe Falten von der Nase zum Mund. Ihre Augenbrauen waren dünner, und in den Augenwinkeln hatte sich viele Lachfältchen eingegraben. Sie war schick angezogen, und ihr immer noch kastanienbraunes Haar war modisch, aber nicht zu extravagant frisiert.

»Glücklich – oh, das freut mich zu hören. Und du siehst wunderbar aus.«

»Danke, gleichfalls«, erwiderte sie.

Das blaue Wasser des Lake Michigan spiegelte sich immer noch in seinen Augen. Seine Haut war glatt, von Wind und Wetter gebräunt. Das einst fast gelbe Haar, das ihm beinahe bis zu den Schultern ging, war ein wenig dunkler geworden und ordentlich kurz geschnitten. Er war zu einem gutaussehenden Mann herangereift. Sein Körper war kräftig, sein Gesicht männlich, und seinen Händen sah man an, daß sie zupacken konnten. Sie ließ unauffällig seine Hände los.

»Ich wußte nicht, daß du hier bist«, sagte Eric.

»Wußte ich bis vor kurzem auch nicht. Brookie hat mich überredet hierherzukommen, und Lisa bestand darauf, daß ich zu der Hochzeit komme. Aber du…« Sie lachte und freute sich über die Überraschung. »Ich habe auch nicht erwartet, dich hier zu sehen.«

»Gary und ich sind Mitglieder der Bürgerinitiative Fish Creek. Wir haben zusammen dagegen gekämpft, daß das alte

Rathaus abgerissen wird. Wenn man so lange miteinander an so einem Projekt arbeitet, dann wird man entweder Freund oder Feind. Gary und ich sind Freunde geworden.«

In diesem Augenblick trat Brookie vor und unterbrach: »Und wie steht's mit deinen restlichen Freunden, Severson – werden wir nicht begrüßt?«

Eric drehte sich zu ihnen um. »Hallo, Brookie, hallo Gene.«

»Und das ist Lisas Mann Lyle.«

Die beiden schüttelten sich die Hand. »Ich bin ein alter Schulfreund – Eric Severson.«

»Erzähl ihm deine Neuigkeiten, Maggie«, drängte Brookie.

Eric schaute sie an, und sie sah auf zu ihm: »Ich kaufe das alte Harding-Haus.«

»Das ist nicht dein Ernst!«

»Doch. Ich habe gerade heute eine Anzahlung darauf geleistet und einen vorläufigen Kaufvertrag unterschrieben.«

»Dieses riesige, alte Monstrum?«

»Wenn alles gutgeht, dann wird das die erste Frühstückspension in Fish Creek.«

»Oh, so schnell?«

»Brookie hat das auf dem Gewissen.« Sie griff sich an die Stirn, als wäre ihr schwindlig. »Ich kann es immer noch nicht glauben... *ich mache es wirklich!*«

»Das alte Haus sieht aus, als würde es demnächst einstürzen.«

»Könnte sehr gut sein. Nächste Woche kommt ein Statiker und sieht sich die Sache an, und wenn sich da nichts gravierend Negatives rausstellt, ist die Sache gelaufen. Aber jetzt bin ich erst mal aufgeregt.«

»Kann ich dir nicht verdenken. Wie lange bist du denn schon hier?«

»Ich bin am Dienstag gekommen. Und fahre morgen zurück.«

»Ziemlich kurzer Aufenthalt.«

»Aber schicksalsträchtig.«

»Ja.« Wieder musterten sie sich beide – zwei alte Freunde, ein wenig mehr als Freunde. Und sie wußten, daß sie immer ein wenig mehr als Freunde sein würden.

»Hör zu«, sagte er plötzlich und sah über seine Schulter nach hinten. »Komm und begrüße meine Mutter. Ich weiß, sie würde dich furchtbar gerne sehen.«

»Ist sie hier?« fragte Maggie erfreut.

Eric grinste verschmitzt. »Hat sich extra eine Dauerwelle machen lassen.«

Maggie lachte und ging mit ihm. Sie erkannte Anna Severson sofort wieder – kleine, graue Löckchen und ein stämmiger Körper. Sie stand bei Erics Bruder Mike und seiner Frau Barbara. Maggie erinnerte sich an Mike, weil er im Schultheater einen Mörder gespielt hatte. In der Gruppe stand auch noch eine wunderschöne Frau, die Maggie unschwer als Erics Frau identifizierte.

Eric führte Maggie am Ellenbogen. »Ma, sieh mal, wer hier ist.«

Anna unterbrach sich mitten im Satz, drehte sich um und klatschte in die Hände. »Ja, wo gibt's denn so was!«

»Hallo, Mrs. Severson.«

»Margaret Pearson, komm sofort hierher!«

Anna umarmte Maggie und klopfte ihr dreimal jovial auf den Rücken, ehe sie sie wieder losließ. »Du siehst nicht viel anders aus als zu der Zeit, als du zu mir in die Küche kamst und einen halben Laib Brot verdrücktest. Vielleicht ein bißchen dünner, aber sonst?«

»Und ein bißchen älter.«

»Nun, das bleibt keinem erspart. Jeden Winter sage ich mir: Das war meine letzte Saison, aber wenn dann im Frühjahr die Gäste kommen und aufgeregt von den großen Fischen reden, die sie gefangen haben, dann habe ich wieder Hummeln unterm Hintern. Wenn man sein ganzes Leben lang nur Boote hinausfahren und zurückkommen gesehen hat, dann kann man nicht mehr anders. Weißt du, die Jungs haben jetzt zwei davon. Mike hat das eine. Du erinnerst dich doch an Mike, oder? Und Barb.«

»Ja, hallo.«

»Und dies«, unterbrach Eric und legte eine Besitzerhand auf den Nacken der atemberaubendsten Frau, die Maggie je gesehen hatte, »... ist meine Frau Nancy.« Ihre Gesichtszüge waren fast erschreckend symmetrisch und perfekt. Ein makelloses Make-up machte ihr Gesicht wahrlich zu einem Kunstwerk. Ihre Haare waren absichtlich einfach frisiert, um nicht von ihrer Schönheit abzulenken, und ihre schlanke Figur umschmeichelten teure Kleider, die sie mit lässiger Selbstverständlichkeit zur Schau trug.

»Nancy...« Maggie schüttelte ihr herzlich die Hand und sah ihr fest in die Augen. Sie konnte die fein gestrichelten Wimpern an ihrem unteren Augenlid erkennen. »Mindestens ein halbes Dutzend Leute haben mir vorgeschwärmt, wie schön Sie sind, und sie haben keineswegs übertrieben.«

»Ach, vielen Dank.« Nancy zog ihre Hand weg, als hätte sie Angst um ihre langen Nägel.

»Und ich möchte mich auch gleich vielmals entschuldigen, daß ich Sie neulich nachts aufgeweckt habe. Ich hätte an den Zeitunterschied denken müssen.«

Nancy verzog ihre Lippen zu einem Lächeln, das jedoch nicht aus ihren Augen kam. Auch bemühte sie sich nicht um eine versöhnliche Freundlichkeit, so daß etwas Unangenehmes bei dem Gespräch hängenblieb.

»Maggie hat Neuigkeiten zu berichten«, verkündete Eric, um die peinliche Gesprächspause zu überbrücken. »Sie hat mir erzählt, sie hat sich um das alte Harding-Haus bemüht. Sie möchte eine Pension aufmachen. Was meinst du, Mike, wird das Haus nicht bald zusammenbrechen?«

Anna antwortete: »Junge, red keinen Blödsinn! Als dieses Haus gebaut wurde, wußte man noch, wie man Häuser baut. Das Holz wurde unten in Sturgeon Bay zugeschnitten; man hat einen polnischen Schnitzer aus Chicago geholt, der während des Baus hier gelebt und alle Endpfosten und Säulen und Kaminsimse und alles andere in kunstvoller Handarbeit fertiggestellt hat. Das allein ist ein Vermögen wert.« Anna hielt inne und sah Maggie an. »Eine Gastwirtin also?«

»Wenn ich die Genehmigung bekomme. Bis jetzt habe ich noch nicht einmal herausbekommen, wo ich den Antrag stellen muß.«

»Das ist leicht«, warf Eric ein. »Bei der Bezirksplanungsbehörde. Sie haben einmal im Monat Sitzung in Sturgeon Bay. Das weiß ich, weil ich früher auch dabei war.«

Maggie freute sich, wenigstens das erfahren zu haben, und wandte sich aufgeregt an Eric: »Sag mir doch, was ich da tun muß.«

»Hingehen, eine Genehmigung beantragen und dann Rede und Antwort stehen.«

»Meinst du, daß ich Schwierigkeiten haben könnte?«

»Nun...« Eric kratzte sich am Kopf. »Ich hoffe nicht, aber möglich ist es schon; ich möchte da nichts beschönigen.«

»O je.« Maggie sah enttäuscht aus. »Aber der Bezirk hier ist doch abhängig vom Tourismus, oder? Und was kann es Besseres zur Ankurbelung des Tourismus geben als eine Frühstückspension?«

»Ja, das stimmt natürlich, aber leider bin ich nicht mehr Mitglied der Planungsbehörde. Ich erinnere mich, vor fünf Jahren hatten wir einen Fall...«

Brookie unterbrach das Gespräch. »Wir fahren jetzt los zu dem Empfang, Maggie. Kommst du mit uns? Hallo, übrigens. Hallo Mrs. Severson. Hat jemand was dagegen, wenn ich euch Maggie entführe?«

»Ja, aber...« Maggie sah hilflos von Brookie zu Eric, der sie beruhigte. »Geh nur. Wir sind ja auch auf dem Empfang. Dann können wir weiterreden.«

Der Yacht Club war auf der dem Lake Michigan zugewandten Seite der Halbinsel, zwanzig Minuten Autofahrt entfernt. Während der Fahrt plauderte Maggie angeregt mit Brookie und Gene, schmiedete Pläne für das kommende Frühjahr und den Sommer. Dann, hoffte sie, würde sie so weit sein, ihre Frühstückspension eröffnen zu können. Aber was würde aus ihrem Unterricht werden? Würde sie den Vertrag lösen können? Würde sie ihr Haus in Seattle verkaufen können? Beim Yacht Club angelangt, fiel ihr plötzlich beim Anblick der vielen Segelboote, die dort vor Anker lagen, ihr eigenes Boot ein. »Mein Boot! Ich habe ganz auf mein Boot vergessen! Das muß ich ja auch verkaufen!«

»Immer sachte mit den jungen Pferden«, bremste Brookie sie lächelnd. »Erst wollen wir mal hier schön Hochzeit feiern, und dann kannst du dich um dein neues Geschäft und den Umzug kümmern.«

Den Bailey Harbor Yacht Club hatte Maggie schon immer gern gemocht, und auch jetzt, nach so langer Zeit, fühlte sie sich hier sofort wieder heimisch. Das niedrige Gebäude hatte rundum deckenhohe Fenster, die einen hinreißenden Blick auf den Yachthafen boten, den sich luxuriöse Motorboote mit bescheideneren Segelbooten teilten. Neben den grauen Planken der Bootsstege leuchteten ihre weißen Decks wie eine Reihe von Perlen auf dem klaren blauen Wasser. Zwischen dem Clubgebäude und den Docks fiel der sorgsam gepflegte Rasen sanft zum Wasser hin ab.

Der Raum, in dem der Empfang stattfand, war mit dicken Teppichen ausgelegt und roch nach frisch angezündeten Kerzen, die die lange Tafel schmückten. Unter den silbernen, blitzblank polierten Warmhalteschüsseln züngelten bläuliche Flammen. Eine Reihe von Köchen mit hohen weißen Mützen begrüßten die ankommenden Gäste mit einem Kopfnicken. Nebenan spielte eine Combo dezent Jazzmelodien. Die Tische waren mit weißem Leinen gedeckt, auf jedem weißen Teller lag eine kunstvoll gefaltete, korallenfarbige Serviette. Elegante Kristallgläser warteten darauf, gefüllt zu werden.

Maggie erkannte viele vertraute Gesichter wieder – ein wenig älter alle, aber doch unverkennbar. Die alte Mrs. Huntington, die vor Jahren Köchin in der High School gewesen war, begrüßte Maggie herzlich und kondolierte ihr betroffen zum Tod ihres Mannes. Dave Thripton, der an den Docks Benzin verkaufte, kam auf sie zu und sagte: »Ich kann mich an Sie erinnern – Sie sind doch Roy Pearsons Tochter. Früher haben Sie öfter bei den Elternabenden gesungen, nicht wahr?« Mrs. Marvella Peterson, ein Mitglied des Frauenclubs, in dem auch ihre Mutter war, bot ihr an: »Wir wohnen jetzt oben an der Klippe, nur zwei Häuser von der Straße entfernt. Wir würden uns sehr über Ihren Besuch freuen.« Clinton Stromberg und seine Frau Tina, die ein Hotel in der Nähe von Sister Bay führten und schon von Maggies Vorhaben mit dem Harding-Haus wußten, wünschten ihr viel Glück für ihre Pläne.

Während sie gerade mit den Strombergs über die Unterkunftsmöglichkeiten in Door County diskutierte, sah sie aus einem Augenwinkel Eric und seine Familie ankommen. Mit einem Ohr hörte sie zu, was Clinton ihr erzählte, und beobachtete dabei verstohlen, wie Eric andere Gäste begrüßte, sich ein Glas Champagner von einer Kellnerin geben ließ und an der gegenüberliegenden Seite des Raumes einen Platz für seine Frau, seine Mutter und sich selbst fand.

Nancys kühles Verhalten ihr gegenüber war nicht zu übersehen gewesen, und obwohl sie liebend gern ihr Gespräch mit Eric fortgesetzt hätte, hielt sie es für angebracht, von sich aus nicht mehr auf ihn zuzugehen.

Einmal trafen sich ihre Augen während des Essens. Eric lächelte unverbindlich, und Maggie brach den Kontakt ab, indem sie etwas zu Brookie, die links neben ihr saß, sagte.

Der Yacht-Club machte seinem Ruf als vorzügliches Speiselokal alle Ehre. Es gab Kammuschelfleisch Mornay, gefüllte Flunder, Katzenfisch, marinierte Shrimps und gedämpftes Krebsfleisch. Als nach dem Essen sich wieder alle fröhlich unterhielten und getanzt werden durfte, hatte Maggie einen Augenblick für sich allein. Sie stand an einem der großen Fenster und blickte auf die sonnenbeschienene Bucht hinunter. Zwei Segelboote zogen vorüber, weiß und schwerelos wie zwei Möwen. Die Ober hatten die blauen Flammen gelöscht und die Rechauds hinausgetragen. Der Geruch, der so typisch war für elegante Restaurants, erinnerte Maggie an den Bear Creek Country Club, wo sie zum letztenmal an einem Hochzeitsempfang teilgenommen hatte. Damals hatte Phillip noch gelebt, und sie waren mit Freunden beisammen gesessen, hatten geplaudert, getanzt und gelacht. Sechs Monate nach seinem Tod hatte sie eine Einladung abgelehnt, weil sie sich nicht danach fühlte. Jetzt war sie hier, genoß den Tag und hatte damit wohl eine weitere Barriere ihres Witwendaseins überwunden. Vielleicht, hatte man ihr in der Gruppentherapie nahegelegt, war sie es gewesen, die sich von ihren Freunden zurückgezogen hatte. Damals hatte sie heftig protestiert: »Nein, *sie* haben mich im Stich gelassen.«

Hier, in der vertrauten Umgebung und angesichts der großen anstehenden Veränderungen in ihrem Leben, gestand sie sich etwas ein, wozu sie ein Jahr gebraucht hatte.

Hätte ich mich nicht in mein Schneckenhaus zurückgezogen, hätte ich mich weniger einsam und elend gefühlt.

Die Sonne ruhte auf dem Wasser wie eine große goldene Scheibe. Die Segelboote schienen ein Stück über der Wasseroberfläche zu schweben. Im Bereich der vertäuten Boote war das Wasser ruhig, lag da wie tiefblaue Seide. Nur ein Stockentenpärchen zog ein letztes Mal vor dem Abend eine sich leicht kräuselnde Spur.

»Es ist schön, nicht wahr?« bemerkte Eric ruhig, der hinter ihr stand. Sie widerstand dem Wunsch, ihn anzusehen, weil sie wußte, daß seine Frau sie wahrscheinlich beobachten würde.

»Wunderschön und so vertraut.«

»Du hast diese Reise nach Hause wirklich bitter nötig gehabt.«

»Stimmt. Aber das habe ich erst bemerkt, als ich hier war. Gerade habe ich mir selbst eingestanden, daß ich mir im vergangenen Jahr viele Leute einfach vom Hals gehalten habe. Ich weiß nicht, warum, aber so war es. Die ganze Zeit über war ich der Ansicht, sie hätten mich im Stich gelassen, und dabei war es umgekehrt. Das habe ich erst hier eingesehen. Kannst du dir vorstellen, daß dies hier das erstemal seit Phillips Tod ist, daß ich an einem gesellschaftlichen Ereignis teilnehme?«

»Und wie gefällt es dir?«

»Sehr sogar. Hätte ich Zeit gehabt, über die Einladung nachzudenken, wäre ich wahrscheinlich nicht gekommen. Lisa hat mich einfach überrumpelt. Und mit einemmal tue ich mir nicht mehr leid. Weißt du, was ich noch entdeckt habe?«

»Was?«

Sie drehte sich zu ihm um. Er stand ganz nahe bei ihr, hielt in einer Hand sein Glas, ohne zu trinken, und sah sie an.

»Daß ich mich gar nicht wie das fünfte Rad am Wagen fühle, wie ich es mir vorgestellt hatte – ohne einen Mann an meiner Seite.«

»Das nennt man Fortschritt«, kommentierte er trocken.

»Ja, ganz ohne Zweifel.«

Es entstand eine Pause. Sie betrachteten sich, während er in seinem Drink mit einer Olive an einem Zahnstocher umrührte, einen Schluck nahm und das Glas senkte.

»Du siehst gut aus, Maggie.« Die Worte kamen ruhig heraus, und doch so, als müßte er sie einfach sagen.

»Du auch.«

Sie standen nahe beieinander, sahen die Veränderungen und stellten schweigend und angenehm überrascht fest, daß sie beide mit Würde und Anmut einige Jahre älter geworden waren. Aus ihren Augen sprachen Erinnerungen, die nicht für die Allgemeinheit bestimmt waren.

Er beendete den versonnenen Augenblick und rückte ein wenig von ihr ab. »Nachdem du angerufen hattest, holte Ma unser Schulalbum heraus, und wir lachten, wie mager ich damals war und wie ich mit den langen Haaren ausgesehen habe. Und dann versuchte ich, mir dich mit neununddreißig vorzustellen...«

»Vierzig.«

»Richtig. Vierzig. Ich wußte eigentlich nicht, wie ich mir dich vorzustellen habe. Als alte, verhutzelte, grauhaarige Matrone mit orthopädischen Schuhen und einer Stola um die Schultern.«

Sie lachte. Nachdem er so offen gewesen war, traute auch sie sich: »Auch ich habe überlegt – ob du etwa eine Glatze oder einen dicken Bauch oder Furunkel im Nacken hast.«

Er warf den Kopf zurück und lachte.

»Ich würde sagen, wir haben uns beide ganz gut gehalten.«

Sie lächelte und sah ihm in die Augen. »Deine Frau ist wunderschön.«

»Ich weiß.«

»Wird sie was dagegen haben, wenn wir uns so unterhalten?«

»Vielleicht. Ich weiß es nicht. Ich spreche nicht mehr so häufig mit alleinstehenden Frauen.«

Maggie warf einen Blick auf die Gesellschaft und bemerkte, daß Nancy sie beobachtete. »Ich möchte nicht, daß du Schwierigkeiten bekommst, aber ich möchte dich tausend Sachen fragen.«

»Dann frag doch. Soll ich dir etwas zum Trinken holen?«

»Nein, danke.«

»Ein Glas Weißwein vielleicht oder einen Saft?«

»Na ja, vielleicht doch ein Glas Wein.«

Während er ihr den Wein holte, beschloß sie, Nancy Severson klipp und klar zu sagen, daß sie keine Ambitionen auf ihren Ehemann hatte. Sie ging um die Tanzfläche herum, schlängelte sich zu Erics Tisch durch und sagte: »Entschuldigen Sie, Mrs. Severson?«

Nancy sah auf, betrachtete Maggie mit gespielter Gleichgültigkeit und erwiderte: »Ich heiße Macaffee.«

»Wie bitte?«

»Mein Name ist Macaffee. Ich habe meinen Mädchennamen behalten, als ich Eric heiratete.«

»Oh«, entgegnete Maggie verdutzt. »Mrs. Macaffee. Darf ich mich zu Ihnen setzen?«

»Natürlich.« Nancy nahm ihr kleines perlenbesticktes Täschchen von dem Stuhl neben sich, sparte sich aber ein einladendes Lächeln.

»Ich hoffe, es macht Ihnen nichts aus, wenn ich Eric eine Weile mit Beschlag belege. Ich möchte noch so vieles wissen, ehe ich nach Seattle zurückfliege.«

Mit einer ausladenden Handbewegung sagte sie: »Er steht Ihnen voll und ganz zur Verfügung.« Dabei warf sie ihrem Mann, der gerade zum Tisch kam, einen funkelnd bösen Blick zu.

»Hier, dein Wein.« Er reichte Maggie das Glas und sah seine Frau verwundert an. Die unverhohlene Schärfe in ihren Worten grenzte hart an rüdes Benehmen. Es stimmte, was er Maggie erzählt hatte – er kam kaum mit alleinstehenden Frauen zusammen. Schließlich war er verheiratet. Außerdem war es ein eigenartiges Gefühl, Eifersucht bei ihr zu sehen. Normalerweise war es umgekehrt. Wenn er mit ihr in die Öffentlichkeit ging, sah er ständig eindeutige Blicke von Männern, die bei Nancy mehr oder weniger versteckt Annäherungsversucht machten. Er akzeptierte dies inzwischen, ohne sich zurückgesetzt zu fühlen, und nahm sie als Kompliment dafür, daß er sich eine so schöne Frau ausgesucht hatte.

Aber plötzlich schlug ihm ein schneidender Wind entgegen; doch er war stark genug, ihn als gesundes Zeichen in einer achtzehnjährigen Ehe zu deuten.

Er setzte sich neben Nancy und legte eine Hand auf ihre Stuhllehne.

»Also, du möchtest das wirklich in Angriff nehmen?« sagte er zu Maggie.

»Hältst du es für eine verrückte Idee? Eine Frühstückspension im alten Harding-Haus?«

»Nein, ganz und gar nicht. Wenn die Bausubstanz in Ordnung ist.«

»Wenn sie das ist, und wenn ich mich geschäftlich etablieren möchte, womit habe ich zu rechnen, wenn ich vor die Planungsbehörde trete?«

»Sie stimmen entweder sofort zu, oder es kann ausgesprochen ungemütlich werden.«

»Aber warum?«

Er beugte sich nach vorne und stützte beide Ellenbogen auf den Tisch auf. »Vor fünf Jahren kam eine große Baufirma namens Northridge Development und begann, Grundeigentümer mit allen möglichen dubiosen Mitteln dazu zu überreden, ihre Grundstücke zu verkaufen. Sie reichten um eine Baugenehmigung ein, und als sie die hatten, zogen sie auf einem halben Morgen einen Block mit zweiunddreißig Wohneinheiten hoch. Es gab Schwierigkeiten noch und noch. Es fing schon mit den Parkplätzen an. Fish Creek hat von seiner Lage her kaum genügend Parkplätze für seine Feriengäste. Um die ländliche Atmosphäre nicht zu zerstören, wollen wir auch nicht mehr zupflastern. Als die neuen Wohnungen verkauft waren, klagten die Geschäftsleute über Umsatzeinbußen, weil die Käufer plötzlich keine Parkplätze mehr fanden. Dann bekamen wir die Schelte, hatten außerdem noch die Naturschützer am Hals, die über die Zerstörung von Flora und Fauna klagten, über Bausünden und die Erhaltung des Küstenstrichs. Und sie hatten recht, sie hatten alle recht. Der Reiz von Door County liegt in seiner Provinzialität. Es ist die Pflicht der Planungsbehörde, das zu bewahren, was wir haben – und wie wir es haben. Damit mußt du rechnen, wenn du da hingehst.«

»Aber ich würde ja nicht zweiunddreißig Wohneinheiten hochziehen. Ich würde nur vier oder fünf Zimmer vermieten wollen.«

»Du wirst es mit einem bunten Querschnitt von Door-County-Bürgern zu tun haben, die immer nur das Wort ›Motel‹ hören.«

»Aber eine Frühstückspension ist doch kein Motel. Nun, es ist... es ist...«

»Es ist unkontrollierte Nutzung des Gemeindegebiets, werden einige sagen.«

»Und ich hätte sogar ausreichend Parkplätze. Gegenüber ist ein alter Tennisplatz, der sich sehr gut als Parkplatz nutzen ließe.«

»Sicherlich wird die Behörde das in ihren Überlegungen berücksichtigen.«

»Und außerdem bin ich nicht irgendein ausgefuchster Baulöwe, sondern eine Einheimische.«

»Das dürfte dir tatsächlich zum Vorteil gereichen. Aber denk immer daran...« Eric zeigte mit einem Zahnstocher auf Maggies Nase, als Nancy plötzlich das angeregte Gespräch satt hatte und seine Hand beiseite schob. »Entschuldige mich. Ich gehe ein bißchen der Musik zuhören.«

Er ließ sie gehen und sprach dann weiter. »Denk immer

daran, daß du es mit einer Gruppe von Einheimischen zu tun hast, die alle Interessen vertreten müssen. Momentan sitzen in der Planungsbehörde ein Bauer aus Sewastopol, ein Lehrer, ein Zeitungsreporter, ein Restaurantbesitzer, ein Berufsfischer und Loretta McConnell. Du erinnerst dich doch an Loretta McConnell?«

Maggies Mut sank: »Ich fürchte, ja.«

»Was ihr in Fish Creek nicht schon gehört, möchte sie haben. Ihre Familie ist hier ansässig, seit Asa Thorpe seine Hütte gebaut hat. Wenn sie dagegenstimmt, bist du in Schwierigkeiten. Sie hat Geld und Macht, und wenn mich nicht alles täuscht, dann wird sie beides einsetzen.«

»Was mache ich, wenn der Antrag abgelehnt wird?«

»Noch einmal einen Antrag stellen. Aber am besten ist es, gleich mit möglichst vielen Fakten und Zahlen anzukommen. Sag ihnen, wieviel du in die Renovierung investieren wirst. Bring Zahlen über die Übernachtungskapazität des Ortes und erklär ihnen, wie viele potentielle Feriengäste weggeschickt werden müssen, weil es an Betten fehlt. Geh auf die Lösung des Parkproblems ein. Versuche Einheimische zu gewinnen, die dein Vorhaben unterstützen und zu deinen Gunsten aussagen.«

»Würdest du?«

»Würde ich was?«

»Für mich aussagen.«

»Ich?«

»Du warst doch früher Mitglied der Planungsbehörde. Sie kennen und respektieren dich. Wenn ich dich davon überzeugen kann, daß ich die Umweltbelange berücksichtigen und die Cottage Row nicht mit Autos vollstopfen werde, würdest du dann mitkommen und ein gutes Wort für mich einlegen?«

»Warum eigentlich nicht? Aber vielleicht sollte ich mich erst selbst informieren, was du mit dem Haus eigentlich vorhast.«

»Gerne. Sobald ich Kostenvoranschläge und Pläne habe, wirst du der erste sein, der sie zu Gesicht bekommt.«

»Noch etwas.«

»Was?«

»Es geht mich ja eigentlich nichts an, und du mußt auch nicht antworten, wenn du nicht willst. Hast du auch genug Geld, um das Projekt durchzuziehen?«

»Geld spielt keine Rolle, Eric. Wenn ein Flugzeug abstürzt, bekommen die Überlebenden reichlich Geld.«

»Gut. Jetzt sag mir noch, von wem du dir Kostenvoranschläge machen läßt.« Sie sprachen noch über Bauingenieure, Arbeiter, Architektur – nichts Persönliches. Dann sagte sie ihm, sie würde sich wieder melden, wenn es so weit sei, dankte ihm für seine Zusage, sich für das Projekt einzusetzen, und verabschiedete sich mit einem festen Händedruck.

Kurz nach Mitternacht desselben Tages zogen sich Eric und Nancy in ihrem Schlafzimmer aus. Nancy begann: »Also, diese Maggie Soundso hat ja wirklich bei dir nichts anbrennen lassen.«

Eric band sich seine Krawatte auf und hielt mitten in der Bewegung inne. »Ich dachte mir schon, daß so was kommt.«

»So, dachtest du?« Nancy sah ihn im Spiegel an und nahm ihre Ohrringe ab. »Wie konntest du mich nur so demütigen? Mein Mann flirtet unter den Augen der halben Stadt mit seiner Verflossenen.«

»Ich habe genausowenig geflirtet wie sie.«

»Ach, wie würdest du es denn nennen?« Sie warf die Ohrringe in ein Glasschälchen und nahm ihr Armband ab.

»Du warst doch dabei und hast alles gehört. Wir sprachen über das Geschäft, das sie aufmachen möchte.«

»Und worüber spracht ihr drüben am Fenster? Auch über Geschäfte?«

Eric drehte sich zu ihr und hob abwehrend die Hände. »Hör zu, ich habe einige Martinis getrunken und du auch. Können wir morgen weiterdiskutieren?«

»Ach, das würde dir so passen!« Sie zog sich das Kleid über den Kopf und warf es achtlos zur Seite. »Dann könntest du zu deinem heißgeliebten Boot laufen und müßtest mir keine Antwort geben.«

Eric hing seine Krawatte und das Jackett an die Schranktür.

»Wir waren Schulfreunde. Was hast du von mir erwartet? Daß ich sie einfach übersehe?«

»Ich habe nicht erwartet, daß du vor der verdammten Kirche mit fliegenden Rockschößen zu ihr läufst und mich während des Empfangs allein dasitzen läßt, um ihr Kuhaugen zu machen!«

»Kuhaugen!« Durch seinen Körper ging ein Ruck.

»Lüg nicht, Eric! Ich habe euch gesehen. Ich habe euch die ganze Zeit über nicht aus den Augen gelassen.«

»Sie erzählte mir, wie sehr sie ihren Mann vermißt, und daß dies das erste Mal wäre, daß sie alleine unter Leute geht.«

»Sie scheint ihren Mann nicht besonders vermißt zu haben, als sie dich anhimmelte.«

»Nancy, was zum Teufel ist in dich gefahren. Habe ich in all den Jahren unserer Ehe jemals eine andere Frau angeschaut?«

»Nie. Aber da war ja auch nicht deine alte Flamme zugegen.«

»Sie ist nicht meine alte Flamme.« Er zog sich weiter aus.

»Mir kannst du doch nichts vormachen. Wart ihr während der Schulzeit ein Liebespaar – ja oder nein?« Nancy ließ sich aufs Bett fallen und zog ihre Nylonstrümpfe aus.

»Nancy, um Himmels willen, hör auf!«

»Ihr wart es, nicht wahr? Ich wußte es von dem Augenblick an, als du vor der Kirche auf sie zugingst. Als sie sich umdrehte und dich ansah, war alles klar.« In ihrer dunkelblauen Seidenunterwäsche ging Nancy zu ihrem Frisierspiegel hinüber, streckte ihr Kinn und fuhr sich mit vier Fingerspitzen über den Hals. »Also, eins muß man dir lassen – Geschmack hast du. Du suchst dir immer die Schönsten aus.«

Er betrachtete sie und dachte, daß ihr ihre eigene Schönheit nicht immer zum Vorteil gereichte. Die Vorstellung, daß er einer anderen Frau auch nur ein Quentchen Aufmerksamkeit zollte, wurde zu einer unverhältnismäßigen Bedrohung. Sie betrachtete sich weiter im Spiegel, fuhr immer wieder über ihren straffen Hals und bewunderte sich sichtlich.

Dann nahm sie ihre Halskette ab und begann ihr Haar mit kräftigen Bürstenstrichen zu bürsten.

»Ich will nicht, daß du dieser Frau hilfst.«

»Ich habe es ihr aber bereits versprochen.«

»Aha. Du wirst es also tun, ob ich was dagegen habe oder nicht.«

»Du machst aus einer Mücke einen Elefanten, Nancy.«

Sie warf die Bürste hin und drehte sich zu ihm um. »Ach, tu ich das? Ich bin fünf Tage in der Woche unterwegs und soll dich hier alleine lassen, damit du deine alte Flamme zu Ausschußsitzungen begleiten kannst?«

»Es ist dein persönlicher Wunsch, fünf Tage die Woche unterwegs zu sein!« Zornig deutete er mit dem Finger auf sie.

»Oh, jetzt sind wir wieder bei dieser alten Leier!«

»Nicht wir. Du! Du hast angefangen. Und jetzt sage ich dir zum x-tenmal klipp und klar, daß *ich* gerne eine Frau hätte, die fünf Tage die Woche bei mir ist und nicht nur am Wochenende vorbeischaut!«

»Und wer fragt eigentlich, was *ich* möchte?« Sie legte eine Hand auf ihre Brust. »Ich habe einen Mann geheiratet, der sagte, er wolle Vorstandsvorsitzender einer Firma werden und in Chicago leben. Und plötzlich schmeißt er den ganzen Kram hin und wird ... *Fischer*!« Sie streckte die Arme in die Höhe. »Ein *Fischer*, um Himmels willen! Hast du mich gefragt, ob ich die Frau eines Fischers sein möchte?« Sie lehnte sich nach vorne. »Hast du mich gefragt, ob *ich* in diesem gottverdammten Niemandsland leben möchte, achtzig Meilen entfernt von der Zivilisation und ...«

»Deine Vorstellung von Zivilisation und meine sind grundverschieden, Nancy. Das ist unser Problem.«

»Unser Problem, Mr. Severson, ist, daß du mitten in unserer Ehe eine Kehrtwendung gemacht hast und es dir plötzlich egal war, daß ich eine steile Karriere vor mir hatte, die mir ebenso wichtig war wie dir deine heißgeliebte Angelei!«

»Wenn du dein Gedächtnis ein wenig anstrengst, meine Liebe, wird dir einfallen, daß wir sehr wohl über deine Karriere gesprochen haben und damals dachten, du würdest nur mehr ein paar Jahre berufstätig sein und wir würden dann eine Familie gründen.«

»Nein, das dachtest *du*, Eric, nicht *ich*. *Du* hast diesen Fünfjahresplan aufgestellt, nicht ich. Immer wenn ich andeutete, daß ich kein Interesse hätte, eine Familie zu gründen, hast du weggehört.«

»Und das soll ich wohl auch weiter tun. Nancy, die Zeit läuft uns davon. Ich bin schon vierzig.«

Sie drehte sich weg. »Du wußtest es, als wir heirateten.«

»Nein.« Er packte sie am Arm und hielt sie fest. »Nein, das habe ich nicht gewußt. Ich nahm an...«

»Nun, da hast du falsch angenommen. Ich habe *nie* gesagt, daß ich Kinder haben möchte! Nie!«

»Warum, Nancy?«

»Du weißt warum.«

»Ja, ich weiß, aber ich möchte, daß du es sagst.«

»Sei vernünftig, Eric. Worüber haben wir denn eben geredet? Ich habe einen Beruf, den ich liebe, mit Vergünstigungen, um die mich Tausende von Frauen beneiden – Reisen nach New York, Verkaufsbesprechungen im Boca Raton. Ich habe verdammt hart gearbeitet, um mir das alles zu erkämpfen, und du verlangst von mir, daß ich das alles aufgebe und hier in dieser... Zündholzschachtel bleibe und Kinder großziehe?«

Ihre Ausdrucksweise verletzte ihn tief. Als ob es irgendwelche Kinder wären, die sie hier aufziehen sollte; als ob es nicht wichtig wäre, daß es ihre und seine, ihre gemeinsamen Kinder wären! Er seufzte und gab auf. Er hätte ihr ihre Selbstverliebtheit vorwerfen können, aber was hätte es gebracht? Er liebte sie und wollte ihr nicht wehtun. Und er hatte auch ihre Schönheit geliebt. Mit den Jahren war ihm das weniger wichtig geworden. Vor langer Zeit schon war ihm klar geworden, daß er sie genauso geliebt hätte, wenn ihre Hüften breiter und sie trotz strengster Diät nicht ganz so dünn geblieben wäre. Er hätte sie genauso geliebt, wenn sie um sieben Uhr früh ungeschminkt mit einem quengelnden Kind in der Küche aufgetaucht wäre, wenn sie Jeans und

Sweatshirt anstelle der exklusiven Kreationen von Saks und Neiman-Marcus getragen hätte.

»Laß uns ins Bett gehen«, sagte er entmutigt, schlug die Decke zurück und ließ sich schwer auf den Bettrand fallen, um sich die Socken auszuziehen. Er schleuderte sie in die Ecke und sah ihnen mit hängenden Schultern nach.

Sie sah ihn lange von der anderen Seite des Zimmers an, spürte, wie es in ihrer Ehe kriselte, fragte sich, was ihr ohne Kinder den nötigen Zusammenhalt geben würde. Barfuß ging sie zu ihm und kniete vor ihm nieder. »Eric, bitte versteh doch.« Sie umarmte ihn und drückte ihr Gesicht gegen seine Brust. »Eine Frau hat kein Recht, ein Baby zu empfangen, das sie nicht möchte.«

Leg deine Arme um sie, Severson, sie ist deine Frau und sie möchte Frieden machen. Aber er konnte nicht. Oder wollte nicht. Diese Auseinandersetzung hatte so etwas merkwürdig Endgültiges. Früher, wenn sie über das gleiche Thema diskutierten, hatte es nie ein unversöhnliches Ende gegeben; das Thema war tagelang noch in der Luft gewesen. Nancy hatte dann immer einige Zeit geschmollt. Aber gerade die Tatsache, daß das Thema nie ganz ausdiskutiert wurde, hatte ihm immer das Gefühl gegeben, das letzte Wort sei noch nicht gesprochen.

Heute jedoch war Nancy mit einer kühlen, stichhaltigen Rechtfertigung gekommen, die jede weitere Diskussion unterband. Denn er wollte seinem Kind natürlich auch keine Mutter zumuten, die kein Kind wollte.

6. *Kapitel*

Nach Maggies Rückkehr begann in Seattle eine hektische Zeit. Der Schuldirektor bedauerte sehr, sie als Lehrkraft zu verlieren, würde aber keine Schwierigkeiten haben, eine andere Lehrerin einzustellen. Bevor sie das Gebäude verließ, hatte sie ihren Schreibtisch frei gemacht. Zu Hause rechte sie die braunen Kiefernnadeln zusammen, schnitt die Sträucher zurück und rief den bekannten Makler Elliott Tipton an. Er riet ihr nach einer kurzen Besichtigung des Objekts, die Zierleisten außen am Haus neu streichen zu lassen und ein Badezimmer neu zu tapezieren. Sie rief Waterways Marina an und ermächtigte die Firma, mit dem Verkaufspreis des Bootes zweitausend Dollar runterzugehen; sie wollte es schnell loswerden. Dann telefonierte sie mit einer Umzugsfirma und ließ sich einen Kostenvoranschlag für den Umzug machen. Thomas Chopp teilte ihr mit, daß die Verandabögen morsch und eine Wand sehr feucht seien – die Ecke im Personalzimmer, wo die undichte Rohrleitung ihre Spuren hinterlassen hatte und die Holzwürmer aktiv gewesen waren –, daß es keine Isolierung gäbe, die elektrischen Stromkabel neu verlegt werden müßten, die Heizung nicht ausreichte und das Haus eine neue Isolierung bräuchte. Das Dach sei in einem erstaunlich guten Zustand, ebenso die tragenden Wände im Innern. Insgesamt war er der Ansicht, man könne das Haus durchaus renovieren, wenn auch nur mit viel Geld.

In der Broschüre des Staates Wisconsin über die Verordnungen bezüglich der Einrichtung von Frühstückspensionen fand sie heraus, daß sie ein weiteres Badezimmer würde einrichten müssen und im ersten Stock ein Notausgang einzuplanen sei. Abgesehen davon jedoch las sie in den Bestimmungen nichts Gravierendes, was gegen ihre Idee gesprochen hätte.

Sie rief Althea Munne an und bat sie, den endgültigen Kaufvertrag fertigzumachen und bereitzuhalten.

Drei Baufirmen in Door County wurden aufgefordert, Zeichnungen und Kostenvoranschläge für den Umbau einzureichen.

Ihr Vater bot ihr an, sie könne so lange im Elternhaus wohnen, bis das Haus fertig sein würde.

Ihre Mutter gab eine ganze Reihe von Warnungen und Vorsichtsregeln zum besten, unter anderem, sie solle bei Schnee nicht alleine über die Berge fahren.

Und dann rief sie Katy an.

»Du tust was?«

»Ich ziehe zurück nach Door County.«

»Und verkaufst das Haus in Seattle?« Katys Stimme klang sehr ärgerlich.

»Ja.«

»Mutter, wie kannst du nur?«

»Was heißt das: Wie kannst du nur? Es wäre unsinnig, zwei Häuser zu unterhalten.«

»Aber es ist das Haus, in dem ich geboren und groß geworden bin. Es war mein Zuhause, so lange ich mich zurückerinnern kann. Ich werde es also nie wieder sehen können?«

»Du kannst natürlich jederzeit zu mir nach Fish Creek kommen.«

»Aber das ist nicht dasselbe. Meine Freunde sind in Seattle. Und mein altes Zimmer wird es nicht mehr geben und... und... na ja, einfach nichts!«

»Katy, ich werde immer für dich da sein, wo immer ich auch lebe.«

Katys Stimme wurde zornig. »Ach Mutter, jetzt komm mir doch nicht psychologisch. Ich finde es ganz schön mies, das Haus zu verkaufen, sobald ich die Tür hinter mir zugemacht habe. Dir würde das auch nicht gefallen.«

Maggie ließ sich ihre Verärgerung über Katys Reaktion nicht anmerken. »Katy, ich dachte, du würdest dich freuen, wenn ich näher bei dir wohnen würde, so daß du öfter nach Hause kommen könntest. Es ist für dich so nahe, daß du sogar am Wochenende nach Hause kommen könntest, und wir könnten auch an Feiertagen mit Großmama und Großpapa zusammensein.«

»Großmama und Großpapa. Die kenne ich doch kaum.«

Zum erstenmal schlug Maggie einen schärferen Ton an. »Nun, vielleicht wäre das eine gute Gelegenheit, sie näher kennenzulernen. Ich finde, Katy, du reagierst ziemlich egoistisch.«

Am anderen Ende der Leitung herrschte verdutztes Schweigen. Nach einigen Augenblicken sagte Katy knapp: »Ich muß gehen, Mom. Mein Unterricht fängt in zehn Minuten an.«

»Gut. Du kannst mich jederzeit anrufen«, beendete Maggie kühl das Gespräch.

Nachdem sie aufgelegt hatte, stand sie neben dem Telefon und hielt sich eine Hand auf den Magen. Innerlich zitterte sie. An einer Hand hätte sie die Gelegenheiten aufzählen können, bei denen sie ihre eigenen Wünsche vor die Katys gestellt hatte. Und sie konnte sich nicht erinnern, jemals mit ihr eine solche Auseinandersetzung gehabt zu haben. Wie unglaublich egoistisch die eigenen Kinder doch manchmal sein können! In Katys Augen konnte Maggie alles machen, um wieder ein glückliches Leben zu führen – nur für Katy selbst durfte es nicht mit Unannehmlichkeiten verbunden sein.

Ich war immer für dich da, Katy. Ich war eine gute, fürsorgliche Mutter und ließ es nie zu, daß du neben meinem Beruf zu kurz kamst. Und jetzt, wenn ich deine Zustimmung brauche, verweigerst du sie mir. Nun, junge Frau, die Zeit ist gekommen, daß ich mein Leben gestalte, wie es mir gefällt.

Ihre Entschlossenheit erschreckte sie selbst ein wenig. Sie stand in der Küche, wo sie Katy gefüttert und Jahre später ihre Muffinkrümel weggewischt hatte, und kam sich vor wie ein soeben geschlüpfter Schmetterling.

Meine Güte, dachte sie, *ich bin vierzig und immer noch nicht erwachsen.* Ihr wurde auch etwas klar, das Dr. Feldstein schon vielfach erwähnt hatte. Sie hatte die Wahl, ihr Glück entweder am Schopf zu packen oder es ziehen zu lassen. *Sie* hatte es getan. *Sie* war nach Door County gefahren, *sie* hatte alte

Freundschaften aufgewärmt, *sie* hatte ein altes Haus entdeckt und wieder Hoffnung und Vorfreude in ihr Leben gebracht. Und diese neue Perspektive war es, die den Unterschied machte. Wie leicht klammern sich Eltern ansonsten an ihre Kinder, wie leicht klammert sich ansonsten ein Patient an seinen Psychiater und eine Witwe zu sehr an sich selbst.

Sie ging in das Wohnzimmer und stellte sich in die Mitte. Hunderte von Erinnerungen waren mit diesem Raum verbunden. *Ich werde dieses Haus ohne Bedauern zurücklassen und nur in Liebe daran zurückdenken. Du hast nichts dagegen, Phillip, das weiß ich. Du hättest sicher nicht gewollt, daß ich das Haus hier als Heiligtum erhalte und mein eigenes Glück dafür opfere. Auch Katy wird das eines Tages einsehen.*

Mitte September zog sie nach Door County um. Das Haus in Seattle war noch nicht verkauft, und so ließ sie die Möbel zurück, nahm nur mit, was in ihren Wagen paßte.

Sie war eigentlich nie gern lange Strecken gefahren. Um so erstaunter war sie, als sie plötzlich hellwach zehn Stunden hinter dem Steuer saß. Früher war sie meist die Beifahrerin gewesen, und wenn sie Phillip einmal ablöste, schon nach kurzer Zeit sehr müde geworden. Jetzt, da es sein mußte, ging es plötzlich.

Auch war sie noch nie allein in einem Motel abgestiegen. Phillip hatte immer die Koffer aus dem Kofferraum geholt. Dann hatten sie sich ein gemütliches Restaurant gesucht und sich anschließend in einem fremden kalten Bett aneinander gekuschelt. Die Abendessensfrage löste sie mittels eines Drive-in-McDonald's, bei dem sie sich Hamburger und Pommes frites holte und diese in ihrem Motelzimmer aß. Erschöpft fiel sie, kaum daß sie den letzten Bissen hinuntergeschluckt hatte, ins Bett und schlief traumlos, ohne Phillip zu vermissen.

Idaho beeindruckte mit seiner zerklüfteten Schönheit, Montana war wunderschön, North Dakota endlos weit und Minnesota aufregend, weil sie ihrem Ziel näher kam. Aber erst als sie den St. Croix River überquert hatte, wußte sie: *Das* war Wisconsin! Die sauberen Bauernhöfe mit den riesigen Fleckviehherden. Die stolzen, alten zweigeschossigen Farmhäuser neben den roten Scheunen mit den Walmdächern. Riesige Kornfelder wechselten sich mit riesigen Wäldern ab. Käseläden, Antiquitätengeschäfte und ein Gasthaus an jeder ländlichen Kreuzung. In der Nähe von Neillsville sah sie einen Farmer, der – er war ein Amish –, mit dem Pferdewagen seine Ernte einbrachte. Und weiter im Osten erstreckten sich die Ginsengfelder wie Patchworkdecken.

Sie fuhr an Green Bay vorbei in Richtung Norden und spürte die gleiche Hochstimmung wie beim letztenmal. Sie schätzte die Tradition von Door County und verstand die Notwendigkeit, diese zu erhalten. Es sah ein bißchen aus, als hätte man Vermont hierherversetzt. Der wilde Färberbaum – Vorläufer des Herbstes – hatte sich schon scharlachrot gefärbt. Die ersten Äpfel der Saison wurden gerade gepflückt. Mit akkurat geschnittenen Holzscheiten hatte man schon für den Winter vorgesorgt.

Als sie sich Fish Creek näherte, beschloß sie, erst an *ihrem* Haus vorbeizufahren. Sie bog von der Hauptstraße ab und fuhr in eine Seitenstraße, die in vielen engen Kurven zur Cottage Row und ihrer neuen Umgebung führte. Sie kurbelte ein Fenster runter und sog den scharfen Duft der Zedern und den kräuterähnlichen Geruch der Pappeln ein, den diese nur zu einer bestimmten Jahreszeit ausströmten. Ihr Herz hüpfte, als sie um die letzte Kurve bog und die Lebensbäume auf ihrem Grundstück sah. Sie parkte auf dem Tennisplatz neben dem wackeligen Schiedsrichterstuhl und sah auf das Haus hinunter, von dem wegen des wild wuchernden Gebüschs kaum mehr als das Dach zu sehen war. Aber der Anblick genügte, um ihre Vorfreude noch einmal zu verstärken. Neben der Straße war dem Homestead-Realty-Schild ein »Verkauft«-Schild hinzugefügt worden.

Verkauft... an Maggie Stearn. Mein neues Leben kann beginnen.

Vorläufig – wirklich nur sehr vorläufig –, stieg sie im Haus ihrer Eltern ab und rief Katy an, um ihr zu sagen, daß sie sicher angekommen war. Katys Antwort war: »Ja, gut, Mom, hör zu, ich kann jetzt nicht reden, die anderen warten auf mich. Wir müssen in den Speisesaal.«

Nachdem sie aufgehängt hatte, dachte sie: *Da sieht man's wieder: Kinder sorgen sich nicht so um ihre Eltern wie die Eltern um ihre Kinder.*

Vera war dafür das beste Beispiel. Ununterbrochen lag sie Maggie in den Ohren: »Paß ja auf, daß dein Rechtsanwalt auch all das Kleingedruckte liest und beachtet, damit du weißt, woran du bist. Und vergib den Auftrag unter keinen Umständen an diesen Hardenspeer. Seine Leute kommen immer schon halb betrunken zur Arbeit, fallen von der Leiter und verklagen dich dann auch noch. Maggie, bist du sicher, daß du das Richtige tust? Ich bin sicher, eine alleinstehende Frau wird bei einem so fürchterlichen Umbau hundertmal übers Ohr gehauen. Ach, wärst du doch lieber in Seattle geblieben, so gerne ich dich auch hier habe. Ich weiß wirklich nicht, was sich dein Vater dabei gedacht hat, als er dich dazu ermutigte!«

Maggie hielt Veras ständige Nörgeleien nur aus, indem sie sich in die Arbeit stürzte. Zunächst fuhr sie nach Sturgeon Bay und beantragte eine Genehmigung zur Eröffnung einer Frühstückspension. Sie kümmerte sich um eine Trinkwasserprüfung, die vor dem Verkauf jedes Hauses vorgeschrieben war, das einen eigenen Brunnen hatte. Sie eröffnete ein Konto bei der Bank von Fish Creek, beantragte Telefon- und Elektrizitätsanschluß und ein Postfach beim Postamt, da Fish Creek keine Hauszustellung hatte. Die drei Baufirmen hatten inzwischen ihre Kostenvoranschläge eingereicht. Der niedrigste belief sich auf 60000 Dollar.

Eigentlich hätte sie mit dem Beginn der Renovierung warten sollen, bis sie die Genehmigung von der Planungsbehörde in Händen hatte, aber die Jahreszeit drängte: Es würde bald Frost geben. Da das Wasserleitungssystem erhebliche Reparaturen erforderte, außerdem eine ganze Wand herausgerissen und die Heizung völlig ersetzt werden mußte, entschloß sich Maggie, den endgültigen Kauf hinter sich zu bringen und das Beste zu hoffen.

Der Verkauf ging in der letzten Septemberwoche über die Bühne, und zwei Tage später hatten die Lavitsky-Brüder – Bert und Joe – in die Wand des Dienstmädchenzimmers ein Loch geschlagen, durch das ein Lieferwagen hätte fahren können. Der Umbau hatte begonnen.

Maggie erzielt noch in der gleichen Woche einen Anruf von der Planungsbehörde. Sie mußte am darauffolgenden Dienstag vor dem Ausschuß erscheinen.

Das bedeutete, daß sie Eric anrufen mußte.

Sie hatte weder mit ihm gesprochen noch ihn gesehen, seit sie zurück war, und scheute sich irgendwie davor, seine Nummer zu wählen. An einem kühlen Freitagmorgen – die Ahornblätter hatte schon der Frost erwischt – stand Maggie in einem dicken roten Pullover in ihrer lauten Küche am Telefon. Hinter ihr riß Bert Lavitsky die Bretter von der Wand. Draußen arbeitete sein Bruder am Boden der Veranda auf der hinteren Hausseite. KL3 – 3500. Aus irgendeinem seltsamen Grund wußte sie die Nummer auswendig, zog aber im letzten Augenblick ihre Hand von der Wählscheibe weg und verschränkte ihre Arme vor der Brust. Grübelnd sah sie das Telefon an. *Mach dich nicht lächerlich, Maggie, denk daran, was Brookie gesagt hat. Es ist keine große Sache, also mach auch keine draus. Und überhaupt würde wahrscheinlich Anna ans Telefon gehen.*

Sie nahm den Hörer und wählte die Nummer, ehe sie es sich anders überlegen konnte. Es war nicht Anna.

»Severson Charters.«

»Oh ... hallo ... Eric?«

»Maggie?«

»Ja.«

»Hallo. Ich hörte, daß du wieder im Lande bist und das Haus gekauft hast.«

Sie hielt sich ein Ohr zu. »Könntest du ein bißchen lauter sprechen, Eric? Ich bin hier im Haus und kann vor lauter Baulärm kaum etwas verstehen.«

»Ich sagte, ich hörte, daß du wieder im Lande bist und das Haus gekauft hast.«

»Früher als beabsichtigt, aber ich fürchtete, es könnte schon in vier Wochen schneien, und deshalb habe ich die Lavitsky-Brüder beauftragt, schnell die Mauer einzureißen.«

»Also die Lavitskys?«

»Sie sind es, die hier diesen Höllenlärm veranstalten. Ich habe mich erkundigt. Sie scheinen einen guten Ruf zu haben«, sagte sie und versuchte, das laute Gehämmer zu übertönen.

»Sie sind ehrlich und leisten gute Arbeit. Wie schnell sie es tun, ist eine andere Frage.«

»Danke für die Vorwarnung. Ich werde darauf achten und versuchten, ihnen Dampf unterm Hintern zu machen.« In diesem Augenblick ließ Bert seinen Hammer fallen und ging zu seinem Bruder auf die Veranda, um zu frühstücken.

»Oh, das tut gut«, bemerkte Maggie, als Ruhe eintrat. »Die beiden machen Pause, also kannst du in normaler Lautstärke weiterreden.« Sie hörte Eric lachen.

Nach einer Pause fuhr sie fort: »Ich habe Nachricht von der Planungsbehörde bekommen. Sie zitieren mich kommenden Dienstag abend vor ihren Ausschuß.«

»Willst du immer noch, daß ich mitkomme?«

»Wenn es dir nicht zuviel Mühe macht?«

»Nein. Überhaupt nicht. Mach ich gerne.«

Sie atmete tief durch und zwang sich, gelassen zu bleiben.

»Gut. Ich wäre dir wirklich sehr dankbar, Eric. Dann sehen wir uns also um halb acht im Gerichtsgebäude.«

»Moment mal, Maggie. Fährst du alleine hin?«

»Ich denke schon.«

»Es wäre doch Blödsinn, mit zwei Autos hinzufahren. Soll ich dich mitnehmen?«

Darauf war Maggie nicht vorbereitet. Sie stammelte: »Nun... na gut... warum nicht?«

»Soll ich dich bei deinen Eltern abholen?«

Vera würde der Schlag treffen, aber was hätte Maggie sagen sollen? »Das wäre schön.«

Am Dienstag abend kam kein Gel ins Haar, und sie wählte ihre Kleidung sehr sorgfältig aus, um einen guten Eindruck zu machen. Sie wollte reif, geschmackvoll und – zugegebenermaßen – begütert genug erscheinen, um ein Haus wie das Harding-Haus renovieren zu können. Und doch wieder nicht zu auffällig. Sie wählte einen leichten Faltenrock aus Wolle in sanften Herbstfarben, eine elfenbeinfarbene Bluse mit Stickereieinsatz, einen weichen Ledergürtel mit einer überdimensionalen Schnalle und eine Anstecknadel mit einem Amethyst. Darüber trug sie eine taillierte Jacke aus burgunderfarbenem Wildleder.

Als sie nach unten kam, betrachtete ihre Mutter sie flüchtig und bemerkte: »Ziemlich elegante Aufmachung für eine Gemeindeversammlung, meinst du nicht?«

»Mutter, es ist keine Gemeindeversammlung, sondern ein Auftritt vor einer Planungsbehörde, die ein Urteil über meinen Vorschlag fällen muß. Ich wollte, daß man mir ansieht, daß ich auch ein heruntergekommenes Haus wieder auf Trab bringen kann.«

»Ich weiß nicht, was ist das für eine Welt, in der eine alleinstehende Frau vor den Augen ihrer Mutter mit einem verheirateten Mann herumläuft.«

Maggie spürte, wie sie errötete. »Mutter!«

»Also Vera«, warf Roy ein, aber sie ignorierte ihn.

»Nun, das tust du doch, oder?«

»Eric wird versuchen, die Planungsbehörde zu meinen Gunsten zu beeinflussen.«

»Na, du weißt schon, was die Leute tuscheln werden. Seine Frau ist nie zu Hause, und er zieht mit einer Witwe herum.«

»Er *zieht* nicht mit mir herum. Ich verbitte mir diese Anspielungen.«

»Verbitten kannst du sie dir schon, aber ich bin deine Mutter, und solange du in diesem Haus bist...«

Die Türglocke läutete, und Vera beeilte sich zu öffnen, ehe es jemand anders tun konnte. Es war Eric, der in einem blauen Anorak mit der Aufschrift SEVERSON'S CHARTERS vor der Tür stand. Hätte er doch nur einfach vor der Tür gehupt, dachte Maggie, dann hätte ich nicht so ein schlechtes Gewissen haben müssen. Aber er stand da, freundlich lächelnd, ganz ähnlich wie zu der Zeit, als er sie zu einem Rendezvous abgeholt hatte.

»Hallo Mrs. Pearson. Wie geht es Ihnen?«

»Hallo«, antwortete Vera ohne die Spur eines Lächelns.

»Maggie fährt mit mir nach Sturgeon.«

»Ja, ich weiß.«

Maggie nahm ihre Tasche und ging an Vera vorbei. »Ich bin fertig, Eric. Wir müssen uns beeilen, sonst kommen wir zu spät.« Sie ging mit raschen Schritten an ihm vorbei und die Verandastufen hinunter. Vergeblich versuchte sie, die Autotür zu öffnen. Er kam zu ihr und nahm ihre Hand weg. »Die alte Dame ist ein wenig zickig. Manchmal muß man ihr gut zureden.« Er trat gegen die Tür, die sich daraufhin öffnete. Als sie einstieg, konnte Maggie die Augen ihrer Mutter, die hinter dem Wohnzimmervorhang stand, förmlich spüren. Eric schlug die Tür zu, ging auf die andere Seite und stieg ein.

»Tut mir leid, wegen des Autos«, entschuldigte er sich und legte den ersten Gang ein, »es ist wie mit einem alten Haustier – jeder weiß, daß man es eigentlich einschläfern müßte, aber keiner mag es tun.«

Maggie saß steif und schweigend neben ihm und starrte durch die Windschutzscheibe.

Als der Wagen losfuhr, sah Eric sie an und sagte: »Was ist los?«

»Meine Mutter!« antwortete sie mit ärgerlicher Stimme. »Sie ist eine Xanthippe.«

»Es ist schwierig, wieder da zu wohnen, wenn man schon von zu Hause weg war.«

»Es war schon schwierig, *ehe* ich von zu Hause weg war.«

»Ich muß auch zugeben, daß ich anderswo schon mal herzlicher empfangen wurde als gerade eben. Regt sie sich auf, weil wir zusammen nach Sturgeon fahren?« Da sie so hartnäckig schwieg, nahm er an, richtig geraten zu haben. »Maggie, du hättest mich anrufen können, und wir wären getrennt hingefahren. Ich dachte nur, da wir beide zur gleichen Stelle wollen...«

»Warum hätte ich das tun sollen? Wir fahren zusammen zum Gerichtsgebäude, und ich weigere mich einfach, mir ein schlechtes Gewissen anhängen zu lassen. Verdammt noch mal, ich habe keinen Grund, ein schlechtes Gewissen zu haben. Es ist ihre Neugier und ihre Mißgunst. Sie glaubt, alle Welt ist, wie sie, nur darauf erpicht, von allen Menschen das Schlechteste zu denken.«

Eric sah sie nachdenklich an. »Vermutlich hat sie damit auch noch recht. Ich habe bislang noch nie darüber nachgedacht. Möchtest du zurückfahren, Maggie, und dein eigenes Auto holen?«

»Das wär ja noch schöner!«

»Hier kennt alle Welt diesen Wagen. Außerdem steht mein Name groß genug drauf.«

»Die Genugtuung gönne ich ihr nicht. Und außerdem – warum können, wie Brookie sagte, zwei Erwachsene nicht ganz normale Freunde sein? Ich brauche deine Hilfe heute abend. Ich freu' mich darüber, daß du mitkommst. Belassen wir es dabei. Und meine Mutter soll gefälligst selbst zusehen, wie sie damit zurechtkommt.« Maggie sah um sich, wild entschlossen, das Thema zu wechseln. »Also das ist dein alter Lieferwagen.« Sie sah die abgewetzten Sitze, den Sprung im Seitenfenster, das staubige Armaturenbrett.

»Er hat einen Namen, aber den sage ich lieber nicht. Er ist nicht ganz salonfähig.«

Maggie grinste: »Ich kann ihn mir schon vorstellen.«

»Ich habe nicht daran gedacht, daß du so schön angezogen sein würdest. Vielleicht hättest du wirklich besser deinen eigenen Wagen genommen.«

»Mein Wagen hat keine Atmosphäre. Der hier schon.«

Die Spannung legte sich. Während sie aus der Stadt hinausfuhren und sich am Himmel der erste helle Stern zeigte, sprachen sie von anderen Themen: vom Herbstwetter, vom Tourismus, der innerhalb der nächsten beiden Wochen mit den bunten Herbstfarben seinen Höhepunkt erreichen würde, von den Lachsen, die jetzt im Herbst schwerer zu fangen waren, und von den guten Seeforellenfängen in Portage Park und Lily Bay. Sie unterhielten sich angeregt darüber, wann Eric und Mike die Boote aus dem Wasser nehmen würden und wie die Lavitskys arbeiteten.

Dann sagte Eric: »Maggie, ich habe lange über Loretta McConnell und ihren... na, sagen wir mal Konservatismus nachgedacht. Wenn irgend jemand Bedenken gegen dein Vorhaben anmeldet, dann wird sie es sein. Ich habe überlegt, wie wir ihr vielleicht den Wind aus den Segeln nehmen können.«

»Wie denn?«

»Hast du dir schon einen Namen für deine Frühstückspension überlegt?«

»Einen Namen? Nein.«

»Nun, ich habe mit Ma gesprochen, und ihr ist eingefallen, daß Loretta McConnell eine entfernte Verwandte von dem Harding, dem das Haus gehörte, war. So ganz haben wir es nicht klären können, aber die Familie ihrer Mutter muß um fünf Ecken mit Thaddeus Harding verwandt gewesen sein. Ich nehme an, daß Loretta die Verwandtschaftsverhältnisse ganz genau im Kopf hat, und wenn eine Person darauf erpicht ist, historisches Erbe zu bewahren, dann ist es Loretta. Die historische Gesellschaft bekommt jedes Jahr einen schönen Batzen Geld von ihr. Was ist, wenn wir an ihren Familienstolz appellieren? Wir erzählen ihr einfach, du hättest dich entschlossen, den Namen Harding-Haus beizubehalten, um das historische Erbe nicht in Vergessenheit geraten zu lassen.«

»Oh, Eric, das ist eine wunderbare Idee. Harding-Haus... das gefällt mir. Und so sollte es auch heißen, denn schließlich kennt es hier im Ort jeder unter diesem Namen.«

»Ich dachte, du wolltest ihm vielleicht deinen Namen geben.«

»Stearn-Haus...« Sie überlegte und schüttelte dann ihren Kopf. »Nein. Das klingt nicht. Ich sehe schon den Namen in schlichtem Kupferstich im Wind schaukeln. Es muß ein dezentes Schild sein, mit einer Kreuzblume oben drauf.« Sie zeigte in die Luft, als hinge das Schild vor ihr. »Harding-Haus. Frühstückspension. Inhaberin: Maggie Stearn.«

Er lachte und freute sich über ihre Begeisterung.

»Das gefällt dir – die Planung und die Arbeit an dem Haus, nicht wahr?«

»Kann man sagen. Ich muß Brookie so dankbar sein, daß sie mich damals einfach damit überrumpelt hat. Ich freue mich schon sehr auf den Tag, wenn die ersten Gäste zur Tür reinkommen. Wenn diese Leute heute abend nein sagen, werde ich wahrscheinlich in Tränen ausbrechen.«

»Ich habe eher das Gefühl, daß du das Gerichtsgebäude zufrieden verlassen wirst.«

Das Gerichtsgebäude von Sturgeon Bay war ein altes viktorianisches Haus mit einem neuen Anbau aus beigefarbenen Ziegeln und grauem Stein. Sie parkten in der 4th Street und gingen auf dem Gehweg unter einer Reihe von Ebereschen, deren rote Beeren auf den Gehweg gefallen waren, dann zwischen zwei Rotahornbäumen und grünen Rasenflächen hinüber bis zu dem von Pflanzgefäßen flankierten Eingang. Die Salvien und Studentenblumen in den Töpfen hatte der Frost erwischt. Verwelkt und schwarz lagen sie auf der Erde.

Eric kannte den Weg zum Sitzungszimmer. Nervös und erwartungsvoll trat Maggie ein. Sie erkannte Loretta McConnell sofort, eine ausnehmend häßliche Frau, der die zwei unteren Schneidezähne fehlten. Sie trug eine altersschwache Brille und hatte glattes, ungekämmtes Haar, das sehr unfachmännisch wie bei einem elisabethanischen Pagen unten einfach gerade abgeschnitten war. »Da ist sie«, flüsterte Maggie und setzte sich neben Eric auf einen der hölzernen Klappstühle.

»Laß dich nicht von ihrem Äußeren irreführen. Sie ist eine ganz außergewöhnliche Frau. Kennt mehr Politiker, Musiker und Künstler, als man ihr zutrauen möchte. Sie ist eine große Kunstmäzenin und spendet riesige Summen für viele Dinge – für Geigenwunderkinder bis hin zur Erhaltung von Naturschutzgebieten. Ihr Name ist in Washington ebenso bekannt wie in Door County. Aber bei all ihrer Macht ist sie auch eine sehr vernünftige Frau. Denk daran, wenn sie dich befragt.«

Sie mußten warten, bis andere ihre Anliegen vorgebracht hatten – ein Grundstücksbesitzer, der seinen neuen Zaun nicht versetzen wollte, obwohl der Schneepflug nicht vorbeikam; der Besitzer eines Seegrundstücks, der einen neuen Brunnen bauen wollte; eine Frau, die in einer der alten Blockhütten ein Antiquitätengeschäft aufmachen wollte; ein Restaurantbesitzer, der sich um eine Genehmigung zum Ausschank von Alkohol bemühte; ein schäbig angezogener, ausgezehrter junger Mann, der darauf bestand, vom Bezirk eine neue Brille bezahlt zu bekommen, weil der Fahrer des Bücherbusses sich auf seine draufgesetzt hatte. (Letzterer wurde von Loretta McConnell darauf hingewiesen, daß er sich an falscher Stelle beschwerte.)

Dann war Maggie an der Reihe.

»Margaret Stearn«, las der Vorsitzende von ihrem Antrag ab. »Antrag auf Genehmigung zum Betrieb einer Frühstückspension in der Cottage Row in Fish Creek.«

Maggie stand auf und ging nach vorne. Der Vorsitzende sah von ihrem Antrag auf. Er war ein grobschlächtiger Mann, der eher auf den Sitz eines Traktors paßte als in den Vorsitz eines solchen Gremiums. Offensichtlich war er der Bauer aus Sewastopol. Er hatte große Ohren, aus denen lange Haarbüschel sprießten. Er trug einen braunen, etwas altmodischen Anzug – offensichtlich eine Konzession an sein Amt. Der Knoten seiner Krawatte hing schief unter einem zerknitterten, vergilbten Hemdkragen. Maggie sah ihn an und beglückwünschte sich innerlich zu ihrem Entschluß, ihr Haar schlicht frisiert zu tragen.

»Sie sind Maggie Stearn?« fragte er.

»Ja, Sir. Mein Mädchenname war Pearson. Mein Vater ist Leroy Pearson. Er arbeitet seit zweiundvierzig Jahren als Metzger im Fish Creek General Store. Ich bin in Fish Creek geboren und aufgewachsen.«

»Ja, natürlich. Ich kenne Roy Pearson.« Er betrachtete ihre Wildlederjacke und sah dann wieder auf den Antrag.

»Sie haben auch woanders gewohnt?«

»Achtzehn Jahre in Seattle. Mein Mann starb vor einem Jahr, und meine Tochter hat gerade ihr erstes Semester am Northwestern College in Chicago begonnen. Deshalb habe ich beschlossen, wieder hierher zurückzuziehen.«

»Stimmt es, daß Sie das zur Debatte stehende Haus bereits gekauft haben?«

»Ja, das stimmt.« Da die Häuser in Fish Creek keine Straßenadressen, sondern nur von der Feuerwehr vergebene Nummern hatten, nannte sie das Haus bei dem allgemein bekannten Namen. »Das alte Harding-Haus. Ich habe einen Bauingenieur beauftragt, die Bausubstanz zu prüfen. Hier ist sein Bericht.« Sie legte den Brief von Thomas Chopp auf den Tisch. »Ich habe vor, sechzigtausend Dollar in die Renovierung des Hauses zu investieren. Die Umbauarbeiten haben bereits begonnen. Hier ist eine Kopie der Auftragsbestätigung für die Gebrüder Lavitsky aus Ephraim, die Holz- und Mauerarbeiten ausführen werden. Hier ist der Auftrag für Workman Electric, die Heizung und die elektrischen Leitungen vorschriftsmäßig einzubauen. Und hier der Auftrag für den Installateur Kunst, der das in der staatlichen Verordnung für Frühstückspensionen vorgeschriebene zusätzliche Bad einbauen wird. Und hier ist eine Kopie vom Vermessungsamt, aus der hervorgeht, daß das Grundstück eineinhalb Morgen groß ist, was bedeutet, daß wir den Bevölkerungsdichtebestimmungen entsprechen, wenn meine Zimmer belegt wären und ich eine zusätzliche Haushaltshilfe einstellen würde. Die Quote wäre, wie Sie sehen können, eine Person auf 0,15 Morgen. Ich habe auch einen Kostenvoranschlag von J&B Blacktopping über eine Teerauflage für den Tennisplatz auf der gegenüberliegenden Straßenseite, der ausreichend Parkplätze für meine Logiergäste bieten würde. Und hier habe ich von der hiesigen Handelskammer Zahlen über Anfragen bezüglich Unterkunftsmöglichkeiten, die abschlägig beschieden werden mußten. Sie werden sehen, daß das jährlich zehn Prozent ausmacht, was nicht nur ein beträchtlicher Verlust für die Hotels, sondern auch Einnahmenseinbußen für den Einzelhandel bedeutet. Als nächstes hätte ich hier einen Brief vom örtlichen Gesundheitsinspektor, in dem die Vorschriften aufgeführt sind, die ich zu beachten habe. Noch nicht alle sind derzeit eingehalten, aber das wird sich ganz bestimmt ändern. Nächster Punkt – die Feuerschutzbestimmungen. In dem Kostenvoranschlag der Gebrüder Lavitsky sehen Sie einen zusätzlichen Ausgang und eine Außentreppe vom ersten Stock. Hier habe ich einen Kostenvoranschlag für Tapeten, Handtücher, Bettwäsche, Vorhänge und Möbel für jedes Zimmer. Und ich habe eine Pro-forma-Rechnung der täglichen Wäschereikosten, die Evensons in Sturgeon Bay übernehmen würde. Sie würden nur die Bettwäsche machen. Die Handtücher könnten wir selber waschen. Ein Angebot, mit dem ich preislich noch nicht einverstanden bin, ist das für Seifen, Toilettenpapier, Reinigungsmaterial und so weiter – da hoffe ich noch auf einen preisgünstigeren Anbieter. Auch die Pro-Kopf-Kosten bezüglich des Essens habe ich errechnet. Ich würde Muffins, Kaffeegebäck, Kaffee und Saft servieren. Da habe ich einen Kostenvergleich gemacht zwischen der Lieferung aus einer Bäckerei oder der Möglichkeit, sie selbst zu backen. Und als letztes habe ich Ihnen eine Kopie meiner Kontoauszüge aus den letzten sechs Monaten mitgebracht und die Telefonnummer rot angestrichen, unter der Sie Informationen über meine finanzielle Situation einholen können, die ich Sie bitte, vertraulich zu behandeln. Ich hoffe, ich konnte Sie davon überzeugen, daß es mir mit der Angelegenheit ernst ist. Ich weiß, was es kosten wird, dieses Haus herzurichten und instand zu halten, und ich kann es mir leisten. Ganz sicher werde ich, meine Damen und Herren, nicht dieses Jahr aufmachen und nächstes Jahr wieder schließen. Ich glaube, meine Frühstückspension würde sehr gut nach Fish Creek und Door County passen.«

Maggie trat einen Schritt zurück und wartete. Im Gerichtssaal war es so ruhig, daß man eine Stecknadel hätte fallen hören können. Bei den Hinterbänklern kicherte jemand. Der Vorsitzende blinzelte, als wäre er aus einer Hypnose erwacht.

»Seit wann, sagten Sie, sind Sie wieder in Door County?«

»Seit nicht ganz drei Wochen.« Er lächelte den Mitvorsitzenden vielsagend zu und sagte dann mit Schalk in den Augen: »Sicherlich wissen Sie auch inzwischen, welche Mitglieder der Planungsbehörde im letzten Jahr eine Bußgeldverwarnung bekommen haben.«

Maggie lächelte. »Nein, Sir, da muß ich passen. Aber ich weiß, wieviel Sie für Ihre Arbeit als Vorsitzender dieser Planungsbehörde bekommen. Da ich hier inzwischen auch Steuerzahler bin, hielt ich es für interessant, das zu wissen.«

Alle im Raum lachten, auch alle am Tisch des Vorsitzenden.

»Darf ich Sie fragen, Mrs. Stearn, was Sie in Seattle gemacht haben?«

»Ich bin Hauswirtschaftslehrerin, was mir sicherlich auch hier zugute kommt. Ich kann kochen, nähen und kenne mich bei Innenausstattungen aus. Das sind alles gute Voraussetzungen für den Betrieb einer Frühstückspension. Und die kaufmännische Seite zu erlernen, wäre sicher auch kein Problem.«

»Ich habe daran keinen Zweifel.« Er sah auf das Antragsformular, dann wieder zurück zu Maggie. »Ich kann mir vorstellen, es gibt auch noch die Frage der Gebietsausweisung?«

»Dachte ich auch, Sir, aber die Bestimmungen sagen eindeutig, daß ich mit fünf oder mehr Gästezimmern als Hotel gelten würde und deshalb nur in einem Gewerbegebiet arbeiten dürfte. Aber solange ich nur vier oder weniger Gästezimmer habe, ist das auch in einer Wohngegend möglich. Irgendwo bei den Unterlagen ist auch eine Kopie der einschlägigen Bestimmungen. Wie Sie in Paragraph 3 unter HSS 197.03 in der Abteilung Begriffsbestimmung nachlesen wollen...«

Der Vorsitzende wirkte wie erschlagen. Seine Augenbrauen waren bis zum Haaransatz hochgezogen, sein Unterkiefer hing schlaff nach unten. »Ich traue mich kaum zu fragen... wollten Sie noch etwas vorbringen?«

»Nur daß ein ehemaliges Mitglied ihres Ausschusses, Eric

Severson, mit mir hergekommen ist und auf Wunsch meine Integrität bezeugen kann.«

»Ja, ich sah Sie beide zusammen reinkommen. Hallo, Eric.«

Eric hob seine Hand und grüßte. Schließlich meldete sich Loretta McConnell zu Wort. »Ich möchte ein paar Fragen an Mrs. Stearn stellen.«

»Ja, gerne.« Zum ersten Mal stand Maggie der Frau von Angesicht zu Angesicht gegenüber. Ihr Blick war gerissen und einschüchternd.

»Wo würden Sie für Ihre Frühstückspension werben?«

»Vor allem in den Fachorganen der Handelskammer, und ich würde mich an Norman Simsons wenden, der ein Buch über Frühstückspensionen geschrieben hat und bitten, meine Pension in der nächsten Ausgabe seines Buches aufzunehmen. Und natürlich hätte ich direkt vor dem Haus ein diskretes Schild.«

»Keine Reklame an der Straße?«

»Door County verschandeln? Nein, ganz bestimmt nicht. Ich bin hier aufgewachsen, Miß McConnell. Ich möchte die Gegend so unverdorben wie möglich erhalten wissen. Ich kann ohne Plakatwände leben.«

»Und sind außen am Haus Veränderungen vorgesehen?«

»Die eine Treppe wegen der Feuerschutzbestimmungen, die ich erwähnte. Und eine neue Veranda an der Rückseite des Hauses, weil die alte zusammengebrochen ist. Aber die neue wird genauso aussehen wie die alte. Die Malerarbeiten an der Fassade haben bereits begonnen. Das Haus wird wieder in den ursprünglichen Farben erstehen, wie es das Gesetz bekanntlich in einigen Gegenden unseres Landes vorschreibt. Das Haus wird dieselben Farben bekommen, die Thaddeus Harding gewählt hat – safrangelb mit mattgelben Fenstereinfassungen, preußischblaues Dachgesims und Giebelschutzbretter in einem blasseren Chinablau. Verandapfosten und Geländer werden ganz weiß sein. Sonst will ich nichts verändern. Wenn ich das Schild ›Harding-Haus‹ hinaushänge, soll es wieder so aussehen, wie es früher einmal ausgesehen hat.«

Loretta McConnell nahm den geschickt angebotenen Köder an. »Harding-Haus?«

»Ich will den Namen beibehalten, ja. Er ist ebenso von historischer Bedeutung wie dieses Gerichtsgebäude. Historische Stätten sollte man meiner Meinung nach nicht umbenennen.«

Fünf Minuten später verließen Maggie und Eric das Gerichtsgebäude mit der Genehmigung in den Händen.

In den hallenden Gängen des Gebäudes hielten sie ihren Jubel noch zurück, aber sobald sie draußen waren, brach es bei beiden los. Sie jauchzte, und er hob ein Kriegsgeheul an, hob sie hoch und wirbelte sie herum. »Heiliger Bimbam, du hast die ja förmlich überfahren! Wo in aller Welt hast du in der kurzen Zeit all die Informationen herbekommen?«

Sie lachte, immer noch ganz aus dem Häuschen, und antwortete: »Aber du hast mir doch gesagt, ich solle mit Fakten kommen!«

Er setzte sie ab und lächelte sie an: »Fakten ja – aber sie haben sicherlich kein Lexikon erwartet, und ich auch nicht. Maggie, du warst fantastisch!«

»Wirklich?« Sie lachte und fühlte, wie ihre Knie weich wurden. »O Eric, ich hatte solche Angst.«

»So sahst du aber nicht aus. Du sahst aus wie Donald Trump, der gerade einen neuen Gebäudekomplex in New York hochzieht, oder wie Iacocca, der sein neuestes Automodell vorstellt.«

»Du übertreibst«, bremste sie ihn ungläubig.

»Du hättest dich sehen sollen.«

»Ich glaube, ich muß mich hinsetzen. Ich zittere am ganzen Leib.« Sie ließ sich auf den Rand eines der Pflanzgefäße vor dem Eingangstor fallen und hielt sich den Bauch.

Er setzte sich neben sie.

»Du hattest von Anfang an überhaupt nichts zu befürchten. Ich kenne das doch noch aus der Zeit, als ich dabei war, Maggie. Was meinst du, wie viele Leute da kommen und eine Baugenehmigung für dies oder das beantragen und nicht den leisesten Schimmer haben, was es kostet, welche Marktchancen sie haben – nichts! Du hast sie einfach vom Hocker gerissen, Maggie. Und mich hättest du dazu überhaupt nicht gebraucht.«

»Aber ich bin so froh, daß du dabeiwarst. Als ich mich umdrehte und dich lächeln sah, habe ich...« Sie hielt inne und sagte dann: »Ich bin so froh, daß du hier bist und dich mit mir freust.«

»Ich bin auch froh.« Er streckte ihr seine Hand entgegen. »Glückwunsch, Maggie, mein Mädchen.«

Sie gab ihm ihre Hand, und er drückte sie. Ein wenig zu lang. Er hatte sie wieder so genannt wie in früheren Zeiten. Neben ihnen fiel das Licht aus einem Raum des Gerichtsgebäudes auf den Boden. Ihre Augen trafen sich. Was war es doch für ein gutes Gefühl, ihre kleine Hand in seiner kräftigen Hand zu spüren.

Vernünftigerweise zog sie ihre zurück.

»Jetzt bist du also eine Gastwirtin«, bemerkte er.

»Ich kann es immer noch nicht glauben.«

»Glaub es ruhig.«

Sie stand auf, faltete die Hände, legte sie in den Nacken und sah in den dunklen Sternenhimmel hinauf. »Mann«, staunte sie.

»Hast du Lorettas Gesicht gesehen, als du all die Papiere auf den Tisch geknallt hast?«

»O Gott, nein. Ich traute mich nicht, sie anzusehen.«

»Nun, ich habe sie angesehen. Ihr Mund stand so weit offen, daß ich ihre fehlenden Zähne zählen konnte. Und als du ihr dann das mit den Farben erklärtest. Maggie, woher zum Teufel wußtest du, wie das Haus früher gestrichen war?«

»Ich las in der *New York Times* einen Artikel über Fassadenrenovierung. Darin wurden Farbenhersteller genannt, die sich darauf spezialisiert haben, die Originalfarben an alten Gebäuden zu analysieren und diese wieder im Originalton herzustellen und zu mischen. Ich habe einen dieser Spezialisten in Green Bay angerufen. Was ich Loretta McConnell nicht erzählt habe, ist, daß ich das nicht alles in drei Wochen geschafft habe. Ich habe sofort angefangen, nachdem ich wieder in Seattle war. Nach der Höhe meiner Telefonrechnung solltest du lieber nicht fragen.«

Er lachte und sah in den Himmel hinauf. »Harding-Haus, Frühstückspension«, sagte er nachdenklich. »Ich sehe es schon vor mir.«

»Möchtest du es sehen?« Spontan kam das Angebot.

»Jetzt?«

»Jetzt. Ich muß einfach jetzt hin. Jetzt, da ich weiß, daß es Wirklichkeit wird! Möchtest du mich begleiten?«

»Ja, gerne. Ich habe nur darauf gewartet, daß du mich fragst.«

Er mußte sich beeilen, um sie noch auf dem Weg zu seinem Wagen einzuholen. »Ich werde die tollste Frühstückspension im ganzen Umland haben!« verkündete sie, während sie weitereilten. »Süßrahmbrötchen, Satinbettdecken, Spitzen und überall Antiquitäten! Du wirst schon sehen, Eric Severson.«

Er lachte. »Maggie, mach langsam, du brichst dir noch die Beine mit deinen hohen Absätzen.«

»Nicht heute abend. Heute abend bin ich verzaubert.«

Sie plauderte während der ganzen Fahrt und erzählte ihm alles, von den größeren Dingen – wo die Waschmaschinen stehen würden – bis zu kleineren: Immer würde in der Halle eine Schale mit Süßigkeiten stehen, und die Gäste bekämen vor dem Zubettgehen einen Likör angeboten. Amaretto vielleicht oder Crème de Cacao mit einem Sahneklecks oben drauf. Sie hatte Crème de Cacao immer gerne gemocht, erzählte sie ihm, und sie hatte immer gespannt zugeschaut, wie sich die beiden Farben nach dem ersten Schluck miteinander vermischten.

Bei ihrem Haus angelangt, parkten sie den Wagen neben der dicken Lebensbaumhecke. Er folgte ihr die breiten Stufen hinunter zu der renovierten Veranda. Dort schloß sie die Tür auf und ging vor.

»Bleib stehen, ich suche den Lichtschalter.«

Eric hörte ein Klicken, aber alles blieb dunkel. Sie versuchte es noch ein paarmal, aber nichts geschah. »Oh, verdammt, sie müssen den Strom abgeschaltet haben. Die Lavitskys haben heute hier mit ihren elektrischen Maschinen gearbeitet, aber... warte mal, ich versuch es noch woanders.« Kurz darauf hörte er einen dumpfen Knall und das Geräusch von Holz auf Holz.

»Autsch!«

»Maggie, ist dir was passiert?«

»Höchstens ein blauer Fleck.« Wieder ein Klicken. »Verflixt nochmal, ich fürchte, da ist nichts zu machen.«

»Ich habe eine Taschenlampe im Auto. Bleib stehen, wo du bist.«

Er kehrte zurück und fing Maggie mit dem Lichtstrahl seiner Taschenlampe ein. Sie sah komisch aus, in Wildleder und hohen Absätzen neben einem Sägebock und einem Haufen heruntergeschlagenem Gipsputz.

Sie standen in dem dunklen Raum und er dachte:

Du solltest nicht hier sein, Severson. Und sie dachte: *Geh weiter. Mach schon.*

»Komm, laß uns das Haus ansehen.«

Er gab ihr die Taschenlampe. »Geh voraus.«

Sie zeigte ihm die Küche, wo schon bald weiße Oberschränke mit Glastüren hängen sollten. Das Hausmädchenzimmer, dessen Außenwand bereits ersetzt war; das winzige Bad, das ihres sein würde, direkt unter der Treppe neben der Küche mit der winkeligen Decke und der Wandtäfelung; den großen Salon für die Gäste mit dem wunderschönen Ahornfußboden, und das Musikzimmer, das ihr persönlicher Salon werden würde; die Schiebetüren, mit denen man die beiden Salons trennen konnte; den Speiseraum, wo sie warme Brötchen und Kaffee zum Frühstück servieren würde; die große Treppe mit dem schwungvollen Geländer und der schönen Balustrade; die drei Gästezimmer im ersten Stock und ein viertes, das geteilt wurde, um für den neuen Ausgang und das zusätzliche Bad Platz zu machen.

»Das Beste habe ich bis zum Schluß aufgehoben«, sagte sie zu Eric und ging voran. »Dies... ist das Belvedere-Zimmer.« Sie leuchtete mit der Lampe umher und ging zu einer Tür an der gegenüberliegenden Wand. »Schau.« Sie öffnete die Tür und trat in die kühle Nacht hinaus. »Das ist das Belvedere. Ist es nicht wunderschön? Bei Tag kann man die Bucht und die Boote sehen, und Champers Island.«

»Ich habe das schon oft vom Wasser aus gesehen und mir vorgestellt, wie schön die Aussicht von da sein muß.«

»Es wird mein schönstes Zimmer. Am liebsten hätte ich es für mich, aber ich bin zu der Überzeugung gekommen, daß dies ziemlich unsinnig wäre. Schließlich kann ich unten im Hausmädchenzimmer wohnen, habe dort mein eigenes Bad, Zugang zur Küche und den Salon gleich nebenan. Also habe ich mich entschlossen, aus dem Belvedere-Zimmer die Flitterwochensuite zu machen.« Sie ging wieder in das Zimmer zurück. »Ich werde ein riesiges Messingbett hineinstellen und viele, viele Spitzenkissen darauf türmen. Vielleicht einen alten Schrank an dieser Wand und dort drüben einen großen Spiegel mit Barockrahmen. Weiße Spitze an den Fenstern, damit man immer rausschauen kann. Natürlich müssen der Boden und das Holz erst hergerichtet werden. Nun, was meinst du?«

»Ich denke, du hast einen arbeitsreichen Winter vor dir.«

Sie lachte. »Das macht mir nichts aus. Ich freue mich darauf.«

»Und ...« Er sah auf die Leuchtziffern seiner Uhr. »... ich glaube, es ist an der Zeit, daß ich dich nach Hause bringe, ehe deine Mutter durchdreht.«

»Ich fürchte, du hast recht. Sie wird wahrscheinlich dasitzen und mit mir abrechnen wollen, als wäre ich vierzehn.«

»Ach, Mütter – sie sind manchmal wirklich ein Pfahl im Fleisch.«

Zusammen gingen sie im wippenden Schein der Taschenlampe nach unten. »Bei deiner kann ich mir das nicht vorstellen.«

»Nicht oft, aber es kommt schon mal vor. Sie liegt mir in den Ohren, weil Nancy arbeitet und nie zu Hause ist. Sie meint, das sei keine Grundlage für eine Ehe.« Unten an der Treppe angelangt, fügte Eric hinzu: »Das Schlimme ist, daß ich das auch finde.«

Maggie blieb im Dunkeln stehen. Zum erstenmal hatte Eric von Problemen in seiner Ehe gesprochen, und Maggie suchte nach angemessenen Worten.

»Hör zu, Maggie, vergiß, was ich eben gesagt habe. Es tut mir leid.«

»Nein ... nein, es ist schon gut, Eric. Ich wußte nur gerade nicht, was ich antworten sollte.«

»Ich liebe Nancy wirklich. Wir sind nur so weit voneinander entfernt, seit wir hierhergezogen sind. Sie ist die ganze Woche weg, und wenn sie zu Hause ist, bin ich mit dem Boot unterwegs. Sie haßt das Boot, und ich hasse ihren Job. Irgendwie müssen wir uns wohl zusammenraufen, das ist alles.«

»In jeder Ehe gibt es Probleme.«

»In deiner hat es die auch gegeben?«

»Natürlich.«

»Was für Probleme? Wenn ich dich einfach so fragen darf.«

Sie blieben stehen, wo sie gerade waren. Maggie richtete den Taschenlampenstrahl auf den Boden zwischen ihren Füßen.

»Er war ein leidenschaftlicher Spieler, und ich kam damit gar nicht zurecht. Heute komme ich damit immer noch nicht zurecht, denn diese Leidenschaft hat ihn auch umgebracht. Das Flugzeug, mit dem er abgestürzt ist, war auf dem Weg nach Reno. Es war eine als Dienstreise deklarierte Vergnügungsreise. Einmal im Jahr machte er das mit einer Gruppe von Kollegen von Boeing.«

»Und du bist nie mitgereist?«

»Einmal. Aber ich hatte weiß Gott keinen Spaß daran.«

»Also flog er ohne dich.«

»Ja.«

»War er dem Spiel verfallen?«

»Nein. Es war einfach ein Spaß für ihn. Etwas, das ihm gefiel und mir nicht. Er kam immer gleich mit der These, daß das Geld, das er verspielte, sein eigenes war. Geld, das er nur für diesen Zweck gespart hatte. Und dann fragte er mich, ob es mir an etwas fehlte. Natürlich tat es das nicht, was konnte ich also sagen? Aber ich war immer der Meinung, wir hätten das Geld auch miteinander ausgeben können – auf Reisen oder... oder...«

Schweigend standen sie nebeneinander, nahe genug, um sich zu berühren, aber sie taten es nicht. Endlich schnaufte Maggie tief durch. »Wirklich, ich habe ihn geliebt«, flüsterte sie. »Und es ging uns gut. Wir konnten reisen, hatten ein Segelboot, waren Mitglieder in einem exklusiven Club. Und das könnten wir alles noch haben – zusammen –, wenn er nicht unbedingt auf diese Reise hätte gehen müssen. Du kannst dir nicht meine Schuldgefühle vorstellen, die ich habe, weil *ich* wütend auf ihn bin, wo *er* doch derjenige ist, der tot ist.«

Eric drückte ihren Arm. »Es tut mir leid, Maggie, ich wollte nicht schlimme Erinnerungen wecken.«

Sie bewegte sich, und er wußte, daß sie sich Tränen weggewischt hatte. »Schon gut«, beruhigte sie ihn. »Ich habe bei der Gruppentherapie gelernt, daß es ganz normal ist, wenn ich auf Phillip zornig bin. Genauso wie es für dich normal ist, daß du auf Nancy zornig bist.«

»Bin ich auch, aber auch schuldbewußt, weil ich weiß, wie sehr sie ihren Beruf liebt, und wie erfolgreich sie darin ist. Und sie arbeitet wie ein Pferd. Auf ihren Dienstreisen kommt sie nie vor neun oder zehn Uhr abends in ihr Hotelzimmer, und wenn sie am Wochenende zu Hause ist, hat sie noch ungeheuer viel Papierkram zu erledigen. Aber das mag ich halt auch nicht. Besonders im Winter, wenn wir am Samstag zusammen sein könnten. Statt dessen macht sie Verkaufsberichte.« Er seufzte und fügte verzweifelt hinzu: »O Gott... ich weiß nicht.«

Sie schwiegen wieder und waren sich innerlich merkwürdig nahe. »Maggie, ich habe bisher noch nie mit jemandem darüber gesprochen«, gab er zu.

»Ich auch nicht. Außer in der Gruppentherapie.«

»Ich habe noch dazu den völlig falschen Zeitpunkt gewählt. Das tut mir leid. Du warst so glücklich und aufgeregt, ehe ich damit anfing.«

»O Eric, sei doch nicht albern. Wofür hat man schließlich

Freunde? Und ich bin immer noch glücklich und aufgeregt... unten drunter.«

»Gut.«

Gemeinsam gingen sie im Schein der Taschenlampe zur Küchenverandatür. Maggie ließ das Licht der Taschenlampe noch einmal über das Gebäude wandern.

»Dein Haus gefällt mir, Maggie.«

»Mir auch.«

»Ich möchte es gerne einmal sehen, wenn alles fertig ist.«

Sie bemühte sich, die Stimmung wieder ein bißchen zu heben: »Ich werde dich zum Tee in den Salon bitten.«

Sie gingen auf die Veranda an der Rückseite des Hauses, und Maggie verschloß die Tür. Auf dem Weg zum Wagen fragte Eric: »Wirst du morgen hier sein?«

»Und übermorgen und überübermorgen. Ich habe begonnen, oben das Holz zu streichen, und dann kommen die Tapeten und Vorhänge dran.«

»Ich werde kurz die Bootssirene heulen lassen, wenn ich vorbeifahre.«

»Und ich werde dir vom Belvedere-Zimmer aus zuwinken, wenn ich dich höre.«

»Abgemacht.«

Schweigend fuhren sie den kurzen Weg zu Maggies Elternhaus. Beide dachten darüber nach, daß sich im Laufe des Abends ein Wandel vollzogen hatte. Die Anziehungskraft war wieder da. Gedämpft zwar, aber sie war da. Sie beruhigten sich, jeder schweigend für sich, daß dies nichts ausmache, weil der heutige Abend eine Ausnahme gewesen war, die sich nicht wiederholen würde. Sie würde ihre Pension eröffnen, und er würde weiter sein Geschäft betreiben. Wenn sie sich gelegentlich auf der Straße treffen würden, würden sie sich freundlich grüßen. Und keiner würde zugeben, wie wohl sie sich an jenem Oktoberabend gefühlt hatten und wie nahe sie einander waren, als sie vor dem Gerichtsgebäude ihren Erfolg gefeiert hatten. Sie würden vergessen, daß er sie einfach »Maggie, mein Mädchen« genannt hatte und daß er über seine Eheprobleme gesprochen hatte.

Vor dem Haus ihrer Eltern fuhr er rechts ran. Maggie saß so weit entfernt von ihm wie möglich. Ihre rechte Hüfte berührte die Tür. Die Vorhänge im Wohnzimmer waren geschlossen, aber das Licht brannte.

»Vielen lieben Dank, Eric.«

»Es war mir ein Vergnügen«, antwortete er leise.

Sie sahen sich im schummrigen Licht des Armaturenbretts an, sie mit einer dicken Mappe unter dem Arm, er mit den Armen über dem Lenkrad.

Sie dachte, es wäre so leicht.

Er dachte, Maggie steig aus, schnell.

»Auf Wiedersehen«, sagte sie.

»Auf Wiedersehen ... und alles Gute.«

Sie senkte den Blick und zog am Türgriff. Die Tür klemmte, wie immer. Er beugte sich über ihren Schoß, und für genau den kurzen Augenblick, in dem er die Tür öffnete, berührte seine Schulter ihre Brust.

Die Tür sprang auf, und Eric richtete sich wieder auf. »Bitte schön.«

»Danke ... nochmal, und gute Nacht«, sagte sie, kletterte hinaus und schlug die Tür zu, ehe er etwas antworten konnte.

Er fuhr sofort los; sie ging die Verandastufen hinauf, griff sich an ihr heißes Gesicht und dachte: Mutter wird es merken! Mutter wird es merken! Sicher steht sie hinter der Tür.

So war es auch.

»Nun?« war alles, was sie sagte.

»Ich erzähle dir gleich alles, Mutter. Aber zuerst muß ich aufs Klo.«

Maggie rannte nach oben, schloß die Badezimmertür und lehnte sich mit geschlossenen Augen dagegen. Dann ging sie zum Spiegel und betrachtete sich. Sie sah erstaunlich normal aus; nicht einmal rote Wangen hatte sie trotz der leidenschaftlichen Gefühle, die sie noch vor wenigen Augenblicken im Wagen gespürt hatte.

Er ist verheiratet, Maggie.

Ich weiß.

Damit hat sich die Sache.

Ich weiß.
Du hältst dich von ihm fern.
Ich halte mich von ihm fern.

Aber schon als sie sich selbst das Versprechen gab, wußte sie, daß sie es sich anders wünschte.

7. Kapitel

Das Signalhorn der *Mary Deare* tutete am nächsten Nachmittag laut und vernehmlich. Sein dumpfer, tiefer Klang hätte einem alten Raddampfer alle Ehre gemacht.

Selbst aus der Entfernung brachte es Fußboden und Fenster zum Vibrieren.

Maggie hob den Kopf. Sie setzte sich mit dem Malerpinsel in der Hand auf ihre Fersen und horchte. Noch einmal tutete das Horn. Sie sprang auf, rannte den Gang im ersten Stock entlang, durch ein Schlafzimmer und in das Belvedere-Zimmer. Aber sie konnte das Wasser durch die Ahornbäume, die noch dicht belaubt waren, nicht sehen. Sie stand mit den Hüften gegen das Geländer gelehnt und spürte, wie die Enttäuschung ihren Puls allmählich langsamer schlagen ließ.

Was tust du da eigentlich, Maggie?

Sie trat einen Schritt zurück und versuchte sich zu fassen.

Was tust du da – läufst einfach los, nur weil sein Signalhorn tutet?

Als hätte sie jemand laut gescholten, drehte sie sich um und ging zurück ins Haus.

Danach hörte sie jeden Tag das Signalhorn. Immer hielt sie bei der Arbeit inne und sah auf. Aber nie mehr rannte sie los, wie sie es am ersten Tag getan hatte. Sie redete sich ein, ihre Bindung an Eric wäre lediglich Ausdruck dafür, daß sie sich wieder auf vertrautem Boden befand. Eric gehörte eben genauso zu ihrer Vergangenheit wie Door County. Sie sagte sich, sie hätte kein Recht, an ihn zu denken oder sich zu freuen, daß er an sie dachte. Und wie sehr hatte sie immer alleinstehende Frauen verachtet, die verheirateten Männern hinterherliefen!

Nein, das wollte sie niemandem antun. Aber das Signalhorn von Erics Boot rief sie jeden Tag, und ihre Reaktion darauf machte ihr ein schlechtes Gewissen.

Mitte Oktober fuhr sie für zwei Tage nach Chicago, um

Einrichtungsgegenstände für ihr Haus auszusuchen. Im Old House Store kaufte sie ein Waschbecken mit Säulenfuß, eine Badewanne mit Löwenpfoten und Messingarmaturen für das zusätzliche Badezimmer. Bei Heritage Antiques verliebte sie sich in ein wunderschönes, handgeschnitztes Eichenbett für eines der Schlafzimmer und bei Bell, Book and Candle in einen Mahagonitisch mit Marmorplatte und ein Paar knöchelhohe Stiefeletten, die niemals getragen worden waren. Sie sollten als stilgerechtes Accessoire neben einem Drehspiegel ihren Platz bekommen.

An diesem Abend ging sie mit Katy zum Essen. Katy hatte das Lokal ausgesucht, eine kleine Pinte, hauptsächlich von Collegestudenten besucht. Die ganze Fahrt dorthin hatte sie sich sehr reserviert verhalten. Als sich Mutter und Tochter schließlich am Tisch gegenübersaßen, vertiefte sich Katy sofort in die Speisenkarte.

Maggie sagte: »Könnten wir jetzt darüber sprechen, Katy?«

Katy blickte mit hochgezogenen Augenbrauen auf: »Worüber sprechen?«

»Über meinen Umzug von Seattle. Ich nehme an, er ist der Grund, warum du bis jetzt noch kein Wort mit mir gesprochen hast.«

»Ich möchte lieber nicht darüber sprechen, Mutter.«

»Bist du immer noch wütend?«

»Wärst du das nicht?«

Die Diskussion brachte sie keinen Schritt weiter. Katy verschloß sich. Als sie gegessen hatten, schwankte Maggie zwischen Schuldgefühlen und Empörung über Katys Weigerung, ihren Umzug nach Door County zu akzeptieren. Als sie sich vor Katys Wohnheim verabschiedeten, sagte Maggie: »Du kommst doch an Thanksgiving nach Hause?«

»Nach Hause?« wiederholte Katy hämisch.

»Ja, nach Hause.«

Katy sah zur Seite. »Ich denke schon. Wo sollte ich auch sonst hin?«

»Ich werde zusehen, daß ich bis dahin ein Zimmer für dich fertig habe.«

»Danke.« Eiskalt kam das Wort aus Katys Mund. Sie nahm den Türgriff.

»Möchtest du mich nicht zum Abschied umarmen?«

Es war eine flüchtige, vielleicht sogar eine widerwillige Umarmung. Maggie war danach wieder von Schuldgefühlen geplagt, von denen sie eigentlich genau wußte, daß sie sie nicht haben sollte.

Am nächsten Tag erfuhr sie in Door County, daß ihr Haus in Seattle verkauft worden war. Sie sollte Elliott Tipton sofort anrufen. Als sie seine Nummer wählte, erwartete sie zu hören, daß es noch einige Zeit dauern würde, bis die Käufer von der Bank die Zusicherung der Finanzierung bekämen. Statt dessen erfuhr sie, daß die Käufer bar zahlen wollten, momentan in einem Motel wohnten und vorhatten, so bald wie möglich einzuziehen. Ihre Firma war von Omaha nach Seattle verlegt worden.

Noch in der gleichen Woche flog sie nach Seattle.

Der Abschied von dem Haus in Seattle verlief ohne größere emotionale Probleme, ganz einfach weil es so schnell gehen mußte. Nach ihrer Ankunft arbeitete sie zwei ganze Tage wie besessen. Sie warf angebrochene Ketchupflaschen und halbleere Mayonnaisegläser weg, brachte Terpentin und anderen Sondermüll zur Sammelstelle, entfernte die Erde und die abgestorbenen Pflanzen aus den Töpfen, gab einige Möbelstücke weg und richtete Sachen für die Heilsarmee zusammen. Am dritten Tag kamen die Möbelpacker. Am vierten unterschrieb Maggie vierundzwanzig Formulare und übergab das Haus den neuen Besitzern. Am fünften flog sie nach Door County zurück, wo sich im Harding-Haus inzwischen bemerkenswerte Veränderungen vollzogen hatten.

Die Malerarbeiten an der Außenfassade waren beendet, das Gerüst war entfernt. Harding-Haus erstrahlte wieder im Glanz der originalen viktorianischen Farben. Maggie stellte ihren Koffer auf dem Gehweg ab und wanderte langsam, staunend und lächelnd um das ganze Haus. Wie schön wäre es, wenn sie ihre Freude hier mit jemanden teilen könnte! Sie sah zum Belvedere-Zimmer hinauf, betrachtete die Fenstersimse, die Knusperhäuschengiebel und die großzügige Vorderveranda. Die Maler hatten das Buschwerk zurückschneiden müssen, um unten an die Mauer heranzukommen. Dort sah man jetzt die Unterkonstruktion der Veranda. Sie stellte sich vor, wie sich eine Katze an einem heißen Sommertag darunter verkriechen würde. Dann ging sie ein Stück zum See hinunter, um das Haus durch die halb entlaubten Ahornbäume zu betrachten, deren goldgelbe Blätter einen raschelnden Teppich auf dem Rasen bildeten. Nach dem Rundgang betrat sie das Haus durch die Küche. Die Wände waren neu verputzt und weiß gestrichen. Die Küchenschränke konnten angebracht werden.

Sie stellte ihren Koffer ab und horchte. Von irgendwoher aus dem Haus hörte man einen George-Strait-Song aus einem Kofferradio, dazu fast im Takt das rhythmische Geräusch von Sandpapier auf einer verputzten Wand. Sie ging dem Geräusch nach, durch die vordere Halle, wo das Sonnenlicht schräg durch die bunten Glasfenster einfiel.

Sie drehte den Kopf nach oben und rief die Treppe hinauf: »Hallo?«

»Hallo!« antwortete ein Mann. »Ich bin hier oben.«

Sie fand ihn in einem der kleineren Schlafzimmer in staubiger Arbeitskleidung. Er stand auf einem Brett, das auf zwei Staffeleien gelegt war, und schmirgelte eine frisch verputzte Wand ab.

»Hallo«, wiederholte sie überrascht. »Wo sind die Lavitsky-Brüder?«

»Die sind nur kurz auf einer anderen Baustelle. Ich bin Nordvik, der Stukkateur.«

»Ich bin Maggie Stearn, die Eigentümerin.«

Er machte eine ausladende Bewegung mit dem Sandpapier. »Das Haus macht sich.«

»Kann man wohl sagen. Als ich hier wegfuhr, gab es weder Heizung noch Wände in der Küche. Und, du meine Güte, das Badezimmer und der neue Notausgang sind ja auch schon fertig.«

»Ja, es läuft alles wie am Schnürchen. Am Montag hat der

Heizungsinstallateur gleich die Heizung angeschlossen. Ach, übrigens, heute früh kam eine Lieferung aus Chicago. Wir haben alles ins Wohnzimmer gestellt. Ich hoffe, das ist in Ordnung.«

»Ja, danke, gut so.«

Maggie lief nach unten. Ihre Antiquitäten standen im großen Saal. Alles schien so perfekt zu laufen, und die Zukunft erschien ihr so rosig, daß sie ihre Freude einfach mit jemandem teilen mußte.

Sie rief Brookie an.

»Brookie, du mußt auf der Stelle herkommen und dir mein Haus ansehen. Die Fassade ist fertig, und innen sind die Wände auch schon fast fertig. Ich komme gerade aus Seattle zurück, habe das Haus dort verkauft, und soeben sind die lieben alten Dinge, die ich in Chicago eingekauft habe, gekommen und ...« Sie hielt inne, um nach Luft zu schnappen. »Brookie, kommst du?«

Brookie kam, um ihre Freude zu teilen. Notgedrungen brachte sie Chrissy und Justin mit, die in den riesigen, leeren Räumen herumtobten und in den Wandschränken Verstekken spielten, während Maggie ihrer Freundin das Haus zeigte.

Nordvik machte Feierabend. Es wurde ruhig im Haus, das nach frischem Putz und, ein wenig schärfer, nach dem Fliesenkleber in dem neuen Bad roch. Maggie und Brookie gingen durch alle Zimmer im ersten Stock und verweilten schließlich im Belvedere-Zimmer auf einem Fleck, wo die Sonne warm hinschien. Unten hörte man die Kinder herumtollen.

»Ein wunderschönes Haus, Maggie.«

»Finde ich auch. Ich glaube, ich werde gerne hier leben. Ich bin so froh, daß du mich überredet hast, es anzusehen.«

Brookie schlenderte zum Fenster, drehte sich um und setzte sich auf das niedrige Fensterbrett. »Ich habe gehört, du hast dich vor einigen Wochen mit Eric getroffen.«

»Oh Brookie, jetzt fängst *du* auch noch damit an.«

»Was meinst du mit ›du auch‹?«

»Meine Mutter wäre beinahe ausgeflippt, weil wir zu dieser Sitzung der Planungsbehörde zusammen nach Sturgeon Bay gefahren sind.«

»Oh... *das* habe ich wieder nicht gehört. Ist irgend etwas passiert?« Brookie grinste wie ein Kobold.

»Also Brookie, ehrlich! Und du erzählst *mir*, ich solle endlich erwachsen werden.«

Brookie zuckte die Achseln. »Ich dachte ja nur. Man wird ja noch fragen dürfen.«

»Ja, es ist etwas passiert. Ich habe die Genehmigung bekommen, eine Frühstückspension aufzumachen.«

»Das ist mir bereits bekannt, obwohl meine *beste Freundin* es nicht der Mühe wert fand, mich anzurufen und mir das mitzuteilen.«

»Es tut mir leid. Es ging alles so schnell, die Reise nach Chicago, dann nach Seattle. Ich kann dir nicht sagen, wie sehr ich mich darauf freue, meine Sachen wieder hier zu haben. Sobald ich im Besitz meiner Bratpfanne und eines Eimers bin, ziehe ich bei meiner Mutter aus.«

»Ist es so schlimm?«

»Wir kommen jetzt genausowenig miteinander aus wie damals zu meiner Schulzeit. Kannst du dir vorstellen, daß sie noch nicht ein einziges Mal hier war?«

»Ach Maggie, das tut mir leid.«

»Ich verstehe das nicht. Ich bin ihre einzige Tochter. Wir sollten uns eigentlich sehr nahe stehen, aber manchmal, Brookie, ich schwöre es dir, benimmt sie sich, als wäre sie eifersüchtig.«

»Auf wen oder was?«

»Ich weiß nicht. Auf meine Beziehung zu Dad. Auf mein Geld, auf mein Haus. Auf die Tatsache, daß ich jünger bin als sie. Keine Ahnung. Sie ist schwer zu durchschauen.«

»Ich wette, sie wird demnächst hier vor der Tür stehen. Jedenfalls waren schon alle anderen da. Man spricht in Fish Creek von nichts anderem mehr. Loretta McConnell hat mit stolz geschwellter Brust überall herumerzählt, daß du das Haus nach *ihren* Vorfahren benennen willst, und daß du es in den originalen viktorianischen Farben gestrichen hast. Alle sind hier schon vorbeigefahren und haben es sich angesehen. Es ist wirklich ein wunderschönes Haus, Maggie.«

»Danke.« Maggie ging zu dem großen Fenster und setzte sich neben Brookie. »Aber weißt du, Brookie?« Maggie horchte auf das Gekicher der Kinder unten in der Halle. »Wenn ich sehe, wie es sich verändert, daß etwas fertig wird, wie heute, als ich herkam... dann fühle ich diese innere Leere in mir, weil ich niemanden habe, mit dem ich die Freude teilen kann. Wenn Phillip noch leben würde...« Sie ließ die Hand sinken und seufzte. »Aber er lebt eben nicht mehr.«

»Nein.« Brookie stand auf. »Und du wirst das alles hier ganz alleine schaffen, und alle im Dorf, einschließlich deiner Mutter, werden dich deshalb bewundern.« Sie hakte Maggie unter und zog sie hoch.

Maggie lächelte dankbar. »Vielen Dank, daß du gekommen bist. Ich wüßte nicht, was ich ohne dich täte.« Arm in Arm gingen sie hinunter, um die Kinder zu suchen.

In den folgenden Tagen konnte Maggie zusehen, wie es mit dem Haus rasch voranging. Besonders am Abend, wenn die Arbeiter weg waren und sie alleine durch die leeren Räume ging, überkam sie immer wieder dieses Gefühl der Leere. Sie wünschte sich, jemanden zu haben, der sich mit ihr über ihre Leistung freuen konnte. Brookie konnte sie nicht jeden Tag anrufen. Sie hatte genug mit ihrer Familie zu tun. Ihr Vater besuchte sie oft, aber zu Maggies Enttäuschung kam ihre Mutter nie mit.

Die Küchenschränke waren aufgehängt, die Arbeitsplatten eingepaßt, die alten Armaturen in dem neuen Bad installiert, und dann wurde auch das Wasser angeschlossen. Maggies Möbel aus Seattle kamen, und endlich, endlich konnte sie bei ihren Eltern ausziehen. Die erste Nacht im Harding-Haus verbrachte sie im Belvedere-Zimmer, obgleich nur Katys Bett, ein Tisch und eine Lampe darin standen. Alle übrigen Sachen waren einstweilen in der Garage und dem Apartment darüber untergestellt, bis die Böden im Haus fertig waren. Maggie fand eine alte Tür für den neu geschaffenen Notausgang, beizte sie ab und lasierte sie. Als Joe Lavitsky sie einhängte und zum ersten Mal das Licht durch den Facettenschliff des Türfensters fiel, wünschte sie sich wieder jemanden, mit dem sie solche Augenblicke teilen könnte.

Der Oktober an Deck der *Mary Deare* war eine unvergleichliche Zeit. Das tiefblaue Wasser spiegelte den Farbenwechsel der Blätter wider, der von Tag zu Tag intensiver wurde. Zuerst waren die Walnußbäume dran, dann die Eschen, danach die Linden, der Zuckerahorn und schließlich die großen norwegischen Ahornbäume. Eric betrachtete das unglaubliche Schauspiel jedes Jahr von neuem mit unverhohlener Bewunderung. Immer wieder war er beeindruckt von den Vorgängen in der Natur.

Dieses Jahr jedoch bekamen seine Naturbeobachtungen noch eine zusätzliche Perspektive. Jedes Blatt, das herunterfiel, gab ein Stückchen mehr von Maggies Haus frei. Diese unschicklichen Gedanken an eine Frau, die nicht seine war, belasteten ihn schwer. Und doch blickte er jeden Tag hinauf, sah jeden Tag durch die Ahornbäume ein wenig mehr und betätigte sein Signalhorn. Ob sie wohl jemals aus dem Fenster sah oder ihn vom Belvedere-Zimmer aus beobachtete?

Oft dachte er an den Abend, an dem sie in dem nur vom Lichtkegel der Taschenlampe erleuchteten Haus herumgegeistert waren. Es war nicht besonders klug gewesen, was sie da getan hatten, denn hätte sie irgend jemand gesehen, hätte die ganze Stadt nur mehr einen Gesprächsstoff gehabt. Und dabei war es doch eine ganz harmlose Sache gewesen. Oder etwa nicht? Irgendwie war über dem ganzen Abend ein Hauch Wehmut und Nostalgie geschwebt. Er hatte sie von zu Hause abgeholt wie damals in der Schulzeit, sie waren sich vor dem Gerichtsgebäude um den Hals gefallen, waren dann nach Fish Creek zurückgefahren und hatten in dem dunklen Haus vertrauliche Gespräche geführt. Wenn er nüchtern darüber nachdachte, erkannte er die Gefahr, ihr nah zu sein; aber dann wieder fragte er sich, was schon dabei wäre, wenn er ihr vom Wasser aus ein akustisches Zeichen gab.

In der letzten Oktoberwoche waren die Äste der Ahornbäume fast kahl, und er glaubte, sie einmal an einem Fenster im Belvedere-Zimmer zu sehen. Aber er war nicht sicher, ob sie es gewesen war oder nur eine Spiegelung im Fensterglas.

Der November kam, das Wasser wurde kalt und trüb. Die Herbstblätter, die eine Zeitlang leicht beschwingt auf der Wasseroberfläche getanzt hatten, waren in unergründliche Tiefen gesunken. Dann kam der gleichzeitig ersehnte und gefürchtete Tag, an dem der letzte Angler abgereist war und es an der Zeit war, die *Mary Deare* für den Winter vorzubereiten. Jedes Jahr war es das gleiche – alle freuten sich auf eine ruhigere Zeit und waren doch unglücklich, wenn es soweit war. Auch der Hedgehog Harbor machte einen trostlosen Eindruck: keine Bootsanhänger, keine Angler mit schiefen Mützen, die vor ihren Fängen für ein Foto posieren, keine Außenbordmotoren, keine Abfahrtssignale und keine aufgeregten Rufe. Sogar die Möwen – launenhafte Vögel – waren verschwunden, da ihre Futterquelle versiegt war. Jerry Joe und Nicholas waren wieder in der Schule, und Ma hatte ihr Funkgerät bis zum Frühjahr eingemottet. Sie verbrachte die Tage damit, Seifenopern im Fernsehen anzuschauen und Magnetsticker für Kühlschranktüren zu machen. In den ruhigen, frischen Tagen vor dem ersten Schneefall säuberte Eric die *Mary Deare* zum letztenmal in diesem Jahr, machte den Motor winterfest, deckte das Boot mit einer Segeltuchplane ab, hievte es aus dem Wasser und bockte es auf einem Stapelschlitten auf. Mike versorgte die *Dove* ebenso und verschwand dann, um sich um das Brennholz für den Winter zu kümmern. Das Geräusch der Kreissäge mit dem Holzspalter durchschnitt den ruhigen Novembertag mit nervtötender Monotonie.

Eric hatte ihn weggeschickt. Er würde den Rest machen. Nachdem der Unterstand, in dem die Fische gesäubert wurden, gereinigt war, die Gerten und Rollen aufgeräumt und die Gebäude gut abgeschlossen waren, verbrachte Eric ein paar ruhelose Tage zu Hause, aß alleine seine Doughnuts und trank seinen Kaffee, erledigte das bißchen Wäsche, das sich angesammelt hatte, und räumte in den Küchenschränken ein wenig auf. Der bevorstehende Winter erschien ihm ewig lang und einsam, und er träumte davon, daß Nancy bei ihm wäre, daß sie vielleicht gemeinsam irgendwo in den Süden fahren würden, nach Florida vielleicht, wie es so viele Fischer aus der Gegend hier machten.

Dann, als ihm zu Hause die Decke auf den Kopf fiel, ging er in den Wald, um Mike zu helfen.

Sein Bruder stand alleine neben dem Holzspalter, dessen lauter Benzinmotor auf einen kniehohen Anhänger aufgesetzt war. Eric wartete, bis der Holzklotz gegen den Keil gedrückt war. Es krachte, knirschte, und schließlich fiel der Klotz in zwei Stücken zu Boden. Als Mike sich vornüber beugte, um eines aufzuheben, sprach ihn Eric an: »Hallo, Bruderherz!«

Mike richtete sich auf und warf das Holzscheit zur Seite. »He, was machst du denn hier?«

»Ich dachte, du könntest Hilfe gebrauchen.« Eric zog sich die abgetragenen Lederhandschuhe fester über und trat zur Seite. Er warf das andere Stück Holz auf einen Haufen und legte einen neuen Holzklotz auf.

»Da sage ich nicht nein. Es braucht einen ganzen Wald, um das Haus den Winter über warmzuhalten.« Mike setzte die Maschine in Gang, und das Geräusch wurde lauter. Eric versuchte den Lärm zu übertönen. »Ich dachte, du wolltest dieses Jahr eine Gasheizung einbauen.«

»Dachte ich auch, aber Jerry Joe hat sich entschlossen, aufs College zu gehen, also muß die Heizung warten.«

»Wenn du Geld brauchst, Mike, du weißt, ich würde alles für den Jungen tun.«

»Danke, Eric, aber es ist nicht nur Jerry Joe. Da ist noch etwas anderes.«

»Ach ja?«

Zwei Holzscheite fielen zu Boden, und der Maschinenlärm ebbte ab.

Mike hob einen Eichenklotz hoch und sagte: »Barbara ist wieder schwanger.« Er hievte den Klotz mit aller Kraft nach oben und betrachtete ihn mit finsterem Blick.

Eric stand regungslos da und versuchte die Neuigkeit zu verdauen. Er war eifersüchtig: noch ein Kind für Mike und Barb, obwohl sie schon fünf im Alter von sechs bis achtzehn hatten, und er und Nancy hatten immer noch keins. Die Eifersucht verflog schnell. Er hob das Eichenscheit, das auf seiner Seite heruntergefallen war, auf und warf es zu den übrigen. »Na, freu dich doch, Mann.«

»Freuen? Würdest du dich freuen, wenn du gerade erfahren hättest, daß du zum sechsten Mal Vater wirst?«

»Ganz bestimmt, vor allem, wenn sie alle so wie Jerry Joe sind?«

»Für den Fall, daß du das noch nicht weißt – so kommen sie nicht zur Welt, halb erwachsen und mit Schuhgröße 39. Zuerst müssen sie geimpft werden, bekommen Ohrenentzündungen, Koliken und Masern und brauchen etwa zweitausend verdammt teure Windeln. Und außerdem ist Barb schon zweiundvierzig.« Er betrachtete mit düsterem Blick die kahlen Bäume in der Nähe und murmelte dann: »Meine Güte!«

Der Holzspalter lief weiter, ungenutzt. »Wir sind einfach zu alt«, sagte Mike schließlich. »Zum Teufel, ich hielt uns schon beim letztenmal für zu alt, als Lisa geboren wurde.«

Eric stellte die Maschine ab und nahm Mike an der Schulter.

»Hör zu, mach dir darüber keine Sorgen. Man liest überall, daß die Menschen heute mit vierzig jünger sind als früher, daß Frauen immer später Babys kriegen und alles in Ordnung ist. Vor ein paar Jahren habe ich von einer Frau in Südafrika gelesen, die noch mit fünfundfünfzig ein Kind bekam.«

Mike lachte gequält und setzte sich auf einen Holzklotz. Er seufzte und murmelte: »Ach, zur Hölle...« Lange saß er schweigend da und sah dann betrübt zu Eric auf: »Weißt du, wie alt ich sein werde, wenn dieses Kind aus der High School kommt? Im Pensionsalter werde ich sein! Barb und ich wollten schon vorher ein bißchen Zeit für uns haben.«

Eric hockte sich neben ihn und fragte: »Wenn ihr es nicht haben wollt, wieso ist es dann passiert?«

»Ich weiß es nicht, zum Teufel. Wir sind die lebendig gewordene Statistik. Wie heißt es doch immer: eins zu tausend, trotz Verhütung.«

»Ich weiß nicht, ob dir das was hilft, aber ich finde, Barb und du, ihr seid die besten Eltern, die ich mir vorstellen kann. Und sieh dir doch deine Kinder an! Nun, alle Welt sollte dankbar sein, eines mehr von dieser Sippe zu haben.«

Endlich konnte Mike wieder lachen.

»Danke.«

Schweigend saßen die beiden Brüder nebeneinander. Dann sagte Eric:

»Weißt du, was wirklich eine Ironie des Schicksals ist?«

»Was?«

»Während du hier rumhängst und entsetzt bist, weil ihr noch ein Kind kriegt, könnte ich mir nichts Schöneres vorstellen. Ich *weiß*, wie verdammt alt du bist, schließlich bin ich nur zwei Jahre jünger, und mir läuft die Zeit davon.«

»Na und? Was hält dich davon ab?«

»Nancy.«

»Hab ich mir gedacht.«

»Sie will kein Kind.«

Nach einiger Zeit gab Mike zu: »Alle in der Familie haben sich das gedacht. Sie will sicher ihren Beruf nicht aufgeben, hab ich recht?«

»Hast du.« Eric schwieg eine Weile und fuhr dann fort: »Ich glaube, sie hat auch Angst um ihre Figur. Das war für Nancy immer so wichtig.«

»Hast du mit ihr darüber gesprochen? Hast du ihr gesagt, daß du eine Familie möchtest?«

»Ja, das tue ich schon seit sechs Jahren. Ich habe einfach gewartet und immer gehofft, sie würde eines Tages mal ja sagen. Aber sie tat es nicht. Jetzt sind wir an dem Punkt angelangt, an dem es bei diesem Thema regelmäßig Stunk gibt.«

Nachdenklich saßen die beiden da. Neben ihnen fiel eine Schar Spatzen lärmend in ein Färberbaumgestrüpp. »Ach, es ist ja auch nicht nur das. Es ist Fish Creek. Sie findet es furchtbar hier. Sie ist auf ihren Dienstreisen glücklicher als zu Hause.«

»Das hättest du dir denken können.«

»Hätte ich. Sie wollte nie hierherziehen.«

»Das mag schon sein, aber das muß doch nicht unbedingt bedeuten, daß sie nicht gern nach Hause kommt.«

»Früher hat sie auch immer gesagt, wie ungern sie am Montag wegfährt. Aber in letzter Zeit habe ich nichts mehr dergleichen gehört.« Eric schaute eine Weile den Spatzen zu. Sie sammelten mit eifrigem *Tschilp-Tschilp* Beeren unter dem Färberbaum auf. Er war mit vielen Vögeln, Wasser- und Landvögeln aufgewachsen. Zum ersten Weihnachtsfest nach ihrer Hochzeit hatte sie ihm ein wunderschönes Andubon-Buch geschenkt und vorne reingeschrieben: ... *damit du sie nicht so vermißt*. Bevor sie von Chicago hierhergezogen waren, hatte sie das Buch zusammen mit anderen in eine Schachtel gepackt und sie weggegeben, ohne ihm etwas davon zu sagen. Während er an diesem kühlen Herbsttag die Spatzen beobachtete, trauerte er nicht dem Buch selbst nach, sondern dem Verlust der Zuneigung, für die es stand. »Ich weiß, glaube ich, was passiert ist.«

»Was?«

Eric sah seinen Bruder an. »Ich glaube, wir haben aufgehört zu geben.« Nach geraumer Zeit fuhr Eric fort. »Ich glaube, es begann, als wir hierherzogen. Sie war strikt dagegen, und ich wollte es unbedingt. Ich wollte eine Familie, und sie wollte Karriere machen. Und so begann der kalte Krieg zwischen uns. Nach außen hin scheint alles in Ordnung, aber hinter der Fassade sieht es traurig aus.«

Die Spatzen flogen laut schimpfend auf. In der Ferne krächzten einige Krähen. Dann war es wieder ruhig unter dem bleiernen Himmel, der so recht zu Erics schwermütiger Stimmung paßte.

»Mike«, sagte er nach einigen nachdenklichen Minuten, »glaubst du, daß man egoistisch wird, wenn man keine Kinder hat?«

»So verallgemeinernd kann man das sicher nicht sagen.«

»Und doch glaube ich, daß es stimmt. Wenn du Kinder hast, bist du gezwungen, zuerst an sie zu denken, und manchmal stehst du auch dann auf, wenn du todmüde bist, einfach um den anderen zu entlasten – wenn die Kinder krank sind oder quengelig, oder wenn sie dich für dies oder jenes brauchen. Aber wenn man nur zu zweit ist... ach, zum Teufel, ich weiß nicht, wie ich das erklären soll.« Eric hob ein Stück Rinde auf und begann es mit dem Daumennagel zu zerbröckeln. Nach einiger Zeit vergaß er darauf und sah versonnen in die Ferne.

»Erinnerst du dich noch, wie es bei Ma und unserem alten Herrn war? Nach einem arbeitsreichen Tag, an dem sie den ganzen Tag im Büro gearbeitet, die Wäsche mit der Hand geschrubbt, durch die Wringmaschine gedreht und sie zwischendrin schnell aufgehängt hatte, dann uns Kinder abgefüttert und ein Dutzend Streitereien geschlichtet hatte, ging sie noch zu Vater und half ihm unten, die Hütte zu scheuern. Und dabei lachten sie auch noch. Ich lag im Bett und konnte mir beim besten Willen nicht vorstellen, was es zu lachen gab, wenn um halb elf Uhr nachts die Hütte zu säubern war. Die Grillen zirpten, das Wasser schlug gegen die Bootswände, und ich lag da, hörte sie lachen und fühlte mich unendlich geborgen. Und einmal, daran erinnere ich mich noch so genau, als wäre es erst gestern gewesen, kam ich spät abends in die Küche, als die Kinder natürlich längst schlafen sollten, und weißt du, was er tat?«

»Was?«

»Er wusch ihr die Füße.«

Die beiden Brüder sahen sich lange an, ehe Eric weitersprach. »Sie saß auf einem Küchenstuhl, und er kniete vor ihr und wusch ihr die Füße. Sie hatte die Augen geschlossen und den Kopf zurückgelegt und keiner von beiden sprach ein Wort. Er hielt ihren Fuß über einer Waschschüssel und seifte ihn ganz langsam und sorgfältig ab.« Eric hielt nachdenklich inne. »Ich werde den Anblick nie vergessen. Ihre dicken, alten Füße, die immer so schmerzten, und unser alter Herr, der das für sie tat.«

Wieder schwiegen sie, in gemeinsame Erinnerungen vertieft, ehe Eric ruhig sagte: »Das ist die Art von Ehe, die ich mir wünsche und die ich nicht habe.«

Mike stützte seine Ellbogen auf die Knie. »Vielleicht bist du zu idealistisch.«

»Vielleicht.«

»Jede Ehe funktioniert anders.«

»Unsere funktioniert überhaupt nicht, zumindest nicht, seit wir hierher nach Fish Creek kamen. Damals haben unsere Probleme angefangen.«

»Und was wirst du dagegen unternehmen?«

»Ich weiß nicht.«

»Wirst du das Fischen aufgeben?«

»Kann ich nicht. Dazu liebe ich es zu sehr.«

»Wird sie ihren Job aufgeben?«

Verzweifelt schüttelte Eric den Kopf. Mike hob zwei Zweige auf und begann sie in kleine Stücke zu zerbrechen.

»Hast du... Angst?«

»Ja...« Eric sah über seine Schulter. »Es ist wirklich sehr beängstigend, wenn man zum erstenmal so offen darüber spricht.« Er machte einen kläglichen Eindruck. »Solange man nicht zugibt, daß die eigene Ehe in die Brüche geht, tut sie es vielleicht auch nicht, oder?«

»Liebst du sie?«

»Eigentlich ja. Sie hat immer noch viele Eigenschaften, deretwegen ich sie geheiratet habe. Sie ist wunderschön, sie ist intelligent und sie arbeitet sehr hart. Sie hat es bei Orlane wirklich weit gebracht.«

»Aber liebst du sie wirklich?«

»Ich weiß es nicht mehr.«

»Alles okay im Bett?«

Eric fluchte leise und warf die Rindenstücke weg. Er stützte die Ellbogen auf die Knie und hielt den Kopf gesenkt. »Zum Teufel, ich weiß es nicht.«

»Was soll das heißen, du weißt es nicht? Geht sie fremd?«

»Nein, das glaube ich nicht.«

»Und du?«

»Nein.«

»Also, was ist dann?«

»Es ist immer wieder dasselbe. Wenn wir uns lieben...« Er stockte.

Mike wartete.

»Wenn wir uns lieben, ist alles in Ordnung, bis sie dann aufsteht und den verdammten empfängnisverhütenden Schaum nimmt, dann könnte ich...« Erics Lippen waren nur noch ein Strich. »... die Wände hochgehen. Und wenn sie dann wiederkommt, will ich sie eigentlich nicht mehr bei mir haben.«

Mike seufzte. Er überlegte lange und meinte dann: »Ihr beide solltest mit jemandem reden – einem Arzt oder einem Eheberater.«

»Wann sollten wir das tun? Sie ist fünf Tage in der Woche unterwegs. Außerdem weiß sie nicht, wie ich das empfinde.«

»Meinst du nicht, daß du ihr das sagen solltest?«

»Es würde sie umbringen.«

»Es bringt dich um.«

»Ja...«, erwiderte Eric verzweifelt und betrachtete den silbergrauen Himmel durch die kahlen Bäume. Lange Zeit saß er so da, mit hochgezogenen Schultern wie ein einsamer Cowboy am Lagerfeuer. Schließlich seufzte er, streckte seine Beine aus und betrachtete die Kniefalten an seinen Bluejeans. »Ist schon 'ne komische Sache. Du hast mehr Kinder als du willst, und ich habe nicht ein einziges.«

»Ja... ist 'ne komische Sache.«

»Weiß Ma schon davon?« Eric sah Mike an.

»Daß Barb schwanger ist? Nein. Ich bin sicher, sie wird einen entsprechenden Kommentar auf Lager haben.«

»Sie hat nie etwas dazu gesagt, daß wir keine haben. Aber sie sagt jede Menge darüber, daß Nancy die ganze Zeit über weg ist. Das gibt ihr wohl zu denken.«

»Nun, in ihrer Jugend war das noch anders, und da sie ihr ganzes Leben an der Seite unseres alten Herrn gearbeitet hat, denkt sie, daß es eben so und nicht anders zu sein hat.«

Die beiden Brüder dachten über ihr Leben nach, wie es jetzt

war und wie es gewesen war, als sie noch jünger waren. Plötzlich sagte Glenda: »Weißt du was, Mike?«

»Was?«

»Manchmal frage ich mich, ob Ma recht hat.«

Drei Tage später saß Nancy an einem Samstagabend nach einem späten Abendessen gemütlich zu Hause. Sie nippte an einem Glas Chablis und aß frische Trauben. Die Atmosphäre war entspannt, die Stimmung gelassen. Draußen zerrte der Wind an den Schindeln. Die Zweige der Bäume schlugen gegen die Regenrinnen. Das Geräusch drang gedämpft durch die Mauern.

Auf dem Tisch aus Teakholz standen Kerzen, deren warmer Schein die Struktur der Durchbruchstickerei auf den Leinensets besonders schön hervorhob.

Bewundernd betrachtete sie ihren Mann. Er hatte sich vor dem Abendessen geduscht und die Haare danach nicht gekämmt. Mit den locker ins Gesicht fallenden Haaren war er atemberaubend männlich. Er trug Jeans und ein neues Designer-Sweatshirt, das sie ihm von Neiman Marcus mitgebracht hatte. Es war zinngrau, hatte einen Rollkragen und war weit geschnitten, mit bequemen Raglanärmeln, die bei seinen breiten Schultern besonders lässig wirkten. Er trank Irish Coffee.

Er sah verdammt gut aus, konnte es mit allen aufnehmen, die sie kannte, und sie kannte viele. Bei ihrer Arbeit kam sie mit vielen Männern zusammen, in jeder Stadt, in den besten Kaufhäusern. Sie waren tipptopp angezogen und rochen so gut, daß man sie am liebsten für die Wäscheschublade mit nach Hause genommen hätte. Sie hatten märchenhafte Haarschnitte, trugen Wollschals über ihren Jacketts und flache italienische Slipper aus hauchdünnem Leder, natürlich ohne Socken. Einige dieser Männer waren schwul, aber viele waren sehr intensiv am anderen Geschlecht interessiert und hielten damit nicht hinter dem Berg.

Sie war daran gewöhnt, ihre Annäherungsversuche abzuwehren, und bei den wenigen Gelegenheiten, bei denen es zu einem Tête-à-tête kam, achtete sie darauf, daß es nie länger als eine Nacht dauerte. Denn diese Männer konnten im Bett nicht mit Eric mithalten. Sie hatten schmächtige Körper, ihre Hände waren weich, während seine kräftig gebaut waren, sie hatten eine weiße Haut, während seine sonnengebräunt war. Und mit keinem kam es zu jener sexuellen Harmonie, die sie und Eric achtzehn Jahre miteinander genossen hatten.

Sie betrachtete ihn. Er sah entspannt und attraktiv aus. Nun mußte sie die schöne Stimmung, die sie mit Kerzenlicht, Tischwäsche und Wein geschaffen hatte, auf ihre Tauglichkeit hin prüfen.

Sie ließ einen nylonbestrumpften Fuß auf Erics Stuhl gleiten.

»Liebling?« murmelte sie und rieb mit dem Fuß an der Innenseite seines Knies.

»Hm?«

»Warum verkaufst du das Boot nicht?«

Er betrachtete sie einige Augenblicke fragend und trank dann seinen Kaffee aus.

»Bitte, Liebling.« Sie legte die Unterarme provokativ wartend auf die Tischkante. »Setz jetzt eine Anzeige in die Zeitung, im Frühjahr hast du's verkauft, und wir können wieder nach Chicago gehen. Oder in irgendeine andere Stadt, die dir gefällt. Wie wär's mit Minneapolis? Eine wunderschöne Stadt, ringsum Seen und ein Mekka für Kunstliebhaber. Minneapolis würde dir gefallen. Eric... bitte, können wir darüber reden?« Sie sah, wie er die Zähne zusammenbiß und immer noch ihrem Blick auswich. Schließlich wandte er sich ihr zu und setzte seine Worte wohlüberlegt.

»Sag mir bitte, was du von unserer Ehe erwartest.«

Sie hörte auf, ihn mit dem Fuß am Knie zu streicheln. Es schien nicht so zu laufen, wie sie es sich vorgestellt hatte.

»Was ich erwarte?«

»Ja, was du möchtest? Abgesehen von mir oder... von Sex mit mir an Samstagen und Sonntagen, wenn du nicht gerade deine Periode hast. Was möchtest du, Nancy? Du magst dieses Haus nicht, du magst diese Stadt nicht, du magst mich nicht als Fischer. Und du hast mir klipp und klar gesagt, daß du keine Familie möchtest. Also, was möchtest du eigentlich?«

Anstelle einer Antwort setzte sie zum Angriff an: »Wann wirst du da endlich rausgewachsen sein?«

»Wo rausgewachsen?«

»Du weißt ganz gut, was ich meine, Eric. Aus dem Der-alte-Mann-und-das-Meer-Spiel. Als wir von Chicago weggingen, dachte ich, du wolltest mit deinem Bruder ein paar Jahre Fischer spielen, dann diese Phase abhaken und mit mir in die Stadt zurückziehen, damit wir mehr Zeit füreinander hätten.«

»Als wir Chicago verließen, dachte ich, du würdest deinen Job bei Orlane aufgeben und hier mit mir eine Familie gründen wollen.«

»Ich verdiene viel Geld. Ich liebe meinen Beruf.«

»Ich auch.«

»Und dein College-Abschluß ist hier für die Katz, Eric. Möchtest du nicht irgendwann dein Wissen wieder mal beruflich anwenden?«

»Tue ich doch täglich.«

»Du bist störrisch wie ein Esel.«

»Sag mir doch mal, was sich zwischen uns ändern würde, wenn wir in Chicago oder Minneapolis lebten?«

»Wir lebten in einer Stadt – es gäbe Kunstgalerien, Orchestersäle, Theater, Kaufhäuser, neue...«

»Kaufhäuser – daß ich nicht lache! Fünf von sieben Tagen verbringst du ohnehin schon in Kaufhäusern! Wie zum Teufel kannst du da noch nicht genug davon haben?«

»Es sind nicht allein die Kaufhäuser, das weißt du ganz gut! Es ist das Stadtleben. Die Zivilisation. Ich möchte da leben, wo sich was tut.«

Er sah sie lange mit undurchdringlichem Gesichtsausdruck an. »Gut, Nancy. Ich habe einen Vorschlag.« Er schob seine Tasse zurück, verschränkte seine Arme und sah sie mit unbarmherzigen Augen an. »Du bekommst ein Baby, und wir ziehen in die Stadt deiner Wahl.«

Sie schnellte zurück, als hätte er sie geschlagen. Ihr Gesicht wurde abwechselnd blaß und rot. Er mußte doch wissen, daß sie sich auf einen solchen Kompromiß nicht einlassen würde. »Du bist nicht fair!« Zornig schlug sie mit ihrer kleinen Faust auf den Tisch. »Ich will verdammt noch mal kein Baby, und du weißt es!«

»Und ich will nicht von Door County weg, und du weißt es. Wenn du schon fünf Tage in der Woche nicht da bist, möchte ich wenigstens in der Nähe meiner Familie sein.«

»Ich bin deine Familie!« Sie klopfte sich auf die Brust.

»Nein, du bist meine Frau. Zu einer Familie gehört Nachkommenschaft.«

»Womit wir wieder bei der alten Leier wären.«

»Offensichtlich, und ich habe seit unserer letzten Auseinandersetzung oft drüber nachgedacht. Neulich habe ich es dann Mike erzählt.«

»Mike?«

»Ja.«

»Unsere Privatsachen gehen Mike überhaupt nichts an. Wie konntest du nur?«

»Es hat sich so ergeben. Wir sprachen über Babys. Sie bekommen wieder eins.«

Nancys Gesicht drückte Ekel aus. »O Gott, das ist wirklich unanständig.«

»Ist es das?« erwiderte Eric scharf.

»Findest du nicht? Die beiden vermehren sich wie die Karnickel. Mein Gott, die könnten ja schon Großeltern sein. Warum, um Himmels willen, haben sie in ihrem Alter noch ein Kind gewollt?«

Eric warf seine Serviette auf den Boden und sprang auf. »Nancy, jetzt reicht's!«

»Warum rennst du nicht gleich wieder zu deinem Bruder und erzählst ihm alles. Der beste Vater der Welt hat doch sicher eine gewichtige Meinung zu einer Frau, die ganz *bewußt* keine Babys möchte.«

»Mike hat noch nie etwas Negatives über dich gesagt!« Er zeigte mit dem Finger auf sie. »Noch nie!«

»Was hat er denn gesagt, als er erfuhr, warum wir keine Kinder haben?«

»Er riet uns, zu einem Eheberater zu gehen.«

Nancy starrte Eric völlig ungläubig an.

»Würdest du das tun?« fragte er und schaute sie dabei durchdringend an.

»Sicher«, erwiderte sie sarkastisch, lehnte sich zurück und verschränkte die Hände vor ihrem Bauch. »Am Dienstagabend würde es mir passen, wenn ich in St. Louis bin.« Ihr Tonfall änderte sich, wurde noch eine Spur aggressiver. »Was geht hier vor sich, Eric? Plötzlich wird hier über Eheberater und Unzufriedenheit gesprochen. Was ist passiert? Was ist anders geworden?«

Er nahm seine Kaffeetasse, den Löffel und die Serviette und brachte sie in die Küche. Sie folgte ihm und stellte sich hinter ihn. Er stellte das Geschirr in das Spülbecken und blieb stehen, zögerte, überlegte, wie er ihre Frage beantworten sollte. Er wußte, er mußte etwas tun, wenn sein Leben glücklicher werden sollte.

»Eric«, bettelte sie leise und legte ihm eine Hand auf den Rücken.

Er atmete tief durch und brachte, innerlich zitternd, das zur Sprache, was ihn seit Monaten quälte. »Ich will mehr von dieser Ehe, als ich bekomme, Nancy.«

»Eric, bitte... nein, bitte nicht... Eric, ich liebe dich.« Sie umschlang ihn von hinten mit den Armen und legte ihr Gesicht an seinen Rücken. Unbeweglich blieb er stehen, wo er war.

»Ich liebe dich auch«, sagte er ruhig. »Deshalb tut es ja so weh.«

Eine Weile standen sie so da und wußten beide nicht, was sie sagen sollten. Sie waren nicht darauf gefaßt, daß der große Kummer bereits begonnen hatte.

»Laß uns ins Bett gehen«, flüsterte sie.

Er schloß die Augen und fühlte eine Leere in sich, die ihn ungeheuer erschreckte.

»Du verstehst mich einfach nicht, Nancy.«

»Was verstehen? Zumindest auf diesem Gebiet hat es doch zwischen uns immer gestimmt. Bitte… komm nach oben.«

Er seufzte und tat dann etwas, was er noch nie getan hatte: Er verweigerte sich ihr.

8. Kapitel

Nancy fuhr am Montag wie gewohnt zur Arbeit. Der Abschiedskuß war flüchtig, und er sah ihr mit einem Gefühl der Mutlosigkeit nach. Während ihrer Abwesenheit beschäftigte er sich mit Winterarbeiten, zählte, wieviel Fuß Angelschnur während der Saison verbraucht worden war, wie viele Köder neu angeschafft werden mußten, und durchforstete Hunderte von Anbieterkatalogen nach dem preisgünstigsten Angebot, um die Bestände aufzufüllen. Er schickte die Anmeldegebühren für Ausstellungsstände bei den Sportmessen in Minneapolis, Chicago und Milwaukee ab und bestellte die Broschüren, die er dort auslegen wollte. Er zählte die Anzahl der Kühlboxen, die er verkauft hatte, und beschloß, für die nächste Saison eine ganze Wagenladung davon zu ordern.

Dazwischen fragte er sich immer wieder, wie es mit seiner Ehe weitergehen sollte.

Er aß allein, schlief allein, arbeitete allein und überlegte sich, wie viele Jahre das noch so weitergehen sollte. Wie lange konnte er dieses Alleinsein noch ertragen?

Bevor es wirklich nötig war, ging er zum Haareschneiden, weil das Haus so ruhig war und man beim Friseur immer nette Leute traf.

Jeden Tag rief er seine Mutter an und überprüfte ihren Heizöltank, lange ehe dieser leer sein konnte, weil er wußte, Ma würde ihn zum Essen einladen.

Er wechselte das Öl bei seinem Wagen und versuchte, die klemmende Tür am Beifahrersitz zu reparieren, was ihm nicht gelang. Da fiel ihm wieder Maggie ein, wie er sich über ihren Schoß gebeugt hatte, um ihr vor dem Haus ihrer Eltern die Tür von seiner Seite aus zu öffnen. Er dachte oft an sie. Wie würde es ihr gehen? War sie mit den Arbeiten an ihrem Haus vorangekommen, hatte sie all die Antiquitäten gefunden, von denen sie geträumt hatte? Die Leute erzählten, die

Fassade des Hauses sei fertig und wäre sehenswert. Eines Tages beschloß er, vorbeizufahren, nur um einen Blick darauf zu werfen.

Nur um einen Blick darauf zu werfen.

Die Blätter waren alle gefallen und lagen, vom Wind zusammengewirbelt, am Straßenrand der Cottage Row. Sein Lieferwagen tuckerte den Hügel hinauf. Es war kalt geworden; der Himmel war von einem Schleier überzogen, was darauf hindeutete, daß es morgen noch kälter werden würde. Die meisten Häuser entlang der Cottage Row waren jetzt verlassen. Die wohlhabenden Eigentümer waren zum Überwintern in südliche Gefilde gezogen. Als er sich ihrem Haus näherte, sah er ein Lincoln Town Car mit einem Nummernschild des Staates Washington neben ihrer Garage stehen – das mußte ihr Auto sein. Die Zedern am Rand ihres Grundstückes waren immer noch nicht gestutzt und verbargen die Sicht fast ganz. Langsam fuhr er vorbei und lugte dort hindurch, wo die Hecke unterbrochen war. Er sah das leuchtend frisch gestrichene Haus. Die Leute hatten recht gehabt: Es war sehenswert.

An jenem Abend saß er vor dem Fernseher und bemerkte erst nach einer Stunde, daß er überhaupt nicht zugehört hatte. Regungslos hatte er auf die Mattscheibe gestarrt und an Maggie gedacht.

Als er das zweite Mal an ihrem Haus vorbeifuhr, hatte er ein Anmeldeformular von der Handelskammer und eine Kopie der hiesigen Touristenbroschüre eingesteckt. Ihr Auto war an der gleichen Stelle geparkt. Er schaltete den Motor ab und betrachtete nachdenklich die Broschüre auf dem Beifahrersitz. Eine ganze lange Minute saß er so da, ließ dann den Motor wieder an und fuhr den Hügel hinauf, ohne einen Blick auf das Haus zu werfen.

Beim nächstenmal stand ein grüner Lieferwagen bei ihrem Haus. Die Türen hinten waren offen, seitlich lugte eine Aluminiumleiter heraus. Hätte der Lieferwagen nicht dagestanden, wäre er sicher wieder vorbeigefahren; aber wenn ein Arbeiter im Haus war, konnte ja nichts dabei sein.

Es war ein später Nachmittag. Der Wind blies schneidend kalt und verfing sich in seinen Papieren, die er unter dem Arm trug. Er rollte sie zusammen und schaute im Vorbeigehen in den Lieferwagen hinein – Werkzeuge, Isolierrohre, Kabel, Drähte. Ja, das war in Ordnung. Er stieg die breiten Stufen zum Haus hinunter und klopfte an die Hintertür.

Leise pfiff er vor sich hin und betrachtete die Veranda, während er wartete. An der Wand hing ein Büschel Maiskolben an einem orangefarbenen Band. Ein ovales Messingschild trug die Aufschrift HARDING-HAUS. Das Fenster in der alten Tür war mit weißen Spitzen geschmückt. Das neue Geländer war gelb und blau, der Boden grau gestrichen. Vor der Tür lag eine geflochtene Fußmatte, und in der Ecke stand ein irdener Topf mit Rohrkolben und Lobelien. Die Leute hatten schon gemunkelt, daß Maggie nicht auf den Pfennig schaute, und wenn man die Fassade betrachtete, schien sich dieses Gerücht zu bestätigen. Selbst die winzige Veranda wirkte anheimelnd.

Eric klopfte noch einmal, diesmal stärker. Von drinnen war eine männliche Stimme zu vernehmen: »Ja, nur herein!«

Er betrat die Küche. Sie war leer, strahlend hell und völlig verändert. Die weißen Oberschränke hatten Glasfronten mit Sprossenunterteilung, die Arbeitsflächen waren zart rosa getönt, die Hartholzböden leuchteten warm. In der Mitte stand ein langer, schmaler Tisch mit herunterklappbarem Seitenteil und narbiger Oberfläche, die ein langer Spitzenläufer zierte. In der Mitte prangte ein grobgeflochtener Korb mit Kiefernzapfen und einer dicken, rosa Schleife am Henkel.

Aus dem Nebenzimmer ertönte eine Stimme: »Suchen Sie die Bauherrin?«

Eric ging der Stimme nach und fand einen Elektriker, der wie Charles Bronson aussah und eine Deckenlampe in dem leeren Eßzimmer aufhängte.

»Hallo«, begrüßte ihn Eric von der Türschwelle aus.

»Hallo.« Der Mann sah über seine Schulter zurück. »Wenn Sie Mrs. Stearn suchen, sie arbeitet oben. Sie können hier gleich raufgehen.«

»Danke.« Eric ging quer durch das Eßzimmer zu der Eingangshalle. Bei Tageslicht bot sie einen überwältigenden Eindruck. Die neu versiegelten Holzböden rochen noch ganz frisch, und die frisch verputzten weißen Wände machten sich gut im Kontrast zu den Wandteilen, die mit dunkel glänzendem Holz vertäfelt waren. Eine breit geschwungene Treppe mit gedrechseltem Geländerpfosten führte nach oben, wo ein Radio spielte. Er stieg langsam die Stufen rauf, blieb am Treppenabsatz stehen und blickte den Gang entlang. Alle Türen standen offen. Dann ging er der Musik nach. Beim zweiten Eingang auf der linken Seite blieb er stehen.

Maggie kniete am Boden und strich gerade die Fußbodenleiste auf der gegenüberliegenden Seite des Zimmers. Der Raum war leer, bis auf Maggie, das Radio und den Farbeimer. Maggie, auf allen vieren, wirkte erfrischend ungekünstelt. Er lächelte, als er ihre bloßen Fußsohlen, die Farbflecken auf ihren weiten Jeans und die bequeme Bluse, deren Zipfel fast in den Farbeimer hingen, sah.

»Hallo, Maggie«, sagte er.

Sie schrak zusammen und stieß einen Schrei aus, als hätte er ihr mit der Bootssirene direkt ins Ohr getutet.

»O mein Gott«, schnaufte sie und setzte sich auf ihre Fersen, »hast du mir einen Schrecken eingejagt.«

»Das wollte ich nicht. Der Bursche unten sagte, ich solle einfach nach oben gehen.« Er zeigte mit der Papierrolle in der Hand hinter sich.

Was machte er hier? Maggie saß noch immer der Schreck in den Gliedern, und er stand vor ihr in Slippern, Jeans und einer bauschigen Bomberjacke aus schwarzem Leder. Den Kragen trug er noch immer so hochgeschlagen wie damals, vor vielen Jahren. Durchaus willkommen und viel zu verführerisch.

»Ich kann ein anderes Mal wiederkommen, wenn...«

»O nein, ist schon gut... das ist... das Radio spielte so laut...« Sie streckte sich und drehte es leiser. »Ich dachte gerade an dich, und plötzlich stehst du hier leibhaftig vor mir und ich... du warst...«

Vorsicht, Maggie, du brabbelst dummes Zeug.

»Und jetzt bin ich da«, beendete er den Satz für sie.

Inzwischen hatte sie sich wieder gefaßt und lächelte. »Willkommen im Harding-Haus.« Sie breitete ihre Arme aus und sah an sich herunter. »Wie du siehst, bin ich für Gäste richtig angezogen.«

Eric fand sie äußerst anziehend, mit den weißen Farbflekken im Gesicht und dem mit einem schmutzigen Schnürsenkel aus dem Gesicht gebundenen Haar. Er konnte nicht aufhören, sie anzuschauen.

»Wie du siehst...«, auch er breitete die Arme aus, »...bin ich kein Gast. Ich habe dir nur das Anmeldeformular der hiesigen Handelskammer gebracht.«

»Ach, sehr gut!« Sie legte den Pinsel über die Farbdose, wischte sich mit einem Lappen die Fingerknöchel ab und stand auf. »Möchtest du jetzt das Haus sehen? Inzwischen habe ich auch schon elektrisches Licht.«

Er betrat den Raum und sah sich bewundernd um. »Ja, gerne.«

»Zumindest glaube ich, daß ich Licht habe. Warte mal einen Moment.« Sie ging in den Gang und rief nach unten: »Kann ich das Licht anmachen, Mr. Deitz?«

»Einen Augenblick noch, ich bin hier gleich fertig!« antwortete er.

Sie drehte sich zu Eric um. »Gleich haben wir Licht. Also, dies hier ist ein Gästezimmer...«, erklärte sie mit einer ausladenden Handbewegung. »...eins von vieren. Wie du siehst, habe ich die Originalbeleuchtung belassen, weil sie aus massivem Messing ist. Ich habe sie ein wenig genauer betrachtet und herausgefunden, daß dies ursprünglich eine Gasbeleuchtung war. Wußtest du, daß es hier bis etwa 1930 kein elektrisches Licht gab?«

»Wirklich?«

»Also habe ich alles umbauen lassen. Ich liebe diese alte Beleuchtung, weil sie so authentisch ist. Wenn Mr. Deitz den Strom wieder anschaltet, wirst du sehen, wie hübsch das aussieht, selbst bei Tageslicht.«

Sie standen so nahe nebeneinander, daß sie gegenseitig ihren Geruch wahrnehmen konnten. Er roch nach frischer Luft und Leder, sie nach Terpentin.

»Und sind die Fußböden nicht wunderschön geworden? Ich muß dir unbedingt den unten im Salon zeigen.«

Er betrachtete ihre nackten Füße, vertraute Füße, die damals in jenem Sommer so oft über das Deck der *Mary Deare* gelaufen waren.

»Die Böden sehen wie neu aus«, bemerkte er und sah sich im Raum um, »nur die Raumausstattung ist noch etwas karg.«

Maggie lachte und vergrub ihre Hände in den Hosentaschen. »Alles zu seiner Zeit.«

»Ich habe gehört, du bist hierhergezogen und hast dein Haus in Seattle verkauft?«

»Ja.«

»Wo sind deine Sachen?«

»In der Garage. Bis jetzt habe ich nur Küchengeräte herausgeholt, und mein Bett.«

»Die Küche sieht übrigens bezaubernd aus. Man sieht, daß du ein Händchen dafür hast.«

»Danke. Ich hoffe, daß die Arbeiten am Holz bald fertig sind, damit ich die restlichen Möbel hereinbringen kann.« Sie sah zur Decke, und er betrachtete ihren Hals. »Ich habe beschlossen, im ersten Stock alle Fußleisten zu streichen und sie unten unlackiert zu belassen. Sobald ich mit dem Streichen hier oben fertig bin, kann ich mit den Tapeten anfangen. Wenn es bloß nicht so lange dauerte, die Tapeten aus Sturgeon Bay zu bekommen! Drei Wochen! Wenn ich das hier geschafft habe, werde ich mir einen Ausflug nach Chicago gönnen. Dort bekomme ich die Tapeten am gleichen Tag.«

»Willst du selbst tapezieren?«

»Mmhm.«

»Wo hast du das gelernt?« fragte er und folgte ihr in das nächste Gästezimmer.

»Gelernt?« Sie sah ihn an und zuckte mit den Achseln. »Mit Hilfe der empirischen Methode – einfacher gesagt, durch

Herumprobieren. Ich bin Hauswirtschaftslehrerin. Und ich muß dir nicht sagen, wie unwirtschaftlich es ist, einen Tapezierer zu beschäftigen. Außerdem macht es mir Spaß, und ich habe den ganzen Winter Zeit. Warum sollte ich es also nicht selbst machen?«

Er dachte daran, daß er ja in den trüben Wintertagen herüberkommen und ihr helfen konnte. Ein dummer Gedanke.

»Weißt du, was ich mir überlegt habe?« fragte Maggie.

»Was?«

»Ich werde die Zimmer nach Thaddeus Hardings Kindern nennen. Dieses hier wird nach Franklin heißen, das dort drüben nach Sarah und das nach Victoria. An jeder Tür werde ich ein kleines Messingschild mit dem Namen anbringen. Wie gut für mich, daß Thaddeus nur drei Kinder hatte, denn so wird das vierte Zimmer den Namen bekommen, den es verdient.« Sie führte Eric in den vierten Raum. »Das Belvedere-Zimmer. Wie sonst sollte es heißen?« Er stand neben ihr und betrachtete das Zimmer bei Tageslicht. Es war hell, weiß und nur mit ihrem Bett möbliert, das mitten im Zimmer stand. Es war weder in der Frühe gemacht noch gestern abend besonders zerwühlt worden. Sie schlief, wie ihm auffiel, mit dem Gesicht zum Fenster und zum Wasser. In einer Ecke des Zimmers standen keck ein paar Stiefeletten zum Knöpfen.

Er grinste, sah von ihren nackten Füßen zu den Schuhen und meinte dann: »Ach, hier hast du sie verloren?«

Maggie lachte und streifte mit der blanken Fußsohle über den glatten Boden. »Diese Böden fühlen sich wie Seide an. Ich kann nicht genug von diesem himmlischen Gefühl kriegen.«

Ihre Augen trafen sich, und wieder wurden Erinnerungen wach – Erinnerungen an Sommertage an Bord der *Mary Deare*, barfuß und verliebt.

Sie sah als erste weg, blickte aus dem Fenster und sagte atemlos: »Oh, schau doch... Schnee!«

Draußen fielen große, dicke Flocken vom Himmel, setzten sich auf die Zweige der Ahornbäume und verschwanden, wenn sie mit dem Wasser in Berührung kamen. Der Himmel war aschfahl, eine Mischung aus verschiedenen Grau- und Weißtönen.

»Wie habe ich das vermißt«, sagte Maggie und ging zum Fenster. »In Seattle schneit es natürlich auch oben in den Bergen, aber man konnte nie sehen, wie der Garten sich durch den ersten Schneefall verändert. Und wenn man eines Morgens aufwacht und das Zimmer ganz hell ist, dann weiß man, daß es in der Nacht zum erstenmal geschneit hat.«

Er ging zu ihr und betrachtete die Schneeflocken. Wenn er und Nancy nur einmal sich gemeinsam über so etwas hätten freuen können! Für Nancy war der erste Schnee immer gleichbedeutend mit schwierigen Straßenverhältnissen; deshalb konnte sie ihm nichts abgewinnen, nicht einmal vom ästhetischen Standpunkt her. Wenn sie zu Hause war, nahmen sie sich nie die Zeit, die kleinen Dinge des Alltags so miteinander zu beobachten.

Was tust du eigentlich, Eric Severson? Vergleiche anstellen zwischen Maggie und deiner Frau? Gib ihr schon endlich die Papiere und verkrümel dich!

Doch er blieb neben Maggie stehen und sah zu, wie der rauhe Herbst unter einer pulvrig-weißen Decke verschwand.

»Weißt du, woran mich das erinnert?« fragte Maggie.

»Woran?«

»An ein Leinentischtuch, das anläßlich Thanksgiving über die Welt gebreitet wird. Zu Thanksgiving muß einfach Schnee liegen, findest du nicht?«

»Absolut«, antwortete er ruhig, und einen Augenblick lang vergaßen sie die Aussicht, die Gegenwart des Elektrikers, und dachten mit keinem Gedanken daran, daß sie nicht so nahe nebeneinander stehen sollten.

Maggie fing sich als erste wieder und trat vorsichtig einen Schritt zur Seite. »Sollen wir nach unten gehen?«

Auf dem Weg in das Erdgeschoß erklärte sie: »Ich fand die alten Stiefeletten in einem Antiquitätenladen in Chicago und konnte einfach nicht widerstehen. Sie geben dem Schlafzimmer ein ganz bestimmtes Flair, findest du nicht?«

Ihr munteres Geplauder verscheuchte die Gefahr, die sie beide oben gespürt hatten. Wenn sie wirklich einen Augenblick in Versuchung gewesen waren und dies auch beide erkannt hatten, dann gingen sie jetzt durch das Haus und taten so, als wäre nichts gewesen. Lebhaft erklärte sie ihm Zimmer für Zimmer, zeigte ihm »ihre« Wände, Fenster und Fußböden, besonders im großen Salon.

»Ich entdeckte dieses Meisterwerk unter einem alten, vergammelten Teppich.« Sie kniete nieder und strich mit der Hand über das wunderschöne Holz. »Das ist handgesägter Ahorn. Und sieh mal das aufwendige Muster, in dem er verlegt ist!«

Er kauerte nieder und berührte den Boden. »Wunderschön. Ist das der Raum, in dem du die Schale mit Süßigkeiten aufstellen willst? Und die Alkoholika?«

»Genau. Leider kann ich in dieser Richtung noch nichts bieten. Aber wie wär's mit einer Tasse Kaffee?«

»Gerne.«

Auf dem Weg in die Küche ging sie durch das Eßzimmer, wo der Elektriker mit einer Steckdose beschäftigt war. Allmählich wurde es draußen dunkel. In den Räumen war es ziemlich düster, da der Strom noch immer abgeschaltet war. »Kennst du Patrick Deitz?«

»Ich glaube nicht.«

»Patrick Deitz, das ist Eric Severson. Er hat Charterboote in Gills Rock. Wir wollen uns gerade eine Tasse Kaffee machen. Wollen Sie auch eine?«

»Da sage ich nicht nein, Mrs. Stearn.« Patrick steckte den Schraubenzieher in seine Tasche und schüttelte Eric die Hand. »Aber zuerst muß ich den Strom wieder einschalten.«

Er entfernte sich. Maggie und Eric blieben in der Abenddämmerung vor dem Erkerfenster zurück. Diesmal war alles in Ordnung. Deitz war in der Nähe, und sie hatten dem Augenblick der Gefahr im ersten Stock widerstanden. Sie beobachteten den Schnee, genossen gemeinsam das leere Haus, den Jahreszeitenwechsel, der sich vor ihren Augen vollzog, und die hereinbrechende Nacht.

»Ich denke, ich werde gerne hier sein«, sagte Maggie.

»Das glaube ich auch.«

Deitz kehrte zurück, experimentierte mit einem Dimmer und sagte: »Wie gefällt Ihnen das, Mrs. Stearn?«

Maggie lächelte zu dem verzierten, glänzend polierten Beleuchtungskörper hinauf. »Perfekt, Mr. Deitz. Sie hatten recht mit den Glühbirnen. Die kerzenförmigen sind wirklich ideal. Der Lüster ist großartig. Ist er nicht wunderschön, Eric?«

Eigentlich war es ein ziemlich häßliches Exemplar, aber je länger ihn Eric ansah, um so mehr begann er seinen antiken Reiz zu entdecken. Erst der Schnee, dann der Boden, jetzt der Lüster. Obwohl er sich vorgenommen hatte, keine Vergleiche anzustellen, fiel ihm wieder ein, wie wenig Zeit Nancy darauf verwandte, sich über etwas zu freuen – über kleine, einfache Dinge. Maggie hingegen machte den simplen Einbruch der Dämmerung zu etwas Besonderem.

»Wie steht's denn nun mit dem Kaffee?«

Sie setzten sich alle drei an den Tisch, und Maggie servierte Kaffee in riesigen Bechern, Tee für sich selbst und einen Teller voller Zimtplätzchen, den sie zweimal nachfüllen mußte. Sie sprachen über die beste Zubereitungsweise für Lachs, über Maggies Küchentisch, den sie unter den Werkzeugen in der Garage ihres Vaters hervorgezogen hatte, und über die besten Antiquitätenläden in Door County, zu deren Besitzern Maggie viele Anekdoten geliefert bekam.

Nach einer halben Stunde sah Patrick Deitz auf die Uhr und meinte, er sollte jetzt besser seine Werkzeuge zusammenpakken, weil es schon halb sechs wäre.

Sobald er aufbrach, stand auch Eric auf. »Ich werde wohl auch gehen«, meinte er, während Deitz in das Eßzimmer hinüberging.

»Möchtest du mir nicht noch zeigen, was du mir da mitgebracht hast?« fragte Maggie und zeigte auf die Papiere, die Eric achtlos auf einen leeren Stuhl gelegt hatte.

»Oh, das hätte ich beinahe vergessen.« Er reichte sie ihr über den Tisch. »Das sind nur Unterlagen über die Aufnahmebedingungen in die Handelskammer. Ich bin auch Mitglied, und wir versuchen immer, die neugegründeten Firmen und Geschäfte möglichst bald anzusprechen. Ich denke, du kannst das als formelle Einladung zum Beitritt betrachten.«

»O danke.« Sie sah die Broschüre an. Auf dem Titelblatt war eine Seenlandschaft im Sommer zu sehen. Der Inhalt der Broschüre bestand aus touristischen Informationen und Anzeigen für Restaurants, Unterkünfte und Einkäufe in Door County.

»Das ist eine Ausgabe unserer Broschüre vom letzten Sommer, und auf dem losen Blatt steht, was an Anmeldegebühr zu zahlen ist. Es ist praktisch unmöglich, hier eine Pension zu haben und nicht Mitglied zu sein. Die meisten Empfehlungen kommen über die Handelskammer, deshalb ist dieses Geld wirklich gut für die Werbung angelegt.«

»Danke. Ich sehe es mir gleich an.«

»Ich denke, wir werden mit der neuen Ausgabe im Februar oder März in Druck gehen. Also bleibt dir genügend Zeit, eine Anzeige entwerfen zu lassen. Ich lasse meine bei Barkers in Sturgeon Bay machen. Sie haben einen recht guten Grafiker.«

»Das weiß ich noch, danke.« Sie gingen zur Tür.

»Die Mitglieder der Handelskammer treffen sich einmal im Monat zum Frühstück in irgendeinem Restaurant. Nichts Hochoffizielles, einfach nur ein Zusammensein mit anderen Geschäftsleuten. Nächsten Monat – am vierten, glaube ich – treffen wir uns in der Cookery. Du kannst gerne auch kommen.«

»Mach ich vielleicht.«

Deitz kam mit seinem Werkzeugkasten durch die Küche. »Also dann, gute Nacht, Mrs. Stearn. Vielen Dank für den Kaffee und die Plätzchen. Sie waren wirklich gut.«

»Bitte, bitte, nichts zu danken.«

»Hat mich gefreut, Sie kennenzulernen, Eric.« Deitz nickte.

»Ganz meinerseits.«

Deitz ging zur Tür, und Maggie öffnete sie für ihn. Als er gegangen war, blieb sie bei der geöffneten Tür in der kalten Luft stehen.

»Also, denk an das Frühstück«, erinnerte sie Eric noch einmal.

»Ganz bestimmt.«

»Und danke für die Tour durch das Haus.«

»War mir ein Vergnügen.«

»Ich mag es wirklich sehr.«

»Ich auch.« Der kalte Wind blies ihr ins Gesicht. Sie verschränkte die Arme.

»Also dann...« Er holte seine Handschuhe aus der Tasche und zog sie langsam an. »Auf Wiedersehen.« Sie bewegten sich nicht, nur ihre Augen trafen sich. Sie hatte nicht beabsichtigt, etwas zu sagen, aber auf einmal waren die Worte da. »Ich hole meine Jacke und komme mit dir ein Stück den Hügel hinauf.«

Er schloß die Tür und wartete. Als sie zurückkam, trug sie Reebok-Schuhe ohne Socken und schlüpfte gerade in eine dicke pinkfarbene Jacke. Dann kniete sie mitten in der Küche nieder, rollte die Hosenbeine runter und zog schließlich noch den Reißverschluß ihrer Jacke zu.

»Fertig?«

Sie sah zu ihm auf und lächelte. »Mmhm.«

Er öffnete die Tür und ließ sie vorgehen. Es war halb sechs und schon dunkel. Der frisch gefallene Schnee knirschte unter ihren Füßen, die Luft roch nach Winter. Nebeneinander gingen sie in den Schuhabdrücken, die Deitz gemacht hatte.

»Paß auf«, warnte er, »rutsch nicht aus.« Anstatt sie am Ellbogen festzuhalten, berührte er nur ihren Ärmel. Es war lediglich das Aneinanderstoßen von dick gefütterter Winterkleidung, und doch spürten sie beide die Wärme von Fleisch und Blut. Aus einiger Entfernung hörten sie Deitz die Tür seines Wagens zuschlagen und den Motor aufheulen. Als er weggefahren war, gingen sie ein wenig langsamer die breiten Treppenstufen hinauf, die zur Straße führten.

Der Schnee fiel in großen, schwerelosen Flocken ganz

gerade vom Himmel, so leise, daß man das Auftreffen auf den Boden nicht hören konnte.

Auf der zweiten Stufe blieb Maggie stehen. »Schsch, horch.« Sie legte den Kopf in den Nacken.

Er sah nach oben in den milchigen Himmel und horchte... horchte...

»Hörst du?« flüsterte sie. »Man kann doch hören, wie der Schnee fällt.« Er schloß die Augen, horchte und fühlte dabei, wie die Flocken auf seine Augenlider und Wangen fielen und dort schmolzen.

Du solltest jetzt sofort nach Hause gehen, Eric Severson, und nicht hier mit Maggie Pearson im Schnee stehen. Er dachte nie an sie als Maggie Stearn.

Er öffnete die Augen. Einen Augenblick wurde ihm fast schwindlig, als er in die treibenden Flocken blickte. Eine Schneeflocke fiel auf seine Oberlippe. Er leckte sie ab und zwang sich weiterzugehen.

Sie ging ganz nahe neben ihm. »Was machst du an Thanksgiving?« fragte er und war plötzlich sicher, daß er an diesem Tag an sie denken würde.

»Katy kommt nach Hause. Wir werden bei Mom und Dad sein. Und du?«

»Die ganze Familie trifft sich bei Mike und Barb. Ma besteht allerdings darauf, die Füllung für den Truthahn zu machen. Sie hat Angst, Barb könnte gekauftes Brot dafür verwenden und die ganze Familie damit unter die Erde bringen.«

Sie lachten. Bei Erics Wagen angelangt, standen sie sich gegenüber. »Katy wird das erste Mal das Haus sehen.«

»Die wird Augen machen.«

»Da bin ich nicht so sicher. Wir hatten Meinungsverschiedenheiten, weil ich das Haus in Seattle so einfach verkauft habe.« Maggie zuckte mit den Achseln und fuhr seufzend fort, als quäle sie etwas. »Ach zum Teufel, warum sollte ich nicht ehrlich sein? Wir haben deswegen gestritten, und seither herrscht mehr oder weniger Funkstille zwischen uns. Ich bin ein wenig nervös. Sie ist der Meinung, eine Mutter habe die Pflicht, das Nest, in dem die Kinder aufgewachsen sind, für diese warmzuhalten. Vor einigen Wochen war ich in Chicago und habe sie zum Essen eingeladen, aber die Stimmung war etwas unterkühlt.« Sie seufzte. »Ach ja, die Kinder.«

»Meine Mutter sagt immer, alle Kinder machen irgendwann zwischen Pubertät und gesundem Menschenverstand so eine egoistische Phase durch. Sie halten dann ihre Eltern für Dummköpfe, die sich komisch anziehen, komische Sachen denken oder sagen. Ich selbst kann mich noch gut an diese Zeit erinnern.«

Maggie machte große Augen. »Habe *ich* das auch gemacht?«

Er lachte. »Weiß ich nicht. Hast du?«

»Ich denke schon. Ich konnte es nicht erwarten, von meiner Mutter loszukommen.«

»Na, siehst du.«

»Eric Severson, du hast kein bißchen Mitgefühl«, schalt sie ihn mit gespielter Aufgebrachtheit.

Wieder lachte er und wurde dann nachdenklich. »Sei dankbar für alles, was du hast, Maggie«, meinte er plötzlich ernst. »Du hast eine Tochter, die zu Thanksgiving nach Hause kommt. Ich würde alles dafür geben, auch eine zu haben.«

Sein Geständnis überraschte sie sehr und bewirkte gleichzeitig ein Gefühl der Verwirrung. Er hatte ihr etwas anvertraut, und sie war sich nicht sicher, ob es für sie gut war, dieses private Geheimnis zu kennen. Irgend etwas war plötzlich anders – jetzt, da sie wußte, daß es diesen Schwachpunkt in seiner Ehe gab.

»Weißt du, Eric, du kannst eine solche Bemerkung nicht machen, ohne gleichzeitig eine Frage in den Raum zu stellen. Ich werde diese Frage jedoch nicht stellen, weil mich dein Intimleben ja nichts angeht.«

»Ist es in Ordnung, wenn ich sie trotzdem beantworte?« Als sie keine Antwort gab, fuhr er fort. »Nancy wollte nie Kinder.«

Er sah in die Ferne, als er es sagte.

Nach einem Augenblick des Schweigens sagte sie leise: »Das tut mir leid.«

Unruhig schob er mit seinen Schuhen den Schnee hin und her. »Ach... ja... ich hätte wahrscheinlich nichts erwähnen sollen. Es ist mein Problem, und es tut mir leid, wenn es dir unangenehm ist, darüber zu sprechen.«

»Nein... nein, ist es nicht.«

»Doch ist es, und es tut mir leid.« Sie sah zu ihm auf und verkniff es sich, ihn am Ärmel zu nehmen und zu sagen, daß es ihr leid täte, weil sie wußte, wie gerne er Kinder gehabt hätte. Das wäre unverzeihlich gewesen, denn trotz allem war er ja verheiratet. Einige Augenblicke lang herrschte tiefes Stillschweigen. Sie dachte daran, wie sie sich vor langer Zeit an einem Abend wie diesem geküßt hatten. Damals hatte er sein Schneemobil in dem Hohlweg unter der Klippe angehalten, und sie hatte sein Gesicht gespürt, den Winter auf seiner Haut gerochen. Ganz ruhig waren sie damals dagesessen und hatten den dunklen Nachthimmel betrachtet. Dann hatte er sich umgedreht, ein Bein über den Sitz geschwungen und leise gesagt: »Maggie...«

»Ich sollte jetzt lieber gehen«, meinte er und öffnete die Wagentür.

»Es hat mich gefreut, daß du gekommen bist.«

Er sah zum Haus zurück. »Ich möchte es gerne sehen, wenn alle Möbel drin sind.«

»Natürlich, komm, wann immer du willst.«

Und doch wußten sie beide, daß es besser wäre, wenn er nie wieder hierherkommen würde.

»Ein schönes Thanksgiving-Fest«, wünschte er und stieg in den Wagen.

»Dir auch. Und Grüße an deine Familie.«

»Richt' ich aus.« Er wußte, er würde es nicht tun, denn was hätte er als Grund angeben sollen, weshalb er sie getroffen hatte?

Die Wagentür schlug zu, und Maggie trat einen Schritt zurück. Der Anlasser leierte... und leierte... und leierte.

Aus dem Innern des Wagens hörte Maggie einen dumpfen

Schlag, wahrscheinlich Erics Faust auf das Armaturenbrett, mit dem er den Motor zum Anspringen ermuntern wollte. Dann noch einmal ein Versuch, bei dem er gleichzeitig das Fenster hinunterkurbelte.

»Die verdammte, alte Hure«, sagte er; es klang aber gar nicht so böse.

Maggie lachte. Der Motor sprang an und heulte auf. Er gab Gas, schaltete die Scheibenwischer ein und versuchte, den Motorenlärm zu übertönen: »Bis bald, Maggie!«

»Ade. Fahr vorsichtig!«

Einen Augenblick später waren nur mehr die Reifenspuren im frisch gefallenen Schnee zu sehen. Sie blieb nachdenklich und ruhelos zurück.

An Thanksgiving versammelten sich zwanzig Personen um den Tisch im Haus Severson. Elf davon waren Annas Enkel. Mike und Barb waren da mit ihren fünf Kindern. Ruth, die Jüngste der Familie, war mit ihrem Mann und Dan und den drei Kindern aus Duluth gekommen. Larry, der Zweitjüngste, und Fran kamen mit ihren drei Kindern aus Milwaukee. Das Kleinste saß noch im Kinderstuhl.

Als das Tranchiermesser frisch geschliffen war und der Truthahn vor Mike stand, der am Kopfende des Tisches saß, bat er um Ruhe und sagte: »Wir wollen uns jetzt alle an den Händen fassen.«

Dann begann er mit dem Gebet. »Gott, wir danken dir für ein weiteres Jahr in Gesundheit und Wohlergehen. Wir danken dir für dieses Mahl und dafür, daß wir alle hier beisammen sind und es miteinander einnehmen können. Wir sind besonders dankbar dafür, daß Ma hier ist und dafür gesorgt hat, daß keiner von uns von gekauftem Brot einen bleibenden Schaden bekommt. Und dafür, daß Ruth und Larry mit ihrer Familie hier sind, wobei wir die kleine Trish daran erinnern möchten, was letztes Jahr passierte, nachdem sie ihr drittes Stück Kürbiskuchen mit Schlagsahne verdrückt hatte. Und natürlich danken wir dir für diese Rasselbande, die sich nach dem Essen darum streiten wird, wer das Geschirr abspülen darf. Und noch etwas, lieber Gott, von Barb und mir. Es tut uns leid, daß wir so lange gebraucht haben, um wirklich dankbar sein zu können, aber jetzt endlich haben wir erkannt, daß du sicherlich richtig gehandelt hast, als du noch ein Kind unserer Obhut anvertraut hast. Nächstes Jahr, wenn einundzwanzig Menschen an diesem Tisch versammelt sind, hoffen wir, alle wieder gesund und glücklich hier zusammenzukommen. Amen.« Die jüngsten Kinder wiederholten: »Amen.«

Nancy warf Eric einen Blick zu.

Die anderen starrten Mike und Barbara an.

Endlich hielt es Nicholas nicht mehr aus. »Noch ein Kind?«

»So ist es«, antwortete Mike und nahm das Tranchiermesser.

»Im Mai. Rechtzeitig zu deinem Schulabschluß.« Während Mike sich an den Truthahn machte, blickten alle auf Anna. Als wäre ihr das längst bekannt gewesen, fütterte sie ihren kleinsten Enkel mit Kartoffelbrei und sagte: »Eine schöne Zahl – ein Dutzend Enkel. Barbara, kannst du schon mal die Kartoffeln und die Soße weitergeben, oder sollen wir hier unten warten, bis alles kalt ist.«

Die Spannung, die in der Luft lag, löste sich sichtlich.

Am Abend dieses Tages war Eric ziemlich deprimiert, ohne es sich anmerken zu lassen. Wenn er mit seinen Geschwistern beisammen war, fielen ihm auch immer die fröhlichen Tage seiner Kindheit ein, die große Familie, der Lärm, die Unruhe, die gemeinsamen Erlebnisse. Immer hatte er gehofft, diese Atmosphäre auch in seiner eigenen Familie schaffen zu können. Er mußte sich erst an den Gedanken gewöhnen, daß dies nie passieren würde. Ein bitterer Wermutstropfen fiel in die heitere Festtagsstimmung.

Noch während des Feiertagsessens war er stumm dagesessen und hatte vor sich hingebrütet. Man hatte ihn mit dem Vorwurf geneckt, er sei eingeschlafen. Doch er hatte nur den Schnee vor dem Fenster betrachtet und an Maggie gedacht, wie sie gesagt hatte: »Findest du nicht, daß an

Thanksgiving Schnee liegen sollte?« Er stellte sie sich im Haus ihrer Eltern vor und grübelte, ob sie wohl die Mißstimmung mit ihrer Tochter aus der Welt geschafft hatte. Wieviel glücklicher war er doch bei dem Besuch in ihrem Haus gewesen als hier, im Kreis seiner Familie!

Er bemerkte, daß Nancy ihn beobachtete, und besann sich auf den eigentlichen Grund des Beisammenseins. Wie hatte es Mike eben ausgedrückt? Er sollte dankbar sein für die Familie, die hier zusammengekommen war, für die Gesundheit, für seinen Lebensunterhalt, sein Boot, sein Haus, seine wunderschöne, hart arbeitende Frau.

Als er um acht Uhr abends nach Hause kam, hatte er den Beschluß gefaßt, nicht mehr an Maggie Stearn zu denken und sich von ihrem Haus fernzuhalten. Als Nancy die Eingangstür aufschloß, umfaßte er sie mit beiden Händen von hinten und vergrub sein Gesicht in ihrem Nacken. Der Kragen ihres weißen Wollmantels roch wie ein Gewürzgarten. Ihr Nacken war warm und weich! Sie legte ihre Arme auf seine.

»Ich liebe dich«, murmelte er und meinte es ehrlich.

»Ich dich auch.«

»Und es tut mir leid.«

»Was?«

»Daß ich mich geweigert habe, als du mit mir schlafen wolltest. Ich habe dich einfach zurückgestoßen. Das war nicht richtig.«

»O Eric.« Sie drehte sich zu ihm um und drückte sich fest an ihn. »Bitte laß diese Baby-Geschichte nicht zwischen uns kommen.«

Zu spät.

Er küßte sie und versuchte, nicht daran zu denken, daß dies schon passiert war. Aber es gelang ihm nicht, und der Kuß hatte – für Eric – einen bitteren Nachgeschmack. Er drückte sein Gesicht an ihres, fühlte sich entmutigt und verängstigt. »Ich bin so verdammt eifersüchtig auf Mike und Barb.«

»Ich weiß«, sagte sie. »Ich sah es dir heute an.« Sie hielt ihn fest und streichelte ihm über den Rücken. »Bitte ... nicht. Ich habe vier Tage frei. Laß uns diese Zeit miteinander genießen.«

Er würde es versuchen, schwor er sich. Er würde es wirklich versuchen. Aber da war etwas tief in seinem Innern, etwas Neues, Störendes, Zerstörendes. Dieses Etwas war der erste Keim der Bitterkeit.

Katy Stearn fuhr am Tag vor Thanksgiving nach der Ein-Uhr-Vorlesung von Chicago weg. Sie fuhr alleine und hatte genügend Zeit, sich Vorwürfe gegen ihre Mutter zu überlegen.

Eigentlich sollte ich mit Smitty nach Seattle zurückfliegen. Ich sollte mich mit Freunden treffen und sehen, wer vom Essen in der Mensa dick geworden ist, wer sich verliebt hat, und ob gewisse Leute immer noch ekelhaft sind. Ich möchte mich mit meinem Northwestern-Sweatshirt und dem neuen Haarschnitt zeigen und mich mit Lenny treffen. Ob er an der UCLA *eine Freundin gefunden hat, oder ob ich sein Herz auf immer und ewig gebrochen habe? Ich möchte wieder in altbekannten Straßen herumfahren, auf Anrufe von alten Freunden warten und in meinem alten Zimmer schlafen.* Sie war gerade achtzehn und fand sich keineswegs egoistisch, sondern zurückgesetzt vom plötzlichen Entschluß ihrer Mutter, nach Door County zurückzuziehen.

Absichtlich hatte sie darauf verzichtet, nach der Adresse von Maggies Haus zu fragen, und fuhr statt dessen direkt zu ihren Großeltern, wo sie kurz vor sieben Uhr eintraf.

Vera öffnete die Tür. »Katy, hallo.«

»Hallo, Großmama.«

Vera ließ sich umarmen und wunderte sich dann: »Wo ist deine Mutter?«

»Ich war noch nicht bei ihr. Ich habe mich entschlossen, erst bei euch vorbeizufahren.«

Vera trat einen Schritt zurück und fing zu schimpfen an. »Du meine Güte, Kind, wo sind deine Stiefel? Du wirst mir doch nicht sagen wollen, daß du den ganzen Weg von Chicago hierher ohne Stiefel gefahren bist. Nun, du hättest dir eine ordentliche Lungenentzündung holen können, wenn du eine Panne gehabt hättest, und hättest laufen müssen.«

»Ich habe ein ganz neues Auto, Großmama.«

»Das heißt gar nichts. Auch neue Autos haben Pannen. Roy, schau mal, wer hier ist – und ohne Stiefel!«

»Hallo, Großpapa.«

»Hallo, kleine Katy.« Er kam aus der Küche und umarmte sie herzlich. »Das muß man sich mal vorstellen – jetzt ist das Mädchen schon so erwachsen, daß es alleine von Chicago hierherfährt. Wie geht's am College?«

Sie plauderten und gingen in die Küche. Vera fragte Katy, ob sie schon zu Abend gegessen hatte, und als diese verneinte, öffnete sie die Kühlschranktür. »Nun, ich habe noch Suppe, die ich für dich aufwärmen kann. Roy, räum mal deinen Kram weg! Du hast das Zeug auf dem ganzen Tisch verstreut.« Sie begann, die Suppe aufzuwärmen, während Katy und Roy am Tisch saßen und er sie über Chicago und das College befragte.

Als sie beschlossen hatte, aufs College zu gehen, hatte sie sich so die Szene vorgestellt, wenn sie zu ihrer Mutter nach Hause gekommen wäre. Wäre sie zuerst zu ihrer Mutter gefahren, dann wäre es auch so gewesen. Aber dieses seltsame Haus in dieser seltsamen, kleinen Stadt! Wie konnte ihre Mutter ihr nur so etwas antun? Wie? Ihre Mutter beschuldigte sie, Katy, des Egoismus. Und Katy ihrerseits sah Maggies Umzug als einen krassen Akt der Selbstsucht.

Vera kam mit der Suppe, mit Cräcker, Käse und kaltem Fleisch und setzte sich zu ihnen, während Katy aß. Danach räumte sie die Küche auf, und Roy holte seine Arbeit wieder herbei.

»Was machst du da, Großpapa?«

»Eine viktorianische Stadt. Jedes Jahr mache ich ein paar Gebäude. Im ersten Jahr habe ich die Kirche gemacht, und seither sind neun Gebäude dazugekommen.«

»Was ist dieses Jahr dran?«

»Ein Haus. Genauer gesagt, ein Modell des Hauses deiner Mutter!« Während sie ihm zusah, wie er zwei dünne Holzstücke zusammenfügte, durchfuhren sie die widersprüchlichsten Gefühle. Sie wollte bei ihrer Mutter sein, dann wieder sich ganz loslösen. Sie wollte das Haus sehen, dann wieder nicht. Sie liebte es, dann verachtete sie es. »Weißt du, sie hat ein sehr schönes Haus gekauft.«

Vera meldete sich vom Spülbecken her. »Ich habe ihr gesagt, sie sei verrückt, ein so großes Haus zu kaufen. Und so *alt*, um Himmels willen, aber auf mich wollte sie ja nicht hören. Was will eine alleinstehende Frau mit einem so großen...«

Vera hörte nicht mehr auf. Katy sah das Hausmodell an und versuchte ihre widersprüchlichen Gefühle zu verstehen. Roy strich Klebstoff auf einen der Miniaturfensterrahmen und klebte ihn fest. Wie würde das fertige Haus aussehen, die obere Hälfte, das Dach?

»... hat kein einziges Möbelstück in dem Haus. Also frage ich mich, wo *du* wohl schlafen wirst, wenn du tatsächlich hinfährst«, beendete Vera schließlich ihre Ausführungen.

Der Klebstoffgeruch erfüllte den Raum. Vera polierte die Armaturen. Ohne von seiner Arbeit aufzusehen, sagte Roy zu seiner Enkelin: »Es würde mich nicht wundern, wenn deine Mutter gerade jetzt auf dich wartet, um dir das Haus zu zeigen.«

Katys Augen begannen zu brennen. Roys Hände, die Stück für Stück das Haus zusammenfügten, verschwammen vor ihren Augen. Sie dachte an Seattle und an das Haus, das sie so gut kannte. Und sie dachte an ein anderes Haus am anderen Ende der Stadt, das sie überhaupt nicht kannte. Sie mußte dorthin, ob sie wollte oder nicht, zu ihrer Mutter, mit der sie sich gestritten hatte, zu der Mutter, die sie so sehr vermißte, daß es ihr wehtat.

Sie wartete, bis Vera nach oben ging. Es war ganz ruhig in der Küche. Roy setzte Stück für Stück sein Modellhaus zusammen.

»Großpapa?« sagte Katy ruhig.

»Hm?« antwortete er und gab sich den Anschein, als interessiere ihn nur sein viktorianisches Haus.

»Du mußt mir sagen, wie ich hinkomme.«

Er sah auf, lächelte wie ein müder Weihnachtsmann und

tätschelte ihr über den Tisch hinweg die Hand. »Braves Mädchen.«

Die Straße war steil und kurvenreich. Sie konnte sich dunkel von früheren Jahren her daran erinnern, als sie in den Sommerferien hier gewesen und heraufgefahren waren, um einen Blick auf die Sommerhäuser der »Reichen« zu werfen. Es gab keine Straßenbeleuchtung, nur hin und wieder drang Licht von einer Veranda auf die Straße. Meist aber waren die Häuser von hohen Hecken umgeben, die die Sicht versperrten. Die Scheinwerfer trafen auch auf frostglitzernde Steinmauern und steile Giebeldächer von Garagen, die mehr Ausstrahlung hatten als so manches moderne Haus.

Rasch hatte sie den Wagen ihrer Mutter gefunden und parkte ihren auf der gegenüberliegenden Seite neben einer hohen, immergrünen Hecke. Sie schaltete die Automatik auf Parken und sah das Auto mit der Schneehaube bei der fremden Garage an, dann die schneebedeckte Fläche des Tennisplatzes und den erbärmlichen Baumsitz, von dem ihr ihre Mutter in Briefen geschrieben hatte. Sie kam sich ganz fremd vor, stand sie doch jetzt vor Dingen, die ihrer Mutter schon etwas bedeuteten. Wieder kam dieses Gefühl der Verlassenheit in ihr auf, denn sie, Katy, gehörte hier nicht dazu.

Rechts versperrte eine dicke Hecke den Blick auf das Haus. Widerwillig schaltete sie die Scheinwerfer aus, stellte den Motor ab und stieg aus.

Eine ganze Weile stand sie zwischen den stechend riechenden Sträuchern oben am Weg und sah auf die Rückseite des Hauses hinunter, von dessen Veranda ein warmes Licht einladend leuchtete. Neben der Tür mit einem Fenster war noch ein weiteres Fenster, lang und schmal, das einen goldenen Lichtstreifen auf den Schnee zauberte. Sie sah zum Dach hinauf, konnte aber keine Details erkennen.

Endlich stieg sie die Stufen hinab. Auf der Veranda blieb sie stehen und vergrub ihre Hände tief in den Taschen. Ängstlich starrte sie auf die Spitzenvorhänge an den Fenstern und die verschwommenen Konturen dahinter. Sie hatte das Gefühl, als wären ihre eigenen Bedürfnisse wie die Bilder, die sie durch die Spitze sah, undeutlich geworden. Sie brauchte ihre Mutter nicht mehr, und doch schmerzte ihre Abwesenheit. Sie hätte nicht hierherkommen müssen, aber Thanksgiving in Seattle ohne Familie war undenkbar. Sie betrachtete die Maiskolben und die Messingplakette mit dem festen Entschluß, das Haus nicht zu mögen, und doch spürte sie seinen Charme.

Vorsichtig klopfte sie an die Tür und wartete. Ihr Herz klopfte vor freudiger Erwartung und Angst, als sie durch den Spitzenvorhang sah, wie sich jemand bewegte. Die Tür wurde geöffnet, und da stand lächelnd Maggie. Sie trug einen modischen, grau verwaschenen Overall und ein pinkfarbenes Hemd, das wie Unterwäsche geschnitten war.

»Katy, da bist du ja.«

»Hallo Mutter«, erwiderte Katy kühl.

»Na, komm schon herein.« Sie umarmte Katy, die das mehr oder weniger über sich ergehen ließ. Maggie dachte: *O Katy, sei nicht wie Mutter. Bitte, werde nicht so wie sie.* Katy hatte immer noch die Hände in den Taschen und stand da, hinter einer Mauer, die aus Stahl zu sein schien. Maggie mußte für zwei ackern.

»Wie war deine Fahrt?«

»Gut.«

»Ich habe dich schon viel früher erwartet.«

»Ich war bei Großmama und Großpapa und habe mit ihnen zu Abend gegessen.«

»Oh.« Maggie versuchte sorgfältig, ihre Enttäuschung zu verbergen. Sie hatte Spaghetti mit Fleischklößchen, Käsestangen und überbackene Äpfel vorbereitet, alles Katys Lieblingsspeisen. »Ach, das hat ihnen sicher gefallen. Sie haben sich so auf dein Kommen gefreut.«

Katy nahm ihren Wollschal ab und sah sich in der Küche um. »Also, das ist das Haus.« Es war ein warmer, gastfreundlicher Raum, aber so ganz anders als die Umgebung, in der sie aufgewachsen war. Wo war der alte Küchentisch? Woher kam der neue? Und seit wann zog sich ihre Mutter wie eine

Studentin an? So viele Veränderungen, Katy hatte den Eindruck, sie wäre Jahre weggewesen und nicht Wochen. Und ihre Mutter schien ohne sie auch ganz glücklich zu sein.

»Ja, das ist es. Das war der erste Raum, den ich umgebaut habe. Das ist ein alter Tisch von Großpapa, die Schränke sind neu, aber der Fußboden ist noch original. Möchtest du die anderen Zimmer auch noch sehen?«

»Ich denke schon.«

»Also gut, dann... zieh deine Jacke aus und komm mit.«

Während sie durch die leeren Räume gingen, fragte Katy: »Wo sind alle unsere Möbel?«

»In der Garage zwischengelagert. Als sie kamen, war ich mit den Böden noch nicht fertig.«

Katy wurde auf dem Weg durch das Haus klar, daß ihre Mutter nicht die Absicht hatte, die Erinnerungsstücke der Vergangenheit wieder aufzustellen. Statt dessen würde sie das ganze Haus mit neuen Möbeln ausstatten. Wieder regte sich Katys Widerwille, aber selbst sie mußte zugeben, daß ihre Möbel in dieser Umgebung mit den hohen, großzügigen Räumen im besten Fall armselig wirken würden. Hier mußten traditionsreiche, wuchtige Möbel mit Geschichte stehen.

Sie kamen in das Belvedere-Zimmer, und endlich hatte Katy die Vertrautheit, nach der sie sich so sehnte: Ihr eigenes Bett und ihr Frisiertisch wirkten lächerlich in dem großen Raum. Das Bett war mit der ihr vertrauten, blauen, verschossenen Decke abgedeckt, die hier einfach nicht hergehörte. Maggie hatte mehrere große Stofftiere ausgepackt und sie neben dem Bett plaziert. Auf der Frisierkommode stand eine Schmuckkassette, die Katy zu Weihnachten bekommen hatte, als sie neun war, und ein Korb mit Erinnerungsstücken aus vergangenen Jahren: Perlen und Parfumfläschchen und die Quasten von ihren Rollschuhen.

Sie starrte auf die Sachen und hatte einen Kloß im Hals. Wie kindisch alles auf einmal aussah.

Maggie stand hinter ihr und sagte leise: »Ich wußte nicht genau, was ich alles auspacken sollte.« Die blauen Gänseblümchen auf der Tagesdecke verschwammen vor ihren Augen. Sie spürte, wie sich ihre Kehle zuschnürte. Sie wollte wieder zwölf sein, wollte, daß ihr Daddy noch lebte, und wollte sich nicht Veränderungen unterwerfen müssen. Andererseits gefiel es ihr, am College zu sein, den ersten Schritt in die große Welt zu wagen und frei von elterlichen Zwängen zu sein. Plötzlich drehte sie sich um und flog in Maggies Arme.

»O Mutter, es ist so... so schwer, er... erwachsen zu werden.«

Maggie ging das Herz auf vor Liebe und Verständnis. »Ich weiß, Liebes, ich weiß. Auch für mich bedeutet dein Erwachsenwerden Veränderungen.«

»Es tut mir leid.«

»Mir auch.«

»Aber ich vermisse das alte Haus und Seattle so... sehr.«

»Ich weiß.« Maggie streichelte Katy über den Rücken. »Aber das Haus und alle damit verbundenen Erinnerungen gehören der Vergangenheit an. Ich mußte sie hinter mir lassen und Platz für etwas Neues in meinem Leben machen, ansonsten wäre ich nur mehr dahinvegetiert. Verstehst du das nicht?«

»Natürlich verstehe ich, ehrlich!«

»Der Wegzug aus Seattle bedeutet nicht, daß ich deinen Vater vergessen habe oder das, was er uns beiden bedeutet hat. Ich habe ihn geliebt, Katy, und wir hatten miteinander das beste Leben, das ich mir vorstellen kann – ein Leben, das ich auch dir und deinem Mann einmal wünsche. Aber ich entdeckte, daß ich, als er starb, mit ihm gestorben bin. Ich zog mich völlig zurück, trauerte um ihn und habe mich um nichts mehr gekümmert. Seit ich hier bin, habe ich mich wieder so... *lebendig* gefühlt. Das Leben hat wieder einen Sinn. Ich habe wieder eine Aufgabe. Ich habe das Haus, in dem es viel Arbeit gibt, ich habe den Frühling, auf den ich mich freuen kann, und ich habe ein Geschäft, das auf den Weg gebracht sein will.«

Katy sah dies alles, diese neue, ganz andere Seite ihrer Mutter, sah eine Frau, die mit Tatkraft ihr Witwendasein beiseite gelegt hatte und mit Mut neu anfing. Eine Frau mit erlesenem Geschmack, die ein ganzes Haus voller 08/15-Möbel aufgab und sich begeistert auf das Zusammentragen von Antiquitäten stürzte. Eine Geschäftsfrau, die neue Herausforderungen mit überraschendem Selbstbewußtsein anging. Diese neue Maggie zu akzeptieren, bedeutete, von der alten Maggie Abschied zu nehmen, aber Katy wußte, daß sie dies tun mußte.

Sie schniefte immer noch, als sie sagte: »Ich mag das Haus, Mom. Ich wollte es nicht mögen, aber ich mag es jetzt doch.«

Maggie lächelte. »Du wolltest es nicht mögen?«

Katy wischte sich die Augen und jammerte: »Ja, verdammt noch mal, ich hasse Antiquitäten. Ich habe sie noch *nie* gemocht. Und du schreibst mir von alten Schränken und Messingbetten, und plötzlich werde ich neugierig. Und kaum bin ich da, sehe alles und finde es toll.«

Lachend zog Maggie Katy in ihre Arme und wiegte sie hin und her. »Siehst du, Liebes, so entwickelt man sich weiter, wenn man lernt, neue Dinge zu akzeptieren.«

Katy faßte sich. »Und das...« Sie zupfte an Maggies Ärmel. »...ist das auch eine Weiterentwicklung, wenn sich meine vierzigjährige Mutter wie ein Teenie anzieht?«

Maggie vergrub ihre Hände in den Taschen ihres Overalls, streckte die Zehen nach oben und sah an sich herunter. »Gefällt es dir?«

»Nein. Ja.« Katy schlug die Hände über dem Kopf zusammen. »Du liebe Zeit, ich weiß es nicht! Du siehst nicht mehr wie meine Mom aus. Du siehst aus wie eines der Mädchen in meinem Wohnheim. Das macht mir Angst.«

»Nur weil ich eine Mutter bin, muß ich mich doch nicht wie Harriet Nelson anziehen, oder?«

»Wer ist Harriet Nelson?«

»Ozzies Harriet, und übrigens – ich bin gerne vierzig.«

»O Mom...« Katy lächelte und hakte sich bei ihrer Mutter unter. »Ich bezweifle, daß dies jemals für mich ein richtiges Zuhause sein wird, aber wenn du glücklich bist, dann sollte ich mich mit dir freuen.«

Als sich Katy später im Belvedere-Zimmer häuslich niederließ, bemerkte sie: »Großmama ist nicht besonders glücklich darüber, daß du dieses Haus gekauft hast, oder?«

»Worüber ist Großmama jemals glücklich gewesen?«

»Über nicht viel, soweit ich mich erinnere. Wie hast du es geschafft, so ganz anders zu werden als sie?«

»Mit ganz bewußten diesbezüglichen Anstrengungen«, antwortete Maggie. »Manchmal tut sie mir leid, aber meistens macht sie mich wahnsinnig. Seit ich dort ausgezogen bin, bin ich nur einmal pro Woche zu Besuch bei ihr gewesen. Nur so kann ich das verkraften.«

»Aber Großpapa ist wahnsinnig lieb.«

»Ja, das ist er, und es tut mir sehr leid, daß ich ihn nicht öfter sehen kann. Aber er kommt ziemlich häufig hier vorbei. Er mag das Haus auch sehr.«

»Und Großmama?«

»Sie war noch nie hier.«

»Wie bitte?«

»Sie war noch nie hier.«

»Hast du sie nicht eingeladen?«

»Aber sicher doch; sie hat allerdings immer eine andere Entschuldigung parat. Ich sagte doch schon, sie macht mich verrückt.«

»Aber warum? Ich verstehe das nicht.«

»Ich auch nicht. Wir sind noch nie miteinander zurechtgekommen. Ich habe in letzter Zeit viel darüber nachgedacht. Es sieht fast so aus, als könnte sie es nicht ertragen, wenn andere Menschen glücklich sind ... Ich weiß nicht. Was immer man erzählt, wenn man glücklich ist, sie vermiest es einem; oder sie schimpft über etwas, das mit der Sache überhaupt nichts zu tun hat.«

»Sie hat mich ausgeschimpft, kaum daß ich da war, weil ich keine Stiefel anhatte.«

»Siehst du, genau das meine ich. Warum tut sie das? Ist sie eifersüchtig? Es klingt lächerlich, aber manchmal handelt sie so, als wäre sie es, obwohl ich nicht wüßte, worauf. Bei mir ist es vielleicht meine Beziehung zu Dad – wir beide sind immer wunderbar miteinander ausgekommen. Vielleicht ist es auch die Tatsache, daß ich glücklich sein *kann* – trotz Phillips Tod. Irgend etwas stört sie auf jeden Fall daran, daß ich dieses Haus gekauft habe.«

»Werden wir Thanksgiving bei ihr sein?«

»Ja.«

»Und bist du deswegen enttäuscht?«

Maggie lächelte. »Nächstes Jahr werden wir hier feiern. Was sagst du dazu?«

»Abgemacht. Aber dann ohne Heulerei von meiner Seite.«

Maggie verdrängte ihre Mutter aus ihren Gedanken. »Und im Sommer kannst du, wenn du willst, hier Zimmermädchen spielen. Du hast den Strand direkt vor der Nase, und ich kenne ein paar junge Leute, die ich dir vorstellen kann. Würdest du das wollen?«

Katy lächelte. »Vielleicht.«

»Gut. Wie wär's jetzt mit überbackenen Äpfeln?«

Katy strahlte. »Ich dachte mir doch, daß es danach riecht, als ich hier reinkam.«

Maggie faßte Katy um die Taille. Drei Monate hatte der Streit zwischen ihnen geschwelt. Jetzt, da die Angelegenheit geklärt war, konnte Maggie sich auf Thanksgiving freuen. Zusammen gingen sie in die Küche.

9. Kapitel

Der Thanksgiving-Tag mit Vera war überstanden. Katy blieb vier Tage und versprach, mindestens die erste Hälfte ihrer Weihnachtsferien bei ihrer Mutter zu verbringen und dann nach Seattle zu Smitty zu fliegen.

Der Dezember zog ins Land, brachte mehr Schnee. Aber erst nach den Feiertagen würden die Langlaufski- und die Schneemobiltouristen wieder nach Door County strömen. Die Farben in der Natur wechselten – blaue Schatten in weißem Land, dunkle Schierlingstannen und hie und da die scharlachroten Beeren des Färberbaums wie Feuerfedern über dem Schnee. Die Herbstvögel waren geblieben – Eichelhäher, Goldhähnchen und die Kleiber, die mit dem Kopf nach unten die Baumstämme auf und ab liefen. Der See begann zuzufrieren.

Maggie fuhr eines Tages kurz vor Mittag in die Stadt, um ihre Post abzuholen. Um diese Jahreszeit gab es reichlich Parkplätze, und sie parkte ihren Wagen auf halbem Weg zwischen Postamt und Lebensmittelgeschäft am rechten Bürgersteig. Sie trat gerade auf den Gehweg, als jemand rief: »Maggie! He, Maggie!«

Sie sah sich um, konnte aber niemanden sehen.

»Hier oben!«

Sie sah nach oben und schützte ihre Augen mit einer Hand gegen die helle Mittagssonne. Hoch über ihr stand ein Mann im Korb eines Kranauslegers und winkte.

»Hallo, Maggie.«

Er trug einen Parka und hielt eine riesige, rote Weihnachtsglocke in einer Hand. Die Sonne fing sich in dem grünen Glitzerwerk, das über den Korb hing und zu einem Lichtmast auf der gegenüberliegenden Straßenseite führte.

»Eric, bist das du?«

»Hallo! Wie geht's dir?«

»Gut. Was machst du da oben?«

»Weihnachtsdekoration aufhängen. Ich melde mich jedes Jahr freiwillig.«

Sie lächelte, blinzelte und war unangebracht glücklich, ihn zu sehen. »Sieht gut aus!« Sie blickte die Hauptstraße hinunter, wo die Girlanden bereits baldachinartig hingen. An jedem Laternenpfosten baumelte bis zum Ende der Straße eine rote Glocke. »Oho! So viel Bürgerstolz!« neckte sie ihn und sah wieder nach oben.

»Ich habe jetzt jede Menge Zeit. Und außerdem macht es mir Spaß. Bringt mich in die richtige Festtagsstimmung.«

»Mich auch.«

Sie lächelten sich an. Dann fragte er: »Wie war dein Thanksgiving?«

»Schön, und deines?«

»Ganz gut. Ist deine Tochter gekommen?«

»Ja.«

Vom Bürgersteig am Fuße des Kranauslegers schrie ein Mann nach oben: »He, Severson, hängst du das Ding jetzt auf, oder soll ich Mittagspause machen, bis du soweit bist?«

»Oh, tut mir leid. Dutch, kennst du Maggie?«

Der Mann sah zu Maggie hinüber. »Glaube nicht.«

»Das ist Maggie Stearn. Sie hat das Harding-Haus gekauft. Maggie, das ist Dutch Winkler. Auch ein Angler.«

»Hallo, Dutch.« Sie winkte hinüber. Dutch winkte zurück. Ein roter Ford fuhr vorbei. Der Fahrer winkte Dutch zu und hupte.

Als der Wagen vorbeigefahren war, reckte Maggie wieder ihren Hals nach oben. »Wird dir da oben nicht schwindlig?«

»Schwindlig? Mir? Einem Fischer, der den ganzen Tag auf einem schwankendem Deck steht?«

»Ach ja, natürlich. Ich finde es schön, daß du die Stadt für uns alle festlich schmückst.«

»Von hier oben sieht man all die hübschen Mädchen, und sie wissen nicht, daß sie beobachtet werden«, scherzte er.

Hätte er nicht so laut gesprochen, daß alle es hören konnten, hätte man meinen können, er flirte. Sie spürte, wie ihre

Wangen heiß wurden, und fand, jetzt genug Zeit vertrödelt zu haben.

»War schön, dich zu sehen. Ich muß jetzt meine Post und meine Milch holen. Ade!«

»Ade!« Er beobachtete sie von oben, sah ihrem dunklen Haar und der pinkfarbenen Jacke nach.

*Pink*farbene Jacke!

Erst jetzt fiel ihm wieder ein, daß sie Pink immer bevorzugt hatte. Er hatte es ganz vergessen. Früher hatte er sie immer damit geneckt und ihr kleine rosafarbene Dinge geschenkt. Einen rosafarbenen Teddybären, den er bei einer Schießbude gewonnen hatte. Eine rosafarbene Pfingstrose aus dem Garten seiner Mutter, die er in die Lüftungsschlitze ihres Garderobenschranks in der Schule gesteckt hatte. Dann wieder rosa Quasten für ihre Schlittschuhe. Aber am lebhaftesten erinnerte er sich an das Frühjahr ihres letzten gemeinsamen Schuljahres. Die Obstbäume standen in voller Blüte, und er hatte sich Mikes Wagen geborgt, um mit ihr ins Drive-in-Kino zu fahren. Auf dem Weg war er stehengeblieben, hatte blühende Zweige abgeschnitten, sie hinter die Sonnenblenden, die Fensterkurbeln, die Mantelhaken und sogar in den Aschenbecher gesteckt und das Auto ein paar Straßen von Maggies Haus entfernt geparkt – aus Angst, ihre Mutter könnte das Auto so sehen und ihn für verrückt halten. Vera gaffte immer aus dem Fenster, wenn er Maggie abholte. Als Maggie das blütengeschmückte Auto sah, schlug sie beide Hände vor den Mund und war ganz aus dem Häuschen. Er erinnerte sich, daß er sie – oder sie ihn – im Wagen auf der Straße umarmte, ehe er den Motor anließ. Um sie herum war der Duft der Blüten, ein lauer Frühlingsabend senkte sich herab, und sie waren verliebt – so verliebt. Bis zum Kino haben sie es an diesem Abend nicht geschafft. Statt dessen hatten sie sich in den Obstplantagen unter den Bäumen ein ruhiges Plätzchen gesucht, die Autotüren aufgemacht, den Duft von Tausenden von Blüten eingesogen und sich zum ersten Mal ihrer Liebe ganz hingegeben.

Von seiner hohen Warte aus hing Eric an einem kalten Wintertag diesen Erinnerungen nach und sah Maggie hinterher, bis ihre pinkfarbene Jacke im Postamt verschwunden war.

Dann machte er sich wieder an die Arbeit, behielt jedoch die Tür des Postamtes im Auge. Kurz darauf kam sie wieder heraus und sah auf dem Weg zum Lebensmittelladen ihre Post durch. Als sie wieder auf seiner Höhe war, winkte sie ihm mit zwei Fingern zu, und er winkte wortlos zurück. Sie verschwand im Laden, und er hängte die Plastikglocke auf. Dann sah er nach unten. »He Dutch, bist du nicht hungrig?«

Dutch sah auf seine Uhr. »Du liebe Güte, es ist fast zwölf Uhr. Möchtest du Mittag machen?«

»Ja, ich bin hier fertig.«

Der Kranausleger wurde heruntergeholt, und Eric ließ dabei die Tür des Lebensmittelladens nicht aus den Augen.

Du läufst ihr nach, Severson.

Wieso? Jeder muß zu Mittag essen.

Der Laden war voll. Zumindest für Fish Creek im Dezember. Alle Einwohner von Fish Creek wußten, wann die Post kam – jeden Tag zwischen elf und zwölf Uhr. Und da es keine Zustellung im Stadtgebiet gab, gingen sehr viele Einwohner um die Mittagszeit ihre Post holen und kauften dann noch ein, was sie gerade brauchten. Zur Postzeit traf man sich in Fish Creek, sah und wurde gesehen.

Als Maggie den Laden betrat, waren die meisten Kunden im vorderen Bereich des Ladens. Hinten, an der Fleisch- und Wursttheke, war niemand. »He, was tut sich denn da hinten?« scherzte sie und lugte neugierig über die hohe Theke.

Roy sah auf und lächelte. »Wie schön, dich zu sehen. Wie geht es dir, mein Engel?« Er kam hinter dem Hackstock hervor und schloß sie in seine Arme.

»Mmm... gut.« Sie küßte ihn auf die Wange. »Ich dachte, du könntest mir ein Sandwich machen, wenn ich schon hier bin.«

»Was für eins?«

»Pastrami. Und ziemlich dick. Ich habe Hunger wie ein Wolf.«

»Weizen?«

»Nein, Roggen.« Er holte ein Roggenbrötchen, während sie die Dinge hinter der Theke begutachtete. »Was hast du denn sonst noch für gute Sachen? Oh, das Heringfaß ist da!« Sie schob die schwere Glastür zurück, fischte mit einem Sieblöffel ein Stück Hering heraus und stopfte es sich mit den Fingern in den Mund. »Mmm... jetzt weiß ich, daß bald Weihnachten ist!« murmelte sie mit vollen Backen.

»Möchtest du, daß ich hier rausfliege, wenn man sieht, wie du hier mit deinen Fingern hantierst?«

»Sie sind sauber«, erklärte sie und leckte die Fingerspitzen ab. »Ich habe mich nur einmal in der Achselhöhle gekratzt.«

Er lachte und schwenkte mit einem großen Messer in ihre Richtung. »Du bringst mich um meinen Lebensunterhalt, junge Frau.«

Sie lief zu ihm, küßte ihn auf die Stirn und lehnte sich keß gegen den Hackstock. »Niemand kann dich rauswerfen. Du bist einfach zu nett.«

Auf der anderen Seite der Theke sagte jemand trocken: »Also, eigentlich hätte ich ja gerne einen Hering gehabt.«

Maggie drehte sich mit einem Ruck um, als sie Erics Stimme hörte.

»Hallo, Eric«, begrüßte ihn Roy.

»Ziemlich schwierig, einen Skandinavier vom Heringfaß fernzuhalten, nicht wahr?«

»Ich habe ihr schon gesagt, daß sie mich um meinen Job bringt.«

»Was immer du da gerade machst, mach zwei davon«, bat Eric.

»Pastrami auf Roggenbrötchen.«

»Ausgezeichnet.«

Maggie ging wieder zu der Theke und winkte Eric mit einem Finger zu sich. »He, Eric, komm her«, flüsterte sie. Sie warf einen verstohlenen Blick nach vorne in den Laden, fischte noch ein Stück Hering heraus und reichte es ihm über die Theke. »Verrat niemandem etwas davon.«

Er aß den Happen mit Vergnügen, legte genießerisch den Kopf in den Nacken und leckte dann seine Finger ab.

»Also, ihr zwei, ihr nehmt jetzt eure Sandwiches und die Finger aus meinem Heringfaß!« schalt Roy gutmütig. In diesem Augenblick trat Elsie Childs, die Bibliothekarin, an die Theke. »Ihr seht doch, ich habe zu tun. Was kann ich heute für Sie tun, Elsie?«

»Hallo, Elsie«, grüßten Maggie und Eric wie aus einem Mund, nahmen ihre Sandwiches und verdrückten sich. Maggie schnappte sich noch eine Packung Milch, zahlte dann und verließ mit Eric den Laden. Draußen sagte Eric: »Wo wolltest du dein Sandwich essen?«

Sie blickte auf die lange Holzbank vor dem Laden, auf der im Sommer die Feriengäste mit ihren Eistüten saßen. »Wie wär's gleich hier?«

»Hast du was dagegen, wenn ich mich dazusetze?«

»Keineswegs.«

Sie setzten sich auf die kalte Bank und drehten sich nach Süden, um etwas von der wärmenden Sonne abzubekommen. Mit den dicken Fingerhandschuhen wickelten sie ihre Sandwiches aus, die mit einer drei Zentimeter dicken Fleischschicht belegt waren. Beim ersten Bissen hatten sie Mühe, den Mund weit genug aufzubekommen.

»Mmm...«, lobte sie mit vollem Mund. »Mm-hmm!« stimmte auch er zu. Sie schluckte hinunter und fragte: »Wo ist Dutch?«

»Nach Hause gegangen, zum Essen.«

Sie aßen weiter und unterhielten sich dabei. »Hast du dich mit deiner Tochter ausgesprochen?«

»Ja. Sie mag das Haus und wird im Sommer bei mir arbeiten.«

»Wunderbar.«

Sie holte die Milch aus der braunen Tüte, öffnete sie und nahm einen Schluck.

»Möchtest du auch?« bot sie an und hielt ihm die Packung hin.

»Danke.« Er legte den Kopf in den Nacken und trank. Maggie beobachtete seinen Adamsapfel, der auf und ab wippte. Er setzte die Milchpackung ab und wischte sich den

Mund mit dem Handrücken ab. »Schmeckt gut.« Sie lächelten sich an, und er rückte ein Stück zur Seite, damit er die Milchpackung zwischen sie stellen konnte.

Mit ausgestreckten, überkreuzten Beinen aßen sie weiter. Elsie Childs kam aus dem Laden, und Eric zog seine Füße ein, um sie vorbeizulassen.

»Hallo, nochmal«, sagte er.

»Euch zwei scheint's gutzugehen«, bemerkte Elsie.

Sie antworteten gleichzeitig.

»Stimmt.«

»Die Sonne ist schön warm.«

»Viel Spaß noch.« Elsie ging in Richtung Postamt.

Sie aßen ihr Sandwich fertig und nahmen noch einige Schluck Milch. Dann packte Maggie die halbleere Packung wieder in die Tüte.

»Tja, jetzt mache ich mich wieder auf den Nachhauseweg.«

»Dutch wird auch bald wieder da sein. Wir müssen noch sechs Girlanden aufhängen.«

Aber sie blieben weiter sitzen und ließen sich von der Sonne bescheinen wie zwei Eidechsen auf einem warmen Felsen. In der kahlen Robinie sangen zwei Vögel. Gelegentlich fuhr ein Auto vorbei. Die Reifen zischten auf der matschigen Straße.

»Du, Maggie?« murmelte Eric gedankenverloren. »Kann ich dir was sagen?«

»Sicher.«

Er schwieg so lange, daß sie ihn ansah, um festzustellen, ob er nicht eingeschlafen war. Aber er blickte mit zusammengekniffenen Augen auf irgend etwas auf der gegenüberliegenden Straßenseite und hatte die Hände in den Handschuhen über dem Bauch verschränkt.

»Ich habe so etwas mit Nancy noch nie gemacht«, sagte er schließlich und sah sie an. »Sie würde sich niemals auf eine eiskalte Bank setzen und ein Sandwich essen. Und ebensowenig würde sie Reeboks ohne Socken tragen. Das ist einfach nicht ihre Art.«

Sie sahen sich lange an.

»Hast du so etwas mit deinem Mann gemacht?« fragte Eric.

»Immer. Spontane, verrückte Dinge.«

»Ich beneide dich«, seufzte er, drehte sein Gesicht wieder der Sonne zu und schloß die Augen. »Ich glaube, Ma und der alte Herr haben sich auch oft fortgeschlichen und alles mögliche miteinander gemacht. Ich erinnere mich, daß sie manchmal nach Einbruch der Dunkelheit mit dem Boot rausfuhren, und keines der Kinder durfte mit.« Er öffnete die Augen und beobachtete die Vögel. »Wenn sie nach Hause kamen, hatten sie ganz nasse Haare, und Mike und ich kicherten, weil wir wußten, daß Ma nie einen Badeanzug mitnahm. So ähnlich läuft es jetzt, glaube ich, auch bei Mike und Barb. Warum ist das nur bei manchen Leuten so und bei anderen nicht?«

Sie überlegte einen Augenblick. »Weißt du, was ich glaube?«

»Was?« Er sah sie wieder an.

Sie wartete wieder, bis sie ihre Meinung kundtat. »Ich glaube, du nimmst eine kleine Unzufriedenheit zum Anlaß, um andere Menschen zu glorifizieren. Wir alle tun das manchmal. Wir ärgern uns über irgend etwas bei einem Menschen, und schon fallen uns tausend andere, unbedeutende oder ärgerliche Dinge ein, die dieser Mensch tut. Und dann gerät das Ganze völlig außer Kontrolle. Wenn man über etwas unglücklich ist, muß man sich an gute Eigenschaften des anderen erinnern. Nancy hat sicherlich Dutzende von guten Eigenschaften, die du jetzt einfach verdrängt hast. Ganz bestimmt!«

Er seufzte, beugte sich nach vorne, stützte die Ellbogen auf die Knie und betrachtete den Gehsteig unter seinen Füßen.

»Wahrscheinlich hast du recht«, gab er nach einiger Zeit zu.

»Darf ich einen Vorschlag machen?« Er saß noch immer nach vorne gebeugt und sah über seine Schulter zurück. »Gerne.«

»Lade sie ein.« Maggies Augen und ihre Stimme wurden ernst, als sie sich nach vorne lehnte und Schulter an Schulter mit Eric dasaß. »Sag ihr, daß du solche Dinge mit ihr machen möchtest. Hol ihre wärmste Jacke aus dem Schrank, pack sie gut ein und laß dir von Daddy zwei Sandwiches machen. Dann geh mit ihr zu eurem Lieblingsplatz und sag ihr, wieviel Freude du daran hast, mit ihr dort zu sein und ein Picknick im Schnee zu machen.«

Eine Zeitlang betrachtete er ihr Gesicht, dieses Gesicht, das er allmählich viel zu sehr schätzte. Oft sah er es abends vor sich, nachdem er das Licht ausgemacht hatte. Nach geraumer Zeit fragte er: »Woher weißt du das alles?«

»Ich lese viel. Ich hatte einen wunderbaren Ehemann, der viel mit mir unternommen hat; außerdem habe ich in Hauswirtschaftlehre einen Kurs über Familienleben abgehalten, und dazu mußte ich vorher jede Menge Psychologiekurse belegen.«

»Meine Mutter hat weder viel gelesen noch Psychologiekurse besucht.«

»Nein. Aber ich möchte wetten, sie hat viele kleine Unzulänglichkeiten bei deinem Dad übersehen und sehr hart an ihrer Ehe gearbeitet.«

Er sah weg, und seine Stimme klang bitter. »Wenn man keine Familie will, dann ist das mehr als nur eine kleine Unzulänglichkeit, Maggie. Das ist ein ganz gewaltiger Mangel.«

»Habt ihr darüber gesprochen, ehe ihr geheiratet habt?«

»Nein.«

»Warum nicht?«

»Ich weiß nicht. Ich ging davon aus, daß wir auf jeden Fall Kinder haben würden.«

»Aber wenn ihr nicht darüber gesprochen habt, wessen Schuld ist es dann, daß es jetzt damit Probleme gibt?«

»Ich weiß. Ich weiß.« Er sprang auf und ging zur Bordsteinkante, wippte mit den Fußspitzen und betrachtete das unbebaute Grundstück auf der gegenüberliegenden Straßenseite. Sie hatte ihren Finger genau auf die offene Wunde gelegt.

Sie betrachtete seinen Rücken, nahm ihre Tüte und ging zu ihm.

»Ich glaube, du brauchst einen Eheberater, Eric.«

»Hab ich schon vorgeschlagen. Sie lehnte ab.«

Wie traurig er aussah, sogar von hinten. »Habt ihr irgendwelche Freunde, die euch helfen könnten? Manchmal weiß ein Unbeteiligter Rat.«

»Das ist auch etwas, das mir erst kürzlich aufgefallen ist. Wir haben keine Freunde, zumindest nicht wir als Ehepaar. Wie zum Teufel sollen wir Freunde haben, wenn wir nicht einmal Zeit füreinander haben? Ich habe Freunde, ich kann mit Mike reden, was ich auch schon getan habe. Aber Nancy würde sich niemals ihm oder irgend jemandem aus meiner Familie mitteilen. Sie kennt sie nicht gut genug, wahrscheinlich mag sie sie nicht einmal besonders.«

»Dann weiß ich keinen Rat mehr.«

Er sah sie an. »Na, ich bin vielleicht ein toller Unterhalter! Jedesmal, wenn wir uns treffen, schaffe ich es, deine Laune auf den Nullpunkt zu bringen.«

»Ach, Unsinn! Unkraut vergeht nicht. Aber wie sieht's bei dir aus?«

»Das wird schon wieder. Mach dir meinetwegen keine Sorgen.«

»Das werde ich sicher trotzdem tun. So ging's mir auch bei meinen Schülern, wenn sie zu mir kamen und von ihren familiären Problemen erzählten.«

Sie gingen zu ihrem Wagen.

»Du warst sicher eine verdammt gute Lehrerin, Maggie.«

Sie überlegte eine Weile, ehe sie antwortete. »Es lag mir sehr viel daran, und das haben die Schüler wohl gemerkt.«

Ihre Bescheidenheit gefiel ihm, aber er war sicher, recht gehabt zu haben. Sie war intelligent, verständnisvoll und unparteiisch. Menschen wie Maggie lehrten andere etwas, ohne sich dessen bewußt zu sein.

Inzwischen waren sie bei ihrem Wagen angekommen.

»Na, das Mittagessen war jedenfalls lustig«, sagte er und versuchte fröhlicher zu klingen.

»Stimmt.«

Er öffnete ihr die Wagentür, und sie stellte die Milch auf den Beifahrersitz.

»Und dein Dad macht einfach riesige Sandwiches. Sag ihm das bitte von mir.«

»Mach ich.«

Sie stieg ein, und er legte die Hände auf die offene Wagentür.

Sie sah zu ihm auf. Einen Augenblick lang wußte keiner, was er sagen sollte.

Er hatte immer noch die schönsten Augen, die sie je bei einem Mann gesehen hatte.

Sie sah immer noch umwerfend in Pink aus.

»Da kommt Dutch. Zurück an die Arbeit!«

»Ach ja. Also... paß auf dich auf.«

»Du auch.«

»Bis bald.« Er schlug die Tür zu und trat einen Schritt zurück. Dann wartete er, bis sie den Wagen aus der Parklücke herausmanövriert hatte, und hob die Hand zum Abschied.

Am gleichen Abend holte Maggie in ihrer Küche eine Milchtüte aus dem Kühlschrank, um sich ein Glas Milch einzugießen. In diesem Augenblick sah sie Eric wieder vor sich, wie er mit zurückgeneigtem Kopf und fast geschlossenen Augen die Milchtüte an die Lippen hob und mit wippendem Adamsapfel in großen Schlucken trank. Nachdenklich fuhr sie mit der Fingerkuppe über die Ausgußöffnung.

Entschlossen verbannte sie das Bild aus ihrem Kopf, goß Milch in ein Glas und stellte die Milchtüte in den Kühlschrank.

Er ist verheiratet.

Und unglücklich.

Du versuchst dich zu rechtfertigen, Maggie, und du weißt es.

Was für eine Frau kann das sein, die sich weigert, von ihrem Mann Kinder zu haben?

Du fällst Urteile und hast nur die eine Seite der Geschichte gehört.

Aber er tut mir leid.

Gut. Er kann dir leid tun. Aber bleib auf deiner Straßenseite.

Sie hielt sich an die Warnung. Und doch zählte sie die Tage bis zu dem Handelskammerfrühstück. Sollte sie hingehen? Als Frau hielt sie es für klüger, Eric Severson aus dem Weg zu gehen; als Geschäftsfrau hielt sie es jedoch für wichtig, der Organisation beizutreten, aktiv an den Veranstaltungen teilzunehmen und die anderen Mitglieder kennenzulernen. In einem Ort in der Größenordnung von Fish Creek konnte das einem Geschäft enormen Aufschwung bringen. Wenn sie sich hier wieder niederlassen wollte, dann mußte sie sich auch um gesellschaftliche Kontakte kümmern. Das Frühstück der Handelskammer wäre dafür ein idealer Ausgangspunkt. Und sie würde Eric wiedersehen ohne daß irgend jemand etwas dabei finden könnte, wenn sie beide an einer Veranstaltung teilnahmen, zu der fast alle Geschäftsleute des ganzen Bezirks kamen.

An dem Dienstag, an dem das Frühstück angesetzt war, stand sie früher auf, badete, zog Hosen aus jagdgrünem Wollstoff und einen winterweißen Pullover mit aufgesetzter Tasche und Schulterpolstern an. Sie probierte dazu eine Perlenkette, versuchte es dann mit einer Goldkette und verwarf auch diese zugunsten einer Uhr an der Kette, die sie auf einer Seite an dem Pullover fixierte. Für die Ohren wählte sie winzige Goldreifenclips. Als sie sich frisiert und geschminkt hatte, fiel ihr auf, daß sie sich bereits zum zweiten Mal mit Parfum bestäubte. Verwirrt betrachtete sie sich im Spiegel.

Du weißt, was du da tust, Maggie, nicht wahr?

Ich gehe zu einem Arbeitsfrühstück.

Du machst dich für Eric Severson schön.

Tu ich nicht!

Wie oft hast du Wimperntusche und Lidschatten aufgetragen, seit du in Fish Creek bist. Und Parfum? Zweimal bisher!

Aber ich trage doch gar nichts in Pink.

Na ja, schwache Entschuldigung.

Irritiert drehte sie das Licht aus und flüchtete aus dem Badezimmer.

Auf der Fahrt fiel ihr auf, daß sie einige Dinge in der Stadt schon an Eric Severson erinnerten. Da waren die vielen

Lämpchen der festlichen Beleuchtung in der Main Street, die er angebracht hatte; da waren die Eingangsstufen vor der Kirche, an denen sie sich bei Gary Eidelbachs Hochzeit wiedergesehen hatten. Und da war die weiße Bank vor dem Lebensmittelladen, auf der sie in der Sonne ihr Mittagessen verzehrt hatten.

Sein Wagen war in der Main Street geparkt. Maggie konnte nicht abstreiten, daß ihr Puls schneller schlug – wie damals vor Jahren, als sie sich in ihn verliebte.

Als sie das Lokal betrat, entdeckte sie ihn sofort unter einem Dutzend Leute. Ihr Herz machte einen Sprung. Das war ihr eine Warnung, nicht direkt auf ihn zuzugehen. Er war auf der gegenüberliegenden Seite des Raums mit anderen Frauen und Männern in ein Gespräch vertieft. Zu einer grauen Hose und einem taubenblauen Sportsakko trug er ein weißes Hemd mit offenem Kragen. Sein blondes Haar war flott frisiert. In der Hand hielt er ein Papier, und es sah aus, als hätte die Gruppe gerade dessen Inhalt diskutiert. Er sah sie sofort, als hätte ihr Eintreten bei ihm eine Art Frühwarnsystem ausgelöst. Lächelnd kam er auf sie zu.

»Maggie, wie schön, daß du gekommen bist!«

Er schüttelte ihr die Hand. Es war ein fester, absolut korrekter Händedruck, keineswegs zu lange verweilend, und doch ging er ihr durch Mark und Bein.

»Du hast eine neue Brille«, bemerkte sie lächelnd. Er sah damit ein bißchen ungewohnt und fremd aus. Einen Augenblick gab sie sich der Illusion hin, sie würde ihn gerade kennenlernen.

»Ach, die...« Eine schmale Goldfassung hielt die randlosen Gläser, die seine klaren, blauen Augen noch hervorhoben. »Ich brauche sie zum Lesen. Und du hast einen neuen Mantel«, bemerkte er, als sie den winterweißen Chesterfield aufknöpfte.

»Nein, der ist nicht neu.«

»Ich habe nach der pinkfarbenen Jacke Ausschau gehalten«, gab er zu, als er ihr den Mantel abnahm. »Du hast immer am besten in Pink ausgesehen.«

Sie sah über ihre Schulter zurück und in dem Augenblick, als sich ihre Augen trafen, war ihr klar, daß auch ein ganzer Raum voller Menschen keinen Schutz bot. Denn seine Worte hatten Erinnerungen in ihr geweckt, von denen sie glaubte, daß nur sie sie über Jahre hinweg gehegt und gepflegt hatte. Nein, er war kein Fremder. Er war der gleiche Mensch, der ihr pinkfarbene Kinkerlitzchen geschenkt hatte, als sie jung waren, der gleiche Mensch, der einmal gesagt hatte, ihr erstes Kind müsse ein Mädchen sein, und sie würden sein Zimmer pinkfarben streichen.

»Ich dachte, du hättest das vergessen.«

»Hatte ich auch, bis neulich, als ich dich aus luftiger Höhe in einer pinkfarbenen Jacke in das Postamt gehen sah. Da wurden auf einmal wieder sehr viele alte Erinnerungen wach.«

»Eric...«

»Ich hänge das nur schnell auf und bin gleich wieder da.«

Er drehte sich um. Sie blieb verwirrt zurück. Als er sich entfernte, lag noch ein schwacher Hauch seines After-shave in der Luft. Sie bewunderte seine Schultern und seinen schönen geformten Kopf.

Kurz darauf kam er wieder zu ihr und nahm sie am Ellbogen.

»Komm, ich werde dich vorstellen.«

Wenn sie erwartet hatte, er würde sie unauffällig und gleichgültig behandeln, dann hatte sie ihm unrecht getan. Er bemühte sich ausschließlich und sehr persönlich um sie. Ehe das Frühstück serviert wurde, stellte er sie den anderen Mitgliedern vor, führte sie dann an einen runden Tisch für sechs Personen und setzte sich neben sie. Er bat die Kellnerin, eine Kanne Tee zu bringen, ohne Maggie vorher zu fragen, ob sie lieber Kaffee gehabt hätte. Ob ihre Tapeten schon gekommen seien, wollte er wissen, und sagte dann: »Hier habe ich etwas für dich.« Aus der Innentasche seiner Jacke zog er einen Zeitungsausschnitt heraus. »Ich dachte, das könnte dich interessieren. Da gibt es sicher jede Menge Antiquitäten.«

Es war eine Anzeige, die den Verkauf eines Landgutes ankündigte. Als sie weiterlas, wurden ihre Augen immer größer.

»Eric, das klingt wunderbar. Wo hast du das gefunden?«

»Im *Advocate.*«

»Das muß ich übersehen haben.«

»Da heißt es, daß ein Messingbett dabei ist. Wolltest du nicht so was für das Belvedere-Zimmer?«

»Und ein kleines Sofa mit französischem Gobelinstoff!« freute sie sich, als sie weiterlas. »... und altes Porzellan und Spiegel mit Facettenschliff und zwei Rosenholzstühle... na, da muß ich auf jeden Fall hin!« DONNERSTAG, 9–17 UHR, 714 JAMES STREET; STURGEON BAY, hieß es in der Anzeige. Sie sah ihn aufgeregt an und strahlte: »O danke, Eric.«

»Nichts zu danken. Brauchst du einen Lieferwagen?«

»Kann gut sein.«

»Die alte Hure ist manchmal launisch, aber du kannst sie haben, wenn du willst.«

»Danke, das Angebot nehme ich gerne an.«

»Entschuldigung«, unterbrach sie eine männliche Stimme.

Eric sah auf. »Oh... Mark, hallo.« Er schob seinen Stuhl zurück.

»Ich nehme an, das ist die neue Eigentümerin von Harding-Haus«, sagte der Mann. »Und da ich sie heute vorstellen werde, dachte ich, ich sollte sie zuerst einmal selbst etwas näher kennenlernen.« Er streckte Maggie eine Hand entgegen. Sie sah in das lange, schlanke Gesicht eines Mannes um die vierzig mit braunem, welligem Haar. Das Gesicht war sicherlich attraktiv, aber Maggie war von der Tatsache abgelenkt, daß er ihr gleich viel zu nahe kam und sein Parfum so widerlich süß war, daß es ihr die Kehle zusammenzog.

»Maggie Stearn, das ist Mark Brodie, der Präsident der Handelskammer. Mark... Maggie.«

»Willkommen in der alten Heimat Fish Creek«, sagte Mark und schüttelte ihr die Hand. »Sie sind hier in die Gibralter High School gegangen?«

»Ja, bin ich.«

Er hielt ihre Hand zu lange, drückte sie zu fest. Innerhalb von zehn Sekunden hatte sie begriffen, daß er solo war und sich für die »Neue« in der Stadt interessierte. Die nächsten fünf Minuten belegte er sie mit Beschlag und zeigte sein unmißverständliches Interesse an ihr. In diesen fünf Minuten ließ er durchblicken, daß er ein freiwillig geschiedener Mann war, ein Restaurant am Ort mit dem Namen Edgewater Inn besaß und durchaus sehr gerne sie und ihr Haus besuchen würde.

Als er sie losließ, um seinen Pflichten als Vorsitzender nachzukommen, ging Maggie zurück an den Tisch und nahm einen Schluck Wasser, um die Kehle von dem widerlich süßen Geruch seines Parfums freizubekommen. Die anderen am Tisch hörten einer Frau namens Norma zu, die von ihrem neunjährigen Sohn erzählte. Eric lehnte sich in seinen Stuhl zurück und sah Maggie an.

»Brodie ist ein echter Draufgänger«, sagte er.

»Hm.«

»Und solo.«

»Hm.«

»Auch ein erfolgreicher Geschäftsmann.«

»Ja, er ließ nichts unversucht, mir das klarzumachen.«

Ihre Augen trafen sich. Erics Blick verriet nicht, was er dachte. Er saß mit der Tasse in der Hand da. Indes überlegte sich Maggie, was sie von seinen Bemerkungen halten sollte. Die Kellnerin kam und trat zwischen sie, um die Frühstücksteller aufzutragen.

Nach dem Frühstück bat Mark Brodie um Ruhe und ging noch einige Punkte der Geschäftsordnung durch, ehe er Maggie vorstellte.

»Meine Damen und Herren, wir dürfen heute ein neues Mitglied bei uns begrüßen. Sie wurde in Fish Creek geboren, wuchs hier auf, hat die Gibraltar High School besucht und abgeschlossen und ist jetzt wieder bei uns mit einer Frühstückspension.« Mark kam näher zum Mikrofon. »Und sie ist auch noch ziemlich hübsch, wenn ich das einmal so sagen darf. Begrüßen Sie alle mit mir die neue Eigentümerin von Harding-Haus – Maggie Stearn.«

Sie stand auf und spürte, wie sie rot wurde. Wie konnte Brodie nur vor der halben Stadt so eine Bemerkung machen. Der ganze Bezirk würde darüber tratschen. Ihre Vorstellung war gleichzeitig das Zeichen, daß das Frühstück beendet war. Sofort war sie von anderen Mitgliedern umringt, die sich Marks offiziellem Willkommensgruß anschlossen, ihr alles Gute wünschten und anboten, ihr jederzeit mit Rat und Tat zur Seite stehen zu wollen. In dem Gedränge verlor sie Eric aus den Augen. Sie sah ihn erst einige Minuten später wieder, wie er mit einigen anderen in der Nähe des Ausgangs seinen Mantel und seine Handschuhe anzog. Er war in ein Gespräch verwickelt worden, ebenso wie sie selbst. Er stieß die Glastür auf und ging nach draußen. Unmittelbar bevor die Tür sich schloß, sah er noch einmal zu Maggie zurück. Aber sein einziger Abschiedsgruß war eine kleine Verzögerung in der Handbewegung, ehe er die Tür zufallen ließ.

Mark Brodie versäumte es nicht, den ersten Eindruck, den Maggie von ihm hatte, sofort zu bestätigen. Er rief sie noch am gleichen Abend an.

»Mrs. Stearn? Mark Brodie.«

»Oh, hallo.«

»Hat Ihnen das Frühstück gefallen?«

»Ja, alle haben mich sehr herzlich aufgenommen.«

»Ich wollte noch mit Ihnen reden, ehe Sie aufbrachen, aber Sie waren ständig von Leuten umringt. Ich wollte Sie fragen, ob Sie an einer Schlittenfahrt am Sonntag abend interessiert sind. Sie ist für eine Gruppe junger Leute aus der Kirchengemeinde organisiert worden, und wir brauchen noch Anstandsdamen.«

Wollte er sich mit ihr verabreden oder nicht? Sehr trickreich von ihm, sein Vorhaben so zu verpacken, daß sie nicht sicher sein konnte. Sie entschloß sich zu kneifen, wollte sich nicht festlegen lassen.

»Eine Schlittenfahrt – ja, meinen Sie denn, daß schon genug Schnee liegt für eine Schlittenfahrt?«

»Gerade so. Aber wenn es nicht klappt, macht Art Swenson die Kufen weg und Gummireifen dran. Um sieben Uhr soll es losgehen, und wir werden etwa zwei Stunden unterwegs sein. Was meinen Sie?«

Maggie überlegte und kam zu dem Schluß, daß Mark Brodie nicht ihr Typ war, ob die Einladung nun ein Rendezvous war oder nicht.

»Es tut mir wirklich sehr leid, aber am Sonntag habe ich schon etwas anderes vor.«

»Na gut, dann vielleicht ein andermal«, erwiderte er fröhlich und schien kein bißchen beleidigt zu sein.

»Vielleicht.«

»Nun... wenn ich Ihnen irgendwie behilflich sein kann – Anruf genügt.«

»Danke, Mr. Brodie.«

Sie hängte ein, blieb neben dem Telefon stehen, erinnerte sich an sein aufdringliches Parfum und sein Auftreten und dachte: *Nein*, danke, Mr. Brodie.

Am nächsten Morgen rief er sie wieder an. Seine Stimme war laut und aufgesetzt fröhlich.

»Mrs. Stearn, hier ist Mark Brodie. Wie geht es Ihnen heute?« Er klang wie ein übereifriger Gebrauchtwagenverkäufer in einer Fernsehwerbung.

»Gut«, antwortete sie mechanisch.

»Haben Sie Montag abend etwas vor?«

Die Frage traf sie unvorbereitet, und so antwortete sie wahrheitsgetreu: »Nein.«

»In Sturgeon Bay gibt es ein Kino. Würden Sie mich begleiten?«

Verzweifelt suchte sie nach einer Ausrede. »Ich dachte, Sie hätten ein Restaurant. Wieso haben Sie abends so oft Zeit?«

»Das Restaurant ist Sonntag und Montag geschlossen.«

»Oh.«

Unbeeindruckt von ihren Ausflüchten hakte Brodie nach: »Wie steht's nun mit dem Kino?«

»Ach... Montag?« Keine Entschuldigung wollte ihr einfallen. Nicht eine einzige.

»Ich könnte Sie um halb sieben abholen.«

»Also...« Es war ihr unendlich peinlich, keine Entschuldigung parat zu haben.

»Halb sieben. Sagen Sie ja.«

Sie lachte nervös.

»Wenn Sie ablehnen, werde ich Sie wieder anrufen.«

»Mr. Brodie, ich gehe nicht aus.«

»Gut. Dann komme ich zu Ihnen und bringe das Abendessen mit. Dann müssen Sie nicht ausgehen.«

»Mr. Brod...«

»Mark.«

»Mark. Ich meinte, ich gehe nicht mit Männern aus.«

»Sie können die Kinokarte auch selber bezahlen, wenn es das ist.«

»Sie sind sehr hartnäckig, nicht wahr?«

»Ja, das bin ich. Wie steht's jetzt mit Montag?«

»Gut. Sie hören wieder von mir.«

So viel Selbstbewußtsein wie dieser Mann sollte man mal haben, dachte sie und hängte auf.

Am Mittwoch nachmittag klingelte das Telefon wieder. Diesmal hatte sie sich für alle Eventualitäten Entschuldigungen zurechtgelegt. Aber statt Mark Brodie war Eric am Telefon. Ohne seinen Namen zu nennen fragte er: »Hallo, wie geht's dir?«

Sie lächelte. »O Eric, du bist's.«

»Wen hast du erwartet?«

»Mark Brodie. Er hat schon zweimal angerufen.«

»Ich sagte dir doch, daß er ein Draufgänger ist.«

»Er wird mir lästig.«

»Damit muß man rechnen in einer Stadt, in der es nicht viele alleinstehende Frauen gibt, und noch viel weniger hübsche und reiche.«

»Mr. Severson, Sie bringen mich in Verlegenheit.«

Er lachte, und sie wußte sich bei ihm gut aufgehoben. »Kannst du einen Augenblick dranbleiben. Ich muß mir schnell die Hände waschen.«

»Klar.«

Kurz darauf war sie wieder da und sagte: »So, jetzt geht's besser. Ich war ganz klebrig.«

»Klebst du Tapeten?«

»Ja.«

»Wie sieht es aus?«

»Einfach toll. Warte, bis du das Belvedere-Zimmer siehst, es ...« Sie unterbrach sich selbst, als ihr die möglichen Auswirkungen solcher Vertrautheit bewußt wurden.

»Es ...?« ermunterte er sie.

Es ist ein gedämpftes Altrosa, und du wirst es nie sehen. Das muß uns beiden klar sein. »Es ist fast fertig, und die Tapete sieht wundervoll aus.«

»Wie schön! Und was ist jetzt mit dem Lieferwagen?«

Der Lieferwagen. Der Lieferwagen. Sie hatte überhaupt nicht mehr dran gedacht, hatte aber auch kein anderes Transportmittel zur Hand.

»Wenn es dir wirklich nichts ausmacht, dann nehme ich das Angebot gerne an.«

»Kannst du einen Helfer gebrauchen?«

Sie hatte sich einfach nur den Lieferwagen leihen und ihn selbst chauffieren wollen. Jetzt stand sie da, starrte auf den Kühlschrankgriff und versuchte sich sein Gesicht vorzustellen. Als sie nicht antwortete, fügte er hinzu: »Ich dachte, wenn du etwas Großes kaufst, brauchst du vielleicht jemanden, der dir beim Einladen hilft.«

Sie war in einer Zwickmühle. Wenn sie mit der Begründung ablehnte, daß dies vielleicht nicht schicklich sei, unterstellte sie ihm Motive, die er unter Umständen gar nicht hatte. Nahm sie das Angebot an, könnte er sich vielleicht mehr erhoffen. Sie entschloß sich zu dem ehrenhaften Weg, ungeachtet dessen, wie ungehobelt es klingen mochte. »Eric, hältst du das für klug?«

»Ich habe sonst nichts vor, und wenn es dir recht ist, fahren wir bei Bead & Ricker vorbei und holen etwas ab, das ich für Nancy zu Weihnachten bestellt habe. Sie haben mich verständigt, daß es da ist.«

Jetzt, da Nancy, wenn auch nur namentlich, im Spiel war,

fühlten sie sich beide von Schuld freigesprochen. »Ach ... na ja, gut, dann gerne.«

»Um welche Zeit soll ich da sein?«

»Möglichst früh, sonst sind die besten Sachen weg.«

»Frühstückst du normalerweise?«

»Ja, aber ...«

»Ich hole dich um sieben ab und wir frühstücken unterwegs. Maggie?«

»Ja?«

»Zieh Stiefel an. Die alte Hure heizt nicht mehr ordentlich.«

»Mach ich.«

»Bis morgen.«

Sie legte auf, stützte sich mit den Ellbogen auf den Knien ab und legte die Hände an die Stirn. Ganze zwei Minuten saß sie nur da, starrte den Küchenboden an und wartete, daß der gesunde Menschenverstand wieder einsetzen und ihr die Flausen austreiben möge. Sie, eine Witwe, die dabei war, sich lächerlich zu machen.

Sie sprang auf, fluchte leise vor sich hin und nahm den Telefonhörer, um ihn anzurufen und abzusagen, legte gleich wieder auf und setzte sich auf ihren Hocker.

Du weißt, worauf du dich da einläßt.

Ich lasse mich auf gar nichts ein. Das ist das letzte Mal. Dann werde ich ihn nie mehr wiedersehen. Ehrlich.

Ihr erster Gedanke am folgenden Morgen war: Heute sehe ich ihn! Heute sehe ich ihn! Sie rollte sich auf die Seite, drückte ihren Kopf fest in das Federkissen und überlegte, wie eng der Kontakt mit einem verheirateten Mann sein durfte, um noch durchzugehen. Sie lag da und dachte an ihn – an seine Haare, seine Augen, seinen Mund –, legte sich dann mit geschlossenen Augen auf den Rücken und verschränkte die Hände über dem Magen.

Nachdem sie sich die unattraktivsten Sachen angezogen hatte, die sie finden konnte – Bluejeans und ein groteskes goldenes Sweatshirt mit Ziebart-Werbung – konnte sie doch nicht umhin, sich ordentlich zu schminken und sich Gel ins Haar zu schmieren.

Als sein Lieferwagen genau um sieben Uhr vorfuhr, lief sie ihm auf halbem Weg entgegen. Sie hatte ihre pinkfarbene Jacke und Stiefel an und trug vier zusammengelegte Decken über dem Arm.

»Guten Morgen«, sagte er.

»Guten Morgen. Ich habe ein paar Decken für die Möbel mitgebracht, falls ich welche kaufe.«

»Ich nehm' sie dir ab.«

Er nahm die Decken, und sie gingen nebeneinander zum Wagen.

»Wild entschlossen zu Käufen?«

»Ich denke schon.«

Es schien, oberflächlich betrachtet, alles so platonisch, und doch schwelte eine verbotene Glut darunter, die sich allein durch seine Gegenwart entfachte.

Er verstaute die Decken, und sie fuhren los. Die Sonne war noch nicht aufgegangen. Im Innern des Wagens verbreitete die Armaturenbrettbeleuchtung einen schwachen Lichtschein. Im Radio sang Barbara Streisand »Have Yourself A Merry Little Christmas.«

»Weißt du noch ...«

Sie sprachen – hatte es je einen Menschen gegeben, mit dem sie sich so entspannt hatte unterhalten können? – über die Weihnachten vergangener Zeiten, vor allem über eines, als sie beide in der sechsten Klasse waren und bei der Weihnachtsfeier ein Weihnachtslied auf norwegisch hatten singen müssen. Sie erinnerten sich, wie sie als Kinder Schneemänner gebaut hatten, wie Kerzen gemacht wurden, wie viele Käsearten es in Wisconsin gab, wie es zur Tradition geworden war, zu Weihnachten Käse zu schenken. Als sie des vielen Plauderns müde waren, hörten sie einfach nur der Musik und dem Wetterbericht – wolkig und wahrscheinlich Schneefall – zu und lachten gemeinsam über einen Scherz des Discjokkeys. Gelegentlich spürten sie ein Rumpeln, wenn die Reifen über Eisplatten auf der Straße fuhren, und sahen rubinroten

Schlußlichtern nach, die vor ihnen auf der Straße funkelten. Dann zog der Morgen herauf – ein grauer, düsterer Morgen, an dem sie froh waren, es im Innern des Wagens doch noch recht gemütlich zu haben.

Auf der rechten Straßenseite verkündete ein rotgrünes Neonschild THE DONUT HOLE. Eric nahm das Gas weg und setzte den Blinker.

»Magst du Doughnuts?« fragte er.

»Um diese Tageszeit?« Sie tat, als fände sie das furchbar.

Er grinste, bog rechts ab auf einen ungeteerten Parkplatz. »Wenn sie frisch aus dem Fett kommen, sind sie am besten.« Der Wagen fuhr in ein Schlagloch, und Maggie hielt sich am Sitz fest.

Lachend sagte sie: »Hoffentlich ist das Essen besser als der Parkplatz.«

»Da kannst du ganz sicher sein.«

Die imitierten Ziegelwände im Innern des Lokals waren mit Weihnachtsmännern und Plastikkränzen dekoriert. Die Sitzbänke waren mit Plastik bezogen und auf jedem Tisch stand ein Plastikweihnachtsstern in einem Plastiktopf. Eric geleitete Maggie zu einem freien Tisch und setzte sich ihr gegenüber. Dabei riß er mit einem Ruck alle Knöpfe seiner Jacke auf. Es war die gleiche Handbewegung, die er schon vor Jahren gemacht hatte.

Eine dralle Kellnerin mit pechschwarzem Haar knallte zwei dickwandige weiße Becher auf den Tisch und goß mit kräftigem Schwung Kaffee ein. »Ziemlich kalt heute draußen«, sagte sie und ließ die Thermoskanne auf dem Tisch stehen. »Das werden Sie brauchen.«

Sie war schon wieder verschwunden, noch ehe der Kaffee in den Bechern zur Ruhe gekommen war.

Maggie lächelte der Kellnerin hinterher, sah auf die Becher und meinte: »Sieht aus, als hätten wir Kaffee bestellt.«

»Ganz genau.« Eric nahm einen ersten Schluck und fuhr dann fort: »Das Lokal ist nichts Exquisites, aber es bietet solide, ländliche Küche.« Die Speisenkarten standen zwischen der Zuckerdose und dem Serviettenbehälter. Eric reichte ihr eine und schlug vor: »Versuch das Spezial-Omelett. Es reicht leicht für zwei, wenn du eins mit mir teilen möchtest.«

Maggie brauchte dreißig Sekunden, um die Liste der Zutaten für das Omelett zu lesen. Als sie fertig war, flimmerte es ihr vor den Augen.

»Das kann doch nicht sein! All das in einem einzigen Omelett?«

»Sehr wohl, Madam. Und es ist so groß, daß es über den Tellerrand hängt.«

»Gut, du hast mich überredet. Wir teilen uns eines.«

Während sie warteten, plauderten sie über Snowdays Tänze in der High School und über das Jahr, in dem sich der Schuldirektor als Weihnachtsmann verkleidet und Brookie es gewagt hatte, einen Mistelzweig über seinen Kopf zu halten und ihn zu küssen. Sie schenkten sich Kaffee nach und lachten über die Tatsache, daß keines der Besteckteile an ihrem Tisch zum anderen paßte. Als das Omelett kam, mußten sie noch mehr lachen, schon allein der Größe wegen. Eric zerteilte es, und Maggie servierte – ein köstliches Gericht aus dreierlei Fleisch, zwei Käsearten, Kartoffeln, Zwiebeln, Pilzen, grünem Paprika, Tomaten, Broccoli und Blumenkohl. Er aß danach zwei Doughnuts und sie eine Scheibe Toast. Unversehens schwelgten sie wieder in Erinnerungen.

Als sie später über den ungeteerten Parkplatz rumpelten, hielt sich Maggie den Magen und stöhnte: »Langsam, bitte!«

»Ach, das setzt sich gleich«, neckte er sie, gab Gas und fuhr in wilden Schlangenlinien über den Parkplatz. Maggie stieß mit dem Kopf gegen das Wagendach und schrie lachend auf. Er gab noch einmal Gas, riß das Lenkrad in die entgegengesetzte Richtung. Sie wurde gegen seine Schulter geschleudert und wieder zurück, ehe er vor der Ausfahrt auf die Straße den Wagen endlich anhielt.

»S... Severson, du bist ver... verrückt!« Sie mußte so lachen, daß sie kaum sprechen konnte.

Auch er lachte. »Die alte Hure ist noch ganz schön temperamentvoll. Wir müssen mit ihr einmal auf den See fahren und Doughnuts machen.«

Früher hatten die Jungs immer »Doughnuts gemacht«. Sie waren mit ihren Autos auf den zugefrorenen See gefahren und hatten damit Kreise – »Doughnuts« – in den Schnee gefahren. Damals wie heute hatten die Mädchen gekreischt vor Vergnügen. Während sie im Auto darauf warteten, daß ein anderer Wagen vorbeifuhr, hatte Maggie ein so starkes Déjà-vu-Gefühl, daß es sie fast erschreckte.

Maggie, Maggie, sei vorsichtig.

Maggie verdrängte ihre innere Stimme, als Eric sie strahlend und glücklich anlächelte. Sie neckte ihn: »Du machst einen ganz schönen Kult um deine Doughnuts, weißt du das?«

»Ach ja? Ist das verboten?«

Früher wäre sie auf seinen Sitz hinübergerutscht, hätte sich unter seinen Arm geschmiegt und dabei sein Gewicht auf ihrer mädchenhaften Brust gespürt. So wären sie dann weitergefahren, und die körperliche Nähe hätte das gegenseitige Begehren geschürt.

Heute blieben sie in gebührender Entfernung, sahen sich nur an, wohl wissend, was passierte, und unfähig, es aufzuhalten. Ein Auto fuhr vorbei, Eric sah Maggie immer noch an, während er den ersten Gang einlegte, konzentrierte sich dann auf die Straße und beschleunigte.

Eine Zeitlang fuhren sie schweigend dahin und versuchten, sich über ihre Gefühle klarzuwerden. Maggie blickte aus dem Fenster, horchte auf das Geräusch vorbeifahrender Autos und nahm verschwommen braune Gräser und Schneeverwehungen wahr.

»Maggie?«

Sie drehte sich zu ihm, und er sah sie an. Dann richtete er die Augen wieder auf die Straße und sagte: »Ich dachte nur gerade daran, wie selten ich in den letzten Jahren gelacht habe.« Was hätte sie nicht alles antworten können, aber sie zog es vor, nichts zu sagen und erst einmal das Gesagte und das Ungesagte zu verdauen. Nach und nach bekam sie ein klareres Bild von seiner Ehe, seiner Einsamkeit, von seiner abbröckelnden Beziehung zu Nancy. Er begann zu vergleichen, und Maggie war klar, was das bedeutete.

In Sturgeon Bay hatte er keine Mühe, die Adresse zu finden. Sie standen schon vor der Tür, als der Wächter das Tor eines riesigen Hauses aus dem achtzehnten Jahrhundert aufmachte, das auf den Sawyer-Hafen hinabblickte. Es war vor fast hundert Jahren von einem wohlhabenden Reeder erbaut worden, und viele Originalmöbel waren immer noch da. Nach dem Tod des letzten Nachkommen war das Haus in den Besitz einer über ganz Amerika verstreuten Erbengemeinschaft übergegangen, die sich entschlossen hatte, den Besitz zu verkaufen und das Geld zu teilen.

Die Innenausstattung war exquisit und gut erhalten. Eric beobachtete Maggie, wie sie durch die Räume ging, Entdekkungen machte und immer wieder freudig ausrief: »Schau doch mal!« Sie zog ihn am Ärmel, wenn sie wieder etwas Interessantes gefunden hatte: »Sieh dir bloß dieses schöne Ahornholz an!« Oder: »Schau mal, diese wundervolle Einlegearbeit!« Sie befühlte, bewunderte, prüfte, fragte, ging manchmal in die Knie, um ein Möbelstück auch von unten zu begutachten. Er war ganz vernarrt in ihre Begeisterungsfähigkeit.

Auch Nancy mochte schöne Dinge, aber auf ganz andere Weise. Ihre zurückhaltende Art verbot es ihr, ob solcher Dinge in Verzückung zu geraten. Manchmal grenzte ihre Reserviertheit schon an Hochmut.

Dann fand Maggie ein Bett – ein riesiges altes Ding aus heller Eiche mit einem geschwungenen, zwei Meter hohen Kopfteil, reich mit Schnitzwerk verziert.

»O schau doch, Eric«, hauchte sie und berührte es ehrfürchtig. Wie gebannt stand sie davor. »Meine Güte ...« Sie fuhr mit den Fingern über die Eichenblattverzierung am Fußteil. »Deshalb bin ich hierhergekommen, nicht wahr?« Sie erwartete und bekam auch keine Antwort, konnte ihren Blick nicht von dem Möbelstück lösen. Eric stand an der Tür und betrachtete sie, wie sie das Holz liebevoll streichelte. Seine Gedanken schweiften viele Jahre zurück, zu einer Nacht in Easleys Obstplantagen, als sie ihn zum ersten Mal so berührt hatte. »Das ist ein wunderschönes Bett. Alte, solide, stabile

Eiche. Wer, meinst du, hat diese Schnitzereien gemacht? Immer wenn ich ein Möbelstück wie dieses sehe, möchte ich wissen, welche Handwerker es gemacht haben. Sieh doch, es hat nicht einen einzigen Kratzer.«

»Die anderen Möbelstücke passen auch gut dazu«, bemerkte er und kam mit in den Taschen vergrabenen Händen ein paar Schritte näher.

»Oh, ein Waschtisch und ein Frisiertisch mit Drehspiegel!«

»Ach, so heißt das? Meine Großmama hatte so ein Ding.«

Er stand neben ihr und beobachtete, wie sie Türen und Schubladen anderer Möbelstücke öffnete. »Schau mal. Verzinkte Schubladen!«

»Die halten ewig.«

Sie kniete nieder, öffnete eine Tür und steckte ihren Kopf hinein. Ihre Stimme klang hohl, wie Töne aus einem Holzblasinstrument.

»Massive Eiche.« Sie tauchte wieder auf und sah zu ihm hoch. »Sieh mal.«

Er kauerte neben ihr nieder und bewunderte sie mit jeder Minute mehr.

»Hier gehören ein Krug und eine Waschschüssel drauf, und Handtücher an die Stange. Habe ich dir erzählt, daß ich Drellhandtücher gemacht habe?«

»Nein, hast du nicht«, antwortete er und lächelte nachsichtig. Er kauerte immer noch neben ihr. Natürlich hatte er keine Ahnung, was Drellhandtücher waren, aber wenn sie lächelte, kam das Grübchen in ihrem Kinn besonders gut zur Geltung.

»Ich hatte größte Schwierigkeiten, Muster zu finden. Oh, werden die nicht wunderbar über dieser Stange aussehen?« Mit leuchtenden Augen sah sie ihn an. »Ich möchte das ganze Zimmer. Laß uns den Mann suchen!«

»Du hast nicht nach dem Preis gesehen.«

»Brauch' ich nicht. Ich würde es haben wollen, auch wenn es zehntausend Dollar kostete.«

»Und es ist weder ein Himmelbett noch ein Messingbett.«

»Es ist viel schöner als ein Himmelbett oder ein Messingbett.«

Sie sah ihm in die Augen. »Manchmal, wenn einem etwas so gut gefällt, muß man es einfach haben.«

Er blickte sie unverwandt an.

Sie hatten beide gerötete Wangen. Beide spürten eine Unruhe in sich. Eric faßte sich als erster und sagte: »Gut. Ich werden den Mann holen.« Als er aufstand, packte sie ihn am Arm. »Aber Eric?« Ihr Gesicht drückte Zweifel aus. »Wird die alte Hure das packen?«

Er brach in Gelächter aus. Der ordinäre Ausdruck klang so unpassend aus ihrem Mund.

»Was ist denn so lustig?« wollte sie wissen.

»Du.« Er drückte ihre Hand, die immer noch auf seinem Arm lag. »Du bist eine wundervolle Frau, Maggie Stearn.«

Sie kaufte mehr als eine Lieferwagenladung. Sie organisierten eine Lieferung der Stücke, die sie nicht mitnehmen konnten, und luden nur die drei ein, die ihr am besten gefielen. Maggie überwachte das Aufladen mit aufgeregtem Eifer. »Seid vorsichtig mit dem Türknopf! Nicht die Schubladen gegen die Seitenwand des Lieferwagens! Ist das auch wirklich gut festgebunden?«

Eric sah zu ihr hinüber und grinste. »Nur weil du ein Lumpensammler bist und ich ein Stinktopf bin, heißt das noch lange nicht, daß ich nicht einen ordentlichen Knoten machen kann. Schließlich hatte ich auch mal ein Segelboot.«

Von der anderen Seite des Lieferwagens nickte sie mit gespielter Untertänigkeit und erwiderte: »Sehr wohl, Mr. Severson. Ich bitte um Verzeihung.«

Noch einmal zog er kräftig den Knoten nach und sagte: »Also komm, es geht los.«

In den vergangenen Stunden hatten sie nicht an seine Ehe gedacht, aber auf dem Rückweg würden sie bei Bead & Ricker stehenbleiben, und mit einemmal würden sie wieder auf den Boden der Realität zurückkehren. Als er den Wagen vor dem Geschäft parkte, herrschte bei ihnen beiden eine recht gedrückte Stimmung. Er hielt an und blieb einen Augenblick mit den Händen auf dem Steuerrad sitzen, als wollte er etwas sagen. Dann schien er es sich doch anders überlegt zu haben.

»Ich bin gleich wieder da«, sagte er und öffnete die Wagentür. »Es wird bestimmt nicht lange dauern.«

Sie sah ihm nach – dem Mann, den sie nicht haben konnte. Sie liebte seinen Gang, die Art, wie sein Haar gegen den hochgestellten Lederkragen stieß, die Art, wie seine Kleidung paßte, und die Farben, die er trug. Er betrat das Juweliergeschäft, und sie betrachtete vom Wagen aus das Schaufenster – scharlachroter Samt und hell beleuchtete, funkelnde Juwelen, mit Stechpalmenblättern festlich geschmückt. Er hatte für seine Frau ein Geschenk extra anfertigen lassen. Sie, Maggie, hatte keine Veranlassung, deshalb deprimiert zu sein. Und doch war sie es. Was würde er wohl für Nancy kaufen? Eine so schöne Frau war dafür wie geschaffen, etwas Glitzerndes und Funkelndes zu tragen.

Maggie seufzte und versuchte sich abzulenken. Auf der anderen Straßenseite standen zwei alte Frauen vor einem Eisenwarenladen. Eine trug ein altmodisches Wolltuch, die andere eine biedere Einkaufstasche mit Henkeln. Die eine zeigte mit der Hand die Straße hinauf, die andere blickte in die angegebene Richtung.

Maggie schloß die Augen und legte den Kopf in den Nacken. *Du solltest nicht hier sein.* Als sie die Augen wieder öffnete, fiel ihr Blick auf Erics schwarze Lederhandschuhe, die neben ihr lagen. Handschuhe, die wie Hände geformt waren, mit gekrümmten Fingern.

Nur eine Frau mit ganz verrückten Flausen im Kopf konnte das Bedürfnis haben, sie zu berühren, sie sich selbst anzuziehen. Die Frau mit den verrückten Flausen im Kopf tat es. Sie nahm die Handschuhe und zog sie sich über, umgab ihre Hände mit dem abgetragenen Leder, das seine Hände umgeben hatte. Ihre kleinen Hände verschwanden schier in den riesigen Handschuhen. Sie machte eine Faust und genoß die vertraute Nähe – anstelle der, die ihr verboten war.

Eric kam aus dem Juweliergeschäft, und sie legte die Handschuhe dorthin zurück, wo er sie liegengelassen hatte. Er stieg in den Wagen und warf eine silberne Tragetasche neben sich auf den Sitz. Maggie sah unwillkürlich hin und konnte in der Tasche ein silbernes Päckchen mit einem roten Bändchen sehen. Sie wandte sich ab und betrachtete das spinnwebenförmige Gebilde im Seitenfenster, das vor langer Zeit ein Stein hinterlassen hatte. Warum fuhr der Wagen bloß nicht los? Nach einiger Zeit sah sie zu Eric hinüber. Seine Hände ruhten auf dem Steuer, und er starrte vor sich hin. Sein Gesichtsausdruck ähnelte dem eines Mannes, dem gerade ein Arzt gesagt hatte, man könne jetzt nichts anderes tun als warten. Eine volle Minute saß er da und bewegte sich nicht. Schließlich sagte er: »Ich habe ihr einen Smaragdring gekauft. Sie ist ganz verrückt nach Smaragden.«

Er wandte sich ihr zu, und ihre Blicke trafen sich.

»Ich habe nicht gefragt«, erwiderte Maggie ganz ruhig.

»Ich weiß.«

Sie schwiegen und fanden beide nicht die Kraft, den Blick voneinander abzuwenden.

Es war wieder da, so stark wie früher. Nein, stärker. Und sie waren auf dem besten Weg, in eine Katastrophe zu schlittern.

Er sah wieder durch die Windschutzscheibe. Die Stille wurde unerträglich. Schließlich atmete er tief durch und ließ sich in eine Ecke seines Sitzes zurücksinken. Er stützte den Ellbogen auf den vorstehenden Rand unterhalb der Fensterscheibe und drückte den Daumen gegen seine Lippen. Das Gesicht hatte er von ihr abgewandt. So saß er da und starrte auf den Bürgersteig. Das unausgesprochene Geständnis quälte sie beide.

Sie wußte nicht, was sie sagen, tun oder denken sollte. Solange keiner von beiden die Zuneigung offen ausgesprochen oder gezeigt hatte, hatten sie sich auf sicherem Boden bewegt. Das hatte sich nun geändert, obgleich weder ein Wort gefallen noch eine Berührung stattgefunden hatte.

Schließlich seufzte er, setzte sich hinter dem Steuer zurecht und ließ den Wagen an.

»Ich bringe dich wohl jetzt besser nach Hause«, sagte er resignierend.

10. Kapitel

Auf dem Weg zurück nach Fish Creek herrschte gedrücktes Schweigen. Ihr war klar: Sein Mißmut galt ihm selbst, nicht ihr. Er war hin und her gerissen. Die ganze Strecke fuhr er, fast ohne sich zu bewegen, eine Schulter in seine Ecke gedrückt, mit finsterem Blick auf die Straße. Erst als sie wieder auf der Serpentinenstraße waren, richtete er sich auf und rückte in eine bessere Position hinter dem Lenkrad. Er parkte den Wagen vor dem Weg zu ihrem Haus, nahm seine Handschuhe und stieg wortlos aus. Sie folgte ihm und wartete, bis er hinten die Ladeklappe geöffnet hatte. »Könntest du mir helfen, die Sachen raufzutragen?« fragte sie und brach damit das lange Schweigen.

»Das ist zu schwer für eine Frau.«

»Ich schaff' das schon.«

»Gut, aber wenn es dir zu schwer wird, sag es bitte.«

Sie hätte sich eher die Zunge abgebissen oder einen Bandscheibenschaden riskiert, obgleich sie nicht sagen konnte, warum. Vielleicht, weil es zwischen ihnen jetzt wieder rein geschäftlich zuging. Zwei Zulieferer, die Ware abluden, unpersönlich wie zwei Angestellte des United Parcel Service.

Zuerst brachten sie den Waschtisch nach oben, dann den Frisiertisch. Schweigend gingen sie wieder nach unten. Instinktiv wußte sie, daß sie ihn nach dem heutigen Tag nicht mehr sehen würde. Seine Entscheidung war im Wagen vor dem Juweliergeschäft zwischen ihnen gefallen. Zuletzt schleppten sie das Bett hinein. Kopf- und Fußteil waren durch Bolzen miteinander verbunden. Als sie es abgesetzt hatte, bot er an: »Wenn du Werkzeug zur Hand hast, schraube ich es zusammen.«

»Das ist nicht nötig. Das schaffe ich allein.«

Zum erstenmal seit ihrer Rückfahrt sah er ihr wieder voll in die Augen. »Maggie, das verdammte Kopfteil wiegt alleine schon fast dreißig Kilo.« Sein Ton war scharf. »Wenn es dir umfällt und einen Sprung bekommt, kannst du deine Antiquitäten in den Wind schreiben. Also hol mir einen Schraubenzieher und einen Schraubenschlüssel.«

Sie brachte ihm das gewünschte Werkzeug und sah ihm dann zu. Er arbeitete schnell und geschickt, mit hochgeschlagenem Kragen, gesenktem Kopf und hochgezogenen Schultern.

Mit wenigen Handgriffen hatte er auf einer Seite die Transportsicherung entfernt und machte sich auf der anderen zu schaffen.

»Hier, halt dies, sonst fällt es runter«, ordnete er an, ohne sie anzusehen.

Sie hielt die Möbelteile aufrecht und wartete, bis er fertig war. Es knackte in seinen Gelenken, als er aufstand, den Schraubenzieher in seine Gesäßtasche steckte und die Seitenteile auf den Boden legte. Dann nahm er ihr das Fußteil ab und trug es an die Stelle, wo er es mit den Seitenteilen verbinden wollte.

Sie versuchte, ihn nicht zu beobachten, und verbarg tunlichst ihre Bewunderung darüber, wie männlich er bei seiner Arbeit wirkte.

Als der Bettrahmen zusammengebaut war, stand er in der Mitte. »Das hätten wir. Und wie steht's jetzt mit den Matratzen?«

Er warf einen kurzen Blick auf ihr schmales Bett in der anderen Ecke des Raumes.

»Sie sind in der Garage. Daddy kann mir dabei helfen.«

»Bist du sicher?«

»Ja. Das macht er sicher gerne.«

»Gut, also...« Er zog seine Handschuhe aus den Jackentaschen und drängte sich nicht weiter auf. »Dann werde ich wohl besser gehen.«

»Danke, Eric. Der Wagen war mir eine große Hilfe. Und vielen Dank auch fürs Zusammenbauen.«

»Du hast einen guten Kauf gemacht«, stellte er zum Abschluß fest, als sie den Raum verließen.

»Ja, das glaube ich auch.«

Nebeneinander steigen sie die Treppen hinunter und steuerten durch die Küche auf den Hinterausgang zu.

Zwischen ihnen herrschte Befangenheit und eine seltsame Gefühlsleere. Schnurstracks ging er auf die Tür zu. Höflich öffnete sie sie für ihn und sagte: »Nochmals vielen Dank.«

»Keine Ursache«, antwortete er knapp und unpersönlich. »Bis bald.«

Sie schloß die Tür und dachte: Das war es wohl. Die Entscheidung ist gefallen. *Mach dir eine Tasse Tee, Maggie. Geh nach oben und bewundere deine neuen Möbel. Vergiß den heutigen Tag.*

Aber das Haus kam ihr auf einmal düster und unfreundlich vor. Sie hatte plötzlich überhaupt keine Lust mehr, die Antiquitäten zu sehen, die ihr noch vor einigen Stunden so viel Freude gemacht hatten. Gedankenverloren trottete sie zur Spüle, drehte das heiße Wasser auf und hielt den Wasserkessel darunter. Dann schaltete sie die Herdplatte ein, stellte den Wasserkessel drauf, holte vom obersten Küchenbord die Teekanne herunter und suchte lustlos einen Teebeutel. Eigentlich war es ihr egal, welche Geschmacksrichtung sie herausfischte.

Draußen rannte Eric die Stufen zur Straße hinauf, knallte die Ladeklappe zu und schwang sich auf den Fahrersitz. Im gleichen Augenblick hörte er, wie der Sitzbezug – ratsch – zerriß. Er hob eine Pobacke, griff nach hinten und schimpfte nicht gerade vornehm. Er schielte nach unten. Maggies Schraubenzieher hatte einen Triangel in den Vinylbezug gerissen.

»Scheiße«, fluchte er noch einmal lauter und trommelte mit beiden Händen auf das Lenkrad. Er war richtig zornig.

Eine Minute lang saß er nur da, hatte die Unterarme auf das Steuer gelegt und die Daumen in den Handschuhen gegen die Augen gepreßt. Schließlich gestand er sich den wahren Grund seiner Wut ein.

Du benimmst dich wirklich wie ein Scheißkerl – läßt deine Wut an ihr aus, obwohl sie überhaupt nichts dafür kann. Wenn du schon hier weggehst und nie mehr wiederkommst, dann könntest du es wenigstens mit Anstand tun.

Er hob den Kopf. Der Wind war stärker geworden, rüttelte an einem defekten Scheibenwischerblatt und trieb den Schnee von letzter Woche über die Straße. Sein Blick war starr geradeaus gerichtet. Er wollte nicht zurückgehen, und doch hätte er alles dafür gegeben, noch einen letzten Blick auf sie zu werfen.

Was willst du eigentlich, Severson?

Wen interessiert schon, was ich will. Wichtig ist nur, was ich tun muß.

Entschlossen startete er den Motor und ließ ihn laufen. Auf diese Weise wollte er sich absichern, daß er in längstens sechzig Sekunden wieder beim Auto zurück sein und nach Hause fahren wollte.

Ungestüm klopfte er an die Tür, so ungestüm, wie sein Herz zu klopfen schien. Sie öffnete ihm mit einem Teebeutel in der Hand, und einen Augenblick standen sie sich mit starrem Blick wie zwei Pappfiguren gegenüber.

»Der gehört dir«, stammelte er schließlich und gab ihr den Schraubenzieher zurück.

»Oh...« Sie nahm ihn. »Danke.«

Sie sprach so leise, daß er es kaum hören konnte. Mit gesenktem Kopf stand sie vor ihm, und er betrachtete sie.

»Maggie, es tut mir leid.« In seiner Stimme hörte sie einen Hauch Zärtlichkeit.

»Schon gut. Ich verstehe das.« Sie wickelte den Teebeutelfaden um den Schraubenzieher und vermied immer noch seinen Blick.

»Nein, es ist nicht gut. Ich habe dich behandelt, als hättest du etwas falsch gemacht. Und dabei war das ganz allein meine Schuld. Es ist...« Er schloß seine Hand zur Faust und öffnete sie wieder. »Ich mache gerade eine schwierige Zeit durch und habe kein Recht, dich da hineinzuziehen. Ich wollte dir nur sagen, daß ich dich nicht mehr belästigen werde.«

Sie nickte kraftlos und ließ die Hände nach unten sinken. »Ja, ich glaube, das wird das Beste sein.«

»Ich werde...« Er deutete in Richtung seines Wagens. »Ich werde nach Hause fahren und deinen Vorschlag beherzigen. Ich werde mich auf die positiven Dinge konzentrieren. Was ich damit sagen will: Ich möchte, daß meine Ehe funktioniert.«

»Ich weiß, daß du das möchtest«, flüsterte sie.

Er beobachtete, wie sie gegen ihre Gefühle ankämpfte, aber schließlich erröteten ihre Wangen doch. Als er das sah, spürte er wieder die gleiche Beklemmung wie damals, als die *Mary Deare* in ein heftiges Gewitter kam und er glaubte, sie würde sinken.

»Also, ich wollte dir nur sagen: Das war nicht richtig – wie ich vorhin so einfach weggegangen bin.«

Sie nickte wieder und kämpfte tapfer gegen die aufsteigenden Tränen.

»Hör zu...« Er trat einen Schritt zurück und sagte mit heiserer Stimme: »...ich wünsche dir ein schönes Weihnachtsfest. Und hoffentlich hast du viel Erfolg mit deinem neuen Haus und der Frühstückspension.«

Sie hob den Kopf, und er sah die Tränen in ihren Augenwinkeln schimmern. »Danke.« Sie zwang sich zu einem schüchternen Lächeln. »Ich wünsche dir auch schöne Weihnachten.«

Er ging bis zu den Stufen. Einen herzzerreißenden Augenblick lang sah man ihren Gesichtern das gegenseitige Verlangen an. Ihre braunen Augen erschienen riesengroß durch die Tränen, die zitternd an ihren Wimpern hingen. In seinen tiefblauen Augen spiegelte sich der Zwang wider, den er sich selbst auferlegt hatte, um nicht in Versuchung zu kommen, sie in seine Arme zu nehmen. Noch einmal ballte er die Hände zur Faust.

»Auf Wiedersehen.« Seine Lippen bewegten sich, aber es kam kein Ton heraus. Dann drehte er sich um und ging mit festem Schritt aus ihrem Leben.

In den folgenden Tagen mied er das Postamt um die Mittagszeit, kaufte die Lebensmittel überall anders nur nicht im Fish Creek General Store und aß zu Hause zu Mittag. In der Frühe jedoch ging er weiterhin zur Bäckerei und stellte sich auf dem Weg dorthin immer vor, wie es wohl wäre, wenn er sie dort träfe, wie sie sich gerade etwas aussuchte, wie sie sich beim Klang der Türglocke nach ihm umdrehte und ihn anlächelte.

Aber sie mochte ja lieber Eier zum Frühstück. Das wußte er ja nun. Die Bucht hatte inzwischen eine dicke Eisdecke, und er fuhr jeden Tag mit seinem Schneemobil zum Eisfischen hinaus. Oft dachte er an Maggie, während er auf seinem Klappstuhl auf dem Eis saß und auf das Loch starrte, fragte sich, ob sie wohl gebratenen Fisch mochte, und erinnerte sich daran, wie sie ein Stück Hering aus dem Faß im Geschäft ihres Vaters stiebitzt hatte. Ob er ihr eine frische Seeforelle bringen sollte? Schließlich fing er mehr, als er selbst verzehren konnte. Aber das wäre nur eine Ausrede, sie zu besuchen, gestand er sich ein, und brachte die Forelle lieber seiner Mutter und Barb.

Er machte für Mike und Barbs Kinder einen Schlitten und strich ihn sechsmal mit Bootslack. Als er fertig war, zeigte er ihn Nancy, die ihre Brille von der Nase zog, einen flüchtigen Blick darauf warf und sagte: »Mmm... ganz nett, Liebling.« Dann wandte sie sich wieder ihrer Buchhaltung zu.

Er schnitt auf Mikes Grundstück zwei Fichten ab, die eine für Ma und die andere für sein eigenes Heim. Als er den Christbaum in einer Ecke des Wohnzimmers aufgestellt hatte und den würzigen Duft einsog, wünschte er sich, diesen Augenblick mit jemandem teilen zu können. Am Wochenende, als Nancy nach Hause kam, schmückten sie den Baum zusammen mit hellen Lichterkerzen, durchsichtigen Glaskugeln und weißen Glaseiszapfen – wie jedes Jahr. In dem Jahr, in dem sie den Weihnachtsschmuck aus irgendeinem eleganten Geschäft in Kansas City mit nach Hause gebracht hatte, wollte er sich zunächst jeglichen Kommentars enthalten. Dann hatte er doch gewagt zu sagen: »Wirkt ein wenig farblos, nicht wahr?«

»Sei nicht vulgär, Liebling«, hatte Nancy ihn zurückgewiesen. »Er ist elegant.« Er wollte keinen eleganten Christbaum. Er wollte einen wie bei Ma zu Hause, mit bunten Lichtern und Schmuck, den er und seine Geschwister in der Volksschule gemacht hatten. Und einige Dinge hatten auch noch aus Mas Kinderzeit überlebt. Wieder andere hatte sie im Laufe der Jahre von Freunden bekommen. Statt dessen hatte er einen Baum, der ihn so kalt ließ wie das Teakholzobst auf dem Küchentisch. Während der Woche war er deshalb oft zu Ma oder zu Mike gegangen, hatte ihre Christbäume bewundert, Popcorn und geräucherten Fisch gegessen, mit den Kindern rumgeschmust und beobachtet, wie sich die bunten Lichter in ihren Augen widerspiegelten, und sie mit Ehrfurcht vom Weihnachtsmann plaudern hören.

Während er die Christbaumbeleuchtung ansah, dachte Eric an Maggie und überlegte, wie wohl sein Weihnachtsfest aussehen würde, wenn er Maggie statt Nancy geheiratet hätte. Hätte er eigene Kinder? Würden sie jetzt alle um den Weihnachtsbaum herumstehen? Er stellte sich Maggie in dem großen Haus mit den Erkerfenstern, den schimmernden Holzböden und der Küche mit dem alten, verschrammten Tisch vor und dachte an damals, als er und Deitz mit ihr Kaffee tranken. Er hatte unendliche Sehnsucht nach ihr.

Auch sie dachte oft in diesen Tagen und Nächten an ihn und trauerte etwas Verlorenem nach. Aber wie konnte man verlieren, was man nie besessen hatte. Seit ihrer Rückkehr nach Fish Creek war nur der schmerzliche Verlust Phillips plötzlich viel leichter zu ertragen gewesen. Einigermaßen schockiert stellte sie fest, daß Selbstmitleid und das Verlassenheitsgefühl vielen sanften Erinnerungen an glückliche Zeiten gewichen waren. Ja, der Verlust Phillips tat immer weniger weh, aber wen sie jetzt wirklich sehr vermißte, das war Eric.

Jetzt, da die Feiertage näherkamen, verbrachte sie viele bittersüße Abende mit Erinnerungen an gemeinsame Erlebnisse: der erste Abend, als sie im Dunkeln mit einer Taschenlampe durch das Haus geisterten; der Tag, an dem er sie im

Belvedere-Zimmer überraschte und es draußen zu schneien begonnen hatte; der Tag, an dem sie vor dem Lebensmittelladen auf der Bank ihr Sandwich verzehrt hatten; die Fahrt nach Sturgeon Bay. Wann hatte es begonnen – das heimtückische Sammeln von Erinnerungen? Und erinnerte er sich auch? Sie brauchte nur an den letzten Abschied zu denken, um sicher zu sein, daß es ihm gewiß genauso ging.

Aber Eric Severson hatte sich entschieden, und sie versuchte sich das vor Augen zu halten, während sie sich mit Weihnachtsvorbereitungen beschäftigte. Sie rief ihren Vater an, und Roy half ihr, die Matratzen aus der Garage hereinzubringen und ihr schmaleres Bett in das Personalzimmer zu schieben. Er freute sich mit ihr über die neuen Möbel im Belvedere-Zimmer und äußerte sich lobend über die Tapeten, die sie geklebt hatte.

Zum ersten Mal bezog sie das große Bett, ließ sich dann auf das dicke Daunenbett fallen und starrte die Decke an. Sie vermißte den Mann, auf den sie kein Recht hatte.

Mark Brodie rief sie an und lud sie zum Abendessen in sein Restaurant ein. Wieder einmal schlug sie seine Einladung aus. Er ließ nicht locker, und schließlich gab sie nach.

»Na gut. Ich komme.«

Er bemühte sich redlich, ihr zu imponieren. In einer sehr intimen Nische wurden sie von diskreten Obern bedient, er hatte kostbares Leinen und wertvolle Gläser auffahren lassen und verwöhnte sie bei Kerzenlicht mit Champagner, Schnekken, knackigem Salat, der am Tisch angemacht wurde, heißen, frischen Brötchen, frischen Muscheln (die er extra hatte einfliegen lassen) und danach Bananas-Foster, am Tisch flambiert und in hochstieligen Gläsern serviert.

Das ganze Essen schien jedoch nach seinem Parfum zu schmecken.

Er war äußerst aufmerksam und ein eifriger Gesprächspartner, wenn er auch am liebsten über seine eigenen Erfolge sprach. In seinem Buick Park Avenue roch es wieder intensiv nach seinem Parfum – widerlich süß und stickig. Als er sie nach Hause brachte, flüchtete sie förmlich aus dem Wagen und schnappte nach Luft, wie jemand, der sich gerade das dritte Mal übergeben hat.

An ihrer Tür nahm er sie an den Schultern und küßte sie. Ein Zungenkuß. Fast eine halbe Minute lang kämpfte sie dagegen an, ihn wegzuschieben, auszuspucken und sich den Mund abzuwischen. Er war kein Schwerenöter, er sah nicht schlecht aus, er war nicht ungepflegt und er hatte auch keine schlechten Manieren. Aber er war nicht Eric.

Als der Kuß vorüber war, sagte er: »Ich möchte Sie wiedersehen.«

»Es tut mir leid, Mark, aber ich glaube nicht, daß wir uns wiedersehen.«

»Warum?« Er klang ganz außer sich.

»Ich bin für so was noch nicht bereit.«

»Wann werden Sie das sein? Ich kann warten.«

»Mark, bitte...« Sie entzog sich ihm, und er ließ sie gewähren.

»Wenn ich etwas klarstellen darf, Maggie, ich bin kein Mitgiftjäger.«

»Das habe ich auch niemals angenommen.«

»Warum können wir uns dann nicht miteinander ein bißchen vergnügen? Sie sind solo. Ich bin solo. In dieser Stadt gibt es nicht viele wie uns.«

»Mark, ich muß jetzt gehen. Es war ein wundervolles Abendessen. Sie haben ein elegantes Restaurant und sicherlich eine große Zukunft vor sich. Aber ich muß jetzt gehen.«

»Ich werde Sie schon noch rumkriegen, Maggie. Ich gebe nicht auf.«

»Gute Nacht, Mark. Vielen Dank für den heutigen Abend.«

Am nächsten Tag rief sie Brookie an und verabredete sich mit ihr zum Mittagessen. Vorher wollten sie sich in Green Bay nach Spitzenvorhängen und Weihnachtsgeschenken umschauen.

»Brookie, ich bin einsam«, gab sie zu, »kennst du nicht ein paar alleinstehende Männer?«

Brookie fragte: »Was ist denn mit Mark Brodie?«

Maggie antwortete: »Er hat mich gestern abend geküßt.«
»Und?«
»Hast du schon mal Geranien gegessen?«
Brookie verschluckte sich an ihrer Suppe und prustete vor Lachen.
Schließlich mußte auch Maggie mitlachen.
Als Brookie sich wieder gefaßt hatte, fragte sie: »Und – bist du danach wieder ins Haus gegangen und hast Eier in die Pfanne gehauen?«
»Nein.«
»Vielleicht solltest du ihn bitten, ein anderes Parfum zu verwenden.«
Maggie dachte daran, als er das nächste Mal anrief, und sagte ab. Und beim übernächsten Mal ebenso.

Katy rief an und sagte, sie würde am 20. Dezember gleich nach den Vorlesungen losfahren. Maggie stellte den Weihnachtsbaum im Salon auf, buk Plätzchen und einen rumgetränkten Früchtekuchen, packte Geschenke ein und redete sich selber ein, es mache nichts aus, daß sie dieses Jahr keinen Mann zu beschenken habe. Es gab ja immerhin noch ihren Vater und ihre Mutter, Katy und Brookie. Vier Menschen, die sie liebten. Sie sollte dankbar sein.
Die Meteorologen warnten seit Dienstag früh, aber viele Leute winkten ab und meinten: »Das letzte Mal hieß es auch, daß wir mit schweren Schneestürmen rechnen müßten, und dann gab es kaum genug Schnee, um unsere Sträucher vor dem Frost zu schützen.«
Um Mittag begann es zu schneien. Der Schnee kam von Kanada her. Zuerst trieb es nur kleine weiße Flocken über vereiste Straßen. Dann wurde der Wind stärker. Mit fünfzig Stundenkilometern peitschte er den Schnee über das Land. Gegen zwei Uhr wurden die Schulen geschlossen. Gegen vier Uhr machten die Geschäfte zu. Gegen sieben Uhr stellte die Straßenwacht ihren Winterdienst ein.
Eric legte sich um zehn Uhr ins Bett, wurde aber eine Stunde später durch das Telefon wieder geweckt.

»Hallo?« murmelte er verschlafen.

»Eric?«

»Ja.«

»Bruce Thorson vom Sheriffbüro in Sturgeon Bay. Wir sind in einer kritischen Lage. Überall im Bezirk sind Reisende auf den Straßen steckengeblieben, und wir mußten die Schneepflüge zurückziehen. Wir könnten alle einsatzbereiten Schneemobile brauchen.«

Eric blinzelte, setzte sich auf und fuhr sich mit der Hand durch das Haar. »Natürlich – wo soll ich hinfahren?«

»Wir teilen die Freiwilligen an der Gibraltar Feuerwehrstation ein. Bring alles an Notfallausrüstung mit, was du hast.«

»Gut. Ich bin in fünfzehn Minuten da.«

Er beeilte sich. Auf dem Weg nach unten knöpfte er sein Hemd zu und schloß den Reißverschluß an der Hose. Er stellte Wasser für Nescafé in den Mikrowellenherd, nahm einen großen, schwarzen Plastiksack und warf Kerzen, Streichhölzer, eine Taschenlampe, Zeitungen, eine Mütze, Nancys Schneemobilanzug und -helm (sie hatte beides zweimal angehabt), eine Tüte mit zwei übriggebliebenen Doughnuts, kleine Schokoladenriegel und einen Apfel hinein. Dann zog er seinen silbernen Schneemobilanzug an, dazu Stiefel, Handschuhe, eine Skimaske und einen Helm. Rasch füllte er den Kaffee in die Thermosflasche und schüttete reichlich Brandy dazu. Als er das Haus verließ, sah er aus wie ein Astronaut bei einem Mondspaziergang.

Im Schutz des Hauses schien der Sturm gar nicht so schlimm. Er ging die Hintertreppe hinunter und sank unten bis zur Hüfte ein. Auf halbem Weg zur Garage bekam er die volle Wucht des Sturms zu spüren. Er schwankte und hatte Mühe, sich auf den Beinen zu halten. An der Garagentür mußte er mit Händen und Füßen den Schnee wegschaufeln, um an die Türgriffe zu kommen. In der Garage war es kalt – es war immer kälter zwischen Betonwänden als unter dem kälteisolierenden Schnee. Das Geräusch seiner eigenen, filzgefütterten Stiefel auf dem eiskalten Boden drang bis zu seinen geschützten Ohren. Er füllte den Tank, band eine

Schaufel und den Sack mit der Notfallausrüstung auf dem Beifahrersitz fest, ließ den Motor an und fuhr hinaus. Es tat gut, den Wind im Rücken zu haben, während er die Garagentür schloß. Fröstelnd stieg er auf das Schneemobil und klappte das Plexiglasvisier vor das Gesicht. Es würde lange dauern, bis er wieder in seinem warmen Bett liegen würde.

Der Wind war noch stärker geworden und trieb dichte Schneewände vor sich her, die jegliche Sicht unmöglich machten. Nicht einmal aus 50 Metern Entfernung konnte man die rotblaue Weihnachtsbeleuchtung noch erkennen. Erst als er direkt darunterstand, sah er über seinem Kopf leuchtende Ringe hin- und herschwingen. Er fuhr in der Mitte der Main Street, die völlig zugeschneit war. Eric orientierte sich an der Weihnachtsbeleuchtung über seinem Kopf. Gelegentlich tauchte rechts oder links ein weißes Licht aus der Schneewand auf – eine Ladenbeleuchtung oder eine Straßenlaterne.

Auf halbem Weg zur Feuerwehrstation hörte er zu seiner Linken ein Motorengeräusch und erkannte ein ebenso wie er verkleidetes Ungeheuer in Schwarz auf einer Polaris. Er hob die Hand, und der andere Fahrer grüßte zurück. Dann fuhren beide nebeneinander weiter bis zur Feuerwehrstation.

Zwei weitere Schneemobile standen bereits vor dem Haus. Eric hob sein Helmvisier und rief: »Nicht gerade die beste Zeit, um aus dem Bett geworfen zu werden, was, Dutch?«

»Du sagst es!« Dutch' Stimme drang gedämpft hinter seinem Helmvisier hervor. Er bahnte sich einen Weg zu Eric, und die beiden Männer betraten zusammen das Ziegelsteingebäude.

Drinnen verteilte Einer Seaquist-Notfallausrüstungen an zwei andere Fahrer. Zu einem von ihnen sagte er: »Fahr so schnell wie möglich zu Doc Braith hinüber. Er gibt dir Insulin, das du zu Walt McClusky an der County Road A bringen sollst. Und du Brian«, wandte er sich an den anderen Fahrer, »fährst County Road F hinunter zum Highway 57. Sie haben ihn an einem Ende abgesperrt, aber es scheinen noch drei Wagen draußen zu sein, die es nicht mehr bis zu ihrem Zielort geschafft haben. Dutch, Eric, ich bin froh, daß ihr uns helft. Ihr könnt es untereinander ausmachen – County Road EE oder Highway 42. Daß diese verdammten Zauderer nie beizeiten in ein Motel gehen! Es sind sicherlich einige steckengeblieben. Wenn ihr jemanden findet, tut, was ihr könnt. Bringt sie irgendwohin – in Motels, Häuser oder hierher. Braucht ihr noch was?«

»Nein, ich habe alles, was ich brauche«, antwortete Eric.

»Ich auch«, schloß sich Dutch an. »Ich nehme die EE.«

»Dann nehme ich die Zweiundvierzig«, sagte Eric.

Sie verließen zusammen das Gebäude. Der Wind hatte bereits die Fußstapfen verweht, die sie vor wenigen Minuten hinterlassen hatten. Dutch rief ihm zu: »Paß auf Stacheldrahtzäune auf, Severson!«

»Du auch, Winkler!« erwiderte Eric, zog seine Gesichtsmaske herunter und klappte das Visier drüber.

Sie ließen die Motoren aufheulen und fuhren nebeneinander gen Westen, entlang der nur durch die Weihnachtsbeleuchtung erkennbaren Main Street, dann durch den Einschnitt in der Klippe, wo der Highway 42 aus der Stadt hinausführte. Es ging bergauf, und sie konnten sich auf offener Strecke nur an Telefonmasten und manchmal an den Spitzen von Zaunpfosten orientieren. Die Scheinwerfer ihrer Schneemobile leuchteten die Strecke nur ungenügend aus. An manchen Stellen war der Highway von dem erbarmungslos pfeifenden Wind völlig schneefrei gefegt, an anderen wiederum gab es so hohe Schneeverwehungen, daß der Straßenverlauf nur an den Begrenzungspfählen zu erahnen war. Einmal entdeckten sie einen Schneehügel, unter dem sie ein Auto vermuteten. Eric sah es zuerst und deutete mit der Hand darauf. Aber nachdem sie eine Weile geschaufelt hatten, legten sie den großen Felsbrocken mit der Aufschrift *Jesus hilft* frei, der schon da war, solange sich Eric zurückerinnern konnte.

Zusammen fuhren sie weiter bis zu der Kreuzung, wo der Highway 42 auf die County Road EE traf. Dutch grüßte zum Abschied mit der Hand und bog dann nach links ab.

Auf einmal schien es um Eric noch kälter und windiger zu werden. Der Schnee peitschte gegen sein Visier. Der Scheinwerfer schwenkte suchend auf und ab, als halte er Ausschau nach dem Kameraden, der eben noch an Erics Seite gefahren war. Das Schneemobil schwankte, holperte, flog manchmal über Hindernisse hinweg. Eric umfaßte die Lenkstange stärker und war froh, die Bewegungen des Motors unter sich zu spüren. Weit und breit war kein Lebenszeichen zu erkennen.

Allmählich wurden seine Glieder müde. Der Daumen seiner linken Hand begann vor Kälte gefühllos zu werden. Die Augen schmerzten, und er wurde schwindlig von dem ständigen, angestrengten Blinzeln in die undurchdringliche Nacht. Die Monotonie schläferte seine Sinne ein, und er fürchtete, einen liegengebliebenen Wagen zu übersehen. Links sah er ein Stück Asphalt und schwenkte sein Gefährt mehr zur Mitte der Straße. Dutch' Warnung vor den Stacheldrahtzäunen fiel ihm wieder ein. Arglose Schneemobilfahrer waren gegen Stacheldrahtzäune gefahren und regelrecht geköpft worden. Andere, die es überlebt hatten, hatten für den Rest ihres Lebens böse Narben am Hals davongetragen.

Wo Nancy wohl war? Sie hatte heute abend nicht angerufen. In Fargo, wenn er sich recht erinnerte. Ob es dort auch so stürmte?

Er hoffte, daß bei Ma alles in Ordnung und ihr Öltank voll war. Eigensinnig wie sie war, weigerte sie sich, von Mike und ihm eine neue Heizung einbauen zu lassen. *Der Ölbrenner tut genauso seinen Dienst*, behauptete sie hartnäckig. Also, wenn dieser Schneesturm vorüber war, dann würde er ihr eine neue Heizung einbauen, ob sie nun wollte oder nicht. Sie war zu alt, um in einem Haus zu leben, in dem nur eines von fünf Zimmern beheizt war.

Hoffentlich war auch alles mit Barbs Baby in Ordnung. Wenn jetzt irgendein Problem auftauchte – das nächste Krankenhaus war in Sturgeon Bay, fast unerreichbar bei diesem Wetter.

Und Maggie... ganz alleine in dem großen Haus, in dem der Wind vom See herüberpfeift und die alten Balken unter der Schneelast ächzen. Ob sie wohl in dem geschnitzten Bett schlief, das sie zusammen geholt hatten? Ob sie in solchen Nächten immer noch ihren Mann vermißte?

Eric hätte das Auto glatt übersehen, wenn der Fahrer nicht klug genug gewesen wäre, ein rotes Halstuch um einen Ski zu binden und diesen aufrecht in den Schnee zu stecken. Der Wind zerrte gewaltig an dem roten Tuch, und so waren der Ski und das Tuch die einzigen Hinweise darauf, daß in der Nähe ein Wagen liegengeblieben sein mußte. Eric beeilte sich, sein Herz klopfte bis zum Hals. Menschen konnten in liegengebliebenen Autos ersticken. Oder sie kamen draußen um, wenn sie in Panik gerieten und ausstiegen. Er sah nur einen glatten Schneehügel. Kein Hinweis darauf, wo vorne und hinten war. Es war kein Motorengeräusch zu hören, keine Tür zeichnete sich ab. Nirgends war der Schnee rund um einen Auspuff weggeschaufelt worden.

Einmal hatte er ein ertrinkendes Kind aus dem Wasser bei Stalling's Beach gezogen. Die gleichen Gefühle wie damals befielen ihn wieder – Schrecken, die Angst, zu spät zu kommen, Adrenalin, das ihm die Brust zuschnürte. Er sprang von dem Schneemobil, noch ehe es richtig zum Stehen gekommen war, zerrte an der Schaufel, um sie freizubekommen, und kämpfte sich im Lichtkegel seines Scheinwerfers durch hüfthohen Schnee.

»Hallo!« rief er, während er wie wild schaufelte und mit einer Hand vortastete, um sicherzugehen, daß sich unter dem Schnee wirklich ein Auto befand.

Er glaubte ein gedämpftes »Hallo« gehört zu haben, aber es konnte genausogut der Wind gewesen sein.

»Bleiben Sie, wo Sie sind. Ich bin gleich bei Ihnen. Nicht das Fenster öffnen!« Ungeduldig schob er sein Visier hoch, schaufelte weiter, traf auf Metall, schaufelte weiter.

Diesmal hörte er die Stimme klarer. Weinend. Verzweifelt. Klägliche, gedämpft nach außen dringende Worte, die er nicht verstehen konnte.

Die Schaufel traf ein Fenster und er rief noch einmal: »Öffnen Sie noch nicht!« Mit dem Handschuh kratzte er den

Schnee von einem Stück der Fensterscheibe ab, sah ein verschwommenes Gesicht und hörte eine Frauenstimme schluchzen: »O Gott, Sie haben mich gefunden...«

»Okay, drehen Sie jetzt das Fenster runter, damit Sie Luft bekommen. Einstweilen schaufle ich die Tür frei«, befahl er.

Sekunden später öffnete er die Tür und beugte sich in das Innere des Wagens über eine verzweifelte junge Frau mit tränenüberströmten Gesicht. Sie trug eine Jeansjacke, hatte einen Legwarmer über den Kopf gebunden und ein Paar graue Socken über die Hände gezogen. Über Beine und Bauch hatte sie verschiedene Pullover und Hemden gelegt.

»Soweit alles okay?« Er nahm seinen Helm und die Gesichtsmaske ab, damit sie sein Gesicht sehen konnte.

Sie konnte vor lauter Schluchzen kaum sprechen. »O Gott, ich hatte... so... solche Angst.«

»Hatten Sie irgendeine Heizung?«

»Nur... bis... mir das Benzin ausging.«

»Wie sieht es mit Ihren Händen und Füßen aus. Können Sie Ihre Finger bewegen?« Er zog sich mit den Zähnen seine Handschuhe aus, öffnete eine der Reißverschlußtaschen an seinem Schneemobilanzug und zog ein kleines, orangefarbenes Plastikpäckchen heraus. Er öffnete es und holte einen weißen Papierbeutel heraus. »Hier, das ist ein Handwärmer. Wenn man kräftig daran reibt, wird er warm.« Kniend nahm er ihre Hand, zog den Socken ab, den sie sich übergestülpt hatte, und den dünnen Wollhandschuh darunter. Dann gab er ihr den Beutel in die Hand, nahm ihre Hand zwischen seine viel größeren Hände und hauchte seinen warmen Atem dazwischen. »Bewegen Sie Ihre Finger, damit ich sehe, daß Sie es wirklich können.« Sie tat es, und er lächelte in ihr tränenverschmiertes Gesicht. »Gut. Fühlen Sie die Wärme?« Sie nickte kläglich und schniefte wie ein kleines Kind. Immer noch liefen ihr Tränen über das Gesicht.

»Kneten Sie nur immer fest darauf herum. In einer Minute wird Ihre Hand ganz warm sein.« Nachdem er ihr noch einen Beutel für die andere Hand gegeben hatte, fragte er: »Wie sieht's denn mit den Füßen aus?«

»Ich spüre... sie... nicht mehr.«

»Das werden wir auch gleich haben.«

Sie hatte sich zwei Paar Legwarmers über ihre dünnen Lederschuhe gezogen. Als er die Legwarmers herunterzog, fragte er: »Haben Sie keine Stiefel?«

»Ich... habe sie... im College gelassen.«

»Und das im Dezember in Wisconsin?«

»Sie sch... schimpfen wie meine Gr... Großmama«, antwortete sie in einem armseligen Versuch, ihren Humor wiederzufinden.

Er schmunzelte, holte zwei größere Beutel heraus und rieb sie, um Wärme zu erzeugen. »Na ja, manchmal haben Großmamas nicht ganz unrecht.« Er drückte die Wärmebeutel gegen ihre Füße und zog ein Paar dicke Wollsocken darüber. Nach einem Schluck aus der Thermoskanne verschluckte sie sich fast und prustete los. »Pfui, das Zeug schmeckt ja scheußlich«, rief sie und wischte sich den Mund ab.

»Ich habe noch einen Schneemobilanzug mit. Meinen Sie, daß Sie ihn alleine anziehen können?«

»Ja, ich gl... glaube schon. Ich werde es versuchen.«

»Braves Mädchen.«

Rasch holte er den Anzug, Stiefel, Fäustlinge, Gesichtsmaske und Helm, aber sie konnte sich nur so langsam bewegen, daß er ihr helfen mußte. »Junge Frau«, ermahnte er sie dabei, »wenn Sie sich das nächstemal mitten im Winter auf einen Highway begeben, sind Sie hoffentlich besser gerüstet.«

Die Tränen waren versiegt, und sie hatte sich inzwischen so weit gefaßt, daß sie einen schwachen Rechtfertigungsversuch wagte. »Wie sollte ich wissen, daß es hier so schlimm sein würde. Ich habe mein ganzes Leben in Seattle verbracht.«

»Seattle?« wiederholte er, zog die Wollmaske über ihren Kopf und schloß den Helmriemen. »Sind Sie die ganze Strekke von Seattle hergefahren?«

»Nein, jetzt komme ich aus Chicago. Ich gehe an die Northwestern. Ich wollte zu Weihnachten nach Hause.«

»Wohin?«

»Nach Fish Creek. Meine Mutter hat dort eine Frühstückspension.«

Seattle, Chicago, Fish Creek? Er stand im Schneesturm neben dem liegengebliebenen Auto und betrachtete das, was noch zu sehen war von dem Gesicht der jungen Frau.

»Das gibt's doch nicht«, murmelte er.

»Was?«

»Sie sind doch nicht etwa Katy Stearn?«

Trotz der Gesichtsmaske war ihre Überraschung zu erkennen. Sie riß die Augen auf und starrte ihn an.

»Sie kennen mich?«

»Ich kenne deine Mutter. Übrigens, du kannst mich duzen – ich bin Eric.«

»Sie ... du bist Eric? Eric Severson?« Nun war er überrascht, daß Katy seinen Nachnamen kannte.

»Ihr wart zusammen auf dem Abschlußball.«

Er lachte. »Ganz richtig.«

»Na, so was ...« Katy konnte diesen Zufall immer noch nicht fassen. Wieder lachte er und sagte: »Na, jetzt wollen wir dich erst mal nach Hause bringen.«

Er warf die Autotür zu und führte sie zu seinem Schneemobil, indem er vor ihr herging und ihr einen Weg bahnte. Bevor sie aufstieg, fragte er: »Bist du schon jemals auf so einem Ding gesessen?«

»Nein.«

»Nun, es macht natürlich mehr Spaß, wenn der Windabkühlungsfaktor nicht so groß ist, aber wir werden es schon schaffen. Hast du vielleicht Hunger?«

»Ich sterbe vor Hunger.«

»Apfel oder Schokoladenriegel?« fragte er und kramte in seinem Plastiksack.

»Schokoladenriegel«, antwortete sie.

Er holte den Riegel heraus und ließ den Motor an, spreizte die Beine über dem Sitz und instruierte sie dann: »Setz dich einfach hinter mich und leg deine Arme um meine Taille. Alles, was du tun mußt, ist, dein Gewicht in einer Kurve auf die entsprechende Seite zu verlagern. Auf die Art halten wir das Gleichgewicht, okay?«

»Okay.« Sie stieg auf und umklammerte seine Taille.

»Und bleib wach!«

»Mach ich.«

»Fertig?« rief er über seine Schulter.

»Fertig. Eric?«

»Was?«

»Danke. Vielen Dank. Ich habe noch nie in meinem Leben so viel Angst gehabt.«

Statt einer Antwort tätschelte er ihr die Handschuhe. »Festhalten!« befahl er und fuhr los in die Richtung von Maggies Haus. Der Name hämmerte in seinem Kopf – Maggie. Maggie. Maggie. Während er den Lenker fester umklammerte, spürte er die Arme ihrer Tochter um seine Mitte. Wenn sie damals in Easleys Obstplantage ein bißchen weniger Glück gehabt hätten, dann könnte dieses Mädchen hinter ihm jetzt seine Tochter sein.

Er stellte sich Maggie vor, die den Spitzenvorhang an der Tür beiseite hielt und in den Sturm hinaussah. Wie sie mit einem Pullover über der Schulter im Zimmer auf und ab ging. Wie sie in Chicago anrief, um in Erfahrung zu bringen, wann Katy weggefahren war. Wie sie sich Tee machte und ihn dann nicht trank. Wie sie die Polizei anrief und erfuhr, daß die Schneepflüge nicht mehr durchkamen, sie sich aber keine Gedanken machen sollte. Wie sie immer wieder auf und ab ging und niemanden hatte, der ihr in ihren Sorgen beistand.

Maggie, Schätzchen, es geht ihr gut. Ich bringe sie zu dir, also gib die Hoffnung nicht auf.

Der eisige Sturm blies ihnen unerbittlich ins Gesicht. Eric duckte sich hinter dem Windschutz, kämpfte mit brennenden Beinmuskeln gegen die Schneewehen an. Aber es machte ihm nichts aus – er war auf dem Weg zu Maggie.

Er vergaß die Kälte, konzentrierte sich statt dessen auf die Vorstellung von einer warmen Küche mit einem langen, narbigen Tisch und von einer Frau mit kastanienbraunem Haar, die hinter einem weißen Spitzenvorhang Ausschau hielt und erlöst die Tür aufreißen würde, wenn sie sie kommen sehen würde. Der Schnee kam in immer dickeren Flocken herunter und machte die Orientierung schwer. Aber er wußte, er würde den Weg zu ihrem Haus finden. Er hatte sich geschworen, ihr fernzubleiben, aber das Schicksal hatte es anders gewollt, und sein Herz hüpfte bei dem Gedanken, sie wiederzusehen.

Maggie hatte Katy gegen fünf Uhr erwartet, spätestens gegen sieben Uhr. Gegen neun hatte sie in Chicago angerufen, gegen zehn Uhr die Autobahnpolizei. Gegen elf hatte sie mit ihrem Vater telefoniert, der ihr die Sorge auch nicht nehmen konnte. Um Mitternacht war sie noch immer allein und ging in der Küche auf und ab, den Tränen nahe.

Um ein Uhr legte sie sich im Dienstmädchenzimmer nieder. Der Versuch zu schlafen erwies sich als aussichtslos, und so stand sie nach einer knappen Stunde wieder auf, zog einen gesteppten Morgenmantel an, machte sich eine Tasse Tee, schlug den Vorhang an der Küchentür oben über die Stange und setzte sich an den Tisch. Sie legte die Beine auf einen Stuhlsitz und starrte in die wirbelnden Flocken um das Verandalicht hinaus.

Bitte, es darf ihr nichts passiert sein. Ich kann sie nicht auch noch verlieren. Schließlich döste sie ein, den Kopf auf einen Arm gestützt. Gegen ein Uhr zwanzig wachte sie von einem schwachen entfernten Geräusch auf. Es war ein dumpfes Rumpeln auf der Straße oben. Ein Schneemobil! Sie drückte sich die Nase an der Scheibe platt, als das Geräusch allmählich lauter wurde. Ein Scheinwerfer tastete die Hecke ab, richtete sich dann wie ein Suchscheinwerfer gegen den Himmel, als das Gefährt auf der anderen Seite die Schneeverwehungen hinaufzuklettern versuchte. Plötzlich war der Scheinwerfer eindeutig zu sehen. Ein Schneemobil erschien oben und schoß den Abhang herunter, direkt vor die Haustür.

Maggie rannte los, noch ehe der Motor abgestellt war. Sie riß die Tür auf, als jemand vom hinteren Sitz abstieg, und eine gedämpfte Stimme rief: »Mutter!«

»Katy?« Maggie trat in den Schnee hinaus und sank sofort bis zu den Knien ein. Das Wesen, das sich zu ihr durchkämpfte, war von oben bis unten in Silber und Schwarz gehüllt, das Gesicht war von einem Visier verdeckt, aber die Stimme war unverkennbar.

»O Mom, wir haben's geschafft!«

»Katy, Liebling. Ich habe mir solche Sorgen gemacht.« Tränen der Erleichterung brannten in Maggies Augen, als sie versuchte, ihre Tochter trotz der voluminösen Kleidung zu umarmen.

»Ich bin mit dem Wagen von der Straße abgekommen... ich hatte solche Angst... aber Eric hat mich gefunden.«

»Eric?«

Maggie sah zu dem Schneemobilfahrer, der den Motor abgestellt hatte und abstieg. Auch er war von Kopf bis Fuß in Silber eingehüllt. Er kam auf die Verandastufen zu und schob sein Visier nach oben. Seine Gesichtsmaske gab nur drei Löcher frei. Aber da waren unverkennbar diese Augen, diese wunderschönen, blauen Augen, und der Mund, den sie neulich beobachtet hatte, als er aus der Milchtüte trank.

»Es ist alles in Ordnung, Maggie. Du solltest lieber ins Haus gehen.«

Ungläubig starrte sie die fremdartige Gestalt an und spürte, wie ihr Herz zu hüpfen begann. »Eric... du... Warum... wie?«

»Geh ins Haus, Maggie, du holst dir hier noch den Tod.«

Sie gingen alle ins Haus, und Eric schloß die Tür. Er nahm seinen Helm und die Gesichtsmaske ab, während Katy ununterbrochen plapperte. »Die Schneeverwehungen wurden immer schlimmer, man konnte schon gar nichts mehr sehen, und dann kam der Wagen ins Schleudern, und ich fuhr in den Graben und hatte gerade noch einen Eßlöffel Benzin im Tank...« Während sie erzählte, fummelte sie mit den dicken Handschuhen vergeblich an ihrem Helm herum. Schließlich hielt sie in ihrem Wortschwall inne und bat: »Verdammt noch mal! Kann mir vielleicht *irgend jemand* helfen, dieses Ding runterzumachen?« Eric ging zu ihr, legte seinen Helm auf den

Tisch, öffnete dann den Verschluß ihres Helms und zog ihn ihr samt der Gesichtsmaske ab.

Katys Haar war plattgedrückt, ihre Lippen weiß von der Kälte, ihre Nase rotgefroren. Nur ihre Augen funkelten vor Aufregung, daß jetzt alles überstanden war. Sie flog in die Arme ihrer Mutter.

»Meine Güte, Mom, ich war noch nie in meinem Leben so glücklich darüber, zu Hause zu sein.«

»Katy...« Maggie schloß die Augen, als sie Katy an ihr Herz drückte. »Das war die längste Nacht meines Lebens.« Sie schmiegten sich eng aneinander, bis Katy plötzlich sagte:

»Aber Mom?«

»Was?«

»Ich muß so dringend aufs Klo, und wenn ich nicht schnell aus diesem Anzug rauskomme, dann passiert ein Unglück.«

Maggie lachte und half ihrer Tochter mit den Reißverschlüssen. Sie waren überall – vorne, an den Seiten, um die Knöchel.

»Laß mich das machen«, bot Eric an. »Du hast Schnee in deinen Hausschuhen. Du solltest sie mal ausschütteln.«

Er kniete sich nieder und half Katy mit den Reißverschlüssen an den Knöcheln und beim Ausziehen der dicken Stiefel. Einstweilen ging Maggie zur Küchenspüle und kippte den Schnee aus ihren Hausschuhen hinein. Sie trocknete ihre Füße an einem Handtuch, während Eric Katy aus dem Anzug schälte. »Mach schnell!« winselte sie und tanzte ungeduldig auf der Stelle. Endlich war der Anzug ausgezogen und sie lief auf Socken in Richtung Badezimmer.

Eric und Maggie sahen ihr schmunzelnd nach.

»*Du* kannst leicht lachen! Dir hat er ja auch nicht in der letzten halben Stunde ständig Kaffee und Brandy eingeflößt!«

Maggie stand an der Spüle und sah Eric an. Das Lächeln verschwand allmählich aus ihrem Gesicht.

»Du warst doch bei diesem Schneesturm nicht zufällig draußen?«

»Nein. Das Büro des Sheriffs hat angerufen und Freiwillige rekrutiert.«

»Wie lange warst du draußen?«

»Einige Stunden.«

Er sah doppelt so groß aus in seinem silbernen Anzug und den filzgefütterten Stiefeln. Sein Haar war zerstrubbelt, er sah unrasiert aus, und die Strickmaske hatte ihr Muster in seine geröteten Wangen eingeprägt. Aber selbst so zerknittert war er immer noch ihr Traummann.

Er sah sie auf sich zukommen, eine Mutter, die in Sorge gewacht hatte, barfuß, mit einem rosafarbenen wattierten Morgenmantel bekleidet, ohne Make-up, mit herunterhängendem Haar, und dachte: *Bei Gott, wie ist das bloß passiert. Ich habe mich wieder in sie verliebt.*

Sie blieb ganz nahe vor ihm stehen und sah ihm in die Augen. »Danke, daß du sie mir nach Hause gebracht hast, Eric«, sagte sie leise, stellte sich auf die Zehenspitzen und umarmte ihn.

Er legte die Arme um sie und drückte sie fest gegen die glatte Oberfläche seines Schneeanzugs. Sie schlossen beide die Augen und genossen den Augenblick, den sie seit Wochen herbeigesehnt hatten.

»Ist schon gut«, flüsterte er und hielt sie weiter mit klopfendem Herzen fest. Er spreizte seine Hand auf ihrem Rücken und genoß ihre Nähe. Sie horchten beide auf den Atem des anderen und auf ihren Puls, der in ihren Ohren hämmerte. Sie sogen den Geruch des anderen ein – frische Luft, Nachtcreme, ein Hauch von Auspuffgasen, Orange Pekoe Tee.

Bitte nicht bewegen ... noch nicht!

»Ich dachte mir, daß du auf bist und dir Sorgen machst«, flüsterte er.

»War ich auch. Ich wußte nicht, ob ich heulen oder beten sollte oder beides auf einmal.«

»Ich habe mir vorgestellt ... wie du hier in der Küche wartest ... während wir auf dem Weg hierher waren.«

Sie standen noch immer in enger Umarmung da. Aber schließlich war ja nebenan noch eine andere Person.

»Sie trägt nie Stiefel.«

»Ab sofort wird sie das tun.«

»Du hast mir das einzige Weihnachtsgeschenk gemacht, das ich haben wollte.«

»Maggie ...«

Im Badezimmer rauschte die Spülung, und sie lösten die Umarmung. Doch immer noch sahen sie sich in die Augen. Eric hielt Maggie an den Ellbogen fest und dachte über die Zweideutigkeit ihrer Aussage nach.

Die Badezimmertür öffnete sich und Maggie bückte sich, um den Schneeanzug, die Gesichtsmaske und die Handschuhe aufzuheben – und um ihre geröteten Wangen zu verbergen.

»Pfff! Das war knapp! Wie spät ist es eigentlich?« fragte Katy und kam in die Küche zurück. Nachdenklich kratzte sie sich am Kopf.

»Fast zwei Uhr«, antwortete Maggie und sah in die andere Richtung. »Und ich muß wieder los«, fügte Eric hinzu.

Maggie wandte sich ihm zu. »Möchtest du vielleicht etwas Heißes zum Trinken? Oder etwas zum Essen?«

»Nein, lieber nicht. Aber wenn ich mal telefonieren dürfte, dann rufe ich bei der Feuerwehrstation an und frage, ob sie mich noch brauchen.«

»Natürlich. Das Telefon steht dort drüben.«

Während Eric telefonierte, legte Maggie die Kleidungsstükke zusammen und stapelte sie für ihn auf dem Tisch. Dann holte sie einige Weihnachtskeksdosen hervor und füllte eine Plastiktüte mit verschiedenen Plätzchen. Katy folgte ihr eifrig – eine ewig hungrige Collegestudentin, die natürlich aus jeder Dose ein Stück stiebitzen mußte. »Mmm ... ich falle um vor Hunger. Das einzige, was ich seit Chicago zu futtern bekommen habe, ist ein Schokoladenriegel, den mir Eric gegeben hat.«

Maggie drückte sie im Vorbeigehen an sich und sagte: »Ich habe Suppe und kalten Schinken zum Aufschneiden, Fleischklößchen, Heringe, Käse und Früchtekuchen. Nimm dir, was du magst. Der Kühlschrank ist voll.«

Eric hatte sein Telefongespräch beendet und kam in die Küche zurück.

»Ich muß noch einmal raus.«

»O nein.« Maggie sah ihn besorgt an. »Das kann man doch keinem Menschen zumuten.«

»Wenn man richtig angezogen ist, schon. Und außerdem habe ich mich ja hier wieder aufgewärmt.«

»Bist du sicher, daß du nicht erst einen Kaffee möchtest? Oder einen Teller Suppe? Oder sonst was?« Alles, um ihn noch eine Weile hierzuhaben.

»Nein, ich muß los. Eine Minute kann einem wie eine Stunde erscheinen, wenn man mit dem Wagen liegengeblieben ist.« Er zog sich seine Gesichtsmaske über und setzte sich den Helm auf. Dann zog er alle Reißverschlüsse an seinem Anzug zu und schlüpfte in die Handschuhe. Sie schaute zu, wie er unter der Verkleidung verschwand.

Als er aufsah, gab es ihr beim Anblick seiner Augen und seines Mundes einen Stich in der Herzgegend. Die Augen, diese kornblumenblauen Augen, waren einfach unverschämt schön, und sein Mund, dieser Mund, der sie das Küssen gelehrt hatte – wie gerne hätte sie ihn jetzt wieder geküßt. Er sah aus wie ein Räuber... ein Räuber, der in ihr Leben eingedrungen war und ihr Herz gestohlen hatte.

Er nahm den zweiten Schneeanzug, und sie reichte ihm die Tüte, das einzige, was sie ihm in den Sturm hinaus mitgeben konnte.

»Ein paar Plätzchen. Als Wegzehrung.«

Er nahm die Tüte, ein wenig unbeholfen wegen der dicken Handschuhe und sah ihr dann ein letztes Mal in die Augen. »Danke.«

»Paß auf dich auf«, sagte sie leise.

»Mach ich.«

»Wirst du...« Die Besorgnis war Maggies Gesicht anzusehen.

»Wirst du uns anrufen und uns Bescheid sagen, daß du gut nach Hause gekommen bist?«

Er war erstaunt, daß sie eine solche Bitte in Gegenwart ihrer Tochter aussprach.

»Sicher. Aber mach dir keine Sorgen, Maggie. Ich mache

das schon seit Jahren. Ich treffe alle nur möglichen Vorsichtsmaßnahmen und habe immer eine Notausrüstung dabei.« Er sah noch einmal die Plätzchen an. »Jetzt muß ich aber los.«

»Eric, warte!« rief Katy, rannte mit vollem Mund auf ihn zu und fiel ihm um den Hals, soweit das der dickgefütterte Schneeanzug zuließ. »Nochmals vielen Dank. Du hast mir wahrscheinlich das Leben gerettet.«

Er lächelte über Katys Schulter hinweg Maggie zu. »Versprich mir, daß du in Zukunft immer eine Notausrüstung dabei hast.«

»Versprochen.« Sie ließ ihn los, lächelte und stopfte sich das nächste Plätzchen in den Mund. »Das muß man sich mal vorstellen – ich werde von dem Burschen gerettet, mit dem meine Mom zum Schulabschlußball ging. Wenn das die anderen Mädchen hören.«

»Also dann…« Er schwenkte die Tüte mit den Plätzchen. »Danke, Maggie. Und fröhliche Weihnachten. Dir auch, Katy.«

»Dir auch fröhliche Weihnachten.«

Ruf an deutete Maggie mit einer Mundbewegung an, die nur er sehen konnte.

Er nickte und ging hinaus in den Sturm.

Sie sahen ihm nach, Arm in Arm, bis der Schnee ihn verschluckt hatte. Er verstaute den zusätzlichen Schneeanzug in dem Plastiksack, stieg auf und ließ den Motor an. Sie hörten, wie er aufheulte, und spürten, wie der Fußboden vibrierte. Die Auspuffgase stiegen in einer weißen Wolke auf. Er klappte das Visier herunter, hob eine Hand, verlagerte das Gewicht auf eine Seite und fuhr in einem großen Bogen davon. Das Fahrzeug schoß durch den Garten, den Abhang hinauf und machte einen Satz durch die Luft wie ein Schlitten von Santa Claus. Dann war er verschwunden.

»Was für ein netter Mann«, bemerkte Katy.

»Ja, das ist er.«

Maggie ließ die Fenstergardine fallen und wechselte das Thema.

»Und wie wär's jetzt mit etwas Warmem für dich?«

11. Kapitel

Am Morgen wachte Maggie auf und blickte in eine weiß verzauberte Welt. Der Wind pfiff immer noch heftig ums Haus und hatte den Schnee selbst gegen die Fensterscheiben gedrückt. Maggie lag still da und beobachtete, wie eine Schneeplatte von einer Scheibe abfiel und der noch verbliebene Schnee ein grobes Spitzenmuster auf die Scheibe zeichnete. *Ob Eric sicher nach Hause gekommen ist? Wird er heute anrufen, wie er es versprochen hat?*

Das Haus war ruhig, und es war gemütlich in dem warmen Bett. Sie blieb noch eine Weile liegen und erinnerte sich an die Augenblicke in Erics Armen: sein kalter, steifer Schneeanzug an ihrem Gesicht; seine warme Hand in ihrem Rücken; sein Atem an ihrem Ohr; sein Geruch – der Geruch eines Mannes, der aus dem Winter kam.

Was hatten sie sich gesagt in jenen kostbaren Sekunden? Nur unwichtige Dinge, obwohl ihre Körper sich mehr zu sagen hatten. Wie würde es weitergehen?

Irgendwo in einem anderen Bundesstaat wartete Erics Frau auf ihr Flugzeug, das sie zu Weihnachten nach Hause bringen sollte. Und irgendwann an den Feiertagen würde er ihr ein kleines, silbernes Schächtelchen überreichen, in dem sich der Smaragdring befand. Würde sie ihn sich selbst anstecken? Oder würde er es tun? Was würde sie ihm schenken? Und würden sie danach miteinander schlafen?

Maggie preßte ihre Augen fest zusammen – so lange, bis das Bild von Eric und Nancy verschwunden war. Bis sie sich für ihre Wünsche, zu denen sie kein Recht hatte, kasteit hatte. Bis ihre Gewissensbisse wieder die Oberhand gewonnen hatten.

Sie schlug die Bettdecke zurück, zog ihren gesteppten, bodenlangen Morgenmantel an und ging in die Küche, um Waffelteig zu machen.

Gegen halb zehn kam Katy in die Küche geschlurft. Sie trug eines von Maggies Nachthemden und hatte Legwarmers über die Füße gezogen, die wie Elefantenrüssel vornüber standen.

»Mmm... hier riecht's gut. Was machst du da?« Sie umarmte Maggie und tapste zum Fenster.

»Waffeln. Wie hast du geschlafen?«

»Wie ein Baby.« Sie zog den Vorhang zurück und blinzelte. »Du liebe Zeit, ist das hell!«

»Das ist deine erste weiße Weihnacht.«

Die Sonne schien. Es hatte aufgehört zu schneien, aber der Wind wirbelte den Schnee immer noch hoch in die Luft. Die Böschung war so hoch wie ein Brecher am Pazifik bei Big Sur.

»Was wird eigentlich aus meinen Sachen? Wenn es immer noch so stürmt, wann bekomme ich dann meine Koffer?«

»Weiß ich nicht. Wir können anrufen und bei der Polizei fragen.«

»So viel Schnee habe ich in meinem ganzen Leben noch nie gesehen.« Maggie kam auch zum Fenster. Was für ein Anblick! Völlig unberührte Natur, in der der Mensch noch keine Spuren hinterlassen hatte. Schneehügel und Mulden wechselten sich ab. Von den Bäumen und Sträuchern hingegen hatte der starke Wind jedes Stäubchen Schnee weggeblasen.

»Sieht aus, als wären wir immer noch abgeschnitten. Es wird wahrscheinlich eine Weile dauern, ehe du deine Koffer wiederbekommst.«

Es dauerte genau fünfunddreißig Minuten, bis Katy ihre Koffer wieder hatte. Sie hatten Eier, Speck und Waffeln zum Frühstück gegessen und saßen bei Tee und Kaffee am Küchentisch, immer noch im Nachthemd, mit den Füßen auf den leeren Stühlen. Plötzlich, als würde die Szene vom gestrigen Abend wiederholt, tauchte ein Schneemobil auf, kam in den Garten heruntergebraust und hielt laut aufheulend zwei Meter vor der Hintertür.

»Es ist Eric!« freute sich Katy und sprang auf. »Er hat meine Sachen gebracht.«

Maggie stand auf und verschwand mit klopfendem Herzen im Bad. Gestern nacht hatte sie in ihrer Sorge um Katy keinen

Gedanken an ihr Aussehen verschwendet. Heute früh fuhr sie sich rasch mit der Bürste durchs Haar und band es mit einem Gummi zusammen. Sie hörte, wie die Tür sich öffnete und Katy ausrief: »O Eric, du bist ein Engel! Du hast meine Koffer gebracht!« Sie hörte ihn hereinkommen. Dann wurde die Tür wieder geschlossen.

»Ich dachte mir, du wolltest sie gerne haben. Und wenn der Wind so stark bleibt, wird es eine Weile dauern, bis die Abschleppwagen deinen Wagen rausholen können.«

Maggie trug in Windeseile Lippenstift auf und befeuchtete einige Strähnchen über ihren Ohren.

»Oh, vielen, *viiieelen* Dank«, freute sich Katy überschwenglich. »Ich habe eben zu Mom gesagt... Mom?« Nach einer Pause wiederholte Katy erstaunt: »Mom? Wo bist du?« Dann zu Eric: »Eben war sie noch da.«

Maggie zog den Gürtel ihres Morgenmantels fester zu, atmete tief durch, preßte ihre Hände gegen ihre geröteten Wangen und kam wieder in die Küche.

»Hallo, guten Morgen!« begrüßte sie ihn freudig.

»Guten Morgen.«

Er sah riesig aus in seinem silbernen Schneeanzug und brachte den frischen Geruch des Winters in die Küche. Während sie sich anlächelten, versuchte sie tapfer, locker zu bleiben; aber es war ganz offensichtlich, was sie im Bad gemacht hatte und warum. Der Lippenstift leuchtete hell, die Haare an den Schläfen waren naß, und sie atmete ein wenig schneller.

»Meine Güte, bist du überhaupt zum Schlafen gekommen?« fragte sie, um ihre Befangenheit zu verbergen.

»Es muß reichen.«

»Na, setz dich doch erst mal. Ich mache schnell Kaffee. Hast du schon gefrühstückt?«

»Nein.«

»Doughnuts habe ich nicht auf Lager, aber wie wär's mit Waffeln?«

»Klingt gut.«

Katy sah stirnrunzelnd zwischen den beiden hin und her.

Maggie wandte sich zum Herd, um ihre geröteten Wangen zu verbergen.

»Eier mit Speck?«

»Gerne, wenn es nicht zu viele Umstände macht.«

»Es macht überhaupt keine Umstände.« Natürlich macht so was keine Umstände, wenn man in einen Mann verliebt ist. Er öffnete den Reißverschluß an seinem Schneeanzug und setzte sich an den Tisch. Sie machte sich am Küchenschrank zu schaffen und wagte nicht, sich umzudrehen, aus Angst, Katy könnte noch mehr ahnen, als sie es ohnehin schon tat.

»Wie geht es dir heute?« fragte er Katy.

»Gut. Ich habe wie ein Murmeltier geschlafen.«

Maggie bemerkte eine gewisse Vorsicht in der Stimme ihrer Tochter. Offensichtlich versuchte Katy die Schwingungen im Raum zu deuten.

Als sie sich schließlich umdrehte, hatte sie sich einigermaßen unter Kontrolle. Aber als sie dann den Kaffee vor Eric hinstellte, begann ihr Herz wieder schneller zu schlagen. Sein Gesicht war noch immer von der Kälte gerötet, sein Haar vom Helm flachgedrückt. Er lehnte sich in seinem Stuhl zurück und lächelte Maggie an, die plötzlich sicher war, er hätte sie in diesem Augenblick in die Arme genommen, wenn Katy nicht im Zimmer gewesen wäre. Sie stellte den Kaffee ab und ging an den Herd zurück.

Sie fühlte sich wie seine Frau, als sie für ihn kochte. Unverzeihlich, aber wahr. Manchmal hatte sie sogar schon davon geträumt.

Er verdrückte zwei Waffeln, Eier mit Speck und trank vier Tassen Kaffee dazu. Sie saß ihm in ihrem roséfarbenen Morgenmantel gegenüber und versuchte, seinen Mund nicht anzusehen, wenn er sprach.

»Du warst also mit meiner Mutter befreundet«, tastete sich Katy vor, während er aß.

»So ist es.«

»Und ihr wart zusammen auf dem Abschlußball«, bohrte sie weiter.

»Mmhm. Mit Brookie und Arnie.«

»Von Brookie habe ich schon gehört, aber wer ist Arnie?«

»Arnie und ich waren Freunde in der Schule. Wir waren so eine Clique und unternahmen vieles gemeinsam.«

»Die Clique, die die Scheune angesteckt hat?«

Eric sah Maggie überrascht an. »Das hast du ihr erzählt?«

Maggie staunte Bauklötze. »Wann habe ich dir denn das erzählt?«

»Als ich noch klein war.«

Maggie gestand Eric: »Ich kann mich nicht erinnern, ihr das erzählt zu haben.«

»Es war ein Unglücksfall«, erklärte Eric. »Irgend jemand hat unachtsam eine Zigarettenkippe weggeworfen, es war aber keinesfalls Absicht. Ganz bestimmt nicht. Wir haben viel Unfug gemacht. Hat deine Mutter dir je erzählt, wie wir alle Mädchen in ein verlassenes Haus kommen ließen und sie dann ordentlich erschreckten?«

»Und wie ihr Katzen betrunken machtet«, erinnerte ihn Maggie.

»Maggie, *ich* habe nie eine Katze betrunken gemacht. Das war Arnie.«

»Und wer hat den Kamin von dem Hühnerstall des alten Boelz weggeschossen?« fragte sie mit schelmischem Lächeln.

»Also... das war nur...« Er fuchtelte mit seiner Gabel in der Luft herum.

»Und etwa fünfzig Milchkannen bei der Molkerei den Hügel hinunterrollen lassen, daß um ein Uhr nachts ganz Ephraim hellwach war?« Eric lachte und verschluckte sich an seinem Kaffee. Als er aufgehört hatte zu husten, sagte er: »Also, weißt du, Maggie, das sollte doch eigentlich keiner erfahren.«

Sie hatten vergessen, daß Katy da war, und als es ihnen wieder einfiel, hatte Katy schon ein dutzendmal hin- und hergeschaut und mit wachsendem Interesse ihrer gutgelaunten Konversation gelauscht. Nachdem er aufgegessen hatte, machte er sich zum Gehen bereit und lächelte Maggie an.

»Du bist eine gute Köchin. Danke für das Frühstück.«

»Gern geschehen. Danke, daß du Katys Sachen gebracht hast.«

Er griff nach dem Türknopf und sagte: »Ein schönes Weihnachtsfest.«

»Dir auch.«

Schließlich fügte er noch hinzu: »Dir auch, Katy.«

»Danke.«

Kaum war er draußen, stürzte Katy auf Maggie zu. »*Mutter!* Was geht zwischen euch beiden vor?«

»Nichts«, antwortete Maggie, wandte sich ab und räumte Erics Teller weg.

»Nichts? Und da läufst du ins Bad, streichst dir die Lippen an und kämmst dich extra? Also komm, komm!«

Maggie fühlte eine verräterische Röte in ihrem Gesicht aufsteigen und blieb von ihrer Tochter abgewandt.

»Wir sind wieder Freunde geworden, und er hat mir bei den Genehmigungen für dieses Haus geholfen. Das ist alles.«

»Und was war das mit den Doughnuts?«

Maggie zuckte die Achseln und spülte einen Teller ab. »Er ißt gerne Doughnuts. Aber das weiß ich schon seit Jahren.«

Plötzlich stand Katy neben Maggie, packte sie am Arm und sah ihr prüfend ins Gesicht.

»Mutter, du hast es auf ihn abgesehen.«

»Er ist verheiratet, Katy.« Maggie hatte den Abwasch beendet.

»Ich weiß, daß er verheiratet ist. O Gott, Mom, du würdest doch nichts mit einem verheirateten Mann anfangen, oder? Das ist geschmacklos. Schließlich bist du eine Witwe, und du weißt, wie... nun... du weißt, was ich meine.«

Maggie blickte mit zusammengekniffenen Lippen auf. »Und du weißt, was man von Witwen sagt – ist es das, was du gerade sagen wolltest?«

»Na ja, stimmt doch.«

Maggie wurde zornig. »Was sagt man denn, Katy?«

»Lieber Himmel, Mom, deswegen brauchst du doch nicht gleich böse zu werden.«

»Nun, ich glaube, dazu habe ich ein Recht. Was bildest du dir eigentlich ein, mich zu beschuldigen...«

»Ich habe dich nicht beschuldigt.«

»Es klang aber ganz danach.«

Jetzt wurde auch Katy zornig. »Ich habe auch ein Recht auf meine Gefühle, und außerdem ist Dad erst seit einem Jahr tot.«

Maggie rollte die Augen gen Himmel und murmelte vor sich hin. »Das darf doch nicht wahr sein.«

»Mutter, ich habe gesehen, wie du diesen Mann angeschaut hast und dabei rot wurdest.«

Maggie trocknete sich die Hände an einem Handtuch ab und baute sich vor ihrer Tochter auf. »Für eine junge Frau, die im Bereich Psychologie tätig sein will, mußt du noch eine Menge über zwischenmenschliche Beziehungen und den Umgang mit Gefühlen lernen. Ich habe deinen Dad geliebt, und wage es *ja nicht mehr*, mich zu beschuldigen, ich hätte es nicht getan. Aber er ist tot, und ich lebe. Und wenn es mir einfiele, mich in einen anderen Mann zu verlieben oder ein Verhältnis mit ihm zu haben, dann käme ich ganz bestimmt nicht auf die Idee, ausgerechnet *dich* vorher um Erlaubnis zu fragen! Ich gehe jetzt nach oben, nehme ein Bad und ziehe mich an. Währenddessen wäre es sehr schön, wenn du die Küche aufräumtest. Und dir dabei vielleicht gleich überlegst, ob nicht eine Entschuldigung angebracht wäre!«

Maggie rauschte aus dem Zimmer, Katy blieb mit offenstehendem Mund zurück.

Maggies Gefühlsausbruch belastete die Feiertagsstimmung erheblich. Katy entschuldigte sich nicht, und die beiden Frauen bewegten sich steif und formell nebeneinander her. Als Maggie später in den Schnee hinausging, um den Weg freizuschaufeln, dachte Katy nicht im Traum daran, ihre Hilfe anzubieten. Als Katy später mit dem Abschleppdienst losfuhr, um ihren Wagen zu holen, verabschiedete sie sich nicht. Beim Abendessen sprachen sie nur das Nötigste, und danach steckte Katy ihre Nase in ein Buch und las, bis es Zeit war, schlafen zu gehen. Am Tag darauf verkündete sie, sie hätte ihren Flug umgebucht und würde am Tag nach Weihnachten nach Chicago zurückkehren, um von dort nach Seattle zu fliegen.

An Heiligabend hatte sich die Lage so zugespitzt, daß Maggie krampfartige Schmerzen in Schulter und Nacken verspürte. Erschwerend hinzu kam die Tatsache, daß sich Vera widerwillig bereit erklärt hatte, zum ersten Mal in Maggies Haus zu kommen.

Sie und Roy kamen an Heiligabend um 5 Uhr in Maggies Haus. Vera hatte gerade einen Fuß über die Schwelle gesetzt, als sie auch schon zu jammern anfing. Sie trug einen Wackelpudding auf einer abgedeckten Kuchenform.

»Hoffentlich ist jetzt nicht alles ruiniert. Ich habe die größte Form genommen und deinem Vater ausdrücklich gesagt, er soll langsam in die Kurven gehen. Aber dann kam der Hügel; der Deckel rutschte auf eine Seite und hat wahrscheinlich die ganze Sahneverzierung ruiniert. Hoffentlich hast du Platz im Kühlschrank.« Sie stürzte auf den Kühlschrank zu, riß die Tür auf und wich erschrocken zurück. »Du lieber Himmel, was für ein Verhau! Wie kannst du bloß hier irgend etwas finden? Roy, komm her und halte das, damit ich hier erst mal Platz schaffen kann.«

Roy tat wie ihm befohlen.

Maggie platzte der Kragen. Veras autoritäres Auftreten, Roys blinde Unterwürfigkeit und die ganze verkorkste Feiertagsstimmung brachten das Faß zum Überlaufen. Barsch befahl sie: »Katy, nimm Großmama den Wackelpudding ab und stell ihn auf die Veranda. Daddy, die Geschenke kannst du im Salon abladen. Dort ist eingeheizt, und Katy kann dir ein Glas Wein bringen. Einstweilen kann ich Mutter das Haus zeigen.«

Die Tour stand von Anfang an unter keinem guten Stern. Vera hatte erwartet, daß der Heiligabend in *ihrem* Haus verbracht würde, und ließ ihrem Unmut freien Lauf. Sie sah sich in der Küche um und meinte abfällig: »Was ist an diesem alten Tisch von Dad denn schön? Er hätte schon vor Jahren zu Brennholz gemacht werden sollen.«

Und in dem neuen Badezimmer: »Wie konntest du dir nur so eine alte Badewanne mit Löwenpfoten kaufen? Das wird dir noch leid tun, wenn du auf Händen und Füßen drunter aufwischen mußt.«

Im Belvedere-Zimmer fragte sie, was die Möbel gekostet hatten. Dann erklärte sie kategorisch: »Natürlich total überbezahlt.«

Der erst kürzlich neu möblierte Salon kam ein bißchen besser weg, aber die Kommentare blieben dürftig. Als Maggie sie dann schließlich bei den anderen zurückließ und in die Küche ging, hatte sie Mühe, sich zu beherrschen. Vera kam ihr einige Minuten später in die Küche nach. Maggie schnitt den Schinken mit einer solchen Heftigkeit, daß man um das Schneidbrett bangen mußte. Vera kam mit dem Weinglas in der Hand zu ihr.

»Margaret, ich finde es wirklich schrecklich, gerade am Heiligabend ein unangenehmes Thema anschneiden zu müssen, aber schließlich bin ich deine Mutter, und wer sonst sollte so etwas mit dir besprechen?«

Maggie sah von ihrer Arbeit auf und dachte: *O Mutter, nichts liebst du so sehr wie unangenehme Themen!*

»Was besprechen?«

»Was immer sich zwischen dir und Eric Severson abspielt. Die Leute reden schon darüber, Margaret.«

»Nichts spielt sich zwischen mir und Eric Severson ab.«

»Du lebst hier nicht mehr in einer großen Stadt und bist eine Witwe. Da muß man auf seinen Ruf achten.«

Maggie begann wieder, wie wild auf dem Schinken herumzusäbeln. Zum zweiten Mal wies sie jemand, der vorgab, sie zu lieben, auf den Ruf einer Witwe hin, den es zu wahren galt.

»Ich sagte, es ist nichts zwischen mir und Eric Severson.«

»Du nennst einen Flirt auf der Main Street *nichts*? Und miteinander auf der Bank zu sitzen und zu Mittag zu essen – ist das auch *nichts*? Margaret, ich hätte dir wirklich ein besseres Urteilsvermögen zugetraut.«

Maggie wurde so wütend, daß sie Angst hatte, ausfallend zu werden. »Du vergißt, meine Liebe«, fuhr Vera fort, »daß du in meinem Haus warst, als er dich abends zu diesem Treffen der Planungsbehörde abholte. Ich habe gesehen, wie du dich angezogen und wie du dich verhalten hast, als er an der Tür war. Ich habe schon damals versucht, dich zu warnen, aber...«

»Aber dann hast du doch lieber bis zum Heiligabend gewartet, nicht wahr, Mutter?« Maggie hielt in ihrer Tätigkeit inne und sah ihre Mutter an.

»Du hast überhaupt keinen Grund, auf mich wütend zu sein. Ich wollte dich lediglich darauf hinweisen, daß die Leute über euch reden.«

Maggie nahm das Messer wieder in die Hand. »Dann laß sie reden.«

»Es heißt, sein Lieferwagen stand vor deiner Tür, und ihr zwei wurdet am frühen Morgen beim Frühstück in Sturgeon Bay gesehen. Und jetzt erzählt mir Katy, daß er während des Schneesturms mit seinem Schneemobil hier war.«

Maggie warf das Messer hin und schlug entnervt die Hände über den Kopf zusammen. »Um Himmels willen! Er hat mir seinen Lieferwagen für den Transport der Möbel angeboten.«

»Mäßige dich, mein Kind!«

»Und er hat Katy das Leben gerettet. Das weißt du doch sicher auch!«

Vera schniefte und hob eine Augenbraue hoch. »Erspar mir bitte die Einzelheiten! Denk nur daran, daß du schließlich kein Teenager mehr bist und die Leute ein gutes Gedächtnis haben. Sie haben nicht vergessen, daß ihr während der Schulzeit miteinander befreundet wart.«

»Ja, und?«

Vera kam näher. »Er ist verheiratet, Margaret.«

»Das weiß ich doch.«

»Mit einer Frau, die die ganze Woche über nicht da ist.«

»Das ist mir ebenfalls bekannt.«

Nach kurzem Zögern streckte sich Vera und meinte: »Es ist dir offensichtlich egal.«

»Schmutziger Klatsch ist mir tatsächlich egal.« Maggie

knallte die Schinkenscheiben auf einen Teller. »Er ist nur ein Freund, nichts weiter. Und wenn die Leute darüber reden, dann ist ihr Leben wohl nicht so recht ausgefüllt.« Sie warf Vera einen böse funkelnden Blick zu: *Damit bist du gemeint, Mutter.*

Vera ließ die Schultern sinken. »O Margaret, ich bin so enttäuscht von dir.«

Maggie stand mit der Schinkenplatte vor ihrer Mutter und fühlte plötzlich auch ihrerseits eine große Enttäuschung. Auf einmal füllten sich ihre Augen mit Tränen. »Ja, ich weiß, Mutter«, sagte sie niedergeschlagen. »Ich kann dir anscheinend gar nichts recht machen. Das war schon immer so.«

Erst als bei Maggi die Tränen rollten, kam ihre Mutter zu ihr und legte ihr eine Hand auf die Schulter.

»Margaret, du weißt doch, ich will nur dein Bestes.«

Wann hatte Vera das schon jemals für irgend jemanden gewollt? Was waren die Beweggründe dieser Frau? Sie konnte einfach das Glück anderer Menschen nicht ertragen. Aber warum? Weil sie selbst unglücklich war? Weil sie im Laufe der Jahre ihren eigenen Mann so weit in die Enge getrieben hatte, daß sie praktisch getrennte Wege gingen – sie im Haus, er in der Garage? Oder war es, wie Maggie schon oft vermutet hatte, einfach Eifersucht? War ihre eigene Mutter eifersüchtig auf ihre glückliche Ehe mit Phillip? Auf ihren Beruf? Auf ihren Lebensstil? Auf die Veränderung in ihrem Lebensstil? Auf das Geld, das sie nach Phillips Tod bekommen hatte, und die Unabhängigkeit, die sie dadurch hatte? Auf dieses Haus? War Vera so engstirnig, daß sie ihrer Tochter mißgönnte, es besser zu haben als sie selbst? Oder war es einfach nur ihr zwanghafter Drang, Befehle zu erteilen und Gehorsam zu erwarten?

Wie auch immer, die Auseinandersetzung in der Küche warf einen dunklen Schatten über den Rest des Abends. Sie aßen und wünschten, es wäre vorüber. Sie öffneten die Geschenke und bedankten sich höflich, aber kühl und ohne Herzlichkeit. Beim Abschied sahen sich Vera und Maggie zwar in die Augen, vermieden jedoch jede Berührung.

Am ersten Weihnachtsfeiertag nahm Maggie eine Einladung von Brookie an. Katy hatte keine Lust, bei fremden Leuten rumzuhängen, und fuhr alleine zu Roy und Vera. Als am folgenden Tag Katys Sachen gepackt und im Wagen verstaut waren, ging Maggie mit ihr den Hügel hinauf.

»Katy, es tut mir leid, daß dies so ein bescheuertes Weihnachten war.«

»Ja... nun...«

»Und es tut mir leid, daß wir uns gestritten haben.«

»Mir auch, Mutter, aber *bitte*, triff dich nicht mehr mit ihm.«

»Ich habe dir doch gesagt, daß ich mich nicht mit ihm treffe.«

»Aber ich habe gehört, was Großmama am Weihnachtsabend gesagt hat. Und ich habe Augen im Kopf. Ich sehe doch, wie gut er aussieht, wie ihr euch angesehen habt und wie gern ihr beisammen seid. Es könnte passieren, Mutter, und du weißt das auch.«

»Es wird nicht passieren.«

Während der trostlosen Tage nach Weihnachten dachte Maggie immer wieder an dieses Versprechen. Sie konzentrierte sich ganz auf das Haus und auf die Vorbereitungen der Geschäftseröffnung im Frühjahr. Sie klebte weiter Tapeten, nahm an zwei Auktionen teil, bestellte ein Eisenbett von Spiegel's, forstete Versandhauskataloge nach Bettdecken und Teppichen durch. Die Leute von der staatlichen Gesundheitsbehörde kamen und inspizierten ihre Badezimmer, ihren Geschirrspüler, die Lebensmittellagerräume und die Waschmaschinen. Die Feuerwehr kam und prüfte Heizungsanlagen, Kamine, Rauchalarm und Notausgänge. Als die offizielle Genehmigung zur Führung einer Frühstückspension kam, ließ sie sie einrahmen und hängte sie im Salon über dem Sekretär auf, wo sich ihre Gäste anmelden würden. Aus den Frühjahrskatalogen einschlägiger Anbieter für Hotelbedarf bestellte sie Decken, Bettücher und Handtücher. Einmal fuhr sie nach Sturgeon Bay und eröffnete ein Konto bei Warner Wholesale, die ihr Seife, Toilettenpapier, Einwegbecher und

Reinigungsmittel liefern würden. Zu Hause probierte sie mehrere Rezepte für Muffins und Weißbrot aus und aß sie alleine oder mit Brookie, die oft bei ihr vorbeischaute. Oder Roy kam vorbei, für den es eine liebe Gewohnheit geworden war, mindestens zweimal die Woche zu ihr zum Mittagessen zu kommen.

Wenn sie beschäftigt war, fiel es ihr nicht schwer, ihre Gedanken von Eric Severson fernzuhalten. Gönnte sie sich jedoch eine Pause für eine Tasse Tee, dann stand sie mehr als nur einmal gedankenverloren am Fenster und glaubte sein Gesicht draußen im Schnee zu sehen. Vor dem Einschlafen sah sie ihn dann wieder und erinnerte sich an das wohlige Gefühl, seine Hand auf ihrem Rücken zu spüren.

Dann fiel ihr wieder Katys Warnung ein, und sie rollte sich zusammen und versuchte, die Bilder aus ihrem Kopf zu verbannen.

Mark Brodie lud sie an Silvester in sein Restaurant ein, aber sie zog es vor, das neue Jahr bei Brookie zu feiern, wo sie ein Dutzend neuer Leute kennenlernte, Canasta spielte, Tacos aß, Margaritas trank, über Nacht und auch noch fast den ganzen nächsten Tag blieb.

In der zweiten Januarwoche lud Mark sie in eine Kunstgalerie in Green Bay ein. Wieder lehnte sie ab und ging auch nicht zu dem Januartermin der Handelskammer, aus Angst, sie könnte dort Mark oder Eric treffen.

In der dritten Januarwoche saß sie eines Abends in ihrem roten Hausanzug am Küchentisch und entwarf einen Prospekt für ihre Frühstückspension, als es an der Tür klopfte.

Sie schaltete das Außenlicht an, sie hob den Vorhang zur Seite und sah sich Eric Severson gegenüber. Sie ließ den Vorhang fallen und öffnete die Tür. Kein strahlendes Lächeln diesmal, keine unbändige Freude. Nur eine reserviert blikkende Frau, die in das besorgte Gesicht eines Mannes blickte. Sie hatte immer noch die Hand am Türknopf.

Es dauerte fünfzehn lange, schweigende Sekunden, bis Eric sagte: »Hallo!« Es klang resigniert, als wäre sein Erscheinen das Ergebnis eines verlorenen Kampfes mit sich selbst.

»Hallo«, sagte sie und machte keinerlei Anstalten, ihn hereinzubitten.

Besorgt betrachtete er sie in ihrem übergroßen rotweißen Sweatshirt und den Leggins dazu. Das Haar hatte sie auf einer Seite oben am Kopf zusammengebunden, und überall standen kleine Strähnchen ab wie Strahlen eines Feuerwerks. Er war ihr absichtlich aus dem Weg gegangen, um sich über seine Gefühle klarzuwerden und auch ihr dazu Gelegenheit zu geben. Schuldgefühl, Begehren, Angst und Hoffnung. Er nahm an, sie hatte das gleiche durchgemacht und hatte sich auf einen kühlen Empfang und eine erzwungene Abstandshaltung ihrerseits eingestellt.

»Darf ich hereinkommen?«

»Nein«, antwortete sie und stellte sich ihm in den Weg.

»Warum nicht?« fragte er ganz leise. Sie wollte die Schultern sinken lassen, sich zusammenkauern und weinen. Statt dessen antwortete sie gefaßt: »Weil du verheiratet bist.«

Sein Kinn fiel auf die Brust. Er schloß die Augen. Regungslos stand er da, während sie wartete, daß er ging und sie von dieser Schuld befreite, die sie seit den Vorwürfen ihrer Mutter und ihrer Tochter mit sich trug. Er sollte aus ihrem Gedächtnis verschwinden und nie wieder eine Versuchung für sie sein.

Sie wartete. Und wartete. Endlich atmete er tief durch und hob den Kopf. Aus seinen Augen sprach Sorge, die Mundwinkel hingen schlaff herunter. Seine Haltung war ihr so vertraut – der hochgeschlagene Kragen seiner Bomberjacke, die Hände in den Taschen. »Ich muß mit dir reden – bitte. In der Küche. Du setzt dich auf eine Seite des Tisches, ich auf die andere. Bitte, Maggie.«

Sie sah zu seinem Wagen hinauf, den er oben zwischen den Schneehaufen abgestellt hatte.

»Ich kann dir genau sagen, wie viele Tage und Stunden es her ist, seit du das letztemal hier warst. Du machst die Sache für mich nicht leichter.«

»Vier Wochen, zwei Tage und zehn Stunden. Und wer hat gesagt, daß es leicht sein würde?«

Sie schauderte unwillkürlich, als hätte er sie berührt, atmete stockend durch und rieb sich über die Arme. »Ich komme nur schwer mit der Tatsache zurecht, daß wir über dieses... dieses...« Sie hob abwehrend die Hände hoch. »Ich weiß nicht mal, wie ich es nennen soll. Was tun wir hier, Eric?«

»Ich glaube, wir wissen beide, was wir tun, und wir wissen beide, wie man es nennt. Wie es dir geht, weiß ich nicht, Maggie, aber mir macht es schreckliche Angst.«

Sie zitterte innerlich und fror. Bei diesen Minusgraden konnten sie nicht ewig unter der Tür stehenbleiben. Sie trat zurück und fügte sich in die Entschlossenheit, mit der er ihr gegenüberstand. »Komm herein.«

Jetzt war es an ihm zu zögern. »Bist du sicher, Maggie?«

»Ja, komm herein«, wiederholte sie. »Ich denke, wir müssen wirklich miteinander reden.«

Er folgte ihr, schloß die Tür, öffnete den Reißverschluß seiner Jacke, zog sie aus und hängte sie müde über die Stuhllehne. Immer noch sah er so resigniert und müde aus wie bei seiner Ankunft. Sie machte ihm, ohne zu fragen, Kaffee – sie wußte, er würde nicht nein sagen – und sich selbst eine Kanne Tee.

»Was hast du gerade gemacht?« fragte er und betrachtete die Lineale, das Zeichenpapier und die Klebestifte auf dem Tisch.

»Ich habe gerade an einer Werbeanzeige für die Handelskammerbroschüre und einem Prospekt für das Haus gearbeitet.«

Er betrachtete die Arbeit, die ordentliche Schrift und die Tuschezeichnung vom Harding-Haus, wie es vom See her aussah. »Du warst beim letzten Treffen nicht da.« Er folgte mit den Augen ihren Bewegungen, wie sie sich an den Schränken zu schaffen machte, Wasser aufstellte und für den Kaffee herrichtete.

»Nein.«

»Heißt das, du bist mir aus dem Weg gegangen?«

»Ja.«

Er hatte also recht gehabt. Sie war durch die gleiche Hölle gegangen wie er.

Nachdem sie den Kaffee aufgesetzt hatte, räumte sie ihre Arbeit beiseite, legte Muffins auf einen Teller und brachte ihm Butter und ein Messer. Dann füllte sie Zucker in der Zuckerdose nach, holte eine Tasse und eine Untertasse und brachte alles zum Tisch. Der Kaffee begann durchzulaufen. Als sie sich zu ihm umdrehte, sah sie, daß sein Gesicht immer noch den gleichen gequälten Ausdruck hatte.

Schließlich setzte sie sich, faltete die Hände auf dem Tisch und sah ihn an.

»Wie war dein Weihnachtsfest?« fragte sie.

»Beschissen. Und deines?«

»Auch beschissen.«

»Möchtest du erst erzählen?«

»Gut.« Sie atmete tief durch, legte die Daumen über Kreuz und legte dann ohne Umschweife los. »Meine Mutter und meine Tochter warfen mir beide vor, ein Verhältnis mit dir zu haben, und nach einigen ziemlich bösen Auseinandersetzungen kam es zum Eklat, und sie verließen beide bitterböse das Haus. Seither habe ich weder meine Tochter noch meine Mutter wiedergesehen.«

»O Maggie, das tut mir leid.« Er nahm ihre Hände.

»Dazu besteht kein Grund.« Sie zog ihre Hände zurück. »Ob du es glaubst oder nicht, die Auseinandersetzungen zwischen uns gingen weniger um dich als um meine Unabhängigkeit. Ich will nicht mehr so auf sie fixiert sein. Das paßt beiden nicht. Allmählich wird mir ohnehin klar, daß meiner Mutter an mir überhaupt nichts paßt, am allerwenigsten, daß ich glücklich bin. Sie ist eine sehr oberflächliche Person, und ich lerne gerade, mit dieser Erkenntnis ohne Schuldgefühle zu leben. Und was Katy betrifft – nun, sie ist noch nicht über den Tod ihres Vaters hinweg und macht gerade eine sehr egoistische Phase durch. Das wird sich geben. So, und jetzt erzähl mir von deinem Weihnachtsfest. Wie hat Nancy ihr Ring gefallen?«

»Sehr gut.«

»Aber?«

»Ach, es war einfach alles so verfahren. Ich weiß auch nicht.« Er legte eine Hand in den Nacken und beugte den Kopf zurück, so weit es ging. Dabei schloß er die Augen, atmete tief ein und blies die Luft langsam wieder raus. Mit einem Ruck setzte er sich dann wieder auf, stützte die Unterarme auf den Tisch und sah sie an. »Über mir bricht mit einemmal alles zusammen, die Ehe, die Beziehung, die Zukunft. Es ist alles bedeutungslos geworden. Ich sehe Mike und Barb an und weiß: So sollte es eigentlich sein. Nur so ist es nicht, und ich weiß auch, so wird es nie sein.«

Schweigend betrachtete er Maggie. Besorgnis sprach aus seinen Augen, die Mundwinkel waren herabgezogen. Kaffeeduft zog durch den Raum, aber keiner bemerkte ihn. Sie saßen sich gegenüber und sahen sich in die Augen. Unausweichlich wurde ihnen klar, daß ihre Beziehung eine unwiderrufliche Wende genommen hatte, und sie hatten Angst davor, wie diese Tatsache ihr Leben und das anderer Menschen erschüttern würde.

»Ich kann einfach nichts mehr für sie empfinden«, gab er leise zu.

Also so fängt es an, dachte Maggie, wenn eine Ehe zerbricht und eine Affäre beginnt. Fassungslos stand sie auf, drehte die Herdplatte ab, goß ihren Tee auf und ihm den Kaffee ein. Nachdem sie sich wieder gesetzt hatte, starrte er lange in seine Kaffeetasse und hob dann die Augen.

»Ich muß dich etwas fragen«, sagte er.

»Frag.«

»Was war das damals an der Tür, an dem Abend, als ich Katy heimbrachte?«

»Ein Irrtum«, antwortete sie, »und es tut mir leid. Ich... ich hatte kein Recht.«

Unverwandt sah er sie an und meinte: »Komisch, ich dachte du hättest...«

»Ich war müde und hatte mir solche Sorgen um Katy gemacht. Dann warst du auf einmal da und hast sie mir sicher nach Hause gebracht, wofür ich dir unendlich dankbar war.«

»Dankbar? Nicht mehr?«

Sie spürte, wie ihre mühsam aufgebaute Notlügenfassade langsam abbröckelte.

»Was willst du damit sagen?«

»Ich will dir sagen, was du selbst auch sagen wolltest, als ich vor ein paar Minuten hier reinkam – nämlich, daß wir uns wieder ineinander verliebt haben.«

Der Schock traf sie wie ein elektrischer Schlag. Sie zitterte, ihr Hals war wie zugeschnürt, ihr Herz klopfte wie wild.

»Verliebt?«

»Für uns ist das ja nichts Neues. Wir sollten eigentlich keine Schwierigkeiten haben, das zu erkennen.«

»Ich dachte, wir sprechen von... einem Verhältnis.«

»Ein Verhältnis? Möchtest du denn das?«

»Ich *möchte* gar nichts, ich meine, ich...« Plötzlich bedeckte sie ihr Gesicht mit beiden Händen und stützte ihre Ellbogen auf der Tischplatte auf. »O Gott, ist das ein seltsames Gespräch.«

»Du hast Angst, Maggie, nicht wahr?«

Sie ließ die Hände so weit sinken, daß die Augen frei wurden. Angst? Sie hatte panische Angst. Langsam nickte sie.

»Ich habe dir doch schon gesagt, daß auch ich Angst habe.«

Sie umklammerte ihre Teetasse – irgendwo mußte sie sich festhalten. »Es ist alles so... gesittet! Wir sitzen hier und reden darüber, als wäre sonst niemand davon betroffen. Aber andere Menschen *sind* betroffen, und ich habe ein so schlechtes Gewissen, obwohl wir nichts Unerlaubtes getan haben.«

»Möchtest du etwas Unerlaubtes tun? Da wüßte ich einiges.«

»Eric, mir ist nicht zum Lachen zumute«, schalt sie ihn. Sie brannte innerlich lichterloh vor Sehnsucht nach ihm. Dies war die zermürbendste Konfrontation, die sie je erlebt hatte.

»Du meinst, mir sei es nicht ernst?« Er hielt ihr seine zitternde Hand entgegen. »Sieh mal.« Er umklammerte seine Oberschenkel. »Ich habe, verdammt nochmal, fünf Wochen gebraucht, um wieder hierherzukommen, und ich wußte nicht, was mich hier erwarten würde. Du hättest mich vor einer Stunde zu Hause sehen sollen. Ich habe mich geduscht, rasiert und ein frisches Hemd herausgesucht, als wandelte ich auf Freiersfüßen, aber das geht ja nicht, oder? Und die Alternative dazu ist eher unehrenhaft, also sitze ich hier und rede darüber – mein Gott, Maggie, sieh mich an, damit ich weiß, was du denkst.«

Ihr Gesicht war glühend heiß und rot, und sie sah ihm in die besorgten, tiefblauen Augen. Sie sagte, was sie sagen mußte. »Ich denke, daß ich dich jetzt eigentlich bitten sollte zu gehen.«

»Wenn du mich bätest, würde ich das auch tun. Das weißt du doch, oder?«

Sie sah ihn einen Augenblick gequält an und flüsterte dann: »Aber ich bringe es nicht fertig, und das weißt auch du ganz genau, nicht wahr?«

Ihre Unterarme ruhten auf dem Tisch. Er blickte auf ihre Hand und nahm sie dann sanft in seine – ihre rechte Hand mit dem goldenen Ehering. Langsam streichelte er mit dem Daumen über den Ring und ihre Knöchel und sah sie wieder an.

»Ich möchte, daß du weißt, daß ich so was nicht alle Tage tue. Die Umarmung vor fünf Wochen war die einzige Untreue Nancy gegenüber, die ich je begangen habe. Noch einmal, ein letztes Mal, möchte ich dir etwas sagen.« Er sprach feierlich. »Es tut mir leid. Es tut mir leid, wenn ich dir damit irgendeinen Schmerz zufüge.«

Er beugte sich nach vorne und küßte ihre Handfläche hingebungsvoll. Sie erinnerte sich, daß er sich auch mit siebzehn Jahren so rührend ausdrücken konnte, und sie bemitleidete die Frau, die mit diesem Gefühlsspektrum nichts anzufangen wußte. Mit ihrer freien Hand berührte sie seinen Kopf. Sein Haar hatte ein dunkleres Goldblond angenommen, seit sie es zum letztenmal gestreichelt hatte.

»Eric«, sagte sie leise.

Er hob den Kopf, und sie sahen sich in die Augen. »Komm hier herüber... bitte«, flüsterte sie.

Er stand auf, ging um den Tisch herum und hielt immer

noch ihre Hand. Sie stand auf und sah ihm ins Gesicht. Ja, er hatte recht. Sie hatten sich schon vor Monaten wieder ineinander verliebt.

Sie legte ihre Hände auf seine Brust und hob ihm ihr Gesicht entgegen. Dann berührten seine weichen, geöffneten Lippen ihren Mund. Da war er, der langerwartete, heißersehnte Kuß, zerbrechlich wie eine neue Blüte, geheimnisvoll in seiner bewußten Zurückhaltung. Auf einmal waren auch die alten Zeiten wieder da, die Erinnerung an das erste Mal und eine Nacht in Easleys Obstplantagen. Sie warteten zu, bis sich die Erregung langsam steigerte, ihre Lippen sich weiter öffneten, ihre Zungen sich fanden.

Danach sahen sie sich lange an. Es würde keine leichte Sache werden.

Als sich ihre Lippen dann zum zweiten Mal trafen, zog er sie mit einem Ruck fest an sich. Sie legte ihre Arme um seinen Hals, und beide gaben sich ganz der Erinnerung hin, vergaßen die Welt um sich. Ihre Zungen spürten die neu erwachende Leidenschaft, er streichelte ihren Rücken, sie seine Schultern. Nachdem sie sich voneinander losgerissen hatten, atmeten sie schwer, und ihre Münder waren naß.

»O Maggie, wie oft habe ich daran gedacht.«

»Ich auch.«

»An dem Abend, als ich Katy heimbrachte... damals wollte ich dich schon küssen.«

»Und ich lag an jenem Abend im Bett und habe mir Sorgen um dich gemacht... du warst draußen in dem Sturm... und mir tat es so leid, daß ich dich nicht geküßt hatte. Ich dachte, wie schlimm es gewesen wäre, wenn du da draußen umgekommen wärst, ohne zu wissen, was ich für dich empfand.«

Er küßte ihren Hals. »O Maggie, es gab keinen Grund, sich Sorgen zu machen.«

»Eine Frau, die liebt, macht sich immer Sorgen.«

Er küßte sie wieder – ihren warmen, weichen Mund, der immer mehr verlangte, der immer ungeduldiger forderte. Er knabberte an ihrer Unterlippe, spielte mit der Zunge daran und sprach in ihren geöffneten Mund: »Du schmeckst noch genauso, wie ich es in Erinnerung hatte.«

»Wie schmecke ich?« murmelte sie.

Er lächelte ihr in die Augen. »Wie Easleys Obstplantage zur Apfelblütenzeit.«

Jetzt lächelte sie. »Daran erinnerst du dich.«

»Natürlich.«

Ein plötzliches Glücksgefühl durchströmte sie, und sie schmiegte sich so eng an ihn, wie es ging – ihr Gesicht an seinen Hals, ihre Arme so fest um seinen Körper, daß ihre Brüste ganz flachgedrückt waren. »Wir waren so jung, Eric.«

»Und es tat so weh, dich zu verlassen.« Er fuhr mit seinen Händen ihr Rückgrat entlang und unter ihr Sweatshirt. Ihr Rücken war warm und weich.

»Irgendwie hatte ich damals geglaubt, daß wir heiraten würden.«

»Ich auch.«

»Und als die Jahre vergingen und wir nicht geheiratet hatten, glaubte ich, dich vergessen zu haben. Dann sah ich dich wieder, und es war wie ein Tritt in die Magengrube. Darauf war ich nicht vorbereitet.«

»Ich auch nicht.«

Sie mußte einfach sein Gesicht sehen. Sie mußte. Sie beugte den Oberkörper zurück, blieb mit der Hüfte an ihn gepreßt und sah zu ihm auf. »Eigentlich eine tolle Sache, nicht wahr?«

»Ja... einfach toll.« Er berührte ihre Brüste, und sie spürte seinen Penis hart werden. Mit einem Griff hatte er ihren BH aufgemacht, streichelte ihre Rippen und nahm ihre Brüste in die Hand, beide auf einmal. Sie waren warm, die Brustwarzen hoch aufgerichtet. Zärtlich... liebevoll... streichelte er sie und wandte dabei keinen Blick von ihr.

Ihre Lippen öffneten sich. Sie schloß die Augen.

Es war wieder Frühling, sie waren jung und ausgelassen; er hatte sie in seinem blütengeschmückten Auto abgeholt, und sie waren genauso wild aufeinander gewesen wie auch jetzt wieder. Lächelnd gab sie sich seinen Liebkosungen hin.

Ihrer Kehle entrang sich ein seltsamer Laut der Lust, weder Wort noch Stöhnen.

Er kniete nieder, und sie hob das Sweatshirt hoch. Ruhig beobachtete sie, wie er mit seinem warmen Mund ihre Haut liebkoste, seine Zunge darüber streichen ließ und leicht zubiß, so daß sie nach Luft schnappte und sich ihre Magenmuskeln zusammenzogen.

»Mm... du schmeckst gut.«

»Mmm... das tut gut. Wie lange habe ich mich danach gesehnt!« Er verbarg seinen Kopf zwischen ihren Brüsten, und sie wiegte seinen Kopf hin und her. Nach einiger Zeit sah er sie an und sagte mit rauher Stimme: »Maggie, mein Mädchen, deine Spitzenvorhänge verbergen nicht viel.«

Sie hielt seinen Kopf mit beiden Händen und bedeutete ihm, er solle aufstehen. »Dann komm mit mir in das Bett, das wir miteinander gekauft haben. Ich habe mir dich darin gewünscht seit damals, als du mir das Bett zusammengebaut hast.«

Seine Gelenke krachten, als er aufstand. Er zog sie an sich. Eng umschlungen machten sie das Küchenlicht aus und gingen die Treppen hinauf. Ihre langsamen Schritte ließen nichts von der Erregung erkennen, die sie beide empfanden.

Im Belvedere-Zimmer schaltete sie eine Nachttischlampe ein. Der Schatten des mit Seidenfransen verzierten Lampenschirms zeichnete Muster an die Wand. Er war dicht hinter ihr, umfaßte ihre Hüften und drückte sie gegen seine Lenden. »Bist du nervös?«

»Wahnsinnig.«

»Ich auch.«

Lächelnd ließ er sie los, begann sein pastellblaues Hemd aufzuknöpfen und zog es dabei aus den Jeans. Als sie Anstalten machte, ihr Sweatshirt auszuziehen, nahm er ihre Hand.

»Warte mal.« Er lächelte gewinnend. »Laß mich das machen. Ich glaube nicht, daß ich schon jemals dazu Gelegenheit hatte, außer irgendeiner Fummelei im Dunklen.«

»Du hast es auf der *Mary Deare* am Tag nach dem Abschlußball gemacht, und es war weder dunkel noch eine Fummelei.«

»Ach wirklich?«

»Ja, und du warst gar nicht schlecht.«

Er lächelte verschmitzt und zog sie zu sich heran. »Darf ich mein Gedächtnis auffrischen? Ich bin ganz aus der Übung.«

Er zog ihr das Sweatshirt mit dem BH über den Kopf und warf beides zur Seite. Lange betrachtete er sie im Schein der Lampe.

»Du bist wunderschön, Maggie.« Er fuhr mit seinen Handknöcheln an den Seiten ihrer Brüste entlang und dann über die hoch aufgerichteten Brustwarzen.

»Bin ich nicht.«

»Doch, bist du. Das wußte ich damals schon, und heute ist es noch genauso.«

»Du hast dich nicht verändert. Du hast mir immer schon schöne und liebe Dinge gesagt, bist zärtlich gewesen wie vorhin unten, als du meine Hand geküßt hast, und jetzt hast du mich berührt als ob...«

»Als ob...?« Sein zartes Streicheln jagte ihr wohlige Schauer über den Rücken.

»Als ob ich aus Porzellan wäre.«

»Porzellan ist kalt«, murmelte er und hielt ihre Brüste in seinen großen Händen. »Du hingegen bist warm. Zieh mir mein Hemd aus, Maggie, bitte.«

Es machte ihr Spaß, ihm sein blaues Hemd auszuziehen, dann das weiße Unterhemd über den Kopf. Seine Haare wurden noch mehr zerstrubbelt. Als er bis zur Taille nackt war, hielt sie seine Kleider wie ein Nest in der Hand und roch daran. Wieder stieg eine alte Erinnerung in ihr auf.

Er streichelte ihr gerührt über den Kopf.

»Du riechst immer noch genauso«, sagte sie. »Gerüche vergißt man nie.«

Als nächstes war sein Gürtel dran. Unzählige Male hatte sie während ihrer Ehe den Gürtel ihres Mannes aufgemacht, und doch war es jetzt etwas ganz anderes, weil es den Reiz des Verbotenen hatte. Sie spürte Leidenschaft durch ihren Körper strömen, als sie die Gürtelschnalle öffnete, und beobachtet ihn, als sie zum ersten Mal über den ausgebleichten alten

Jeansstoff seiner Hose streichelte. Weicher alter Jeansstoff und darunter ein warmer Körper, der seine Begierde nicht verbergen konnte und wollte. Er schloß die Augen, beugte sich vor und fuhr mit seinen Händen an ihrem nackten Bauch entlang.

»Du hast hier ein Muttermal«, flüsterte er, während er ihre Haut streichelte. »Genau... da.«

Sie lächelte. »Daran erinnerst du dich?«

»Ich wollte es schon immer küssen, habe mich aber nie getraut.»

Sie öffnete den Reißverschluß seiner Hose und wisperte an seinen Lippen: »Dann tu's doch jetzt.«

Der restlichen Kleidungsstücke entledigten sie sich sehr rasch. Er nahm dem ersten Augenblick der Nackheit die Befangenheit, indem er sie an den Händen nahm, ihre Arme weit von ihrem Körper weghielt und sie genüßlich von oben bis unten betrachtete.

»Wow«, sagte er anerkennend, sah ihr in die Augen und lächelte.

»Danke, ebenfalls«, gab sie bewundernd zurück.

Er ließ sie los. Sein Gesichtsausdruck wurde ernst. »Ich will ja jetzt nicht behaupten, daß ich dich die ganzen Jahre über immer geliebt habe, aber damals war es schon so, und jetzt ist es auch so. Ich denke, es ist wichtig, dir das jetzt zu sagen.«

»O Eric«, antwortete sie wehmütig. »Ich liebe dich auch. Ich habe wirklich versucht, es nicht zu tun, aber es half nichts.«

Er nahm sie auf die Arme, legte sie quer übers Bett und berührte die Körperstellen so, wie er es vor Jahren gemacht hatte – an Brüsten, Hüften und zwischen den Schenkeln, wo sie feucht und warm war. Auch sie liebkoste ihn, betrachtete ihn im gedämpften Lampenlicht und sah, wie er zitterte, in einem Augenblick ganz stark war, und dann wieder ganz schwach. Er küßte sie an Stellen, für die er in ihrer Jugend zu befangen gewesen war. Ihr geschmeidiger Körper leuchtete golden im Schein der Lampe.

Es erregte sie, wie er auf ihre Berührungen reagierte. Mehr und mehr wurde ihre Geduld auf die Probe gestellt.

Als die Grenzen der Begierde geprüft waren, stützte er sich über ihr auf und fragte: »Müssen wir aufpassen, daß du nicht schwanger wirst?«

»Nein.«

»Bist du sicher, Maggie?«

»Ich bin vierzig, und für uns beide glücklicherweise über dieses Stadium hinaus.«

Die Vereinigung ging langsam und geschmeidig vor sich, es war eine Vereinigung von Körper und Seele. Er nahm sich Zeit, in sie einzudringen, schien jeden Augenblick mehr und mehr zu genießen. Als sie sich ganz nah waren, verharrten sie einen Augenblick regungslos, als wollten sie ihn für immer in sich bewahren.

Nach so vielen Jahren liebten sie sich wieder.

Sie schienen wie geschaffen füreinander. Die Erregung stieg.

Eric sah Maggie an und blickte in große, leuchtende Augen. Sie umfaßte seine Hüften mit ihren Händen und begann sie mit langsamen rhythmischen Schwingungen in Bewegung zu setzen. Er umfaßte ihre Hände und drückte sie gegen die weiche Bettdecke.

»Du lächelst«, sagte er mit rauher Stimme.

»Du auch.«

»Woran denkst du.«

»Daß deine Schultern breiter geworden sind.«

»Deine Hüften auch.«

»Ich habe ein Kind zur Welt gebracht.«

»Ich wünschte, es wäre meines.«

Sie zog seinen Kopf auf ihren Körper herunter. Das Lächeln erstarb auf ihren Gesichtern, wurde vom Rausch der Sinnlichkeit verdrängt. Sie genossen ihn noch ruhig, aber dann drückte er sie fest an sich und rollte beide Körper eng umschlungen auf die Seite. Mit zusammengekniffenen Augen verharrte er tief in ihrem warmen Körper. »Das tut so gut«, flüsterte er.

»Weil wir einfach schon immer füreinander geschaffen waren.«

»Ich habe das Gefühl, ich bin jetzt an dem Punkt angelangt, wo ich schon immer hätte sein sollen.«

»Hast du dir mal überlegt, was gewesen wäre, wenn wir beide geheiratet hätten, wie wir es vorgehabt haben?«

»Natürlich. Und du?«

»Ja«, gab sie zu.

Er drehte sie, daß sie unter ihm zu liegen kam, und nahm den Rhythmus wieder auf. Sie beobachtete, wie ihm eine Haarsträhne in die Stirn fiel und wie seine Arme zitterten, die sein ganzes Gewicht trugen. Bei jedem Stoß hob sie ihm ihre Hüften entgegen und stieß lustvoll Geräusche aus, die er wiederholte.

Er kam zuerst zum Höhepunkt, und sie betrachtete sein Gesicht dabei, sah, wie er die Augen schloß, wie sich der Hals vorwölbte und seine Muskeln hart wurden. Schweißperlen traten ihm auf die Stirn, ehe endlich ein Zittern und Aufbäumen durch seinen Körper ging.

Als ein Körper sich wieder gefangen hatte, öffnete er die Augen und sah auf sie herab. »Maggie, es tut mir leid«, flüsterte er, als gäbe es eine festgesetzte Reihenfolge.

»Es braucht dir nicht leid zu tun«, erwiderte sie und strich ihm über die feuchten Augenbrauen und die Stirn. »Es war wunderschön, dir zuzusehen.«

»Wirklich?«

»Sicher. Und außerdem«, fügte sie ohne Umschweife hinzu, »bin ich jetzt an der Reihe.«

Und das war sie auch.

Noch einmal.

Und noch einmal.

Und noch ein letztes Mal.

12. Kapitel

Um 1 Uhr morgens saßen Eric und Maggie in der großen, gemütlichen Badewanne. Der Badeschaum bedeckte gerade noch ihre Brustwarzen. Sie tranken Limonade und versuchten zu jodeln. Eric nahm einen kräftigen Schluck, machte mit den Händen vor dem Mund einen Trichter und sagte: »Also, paß auf!« Dann hob er sein Gesicht wie ein heulender Jagdhund und fing an.

»Wenn der Kuckuck ruft, jodel-o-jodel-o-di-oh...«

Während er heulte, schwang Maggie ihr Glas wie ein Ire in der Kneipe und schunkelte hin und her. Er brüllte so laut, daß Maggie befürchten mußte, der Spiegel würde bersten. Zum Abschluß des ergreifenden Vortrags schürzte er die Lippen, sah zur Decke und stieß einen langen, kläglichen Laut aus.

»Wie war ich?«

Sie stellt ihr Glas auf den Boden und applaudierte. »Bemerkenswert! Jetzt bin ich dran. Einen Augenblick noch!«

Sie nahm ihr Glas, trank und wischte sich ihren Mund ab. Nachdem sie sich ausgiebig geräuspert hatte, versuchte sie es. »Wu-wu-wu-u-u-u! Wu-wu-wu-ap! A-wu-wu...«

»Bravo! Bravo!« brüllte er und applaudierte. Sie verbeugte sich über ihren hochgezogenen Knien und breitete dabei die Arme aus. Der Badeschaum tropfte von ihren Armen auf den Boden.

»Also, wollen wir mal sehen...« Er blinzelte zur Decke, nahm einen Schluck und summte nachdenklich vor sich hin. »Mm... mmmm... ja! Ich hab's! Eine alte Cowboy-Kopus-Melodie.«

»Was für ein Cowboy?«

»Cowboy Kopus. Hast du etwa noch nie etwas von Cowboy Kopus gehört?«

»Kein Mensch kennt Cowboy Kopus.«

»Na, ein bißchen Bildung hätte ich schon erwartet. Also

hör mal zu! Als ich klein war, haben wir auf der hinteren Veranda gespielt. Larry war Tex Ritter. Ruth war Dale Evans und ich wollte Roy Rogers sein. Mike sagte jedoch, er sei Roy Rogers und ich müsse Cowboy Kopus sein. Also stand ich da, mit meinem roten Cowboyhut aus Filz, der unter dem Kinn festgezurrt war, und den Cowboystiefeln – und flennte, weil ich Cowboy Kopus sein mußte. Und da sagst du, du hättest noch nie etwas von Cowboy Kopus gehört?«

Sie lachte, noch ehe er sein Lied beendet hatte, und schlug dann vor: »Wie wär's, wenn wir eins zusammen versuchten?«

»Gut. Kennst du ›Ghost Riders In The Sky‹ von Vaughn Monroe?«

»Vaughn Monroe?«

»Was, den kennst du auch nicht?«

»Nicht, daß ich wüßte.«

»Wie steht's mit ›Tumbling Tumbleweeds‹ von Sons of the Pioneers?«

»Das kenn' ich.«

»Gut. Ich fange an.«

Sie sangen drei Strophen, summten die Melodie, wenn sie den Text vergessen hatten und endeten mit einem gemeinsamen kojotenähnlichen Heullaut.

Als die letzte Note verklungen war, brachen sie in schallendes Gelächter aus.

»Ich glaube, wir haben unseren Beruf verfehlt.«

»Ich glaube, dein neuer Fußboden hat Sprünge bekommen.«

Als Maggie sich zurücklehnte, stieß sie sich zwischen den Schultern an einem Wasserhahn.

»Auauau!« heulte sie wieder los. »Das tut weheheh!«

Er lachte. »Komm her. Ich weiß, wo es nicht weh tut.«

»Keine Buckel, keine vorstehenden Rohre?« wollte sie wissen und stellte ihr Glas auf den Boden.

»Na, vielleicht ein paar«, gab er zu, während er sie zwischen seine seidenweichen Schenkel zog. »Aber sie werden Ihnen gefallen, Miß Maggie, das kann ich Ihnen versprechen.«

»Mmm...«, schnurrte sie wohlig und lehnte ihre Unterarme gegen seine Brust. »Das stimmt.«

Sie küßten sich und spürten die Leidenschaft wieder in sich aufsteigen. Er streichelte ihren nackten Körper. Nach einiger Zeit öffnete sie die Augen und fragte schleppend. »He, Cowboy?«

»Madam«, antwortete er ebenso schleppend und verzog dabei seinen Mund zu einem dreieckigen Grinsen.

»Sie wollen nicht vielleicht mein Muttermal noch einmal küssen, oder?«

»Nun ja«, antwortete er mit gespielter Nachdenklichkeit, »ein Gentleman soll einer Lady nie etwas verweigern, wenn sie so bescheiden fragt. Ich denke, wir können die Angelegenheit ohne größere Probleme hinter uns bringen.«

Sie brachten die Angelegenheit und noch einiges andere hinter sich, und schließlich war es drei Uhr morgens, und sie lagen mit ineinander verschlungenen Gliedern auf dem zerwühlten Bett im Belvedere-Zimmer. Sein Magen knurrte, und er fragte: »Wie steht's mit etwas zu essen, Miß Maggie. Ich falle fast um vor Hunger.«

»Du liegst zwar schon, aber was hättest du denn gerne? Obst? Sandwich? Ein Omelett?«

Er drehte den Kopf zur Decke. »Ganz falsch.«

»Was denn?«

»Doughnuts«, stöhnte er und schlug sich auf den Bauch. »Dicke, fette, warme, köstliche Doughnuts.«

»Ja, da liegen Sie bei mir richtig, mein Herr. Komm, laß uns gehen.« Sie nahm seine Hand und zog ihn hoch.

»Das kann nicht wahr sein!« rief er aus. »Du hast tatsächlich Doughnuts im Haus?«

»Nein, habe ich nicht, aber wir können welche machen.«

»Jetzt um Viertel nach drei Uhr morgens willst du Doughnuts machen?«

»Warum nicht? Ich habe so viele Rezepte gesammelt, da finden wir bestimmt eines, das schnell geht. Komm, du darfst es aussuchen.«

Er wählte Orangendoughnuts, und sie arbeiteten zusammen. Sie trug ihren rosafarbenen Hauskittel auf nackter Haut und er nur seine Jeans – ebenfalls auf nackter Haut. Die Vorbereitungen dauerten länger als erwartet. Sie gab ihm eine Orange zum Auspressen, mit der er nur Unfug anstellte, was zu einer ausgiebigen Balgerei auf dem Fußboden führte. Beim Abreiben von Orangenschale kam er mit einem Fingerknöchel an die Reibe und mußte mit Küssen verarztet werden, was die Herstellung des Teiges wiederum um gut zehn Minuten verzögerte. Endlich war der Teig fertig und mußte natürlich erst einmal roh gekostet werden, wobei sie sich gegenseitig den Teig von den Fingern schleckten, bis Maggie widerwillig sagte: »Wenn du mich jetzt nicht gehen läßt, fängt das Fett Feuer.« Er war schlagfertig genug, ihr eine unanständige Antwort zu geben, über die sie beide so lachen mußten, daß sie sich schließlich nur mehr den Bauch hielten und sich gegen den Küchenschrank lehnten. Allmählich fingen sie sich wieder, er nahm sie an den Hüften und sah ihr auf einmal ganz ernst ins Gesicht.

»Mein Gott, wie ich dich liebe«, sagt er. »Jetzt habe ich das halbe Leben hinter mir; und ich habe bis jetzt gebraucht, um herauszufinden, wie es wirklich sein sollte. Ich... liebe dich, Maggie, mehr als ich mir jemals hätte vorstellen können.«

»Ich liebe dich auch.« Sie fühlte sich wie neugeboren. »In den letzten Monaten habe ich mir nie vorstellen können – dieses fröhliche Lachen miteinander, dieses Glücksgefühl. Meinst du, wenn wir gleich nach der Schule geheiratet hätten, wären wir jetzt auch so?«

»Ich weiß nicht, aber ich glaube schon.«

»Mmm... ich glaube auch.« Sie lächelte ihn an. »Ist das nicht schön? Wir lieben uns nicht nur, wir mögen uns auch.«

»Ich glaube, wir haben ein Geheimnis gefunden«, antwortete er.

Er betrachtete ihr Gesicht, ihr fein geschnittenes Kinn mit dem ausgeprägten Grübchen, ihre wunderschönen braunen Augen und ihren lächelnden Mund. Dann drückte er ihr einen langen, sehnsüchtigen Kuß auf die weichen Lippen.

Als er sie losließ, murmelte sie: »Laß uns die Doughnuts

machen, damit ich mich im Bett an dich kuscheln kann und dich neben mir spüre.«

Um vier Uhr fielen sie erschöpft ins Bett, den Geruch von Orangendoughnuts noch in den Haaren und im Atem. Eric schmiegte sich an Maggies Rücken, vergrub sein Gesicht in ihrem Haar, legte seine Knie in ihre Kniekehle und eine Hand auf ihre Brust.

Er seufzte.

Sie seufzte.

»Du hast mich geschafft.«

»Ich glaube, es war umgekehrt.«

»Hat aber Spaß gemacht.«

»Mm – hmm.«

»Ich liebe dich.«

»Ich dich auch. Weck mich, ehe du gehst.«

»Mach ich.«

Und wie zwei Menschen, die jahrelang zusammen waren, schliefen sie friedlich nebeneinander ein.

Er erwachte und spürte ihre feuchte Haut aneinanderkleben. Seine Hand lag weich auf ihrem Bauch und hob und senkte sich mit jedem ihrer Atemzüge. Still lag er da und sog alles um sich herum auf: ihren rhythmischen Atem auf dem Kissen, das zerwühlte Bettzeug, ihren nackten Körper, der an seinen Schenkeln lag. Den Geruch ihres Haares und irgend etwas Blumiges, das er nicht einordnen konnte, die Sonne und den Schnee, die den Raum indirekt beleuchteten, altrosa Tapeten an den Wänden, den sich leise im Luftzug bewegenden Vorhang. Wärme. Zufriedenheit.

Ich möchte hier nicht weg. Ich will bei dieser Frau bleiben, will mit ihr lachen und sie lieben und alles mit ihr teilen. Ich will die Sachen tragen, die ihr zu schwer sind. Den Weg für sie freischaufeln, mich in ihrem Badezimmer rasieren und ihre Haarbürste benützen. Ich will am Morgen unter der Tür stehen und ihr zusehen, wie sie sich anzieht, und am Abend unter der gleichen Tür stehen und sie beobachten, wie sie sich auszieht. Ich will zu Hause anrufen und sagen, daß ich auf dem Weg bin. Ich will unrasierte Sonntage und verregnete Montage mit ihr verbringen und das letzte Glas Milch mit ihr teilen.

Ich möchte, daß sie dabei ist, wenn ich das Boot zum erstenmal zu Wasser lasse. Sie soll verstehen, daß das Frühjahr sowohl eine Saison des Herzens wie eine des Kalenders ist. Im Sommer will ich sie vom Boot aus in ihrem Garten beobachten und sie winken sehen, wenn meine Bootssirene ertönt. Und im Herbst soll sie meine Traurigkeit verstehen, wenn ich die Mary Deare *für den Winter vorbereite. Für uns wünsche ich mir ein paar schöne Dinge – gelegentlich einen Dom Perignon, zwei Wochen Urlaub in Acapulco, ein Chateaubriand bei Kerzenlicht und dann noch einige weniger schöne Dinge – graues Haar, verlegte Schlüssel und Frühjahrsgrippe.*

Nein, ich will nicht mehr von dieser Frau weg.

Er merkte an ihrem veränderten Atemrhythmus und dem leichten Anspannen der Muskeln, daß sie aufwachte. Er spreizte seine Hand auf ihrem Bauch und berührte ihren Rücken mit seiner Nase. Sie langte nach hinten und legte ihre Hand zwischen seine Beine, streichelte ihn ein-, zweimal und spürte, wie seine Erregung wuchs. Sie lächelte – er wußte es so bestimmt, als sähe er ihr Gesicht – und rückte näher, spürte ihn in sich und zog ihn noch ein wenig näher an sich. Er umfaßte ihre Hüften und begann den Tag mit Zärtlichkeiten, die sich lustvoll steigerten.

Als sie dann erschöpft und ruhig nebeneinanderlagen und die Feuchtigkeit auf ihrer Haut trocknen ließen, drehte sie sich um. Ihre Körper waren immer noch miteinander verbunden, und sie legte ihre Beine über seine Schenkel.

Sie lächelten sich an und sahen sich in die Augen. Inzwischen war es draußen ganz hell geworden. Er umkreiste mit seinem Daumen langsam den ihren. Der Ofen hatte sich abgeschaltet, und die Vorhänge hatte aufgehört, sich zu bewegen. Sie glättete ein hochstehendes Haarbüschel auf seinem Kopf, nahm dann wieder seine Hand. Kein Wort fiel, keine Versprechungen wurden gegeben, aber in diesen ruhigen Minuten sagten sie sich mehr als tausend Worte sagen könnten.

Eine halbe Stunde später saßen sie, sich bei den Händen haltend, am Tisch. Er trank seinen Kaffee und stand widerwillig auf. Langsam zog er seine Jacke an, als wolle er das Unvermeidliche hinauszögern. Mit hängendem Kopf schloß er den untersten Druckknopf seiner Jacke. Sie kam zu ihm und übernahm diese Aufgabe. Mit jedem Klick rückte der Abschied näher. Als alle Druckknöpfe bis auf den obersten geschlossen waren, stellte sie seinen Kragen auf, zog sein Gesicht zu sich herab und küßte ihn zärtlich auf den Mund.

»Ich würde die letzte Nacht nicht einmal gegen Aladins Wunderlampe eintauschen wollen«, gestand sie ihm leise.

Er schloß die Augen und legte beide Arme um sie. »Es war schöner als damals in unserer Jugend.«

»Viel schöner.« Sie lächelte. »Danke.« Bedrücktes Schweigen erfüllte den Raum. Abschiedsstimmung.

»Ich weiß nicht, was passieren wird«, beendete Eric die Stille. »Doch ich weiß. Es muß eine Entscheidung geben.«

»Ja, das denke ich auch.«

»Ich glaube nicht, daß ich leicht mit einer Schuld leben kann.«

Sie faßte das weiche Leder an seinen Schultern an und spürte instinktiv, daß es in dieser Situation mit einem einfachen Auf Wiedersehen nicht getan war.

»Wir sollten nicht das Gefühl haben, uns irgendwelche Versprechungen geben zu müssen. Glauben wir lieber, daß uns dies vorbestimmt war, wie damals in Easleys Obstplantagen. Ein wundervolles, unerwartetes Geschenk.«

Er betrachtete ihre ruhigen braunen Augen und dachte: Du wirst jetzt nicht fragen, Maggie, bitte. Nicht, wann du mich wiedersehen wirst, oder ob ich dich anrufe, oder sonst irgend etwas, auf das ich keine Antwort habe.

»Maggie, mein Mädchen«, sagte er liebevoll, »es wird mir sehr schwer fallen, bei dieser Tür rauszugehen.«

»Ist das nicht immer so bei Menschen, die sich lieben?«

»Ja.« Er lächelte und fuhr mit dem Handrücken über ihre Wange. »Ja, das ist wirklich immer so.«

Sie verabschiedeten sich mit den Augen, mit einer verweilenden Berührung seiner Fingerspitzen auf ihrem Hals und ihrer auf seiner Jacke. Dann beugte er sich zu ihr, küßte sie sanft und flüsterte: »Ich rufe dich an.«

Den ganzen Tag schwankte sie zwischen himmelhochjauchzend und zu Tode betrübt. Einmal strotzte sie nur so vor Wohlbefinden und glaubte fest, daß man ihr das auch ansah. Wenn sie einem Vertreter die Tür öffnen würde, würde dieser bestimmt die Augenbrauen hochziehen und erstaunt fragen: »Was ist das?« Und sie würde antworten: »Das ist Glückseligkeit.«

Dann wieder überfiel sie tiefe Schwermut. Mittendrin hielt sie in einer Arbeit inne und starrte regungslos auf irgendeinen Gegenstand an der gegenüberliegenden Seite des Zimmers. *Was hast du getan? Was soll jetzt werden? Wohin wird das führen?* Nicht zwei Menschen, sondern drei würden Kummer haben, das wußte sie sicher.

Möchtest du, daß er wiederkommt?

Ja.

Nein.

Ja, so wahr mir Gott helfe, ja.

Eric verbrachte den Tag hin und her gerissen zwischen Kummer und Schuldgefühlen. Er hatte es erwartet, aber nicht so stark. Wenn er zu seinem Bruder führe, würde dieser die Stirn runzeln und fragen: »Was ist los?« Und Eric würde sein Vergehen ohne Zweifel beichten. Er hatte seinen ehelichen Treueschwur gebrochen, hatte seiner Frau weh getan, die trotz allem etwas Besseres verdient hatte, und einer Geliebten Schmerzen zugefügt, die nach allem, was sie in letzter Zeit durchgemacht hatte, ebenfalls etwas Besseres verdient hatte.

Wirst du wieder zu ihr gehen?

Nein.

Ja.

Nein.

Um Mittag sehnte er sich sosehr nach ihr, daß er sie anrief, nur um ihre Stimme zu hören.

»Hallo«, antwortete sie, und sein Herz begann schneller zu schlagen. »Hallo.«

Zuerst sprachen sie beide kein Wort, versuchten nur, sich den anderen vorzustellen, und schwiegen schmerzlich.

»Was machst du gerade?« fragte er schließlich.

»Brookie ist hier. Sie hilft mir, die Tapetenbordüre im Eßzimmer anzubringen.«

»Oh.« Enttäuschung klang aus seiner Stimme. »Na, dann laß ich dich besser gehen.«

»Ja.»

»Ich wollte dir nur sagen, daß ich heute abend nicht vorbeikommen werde.«

»Nun ... ja ...« Er konnte kaum ahnen, was in ihr vorging. »Ist gut. Ich verstehe.«

»Es ist nicht fair dir gegenüber, Maggie.«

»Ja, ich verstehe«, sagte sie ruhig. »Ruf an, wann immer du kannst.«

»Maggie, es tut mir leid.«

»Also dann, auf Wiedersehen.«

Sie hängte ein, ehe er sich ihr näher erklären konnte.

Der restliche Nachmittag verlief schmerzlich für ihn. Er war verzweifelt, aufgewühlt und starrte minutenlang nur vor sich hin. Es war Mittwoch. Nancy würde am Freitag gegen vier nach Hause kommen. Die zwei Tage erschienen ihm wie eine öde, gesichtslose Wüste. Bei ihrer Ankunft würde sich dann herausstellen, was für ein Mann er war.

Er ging nach oben, legte sich auf das Bett und schob die Hände unter den Kopf. Innerlich zitterte er am ganzen Körper. Ob er zu Mike gehen sollte? Oder zu Ma? Mit jemandem reden. Ja, er würde Ma besuchen und gleich auch ihren Heizöltank füllen.

Er stand auf, duschte und besprühte sein Gesicht mit Aftershave. Dann seine Brust. Schließlich seine Genitalien. Er betrachtete sich prüfend im Spiegel.

Was machst du, Severson?

Ich mache mich fertig, weil ich Ma besuchen will.

Drum das After-shave am Schwanz?

Verdammt noch mal.

Na, komm schon, wen möchtest du denn zum Narren halten?

Er schleuderte die Flasche weg und stieß einen Fluch aus. Aber als er die Augen hob, starrte ihn die gleiche Visage aus dem Spiegel an.

Wenn du einmal hingehst, dann gehst du auch hundertmal hin, und schon bist du in eine handfeste Affäre hineingeschlittert. Ist es das, was du möchtest?

Ich will glücklich sein.

Meinst du, du kannst glücklich sein, wenn du mit einer anderen Frau verheiratet bist und mit einer anderen eine Affäre hast.

Nein.

Dann geh zu Ma.

Er ging zu Ma und betrat das Haus, ohne zu klopfen. Sie stand an der Spüle, trug braune Jerseyhosen und ein gelbes Sweatshirt, auf dem ein grüner Hecht nach einem Köder sprang.

»Ja, wen haben wir denn da«, sagte sie.

»Hallo, Ma.«

»Du hast wohl mein Schweizer Steak gerochen.«

»Ich wollte nur mal schnell vorbeischauen.«

»Ja, ja, sicher, und dann hier Wurzeln schlagen. Ich schäle noch schnell ein paar Kartoffeln.«

Er füllte ihren Heizöltank auf. Und aß ein dickes Schweizer Steak mit einer riesigen Portion Kartoffelpüree und einigen abscheulichen grünen Bohnen (als Strafe). Dann setzte er sich auf das durchgesessene Sofa und sah sich eine Spielshow an, danach eineinhalb Stunden Meisterschaftsringen (eine noch größere Strafe) und schließlich noch einen Krimi, so daß es letztlich zehn Uhr war.

Erst dann stand er auf und weckte Ma, die in ihrem Lieblingsschaukelstuhl eingeschlafen war. Der Hecht auf ihrem Sweatshirt war über ihren schlaffen Brüsten gefaltet.

»He, Ma, wach auf und geh ins Bett.«

»Was...«, murmelte sie. Aus ihren Mundwinkeln floß Speichel. »Mmm... gehst du schon?«

»Ja. Es ist zehn Uhr. Danke für das Abendessen.«

»Ja, schon gut...«
»Gute Nacht.«
»Schlaf gut.«

Er stieg in seinen klapprigen Lieferwagen und fuhr im Schneckentempo los. Wenn er eine halbe Stunde brauchte, würde es zu spät sein, um noch bei Maggie vorbeizuschauen.

Als er dann durch den Ort fuhr, wollte er nur mal sehen, ob in ihrem Haus noch Licht war.

Auf Höhe ihres Hauses wollte er im Vorbeifahren schnell einen Blick den Weg hinunterwerfen, um sicherzugehen, daß alles in Ordnung war.

Im Erdgeschoß brannte Licht. Fahr weiter, Severson, befahl er sich selbst, beweg' deinen Hintern weiter!

Fünf Meter nach ihrem Haus trat er auf die Bremse und blieb mitten auf der Straße stehen. Er starrte auf das Hausdach und das dunkle Schlafzimmerfenster.

Tu's nicht.

Ich muß es tun.

Den Teufel mußt du.

»Scheißkerl«, titulierte er sich selbst, legte den Rückwärtsgang ein und fuhr mit fünfzig Stundenkilometern zurück. Am oberen Ende ihres Gartenweges stellte er den Motor ab und blickte zwischen den hochgeschaufelten Schneebergen auf ihre Küchenfenster hinunter. Warum schlief sie noch nicht? Es ging auf elf Uhr zu, und jede vernünftige Frau hätte es um diese Zeit aufgegeben, auf einen Mann zu warten. Und jeder Mann mit einem Fünkchen Anstand hätte sie in Ruhe gelassen.

Er öffnete die Wagentür und schlug sie wütend hinter sich zu, nahm zwei Stufen auf einmal und stand atemlos an ihrer Hintertür. Ungeduldig klopfte er. Irgend etwas schnürte ihm die Kehle zu. Er sah sie zur Tür kommen.

Die Tür öffnete sich, und sie stand in ihrem gesteppten Morgenmantel vor ihm.

Er versuchte etwas zu sagen – vergeblich. Entschuldigungen und Erklärungen blieben ihm im Hals stecken. Schweigend standen sie sich gegenüber, verletzlich und voller unstillbarer Begierde füreinander. Dann flog sie mit einem kleinen, kaum hörbaren Schrei in seine Arme und küßte ihn wie eine Frau, deren Mann eben aus dem Krieg zurückgekehrt ist.

»Du bist gekommen.«

»Ich bin gekommen«, wiederholte er, hob sie ein paar Zentimeter hoch und trat mit ihr über die Türschwelle. Mit dem Ellbogen schlug er die Tür mit solcher Wucht zu, daß der Spitzenvorhang im Türspalt hängenblieb. Sie küßten sich im Halbdunkel der Küche, mit nassen, leidenschaftlichen Küssen, vergaßen alles um sich herum, entledigten sich der Kleider und ließen sich einfach auf den Boden fallen. Ihre Ungeduld trieb sie von einem verbotenen Vergnügen zum nächsten – ein Haufen Kleider auf dem Küchenboden; hemmungsloses Suchen; ein fast zwanghafter Drang, alles zu berühren und zu schmecken; sein Mund an ihrer Brust, ihrem Bauch, ihrem Venushügel; ihre Schamzone an seiner; ihr Rücken an der Küchentür; sein Arm, der ihre Taille umfaßt und sie nach unten auf den Kleiderhaufen zieht, eine leidenschaftliche Vereinigung, ineinander verschlungene Glieder, Schreie der Entspannung.

Dann zwei erschöpfte, keuchende Menschen, die versuchen, wieder zu Atem zu kommen.

Es endete, wo es begonnen hatte, neben der Küchentür. Sie waren beide erstaunt über die totale Hingabe und versuchten sich über ihre Gefühle klar zu werden.

Er drehte sich auf den Rücken und sah, wie sie neben ihm saß und sich mit zitteriger Hand durch die Haare fuhr. Das einzige Licht kam vom anderen Ende des Hauses und tauchte die Küche in ein sehr diffuses Licht. Unter der Tür zog es kalt herein, der Kleiderhaufen drückte an seinem Rücken.

»Du wolltest doch heute gar nicht kommen«, sagte sie fast vorwurfsvoll.

»Und du tatest, als wär's dir egal.«

»Mir war's nicht egal. Ich hatte Angst zu zeigen, wie wichtig es mir war.«

»Dafür weiß ich das jetzt.«

Ihr war zum Heulen zumute. Sie stand auf und tappte zu dem kleinen Bad gleich um die Ecke.

Er blieb liegen, wo er war, bis sie das Licht anknipste. Das Wasser begann zu rauschen. Er seufzte, stand auf und folgte ihr. Sie stand nackt da und starrte das Waschbecken an. Es war ein winziger Raum mit einer schrägen Decke, dessen Wände mit blaßblauen Tapeten tapeziert waren. Die Decke entlang zog sich ein Bordürenstreifen. Es gab nur ein Waschbecken und an der gegenüberliegenden Wand eine Toilette. Er erspähte eine Schachtel mit Papiertaschentüchern und stand Rücken an Rücken mit ihr. »Ich wollte heute abend nicht herkommen. Ich war bei Ma und blieb so lange, bis ich hoffen konnte, du seist schon im Bett. Wäre das Haus dunkel gewesen, wäre ich niemals stehengeblieben.«

»Ich wollte eigentlich auch nicht, daß du kommst.«

Sie drehte das Wasser auf und tauchte ihr Gesicht in das kühle Naß. Er betätigte die Toilettenspülung, drehte sich um und betrachtete ihren über das Waschbecken gebeugten Rükken.

Sie tastete blind nach einem Handtuch und vergrub ihr Gesicht darin. Er streichelte die Mulde zwischen ihren Schulterblättern und fragte: »Maggie, was ist los?«

Sie richtete sich auf und sah ihn im Spiegel an. Es war ein ovaler Spiegel, der so hoch oben an der Wand angebracht war, daß sie sich nur bis zu den Schultern darin spiegelten. »Ich wollte es nicht so haben.«

»Was meinst du mit ›so‹?«

»Nur... nur Wollust.«

»Es war nicht nur Wollust.«

»Warum habe ich dann heute so viel drüber nachgedacht? Warum ist das dann ausgerechnet in der Küche passiert?«

»Hat es dir nicht gefallen?«

»Und wie. Das ist es ja gerade, was mir Angst macht. Wo war das geistige Element?«

Er schmiegte seinen Körper an ihren, legte beide Arme unter ihre Brüste und liebkoste ihre Schultern mit seinen Lippen.

»Maggie, ich liebe dich.«

Sie legte ihre Arme über seine. »Ich dich auch.«

»Und was da in der Küche passiert ist, war das Ergebnis reiner Frustration.«

»Ich glaube, ich kann das nicht – ein Verhältnis haben. Ich bin jetzt schon ein nervliches Wrack.«

Er hob den Kopf. Einige Augenblicke lang betrachteten sie beide das besorgte Gesicht des anderen.

»Kann ich heute nacht hierbleiben?«

»Hältst du das für klug?«

»Gestern hast du nicht nach Klugheit gefragt?«

»Ich hatte inzwischen Zeit zum Nachdenken.«

»Ich auch. Deshalb war ich bei Ma.«

»Und wir sind sicherlich zu dem gleichen Schluß gekommen.«

»Ich will es trotzdem sagen.«

Er verbrachte diese und die nächste Nacht bei Maggie. Am Freitag morgen war wieder die Stunde des Abschieds gekommen. Sie standen an der Hintertür. Sie hatte sich vorgenommen, möglichst leidenschaftslos zu reagieren.

»Ich komme nächste Woche wieder«, sagte er.

»Gut.«

»Maggie. Ich ...« Wieder kämpfte er mit sich selbst. »Ich will nicht zu ihr zurückgehen.«

»Ich weiß.«

Ihre Reserviertheit beunruhigte ihn. Sie blieb kühl, fast unnahbar, sah mit tränenlosen, brauen Augen zu ihm auf. Diesmal war ihm nach Heulen zumute.

»Maggie, ich muß wissen, was du fühlst.«

»Ich liebe dich.«

»Ja, das weiß ich. Aber hast du auch über dein weiteres Leben nachgedacht? Hast du daran gedacht, ob du wieder heiraten würdest?«

»Manchmal.«

»Ob du mich heiraten würdest?« fragte er einfach.

»Manchmal.«

»Würdest du es tun? Wenn ich frei wäre?«

Sie überlegte, hatte Angst zu antworten. In den letzten drei Tagen hatte sie Zeit gehabt zu überlegen, wie überstürzt alles gegangen war, und wie ihr Leben in Zukunft aussehen würde.

»Maggie, ich habe mit solchen Dingen keine Erfahrung. Ich habe noch nie zuvor ein Verhältnis gehabt, und wenn ich unsicher erscheine, dann bin ich es auch. Ich kann nicht mit zwei Frauen gleichzeitig intim sein, und wenn sie nach Hause kommt, muß ich mich entscheiden. Ach, ist das verzwickt!«

»Für uns beide, denn auch ich habe noch nie eine Affäre gehabt, Eric. Ich habe wirklich drüber nachgedacht, wie es wäre, mit dir verheiratet zu sein. Aber es war...« Sie hielt inne, um wahrheitsgetreu auszudrücken, was sie fühlte. »... mehr Träumerei. Sieh mal, wir waren damals beide zum ersten Mal ineinander verliebt, und wenn die Dinge anders gelaufen wären, dann wären wir vielleicht schon viele Jahre miteinander verheiratet. Ich denke, es war ganz normal, daß ich dich idealisierte und von dir träumte. Und dann warst du auf einmal wieder da wie ein Wirbelwind, und wenn deine Bootssirene ertönte, klopfte mein Herz schneller. Meine erste Liebe.«

Sie legte ihre Hände auf seine Lederjacke, dort, wo sein Herz war.

»Aber ich will nicht, daß wir uns Verpflichtungen auferlegen, denen wir nicht nachkommen können oder Forderungen stellen, auf die wir kein Recht haben. Wir haben nur drei Tage miteinander verbracht, und – seien wir mal ehrlich – so wie wir uns geliebt haben, funktioniert unser Verstand wahrscheinlich momentan vor allem über die Geschlechtsdrüsen.«

Er atmete tief durch und ließ die Schultern hängen. »Ich habe die gleichen Gedanken mindestens ein dutzendmal pro Tag gehabt, und, um ehrlich zu sein, habe ich es aus eben diesen Gründen vermieden, das Gespräch auf eine Heirat zu bringen. Alles ging so furchtbar schnell. Aber ich wollte, daß du, ehe ich hier fortgehe, weißt, daß ich eine Entscheidung getroffen habe und dazu stehen werde. Ich werde Nancy heute abend sagen, daß ich nicht mehr mit ihr leben kann. Ich will keiner von jenen Männern sein, die sich zwei Frauen warmhalten.«

»Eric, hör mir zu.« Sie nahm sein Gesicht in ihre Hände. »Natürlich höre ich es gerne, wenn du so etwas sagst, aber ich weiß auch, daß Menschen in dieser Situation oft genau das Verkehrte tun. Eric, denk nach! Denk sehr intensiv über die Gründe nach, warum du sie verlassen willst. Es müssen Gründe sein, die *eure* Beziehung betreffen, nicht unsere.«

Er betrachtete ihre braunen Augen. Wie klug sie doch war – und wie untypisch ihre Situation. Normalerweise, dachte er, wäre in so einem Fall der Alleinstehende derjenige, der zu klammern versuchte, während der Verheiratete nach Ausflüchten suchte.

»Ich habe dir schon vorher gesagt, daß ich sie nicht mehr liebe. Das wußte ich schon vor Monaten. Schon letzten Herbst habe ich mit Mike, meinem Bruder, darüber gesprochen.«

»Aber wenn du den Entschluß gefaßt hast, sie zu verlassen, und zwar spontan, dann ist es sehr gut möglich, daß dies als Reaktion auf die letzten drei Nächte geschehen ist und nicht auf die letzten achtzehn Jahre hin. Und was sollte eigentlich bei so einer Entscheidung mehr Gewicht haben?«

»Ich sagte, mein Entschluß steht fest, und dabei bleibe ich.«

»Gut. Tu, was du tun mußt, aber du solltest auch wissen, daß ich gerade einen neuen Lebensabschnitt begonnen habe. Ich habe dieses Haus und ein Geschäft, das noch nicht einmal läuft, und noch einige Dinge, die ich alleine schaffen will.« Ein wenig leiser fügte sie hinzu. »Und ich habe noch immer Trauerarbeit zu leisten.«

Eine Zeitlang standen sie nebeneinander, ohne sich zu berühren.

»Gut«, sagte er endlich. »Danke, daß du ehrlich mit mir warst.«

»Ich habe gelesen«, sagte sie, »daß man, um eine Pistole zu kaufen, einen Antrag ausfüllen und dann drei Tage warten muß. Die Gesetzeshüter meinen, daß damit vielen Schießereien vorgebeugt ist. Vielleicht sollte es ein ähnliches Gesetz geben, wenn man seine Frau verlassen will.« Sie sahen sich an, Eric verzweifelt, Maggie besorgt. »Eric, ich habe nicht das Gefühl, eine Ehe zerstört zu haben, aber ein schlechtes Gewissen habe ich allemal.«

»Was willst du also tun?«

»Wäre es dir recht, wenn wir eine Zeitlang gar nichts täten, und du nicht mehr hierherkommst?«

Er sah sie gequält an: »Wie lange?«

»Keine bestimmte Zeit. Einfach so nach Gutdünken.«

»Kann ich dich anrufen?« fragte er und blickte drein wie ein gescholtener Junge.

»Wenn du es für klug hältst.«

»Du lädst alles mir auf.«

»Nein. Ich werde dich auch nur dann anrufen, wenn ich es für klug halte.«

Er sah traurig aus.

»Jetzt lächle mich noch einmal an, ehe du gehst«, bat sie. Statt dessen drückte er sie fest an sich. »O Maggie...«

»Ich weiß, ich weiß«, tröstete sie ihn und streichelte ihm über den Rücken. Aber sie wußte ebensowenig weiter wie er.

»Ich werde dich vermissen«, flüsterte sie. Seine Stimme klang gequält. »Ich dich auch.«

Dann drehte er sich um, öffnete die Tür und war verschwunden.

13. Kapitel

Nancy hatte eine anstrengende Fahrt von Chicago nach Hause gehabt und kam ziemlich gereizt an. Die Straßen waren vereist gewesen, es war klirrend kalt, und die Verkäuferinnen waren launisch gewesen. Als sie mit Gepäck schwer beladen die Küchentür öffnete, war Eric da, um sie zu begrüßen. Der Geruch in der Küche stimmte sie mit einem Schlag friedlich.

»Hallo«, begrüßte sie ihn und schlug die Tür mit dem Absatz zu. Er nahm ihr den Koffer und die Kleidertasche ab. »Hallo.«

Sie streckte ihm ihr Gesicht entgegen, aber er nahm ihre Sachen und trug sie weg, ohne ihr wie sonst einen Kuß zu geben. Als er in die Küche zurückkam, ging er direkt zum Kühlschrank und holte eine Flasche Lime Juice heraus.

»Hier riecht's fantastisch. Was hast du denn Feines im Ofen?«

»Fasan mit Wildreisfüllung.«

»Fasan... haben wir etwas zu feiern?«

Schuldgefühle, dachte er, antwortete jedoch: »Ich weiß, wie gern du Fasan ißt.«

Er schloß den Kühlschrank, goß den Saft aus und warf die Flasche in den Abfall. Als er sich umdrehte, stand sie direkt hinter ihm.

»Mmm... was für ein netter Empfang«, lobte sie.

Er trank einen Schluck.

Sie umarmte ihn. »Krieg ich keinen Kuß?«

Er zögerte und drückte ihr dann einen flüchtigen Kuß auf die Wange. Sein Gesichtsausdruck löste bei Nancy Alarmstufe Eins aus. »He, Moment mal... ist das alles?«

Er machte sich frei. »Ich muß nach dem Fasan sehen«, täuschte er vor, nahm zwei Topflappen und ging um sie herum. »Entschuldige, läßt du mich mal zum Ofen?«

Bei Nancy läutete wieder die Alarmglocke, diesmal noch eindringlicher. Das mußte etwas Ernstes sein. So viele Entschuldigungen, um einen Kuß, einen Blick zu vermeiden. Er sah nach dem Fasan und trank seinen Lime Juice, deckte dann den Tisch, servierte ihr Lieblingsgericht, fragte sie nach ihrer Arbeit und sah ihr während der ganzen Zeit maximal zehn Sekunden in die Augen. Er antwortete abwesend, machte nicht wie sonst Witze und ließ die Hälfte auf dem Teller stehen.

»Was ist los?« fragte sie nach dem Essen.

Er nahm seinen Teller, trug ihn zum Spülbecken und drehte das Wasser auf. »Es ist nur diese Wintermelancholie.« Es ist mehr als das, dachte sie und spürte, wie Panik sie ergriff. Es ist eine Frau. Die Wahrheit fiel ihr wie Schuppen von den Augen. Er hatte begonnen, sich zu verändern, seit seine Schulfreundin wieder hier wohnte. Nancy faßte im Geiste noch einmal alles zusammen – sein zerstreutes Gehabe, seine ungewöhnliche Schweigsamkeit, die Art, wie er plötzlich körperlichen Kontakt vermied.

Du mußt etwas tun, dachte sie, du mußt etwas tun, um ihm zuvorzukommen.

»Liebling, ich habe nachgedacht«, begann sie, stand auf, ging zu ihm und legte ihm von hinten die Arme um die Taille. »Vielleicht gebe ich die Hälfte meines Gebietes ab, damit ich länger zu Hause sein kann.« Es war eine Lüge. Sie hatte nicht eine Sekunde an so was gedacht, aber in ihrer Verzweiflung sagte sie, was sie glaubte, daß er hören wollte.

Sie spürte unter ihrer Wange das Spiel seiner Rückenmuskeln, während er den Teller abspülte.

»Was meinst du dazu?« fragte sie. Er arbeitete weiter. Das Wasser lief.

»Wenn du willst.«

»Ich habe auch noch einmal über ein Baby nachgedacht.« Er hielt mit einem Ruck inne. Sie hörte, wie er schluckte.

»Vielleicht wäre eines gar nicht so schlecht.«

Das Wasser lief nicht mehr. Sie standen beide unbeweglich da.

»Wieso der plötzliche Meinungsumschwung?« wollte er wissen.

Sie improvisierte, so schnell sie konnte. »Ich dachte, weil du doch im Winter nicht arbeitest, könntest du in der Zeit das Kind betreuen. So bräuchten wir nur für ein halbes Jahr einen Babysitter.«

Sie fuhr mit der Hand an seinen Jeans entlang und hielt seine warmen Genitalien fest. Er klammerte sich an den Rand des Spülbeckens und sagte nichts.

»Eric?« flüsterte sie und begann ihn zu streicheln.

Mit einem Ruck drehte er sich um, packte sie, ohne es zu wollen, und umklammerte sie mit der Verzweiflung eines Trauernden. Sie spürte, daß sie einen wunden Punkt getroffen hatte, und glaubte auch, sicher zu wissen, was es war: schlechtes Gewissen.

Er war grob mit ihr, gab ihr keine Chance zu entkommen, zog sie gewaltsam von der Taille abwärts aus, als hätte er Angst, sie – oder er – könnte es sich anders überlegen. In dem Wohnzimmer gleich nebenan stand ein kleines Sofa. Er schleppte sie dorthin und spritzte, ohne ihr Gelegenheit gegeben zu haben, Vorkehrungen zur Verhütung zu treffen, seinen Samen in sie hinein – ohne Küsse, ohne Zärtlichkeit.

Als es vorüber war, war Nancy ärgerlich.

»Laß mich aufstehen«, sagte sie. Schweigend gingen sie auseinander.

Lange Zeit stand sie im schwachen Licht des Ganges in ihrem Schlafzimmer im ersten Stock, starrte auf eine Schubladenkommode und dachte: Gnade ihm Gott, wenn er mich jetzt geschwängert hat. Ich bringe ihn um.

Er stand in der Küche. Nach langen Minuten seufzte er, räumte weiter den Tisch ab, hörte mittendrin auf und kehrte wieder in das Wohnzimmer zurück. Dort setzte er sich auf eine Stuhlkante, stützte sich mit den Ellbogen auf die Knie und dachte über das eben Geschehene nach. Er war total verwirrt. Was wollte er sich eigentlich beweisen, indem er Nancy so behandelte? Er kam sich pervers vor, fühlte sich schuldiger als zuvor. Wollte er wirklich, daß sie jetzt schwanger wurde? Wenn er jetzt ins Schlafzimmer ginge und ihr sagte, daß er die Scheidung wollte, und sie zustimmte, würde er dann einfach das Haus verlassen und zu Maggie gehen können?

Nein. Denn schließlich war er der Schuldige, und nicht seine Frau.

Das Haus war so ruhig, daß man den Wasserhahn in der Küche tropfen hörte. Er saß im Dunkeln, bis sich seine Augen so weit dran gewöhnt hatten, daß er das Sofa erkennen konnte, auf das er Nancy geworfen hatte. Verzagt stand er auf und richtete die Kissen. Dann stieg er mit schweren Beinen die Treppe hinauf. An der Schlafzimmertür blieb er stehen und blickte in den dunklen Raum. Sie saß am Fußende des Bettes neben der Kleidertasche, die er vor einiger Zeit raufgetragen hatte. Auf dem Boden daneben stand ihr Koffer. Er hätte es ihr nicht verübeln können, wenn sie beides genommen und das Haus verlassen hätte.

Er schlurfte hinein und blieb neben ihr stehen.

»Es tut mir leid, Nancy«, sagte er. Sie rührte sich nicht, als hätte sie ihn nicht gehört.

Er strich ihr übers Haar.

»Es tut mir leid«, flüsterte er noch einmal.

Sie blickte zur Wand und verschränkte die Arme vor ihrer Brust. »Dazu hast du auch allen Grund«, sagte sie. Er ließ seine Hand sinken.

Von ihrer Seite kam nichts mehr. Er wollte noch etwas sagen, aber seine Kehle war wie zugeschnürt. Nach einiger Zeit ging er aus dem Zimmer und zog sich nach unten zurück.

Am Montag vormittag fuhr er zu Mike. Er mußte sich einfach jemandem mitteilen.

Barb öffnete ihm die Tür. Sie war rund und gesund und strahlte vor Glück. Nach einem prüfenden Blick in sein bedrücktes Gesicht sagte sie: »Er ist unten in der Garage und macht einen Ölwechsel bei seinem Lastwagen.«

Eric fand Mike im ölverschmierten Arbeitsanzug unter seinem Ford-Lieferwagen.

»Hallo, Mike«, begrüßte er ihn freudlos und schloß die Tür hinter sich.

»Bist das du, kleiner Bruder?«

»Ja, ich bin's.«

»Ich hab's gleich; ich will nur schnell das Öl ablassen.« Es folgten einige metallische Geräusche, dann das Tropfen einer Flüssigkeit in ein leeres Gefäß. Dann tauchte Mike mit einer roten Kappe auf, deren Schild nach hinten schaute.

»Besichtigst du Elendsquartiere?«

»Erraten«, stimmte Eric zu und brachte ein halbherziges Grinsen zustande.

»Du siehst aus wie ein geprügelter Hund«, bemerkte Mike, stand auf und wischte sich die Hände an einem Lumpen ab.

»Ich muß mit dir reden.«

»O je! Das klingt ernst.«

»Ist es auch.«

»Warte mal. Laß mich erst ein paar Holzscheite in den Ofen werfen.«

In einer Ecke der Garage spendete ein behäbiger Bullerofen Wärme. Mike öffnete die quietschende Ofentür, warf zwei Scheite Ahornholz hinein, kehrte zu Eric zurück und drehte einen grünen Plastikeimer um. »Setz dich«, forderte er ihn auf. »Ich habe den ganzen Tag Zeit. Also schieß los.«

Eric saß ganz still da, starrte auf einen Werkzeugkasten und wußte nicht, wie er beginnen sollte. Schließlich sah er Mike betrübt an.

»Erinnerst du dich noch, als wir klein waren und der alte Herr uns eins überzog, wenn wir etwas angestellt hatten?«

»Sicher. Da war er nicht zimperlich.«

»Ich habe mir eben gewünscht, er wäre da, um es noch einmal zu tun.«

»Was hast du angestellt, daß du Strafe verdient hast?«

Eric atmete tief durch und sagte dann ohne Umschweife. »Ich habe ein Verhältnis mit Maggie Pearson.«

Mikes Haaransatz rutschte nach oben, und seine Ohren schienen flach anzuliegen. Zunächst nahm er die Nachricht kommentarlos auf, dann drehte er die Kappe mit dem Schild nach vorne und bemerkte: »Jetzt weiß ich, warum du den alten Herrn wieder hier haben wolltest; aber eine Tracht Prügel würde da sicherlich kaum etwas bewirken.«

»Wahrscheinlich nicht. Ich mußte es nur jemandem sagen, weil ich mir so schäbig vorkomme.«

»Wie lange geht das schon?«

»Seit letzter Woche, nicht länger.«

»Und ist es vorbei?«

»Ich weiß nicht.«

»Oho!«

»Ja, oho!«

Sie grübelten beide eine Weile. Dann fragte Mike: »Du willst sie also wiedersehen?«

»Ich weiß nicht. Wir haben ausgemacht, uns eine Weile aus dem Weg zu gehen, die Sache ein wenig abkühlen zu lassen und dann weiterzusehen.«

»Weiß Nancy davon?«

»Sie ahnt es wahrscheinlich. Es war ein schreckliches Wochenende.«

Mike atmete tief aus, nahm seine Mütze ab, kratzte sich am Kopf und drückte sich dann die Mütze tief ins Gesicht.

Eric spreizte seine Finger. »Mike, ich bin total verzweifelt. Ich glaube, ich liebe Maggie.«

Mike betrachtete seinen Bruder nachdenklich. »Ich habe mir gleich gedacht, daß das passieren würde, als sie herzog. Ich weiß doch noch, wie ihr in der High School zueinander standet. Ich wußte, daß es so kommen würde.«

»Du wußtest es?« wunderte sich Eric überrascht. »Da wußtest du mehr als ich.«

»Tu nicht so überrascht. Du hast dir doch damals mein Auto ausgeborgt, und Barb und ich wußten gleich, was los war mit euch zweien.«

»Verdammt noch mal, du hast es gut. Weißt du eigentlich, wie gut du es hast? Ich sehe dich, Barb und eure Kinder, und denke dann: Warum habe ich mir damals nicht Maggie geschnappt? Dann hätte ich jetzt, was du hast.«

»Das ist nicht nur Glücksache. Es ist ein verdammt hartes Stück Arbeit und setzt große Kompromißbereitschaft voraus.«

»Ja, ich weiß«, gab Eric entmutigt zu.

»Und wie steht's zwischen dir und Nancy?«

Eric schüttelte den Kopf. »Die reine Katastrophe.«

»Wieso?«

»Auf einmal hat sie sich's überlegt – *vielleicht* möchte sie doch ein Baby. *Vielleicht* wäre zumindest eines gar nicht so schlecht. Also habe ich sie auf die Probe gestellt. Ich habe sie einfach gebumst, ohne ihr Gelegenheit zu geben, irgendwelche Vorkehrungen zu treffen. Seither hat sie nicht mehr mit mir gesprochen.«

»Willst du damit sagen, daß du Gewalt angewendet hast?«

»Ja, so könnte man es nennen.«

Mike sah unter seinem Mützenschild hervor und meinte: »Das ist allerdings keine gute Sache.«

»Ich weiß.«

»Was zum Teufel hast du dir dabei gedacht?«

»Ich weiß nicht. Ich hatte ein schlechtes Gewissen wegen Maggie, hatte Angst und war wütend auf Nancy, daß sie sich so lange Zeit gelassen hat, an eine Familie zu denken.«

»Darf ich dich was fragen?«

Eric sah seinen Bruder an und wartete.

»Liebst du Nancy?«

Eric seufzte.

Mike wartete.

Unter dem Lieferwagen gurgelte das Öl noch einmal und hörte dann auf zu laufen. Der Geruch verbreitete sich in der ganzen Garage und vermischte sich mit dem von verbrennendem Ahorn. »Eigentlich träume ich eher davon, wie es hätte sein können. Als ich sie kennenlernte, fand ich sie nur körperlich attraktiv. Ich hielt sie für die bestaussehende Frau auf der ganzen Welt. Dann lernte ich sie näher kennen und bemerkte, wie intelligent sie war und wie ehrgeizig. Ganz sicher würde sie eines Tages ungeheuer erfolgreich sein. Damals war mir das genausowichtig wie ihr Aussehen. Aber weißt du, was eine Ironie des Schicksals ist?«

»Was?«

»Daß genau die Dinge, deretwegen ich sie bewundert

habe, mich heute abstoßen. Ihr beruflicher Erfolg ist ihr wichtiger als unser Eheglück. Und eigentlich haben wir auch überhaupt keine Gemeinsamkeiten mehr. Früher hörten wir zusammen unsere Lieblingsmusik, heute setzt sie sich Kopfhörer auf und zieht sich Selbstmotivationskassetten rein. Als wir jung verheiratet waren, sind wir mit der Schmutzwäsche gemeinsam in den Münzwaschsalon gegangen; heute läßt sie das beim 24-Stunden-Service im Hotel erledigen. Nicht einmal beim Essen können wir uns einigen. Sie ißt nur Gesundes und meckert, daß ich ständig nur Doughnuts mampfe. Wir benützen weder das gleiche Scheckbuch noch die gleiche Seife und gehen auch nicht zum gleichen Arzt. Sie haßt mein Schneemobil, meinen Wagen, unser Haus – du liebe Güte, Mike, ich dachte, verheiratete Leute wachsen *zusammen*.«

Mike schlang die Arme um seine hochgezogenen Knie.

»Wenn du sie nicht liebst, solltest du sie auch nicht zu einem Baby überreden und schon gar nicht ohne Kondome bumsen.«

»Ich weiß.« Eric ließ den Kopf hängen. Nach einiger Zeit schüttelte er ihn mutlos. »Zum Teufel...« Er betrachtete den Ofen. »Das Ende einer Liebe tut wirklich weh.«

Mike stand auf und legte seinem Bruder einen Arm um die Schultern. »So ist es.« Eine ganze Weile horchten sie nur auf das knisternde Feuer, dessen Wärme sie umgab. Es roch nach heißem Gußeisen und nach Motoröl. Vor Jahren hatten sie sich ein Zimmer und ein altes Eisenbett geteilt, waren von den Eltern gelobt und bestraft worden und hatten gemeinsam geträumt – wenn es dunkel war und sie beide nicht schlafen konnten. Sie fühlten sich auch jetzt einander sehr nahe, da für einen von ihnen die Träume zerbrochen waren.

»Was hast du jetzt vor?« fragte Mike.

»Ich möchte Maggie heiraten, aber sie meint, mein Verstand funktioniere momentan hauptsächlich über die Geschlechtsdrüsen.«

Mike lachte.

»Außerdem ist sie noch nicht bereit, sich wieder zu verheiraten. Sie möchte sich erst eine Zeitlang in ihrem Geschäft bewähren, und dafür habe ich auch Verständnis. Bis jetzt hat sie noch keinen einzigen Gast gehabt, nach all dem Geld, das sie in das Haus gesteckt hat. Sie will sehen, ob die Sache läuft.«

»Du bist also hierhergekommen, um mich zu fragen, was du wegen Nancy tun sollst. Aber da kann ich dir nicht helfen. Würde es dich stören, den Karren eine Weile einfach laufen zu lassen.«

»Es kommt mir nur so verdammt unehrlich vor. Ich wollte schon dieses Wochenende einen klaren Schlußstrich ziehen, aber Maggie nahm mir das Versprechen ab, daß ich abwarten werde.«

Mike überlegte eine Weile und drückte dann Erics Schulter. »Ich weiß, was wir jetzt tun.« Er drehte Eric in Richtung des Lastwagens. »Du hilfst mir jetzt hier beim Ölwechsel, und dann fahren wir mit den Schneemobilen raus. Das macht immer einen klaren Kopf.«

Sie waren im Norden des Landes aufgewachsen, wo der Winter fast ein halbes Jahr dauert. Schon als Kinder hatten sie das klare Blau des Himmels und das gleißende Weiß des Schnees schätzen gelernt, die Schönheit von schneebedeckten, kahlen Ästen, von lila Schatten und roten Scheunen vor der unendlichen Weite der Schneelandschaft.

Sie fuhren nach Süden, zum Newport State Park, und die Küste von Rowley's Bay entlang. An einigen Stellen stand Wasser auf dem gefrorenen See; das Eis war gebrochen, und auf den entstandenen Wassertümpeln tummelten sich Schellenten, Säger und andere Wasservögel, darunter einige aus arktischen Gebieten, die hier in Door County nur Winterurlaub im Süden machten.

Weiter im Landesinnern fuhren sie an Färberbäumen und Hartriegelbüschen vorbei, deren rote Beeren wie Edelsteine im Schnee leuchteten, dann weiter unter an weit überhängenden Tannen- und Fichtenzweigen und an einem Birkendikkicht vorbei, auf dem sich Finken ausruhten. Dann folgten sie Rotwildspuren bis zu einer Stelle, an der die Tiere an einem kleinen Wasserlauf eingebrochen waren und dann an einer steilen Böschung mit ihren Hufen viel Schnee aufgewirbelt hatten. Eichelhäher flogen schimpfend vor ihnen auf, und eine ganze Zeitlang führte sie ein Buntspecht von einer Wegbiegung zur nächsten. Sie fanden Mulden, wo Rotwild geschlafen hatte, und eine Quelle, zu der Spuren von Mardern, Mäusen und Eichhörnchen führten.

Weiter ging es zu einem zugefrorenen Wasserreservoir in der Nähe des Mud Lake, wo sich eine Biberbehausung wie eine schlampige Frisur mit einer weißen Haube präsentierte.

Sie saßen eine Zeitlang auf einer Klippe oberhalb von Cana Island. Hinter ihnen war der Wald, vor ihnen erstreckte sich der blaue Horizont, nur unterbrochen von der Silhouette des Inselleuchtturms. In der Nähe hörte man die eintönige Stimme eines Kleibers. Unter ihnen ächzte das Eis. Ein Specht hämmerte in eine abgestorbene Birke. Irgendwo im Süden von Door County lief die Arbeit in den Winterdocks auf Hochtouren, aber hier herrschte heilige Ruhe. Eric spürte, wie der klare Winter seiner Seele guttat.

»Ich werde warten«, entschloß er sich ruhig.

»Ich denke, das ist eine kluge Entscheidung.«

»Maggie weiß auch noch nicht, was sie will.«

»Aber wenn du wieder zu Maggie gehst, dann solltest du mit Nancy gleich Schluß machen.«

»Mach ich. Großes Ehrenwort.«

»Gut, dann laß uns wieder nach Hause fahren.«

Der Januar war fast vorbei. Er sagte nichts zu Nancy und hielt auch sein Versprechen, Maggie nicht anzurufen oder zu besuchen, obwohl er vor Sehnsucht nach ihr fast verging. Anfang Februar hatten er und Mike zusammen auf der Sports Show in Chicago einen Ausstellungsstand, wo sie Broschüren verteilten, neue Kunden warben und Buchungen für die kommende Angelsaison entgegennahmen. Es waren lange, ermüdende Tage, in denen sie sich den Mund fusselig redeten, sich die Füße in den Bauch standen, hauptsächlich von heißen Würstchen lebten, die es in der Ausstellungshalle gab, und in fremden Hotelbetten schlecht schliefen.

Bei seiner Rückkehr nach Fish Creek war das Haus leer. Nancy hatte auf einem Zettel ihre Reiseroute für diese Woche aufgeschrieben. Ein dutzendmal war er am Telefon vorbeigegangen und hatte gedacht, wie einfach es doch wäre, abzuheben und Maggies Nummer zu wählen. Einfach über die Ausstellung zu reden, ihr zu erzählen, wie viele Buchungen er gemacht hatte, zu fragen, was sie die Woche über getan hatte. Dinge, die man mit seiner Frau bespricht. Er blieb hart.

Eines Tages ging er zum Postamt und traf Vera Pearson auf dem Bürgersteig. Es war ein windiger Tag, sie ging mit gesenktem Kopf und hielt sich einen Schal vor das Kinn. Als sie seine Schritte hörte, sah sie auf und ging langsamer. Dann verhärtete sich ihr Gesichtsausdruck, sie beschleunigte ihre Schritte und ging ohne ein Wort des Grußes an ihm vorbei.

In der dritten Februarwoche stellten Eric und Mike bei der Boots- und Reisemesse in Minneapolis aus. Am zweiten Tag kam eine Frau zum Stand, die Maggie ähnlich sah. Sie war größer und hatte helleres Haar, aber die Ähnlichkeit war unverkennbar, und er spürte eine starke sexuelle Erregung bei ihrem Anblick.

»Hallo, kann ich Ihnen irgendwelche Fragen beantworten?«

»Nein, eigentlich nicht. Aber ich möchte gerne meinem Mann Ihre Broschüre mitnehmen.«

»Gerne. Wir sind die Firma Severson Charters und haben zwei Boote in Gills Rock im nördlichen Teil von Door County im Staat Wisconsin.«

»Door County. Davon habe ich schon gehört.«

»Direkt nördlich von Green Bay, auf der Halbinsel.«

Fakten, sachdienliche Fakten, Antworten und ein höfliches Danke.

Und doch trafen sich ihre Augen einmal direkt während des Gesprächs. Obwohl sie sich nie zuvor gesehen hatten, schienen sie sich irgendwie wiederzuerkennen. Zu einer anderen Zeit, an einem anderen Ort und unter anderen

Umständen hätten sie von anderen Dingen als vom Lachsfischen gesprochen.

Als die Frau den Stand verließ und noch ein letztes Mal mit Maggies braunen Augen und dem Grübchen im Kinn zurückgelächelt hatte, blieb ein so starker Eindruck von Maggie, daß Eric den ganzen Tag an nichts anderes mehr denken konnte.

Nachdem er an jenem Abend geduscht und den Fernseher abgeschaltet hatte, saß er mit einem weißen Handtuch um die Hüften auf der Bettkante. Das feuchte Haar hatte er nur mit den Fingern zurückgekämmt. Er nahm seine Uhr vom Nachttisch. 22 Uhr 32.

Er legte sie wieder ab und betrachtete das Telefon. Es war beige; in jedem Hotelzimmer war das Telefon beige – eine langweilige Farbe. Er nahm den Hörer ab, las die Instruktionen für Ferngespräche, überlegte es sich anders und legte wieder auf.

Maggie kannte ihn so gut, sie wußte, daß selbst dieser kleine Regelverstoß Gewissensbisse verursachen würde.

Schließlich wählte er doch ihre Nummer. Während er wartete, waren seine Bauchmuskeln angespannt wie die eines Preisboxers.

Beim dritten Läuten hob sie ab.

»Hallo?«

»Hallo.«

Schweigen. Ob ihr Herz auch so klopfte wie seines? Ob ihr die Kehle auch so zugeschnürt war?

»Ist es nicht seltsam«, sagte sie ruhig, »ich wußte, daß du es sein würdest.«

»Warum?«

»Es ist halb elf. Ich glaube nicht, daß mich jemand anderer so spät anrufen würde.«

»Habe ich dich aufgeweckt?«

»Nein. Ich habe die Unterlagen für die Einkommensteuererklärung zusammengesucht.«

»Oh, vielleicht sollte ich dich dabei nicht stören.«

»Nein, schon gut. Ich habe ohnehin schon so viel Zeit darauf verwendet. Ich wollte gerade alles weglegen.«

Wieder entstand ein Schweigen, ehe er fragte: »Bist du in der Küche?«

»Ja.«

Er stellte sie sich dort vor, wo sie sich zum ersten Mal geküßt hatten, und wo sie sich auf dem Boden geliebt hatten.

Keiner von beiden wußte, wie das Gespräch jetzt weitergehen sollte.

»Wie ist es dir ergangen?« fragte sie.

»Ich bin ziemlich durcheinander.«

»Ich auch.«

»Ich wollte eigentlich nicht anrufen.«

»Irgendwie hatte ich auch gehofft, du würdest es nicht tun.«

»Dann habe ich heute eine Frau gesehen, die mich an dich erinnerte.«

»Ach ja? Kenne ich sie?«

»Nein, es war eine Fremde. Ich bin im Radisson Hotel in Minneapolis – zusammen mit Mike; wir sind zur Sportmesse hier. Diese Frau kam an unseren Stand. Sie hatte Augen wie du, und auch dein Kinn... ich weiß nicht.« Er schloß die Augen und kniff sich in die Nasenwurzel.

»Es ist schrecklich, wie wir nach Spuren voneinander suchen.«

»Tust du das auch?«

»Dauernd. Und dann schelte ich mich deswegen.«

»Ich auch. Diese Frau... Etwas Seltsames passierte, als sie zu meinem Stand kam. Wir hatten kaum drei Minuten miteinander gesprochen, aber irgendwie fühlte ich mich... wie soll ich sagen... bedroht. Als würde ich gleich etwas Unanständiges tun. Ich weiß nicht, warum ich dir das erzähle, Maggie, du bist der letzte Mensch, dem ich so was sagen sollte.«

»Erzähl nur...«

»Es war beängstigend. Ich sah sie an und bekam – ach verdammt, ich kann es nicht anders sagen – fleischliche Gelüste. Und wenn es dich und unser Verhältnis nicht gäbe, dann hätte ich mit dieser Frau sicher angebandelt. Maggie, eigentlich bin ich nicht *so* ein Mann, und solche Dinge machen mir richtig Angst. Weißt du, da liest man über die männlichen Wechseljahre, von Männern, die jahrelang brave Ehemänner waren und dann plötzlich, zwischen vierzig und fünfzig, durchdrehen, Mädchen nachlaufen, die ihre Töchter sein könnten und mit völlig fremden Frauen eine schnelle Nummer schieben. Hoffentlich geht es mir nicht auch so.«

»Sag mal, Eric, könntest du so etwas auch Nancy erzählen – das mit der Frau meine ich?«

»Um Gottes willen, niemals.«

»Ich finde das schon bemerkenswert. Daß du mir so etwas erzählst, aber nicht ihr.«

»Mag sein.«

»Weil wir gerade bei Geständnissen sind: Da möchte ich auch etwas beisteuern. Ich bin eine nach Sex ausgehungerte Witwe, und du warst ein Hochgenuß.«

»Ach, Maggie«, sagte er wehmütig.

»Ja?« sagte sie mit Selbstvorwurf in der Stimme und dachte an die Nacht auf dem Küchenboden.

»Mach dir deshalb keine Gedanken.«

»Tu ich aber, weil das sonst auch nicht meine Art ist.«

»Maggie, hör zu, weißt du, warum ich dich heute abend angerufen habe?«

»Um mir von der Frau zu erzählen, die dich heute so fasziniert hat.«

»Das auch, aber der eigentliche Grund war, daß ich weit genug weg von dir bin. Ich wußte, ich kann jetzt nicht zu dir. Es war sicherer, dich aus einer Entfernung von 300 Meilen anzurufen. Ich vermisse dich, Maggie.«

»Ich dich auch.«

»Nächsten Freitag sind es vier Wochen.«

»Ja, ich weiß.«

Als sie nichts mehr sagte, seufzte er und horchte auf das Summen der Telefonleitung.

»Maggie?«

»Ja, ich höre.«

»Woran denkst du?«

Statt einer Antwort stellte sie eine Gegenfrage: »Hast du Nancy von uns erzählt?«

»Nein, aber Mike. Ich mußte mit jemandem reden. Tut mir leid, wenn ich etwas Vertrauliches ausgeplaudert habe.«

»Schon gut. Wenn ich eine Schwester hätte, hätte ich es ihr wahrscheinlich auch gesagt.«

»Vielen Dank, daß du mich verstehst.«

Einer horchte auf den Atem des anderen. Was würde jetzt kommen? Endlich sagte sie: »Wir sollten uns jetzt verabschieden.«

»Nein, Maggie, warte!« Seine Stimme klang niedergeschlagen. »O Gott, Maggie, das ist die Hölle. Ich will dich sehen.«

»Und was dann, Eric? Was soll daraus werden? Ein Verhältnis? Soll deine Ehe auseinanderbrechen? Ich bin nicht sicher, daß ich dafür stark genug wäre, und du bist es meiner Meinung nach auch nicht.«

Er wollte sie bitten, wollte Versprechungen machen. Aber was für Versprechungen konnte er schon machen?

»Ich... ich muß jetzt wirklich gehen«, drängte sie.

Er glaubte, ein Zittern in ihrer Stimme zu hören.

»Gute Nacht, Eric«, sagte sie leise.

»Gute Nacht.«

Fünfzehn Sekunden lang preßten sie ihre Wangen an die Ohrmuschel.

»Häng ein«, flüsterte er.

»Ich kann nicht.« Sie weinte jetzt. Er wußte es, obwohl sie sich redlich Mühe gab, es zu verbergen. Aber ihre Worte kamen stockend und zittrig heraus. Während er nach vorne gebeugt auf dem Bett saß, spürte er Tränen in seinen Augen.

»Maggie, ich liebe dich so sehr, daß es weh tut. Als wäre ich geschlagen worden, und ich bin nicht sicher, ob ich es noch einen einzigen Tag ohne dich aushalte.«

»Auf Wiedersehen, Liebling«, flüsterte sie und tat, wozu er nicht fähig war. Sie hängte auf.

Den ganzen nächsten Tag war er sicher, daß er sie nie wiedersehen würde. Ihre Abschiedsworte waren schmerzvoll, aber endgültig gewesen. Sie hatte ein erfülltes Leben mit ihrem Mann gehabt. Sie hatte eine Tochter, ein Geschäft und neue Lebensziele. Sie war finanziell unabhängig. Wozu brauchte sie da ihn? Und in einem Ort wie Fish Creek, wo jeder jeden kannte, war es nur allzu verständlich, wenn sie sich vor einer Beziehung in acht nahm, die ihr von einem Teil der Bevölkerung nur mißbilligende Blicke einbrachte – egal, ob sie nun eine Liebesaffäre hätten oder er Nancy ihretwegen verließe. Sie hatte sich ohnehin schon den Unmut ihrer Mutter und ihrer Tochter zugezogen. Nein, ihre Affäre war endgültig vorbei.

Er hatte einen schrecklichen Tag, wanderte umher, als hätte ihm jemand einen Sack voller Lumpen in den Brustkorb gestopft, so daß er nie mehr richtig würde atmen können. Hätte er sie doch nicht angerufen! Es war noch viel schlimmer, seit er ihre Stimme gehört hatte. Schlimmer, weil er wußte, daß sie sich die vier Wochen genauso gequält hatte. Schlimmer, weil er wußte, es gab keinen Ausweg, nichts Tröstliches für sie.

Nachts lag er wach und horchte auf den Straßenverkehr auf der Seventh Street. Ab und zu eine Polizeisirene. Er dachte an Nancy und an Maggies Ermahnung, er solle sich anhand seiner Ehe prüfen, und nicht aufgrund ihrer Affäre. Er versuchte es. Vergebens. Für ihn gab es nur eine Zukunft mit Maggie. Die Hotelmatratze und die Kissen waren hart wie Kornsäcke. Er wünschte sich, Raucher zu sein. Dann könnte er jetzt seinen Körper mißhandeln, sich Teer und Nikotin reinziehen, den blauen Dunst wieder rausblasen und sich nicht um die Folgen scheren.

Seine Uhr hatte ein Leuchtziffernblatt. Er drückte auf das Rädchen: 23 Uhr 47.

Ist es das, was gemeint ist, wenn in den Zeitschriften immer von Streß geschrieben wird? Bekommen Männer meines Alters nicht Herzinfarkte, wenn sie in so einer Situation sind? Besorgt, unentschlossen, unglücklich? Wenn sie weder richtig schlafen noch essen können?

Das Telefon läutete, und er sprang so schnell auf, daß er

sich die Knöchel am Bettpfosten wundschlug. Im Dunkeln tastete er nach dem Hörer.

»Hallo?«

Ihre Stimme war sanft und ein wenig reuevoll. Sie kam gleich zur Sache. »Ich würde sehr gerne am Montag abend für uns beide ein Abendessen machen.«

Er sank in die Kissen zurück. Sein Herz klopfte ihm bis zum Hals. »Maggie, o Gott, Maggie, ist das dein Ernst?«

»Absolut.«

Also, was wird nun daraus – eine Liebesaffäre oder eine Ehe? Natürlich war das nicht der richtige Zeitpunkt für eine solche Frage. Erst einmal genügte es ihm zu wissen, daß er sie wiedersehen würde.

»Wie hast du mich gefunden?«

»Du sprachst vom Radisson in Minneapolis. Es gibt vier davon, aber schließlich habe ich doch das richtige gefunden.«

»Maggie ...«

»Montag abend um sechs«, flüsterte sie.

»Ich bringe den Chardonnay«, sagte er einfach.

Als er aufgelegt hatte, fühlte er sich, als wäre er aus einem Schlammloch wieder auf festen Boden gezogen worden und dürfte doch weiterleben.

Als er am Montag abend oben an ihrem Gartenweg stand, kam sie auf die hintere Veranda und rief hinauf: »Stell deinen Wagen in die Garage.«

Er tat es und schloß die Tür, ehe er wieder auf das Haus zuging.

Er zwang sich, normal langsam zu gehen, die Stufen des Gartenwegs ganz gemächlich hinunterzuschlendern, die Verandastufen ohne Eile hinaufzusteigen. Sie wartete zitternd mit verschränkten Armen an der Tür auf ihn. Das Licht hinter ihr verlieh ihr einen Heiligenschein.

Sie betrachteten sich in der kalten Februarluft. Ihr Atem stieg in dicken, weißen Wolken auf. Schließlich sagte er: »Hallo.«

Sie lächelte zaghaft. »Hallo. Komm herein.«

Er folgte ihr und blieb unsicher auf dem Teppich hinter der Tür stehen. Sie trug ein weich fließendes Seidenkleid in kräftigem Rosa, das weit ausgeschnitten war, und um den Hals eine Perlenkette. Als sie sich zu ihm umdrehte, schienen das Kleid und die Perlenkette zu zittern. Aber irgendwie wollten offensichtlich beide, ohne darüber gesprochen zu haben, daß diese Begrüßung ganz anders verlaufen solle, als die letzte. Sie nahm die mitgebrachte Flasche entgegen und bedankte sich höflich.

»Chardonnay… wunderbar.«

»Gut gekühlt«, bemerkte er, als er seinen Mantel auszog.

»Ich habe die idealen Gläser dazu.«

»Habe ich nicht anders erwartet.«

Sie stellte den Wein in den Kühlschrank. Er sah ihre Beine. Sie trug hochhackige Schuhe im gleichen Farbton wie das Kleid, die im hellen Küchenlicht schimmerten. Sie schloß die Kühlschranktür und sah ihn von dort, wo sie stand, an.

»Du siehst elegant aus«, sagte er.

»Du auch.« Er trug einen rauchblauen Anzug, ein blaß pfirsichfarbenes Hemd und eine gestreifte Krawatte, die beide Farben wiederholte. Sie betrachtete ihn. Auch darüber hatten sie nicht gesprochen. Und beide hatten sich für den anderen herausgeputzt. Jeder wollte dem anderen gefallen.

»Wir haben uns feingemacht«, stellte sie mit einem wissenden Lächeln fest.

»So kann man es sagen.« Er schmunzelte.

»Ich dachte, Kerzenlicht wäre passend.« Sie führte ihn in das Eßzimmer, das nur von sechs Kerzen beleuchtet war und nach Rosen roch. Sie hatte den Tisch, an dem gut ein Dutzend Gäste Platz finden konnten, für zwei gedeckt.

»Du hast das Zimmer fertig gemacht. Es ist wunderschön geworden.« Er sah sich um – elfenbeinfarbene Tapeten, Porzellan in eingebauten Vitrinenschränken, ein schimmernder Kirschholztisch.

»Danke. Setz dich hier her. Magst du Lachs auch auf dem Teller oder nur an der Angel?«

Er lachte. Sie übten sich weiter in nobler Zurückhaltung. »Ich esse gerne Lachs.«

»Eigentlich hätte ich dich vorher fragen sollen. Möchtest du jetzt deinen Wein oder später?«

»Jetzt, denke ich, aber laß ihn mich doch holen, Maggie.«

Er wollte aufstehen, aber sie drückte ihn auf den Stuhl zurück. »Nein, bleib du sitzen.«

In ihrem schimmernden Kleid fing sich das Kerzenlicht. Sie goß den Wein ein und setzte sich. In der Mitte des Tisches lag ein Läufer aus weißer Spitze. Korallfarbene Duftrosen waren in einer flachen Kristallschale arrangiert. Sie hatte alles so aufgebaut, daß die leere Fläche des Tisches überhaupt nicht auffiel. Der Kerzenleuchter war sorgfältig an die Seite gerückt.

»Erzähl mir von Minneapolis«, forderte sie ihn auf.

Er berichtete, sie tranken Wein und betrachteten sich im Kerzenlicht. Sie genossen knackigen Endiviensalat und französisches Weißbrot, das so knusprig war, daß die Krümel herumflogen, wenn man es brach. Einmal befeuchtete sie eine Fingerkuppe mit der Zunge, sammelte damit zwei Krümel ein und führte sie zum Mund. Fasziniert schaute er ihr dabei zu.

»Wann wirst du das Harding-Haus eröffnen?«

Sie erzählte, während er die Gläser nachfüllte, dann noch ein Stück Brot mit Butter bestrich und es mit großem Genuß aß. Er wischte sich den Mund an einer geblümten Serviette ab, wobei sie ihn beobachtete.

Dann servierte sie zartrosa Lachs in Apfelweinsauce, Käsekartoffeln in Rosettenform mit gebräunten Spitzen und grünen Spargel, der mit scharlachroten Rosen dekoriert war, die sie aus roter Bete gezaubert hatte.

»Hast du das alles selbst gemacht?« Er konnte sich nicht genug wundern.

»Mhm.«

»Ißt man es oder läßt man es rahmen?«

»Man tut, was immer man möchte.« Er aß es und genoß jeden Bissen. Es war das erste Geschenk, das sie ihm gemacht hatte. Über den Tisch hinweg leuchteten ihre Augen verheißungsvoll, und er konnte sie im Kerzenlicht nach Herzenslust betrachten.

Als die Teller abgetragen und die Chardonnay-Flasche geleert war, kam sie aus der Küche mit einer Kuchenplatte aus Glas, auf der ein riesiger Doughnut mit Schokoladenglasur prangte. In der Mitte stand ein Glas mit einer Schwimmkerze.

»Tusch!« verkündete sie.

Er drehte sich um und brach beim Anblick ihres Kunstwerks in fröhliches Gelächter aus.

»Wenn du ihn ganz aufißt, hast du noch einmal so einen in der gleichen Größe gewonnen.«

Sie beugte sich neben ihm vor, um die Kuchenplatte an seinem Platz abzusetzen. Dabei faßte er sie um die Hüften, und sie lachten beide noch einmal über den überdimensionalen Doughnut.

»So ein Monster! Einfach toll!«

»Meinst du, du schaffst ihn?«

Er lachte. »Wahrscheinlich sehe ich dann selber wie einer aus.«

Sein Griff wurde fester, das Lachen verschwand aus ihren Gesichtern.

»Maggie«, flüsterte er und zog sie an sich, bis ihre Knie an seinen Stuhlsitz stießen. »Dieser Monat erschien mir wie ein Jahr.« Er drückte sein Gesicht an ihre Brüste.

Sie umfaßte seinen Kopf mit beiden Armen und blickte in das Kerzenlicht. »An diesem Essen hast du sicher tagelang gearbeitet«, fügte er mit gedämpfter Stimme hinzu.

Sie lächelte nur und vergrub ihr Gesicht in seinem Haar, das schwach nach Kokosnuß roch.

»Ich habe dich vermißt«, sagte er. »Ich will dich jetzt haben – vor dem Doughnut.«

Sie hob sein Gesicht mit beiden Händen und gestand ihm: »Die Tage erschienen mir so sinnlos ohne dich.« Sie küßte ihn. Wie oft hatte sie sich in den vergangenen Wochen selbst verboten, an solche Küsse zu denken. Als sich ihre Lippen voneinander gelöst hatten, streichelte sie mit der Oberseite der Finger über seine Wangen und fühlte, wie die Erbärmlichkeit der letzten Wochen von ihr abfiel.

»Wie konnten wir glauben, unsere Gefühle einfach mit Willensstärke täuschen zu können, um zu verhindern, daß unser Leben komplizierter wird?«

Oben im Belvedere-Zimmer sank ihr pinkfarbenes Kleid zu Boden, und sein Anzug wurde auf einem kleinen Schaukelstuhl abgelegt. Dann ließen sie endlich ihren Gefühlen freien Lauf und beendeten feierlich die selbstauferlegten Höllenqualen. Viel später sprachen sie ineinander verschlungen von ihren Gefühlen während der Trennung. Sie hatten sich zerrissen, verloren und unvollständig gefühlt. Und sobald sie wieder in einem Raum zusammen waren, war dieses Gefühl des Einsseins da.

»Ich lese Gedichte«, gab sie zu, »und suche dich darin.«

»Ich bin mit dem Schneemobil durch die Landschaft gesaust, um dich aus meinem Kopf rauszubringen.«

»Einmal glaubte ich dich von hinten zu sehen, und ich rannte los. Als ich dann näher kam und sah, daß ich mich geirrt hatte, war ich nahe daran, mitten auf der Straße zu heulen anzufangen.«

»Ich habe am meisten in den Hotelzimmern an dich gedacht, wenn ich nicht schlafen konnte und mir wünschte, du wärst bei mir. Was hätte ich drum gegeben, dich neben mir zu spüren.« Er berührte mit seinem Zeigefinger das Grübchen an ihrem Kinn. »Als ich heute in dein Haus kam und du auf mich in dem hübschen rosa Kleid wartetest, kam ich mir vor... ja, ich denke, wie ein Matrose, der nach Jahren auf See endlich wieder heimkehrt. Ich wollte nur mehr hier mit dir zusammen sein und dich ansehen dürfen.«

»Mir ging es genauso. Als hättest du, als du weggingst, ein Stück von mir mitgenommen. Ich kam mir vor wie ein Puzzle, und das Teil, das fehlte, war genau von hier...« Sie legte seine Hand auf ihr Herz. »Und dann, als du hier hereinkamst, fiel das Teil an seinen Platz zurück, und ich fing wieder an zu leben.«

»Ich liebe dich, Maggie. Du bist es, die meine Frau sein sollte.«

»Und wenn ich nun ja sage?«

»Dann würde ich es ihr auf der Stelle sagen und einen Schlußstrich ziehen. Willst du?«

»Ist es nicht seltsam? Ich habe das Gefühl, ich hätte gar keine andere Wahl – so wie ich dich liebe.«

Er sah sie erstaunt an. »Ist es dir ernst, Maggie?«

Sie drückte ihn an sich und preßte lächelnd ihr Gesicht an seine Wange. »Ja, das ist es mir, Eric. Ich liebe dich ... liebe dich ... liebe dich.« Sie unterstrich ihr Geständnis mit Küssen auf sein Schlüsselbein, seine Wange, seine Augenbraue. »Ich liebe dich und will deine Frau werden ... sobald du frei bist.«

Sie klammerten sich aneinander und rollten von einer Seite auf die andere.

Dann lagen sie still nebeneinander und konnten sich nicht sattsehen aneinander. Er nahm ihre Hand und küßte sie auf die Handfläche.

»Überleg doch mal ... ich werde an deiner Seite mit dir alt werden«, sagte er zärtlich.

»Eine wunderbare Vorstellung.«

Und in diesem Augenblick glaubten sie wirklich daran, daß es auch so kommen würde.

14. Kapitel

Nancy fuhr am Freitag abend gegen Viertel nach sechs vor dem Haus vor. Es war schon dunkel, und Eric sah vom Küchenfenster aus die Scheinwerfer in Richtung der offenen Garage schwenken. Sie hatte dieses Garagentor immer verflucht. Es war altmodisch, umständlich und schwer zu bewegen. Obgleich es sich wesentlich leichter schließen als öffnen ließ, wartete er auf sie vor dem Tor, um ihr diese Arbeit abzunehmen.

Ein scharfer Wind blies durch seine Hemdsärmel. Er sah ihr zu, wie sie sich nach hinten beugte, um ihren Koffer hervorzuholen. Sie hatte hübsche Beine, trug immer sehr teure Strümpfe – heute in Aquagrün –, die zu ihrem Kostüm passen mußten. Es hatte einmal eine Zeit gegeben, da machte ihn allein der Anblick ihrer Beine an. Heute hingegen dachte er eher wehmütig an die verlorengegangene Leidenschaft und an eine unausgesprochene Entschuldigung für seine Hartnäckigkeit, dieses Haus – und diese Garage – so zu belassen, obwohl sie es so schrecklich fand. Vielleicht hätte sie auch in einem Punkt nachgegeben, wenn er ihr entgegengekommen wäre. Und vielleicht wäre es dann in ihrer Ehe nicht zu diesen Auflösungserscheinungen gekommen.

Sie tauchte aus dem Wagen auf und sah ihn im gleichen Augenblick.

Sie stand unbeweglich da. Es war wie der zeitliche Abstand zwischen der Rauchwolke aus der Mündung eines Gewehrs und dem eigentlichen Knall. Diese stockenden Pausen waren in den letzten Wochen seit Erics sexuellem Übergriff alltäglich geworden.

Nancy bewegte sich wieder. »Was machst du denn hier draußen?«

»Ich nehme das.« Er ging in die Garage und nahm ihren Koffer. Noch einmal tauchte sie in den Wagen und holte eine

Aktentasche und einen Kleidersack heraus, den sie sich über die Schulter schwang. Er schlug die Wagentür zu.

»Hattest du eine gute Woche?« fragte er.

»Mittelmäßig.«

»Wie waren die Straßen?«

»Gut.«

Ihre Gespräche waren seit jener Nacht unpersönlich und distanziert geworden. Hintereinander gingen sie schweigend zum Haus.

Sie stellte ihre Aktentasche ab und nahm den Koffer auf.

»Ich kann ihn dir raufbringen«, bot er an.

»Nein, das mache ich schon.«

Während sie nach oben ging, stand er in der Küche. Ihm war bange vor der nächsten Stunde, obwohl er wußte, daß es richtig war, sie zu verlassen.

Als sie zurückkam, trug sie einen streng geschnittenen Wollrock und eine langärmelige Seidenbluse mit einer Goldrose am Kragen. Sie ging durch den Raum, ohne ihn anzusehen. Er wartete, gegen das Spülbecken gelehnt, sah ihr zu, wie sie den Topfdeckel hob, einen Schöpflöffel, tiefe Teller und Löffel holte und das Chiligericht in die Teller zu schöpfen begann.

»Für mich nichts«, wehrte er ab.

Sie sah auf, mit dem abweisenden Gesichtsausdruck, an dem sie gearbeitet hatte, seit er sie damals auf dem Sofa zur ungeschützten Liebe gezwungen hatte.

»Ich habe schon gegessen.« Das stimmte nicht, aber dem flauen Gefühl in seiner Magengegend war nicht mit Essen beizukommen.

»Was ist denn los?«

»Iß zuerst.« Er wandte sich von ihr ab. Sie stellte den Teller auf den Tisch und blieb daneben stehen. Aus ihrem Schweigen schwang Vorsicht.

»Zuerst?«

Er starrte aus dem Küchenfenster in den schmutzigen Schnee und die spätwinterliche Dunkelheit. Er zitterte innerlich; ihm war, als laste ein schweres Joch auf seinen Schultern.

Das war wahrlich kein Zuckerlecken. Schließlich war ein nicht unwesentlicher Teil seines Lebens in dieser Ehe aufgegangen.

Er drehte sich zu ihr um. »Nancy, du solltest dich lieber setzen.«

»Ich sollte essen, ich sollte mich setzen!« erwiderte sie. »Was ist eigentlich los? Sag schon, damit ich weiß, warum ich mich setzen soll!«

Er nahm zwei Stühle. »Komm, setz dich bitte.« Stocksteif saß sie auf ihrem Stuhl; er saß ihr gegenüber, hatte die Unterarme auf den Tisch gelegt und betrachtete die Holzfrüchte, die er noch nie gemocht hatte. »Es gibt keinen idealen Zeitpunkt für das, was ich dir zu sagen habe – ehe du gegessen hast, nachdem du gegessen hast. Verdammt, es ist...« Er verschränkte die Finger seiner Hände und legte die Daumenballen aneinander. Dann sah er sie an und sagte ruhig: »Ich möchte mich scheiden lassen, Nancy.«

Sie wurde blaß, starrte ihn an und kämpfte tapfer gegen den Anfall von Panik, der sie befiel. »Wer ist sie?«

»Ich wußte, daß du das fragen würdest.«

»Wer ist sie?« schrie Nancy und schlug mit der Faust auf den Tisch. »Und sag ja nicht, da wäre niemand. Ich habe diese Woche zweimal versucht, dich telefonisch zu erreichen. Und wenn du um elf Uhr abends nicht zu Hause bist, dann ist da eine Frau im Spiel. Also, wer ist sie?«

»Das ist nur eine Sache zwischen dir und mir.«

»Du mußt es mir gar nicht sagen, ich *weiß* es nämlich ohnehin. Es ist deine Freundin aus der High School, nicht wahr?« Ihr Kopf machte eine ruckartige Bewegung vorwärts. »Nicht wahr?«

Er seufzte und kniff sich an der Nasenwurzel.

»Sie ist es, ich weiß es! Die Millionärswitwe! Hast du sie gebumst, Eric?«

Er sah sie an. »Nancy, um Gottes willen...«

»Du hast es getan, nicht wahr? Du hast sie damals gebumst, und du bumst sie heute. Ich habe das schon gesehen, als sie damals zum erstenmal wieder hier war. Noch keine fünf Minuten stand sie auf den Kirchenstufen, da hattest du schon einen Ständer zwischen den Beinen. Also komm mir bloß nicht mit der alten Masche, das wäre nur eine Angelegenheit zwischen dir und mir. Wo warst du am Mittwoch abend um elf Uhr?« Wieder schlug sie auf den Tisch. »Wo?«

Er wartete erschöpft.

»Und letzte Nacht?«

Er weigerte sich, ihre Wut mit Wut zu beantworten, was sie nur noch mehr in Rage brachte. »Du Scheißkerl!« Sie langte über den Tisch und schlug ihm ins Gesicht. Es war ein harter Schlag – so hart, daß zwei Stuhlbeine vom Boden abhoben. »Der Teufel soll dich holen!« Sie ging um den Tisch herum und schlug noch einmal zu. Diesmal fing er ihre Hand ab und bekam nur noch die Fingernägel quer über die linke Wange.

»Nancy, hör auf damit!«

»Du bumst mit ihr! Gib's doch zu!« Er packte sie an den Unterarmen, und sie kämpften miteinander. Der Chiliteller fiel um, die Holzfrüchte rollten zu Boden. Seine Wange begann zu bluten.

»Hör auf, habe ich gesagt!«

»Du verbringst die ganze Nacht bei ihr, ich weiß es!« Sie hatte zu weinen begonnen.

»Und das geht nicht erst seit letzter Woche! Du warst nämlich schon öfter nicht zu Hause, wenn ich angerufen habe.«

»Nancy, ich bitte dich!« Ein Blutstropfen fiel auf sein Hemd.

Er sah ihr zu, wie sie nach Fassung rang. Mit tränenüberströmtem Gesicht setzte sie sich wieder ihm gegenüber auf den Stuhl. Er stand auf, holte ein Wischtuch und wischte das Chiligericht auf. Sie beobachtete ihn, wie er zum Spülbecken ging und wieder zurückkam. Als er auf seinem Stuhl saß, sagte sie: »Das habe ich nicht verdient. Ich war dir immer treu.«

»Hier geht's nicht nur um Treue, sondern um zwei Menschen, die nie zusammengewachsen sind.«

»Hast du das in der Sonntagszeitung gelesen?«

»Sieh uns doch an.« Er drückte ein Taschentuch gegen seine Wange, sah das Blut und fragte sie: »Was ist denn noch übrig? Wir sind fünf Tage in der Woche voneinander getrennt, und die übrigen zwei Tage sind wir unglücklich.«

»Das sind wir erst, seit diese Frau hierhergezogen ist.«

»Könnten wir sie nicht aus dem Spiel lassen? Das begann doch lange, ehe sie nach Fish Creek zog, und das weißt du auch ganz genau.«

»Das stimmt nicht.«

»Natürlich stimmt es. Wir haben uns schon seit Jahren auseinandergelebt.«

Er sah, wie ihr anfänglicher Zorn in Angst umschlug, was er nicht erwartet hatte.

»Wenn du damit auf meine Arbeit anspielst, dann möchte ich dich daran erinnern, daß ich doch ohnehin einen Teil meines Gebietes abgeben wollte.«

»Und war es dir ernst damit?«

»Natürlich war es mir ernst damit.«

»Hast du dich auch darum gekümmert?«

Das hatte sie nicht. Sie wußten es beide.

»Und selbst wenn du es getan hättest, wärst du damit glücklich gewesen? Ich glaube es nicht. Du bist am glücklichsten bei dem, was du jetzt tust, und ich habe das endlich auch kapiert.«

Sie beugte sich nach vorne. »Warum läßt du es mich dann nicht einfach tun?«

Er seufzte müde und hatte das Gefühl, sich im Kreis zu drehen.

»Warum willst du diese Ehe überhaupt? Was haben wir daraus gemacht?«

»Du bist der einzige hier, der diese Ehe für einen Fehler hält. Ich denke, sie ist es wert, dafür zu kämpfen.«

»Ach, um Himmels willen, Nancy, sieh den Tatsachen ins Auge. Als du zu reisen anfingst, war das der Anfang vom Ende. Wir hatten unsere Habseligkeiten im gleichen Haus untergebracht und das Schlafzimmer miteinander geteilt, aber was haben wir sonst noch geteilt? Freunde? *Ich* habe

Freunde, aber sind sie auch deine? Ich bin zu dem traurigen Schluß gekommen, daß wir nie Freundschaften geschlossen haben, weil das Zeit und Mühe kostet, aber du hattest nie Zeit. Wir haben nie Leute eingeladen, weil du am Samstagabend immer zu müde warst. Wir gingen nicht zur Kirche, weil Sonntag dein einziger freier Tag war. Wir haben nie mit den Nachbarn ein Bier getrunken, weil du es taktlos fandest, einfach bei jemandem vorbeizuschauen. Und wir hatten nie Kinder miteinander und mußten deshalb nie so normale Dinge tun wie turnusmäßig den Fahrdienst übernehmen, zu Schüleraufführungen oder zu Schulsportfesten gehen. Ich hätte das alles gerne gemacht, Nancy.«

»Nun, warum hast du es nicht...« Sie brach den Satz ab.

»... gesagt?«

Sie wußten beide, daß er es sehr wohl gesagt hatte.

»Wir hatten doch in Chicago Freunde.«

»Ja, am Anfang unserer Ehe, aber nicht mehr, nachdem du diesen Vertreterjob übernommen hast.«

»Aber ich hatte doch soviel um die Ohren.«

»Genau das will ich dir ja gerade klarmachen. Es ist nicht falsch, was du willst, und es ist nicht falsch, was ich will; aber für uns beide zusammen funktioniert das halt nicht. Und wie steht's mit der Freizeit? Du arbeitest in deiner Freizeit, und ich – nun, wir beide wissen, daß dir meine Freizeitvergnügen immer zu ordinär waren. Auf dem Schneemobil würde deine Frisur flöten gehen. Angeln ist zu profan für eine Orlane-Vertreterin. Was haben wir denn noch Gemeinsames, Nancy, was?«

»Am Anfang unserer Ehe hatten wir die gleichen Vorstellungen. Du bist derjenige, der sich geändert hat, nicht ich.«

Er überlegte und gab dann gedankenverloren zu: »Vielleicht hast du recht. Vielleicht bin ich tatsächlich derjenige, der sich geändert hat. Ich habe versucht, in der Stadt zu leben, mit den Kunstgalerien und den Konzertsälen, aber letzten Endes fand ich es sinnvoller, die Wildblumen in natura anzusehen und nicht auf einem Gemälde. Und ich finde, in unserem Vogelschutzgebiet ist die Musik schöner als in allen Konzertsälen der Welt. Ich tauge nun mal nicht zum Aufsteiger der Woche.«

»Deshalb hast du mich gezwungen hierherzuziehen. Und wo bleibe ich dabei? Was wollte und brauchte *ich*? Ich liebte die Kunstgalerien und Konzertsäle!«

»Du sagst genau das, was ich sagen will. Unsere Wünsche und Bedürfnisse sind zu unterschiedlich. Das konnte nicht gutgehen. Und es ist an der Zeit, dies zuzugeben.«

Sie stützte ihre Stirn auf die Fingerkuppen und starrte auf ihren Teller.

»Die Menschen ändern sich, Nancy«, erklärte er. »Ich habe mich verändert, du hast dich verändert. Du warst damals keine Kosmetikvertreterin, sondern in der Modebranche. Und ich wußte nicht, daß mein Vater sterben würde und Mike mich bitten würde, hierher zurückzukommen und mit ihm das Charterbootgeschäft weiterzuführen. Ich gebe zu, damals dachte ich auch, ich wollte und müßte Manager in der Industrie werden; aber nach einigen Jahren in diesem Geschäft war mir klar, daß das nichts für mich war. Wir haben uns verändert, Nancy, nichts weiter.«

Sie sah ihn mit Tränen in den Augen an. »Aber ich liebe dich immer noch. Ich kann das nicht einfach so wegstecken.«

Ihre Tränen bedrückten ihn, und er sah weg. Schweigend saßen sie sich eine Weile gegenüber, ehe Nancy weitersprach: »Ich sagte dir doch, ich wollte auch ein Baby haben.«

»Dazu ist es zu spät«, gab er zur Antwort.

»Warum?« Sie beugte sich über den Tisch und umklammerte seine Hand, was er regungslos mit sich geschehen ließ.

»Weil es nur eine Verzweiflungstat wäre, und außerdem nicht recht, ein Kind nur in die Welt zu setzen, um eine Ehe zu retten. Was ich neulich nachts getan habe, ist unverzeihlich, und ich möchte mich nochmal dafür entschuldigen.«

»Eric...«, flehte sie und hielt immer noch seine Hand.

Er zog sie zurück und sagte ruhig: »Willige in die Scheidung ein, Nancy.«

Sie überlegte lange und antwortete schließlich: »Damit sie dich haben kann? Niemals!«

»Nancy...«

»Die Antwort ist ›Nein‹«, sagte sie entschlossen, stand auf und hob die Holzfrüchte vom Boden auf.

»Ich wollte nicht, daß wir uns hier so streiten.«

Sie ließ vier Teakholzbirnen in die Schüssel fallen. »Das wird sich nicht vermeiden lassen. Ich mag zwar dieses Haus nicht, aber schließlich habe ich auch einiges investiert, und deshalb bleibe ich hier.«

»Gut.« Er stand auf. »Dann gehe ich vorläufig zu Ma.« Plötzlich wurde sie wieder sanft. »Bitte bleib«, flehte sie ihn an. »Wir können doch versuchen, zu einer Lösung zu kommen.«

»Ich kann das nicht.«

»Aber Eric... achtzehn Jahre.«

»Ich kann nicht«, wiederholte er mit erstickter Stimme, ließ sie in der Küche zurück und ging nach oben, um zu packen.

Das Haus seiner Mutter war verlassen, als er dort ankam. Über der Küchenspüle brannte Licht und schien auf eine schmutzige Rührschüssel, zwei Quirle und zwei verbeulte Backbleche.

»Ma?« rief er, ohne wirklich Antwort zu erwarten. Es rührte sich nichts.

Der Fernseher im Wohnzimmer war ausgeschaltet, Mas Häkelarbeit lag mit herausragender Häkelnadel auf dem Sofa. Er trug seine Koffer über die knarzenden Stufen nach oben in sein altes Zimmer. Es war eigentlich ein öder Raum mit ausgebleichten, fadenscheinigen Teppichen auf dem Linoleumboden und abgenutzten Chenilledecken auf den beiden Betten. Es roch ganz schwach nach Fledermauskot. So lange er sich zurückerinnern konnte, hatten unter der Traufe und hinter den Fensterläden braune Fledermäuse gehaust. Gelegentlich war auch eine im Zimmer gewesen, und sie hatten sie mit einem Kescher gefangen. Aber auch als Kinder hatten sie sich nie vor Tieren gefürchtet. Ma hatte immer darauf bestanden, die Tiere nicht zu töten, sondern ihnen die Freiheit zu geben. Fledermäuse fressen Stechmücken, also behandelt sie pfleglich, hatte sie gesagt.

Der trockene, alte Geruch der Fledermäuse hatte etwas Wehmütiges, Tröstliches für ihn.

Er drehte eine schwache Lampe im »Jungenzimmer« an und ging dann weiter in »Ruths Zimmer«. Die beiden Räume lagen hintereinander, so daß Ruth immer durch das Zimmer der Jungen gehen mußte, um in ihr eigenes zu gelangen. Damals waren die beiden Zimmer durch einen geblümten Baumvollvorhang abgetrennt. Jetzt gab es wieder eine Holztür.

In Ruths Zimmer wanderte er ziellos zum Fenster. Durch die kahlen Bäume konnte er die beleuchteten Fenster von Mikes und Barbs Haus sehen, wo sicherlich auch Ma war. Manchmal ging sie zum Abendessen hinüber. Er hatte keine Lust, sich zu ihnen zu gesellen. Statt dessen ging er zurück in sein altes Zimmer und ließ sich auf eines der Betten fallen.

Im Halbdunkel trauerte er der Ehe nach, die schon lange keine mehr war. Er dachte über die Fehler nach, die er gemacht hatte, über seine Kinderlosigkeit, über die vielen Jahre, die jetzt in Enttäuschung und Bedauern endeten, über Nancys Weigerung, eine Beziehung abzubrechen, die keine Zukunft hatte, über die Wirren, die vor ihm lagen.

Und doch hatte es Augenblicke gegeben, in denen er und Nancy einfach glücklich gewesen waren. Damals, als sie ihr erstes »Möbelstück« erstanden hatten – eine Stereoanlage. Sicherlich nicht das wichtigste Möbelstück, aber das eine, das sie beide unbedingt sofort haben wollten. Sie hatten das gute Stück zusammen in ihr Apartment getragen, sich auf den Boden gelegt und die beiden ersten Platten angehört, die sie sich geleistet hatten – Gordon Lightfoot für ihn, die Beatles für sie. Diese beiden Platten mußten noch irgendwo rumliegen. Ob wohl jeder seine Platten mitnehmen würde? Sie hatten die Schwingungen der Musik in ihrem Körper gespürt und über ihre gemeinsame Zukunft gesprochen. Eines Tages würden sie lauter tolle Möbel haben und ein schickes Haus, in dem man sie aufstellen konnte – ein Haus ganz aus Glas und

Holz, vielleicht in einem der vornehmen Vororte von Chicago. Sie hatte recht. In diesem Punkt hatte er sie wirklich im Stich gelassen.

Ein andermal waren sie einfach ganz spontan nach San Diego geflogen. Sie hatten ihr Geld gezählt und sich am Freitag mittag per Telefon dazu entschlossen. Um zehn Uhr abends waren sie im Hotel in La Jolla angekommen. Hand in Hand waren sie durch die hügeligen Straßen geschlendert, hatten Cocktails getrunken und dabei den Sonnenuntergang über dem Pazifik bewundert, mußten später unbedingt die berühmte Erbsensuppe in dem Windmühlenrestaurant probieren, hatten die Capistrano-Mission besichtigt und sich am hellichten Tag am Strand geliebt. Damals hatten sie sich das Versprechen gegeben, so etwas öfter spontan zu machen. Von dieser Spontaneität war nichts mehr übrig, und Nancy, die so viel reisen mußte, konnte keinen Spaß mehr haben an impulsiven Plänen.

Noch ein Ereignis fiel ihm ein. Im zweiten Jahr ihrer Ehe fiel Nancy auf einem vereisten Weg hin und zog sich eine Gehirnerschütterung zu. Wie hatte er um sie gebangt, während er in der Notaufnahme auf das Ergebnis der Röntgenaufnahme wartete. Wie leer war damals das Bett, weil sie zur Beobachtung in der Klinik bleiben mußte, und wie froh war er, als sie am nächsten Tag wieder nach Hause durfte! Damals war es ganz furchtbar für sie beide, eine Nacht getrennt zu sein. Heute waren fünf Tage Trennung die Norm.

Er hätte intensiver an einem Kompromiß arbeiten sollen, damit sie mehr Zeit gemeinsam verbringen konnten.

Er hätte ihr ein Haus aus Glas und Holz bauen sollen.

Sie hätten schon vor ihrer Heirat über Kinder sprechen sollen.

Da lag er nun auf dem Bett seiner Kindheit und spürte, wie ihm Tränen in die Augen stiegen.

Er hörte, wie Ma unten zur Tür reinkam und im Wohnzimmer stehenblieb.

»Eric?« Sie hatte seinen Wagen draußen gesehen.

»Ja, ich bin hier oben. Komme sofort!«

Er wischte sich die Tränen aus den Augen, schneuzte sich die Nase in sein blutiges Taschentuch und polterte die steile Holztreppe hinunter. Dabei stützte er sich wie früher mit den Händen an der Wand ab, die von Tausenden ähnlichen Aktionen deutliche Spuren aufwies.

Unten wartete seine Mutter in einer knallorangen, gesteppten Nylonjacke. Auf dem Kopf trug sie ein Tuch mit einem schrecklichen lila Rosenmuster. Ihre Brillengläser waren beschlagen. Sie schob sie auf die Stirn und musterte ihn neugierig. »Was zum Teufel hast du da oben gemacht?«

»Fledermausscheiße gerochen. In Erinnerungen geschwelgt.«

»Geht's dir gut?«

»Ich habe ein wenig geweint, wenn das deine Frage war.«

»Was ist passiert?«

»Ich verlasse Nancy.«

»Ach so.« Sie betrachtete ihn schweigend, während ihm klar wurde, wie wenig ihr an seiner Frau gelegen hatte. Was mochte sie wohl denken? Sie öffnete ihre Arme weit und sagte: »Komm her, mein Sohn.«

Er ging zu ihr und umarmte ihren kleinen, stämmigen Körper, roch den späten Winter in ihrer Jacke, Benzin in ihrem Kopftuch und, was immer Barb gekocht hatte, in ihrem Haar.

»Kann ich eine Weile hierbleiben, Ma?«

»So lange du willst.«

»Ich werde wahrscheinlich ziemlich miesepetrig sein.«

Sie sah ihn an. »Das ist dein gutes Recht.«

Er fühlte sich besser nach der Umarmung. »Was ist bloß los mit den Menschen, Ma? Sie verändern sich so sehr.«

»Das gehört zum Leben.«

»Aber bei dir und Pa war das nicht so. Ihr wart immer gleich.«

»Aber natürlich haben wir uns auch verändert. Jeder Mensch verändert sich. Bei uns war das allerdings damals noch nicht so kompliziert. Ihr jungen Leute heute habt zwei Dutzend Experten um euch, die euch sagen, wie ihr denken und fühlen und handeln sollt, um euch *selbst zu verwirklichen.*« Sie dehnte das Wort genüßlich in die Länge. »Blöder Ausdruck... *sich selbst zu verwirklichen*. Dem anderen mehr *Bewegungsfreiheit* lassen.« Wieder machte sie sich lustig über das Wort. »Zu meiner Zeit war die Bewegungsfreiheit eines Mannes neben seiner Frau und der einer Frau neben ihrem Mann. Und man hat sich gegenseitig geholfen und ein bißchen Liebe gegeben, wenn man abends nach getaner Arbeit nicht zu müde war. Aber heutzutage sagt man ja immer, man müsse an sich selbst zuerst denken – nur, in der Ehe funktioniert das nicht so. Nein, ich gebe dir dafür nicht die Schuld, mein Sohn. Ich will damit nur sagen, daß du in einer Zeit geboren bist, in der es Ehen schwer haben.«

»Wir sind immer miteinander ausgekommen, Nancy und ich. Oberflächlich betrachtet, schien alles in Ordnung; aber wenn man genauer hinsah, trennten uns Welten. Wir waren unterschiedlicher Meinung über Arbeit, Kinder, Wohnort und Häuser.«

»Nun, ich denke, das kommt schon mal vor.«

Er hatte erwartet, daß sie ganz auf seiner Seite stehen würde, und war überrascht über ihre Neutralität, die er ihr hoch anrechnete. Schließlich wußte er, daß sie mit Nancy nie so recht warm geworden war.

Sie seufzte und sah in Richtung Küche. »Hast du schon etwas gegessen?«

»Nein, Ma, ich bin aber wirklich nicht hungrig.«

Wieder überraschte sie ihn, indem sie nicht näher in ihn drang. »Ja, manchmal vergeht einem wirklich der Appetit. Ich werde nach oben gehen und das Bett neu beziehen. Hab' ich nicht gemacht, seit Gracie und Dan zu Weihnachten hier geschlafen haben.«

»Das kann ich doch machen, Ma. Ich möchte dir keine Umstände machen.«

»Meine Kinder machen mir nie Umstände.«

Er ging zu ihr und umarmte sie. Ihre Güte wirkte beruhigend auf ihn.

»Weißt du, es müßte mehr Frauen wie dich auf der Welt

geben, Ma.« Er pochte ihr mit den Fingerknöcheln gegen die Stirn, wie sie es als Jungen schon immer getan hatten.

»Laß das, du Gör!« Sie tat, als protestiere sie.

Er ließ sie los, und sie gingen zusammen nach oben, um das Bett zu beziehen.

Als sie das Bettuch aufgelegt hatten, sagte er: »Ich weiß nicht, wielang ich hierbleiben werde, Ma.«

Sie öffnete das zweite Laken mit zwei flinken Bewegungen und erwiderte: »Ich habe nicht danach gefragt, oder?«

Am nächsten Vormittag ging er bei Maggie vorbei.

»Hallo«, sagte er niedergeschlagen.

»Was ist mit deinem Gesicht passiert?«

»Nancy.«

»Du hast es ihr gesagt?«

Er nickte resigniert. »Komm her«, sagte er, »ich muß dich festhalten.«

An ihn gedrückt, flüsterte sie: »Ich muß dich auch festhalten, während du es mir erzählst.«

Jedesmal, wenn er zu ihr kam, schienen sich ihre Stimmungen zu ergänzen, als wären ihre Herzen miteinander verbunden. Heute mußten sie sich gegenseitig beruhigen und trösten. Für Leidenschaft war da kein Platz.

»Ich habe keine guten Nachrichten«, sagte er ruhig.

»Was hat sie gesagt?«

»Sie will von einer Scheidung nichts wissen.«

Sie streichelte ihm sanft über den Rücken und schloß die Augen: »O nein!«

»Ich glaube, sie wird es uns so schwer wie möglich machen. Sie sagt, wenn sie mich nicht haben kann, dann sollst du mich auch nicht haben.«

»Kann ich ihr kaum verdenken. Könnte ich dich aufgeben„ wenn du mir gehörtest?«

Er nahm ihr Gesicht in beide Hände, fuhr mit den Daumen über ihre Mundwinkel und sah ihr in die seelenvollen Augen. »Ich bin erst mal zu Ma gezogen; es hängt also noch alles in der Luft.«

»Was hat deine Mutter gesagt?«

»Ma? Sie ist das Salz der Erde. Sie umarmte mich und sagte, ich könne so lange bleiben, wie ich will.«

Sie drückte sich wieder eng an ihn. »Du hast es gut. Wie gerne hätte ich eine Mutter, mit der ich ehrlich sein kann.«

Jeden Dienstag nachmittag verbrachte Vera Pearson einige Stunden in einem Altenheim. Sie spielte Klavier, die alten Leutchen sangen dazu. Veras Mutter war eine gläubige Christin gewesen, die Vera eingeimpft hatte, das Gebot der Nächstenliebe zu Hause und in der Gemeinde zu achten. Deshalb spielte sie am Dienstag Klavier im Altenheim, am Samstag sorgte sie für den Blumenschmuck in der Gemeindekirche, im Frühjahr half sie beim Wohltätigkeitsbasar, im Herbst machte sie beim jährlichen Kuchenfest mit und traf sich regelmäßig mit den Damen von der Kirchengemeinde, von der Gartenbaugesellschaft und von den Bibliotheksfreunden. Wenn sie bei all diesen Aktivitäten irgendeinen Klatsch erfuhr, der den Lokalreportern entgangen war, dann betrachtete sie es als ihre Pflicht, ihn möglichst schnell weiterzuverbreiten.

An jenem Dienstagnachmittag hatte Vera einer der Schwestern zugeflüstert, daß sie gehört hatte, daß das mittlere Jenningsmädchen, gerade erst sechzehn, schwanger war. »Das wundert mich gar nicht«, fügte sie hinzu, »wie die Mutter, so die Tochter.«

Nach dem Klavierspiel gab es immer Kaffee. Heute war er besonders gut gewesen; dazu hatte es Schokoladenkuchen gegeben. Danach hatte sie sich noch ein Stück Orangentorte zur zweiten Tasse Kaffee gegönnt und schließlich noch einige Kokosplätzchen.

Auf der Toilette kämpfte sie gerade mit ihrer Stützstrumpfhose, als sie hörte, wie zwei Frauen in den Waschraum vor den Toiletten kamen und sich unterhielten.

Sharon Glasgow, eine der Schwestern des Altenheims, sagte: »Vera Pearson braucht zu reden. Ihre eigene Tochter hat ein Verhältnis mit Eric Severson. Hast du gehört, daß er seine Frau verlassen hat?«

»Nein!«

Neben ihr wurde eine Tür geschlossen, und Vera sah in dem Spalt unter der Abtrennung ein Paar weiße Schuhe.

»Er ist zu seiner Mutter gezogen.«

»Das ist nicht dein Ernst!« warf Sandra Ecklestein, eine Diätschwester, ein.

»Ich glaube, sie gingen schon in der Schulzeit miteinander.«

»Er sieht wirklich gut aus.«

»Seine Frau auch. Hast du sie schon mal gesehen?« Eine Toilettenspülung wurde betätigt. Vera wagte kaum zu atmen. Die Trennwand zitterte, als die Tür nebenan zugeworfen wurde. Die weißen Schuhe waren verschwunden. Ein anderes Paar war zu sehen. Das Wasser lief, der Handtrockner summte, und die beiden Frauen sprachen über andere Dinge.

Als es ruhig wurde, dauerte es eine ganze Zeit, bis Vera es wagte, sich wieder zu bewegen. Erst als sie ganz sicher war, daß die Frauen längst in einem anderen Teil des Gebäudes waren, wagte sie sich aus ihrer Toilette heraus.

Was habe ich falsch gemacht, dachte sie? Ich war die beste Mutter, die ich nur sein konnte. Ich sah zu, daß sie in die Kirche ging, ich ging mit gutem Beispiel voran, indem ich mein Leben nur mit einem Mann teilte, ich gab ihr ein sauberes Heim, gutes Essen und war immer für sie da. Ich sah immer nach ihren Zeugnissen, achtete darauf, daß sie nicht zu spät nach Hause kam und nicht in schlechte Gesellschaft geriet. Aber kaum war sie wieder hier, ging sie schon mit ihm zu diesem Treffen.

Ich hatte sie gewarnt. Habe ich sie nicht gewarnt?

Vera fuhr nicht Auto. In einem kleinen Ort wie Fish Creek brauchte sie das auch nicht, aber als sie zur Cottage Row hinaufkeuchte, wünschte sie, sie könnte Autofahren. Als sie schließlich vor Maggies Tür stand, bekam sie kaum noch Luft.

Sie klopfte und wartete, die Handtasche fest an ihren Körper gepreßt.

Maggie öffnete die Hintertür und rief: »Mutter, was für eine Überraschung! Komm herein.«

Keuchend ging Vera in das Haus. »Gib mir deinen Mantel. Ich mach uns schnell einen Kaffee.«

»Keinen Kaffee für mich. Ich habe gerade fünf Tassen im Heim getrunken.«

»Die wöchentliche Singstunde?«

»Ja.«

Maggie hängte den Mantel auf. Als sie zurückkam, saß ihre Mutter zusammengekauert auf einem Stuhl und klammerte sich an ihre Handtasche.

»Tee? Cola? Oder etwas anderes?«

»Nein, nichts.«

Maggie rückte sich einen Stuhl zurecht.

»Bist du zu Fuß hier heraufgekommen?«

»Ja.«

»Du hättest anrufen sollen. Dann wäre ich runtergefahren und hätte dich geholt.«

»Du kannst mich zurückfahren, nachdem...« Vera hielt inne.

Der Ton ihrer Stimme signalisierte Maggie, daß irgend etwas nicht stimmte.

»Nachdem?«

»Ich fürchte, ich komme wegen einer unangenehmen Angelegenheit.«

»Ach ja?«

Vera nahm ihre Tasche noch enger an sich. »Du triffst dich mit dem jungen Severson, nicht wahr?«

Maggie nahm sich Zeit für die Antwort: »Wenn ich nun ja sagte, Mutter, wärst du dann bereit, mit mir darüber zu sprechen?«

»Ich spreche schon darüber. Die ganze Stadt spricht schon davon. Es heißt, er hat seine Frau verlassen und ist zu seiner Mutter gezogen. Stimmt das?«

»Nein.«

»Lüg mich nicht an, Margaret! So habe ich dich nicht erzogen.«

»Er wohnt bei seiner Mutter, aber er hat seine Frau verlassen, weil er sie nicht mehr liebt.«

»Um Himmels willen, Margaret, soll das eine Entschuldigung sein?«

»Ich brauche keine Entschuldigungen.«

»Hast du ein Verhältnis mit ihm?«

»Ja!« schrie Maggie und sprang auf. »Ja, ich habe ein Verhältnis mit ihm! Ja, ich liebe ihn! Ja, wir wollen heiraten, sobald er geschieden ist!«

Vera dachte an all die Frauen in ihrer Kirchengemeinde, der Gartenbaugesellschaft, der Bibliotheksfreunde, Frauen, die sie alle schon ewig kannte. Und es fiel ihr die peinliche Situation auf der Toilette noch einmal ein.

»Wie kann ich jemals wieder den Damen von der Kirchengemeinde unter die Augen treten?«

»Ist das alles, was dir wichtig ist, Mutter?«

»Ich bin seit mehr als fünfzig Jahren Mitglied in dieser Gemeinde, Margaret, und in all den Jahren mußte ich mich nicht ein einziges Mal wegen irgend etwas schämen. Und jetzt das. Du bist erst seit ein paar Monaten wieder hier, und dann dieser Skandal. Es ist beschämend.«

»Wenn es das ist, Mutter, dann ist es meine Schande, nicht deine.«

»Nun hör sich das einer an. Du glaubst wohl alles, was er dir so erzählt. Glaubst du wirklich, er wird sich scheiden lassen und dich heiraten? Wie viele Frauen, meinst du, sind vor dir schon auf diese Tour reingefallen? Er ist hinter deinem Geld her, Margaret, siehst du denn das nicht?«

»O Mutter...« Maggie ließ sich enttäuscht auf einen Stuhl sinken. »Warum konntest du nicht ein einziges Mal in deinem Leben auf meiner Seite stehen, anstatt mich hier abzukanzeln?«

»Wenn du meinst, ich würde solche Dinge unterstützen...«

»Nein, das habe ich nicht gemeint, denn schließlich hast du mich noch nie in irgendeiner Weise unterstützt.«

»In dem Fall wäre das ja noch schöner.« Vera beugte sich nach vorne und legte einen Arm auf den Tisch. »Margaret, du bist eine reiche Frau und merkst anscheinend nicht, daß die

Männer wegen deines Geldes hinter dir her sind. Aber ich merke das.«

»Nein...« Maggie schüttelte den Kopf. »Eric ist nicht hinter meinem Geld her. Aber ich denke gar nicht daran, mich oder ihn hier zu verteidigen. Das habe ich nicht nötig. Ich bin ein erwachsener Mensch und lebe so, wie es mir paßt.«

»Und du denkst mit keinem Gedanken daran, was du mir und deinem Vater damit antust?«

»Mutter, das tut mir wirklich leid, aber ich kann nur noch einmal wiederholen: Das ist meine Angelegenheit, nicht deine oder die von Dad. Ich übernehme die Verantwortung für meine Gefühle, und du für die deinen.«

»Red mit mir nicht in diesem hochgestochenen Psychiaterkauderwelsch. Du weißt, wie ich das hasse!«

»Gut, dann möchte ich dich jetzt einmal was Konkretes fragen, was ich schon immer gerne wissen wollte.« Maggie sah ihrer Mutter fest ins Gesicht. »Liebst du mich, Mutter?«

Vera reagierte, als hätte sie jemand beschuldigt, eine Kommunistin zu sein. »Aber natürlich! Was ist das denn für eine Frage?«

»Eine ehrliche. Du hast es mir nämlich nie gesagt.«

»Ich habe deine Kleider gewaschen, das Haus in Ordnung gehalten und gutes Essen auf den Tisch gebracht, oder etwa nicht?«

»Das hätte auch eine Hausangestellte tun können. Was ich wollte, war Verständnis, ein wenig Zuneigung, eine Umarmung, wenn ich nach Hause kam, jemanden, der ab und zu auf meiner Seite war.«

»Ich habe dich umarmt.«

»Nein, du hast es zugelassen, daß man dich umarmt. Das ist ein Unterschied.«

»Ich weiß nicht, was du von mir willst, Margaret. Ich glaube, ich wußte das noch nie.«

»Zunächst einmal könntest du damit aufhören, Befehle zu erteilen, Daddy und mir.«

»Jetzt wirfst du mir wieder etwas anderes vor. Eine Frau ist dazu da, den Haushalt in Schuß zu halten.«

»Indem sie diktiert und kritisiert? Mutter, da gibt es bessere Wege.«

»Ach, das habe ich also auch falsch gemacht! Nun, dein Vater hat sich nie beklagt, und wir sind nun schon seit fünfundvierzig Jahren zusammen...«

»Und ich habe noch kein einziges Mal gesehen, daß du ihn umarmt oder ihn gefragt hättest, ob er einen guten Tag gehabt hat, oder ihm einmal über den Nacken gestreichelt hättest. Statt dessen sagst du, wenn er nach Hause kommt: ›Roy, zieh deine Schuhe aus, ich habe gerade den Boden geschrubbt.‹ Wenn ich nach Hause komme, sagst du: ›Warum hast du nicht Bescheid gesagt, daß du kommst.‹ Als Katy zu Thanksgiving kam, hast du sie gescholten, weil sie keine Stiefel anhatte. Fällt dir nicht auf, Mutter, daß wir vielleicht lieber ein Willkommen gehört hätten? Daß ich jetzt, in dieser für mich ziemlich anstrengenden Zeit, jemanden gebraucht hätte, dem ich mich anvertrauen kann, jemandem, der zu mir kommt und mich fragt, wie es mir geht, anstatt mich zu beschuldigen, daß ich dir und Daddy Schande mache?«

»Mir fällt auf, daß ich hierhergekommen bin, um dich wegen dieser Ungeheuerlichkeiten zu befragen, und dir ist es gelungen, mir plötzlich die Schuld für etwas aufzuladen, was ich nie getan habe. Ich kann nur noch mal wiederholen: Dein Dad hat sich in fünfundvierzig Jahren nie beschwert.«

»Nein«, erwiderte Margaret traurig. »Er ist nur in die Garage gezogen.«

Vera wurde puterrot. Schließlich war Roy im Unrecht, wenn er in die Garage gezogen war. Und sie diktierte weder noch kritisierte sie! Sie hielt einfach nur auf Ordnung! Nun, wenn es nach Roy ginge, dann hätte der Boden überall Flecken, und die Mahlzeiten würden zu den unmöglichsten Zeiten auf den Tisch kommen, und jeden Sonntag würden sie sich beim Kirchgang verspäten. Und da kam dieses undankbare Kind, für das sie alles getan hatte – handgenähte Kleider, Sonntagsschuhe, eine Universitätsausbildung –, und erzählte ihr, was sie alles hätte besser machen können.

»Ich dachte, ich hätte dir beigebracht, daß man seine Eltern respektiert, aber offensichtlich war ich auch in diesem Bereich nicht sonderlich erfolgreich.« Der verletzte Stolz stand ihr ins Gesicht geschrieben. Sie stand auf: »Ich werde dich nicht mehr belästigen, Margaret, und solange du nicht bereit bist, dich zu entschuldigen, will ich auch nichts mehr von dir wissen. Danke, ich finde meinen Mantel alleine.«

»Mutter, bitte... können wir nicht darüber sprechen?«

Vera holte ihren Mantel und zog ihn an. Dann kam sie in die Küche zurück. Während sie ihre Handschuhe überstreifte, vermied sie es, Maggie anzusehen.

»Du brauchst mich nicht im Auto runterzubringen. Ich kann zu Fuß gehen.«

»Mutter, warte.«

Aber Vera ging ohne ein weiteres Wort aus dem Haus.

Nachdem sie die Tür hinter sich zugezogen hatte, meinte sie, ihr Herz würde brechen. Das ist der Dank, den eine Mutter bekommt, dachte sie, und machte sich auf den Weg nach Hause.

Als Eric an diesem Abend bei Maggie war, sagte sie: »Meine Mutter war heute hier.«

»Was hat sie gesagt?«

»Sie wollte wissen, ob ich ein Verhältnis mit dem ›jungen Severson‹ habe.«

Er klappte den Meterstab zusammen, stieg von einem Stuhl herunter und zog sie an sich. Sie standen in einem der Gästezimmer, und er half ihr, einen Dübel für einen großen Spiegel in die Wand zu bringen.

»Es tut mir leid, Maggie. Ich wollte nie, daß so etwas passiert.«

»Ich habe ›ja‹ gesagt.«

Überrascht trat er einen Schritt zurück. »*Du* hast ihr das gesagt?«

»Ja, es stimmt doch, oder? Ich habe es mir so ausgesucht.« Sie berührte seine Wange mit den Fingerspitzen direkt unter dem inzwischen verschorften Kratzer. »Ich kann damit leben, wenn du es kannst.«

»Ein Verhältnis... ach Maggie, mein Mädchen, was mute ich dir da zu? Was werde ich dir noch zumuten? Das wollte ich nicht. Nicht für dich, nicht für uns. Ich wollte eine ganz legale Angelegenheit.«

»Bis es soweit ist, geht es auch so.«

»Ich habe heute die Scheidung eingereicht«, sagte er. »Wenn alles gutgeht, können wir in einem halben Jahr verheiratet sein. Aber ich habe einen Entschluß gefaßt, Maggie.«

»Und der wäre?«

»Ich bleibe nicht mehr über Nacht hier. Das sieht so geschmacklos aus, und ich will nicht, daß die Leute über dich klatschen.«

In den folgenden Wochen kam er fast jeden Tag bei ihr vorbei. Manchmal morgens, mit frischen Doughnuts, oft auch abends. Dann brachte er Fisch mit. Manchmal war es so abgespannt, daß er auf dem Sofa einschlief, dann wieder war er fröhlicher, wollte essen, lachen und im Lieferwagen mit heruntergekurbelten Fenstern fahren. Er kam an dem Tag, an dem die große Eisschmelze am See das endgültige Ende des Winters ankündigte. Und er war da, als ihre ersten unerwarteten Gäste kamen, die von der Handelskammer ihren Namen bekommen hatten und einfach mal vorbeischauten, um nach einem Zimmer zu fragen. Sie war ganz aufgeregt an jenem Abend, heizte den Kamin im Gästeaufenthaltsraum an, füllte die Bonbonschale und sorgte dafür, daß genug Bücher und Zeitschriften zur Hand waren. Ihre Gäste hatten im Ort zu Abend gegessen und klopften bei ihrer Rückkehr an die Küchentür, um noch einige Fragen zu stellen. Als Maggie Eric nur mit dem Vornamen vorstellte, schüttelte der Mann seine Hand und sagte: »Freut mich, Mr. Stearn.«

Eric half Maggie, einen neuen Baumhochsitz zu bauen, zu dem sie sich entschlossen hatte, weil der Tennisplatz als Parkplatz doch sehr viel von seinem ursprünglichen Reiz eingebüßt hatte. Als der letzte Nagel eingeschlagen war, saßen sie Händchen haltend auf dem Hochsitz und beobachteten den Sonnenuntergang.

»Katy will im Sommer bei mir arbeiten«, sagte sie.

»Ab wann?«

»Die Vorlesungen hören Ende Mai auf.« Sie sahen sich an, und sein Daumen streichelte über ihren Handrücken. Wortlos legte sie ihren Kopf an seine Schulter.

Er kam an dem Tag, an dem er die *Mary Deare* zu Wasser ließ. Er fuhr an ihrem Haus vorbei und ließ kräftig die Sirene heulen, worauf Maggie auf die Veranda gelaufen kam und winkte – so wie er es sich immer vorgestellt hatte.

»Komm runter«, rief er ihr zu, und sie rannte über das frische Frühlingsgras zwischen Irisbeeten zu ihm hinunter.

Später, als die Apfelbäume blühten, putzte er seinen Lieferwagen innen und außen und schmückte ihn mit Blüten. Maggie blieb zuerst der Atem stehen, dann schossen ihr Tränen in die Augen. Er fuhr mit ihr in eine blühende Obstplantage, wo die Vögel sangen und ein betäubender Duft in der Luft lag. Aber sie saßen nur schweigend und wehmütig Händchen haltend nebeneinander.

Der Mai kam, und es wurde warm genug, das ungeheizte Apartment über der Garage zu tünchen. Er half ihr, es für Katy vorzubereiten. Sie richteten es mit vertrauten Dingen aus dem Haus in Seattle ein.

Mitte Mai kamen schon sehr viele Feriengäste, und so hatten sie nur wenig Zeit füreinander. Dann war der letzte Abend vor Katys Ankunft gekommen.

Sie sagten sich für den Sommer an Bord der *Mary Deare* um ein Uhr nachts Lebewohl. Es war stockdunkel und ruhig, nur die Wellen schlugen leise gegen den Schiffsbauch.

»Ich werde dich vermissen.«

»Ich dich auch.«

»Ich komme, wenn ich kann, mit dem Boot nach Einbruch der Dunkelheit.«

»Es wird schwer sein wegzukommen.«

»Halte gegen elf Uhr Ausschau. Ich werde mit den Scheinwerfern blinken.«

Sie küßten sich mit den gleichen Seelenqualen, die sie damals gelitten hatten, als die Collegezeit sie getrennt hatte.

»Ich liebe dich.«

»Ich liebe dich auch.«

Sie hielten sich an den Händen, bis ihre Fingerspitzen einander nicht mehr erreichten.

»Heirate mich«, flüsterte er.

»Versprochen.«

Aber die Worte waren nur Wunschdenken, denn obwohl er sofort die Scheidung eingereicht hatte, nachdem er Nancy verlassen hatte, kam von ihrem Anwalt immer nur die eine Nachricht: Mrs. Macaffee stimmt einer Scheidung nicht zu, sondern strebt eine Versöhnung an.

15. Kapitel

Katy hatte beschlossen, es vorerst einmal nicht zu glauben. Großmama hatte ihr geschrieben, daß Maggie eine Affäre mit einem verheirateten Mann habe, aber Katy hatte beschlossen, ihre Mutter selbst danach zu fragen. Sie war sicher, daß Großmama sich irrte. Wahrscheinlich vermutete sie es nur. Nach dem Gespräch, das sie zu Weihnachten geführt hatten, konnte sie sich nicht vorstellen, daß ihre Mutter ihren alten Schulfreund jemals wiedergesehen hatte.

Sie hielt in Egg Harbor an und machte das Verdeck auf. Es war ein warmer Frühlingstag, und sie war froh, aus Chicago rauszukommen. Vielleicht war es doch gar nicht so schlecht, an diesem See zu wohnen, obwohl sie sich nicht sicher war, wie ihr die Arbeit als Putzfrau gefallen würde. Aber sie hatte praktisch keine andere Wahl. Bis sie das College abgeschlossen hatte, verwaltete ihre Mutter das Geld. Und ihre Mutter hatte sie nicht als Gast eingeladen, sondern als Angestellte.

Saubermachen. Verdammt! Das Klo zu putzen, nachdem Fremde draufgesessen haben. Und Laken zu wechseln, auf denen viele schwarze Haare waren. Katy war noch immer nicht ganz klar, warum ihre Mutter in die Hotellerie einsteigen wollte. Mit einer Million Dollar auf der Bank.

Ihr Haar wehte im Wind, und sie sah noch einmal nach hinten, ob auch nichts vom Rücksitz flattern konnte.

Dann sah sie wieder auf die Straße. Es war wirklich hübsch hier. Alles war so frisch grün, und die Obstbäume standen in voller Blüte. Sie wollte wirklich gut mit ihrer Mutter auskommen. Sie wollte es wirklich. Aber ihre Mutter hatte sich seit Daddys Tod so verändert. Dieses Unabhängigkeitsstreben; und dann schien sie ja in letzter Zeit absichtlich Katys Gefühle verletzen zu wollen. Wenn es nun stimmte, was Großmama geschrieben hatte?

In Fish Creek herrschte Betriebsamkeit. Die Läden hatten

die Eingangstüren weit offenstehen. Vor dem Postamt blühten die Tulpen, und am Hafen waren die Segelboote bereits zu Wasser gelassen.

In der Cottage Row waren die Sommerhäuser wieder bewohnt. In einem Garten stutzte ein Mann die Hecke neben den steinernen Eingangssäulen.

Beim Haus ihrer Mutter hing ein neues Schild: HARDING-HAUS. FRÜHSTÜCKSPENSION. Neben der Garage stand Maggies Lincoln und ein anderer Wagen mit einem Minnesota-Nummernschild. Katy parkte daneben, stieg aus, streckte sich und holte einen Teil ihres Gepäcks vom Rücksitz.

Maggie kam ihr lächelnd auf halbem Weg entgegen und rief: »Hallo, Liebes!«

»Hallo, Mom.«

Sie umarmten sich, dann nahm Maggie einen Koffer, und sie gingen in Richtung Garage. Dabei plauderten sie über die Fahrt, das Semesterende und das schöne Frühlingswetter.

»Ich habe eine Überraschung für dich«, sagte Maggie und führte Katy die Treppe außen am Haus hinauf. Sie öffnete die Tür. »Ich dachte, du hättest gern dein eigenes Reich.«

Katy sah sich mit großen Augen im Zimmer um.

»Unsere alten Möbel... oh... Mom...«

»Du mußt zwar ins Haupthaus, wenn du ins Bad willst, und auch, um mit mir zu essen, aber du hast zumindest hier ein bißchen Privatsphäre.«

Katy umarmte ihre Mutter. »O danke, Mutter, ich finde es wunderschön.«

Katy gefiel es in ihrem Reich, aber ihre Begeisterung kühlte sehr rasch ab, als sie mitbekam, daß ständig Gäste im Haus herumliefen. Maggie hielt die Verbindungstür zwischen Küche und Halle stets geschlossen, so daß sie wenigstens in diesem Teil des Hauses ihre Ruhe hatten. An jenem Nachmittag klopfte es nicht weniger als fünfmal an der Hallentür. Die Gäste wollten wissen, ob sie das Telefon benützen und wo sie Fahrräder mieten konnten, welches Restaurant empfehlenswert war, wo sie Filme, Köder, Lebensmittel kaufen konnten. Unaufhörlich läutete das Telefon, und das Fußgetrappel, das man ständig von oben hörte, konnte einem auch ganz schön auf die Nerven gehen. Am späten Nachmittag kamen neue Gäste an, und Maggie mußte die Vorbereitungen zum Abendessen unterbrechen, um ihnen die Zimmer zu zeigen. Am Abend war Katy total entnervt.

»Mutter, bist du sicher, daß du das Richtige getan hast?«

»Warum? Was ist los?«

Katy zeigte auf die Hallentür. »Ewig diese Unterbrechungen. Ein ständiges Kommen und Gehen. Und dann noch dauernd das Telefon.«

»So ist das nun mal in diesem Geschäft. Das war nicht anders zu erwarten.«

»Aber warum machst du das? Du hast doch so viel Geld, daß du den Rest deines Lebens überhaupt nicht mehr arbeiten müßtest.«

»Und was sollte ich mit dem Rest meines Lebens tun? Schokolade in mich hineinstopfen? Einkaufsorgien veranstalten? Katy, ich brauche eine Lebensaufgabe.«

»Aber hättest du nicht einen Geschenkeladen kaufen oder Avon-Vertreterin werden können – irgend etwas, wo du nicht ständig Leute im Haus hast?«

»Ja, das hätte ich tun können. Aber ich habe es nicht getan.«

»Großmama sagt, das war ein Fehler.«

Maggie stutzte. »Ach ja? Wann hast du denn mit Großmama gesprochen.«

»Sie hat mir geschrieben.«

Maggie nahm ein wenig vom Hühnersalat, ohne etwas darauf zu sagen.

»Sie hat mir auch noch etwas anderes geschrieben, was ich nicht glauben mag.«

Maggie legte ihre Hand gegen die Tischkante und wartete.

Katy sah sie forsch an. »Mutter, triffst du dich immer noch mit diesem Eric Severson?«

Maggie nahm einen Schluck Wasser, um Zeit zu gewinnen. Sie stellte das Glas ab und antwortete dann: »Gelegentlich.«

Katy ließ ihre Gabel fallen und schlug die Hände über dem

Kopf zusammen. »O Mutter, ich kann es einfach nicht glauben.«

»Katy, ich habe dir schon einmal gesagt...«

»Ich weiß, ich soll mich da raushalten, aber siehst du denn nicht, was du da anrichtest. Er ist doch verheiratet.«

»Er läßt sich scheiden.«

»Ach ja, natürlich, das sagen sie doch alle.«

»Katy, das war ungehörig.«

»Schon gut, schon gut, ich entschuldige mich.« Katy hielt die Arme hoch wie ein Verkehrspolizist. »Aber schockiert bin ich trotzdem, und ich finde, das ist eine sehr peinliche Situation.« Sie sprang auf, ging mit ihrem Teller zum Abfalleimer und schabte ihn mit der Gabel lautstark ab.

Maggie vergaß aufzuessen. Sie beobachtete ihre Tochter, die ärgerlich an der Spüle herumhantierte. Wieso gerieten sie in letzter Zeit ständig aneinander? Kaum hatten sie einen Waffenstillstand erreicht, schon flammten neue Feindseligkeiten auf. Bei anderen Familien gab es diese Streitereien eher im Pubertätsalter der Kinder, das wiederum in der Familie Stearn relativ ruhig verlaufen war. Maggie hatte sich deshalb immer besonders glücklich geschätzt und nicht im entferntesten damit gerechnet, daß diese Zeit noch vor ihr liegen würde.

»Weißt du, Katy«, sagte sie ganz ruhig, »wenn wir die ganze Zeit so miteinander umgehen, dann wird es für uns beide ein sehr langer Sommer sein. Außerdem spüren unsere Gäste, daß es Reibereien im Haus gibt; und sie verdienen es, mit einem echten, freundlichen Lächeln begrüßt zu werden. Du wirst das auch manchmal für mich übernehmen müssen, und wenn du meinst, du schaffst das nicht, dann sag es mir lieber gleich.«

»Ich schaff' das schon!« erwiderte Katy schnippisch und verließ den Raum.

Als sie gegangen war, seufzte Maggie, stützte ihre Ellbogen auf dem Tisch auf und massierte ihre Stirn mit acht Fingerspitzen. So saß sie eine ganze Weile da und starrte auf den Teller mit dem Geflügelsalat, den sie nicht aufgegessen hatte.

Plötzlich verschwamm ihr alles vor den Augen, und eine Träne tropfte auf ein grünes Salatblatt.

Verdammt noch mal! Warum passiert dir das in letzter Zeit dauernd? Weil du Eric vermißt, es leid bist, gegen deine Familie zu kämpfen, und Angst hast, daß er womöglich nie frei sein wird.

Sie saß immer noch mit feuchten Augen da, als ein Gast klopfte. *Bitte nicht*, dachte sie, *ich bin müde und möchte mich ausweinen.* Müde – ja, das war sie in letzter Zeit fast immer. Als sie aufstand, war ihr Kopf einen Augenblick ganz leicht. Dann wischte sie sich mit dem Ärmel über die Augen, machte ein fröhliches Gesicht und öffnete dem Gast die Tür.

Schon am ersten Arbeitstag von Katy wurde offensichtlich, daß Maggie als Arbeitgeber ihrer eigenen Tochter Probleme mit der Aufrechterhaltung der Disziplin haben würde. Sie fand heraus, daß ihre Anordnungen sehr locker und schleppend befolgt wurden.

»Ich komme gleich.«

»Heißt das, ich muß jeden Tag auf den Möbeln Staub wischen?«

»Aber es ist heute einfach zu heiß, um alle drei Badezimmer sauberzumachen.«

Obgleich Maggie Katys lasche Arbeitsmoral unmöglich fand, machte sie sich keinerlei Hoffnung, daß sich das irgendwann einmal bessern könnte und sich dadurch die Spannungen zwischen ihnen lösen würden.

Dann, am dritten Tag nach Katys Ankunft, kam ihr der Zufall in Gestalt eines Rasenmähers zu Hilfe. Katy stopfte gerade Bettlaken zum Waschen in einen Sack, als eben jener Rasenmäher draußen vorbeifuhr, betätigt von einem jungen Mann mit nacktem Oberkörper, roten Shorts und Nike-Schuhen ohne Socken.

»Wer ist denn das?« rief Katy aus und starrte aus dem Fenster.

Maggie sah nach draußen. »Das ist Brookies Sohn Todd.«

»Er mäht *unseren* Rasen?«

»Ich habe ihn für die schwere Arbeit engagiert. Er kommt zweimal die Woche – mäht den Rasen, stutzt die Hecke, hält den Strand sauber und kümmert sich um den Abfall.«

Katy machte große Anstrengungen, den jungen Mann zu

sehen, und stieß sich sogar die Stirn an, als der Rasenmäher um die Ecke fuhr und leiser wurde.

»He, er sieht süß aus!«

»Ist er auch.«

Katy schwang für den Rest des Vormittags den Staublappen mit großer Begeisterung und erfand unzählige Gelegenheiten, nach draußen zu gehen: Sie mußte die Teppiche und den Mop ausschütteln, die Veranda kehren und den Abfall zu den Eimern oben an der Garage hinauftragen. Mit dem Putzen war sie in Rekordzeit fertig und kam atemlos die Treppe herunter zu Maggie, die in ihrem kleinen Salon an ihrem Schreibtisch saß.

»Ich habe alle drei Bäder geputzt, die Betten frisch überzogen, in den Schlafzimmern Staub gewischt – und im Gästesalon, einschließlich der Fensterbretter. Kann ich jetzt gehen?«

Sie hatten ausgemacht, daß Katy jeden Tag bis zwei Uhr arbeiten und sich dann mit Maggie bei der Begrüßung der Gäste abwechseln würde. In den ersten beiden Tagen war sie nie vor zwei Uhr fertig gewesen. Heute jedoch hatte sie es um Viertel nach zwölf schon geschafft.

»Gut, aber ich muß heute nachmittag Lebensmittel einkaufen, also sei bitte gegen drei Uhr zurück.«

Katy war wie der Blitz verschwunden und tauchte Minuten später wieder auf mit sauberen, weißen Shorts, einem roten Top mit dünnen Trägern und frisch aufgelegtem Make-up. Ihr Haar hatte sie zu einem ordentlichen Zopf geflochten. Todd füllte gerade Grasschnitt in einen schwarzen Plastiksack.

»Wart mal, ich halte dir das auf«, rief Katy, als sie sich ihm näherte.

Todd sah über eine Schulter und richtete sich auf. »Oh, hallo!«

Hoppla, war der gut gebaut! Und wunderschönes, schwarzes Haar und ein Gesicht, das wahrscheinlich die Mädchen reihenweise anschmachteten. Sein nackter Oberkörper und seine Augenbrauen waren mit Schweißperlen bedeckt, und er trug ein weißes Stirnband.

»Hallo, du bist Brookies Sohn.«

»Ja, und du mußt Maggies Tochter sein.«

»Ich heiße Katy.« Sie reichte ihm die Hand.

»Ich heiße Todd.« Er drückte mit seiner kräftigen, schmutzigen Hand fest zu.

»Ich weiß. Mutter hat es mir gesagt.«

Sie hielt ihm den Plastiksack auf, und er warf das Gras hinein. Sie roch den Duft eines tropischen Sonnenöls, der sich mit dem von frisch geschnittenem Gras vermischte.

»Ich habe dich schon vorhin gesehen«, bemerkte er und riskierte einen Blick auf ihre nackte Taille.

»Ich putze für meine Mutter.«

»Dann wirst du den ganzen Sommer hier sein?«

»Ja. Im Herbst gehe ich zurück an die Northwestern. Mein drittes Semester.«

»Ich gehe im September zur Air Force. Danke.« Er nahm ihr den Plastiksack aus der Hand und kniete nieder, um den Grasauffangsack wieder am Rasenmäher zu befestigen. Katy betrachtete von oben seine sonnengebräunten Schultern, die Form seiner Halswirbel und die nassen, schwarzen Löckchen an seinem Nacken. »Unsere Mütter scheinen ziemlich gute Freundinnen zu sein.«

»Ja. Wahrscheinlich hast du die gleichen Geschichten über ihre Jugend gehört wie ich.«

Er sah zu ihr auf, und sie lachten. Sie mochte es, wie er beim Lachen das Gesicht verzog. Sie musterten sich ein wenig verstohlen von oben bis unten, nachdem er aufgestanden war und sich die Handflächen an seinen Shorts abwischte.

»Na, ich werde dich nicht weiter bei der Arbeit stören«, sagte sie widerwillig.

»Ja. Ich muß heute nachmittag noch einen Garten machen.«

Sie bemerkte, wie er wieder ihre nackte Taille betrachtete. Plötzlich sah er auf, und sie redeten beide gleichzeitig.

»Ich bin um...«

»Wo treffen...«

Er grinste sie an und sagte dann: »Du zuerst.«
»Ich wollte fragen, wo sich die jungen Leute hier treffen.«
»Und ich wollte sagen, daß ich gegen fünf mit meiner Arbeit fertig bin. Wenn du willst, kann ich dich nach City Beach mitnehmen und den anderen vorstellen. Ich kenne fast alle hier in Door County – bis auf die Touristen, und selbst da kenne ich einige.«
Sie strahlte ihn an. »Okay. Das wär' super.«
»Nach dem Abendessen treffen wir uns eigentlich alle im CC-Club an der Main Street. Da gibt's Live-Musik.«
»Klingt gut«, erwiderte sie.
»Ich könnte dich gegen sechs Uhr abholen.«
»Prima! Bis dann!«
Maggie bemerkte die Veränderung bei Katy sofort. Sie wurde nett und freundlich, summte vor sich hin und sprach mit ihrer Mutter. Fröhlich verabschiedete sie sich, als sie mit Todd das Haus verließ.
Um zwei Uhr früh war sie immer noch nicht zu Hause. Am nächsten Tag schlief sie bis um zehn und stand auch dann nur widerwillig auf. Die nächsten drei Abende ging sie wieder mit Todd aus. Jeden Morgen wurde es später, und am Sonntag weigerte sie sich überhaupt zu arbeiten. »Heute ist Todds einziger freier Tag, und wir wollten schon ganz früh an den Strand gehen.«
»Du kannst gehen, sobald du mit dem Putzen fertig bist.«
»Aber Mom...«
»Du könntest schon damit fertig sein, wenn du rechtzeitig aufgestanden wärst«, entgegnete Maggie mit scharfem Unterton. In den folgenden Tagen war Katy immer häufiger mit Todd zusammen, und Maggie wurde immer ungehaltener. Nicht, weil Katy sich mit Todd traf – Todd war ein lieber Junge, arbeitete hart und schnell und war immer sehr höflich –, sondern wegen der mangelnden Arbeitsmoral ihrer Tochter. Maggie paßte es gar nicht, daß sie wieder auf mütterliche Taktiken zurückgreifen mußte, die sie eigentlich seit Katys Pubertät nicht mehr hatte anwenden müssen. Es gefiel ihr nicht, daß sie nachts wachbleiben mußte. Sie fand es rück-

sichtslos, daß Katy lediglich an ihre persönlichen Belange dachte.

Noch etwas anderes machte Maggie zu schaffen. Sie vermißte ihre Privatsphäre. In der kurzen Zeit ihrer Unabhängigkeit hatte sie sich daran gewöhnt, zu essen oder nicht zu essen, wann es ihr paßte, das Bad so vorzufinden, wie sie es zurückgelassen hatte, ihre Kosmetika dort wiederzusehen, wo sie sie zuletzt hingetan hatte, keine schmutzigen Gläser in der Spüle zu haben und das Radio auf ihrem Lieblingssender eingestellt zu haben. Obgleich Katy ihr eigenes Apartment hatte, hatte sie das Haus nicht mehr für sich. Oft schämte sie sich ihrer Reaktion. Denn natürlich wußte sie, daß sie nur so dachte, weil Katys Gegenwart ihren Abenden mit Eric ein gewaltsames Ende gesetzt hatte.

Maggie hätte gerne mit jemandem über ihre zwiespältigen Gefühle geredet, aber ihre eigene Mutter schied aus, und ebenso Brookie, da es ja auch um Todd ging.

Dann kam, acht Tage nach Katys Ankunft, eines Abends plötzlich Eric.

Maggie schreckte aus tiefstem Schlaf auf und lauschte angestrengt. Irgendein Geräusch hatte sie aufgeweckt. Sie hatte geträumt; sie war ein Kind und hatte in dem hohen Gras neben dem gelben Schulhaus gespielt, als die Schulglocke ertönte und sie aufweckte. Sie starrte auf die schwarze Zimmerdecke und hörte den Grillen und Fröschen zu, bis sie es schließlich noch einmal hörte, das schwache Läuten – nicht einer Schulglocke, sondern einer Schiffsglocke. Es war nahe genug, um gehört zu werden, und fern genug, um nicht zu stören. Sie wußte sofort, daß er es war, der sie mit der kleinen Messingglocke rief, die über der Kajüte der *Mary Deare* hing.

Mit klopfendem Herzen sprang sie aus dem Bett, wühlte in der Schublade nach den erstbesten Shorts, die sie rasch unter ihr hüftlanges Nachthemd zog. Es war elf Uhr. Sie lief durch das dunkle Haus und spürte, wie ihr Herz in freudiger Erregung bis zum Hals schlug. Wie ein Geist huschte sie durch die Halle und aus dem Haus, über die große Vorderveranda zwischen den duftenden Schneeballsträuchern hindurch, die in voller Blüte standen; auf die schwarze Weite des Sees zu, wo das sanfte Tuckern des Motors der *Mary Deare* das Wasser kräuselte und das Spiegelbild des Mondes auf dem Wasser verwischte. Sie lief barfuß durch das taunasse Gras den Hügel hinunter, unter den Ahornästen hindurch, bis sie ihre eigenen Schritte auf dem Bootssteg hörte, der rhythmisch schwankte, wenn der Schiffsbauch dagegenstieß.

Er erschien ihr so geisterhaft wie die *Mary Deare* selbst. Mit ausgebreiteten Armen stand er an der Reling, und sie flog hinein wie eine verirrte Taube, die endlich wieder heimgefunden hatte.

»O Liebling, ich habe dich so vermißt. Halt mich fest... bitte... halt mich.«

»Ach Maggie, meine Maggie.«

Er zog sie eng an seine nackte Brust und an die weiße Hose, die er bis zu den Knien raufgekrempelt hatte. Mit gespreizten Beinen glich er die Schwankungen des Schiffes aus und küßte sie, als müßte er etwas Schreckliches wiedergutmachen.

Wie ein plötzlicher Regenschauer in den Tropen brach sie ohne Vorwarnung in Tränen aus.

»Maggie, was ist los?« Er versuchte, ihr ins Gesicht zu schauen, doch sie hatte es verschämt an seiner Schulter vergraben.

»Ich weiß nicht. Ich bin einfach so dumm.«

»Ist alles in Ordnung?«

»Ja. Nein... Ich weiß nicht. Ich war schon den ganzen Tag nahe daran, einfach loszuheulen. Es tut mir leid, Eric.«

»Nein, nein... es ist schon gut. Wein nur!« Er hielt sie und streichelte über ihren Rücken.

»Aber ich komme mir so dumm vor, und ich mache dich ganz naß.« Sie schniefte an seiner nackten Haut und wischte sich zweimal mit der Hand über die Nase.

»Du kannst mich ruhig naßmachen, ich laufe nicht mehr ein.«

»O Eric...« Nach einigen Schluchzern beruhigte sie sich etwas und kuschelte sich gegen seine weitgespreizten Schenkel.

»Ich weiß nicht, was in letzter Zeit mit mir los ist.«

»Eine schlechte Woche gehabt?«

Sie nickte und stieß dabei mit dem Kopf gegen sein Kinn. »Kann ich meinen Kummer bei dir abladen?«

»Natürlich.«

Es tat so gut, sich an ihn zu lehnen und ihren Gefühlen freien Lauf zu lassen. »Es funktioniert nicht mit Katy und der Arbeit«, begann sie. Sie erzählte ihm alles – von Katys langem Ausbleiben, und wie sich das auf ihre Arbeit auswirkte; daß sie nicht mit Brookie darüber sprechen wollte; und daß sie plötzlich wieder auftreten müßte, als hätte sie eine Zwölfjährige zur Tochter und nicht eine erwachsene junge Frau. Sie gab zu, daß sie in letzter Zeit ungewöhnlich reizbar gewesen war und es ihr leid tat, auch noch das letzte bißchen Kontakt zu ihrer Mutter verloren zu haben. Sie erzählte ihm auch, daß Katy wußte, daß sie sich trafen, und welche neue Differenzen es deshalb gegeben hatte.

»Also habe ich dich heute nacht gebraucht... dringend gebraucht.«

»Ich dich auch.«

»Hast du auch so eine miese Woche hinter dir?«

Er erzählte ihr von dem großen Rummel in Mike und Barbs Haus: Erst wurde Nicholas' Schulabschluß mit einem großen Fest gefeiert, und dann hatte Barb letzte Nacht ein Mädchen zur Welt gebracht – zwei Wochen nach dem errechneten Termin, aber groß und gesund. Es wurde nach seiner Großmutter Anna genannt.

»Innerhalb einer Woche schicken sie ein Kind in die Welt hinaus und bringen ein neues auf die Welt«, grübelte er nachdenklich.

»Und du hast keines – das macht dir doch Kummer, oder?«

Er seufzte, zuckte die Achseln und sah in ihr Gesicht.

»Noch etwas ist letztes Wochenende passiert.«

»Erzähl!«

»Nancy kam zu Ma und bat um eine Versöhnung. Und heute hat mir mein Rechtsanwalt mitgeteilt, daß es bei Gericht keinen guten Eindruck macht, wenn ich mich jedem Versöhnungsversuch meiner Frau strikt widersetze.«

Maggie sah ihn bedrückt an.

»Keine Angst«, fügte er rasch hinzu. »Ich liebe dich. Du bist die einzige Frau, die ich liebe, und ich verspreche dir, ich gehe nicht zu ihr zurück. Niemals.« Er küßte sie, zärtlich zuerst, dann immer leidenschaftlicher und fordernder.

»O Maggie, ich liebe dich so sehr.« Seine Stimme klang gequält. »Ich sehne mich so sehr danach, frei zu sein, damit ich dich heiraten kann und du nicht mehr der Verachtung deiner Mutter und deiner Tochter ausgesetzt bist.«

»Ich weiß.« Jetzt tröstete sie ihn und streichelte ihm das Gesicht. »Irgendwann.«

»Irgendwann«, wiederholte er ungeduldig, »aber wann?«

»Schsch ... Sie beruhigte ihn, küßte seinen weichen Mund und versuchte, ihn wenigstens ein Weilchen abzulenken. »Ich liebe dich auch. Wie wär's, wenn wir hier ... unter den Sternen ... etwas Erinnerungswürdiges machen.«

Der Mond warf ihre Schatten auf das Bootsdeck – zuerst zwei nebeneinander, dann nur mehr einer. Er zog sie an den Hüften an sich, fuhr mit den Händen ihr Rückgrat hinunter und packte sie mit festem Griff an den Pobacken. Sie stellte sich auf die Zehenspitzen und fuhr mit den Fingernägeln durch sein Haar, dann über seine nackten Schultern. Er suchte mit den Händen nach ihren Brüsten. Dann nahm er Maggie unter den Armen, hob sie hoch, bis hinauf zu den Sternen, und liebkoste dabei ihre rechte Brust mit der Zunge. Sie jammerte, und er murmelte: »Es tut mir leid ... entschuldige ... ich bin so ungeduldig ...« Ein wenig sanfter leckte er dann ihre Haut am Bauch bis hinunter zwischen ihre feuchten Schenkel. Sie reckte ihre Kehle dem Himmel entgegen und spürte, wie seine Arme zu zittern begannen. Dann ging durch sie selbst ein lustvolles Zittern, und sie dachte: Laß mich ihn nicht verlieren. Laß sie nicht gewinnen.

Als er sie langsam an seinem Körper heruntergleiten ließ, legte sie ihre Hand fest zwischen seine Beine.

»Komm schon«, flüsterte er ungeduldig, nahm ihre Hand und führte sie nach vorne, wo die Armaturenbeleuchtung ihre Gesichter in ein blaß fluoreszierendes Licht tauchte. Eric ließ den Motor an, setzte sich auf den hüfthohen Hocker und nahm Maggie vor sich zwischen seine Beine. Während er das Boot von der Küste wegsteuerte, fuhr er mit einer Hand in ihre Unterwäsche und streichelte sie liebevoll.

Sie griff hinter sich und streichelte ihm über die Jeans, während sie langsam über das mondbeglänzte Wasser dahinschipperten. Sie roch seine warme Haut und spürte seine Haare, als er den Kopf senkte und mit dem Gesicht über ihre Schulter strich. Nur etwas zehn Meter vom Strand entfernt warf er den Anker aus. Sie liebten sich auf dem kühlen Holzdeck, und ihr Rhythmus entsprach den Wellen, die das Boot auf- und abschaukeln ließen. Es war so aufregend und verzehrend wie immer, aber diesmal schwang doch Traurigkeit mit. Denn er gehörte nicht ihr und sie nicht ihm, und das war es, was sie sich vor allem wünschten.

Als es vorüber war, lag er auf ihr und hatte die Ellbogen auf beiden Seiten ihres Kopfes aufgestützt. Sie betrachtete sein Gesicht im Mondschein und spürte, wie das Gefühl der Liebe zu ihm sie förmlich überschwemmte. »Manchmal«, flüsterte sie, »fehlen einem einfach die richtigen Worte.«

Er streichelte über ihre Augenbraue und richtete ihre kastanienbraunen Haare, bis sie wie ein Strahlenkranz um ihren Kopf lagen.

»Ich fürchte, du mußt dich mit ›Ich liebe dich‹ begnügen. Das sagt alles.«

»Und ich liebe dich.«

Sie wollten sich gegenseitig für die kommenden Tage der Trennung Mut machen, wollten sich an jede kleine Zärtlichkeit erinnern und besiegelten ihren Ausflug mit einem langen Abschiedskuß. Dann riß sie sich von ihm los; er stand am Ende des Anlegestegs und sah ihr nach, wie sie den Hügel hinaufrannte.

Oben angekommen winkte sie noch ein letztes Mal zurück und stieg dann entschlossen die Verandastufen hinauf.

Aus dem Dunkel kam eine Stimme. Scharf. Verurteilend. »Hallo, Mutter.«

Maggie schrak zusammen. »Katy!«

»Ich bin auch hier, Mrs. Stearn.«

»Oh... Todd.« Offensichtlich hatten die beiden im Dunkeln geknutscht. Das konnte man auch ohne Licht sehen. »Ihr zwei seid heute aber noch spät draußen.«

Katy schoß sofort zurück. »Da sind wir nicht die einzigen.«

Vom Wasser her hörte man den Motor der *Mary Deare,* die abgelegt hatte. Maggie wußte, daß Katy die Anlegestelle sehr gut hatte beobachten können. Als sich ihre Augen an die Dunkelheit auf der Veranda gewöhnt hatten, sah sie, wie Katy auf ihr Nachthemd und die nackten Füße starrte – vorwurfsvoll, mißbilligend. Maggie wurde rot und bekam ein schlechtes Gewissen. Sie wollte sagen: Aber ich bin älter als du, und ich weiß genau, worauf ich mich da eingelassen habe. Doch dabei wurde ihr auch klar, daß sie zweierlei Maß anlegte, anstatt selbst ein gutes Vorbild zu sein.

Nach dieser Nacht ließ sie dieser Gedanke nicht mehr los. Sie hatte nie sehr viel über wahllose Geschlechtsbeziehungen nachgedacht. Davor warnte man zwar junge Mädchen, aber wenn man einmal erwachsen war, war das doch etwas anderes.

Oder etwa nicht?

Mit einer selbstbewußten achtzehnjährigen Tochter im Haus, die sich mit einem hübschen, offensichtlich sehr männlichen jungen Mann traf – was war es nun?

Katy blieb weiter abends lange weg, und Maggie lag oft wach und machte sich Sorgen, wanderte ins Bad und durch das dunkle Haus. Ob sie vielleicht doch mit Brookie sprechen sollte? Aber was würde es bringen?

Sie schlief weiter schlecht, hatte manchmal ein flaues Gefühl im Magen und fühlte sich schwach. Eigentlich hatte sie nie zwischendurch gegessen, aber jetzt stopfte sie ununterbrochen gedankenlos Essen in sich hinein. Das mußte eine nervöse Reaktion auf den Streß sein, dachte sie. Sie legte fünf

Pfund zu. Ihre Büstenhalter paßten ihr nicht mehr. Und dann machte sie eines Tages die seltsamste Entdeckung: Ihre Schuhe paßten ihr nicht mehr.

Meine Schuhe?

Sie stand neben dem Bett und starrte auf ihre Füße, die aussahen wie zwei zu groß geratene Kartoffeln.

Meine Fußknöchel sind nicht mehr zu sehen.

Irgend etwas stimmte nicht. Irgend etwas war ganz und gar nicht in Ordnung. Sie zählte im Geiste noch einmal alles zusammen: Flüssigkeitsstau in den Beinen, Müdigkeit, Reizbarkeit, empfindliche Brüste, Gewichtszunahme. Das mußten die Wechseljahre sein, dessen war sie sich sicher – es paßte alles. Sie meldete sich bei einem Gynäkologen in Sturgeon Bay an.

Dr. David Macklin hatte sich etwas dabei gedacht, als er die Decke seines Behandlungszimmers mit Blumenmotiven bemalen ließ. Während Maggie untersucht wurde, lenkte sie sich ab, indem sie versuchte, die Blumen zu benennen. Tulpen, Flieder und Rosen kannte sie. Waren die weißen etwa Kirschblüten? Das würde zu Door County passen. Das Licht war diffus, die Decke indirekt beleuchtet, die Wände blaßlavendelfarben gestrichen. Es war ein friedlicher Raum, der die Patientin so weit wie möglich beruhigen sollte.

Dr. Macklin beendete seine Untersuchung, nahm die knisternde Papierabdeckung weg und half Maggie auf.

»Sie können sich jetzt aufsetzen.«

Sie hockte da und sah ihm zu, wie er mit dem Hocker zu seinem Schreibtisch rollte und etwas notierte. Er war etwa Mitte Dreißig und versuchte, seine schüttere Haarpracht mit einem buschigen Schnauzbart auszugleichen. Auch seine Augenbrauen waren buschig und dunkel und fielen seitlich weit über seine freundlichen, blauen Augen ab. Er sah auf und sagte: »Wann hatten Sie Ihre letzte Periode?«

»Meine letzte richtige Periode – genau um die Zeit, als Phillip starb, vor fast genau zwei Jahren.«

»Was meinen Sie mit richtiger Periode?«

»So wie es immer war. Volle vier Tage.«

»Und nach seinem Tod hörte das schlagartig auf?«

»Ja, als damals diese Hitzewallungen begannen, von denen ich Ihnen erzählt habe. Ich hatte ab und an ein paar Schmierblutungen, aber sonst nichts.«

»Hatten Sie in letzter Zeit auch Hitzewallungen?«

Sie überlegte, ehe sie antwortete! »In letzter Zeit nicht.«

»Schweißausbrüche in der Nacht?«

»Nein.«

»Aber Ihre Brüste spannten.«

»Ja.«

»Seit wann?«

»Ich weiß nicht. Vielleicht seit einigen Monaten. Ich kann mich wirklich nicht genau erinnern.«

»Müssen Sie nachts häufig aufs Klo?«

»Zwei- bis dreimal.«

»Ist das normal bei Ihnen?«

»Nein, eigentlich nicht, aber meine Tochter wohnt bei mir und war in letzter Zeit oft abends lange weg. Ich kann erst richtig einschlafen, wenn sie zu Hause ist.«

»Wie stand's mit Ihrer Laune in letzter Zeit? Waren Sie reizbar, deprimiert?«

»Mit meiner Tochter habe ich neuerdings öfter Streit. Es war ziemlich anstrengend, wieder mit ihr unter einem Dach zu leben.«

Dr. Macklin stütze einen Ellbogen auf seinem Schreibtisch auf und streckte die Beine aus. »Nun, Mrs. Stearn«, sagte er, »ich fürchte, das sind nicht die Wechseljahre, wie Sie dachten. Eigentlich genau das Gegenteil. Ich denke, wir können davon ausgehen, daß Sie im fünften Monat schwanger sind.«

Maggie glaubte, vom Holzhammer getroffen worden zu sein.

Sekundenlang saß sie nur stumm mit offenem Mund da. Als sie sich so weit gefangen hatte, daß sie wieder sprechen konnte, schüttelte sie den Kopf: »Aber das kann gar nicht sein!«

»Wollen Sie damit sagen, daß Sie in den letzten fünf Monaten keinen Geschlechtsverkehr hatten?«

»Nein. Ich meine, doch, habe ich schon, aber ... aber...«

»Haben Sie Verhütungsmaßnahmen getroffen?«

»Nein, ich dachte, das wäre nicht nötig. Immerhin...« Sie lachte nervös. »... werde ich nächsten Monat einundvierzig. Seit zwei Jahren habe ich alle Anzeichen von Wechseljahren und... und... nun, ich dachte, aus dem Alter wäre ich raus.«

»Vielleicht überrascht es Sie zu hören, daß gut zehn Prozent meiner Patientinnen über vierzig sind, und viele hielten ihre Schwangerschaft für Anzeichen der Wechseljahre. Ich will Ihnen einmal erklären, wie das funktioniert. In den Wechseljahren beginnt der Körper weniger weibliche Hormone, Östrogene, zu produzieren. Aber die Fortpflanzungsfähigkeit hört nicht einfach über Nacht auf. Manchmal zieht sich der Prozeß über Jahre hinweg, und dabei arbeiten die Fortpflanzungsorgane jeden Monat anders. Manchmal funktionieren die Eierstöcke normal, und Sie haben eine normale Periode. Manchmal produzieren die Eierstöcke nicht genügend Hormone, und es kommt nicht zum Eisprung. In Ihrem Fall waren in einem bestimmten Monat wohl genügend Östrogene vorhanden, um einen Eisprung auszulösen. Und wenn Sie in diesem Monat Geschlechtsverkehr hatten...«

»Aber... aber wieso hatte ich denn diese Hitzewallungen? Ich sagte Ihnen doch, ich fuhr ins Krankenhaus, weil ich glaubte, einen Herzinfarkt zu bekommen, und die Schwester sah, wie die Hitzewallung an meinem Hals aufstieg und beruhigte mich. Was war denn das?«

»Mrs. Stearn, Sie müssen verstehen, Hitzewallungen werden nicht nur durch die Menopause ausgelöst. Ihr Mann kam unter sehr dramatischen Umständen viel zu früh ums Leben. Ich könnte mir vorstellen, Reporter haben Sie belagert, Rechtsanwälte haben Sie genervt, Sie mußten Ihre Tochter trösten und Formalitäten erledigen. Sie standen damals unter ziemlich großem Streß, nicht wahr?«

»Sie nickte. Sie traute sich nichts zu sagen, aus Angst, ihre Stimme würde versagen. Tränen stiegen ihr in die Augen.

»Streß löst nun mal sehr häufig Hitzewallungen aus, und so war das ganz bestimmt auch bei Ihnen. Weil Sie etwa in dem Alter waren, in dem man erste Anzeichen der Wechseljahre erwarten kann, nahmen Sie das so hin. Ein verständlicher Irrtum, und, wie ich schon sagte, ein sehr häufiger.«

»Aber ich ...« Sie schluckte. »Sind Sie sicher? Kann es nicht sein, daß Sie sich irren?«

»Ich bin ganz sicher. Sie haben all die klassischen Symptome – die Gebärmutterhalswand ist bläulich verfärbt, die Genitalien sind angeschwollen, Ihre Brüste sind vergrößert und schmerzempfindlich, Sie haben Stauungen in den Beinen, Sie sind müde, müssen häufig Wasser lassen, haben zugenommen und wahrscheinlich noch einige andere Wehwehchen – Krämpfe, Sodbrennen, Verstopfung, Rückenschmerzen, Beinkrämpfe, vielleicht auch Launen und unerklärliche Tränenausbrüche. Habe ich recht?«

Maggie erinnerte sich an ihre vielen Auseinandersetzungen mit Katy, an die BHs und Schuhe, die ihr nicht mehr paßten, die nächtlichen Klobesuche und an den Abend, als sie an Bord der *Mary Deare* ging und ohne ersichtlichen Grund in Tränen ausbrach. Bedrückt nickte sie, senkte die Augen und schämte sich, daß sie zu weinen begonnen hatte.

Dr. Macklin rollte mit seinem Hocker zu ihr und sah sie mitfühlend an.

»Aus Ihrer Reaktion folgere ich, daß Sie alleinstehend sind?«

»Ja ... ja, das bin ich.«

»Nun ... das macht die Sache immer ein wenig komplizierter.«

»Und ich führe eine Frühstückspension.« Sie sah ihn mit flehenden Augen an. »Wie soll ich das schaffen – mit einem Baby, das in der Nacht gefüttert werden möchte.«

Sie wischte sich die Tränen mit der Hand aus den Augen. Dr. Macklin reichte ihr ein Papiertaschentuch, setzte sich zu ihr und wartete, bis sie ihre Gefühle wieder unter Kontrolle hatte. Als sie sich beruhigt hatte, sagte er: »Sie wissen natürlich, daß in diesem Stadium der Schwangerschaft ein Abbruch aus juristischen und aus medizinischen Gründen nicht mehr möglich ist.«

Sie sah ihn mit ernstem Blick an. »Ja, das weiß ich, aber es wäre ohnehin nicht in Frage gekommen.«

Er nickte. »Und der Vater des Babys?«

Sie sah in seine gutmütigen, blauen Augen und legte ihre Hände in den Schoß. »Da gibt es Schwierigkeiten.«

»Nun ja. Nichtsdestotrotz würde ich Ihnen raten, ihm so bald wie möglich davon zu erzählen. Heutzutage finden wir es doch sehr wichtig, daß der Vater von der Existenz des Babys weiß und für sein Wohlergehen sorgen kann, und zwar schon vor der Geburt.«

»Ich verstehe. Natürlich werde ich es ihm sagen.«

»Und Ihre Tochter – wie alt, sagten Sie, ist sie?«

»Achtzehn.« Bei dem Gedanken an Katy vergrub Maggie ihr Gesicht in beiden Händen. »Welche Ironie des Schicksals! Ich liege nachts im Bett und sorge mich, weil ich Angst habe, daß ihr so etwas passiert, überlege, ob ich mit ihr über Verhütungsmittel sprechen soll. Oh, Katy – sie wird entsetzt sein!«

Dr. Macklin stand auf und legte eine Hand auf Maggies Schulter. »Gewöhnen Sie sich erst einmal selbst an den Gedanken, ehe Sie Ihrer Tochter davon erzählen. Es ist Ihr Baby und Ihr Leben. Und Sie sollten in erster Linie an Ihr persönliches Glück denken. Was Sie jetzt am allerwenigsten brauchen können, sind irgendwelche Vorwürfe oder Anschuldigungen.«

»Nein... es ist... ich...« Maggie konnte keinen klaren Gedanken mehr fassen. In ihrem Kopf ging alles durcheinander.

Ich werde siebenundfünfzig Jahre alt sein, wenn dieses Kind aus der Schule kommt.

Alle werden wissen, daß es Erics Kind ist, und er ist immer noch verheiratet.

Was wird meine Mutter sagen?

Ich werde mit dem Geschäft aufhören müssen.

Ich will diese Verantwortung nicht tragen.

Dr. Macklin wies sie darauf hin, daß Alkohol und Medikamente tabu seien, fragte sie, ob sie rauche, riet ihr, den Salzverbrauch einzuschränken, viel Molkereiprodukte und Gemüse zu essen, sich öfter mit hochgelagerten Beinen auszuruhen, Gymnastik in Maßen zu treiben, viel spazierenzugehen und sich einen Termin für die nächste Kontrolluntersuchung geben zu lassen.

Seine Ratschläge drangen nur wie durch einen Nebel zu ihr durch. Mechanisch waren denn auch ihre Antworten: ja, nein, gut, mach' ich.

Als sie die Praxis verließ, war ihr, als stünde sie neben sich selbst, während die Frau, deren Absätze auf dem Bürgersteig klapperten, diejenige war, die gerade erfahren hatte, daß sie ein uneheliches Kind bekommen und alle damit verbundenen Schwierigkeiten haben würde.

Ihr war, als schwebte sie über sich selbst und stünde so auch über den Sorgen der anderen Frau.

Eine Zeitlang war das ein fast euphorisches Gefühl nach dem Schock in der Praxis. Sie ging die Straße entlang, betrachtete zwei flachsköpfige Jungen mit Skateboards, die Himbeereis leckten, roch die seltsame Mischung von Gerüchen aus der offenen Tür eines Drugstores und der Reinigung daneben. Auf dem Parkplatz blieb sie neben ihrem Auto stehen. Sie spürte die sommerliche Hitze, die von der Metallkarosserie abstrahlte. Viel schlimmer wurde es noch, als sie die Tür öffnete und ihr die im Innenraum gestaute Hitze entgegenschlug. Das Lenkrad fühlte sich ölig an, als wäre es in der Sonne geschmolzen, und der heiße Ledersitz brannte durch ihre Kleidung.

Sie schaltete die Zündung und dann die Klimaanlage ein, aber als ihr zunächst einmal nur heiße Luft entgegenkam, wurde ihr übel und schwarz vor den Augen. Plötzlich war ihr wieder mit einem Schlag klar: *Du* bist diejenige, die schwanger ist. *Du* warst so einfältig, in den Symptomen nur das zu sehen, was du sehen wolltest. *Du* bist diejenige, die sich hätte vorsehen müssen, *du* bist diejenige, die sich auf ein Verhältnis mit einem verheirateten Mann eingelassen hat. *Du* bist diejenige, die Ende Vierzig zu Elternabenden wird gehen müssen, die Jahre später zu Hause nervös auf einen Teenager warten wird, der von seinem ersten Rendezvous nach Hause kommt. Und du kannst dir der Verachtung kleinstädtischer Frauen wie deiner Mutter für die nächsten Jahre sicher sein.

Sie legte ihre Stirn auf das heiße Lenkrad und spürte jetzt einen kühlen Luftstrom aus der Klimaanlage. Heiße Tränen tropften aus ihren Augen.

Viereinhalb Monate schwanger.

Viereinhalb Monate, und ich hatte nie auch nur einmal den leisesten Verdacht – ich eine Familienkundelehrerin, die jahrelang ihren Schülern sämtliche Verhütungsmethoden erklärt hatte. Und selber nicht daran dachte zu verhüten. Wie dumm ich doch war!

Was wirst du machen, Maggie?

Ich werde es Eric erzählen.

Meinst du, seine Scheidung geht über die Bühne, und er kann dich heiraten, ehe das Baby zur Welt kommt?

Ich weiß es nicht... ich weiß es nicht.

Vielleicht würde es doch klappen. Sie ließ den Motor an und fuhr nach Hause.

16. Kapitel

Maggie hatte Eric noch nie zu Hause angerufen, nicht seit dem letzten Sommer, als sie an Depressionen gelitten hatte und auf Dr. Feldsteins Anraten hin alte Freunde angerufen hatte. Als sie an diesem Nachmittag seine Nummer wählte, fühlte sie sich zittrig und verletzlich. Was sie befürchtet hatte, trat ein: Erics Mutter war am Telefon.

»Ja, hier Seversons Charters«, röhrte ihre heisere Stimme.

»Hallo, Anna. Hier ist Maggie Stearn.«

»Wer?«

»Maggie Pearson.«

»Oh...Maggie Pearson. Na, so eine Überraschung!«

»Wie geht es Ihnen?«

»Mir – gut. Habe gerade eine neue Enkelin bekommen.«

»Ja, habe ich gehört. Gratulation!«

»Und ein Enkel hat gerade die Schule abgeschlossen.«

»Eines von Mikes Kindern?«

»Ja. Und ein Sohn wohnt wieder bei mir.«

»Ja, das... das habe ich auch gehört.«

»Aber das Geschäft geht gut. Du mußt auch mal kommen und zum Angeln fahren.«

»Möchte ich gerne, aber dazu habe ich keine Zeit mehr, seit ich die Frühstückspension eröffnet habe.«

»Ich habe gehört, es läuft gut?«

»Ja. Ich habe seit der Eröffnung ständig Gäste gehabt.«

»Das hört man gerne. Man muß sie nur glücklich machen, dann kommen sie immer wieder – das sehe ich bei unserem Geschäft.«

Eine Pause trat ein, und Maggie fiel nichts anderes ein, als jetzt mit der Tür ins Haus zu fallen. »Anna, ist Eric da?«

»Nee. Er ist mit Kunden draußen. Was willst du denn von ihm?«

»Könnten Sie ihn bitten, mich zurückzurufen?«

»Oh...« nach einer Schrecksekunde fügte Anna hinzu: »Aber ja, sicher mach ich das. Ich erwarte ihn so gegen sechs.«

»Danke, Anna.«

»Also dann, tschüs.«

»Tschüs.«

Als Maggie aufgehängt hatte, waren ihre Hände schweißnaß.

Als Anna aufgehängt hatte, begann sie zu grübeln.

Eric legte mit der *Mary Deare* um fünf Minuten vor sechs an. Anna beobachtete vom Bürofenster aus, wie er mit den Kunden schäkerte, sie zur Hütte führte, wo die Fische gesäubert und ausgenommen wurden, und dann sieben Lachse für die Fotos an das »Angeberbrett« hängte.

Um halb sieben stürmte er mit der Frage ins Büro: »Hast du was zu essen für mich, Ma?«

»Ja. Ich habe dir ein Roastbeefsandwich gemacht, und im Kühlschrank ist Eistee.«

Er klopfte ihr auf den Hintern, als er auf die andere Seite der Theke ging.

»Danke, Ma.«

»Ach, übrigens, Maggie Pearson hat angerufen. Sie hat gebeten, daß du sie zurückrufst.«

Er blieb auf der Stelle stehen, als wäre er gegen eine unsichtbare Mauer gerannt, und drehte sich auf dem Absatz um.

»Wann?«

»Oh, so gegen vier.«

»Warum hast du mir das nicht über Funk gesagt?«

»Warum sollte ich? Du hättest sie ja doch nicht vorher zurückrufen können.«

Er klopfte auf den Türrahmen und ging sofort in die Küche. Während die eben zurückgekehrten Angler hereinkamen, um Zigaretten und Kartoffelchips zu kaufen, hörte Anna, wie Eric von der Küche aus telefonierte, konnte aber seine Worte nicht verstehen. Minuten später kam er mit besorgtem Gesicht zurück.

»Du Ma, habe ich um sieben Uhr eine Gruppe?«

»Ja«, antwortete sie, nachdem sie auf dem Terminkalender an der Wand nachgesehen hatte. »Vier Personen.«

»Und Mike?«

»Mike? Nein, der hat nichts.«

»Wann kommt er zurück?«

»Etwa in einer Viertelstunde.«

»Könntest du ihn über Funk bitten, meine Gruppe zu übernehmen?«

»Kann ich machen. Aber was ist so wichtig, daß du deine Kunden vernachlässigst?«

»Ich muß schnell in die Stadt«, antwortete er ausweichend und war bereits auf dem Weg in die Küche. Minuten später hörte Anna Wasser durch die alten Wasserrohre rauschen. Als er fünfzehn Minuten später durch das Büro kam, war er frisch gekämmt und rasiert, roch verführerisch und hatte saubere, weiße Jeans und ein rotes Polohemd an.

»Hast du Mike erreicht?«

»Ja.«

»Was hat er gesagt?«

»Er übernimmt die Tour.«

»Danke, Ma. Und sag' ihm auch danke.«

Er ließ die Vordertür hinter sich ins Schloß fallen und legte den Weg zu seinem Wagen im Laufschritt zurück, so daß die Kiesel unter seinen Schuhen hochsprangen. Anna sah ihm mit hochgezogenen Augenbrauen nach.

So ist das also, dachte sie.

Maggie hatte mit Eric einen Treffpunkt östlich von Sister Bay an einer kleinen Baptistenkirche ausgemacht. Hier in der Gegend gab es viele solcher kleinen Kirchen – sie hatten einen hohen Glockenturm, waren aus weißem Holz und hatten an jeder Seite des Kirchenschiffes vier Rundbogenfenster. Zwei Fichten standen wie zwei Wächter davor, und es gab immer einen kleinen, verwilderten Friedhof. Am Sonntag abend waren die Fenster meist offen, und der Gesang der Gläubigen tönte nach draußen. Aber es war ein Donnerstagabend, und so war alles ruhig. Nur ihr Wagen stand auf dem Kiesparkplatz. Die Kirchenfenster waren geschlossen, und den einzigen Abendgesang boten zwei Trauertauben, die ihren einsamen Ruf von einem Leitungspfosten in der Nähe herüberschickten.

Sie hockte neben einem der Gräber, als er vorfuhr. Sie sah zu ihm, als er die Wagentür öffnete, und konzentrierte sich dann wieder auf die Tätigkeit, mit der sie gerade beschäftigt gewesen war.

Er hielt inne und genoß ihren Anblick im Abendlicht. Sie trug ein frühlingsgrünes Kleid und goß Wasser aus einem Schuhkarton auf ein dichtes Büschel lilafarbener Blumen, ging dann zwischen den flechtenbewachsenen Grabsteinen zu einer schwarzen Handwasserpumpe aus Eisen und füllte ihren Schuhkarton erneut mit Wasser. Es tropfte überall heraus, und sie beeilte sich, um noch etwas von dem kostbaren Naß zu den Blumen zu bringen. Sie kniete sich nieder, und wieder kam der traurige Ruf der Tauben herüber. Der Tag neigte sich dem Ende zu, und der Duft von süßem Klee lag in der abendlich-feuchten Luft.

Er ging langsam auf sie zu, über den knirschenden Kies, der noch die Hitze des Tages in sich gespeichert hatte, über das samtweiche Gras, das schon von der Kühle der Nacht erzählte, zwischen den Grabsteinen, deren Namen kaum noch zu lesen waren.

Eric blieb in Maggies langem Schatten stehen und legte eine Hand auf ihren Kopf.

»Was machst du da, Maggie«, fragte er leise, als würde der Ort es so gebieten.

Immer noch kniend, sah sie über ihre Schulter. »Ich gieße diesen armen, vor sich hinwelkenden Phlox. Ich hatte nichts anderes, um Wasser zu holen.«

Sie setzte den feuchten Karton ab und beugte sich nach vorne, um ein Unkraut auszurupfen.

»Warum?« fragte er sanft.

»Ich mußte...« Ihre Stimme versagte, dann fing sie sich wieder. »Ich mußte einfach...«

Ihr Kummer brachte ihn aus der Fassung. Er kniete zu ihr

nieder, nahm sanft ihren Ellbogen und zwang sie, ihm ins Gesicht zu sehen.

»Was ist los, Maggie, mein Mädchen?«

Sie sträubte sich, sah nach unten und werkelte herum, als wolle sie Zeit gewinnen. »Interessiert es dich nicht, wer diese Blumen gepflanzt hat? Vor vielen Jahren? Wie viele Jahre sie gewachsen sind, ohne daß sich jemand um sie gekümmert hat. Ich möchte die Erde ein wenig aufharken, wenn ich irgend etwas hätte, und sehen, ob ich diese Ackerquecken hier rausbringe. Es erstickt... die Blumen ja.«

Sie war allerdings diejenige, die zu ersticken schien.

»Maggie, was ist los?«

»Hast du vielleicht irgendein Gerät im Wagen?«

Ihr Kummer und die Schwierigkeit, damit rauszurücken, verwirrten ihn. »Ich werde nachsehen.«

Seine Gelenke krachten, als er aufstand und zum Wagen ging. Eine Minute später kam er mit einem Schraubenzieher zurück und reichte ihn ihr. Er kauerte sich neben sie und sah ihr zu, wie sie die steinige Erde bearbeitete. Geduldig wartete er, bis sie das Unkraut entfernt hatte, nahm dann ihre Hand fest zwischen seine. »Maggie, was ist los?« fragte er jetzt fast flüsternd. »Willst du es mir jetzt sagen?«

Sie saß auf ihren Fersen, legte die Hände mit den Handflächen nach oben auf ihre Schenkel und sah ihn traurig an. »Ich bekomme ein Kind von dir.«

Der Schock traf ihn wie ein Schlag vor die Brust. Er setzte sich ebenfalls auf die Fersen.

»O mein Gott«, flüsterte er und wurde blaß. Er sah auf ihren Bauch, dann wieder in ihr Gesicht. »Bist du sicher?«

»Ja, ich bin sicher. Ich war heute beim Arzt.«

Er schluckte einmal. Sein Adamsapfel bewegte sich. »Wann?«

»In etwa viereinhalb Monaten.«

»So weit ist es schon?«

Sie nickte.

»So weit, daß ein Irrtum ausgeschlossen ist? Und kaum noch die Gefahr, es zu verlieren?«

»Nein«, versuchte sie zu flüstern, aber es kam kein Ton heraus.

Plötzlich strahlte er über das ganze Gesicht. »Maggie, das ist ja wunderbar!« rief er aus und schloß sie ungestüm in die Arme. »Das ist unglaublich!«

Er schrie in den Himmel hinauf: »Habt ihr das gehört? Wir bekommen ein Baby! Maggie und ich bekommen ein Baby! Umarme mich, Maggie, umarme mich!:

Sie konnte ohnehin nichts anderes machen, denn er hatte sie fest im Griff.

Ihre Stimme klang sehr gedämpft, als sie sagte: »Meine Hände sind schmutzig, und du bist verrückt.«

»Ist mir doch völlig egal! Umarme mich!«

Sie umfaßte ihn kniend im Gras mit ihren schmutzigen Händen, den Schraubenzieher immer noch in einer Hand, und machte sein rotes Hemd schmutzig. »Eric, du bist mit einer anderen Frau verheiratet, die sich nicht scheiden lassen will, und ich bin – wir sind – vierzig Jahre alt. Das ist ganz und gar nicht wunderbar, sondern einfach schrecklich. Und die ganze Stadt wird wissen, daß es dein Kind ist.«

Er löste sich aus der Umarmung. »Da hast du ganz recht, sie werden es wissen, weil ich es ihnen sagen werde. Jetzt brauche ich mir wegen der Scheidung keine Gedanken mehr zu machen. Und was sind schon vierzig Jahre. Mein Gott, Maggie, seit Jahren habe ich mir das gewünscht und schon die Hoffnung aufgegeben. Wieso bist du nicht auch glücklich?«

»Weil ich unverheiratet bin – schon vergessen?«

»Nicht mehr lange.« Fröhlich hielt er ihre Hände und sprach strahlend weiter: »Maggie, willst du mich heiraten? Du und das Baby? Sobald es möglich ist?« Bevor sie antworten konnte, war er schon aufgesprungen. Die Knie seiner weißen Jeans hatten grüne Grasflecken. »Mein Gott, nur mehr viereinhalb Monate. Wir haben noch so viel zu erledigen, wir müssen ein Kinderzimmer fertig machen. Müssen wir nicht so einen … Mazda-Kurs belegen?«

»Lamaze.«

»Ja, Lamaze. Ich kann es kaum erwarten, Ma davon zu erzählen. Und Mike! Mann, wird *der* Augen machen! Maggie, meinst du, daß wir noch mehr Kinder haben könnten? Kinder sollten Geschwister haben. Ein Junge und ein Mädchen wären...«

»Eric, hör auf damit.« Sie erhob sich und versuchte ihn auf den Boden der Wirklichkeit zurückzubringen. »Hör mir zu.«

»Was ist?« Sein Gesicht war noch immer von Überschwang gekennzeichnet. Es strahlte rosig-golden wie der westliche Himmel.

»Liebling, du scheinst zu vergessen, daß ich nicht deine Frau bin. Dieses Privileg«, erinnerte sie ihn, »hat eine andere Frau. Du kannst nicht... nun, du kannst nicht einfach die Neuigkeit in der ganzen Stadt hinausposaunen, als wären wir verheiratet. Das wäre doch ein Affront gegenüber Nancy, meinst du nicht? Und auch unseren Eltern gegenüber. Ich habe eine Tochter, an die ich denken muß, und sie hat auch Freunde. Ich verstehe, daß du glücklich bist, aber ich habe so meine Bedenken.«

Plötzlich ernüchtert, sah er sie an, als wäre eben ein tödlicher Unfall vor seinen Augen passiert.

»Du willst das Kind nicht?«

Wie konnte sie sich ihm verständlich machen? »Es geht doch nicht um wollen oder nicht wollen. Es ist da« – sie preßte ihre Hände auf ihren Bauch –, »und es ist schon halb fertig, also schon viel weiter als deine Scheidung. Und es wird ungeheure Veränderungen in mein Leben bringen. Wahrscheinlich werde ich auch das Geschäft aufgeben müssen, für das ich so hart gearbeitet habe. Ich bin diejenige, die es haben wird, bis du frei bist; ich bin diejenige, der die neugierigen Blicke auf der Straße gelten werden; ich bin diejenige, der man nachsagen wird, sie habe eine Ehe zerstört. Du mußt ein wenig tolerant sein, Eric, wenn ich Zeit brauche, um mit dieser neuen Situation fertig zu werden.«

Regungslos stand er da und versuchte ihre Gedanken zu verarbeiten. Die Trauertauben sangen noch immer ihr klagevolles Lied.

»Du willst es nicht«, wiederholte er leise.

»Nicht mit der spontanen, unüberlegten Freude wie du. Ich brauche etwas Zeit.«

Sein Gesicht verdüsterte sich. Er zeigte mit dem Finger auf sie. »Wenn du etwas unternimmst, um es wegzumachen, dann wird mich das auch umbringen, verstehst du?«

»O Eric«, jammerte sie mit gesenktem Kopf. »Wie kannst du an so was überhaupt denken?«

Er wendete sich ab, ging zu einem Ahornbaum und betrachtete die glatte, graue Rinde. Nach einer Zeit schlug er mit der flachen Hand dagegen, lehnte sich an den Stamm und ließ den Kopf hängen.

Die untergehende Sonne bot ein überwältigendes Schauspiel am abendlichen Himmel. Auf einem Färberbaum am Rande des angrenzenden Wäldchens wiederholte ein grüner Fliegenschnäpper ein paarmal sein schnarrendes Fii-bi, Fii-bi. An einem Grabstein nickten die Blütenköpfe des Phlox im abendlichen Luftzug gegen den Granit. Spinnen und Käfer eilten durch das Gras, und winzige, grüne Würmchen seilten sich an Spinnweben ab, die in den letzten Sonnenstrahlen des Tages wie Glasfäden glitzerten. Überall blühte Leben, selbst hier in einem Friedhof, der Stätte, die das Ende allen Lebens war. Maggies Herz war schwer inmitten all dieser sommerlichen Pracht. Sie betrachtete den Mann, den sie liebte – den gebeugten Rücken, die angespannten Armmuskeln, den gesenkten Kopf.

Wie verzweifelt er aussieht – zuerst die überschäumende Freude, dann der plötzliche Sturz in die Verzweiflung, als sie ihm ihre verzwickte Lage klargemacht hatte.

Sie ging zu ihm und legte ihre Handflächen auf seine Rippen.

»Es zu empfangen war ein Akt der Liebe«, sagte sie ruhig, »und ich liebe dich, und ich werde auch dieses Kind lieben. Aber es verdient nicht, außerhalb einer Ehe geboren zu werden. Darüber bin ich unglücklich. Denn ich bin ziemlich sicher, daß Nancy Widerstand leisten wird. Und zwar noch lange nach der Geburt dieses Babys.«

Er hob den Kopf und sprach gegen den Baum. »Ich werde am Wochenende mit ihr sprechen und ihr sagen, daß eine Versöhnung ausgeschlossen ist. Und ich werde mit meinem Rechtsanwalt sprechen, damit er die Sache vorantreibt.« Er sah Maggie an, konnte sie aus irgendeinem Grund nicht berühren. Wie prosaisch doch ihre Situation war: Ein verheirateter Mann hält seine Geliebte mit Versprechungen von baldiger Scheidung hin. Doch sie hatte ihn nie gedrängt, nie Forderungen gestellt.

»Es tut mir leid, Maggie, ich hätte mich schon früher drum kümmern sollen.«

»Ja... nun, woher hätten wir wissen sollen, daß dies passiert.«

Er blickte sie nachdenklich an. »Wie ist es eigentlich passiert? Ich bin nur neugierig.«

»Ich dachte, wir wären sicher. Ich hatte über ein Jahr lang alle Anzeichen der Wechseljahre. Aber der Arzt hat mir erklärt, daß eine Frau auch noch fruchtbar sein kann, wenn die regelmäßigen Monatsblutungen aufgehört haben. Als er mir mitteilte, daß ich schwanger bin, kam ich...« Befangen betrachtete sie ihre Hände. »...kam ich mir so dumm vor! *Ich* werde ungewollt schwanger, in meinem Alter, nachdem ich jahrelang Familienplanung unterrichtet habe. Um Himmels willen, das darf doch nicht wahr sein!« Sie drehte sich von ihm weg.

Er betrachtete ihren Rücken, ihre Hände, die sie um ihren eigenen Körper geschlungen hatte, und das grüne Kleid, das an den Schulterblättern spannte. Traurig sagte er: »Du willst es eigentlich nicht, Maggie.«

Sie wiegte mit dem Kopf hin und her. »O Eric, wenn wir doch nur dreißig wären und verheiratet, dann wäre alles anders.«

Für sie war natürlich alles anders, dachte er. Sie hatte schon eine Familie gehabt. Sie konnte nicht verstehen, wie unwichtig sein oder ihr Alter im Vergleich zu seinem Wunsch nach einem Kind war. Seine Enttäuschung war grenzenlos.

»Hier.« Sie gab ihm den Schraubenzieher zurück.

Sie blieben weiter auf Distanz. Warum, konnte er sich in dem Augenblick auch nicht erklären.

»Ich verspreche dir, daß ich mit Nancy sprechen werde.«

»Aber bitte erzähl ihr noch nichts von dem Baby. Ich möchte noch nicht, daß sie es erfährt.«

»Nein, mache ich nicht, aber ich muß es irgendwann erzählen. Hast du etwas dagegen, wenn ich es Mike erzähle? Er ist kein Plappermaul.«

»Natürlich kannst du's Mike erzählen. Vielleicht sage ich es Brookie auch recht bald.«

Er lächelte unsicher, wollte sie umarmen, tat es aber nicht. Wie dumm er doch war! Sie bekam ein Baby von ihm, und, bei Gott, sie liebten sich doch so sehr.

»Maggie, könnte ich dich umarmen? Euch beide?«

Mit einem leisen, erstickten Schrei flog sie in seine Arme und erlöste sie beide aus ihrer Pein. Sie stellte sich auf die Zehenspitzen und schlang die Arme um seinen Hals. Er drückte sie fest an sich und spürte, wie er wieder Lebensmut bekam.

»O Eric, ich habe solche Angst«, gestand sie ihm.

»Brauchst du nicht zu haben. Wir werden eine Familie sein. Ganz bestimmt, du wirst schon sehen«, versprach er ihr. Er schloß die Augen und streichelte ihren schwangeren Körper – ihren Rücken, ihre Brüste, ihren Bauch. Dann ließ er sich auf die Knie fallen und drückte sein Gesicht gegen ihren Bauch.

»Hallo, Kleines«, sprach er in ihr weiches, grünes Kleid hinein. »Ich werde dich über alles lieben.«

Sie spürte seinen warmen Atem durch den Stoff hindurch. Bei seinen lieben Worten wurde ihr warm ums Herz. Aber sie wußte auch, daß das nicht genug war. Sie wollte seine Frau werden.

Es gab Zeiten, mußte Nancy Macaffee vor sich selbst zugeben, da war es in Door County sogar einigermaßen erträglich. Jetzt, im Sommer, nach einer harten Arbeitswoche nach Hause zu kommen, war allemal nicht so schrecklich wie im Winter. Es war kühl hier, der Wind umwehte die Halbinsel von beiden Ufern her, und sie liebte die schattigen Bäume und die Blumen in den Gärten wie auch in der freien Natur. Aber die Menschen waren ihr zu bäuerlich. Die alten Frauen gingen immer noch mit Kopftüchern über ihren Lockenwicklern in die Stadt, und die alten Männer trugen die Schilder ihrer Mützen schräg auf einer Seite. Wenn sich die Einheimischen auf der Straße trafen, drehten sich die Gespräche nur ums Fischen und die Obsternte. Das Lebensmittelangebot war kärglich, und das Haus, in dem sie wohnte, eine Schande.

Wie konnte es Eric nur in dieser Streichholzschachtel aushalten? Als sie eingezogen waren, hatte er ihr versprochen, daß es nur vorübergehend sein würde. War es ihr Fehler, daß sie etwas Besseres wollte? Wenn sie nach Hause gekommen war, und er war da gewesen, dann war es noch erträglich gewesen. Jetzt hingegen fand sie es scheußlich. Aber ihr Rechtsanwalt hatte ihr geraten, aus juristischen Gründen dort wohnen zu bleiben. Fluchend versuchte sie am Freitag abend, als sie heimkam, die verdammte Garagentür zu öffnen. In der Küche roch es stickig. Die Werbedrucksachen lagen immer noch genauso auf dem Küchentisch, wie sie sie am vergangenen Montag hatte liegen lassen. Niemand hatte den Vorleger vor der Küchenspüle gewaschen, wo ihr ein Löffel Mayonnaise runtergefallen war. Kein Fasan, kein Chiligericht brutzelte im Ofen. Niemand bot sich an, ihr den Koffer nach oben zu tragen.

Aber auf dem Küchentisch lag ein Zettel von Eric: *Nancy, ich muß mit dir sprechen. Ich rufe dich am Samstag an.*

Sie lächelte und rannte nach oben. Nun gut, er hatte ihr zwar keine spektakuläre Eigentumswohnung in Lake Point Towers mit Blick auf ganz Chicago gekauft, aber sie vermißte ihn doch, verdammt noch mal. Sie wollte ihn zurückhaben. Sie wollte, daß jemand ihr die Garagentür öffnete, das Essen vorbereitete, den Wagen wartete, den Rasen mähte und am Samstag morgen Kaffee kochte. Und wenn sie ins Bett schlüpfte, jemanden, der ihr versicherte, daß sie eine begehrenswerte Frau war.

Oben warf sie ihren Koffer auf das Bett und zog ihr roséfarbenes Leinenkostüm aus. Obgleich der Raum sonnendurchflutet war, knipste sie das Licht an ihrem Make-up-Spiegel an und betrachtete sich aus der Nähe, inspizierte ihre Poren, befühlte ihre Gesichtshaut hier und dort, schnippte ein Stückchen runtergefallene Wimperntusche von ihrer Wange und prüfte, ob ihre Haut am Hals auch noch straff war. Mit einem winzigen Bürstchen bürstete sie ihre Augenbrauen nach oben. Dann nahm sie eine Haarbürste und fuhr sich mit kräftigen Strichen durch ihr Haar. Dabei legte sie den Kopf weit in den Nacken, so daß die Haarspitzen weit auf die Schultern fielen.

Sie betrachtete sich im Spiegel, zog ein pfirsichfarbenes Unterkleid, den passenden BH und das Höschen aus und ließ sie wie Blütenblätter zu Boden fallen.

Mit den Händen streichelte sie über ihren flachen Bauch, die Oberschenkel hinunter, die Rippen hinauf und über die Brüste mit den Brustwarzen, die keß nach oben zeigten.

Oh, wie sie den Sex vermißte! Sie hatten es wirklich gut miteinander gekonnt.

Doch der Gedanke, ihren Körper mit einer Schwangerschaft zu deformieren, widerstrebte ihr nach wie vor. Manche Frauen mochten das vielleicht, aber andere nicht. Warum hatte er das nicht akzeptieren können?

In dem vollgestopften, häßlichen Badezimmer ließ sie sich seufzend in die mit Badeschaum und Wasser gefüllte Wanne sinken. Mit geschlossenen Augen dachte sie an Eric und lächelte. Bis morgen dauerte es ihr zu lange. Sie würde ihren Bill Blass Jumpsuit anziehen, sich mit ihrem Lieblingsparfum Passion einsprühen und zu ihm gehen. Ob er es sich überlegt hatte?

Während sie darauf wartete, daß ihr auf ihr Klopfen hin die Tür geöffnet wurde, sah Nancy sich voller Widerwillen um. Wenn sie etwas noch mehr haßte als ihr eigenes Haus, dann war es diese stinkende Behausung. Fisch – wenn sie schon das Wort hörte! Wie man in so einem Gestank arbeiten konnte, war ihr unerklärlich.

Anna öffnete die Tür und sah unmöglich wie immer aus in ihrem T-Shirt mit der großen Aufschrift *Seniorenmarathon 1988*.

»Hallo, Nancy.«

»Hallo, Anna.« Nancy legte flüchtig ihre Wange an die Annas.

»Wie geht's dir?«

»Ach, nun ja, weißt du... die Jungens halten mich auf Trab. Die Angelsaison ist wirklich gut. Und dir?«

»Auch viel zu tun. Und einsam.«

»Ja... nun... manchmal müssen wir da durch. Ich nehme an, du bist gekommen, um Eric zu sehen. Er ist unten und schließt die Fischerhütte ab.«

»Danke.«

»Sei vorsichtig im Dunklen mit diesen hohen Absätzen!« rief Anna ihr nach.

Nancy ging den Kiesweg zu der Anlegestelle und den Fischerhütten hinunter. Es war zehn Uhr abends. Unter den Bäumen war alles dunkel, aber in der Nähe der Fischerhütte brannte eine einzelne Lampe. In der einfachen Holzhütte beleuchtete eine schwache Glühbirne den Betonboden und die rauhen Bretterwände. Während sie sich näherte, hielt Nancy ihre Nase an ihr Handgelenk und sog den Duft von Elizabeth Taylors Passion ein.

Unten am See quakte ein Ochsenfrosch laut und vernehmlich. Überall zirpten Grillen, und Insekten schwirrten ununterbrochen umher. Irgend etwas stieß gegen Nancy Haar, und sie fuchtelte wie wild, um es zu vertreiben. Aus der Hütte hörte man zwei Männerstimmen.

Sie blieb vor der Hütte stehen und horchte.

»Nun, sie ist nicht gerade begeistert.« Das war Eric.

»Willst du damit sagen, sie will es nicht haben?« Das war Mike.

»Sie will die Veränderung in ihrem Leben nicht.«

»Also, du kannst ihr von mir sagen, daß wir das auch nicht wollten, aber jetzt, da wir Anna haben, würden wir sie um keinen Preis der Welt wieder hergeben.«

»Bei Maggie ist das natürlich etwas anders, Mike. Sie meint, sie kann mit einem Baby, das mitten in der Nacht schreit, keine Frühstückspension führen, und damit hat sie wahrscheinlich recht.«

»Daran habe ich nicht gedacht.«

»Außerdem glaubt sie, daß wir zu alt sind für ein Baby.«

»Aber verdammt noch mal – weiß sie denn nicht, daß du dir dein ganzes Leben nichts sehnlicher gewünscht hast?«

»Sie weiß es, und sie sagt, sie wird es auch lieben. Es ist nur der momentane Schock.«

»Wann soll es denn kommen?«

»In viereinhalb Monaten.«

Nancy hatte genug gehört. Sie fühlte sich, als wäre sie mit kochendem Wasser verbrüht worden. Ihre Wangen glühten, das Herz schlug ihr bis zum Hals. Sie drehte sich um und ging zurück. Im Schatten der Bäume schlich sie zu ihrem Wagen, schloß die Tür leise hinter sich zu und klammerte sich mit brennenden Augen am Lenkrad fest.

Er hatte eine andere Frau geschwängert. Entsetzt ließ sie ihre Stirn auf ihre Handknöchel fallen und spürte, wie das Blut aus ihrem Kopf wich. Angst, Schock, Zorn erfaßten sie. Angst vor einer zerrütteten Ehe, vor finanziellen Schwierigkeiten und notwendigen Veränderungen in ihrem Lebensstil. Ja, sie wollte diesen Stil ändern, aber freiwillig, nicht unter Druck.

Angst, einen Mann zu verlieren, den sie sich vor zwanzig Jahren gesichert hatte. Angst davor, jetzt keinen attraktiven Mann mehr zu finden.

Schock, weil es wirklich passiert war. Sie war sich so sicher gewesen, ihn wieder zurückgewinnen zu können. Sie hatte gedacht, ihre Schönheit, ihre sexuelle Attraktivität, ihre Intelligenz, ihr Ehrgeiz und ihre Stellung als Ehefrau wären genug, um ihn wiederzubekommen, wenn er erst einmal wieder zur Vernunft gekommen war.

Zorn, weil er das einfach alles ignoriert hatte und sie zum Gespött aller Leute machte, während jedermann wußte, daß die andere Frau seine alte Liebe war.

Wie kannst du mir so etwas antun? Ich bin immer noch deine Frau. Brennende Tränen liefen ihr über das Gesicht. Tränen der Demütigung. Hatte er nicht daran gedacht, wie sie leiden würde, wenn die Leute das erfuhren?

Zum Teufel mit dir, Severson, ich wünsche dir, daß dein Boot sinkt und sie mit ihrem Bastard alleine zurückbleibt.

Sie weinte. Sie schlug gegen das Lenkrad. Die verschmähte Ehefrau. Die Frau, die sich gegen ihren Willen in dieses gottverdammte Nest hatte verschleppen lassen. Die Frau, die das heißgeliebte Stadtleben aufgegeben hatte, damit er hier Käpten Ahab spielen konnte. Die Frau, die sich fünf Tage in der Woche abrackerte, während er eine andere bumste. Würden sie in Chicago leben, würde niemand etwas davon wissen, aber hier würde es sofort Stadtgespräch sein. Alle würden es wissen – seine Familie, der Postbote, die gesamte, gottverdammte Fischfangflotte!

Als ihre Tränen allmählich trockneten, sah sie zu dem schwachen Licht der Fischerhütte hinüber, in deren Schatten sich die beiden Männer hin und her bewegten. Sie dachte überhaupt nicht daran, ihm zu geben, was er wollte. Warum sollte sie es ihm so leicht machen? Ihr Stolz war zutiefst verletzt, und er würde dafür bezahlen. Sie trocknete sich sorgfältig die Augen, schneuzte sich, drehte die Innenbeleuchtung des Wagens an und betrachtete sich im Spiegel. Schnell besserte sie ihr Augen-Make-up aus und drehte das Licht wieder ab.

Unten in der Fischerhütte war das Licht abgedreht worden. Als die beiden Brüder herauskamen, stieg Nancy aus und schlug laut und vernehmlich die Wagentür zu.

»Eric!« rief sie freundlich und ging im Dunkeln auf die beiden Männer zu. »Hallo! Ich habe deine Notiz gefunden.«

»Nancy.« Sein Ton war kühl, fast unfreundlich. »Du hättest einfach anrufen können.«

»Ich weiß, aber ich wollte dich sehen. Ich muß dir etwas Wichtiges sagen.« Anschließend fügte sie noch ein schnelles »Hallo, Mike!« hinzu.

»Hallo, Nancy.« Mike wandte sich an Eric. »Also dann, Eric, bis morgen.«

»Ja, Gute Nacht.«

Nachdem Mike gegangen war, war es still. Nur das Wispern der sommerlichen Nacht war zu hören. Eric stand Nancy gegenüber und fühlte sich irgendwie bedroht, wollte entkommen.

»Ich möchte mir nur schnell die Hände waschen und bin gleich wieder da.« Er entfernte sich, ohne sie ins Haus zu bitten.

Fünf Minuten später war er wieder da, hatte saubere Jenas und ein frisches Hemd an und roch nach Seife. Er ging auf sie zu, als wollte er die Angelegenheit möglichst schnell hinter sich bringen.

»Wo möchtest du hingehen?« fragte er, noch ehe er bei ihr angelangt war.

»O je, so barsch«, tadelte sie ihn, nahm seinen Arm und drückte ihre Brust dagegen.

Er befreite sich mit fester Entschlossenheit. »Wir können an Bord der *Mary Deare* reden oder in deinem Wagen. Du hast die Wahl.«

»Ich würde am liebsten bei uns zu Hause mit dir reden – in unserem Bett.« Sie legte eine Hand auf seine Brust. Wieder nahm er sie weg.

»Daran habe ich kein Interesse, Nancy. Ich will von dir nur die Scheidung, je früher, desto besser.«

»Du wirst deine Meinung ändern, wenn du hörst, was ich dir zu sagen habe.«

»Und das wäre?« fragte er ablehnend.

»Es wird dich glücklich machen.«

»Kann ich mir nicht vorstellen. Es sei denn, es ist ein Gerichtstermin.«

»Was hast du dir immer mehr als alles andere in der Welt gewünscht?«

»Komm schon, Nancy, hör mit den Spielchen auf. Ich hatte einen langen Tag und bin müde.«

Sie lachte gezwungen. Wieder berührte sie ihn am Arm, wohl wissend, daß er das nicht mochte. Aber sie wollte spüren, wie ihn der Schock traf. Einen kurzen Augenblick zögerte sie noch. Was sie vorhatte, war verwerflich. Aber, was er getan hatte, auch.

»Wir bekommen ein Baby, Liebling.«

Der Schock traf Eric wie ein Schlag aus der Starkstromleitung. Er schnappte nach Luft. Trat einen Schritt zurück, starrte sie mit offenem Mund an.

»Ich glaube dir kein Wort.«

»Es ist aber wahr.« Sie zuckte die Achseln mit überzeugender Leichtigkeit. »Etwa um Thanksgiving.«

Er rechnete blitzschnell nach – damals, als er sie zur Liebe auf dem Wohnzimmersofa gezwungen hatte.

»Nancy, wenn du lügst...«

»Würde ich dich in so einer Sache anlügen?«

Er packte sie am Handgelenk und zog sie zu ihrem Wagen, öffnete die Tür und stieß sie hinein. Dann stieg er ein und ließ die Tür offen, damit die Innenbeleuchtung nicht ausging.

»Ich möchte dein Gesicht sehen, wenn du mir das sagst.« Er nahm sie bei den Wangen und zwang sie, ihm in die Augen zu sehen. Zu seinem Kummer sah er, daß sie geweint hatte, und das bestärkte seine Furcht. Auf jeden Fall wollte er es noch einmal von ihr hören.

»Jetzt sag es noch einmal.«

»Ich bin im vierten Monat von dir schwanger, Eric Severson«, sagte sie ernst.

»Warum sieht man davon nichts?« Er ließ sie los und betrachtete zweifelnd ihren Körper.

»Bring mich nach Hause und schau mich nackt an.«

Das wollte er nicht. Das wollte er wirklich nicht. Die einzige Frau, der er so nahe sein wollte, war Maggie.

»Warum hast du so lange gewartet, um es mir zu sagen?«

»Ich wollte sichergehen, daß es kein falscher Alarm ist. In den ersten drei Monaten kann noch so viel passieren. Danach ist es sicherer. Ich wollte dir nicht zu früh Hoffnungen machen.«

»Und wieso bist du nicht entsetzt?« bohrte er mit zusammengekniffenen Augen.

»Darüber, daß ich meine Ehe retten kann?« fragte sie

schlagfertig und hakte dann gleich geschickt nach. »Du bist derjenige, der entsetzt zu sein scheint, und ich möchte schon ganz gerne wissen, wieso. Schließlich wolltest du das doch die ganze Zeit, oder?«

Seufzend sank er in den Autositz zurück und kniff sich an der Nasenwurzel. »Aber verdammt noch mal, nicht jetzt!«

»Nicht jetzt?« wiederholte sie mit perfekt gespielter Verwunderung. »Aber du hast doch immer gesagt, daß wir nicht jünger werden. Ich dachte, du würdest dich freuen. Ich dachte...« Sie drückte einige Tränen heraus, die den gewünschten Effekt brachten. Er nahm ihre Hand und streichelte ihr sanft mit dem Daumen über den Handrücken.

»Es tut mir leid, Nancy. Ich... ich hole meine Sachen und komme mit dir nach Hause.«

Es gelang ihr, noch ein wenig bemitleidenswerter zu klingen. »Eric, wenn du nach all den Jahren dieses Baby nicht willst...«

Er legte ihr einen Finger auf die Lippen. »Du hast mich lediglich damit überrascht. Und da sich unsere Beziehung so sehr verschlechtert hat, sind das nicht gerade die besten Bedingungen, um ein Kind in diese Welt zu setzen.«

»Liebst du mich wirklich nicht mehr, Eric?« Es war ihre erste ehrliche Frage. Sie hatte plötzlich Angst davor, nicht mehr geliebt zu werden, Angst, davor, mit einem anderen Mann wieder eine Beziehung aufbauen zu müssen. Und noch mehr Angst davor, ob sie überhaupt so einen Mann noch finden würde.

Sie bekam keine Antwort. Statt dessen ließ er ihre Hand los und sagte schleppend: »Geh nach Hause, Nancy. Ich komme nach. Wir werden morgen miteinander reden.«

Während sie ihm nachsah, wie er im Dunkeln verschwand, dachte sie: Was habe ich getan? Wie kann ich ihn halten, wenn er einmal die Wahrheit erfährt?

Als er zum Haus zurückging, fühlte sich Eric wie damals, als sein Vater gestorben war – hilflos und verzweifelt. Mehr noch – in die Enge getrieben. Warum jetzt nach all den Jahren?

Warum jetzt, da er weder sie noch ein Kind von ihr wollte? Er glaubte, weinen zu können, ging zur Bootsanlegestelle und stellte sich neben die *Mary Deare*. Der Schock saß ihm noch in allen Knochen.

Er richtete sich auf. Ruhig lag das Boot im Wasser. Sein Vater hatte ihm die Sternbilder erklärt. Pegasus, Andromeda und die Fische. Die Fische, ja, sie waren ein Teil von ihm, wie die Farbe seines Haares und seiner Augen, ganz in der Tradition eines blonden, blauäugigen Wikingers aus einer Zeit, als die Skandinavier noch keine Nachnamen kannten.

Sie haßte seine Angelleidenschaft abgrundtief. Sie haßte auch Fish Creek immer noch.

Sie wollte immer noch eine Karrierefrau sein, die vier Nächte pro Woche nicht zu Hause war.

Seit er bei Ma war, hatte er viel nachgedacht und mit ihr und Barb und Mike gesprochen. Sie hatten zugegeben, daß sie in all den Jahren immer Schwierigkeiten gehabt hatten, Nancy zu mögen. Er hatte sich eingestanden, daß die glückliche Zeit mit Maggie ihm erst klargemacht hatte, in was für einem Pseudoglück er mit Nancy all die Jahre gelebt hatte.

Jetzt war Nancy schwanger... zwar nicht glücklich, aber sie schien sich in ihr Schicksal gefügt zu haben.

Und Maggie war ebenfalls schwanger. Aber er war mit Nancy verheiratet, und er hatte sie seit Jahren immer wieder gebeten, ein Kind mit ihm zu haben. Sie jetzt im Stich zu lassen, wäre der Gipfel der Gefühllosigkeit. Und ein gefühlloser Mann war er bei Gott nicht. Sein Pflichtgefühl ließ ihn nicht los. Es war sein Kind, von einer Frau empfangen, die eine schreckliche, wenn nicht sogar katastrophale Mutter sein würde. Maggie hingegen – die liebevolle Maggie –, würde ihr Kind willkommen heißen, würde immer für es da sein, würde es behutsam führen und lenken. Nancys Kind würde ihn mehr brauchen.

Schweren Herzens ging er mit schlurfenden Schritten in Mas Haus zurück, um zu packen und sich seinem Schicksal zu stellen.

17. Kapitel

Er schlief wenig in dieser Nacht, lag neben Nancy und dachte an Maggie. Viele Bilder zogen an ihm vorbei: Maggie, wie sie mit nach oben gestrecktem Kopf in der Badewanne jodelte; Maggie, wie sie lachte, als sie ihm einen riesigen Doughnut servierte; wie sie sich auf einem ländlichen Friedhof um verwelkte Blumen kümmerte; Maggie und ihr ernstes Gesicht, als sie ihm die Neuigkeit schlechthin verkündete; Maggie, die ahnte, daß Nancy ihn nicht vor der Geburt des Babys freigeben würde. Wie recht sie gehabt hatte!

Er blieb auf seiner Seite des Bettes, legte die Hände unter den Kopf und achtete darauf, nicht einmal mit dem Ellbogen Nancys Haar zu berühren. Er dachte an morgen. Natürlich würde er es Maggie erzählen, aber er würde sein Fehlverhalten nicht noch dadurch verschlimmern, daß er sich mit der Frau neben ihm auch nur auf die kleinste Intimität einließ.

Er schloß die Augen. Der Gedanke an den Schmerz, den er Maggie würde zufügen müssen, ließ ihn nicht los. Seine Augenlider zuckten. Das war kein verzeihliches Vergehen. Er war für beide Frauen verantwortlich und hatte sich aller möglichen Vergehen schuldig gemacht. Mit Nancys Zorn konnte er umgehen, auch wenn es sicher nicht leicht sein würde, zumal sie ja bislang die Wahrheit noch nicht wußte. Aber mit Maggies Schmerz?

Ach, Maggie, was habe ich getan? Ich wollte so viel für uns. Dir wollte ich am allerwenigsten weh tun.

In der mitternächtlichen Stille erfaßte ihn Panik. Irgendein kleines Tier – wahrscheinlich eine Maus – rannte über das Dach. Unten auf der Main Street ließ ein Junge sein Moped voll aufheulen und brauste die verlassene Straße hinunter. Die Uhr neben ihm rückte mit einem leisen Klicken eine Minute weiter.

Nancys Baby war eine Minute älter.

Maggies Baby war eine Minute älter.

Er dachte an die ungeborenen Kinder. An das eheliche. Und an den Bastard. Was für ein schreckliches Wort, wenn es das eigene Kind war. Wie würden sie aussehen? Würden sie seinem Vater ähnlich sein? Oder Ma? Ganz sicherlich würden sie ihm selbst ähnlich sehen. Würden sie gescheit sein? (Bei diesen Müttern war dies eigentlich selbstverständlich.) Würden sie gesund oder kränklich sein? Genügsam oder fordernd? Würde Maggie dem Kind sagen, wer sein Vater ist, oder würde sie den Namen vor ihm geheimhalten? Wenn das Kind wüßte, wer sein Vater ist, würde es auch seine Halbschwester oder seinen Halbbruder kennen. Sie würden sich auf der Straße, am Strand, in der Schule, möglicherweise sogar schon im Kindergarten treffen. Irgendwann würde ein anderes Kind fragen: Wieso lebt dein Vater bei der anderen Familie? Und in welchem Alter wurden sich Kinder bewußt, was es heißt, unehelich geboren zu sein?

Er stellte sich vor, wie er beide Kinder auf der *Mary Deare* mitnahm und ihnen Angelgerten in die Hand gab, ihnen das Wasser zeigte und sie lehrte, das Echolot zu bedienen. Er würde jedes Kind auf eines seiner Knie setzen (denn sie waren noch sehr klein) und sie am Bauch festhalten, so daß ihre neugierigen Händchen das Steuerrad festhalten konnten, während er ihnen auf dem Monitor erklärte: *Das Blaue ist das Wasser. Die rote Linie zeigt den Seegrund, und die weiße Linie direkt darüber ist ein Heringsschwarm. Und die lange, weiße Linie... das ist dein Lachs*.

Doch dann erschien ihm die Vorstellung eher unwahrscheinlich, ja sogar lächerlich, daß die zwei Mütter seiner beiden Kinder damit einverstanden sein könnten. Wie dumm und selbstsüchtig von ihm, sich so etwas auch nur vorzustellen!

Morgen würde er mit Maggie sprechen, wollte den Schmerz mit ihr gemeinsam tragen.

Der Samstag war ungewöhnlich kühl. Wolken jagten, von einem stürmischen Wind gepeitscht, über den Himmel. Nancy arbeitete bereits in ihrem Büro, als Eric sich zum Weggehen fertigmachte. Er blieb an der Tür stehen und zog sich dabei einen Anorak über. Seine Arme waren nach der halb durchwachten Nacht schwer.

»Bis heute abend«, sagte er. Es waren die ersten Worte an diesem Tag. Irgendwann nach vier Uhr war er schließlich eingedöst und hatte dann verschlafen. Als er aufwachte, war Nancy bereits angezogen und nach unten gegangen. Sie sah sehr städtisch aus mit ihrer riesigen Brille, einem Jumpsuit aus grobem Leinen mit einem Gürtel, der die Struktur einer Kokosnußschale hatte, und ihren großen Ohrringen, die mindestens zwei Pfund wiegen mußten. Ihr Haar war zu einer üppigen Mähne frisiert. Neben ihr stand ein Joghurtbecher. Als sie ihn sah, lehnte sie sich zurück und schob die Brille in ihr Haar. »Um welche Zeit?«

»Wenn das Wetter so bleibt, dann ziemlich früh, vielleicht schon am Nachmittag.«

»Großartig! Ich mach' uns was mit viel Kalzium und vielen Vitaminen.« Sie klopfte sich auf den Bauch. »Ich muß ja jetzt besonders auf gesunde Ernährung achten.« Sie lächelte. »Ich wünsche dir einen schönen Tag, Liebling.«

Innerlich rebellierte alles in ihm gegen ihre liebevollen Worte und die Erinnerung an ihre Schwangerschaft. »Dir auch«, gab er zurück und machte sich auf den Weg zu seinem Wagen.

Das Wetter paßte zu seiner Stimmung. Auf dem halben Weg nach Gills Rock begann es zu regnen, und die Tropfen prasselten mit einem Geräusch wie berstendes Plastik gegen die Windschutzscheibe. Der Donner grollte, und die Wolken hingen tief am Himmel. Er wußte, daß keine Charterausflüge an diesem Morgen stattfinden würden, fuhr aber trotzdem weiter, schaute bei Mike und Ma vorbei, trank eine Tasse Kaffee, ließ aber die angebotene Wurst stehen. Er war zu sehr in Gedanken, um an Essen denken zu können. Eine Weile betrachtete er das schmutzige Küchentelefon, das an einer Schnur aufgehängte Telefonbuch, auf dem noch immer seit damals Maggies Telefonnummer in Seattle stand.

Ma wiederholte eine Frage und rief dann: »Sag mal, Junge, sitzt du auf den Ohren, oder was ist los?«

»Oh... was?«

»Ich fragte, ob du etwas anderes möchtest – Hafergrütze oder Frühstücksfleisch auf Toast?«

»Nein, nichts, Ma. Ich habe keinen Hunger.«

»Läufst heute nicht auf allen Zylindern, was?«

»Tut mir leid. Hör zu, wenn du mich hier nicht brauchst, dann würde ich gerne zurück nach Fish Creek fahren.«

»Geh nur. Ich glaube, es regnet sich ohnehin ein.«

Er hatte weder Mike noch Ma erzählt, warum er wieder zu Nancy nach Hause gegangen war, und obwohl Mike am Spülbecken lehnte, seinen Kaffee trank und ihn abwartend ansah, wollte Eric ihm noch nichts sagen. Außerdem wußte Ma nichts von Maggies Schwangerschaft, und er brachte es einfach noch nicht fertig, ihr davon zu erzählen.

Vielleicht würde er es auch nie tun. Da war es wieder, das schlechte Gewissen. Er wollte Ma etwas verheimlichen, ausgerechnet ihr, die immer alles erfuhr und immer schon einen speziellen Riecher dafür hatte, wenn ihre Jungs etwas ausgefressen hatten.

Einmal hatte er sich in der Schule über einen armen Jungen lustig gemacht. Ma hatte es auf irgendeine, ihm bis heute unerklärliche Weise herausgebracht, und er hatte dem Jungen daraufhin sein Lieblingshemd schenken müssen. Nie wieder hatte er sich über jemanden, der ärmer war als er, lustig gemacht. Und er hatte nie wieder versucht, irgendeine Missetat vor Ma zu verheimlichen. Wenn er etwas angestellt hatte, ging er immer sofort nach Hause und gestand es ihr. Und dann hatten sie sich zusammengesetzt und gemeinsam versucht, eine Lösung zu finden.

Während er an diesem verregneten Sommertag zu Maggie fuhr, wünschte er sich wieder, die Probleme von damals zu haben und einfach zu seiner Mutter gehen zu können.

Bei Maggie brannte Licht, so dunkel war der Himmel verhangen. Die Büsche bogen sich, zerzaust von starken Windböen. Die gelbe Fassadenfarbe war durch die Nässe ockerfarben nachgedunkelt. Die Taglilien an der kleinen Veranda waren vom Regen, der vom Dach herunterfloß, flachgedrückt. Während er zum Haus hinunterlief, klatschten dicke Tropfen von den Ahornbäumen auf seinen Nacken und seinen Kopf, liefen an seinem Anorak herunter. Der Vorleger auf der hinteren Veranda quietschte vor Nässe, als er drauftrat. Die Küche war leer, aber hell erleuchtet.

Zu Erics Leidwesen öffnete Katy auf sein Klopfen mit neugierigem Blick, der sich in Unmut wandelte, als sie sah, wer vor der Tür stand.

»Hallo, Katy.«

»Hallo«, entgegnete sie knapp.

»Ist deine Mutter da?«

»Komm mit«, forderte sie ihn auf und ging voran. Rasch zog er seine Tennisschuhe aus und ging hinter ihr zum Eßzimmer, aus dem Stimmen zu hören waren. Er schüttelte sich das Wasser aus den Haaren. Katy blieb im Türrahmen stehen. Um den Tisch herum saßen Gäste, Maggie hatte am Kopfende Platz genommen.

»Besuch für dich, Mutter.«

Die Unterhaltung brach ab, und aller Augen waren auf Eric gerichtet.

Völlig überrascht starrte Maggie Eric an, als wäre er eine Erscheinung. Sie wurde knallrot, ehe sie die Fassung wiedererlangte und aufstand.

»Eric! Was für eine Überraschung. Möchtest du dich zu uns setzen? Katy, könntest du eine Tasse für Eric bringen?« Sie rückte ein wenig zur Seite, um ihm Platz zu machen. Katy holte eine Tasse und knallte sie ostentativ laut auf den Tisch. Maggie versuchte, die Situation zu retten, indem sie Eric vorstellte. »Das ist ein Freund von mir, Eric Severson, und dies sind meine Gäste...« Sie nannte die Namen von drei Ehepaaren, vergaß aber in der Aufregung den Namen des vierten, wurde wieder rot und stammelte eine Entschuldigung. »Eric macht Charterausflüge mit dem Boot von Gills Rock aus«, erklärte sie. Sie reichten ihm die Kaffeekanne, den Teller mit den Kürbismuffins, die Butter und ein Glas

Ananassaft, das einer der Gäste am anderen Ende des Tisches für ihn eingegossen hatte, als wären sie alle eine große, glückliche Familie.

Er hätte vorher anrufen sollen. Hätte daran denken sollen, daß sie mit ihren Gästen beim Frühstück sitzen würde, daß Katy da war und sich ganz offen feindselig gebärden würde. Statt dessen mußte er sich auf ein dreißigminütiges Geplänkel mit Maggie einlassen, die völlig verkrampft zu seiner Rechten saß, während Katy auf der linken Seite vor Feindseligkeit geradezu zu funkeln schien. Die acht Gäste versuchten so zu tun, als wäre alles ganz normal.

Als die Zerreißprobe vorbei war, mußte er warten. Maggie nahm zwei Schecks entgegen, beantwortete mehrere Fragen und bat ihre Tochter ruhig, im Eßzimmer abzuräumen und mit ihrer normalen Arbeit weiterzumachen. »Ich bin gleich wieder da«, sagte sie schließlich, warf sich einen langen, grauen Pullover um die Schultern und eilte mit Eric durch den Regen zu seinem Wagen.

Als sie die Türen geschlossen hatten, saßen sie keuchend in ihren feuchten Kleidern und starrten beide geradeaus. Endlich atmete Eric tief durch. Seine Schultern sackten nach vorne.

»Maggie, es tut mir leid. Ich hätte um diese Tageszeit nicht herkommen sollen.«

»Das stimmt.«

»Ich dachte nicht daran, daß du beim Frühstück sitzen würdest.«

»Ich habe eine Frühstückspension. Hast du das vergessen? Da gibt es jeden Morgen Frühstück.«

»Katy hätte mir am liebsten die Tür vor der Nase zugeknallt.«

»Katy weiß sehr wohl, daß sie sich eigentlich manierlich benehmen sollte. Was ist denn los?«

»Kannst du ein Stück mitkommen? Nur ein Stück, fort von hier. Wir müssen miteinander reden.«

Sie lachte gequält. »Sonst noch was?« Selten hatte er sie wütend gesehen, aber jetzt war sie es – auf ihn. Sie blickte hinüber zum Haus, wo man Katy in der Küche hin- und hergehen sah. »Nein, ich kann hier nicht weg. Ich habe zu arbeiten, und Katy soll nicht noch feindseliger werden, als sie es ohnehin schon ist.«

»Bitte, Maggie. Ich wäre nicht gekommen, wenn es nicht wichtig wäre.«

»Das ist mir schon klar. Deshalb bin ich mit dir nach draußen gegangen. Ich habe nur eine Minute Zeit.«

Ein Mann kam heraus. Es war der Gast, dessen Name Maggie vergessen hatte. Er trug zwei Koffer und rannte durch den strömenden Regen zu seinem Wagen auf der anderen Straßenseite.

»Bitte, Maggie.«

Widerwillig seufzte sie auf. »Gut, aber nicht lange.«

Der Motor spuckte und sprang dann an. Er fuhr die Serpentinenstraße hinauf. Die Räder zischten auf der regennassen Straße, und die Scheibenwischer machten ein Geräusch wie ein Metronom. Er fuhr aus der Stadt heraus, auf dem Highway 42 nach Süden, dann nach Osten auf der EE, bis sie zu einem schmalen Kiespfad kamen, der in ein kleines Wäldchen führte. Am Ende des Weges, wo die Bäume sich auf ein brachliegendes Feld öffneten, blieb er stehen und stellte den Motor ab. Der Himmel hatte immer noch seine Schleusen geöffnet, die Wolken hingen tief, und die Blütenköpfe der Wildblumen duckten sich ganz tief zur Erde.

Sie saßen beide in Gedanken versunken da, horchten auf das metallene Geräusch des Regens, der auf das Wagendach prasselte, und sahen, wie die Landschaft jetzt, da die Scheibenwischer nicht mehr arbeiteten, langsam vor ihnen verschwamm. Schon bald war das Wäldchen vor ihnen nicht mehr zu erkennen.

Gleichzeitig wandten sie die Köpfe einander zu und sahen sich an.

»Maggie«, sagte er niedergeschlagen.

»Es ist etwas Schlimmes, nicht wahr?«

»Komm her«, flüsterte er heiser, zog sie an sich und roch an ihrem nassen Haar. »Ja, es ist schlimm.«

»Sag schon.«

»Es ist schlimmer als alles, was du dir vorstellen kannst.«

»Sag schon.«

Er ließ sie los und sah ihr mit ernstem, um Verzeihung flehenden Blick in die braunen Augen.

»Nancy ist schwanger.«

Schock. Ungläubigkeit. Nicht-wahrhaben-Wollen. »O mein Gott«, flüsterte sie, löste sich von ihm, legte die Hand vor den Mund und blickte starr durch die Windschutzscheibe. Dann noch einmal, ein bißchen leiser: »O mein Gott!«

Sie schloß die Augen, und er sah, wie sie versuchte, die Nachricht zu verkraften. Sie preßte die Fingerspitzen immer fester gegen ihre Lippen. Dann öffnete sie die Augen und machte einen Lidschlag – langsam in Zeitlupe, wie eine alte Puppe.

»Maggie ... o Maggie, Liebes, es tut mir so leid.«

Sie hörte nur ein Brausen in ihren Ohren.

Was für eine Närrin sie doch gewesen war! Wie konnte sie sich nur mit diesem Mann einlassen? Sie hatte nicht gefragt, nicht gefordert, sondern ihm einfach geglaubt, daß er sie liebte und sich scheiden lassen wollte. Ihre Mutter hatte sie gewarnt. Ihre Tochter hatte sie gewarnt. Aber sie war sich seiner so sicher gewesen, hatte ihm so bedingungslos vertraut.

Jetzt verließ er sie und ging zu seiner Frau zurück, und sie war im fünften Monat von ihm schwanger.

Sie weinte nicht. Eiskristalle kann man nicht weinen.

»Bring mich nach Hause, bitte«, sagte sie und saß steif da, als hätte sie einen Besenstiel verschluckt. Sie wollte würdevoll aussehen.

»Maggie, bitte tu das nicht, wende dich nicht ab von mir.«

»Du hast deinen Entschluß gefaßt. So viel ist doch klar. Bring mich nach Hause.«

»Ich habe sie all die Jahre darum gebeten. Wie kann ich mich jetzt von ihr scheiden lassen?«

»Nein, natürlich kannst du das nicht. Bring mich bitte nach Hause.«

»Nicht, ehe du –«

»Zum Teufel mit dir!« Sie drehte sich zu ihm um und schlug ihm hart ins Gesicht. »Wage es ja nicht, mir auch noch Bedingungen zu stellen. Du hast mir gar nichts mehr zu sagen. Absolut gar nichts! Wenn du nicht sofort den Motor anläßt, steige ich aus und gehe zu Fuß!«

»Es ist ein Mißgeschick, Maggie. Ich wollte nicht, daß sie schwanger wird. Es passierte, ehe wir beide wußten, was wir wollten. Ich war damals völlig durcheinander und versuchte, mir darüber klar zu werden, was aus meiner Ehe werden sollte.«

Sie riß die Tür auf und sprang in das nasse Gras. Kaltes Wasser lief durch die Schnürsenkellöcher in ihre Schuhe. Sie achtete nicht darauf und rannte voran. Ein großer Stengel eines Wolfsmilchgewächses durchnäßte ihre Hosen bis zur Mitte des Oberschenkels.

Er war auch ausgestiegen, schlug die Wagentür zu, lief ihr nach und packte sie am Arm. »Steig sofort wieder ein«, befahl er ihr.

Sie riß sich los und ging hoch erhobenen Kopfes weiter. Ihre Augen waren trocken, nur der Regen klatschte ihr die Haare in die Stirn und tropfte dann durch ihre Wimpern.

»Maggie, ich bin wirklich ein Idiot, aber du bekommst mein Baby, und ich möchte sein Vater sein!« rief er.

»Pech gehabt«, schrie sie zurück. »Geh zurück zu deiner Frau.«

»Maggie, verdammt noch mal, hör sofort auf damit!«

Sie lief weiter. Er fluchte noch einmal, stieg dann wieder in den Wagen ein und ließ den Motor an. Abgesoffen. Wieder ein Versuch. Der Motor heulte auf und der Wagen schoß mit einem Satz nach rückwärts und spritzte eine Dreckfontäne hoch. Sie hastete weiter auf dem ausgetretenen Pfad, unbeirrt, und ließ ihn nicht vorbei.

Im Rückwärtsgang holperte er hinter ihr her und hängte seinen Kopf zum Fenster raus.

»Maggie, steig sofort wieder ein!«

Sie sah sich mit keinem Blick um, rannte weiter in Richtung Straße.

Er änderte seine Taktik und versuchte es mit Schmeicheln. »Komm schon, Maggie.«

»Du bist aus meinem Leben gestrichen, Eric Severson!« schrie sie, fast frohlockend. Als sie den Asphalt erreicht hatte, steuerte er den Wagen auf die Straße. Es krachte gehörig. Bei seinem Versuch, den Vorwärtsgang einzulegen, würgte er den Motor endgültig ab.

Fünfmal versuchte er, den Motor noch einmal zum Laufen zu bringen – vergeblich. Die Wagentür schlug zu. Maggie ging weiter, und Eric stand jetzt, die Hände in die Hüften gestemmt, neben dem Wagen.

»Du verdammt dickköpfige Frau!« schrie er ihr nach.

Sie hob die linke Hand, winkte ihm mit zwei Fingern zum Abschied und stapfte weiter durch den Regen.

Er starrte ihr nach, absolut ungläubig und zorniger als je zuvor in seinem Leben. Das war eine Reaktion, die er von Nancy erwartet hätte, nicht von seiner gutherzigen Maggie. Ungeheuerlich – ihn einfach hier so stehen zu lassen. Sie war also sauer. Nun, er auch! Er würde sie ein paar Wochen schmoren lassen, bis sie wieder gefügig war und Sehnsucht nach ihm hatte. Sicherlich würde sie ihn dann wieder manierlicher behandeln.

Er sah ihr nach, bis er sicher war, sie würde nicht zurückkommen, stieß dann mit dem Fuß wütend gegen den Reifen, öffnete die Wagentür und schob die alte Hure zur Seite an den Straßenrand. Maggie war inzwischen so weit weg, daß er sie kaum mehr erkennen konnte.

Geh du nur, du eigensinniges, kleines Gör! Früher oder später wirst du dich doch wieder mit mir unterhalten müssen. Du hast nämlich mein Kind im Bauch, und wehe dir, wenn du nicht gut darauf aufpaßt!

Maggie ging in den ersten Bauernhof, an dem sie vorbeikam, und fragte, ob sie telefonieren dürfe.

»Daddy?« sagte sie, als Roy an der Leitung war. »Bist du mit dem Auto zur Arbeit gefahren?«

»Ja, aber was...«

»Könntest du mich bitte hier abholen. Ich bin in einem Bauernhof an der EE, ein kleines Stückchen östlich von Highway 42... wart' mal eine Sekunde.« Sie fragte das junge Mädchen mit den fettigen Haaren, das sie hereingelassen hatte. »Wie heißt ihr denn hier?«

»Jergens.«

In die Muschel hinein fragte sie: »Weißt du, wo die Jergens wohnen?«

»Ja, natürlich weiß ich das. Harold Jergens' Bauernhof.«

»Genau da bin ich. Kannst du mich bitte abholen?«

»Aber sicher, Liebes, aber was um Himmels willen...«

»Danke, Daddy. Beeil dich bitte. Ich bin klatschnaß.«

Sie legte auf, ehe er weitere Fragen stellen konnte.

Als sie zusammen in Richtung Stadt zurückfuhren, sahen sie auf der EE einen Anhalter. Roy nahm das Gas weg, aber Maggie befahl: »Fahr weiter, Daddy.«

»Aber es regnet und...«

»Wage es ja nicht stehenzubleiben, Daddy, sonst steige ich auf der Stelle aus und gehe zu Fuß.« Sie fuhren an dem Mann mit dem ausgestreckten Daumen vorbei, und Roy sah über seine Schulter zurück.

»Aber das war Eric Severson!«

»Ich weiß. Laß ihn zu Fuß gehen.«

»Aber Maggie...« Eric drohte ihnen mit der Faust.

»Paß auf die Straße auf, Daddy, sonst fährst du noch in den Graben.« Sie griff in das Lenkrad und wehrte so gerade noch eine Katastrophe ab. Als Roy wieder nach vorne schaute, drehte Maggie die Heizung auf, fuhr sich mit den Fingern durchs Haar und sagte: »Mach dich auf einen Schock gefaßt, Daddy. Der zieht dir ganz bestimmt deine Socken aus.« Sie sah ihn fest an. »Ich erwarte ein Baby von Eric Severson.«

Roy starrte sie mit offenem Mund an. Wieder mußte Maggie in das Lenkrad greifen, damit der Wagen nicht von der Straße abkam.

»Aber... aber...« Er stotterte wie ein einzylindriger Motor und sah ungeachtet der Geschwindigkeit und der Fahrtrichtung noch einmal nach hinten.

»Mutter wird sich ins Hemd machen«, bemerkte Maggie ahnungsvoll. »Ich denke, damit ist das Ende unserer Beziehung endgültig besiegelt. Sie hat mich ja schließlich gewarnt.«

»Eric Seversons Baby? Du sprichst von *diesem* Eric Severson? An dem wir gerade vorbeigefahren sind?«

»Ganz recht.«

»Willst du damit sagen, daß du ihn heiraten wirst?«

»Nein, Daddy. Er ist bereits verheiratet.«

»Ja, ich weiß, aber... aber...« Roy fing wieder an zu stottern.

»Um es genau zu sagen, seine Frau erwartet auch ihr erstes Kind. Aber wenn ich mich nicht täusche, müßte meines zuerst kommen.«

Roy bremste den Wagen abrupt ab und rief aus: »Maggie!« Erst jetzt wurde ihm die Ungeheuerlichkeit ihrer Offenbarung klar.

»Soll ich fahren, Daddy? Du scheinst mir ein bißchen von der Rolle.«

Sie war ausgestiegen, ehe er reagieren konnte, ging um das Auto herum, öffnete die Fahrertür und schob ihn auf den Beifahrersitz. »Komm schon, Daddy, rutsch rüber. Es ist naß hier draußen.«

Er rückte mechanisch auf den Beifahrersitz, Maggie setzte sich hinters Steuer, legte den Gang ein und fuhr in Richtung Stadt.

»Wir hatten ein Verhältnis, aber das ist vorbei. Ich habe jetzt meine eigenen Pläne und werde vielleicht von Zeit zu Zeit deine Hilfe brauchen. Aber ich bin stark. Du wirst schon sehen. Ich habe mich nach Phillips Tod wieder aufgerappelt, ich habe den Umzug hierher geschafft, habe das Haus in Seattle mit all seinen Erinnerungen aufgegeben, den ganzen Wirbel mit dem Umbau und der Eröffnung des Geschäfts hinter mich gebracht, und ich will trotz des Babys weitermachen. Meinst du, das schaffe ich nicht?«

»Daran zweifle ich nicht.«

»Mutter wird sicher empört sein, nicht wahr?«

»Daran zweifle ich auch nicht.«

»Sie wird mich schlichtweg verstoßen.«

»Wahrscheinlich... ja. Sie ist eine sehr hartherzige Frau.«

»Ich weiß. Deshalb brauche ich dich um so mehr, Daddy.«

»Liebes, ich bin immer für dich da.«

»Ich wußte, daß du das sagen würdest.« Sein Entsetzen legte sich allmählich angesichts Maggies Entschlossenheit.

»Hast du schon jemals etwas von der Lamaze-Geburtsmethode gehört, Daddy?«

»Gelesen, ja.«

Sie sah ihn von der Seite an. »Meinst du, wir schaffen das? Du und ich?«

»Ich?« Seine Augen wurden groß und rund.

»Möchtest du nicht dabei sein, wenn dein allerletztes Enkelkind geboren wird?«

Er überlegte einen Augenblick und antwortete dann: »Ich hätte schreckliche Angst davor.«

»In den Kursen würden wir beide lernen, keine Angst zu haben.«

Zum erstenmal gab sie zu, Angst zu haben, obwohl sie nach außen hin stark wie ein Fels in der Brandung wirkte.

»Deine Mutter«, sagte er augenzwinkernd, »wird sich ins Hemd machen.«

»Ts, ts, ts. Eine Ausdrucksweise hast du, Daddy.«

Sie lachten beide verschwörerisch. Als sie am Stadtrand ankamen, gestand Maggie: »Katy habe ich noch nichts davon erzählt. Das gibt sicher noch größere Schwierigkeiten.«

»Sie wird sich daran gewöhnen müssen. So wie ich. Und deine Mutter. Im übrigen bin ich der Meinung, daß du nur dir selbst gegenüber verantwortlich bist.«

»Genau. Das ist mir heute auch klar geworden.« Vor ihrem Haus hielt sie an. Der Regen hatte aufgehört. Dicke Tropfen glänzten auf den Blättern. Die Luft roch wie Kräutertee – grün, feucht, erdig.

Maggie zog die Handbremse an und nahm die Hand ihres Vaters. »Vielen Dank, daß du mich abgeholt hast, Daddy. Ich liebe dich.«

Es tat ihr gut, ihm das sagen zu können.

»Ich liebe dich auch – und ich werde nicht sagen, daß ich nicht schockiert bin. Ich glaube, meine Socken sind tatsächlich irgendwo auf der EE geblieben.«

Maggie lachte. Als sie sich beruhigt hatte, sah Roy auf ihre verschränkten Hände.

»Du erstaunst mich wirklich, mein Kind. Da ist so viel Stärke in dir. So viel...« Er überlegte, ehe er weiterfuhr, »... Zielstrebigkeit. So warst du schon immer. Du siehst, was du willst, was du brauchst, und dann gehst du los, um es dir zu holen. Das College, Phillip, Seattle, das Harding-Haus, und jetzt das.« Rasch stellte er klar. »Nein, ich meine nicht, daß du gerade das haben wolltest, aber sieh doch nur, wie du die Sache angehst, wie du Entscheidungen triffst. Ich wollte, ich könnte so sein. Aber irgendwie wähle ich immer den Weg des geringsten Widerstands. Das gefällt mir zwar nicht an mir, aber es ist nun mal so. Deine Mutter – sie überrollt mich einfach. Ich weiß es. Sie weiß es. Du weißt es. Aber diesmal werde ich ihr Paroli bieten, Maggie. Ich will, daß du das weißt. Das ist nicht das Ende der Welt, und wenn du dieses Baby willst, dann werde ich in dieses Krankenhaus gehen und aller Welt zeigen, daß ich mich nicht zu verstecken brauche, okay?«

Die Tränen, die sie so krampfhaft zurückgehalten hatte, schossen ihr jetzt in die Augen. Sie umarmte Roy und drückte ihre Wange gegen seine. Er roch nach rohem Rindfleisch und geräucherter Wurst, vermischt mit Old Spice After-shave – für sie eine sehr vertraute, liebenswerte Mischung. »O Daddy, wie schön, das zu hören. Katy wird entsetzt sein. Und Mutter... mir graut bei dem Gedanken, ihr die Neuigkeit zu sagen. Aber ich werde es tun. Nicht heute, aber bald. Du brauchst also keine Angst zu haben, daß ich dir das überlasse.«

Er streichelte ihr über den Rücken. »Ich lerne von dir. Paß auf, irgendwann werde ich etwas tun, das dich sehr überraschen wird.«

Sie drohte ihm mit dem Zeigefinger. »Daddy, daß du mir

aber ja nicht mit diesem Eric Severson zum Angeln gehst! Wenn du das tust, suche ich mir einen neuen Lamaze-Partner.«

Er lachte und sagte: »Geh jetzt ins Haus und zieh dir was Trockenes an, ehe du dich erkältest und dir noch das Baby aus dem Leib hustest.«

Er sah ihr nach und dachte darüber nach, worüber er schon seit fünf Jahren nachdachte. Er wollte sehen, wie Vera die Neuigkeit aufnahm. Er hatte einen Entschluß gefaßt.

18. Kapitel

Maggie Stearn war fest entschlossen. Sie würde es schaffen. Sie würde es ihnen allen zeigen. Sie würde sich mit dem neuen Wesen in ihrem Leben abfinden und mit der Tatsache, daß es vaterlos aufwachsen würde. Sie machte sich mit dem Gedanken vertraut, daß sie Mutter sein und eine Frühstückspension haben wollte. Den Ehemann strich sie aus ihren Erwartungen und sammelte statt dessen Mut, um die Nachricht Katy und ihrer Mutter beibringen zu können.

Eine Woche ging vorbei, dann eine zweite, und immer noch hatte sie ihnen nichts gesagt. Sie trug lose Blusen und ließ darunter den Knopf ihrer Hose offen.

Eines Morgens Anfang August hatte ein Sturm gewütet. Der Wind hatte nachts Ahornblätter und kleine Weidenzweige vom Nachbargrundstück in den Garten geweht. Katy hatte nur noch einen knappen Monat, bis das Semester wieder begann. Da Todd erst in zwei Tagen wiederkommen würde, machten sich Maggie und Katy selbst mit dem Rechen ans Werk.

Um elf Uhr war es schon wieder drückend schwül. Der feuchte Boden dampfte mit tropischer Intensität, und die Brise vom Wasser her war zu warm, um Kühlung zu bringen. Statt dessen brachte sie den unangenehmen Geruch von verwesendem Strandgut, das der Sturm angeschwemmt hatte. Das bedeutete, daß sie auch noch den Seetang und die toten Fische wegräumen mußten, ehe alles in der Sonne noch schlimmer wurde.

Maggie beugte sich vornüber, um eine Handvoll Weidenzweige aufzuheben, und richtete sich wohl ein wenig zu schnell auf. Ein stechender Schmerz durchfuhr ihren Unterbauch, und ihr wurde schwindlig. Sie ließ die Zweige fallen, faßte sich mit der Hand an den Kopf und wartete mit geschlossenen Augen, daß das Schwindelgefühl vorüberging.

Als sie die Augen öffnete, stand Katy auf den Rechen gestützt da und sah sie nur an. Sekundenlang bewegten sie sich beide nicht. Maggie stand da in der klassischen Pose einer überanstrengten, werdenden Mutter, Katy zunächst einfach nur verdutzt.

Dann wurde ihr Gesichtsausdruck fragend. Schließlich legte sie den Kopf zur Seite und sagte, halb fragend, halb anklagend: »Mutter...«

Maggie ließ ihre Hand sinken, Katy starrte sie immer noch an. Ihr Blick wanderte von Maggies Bauch zu ihrem Gesicht, und dann wieder hinunter. Sie begann zu ahnen: »Mutter, bist du... Du bist doch nicht...« Die Vorstellung schien ihr zu absurd, um in Worte gefaßt zu werden.

»Ja, Katy«, half ihr Maggie, »ich bin schwanger.«

Katy blieb vor Schreck der Mund offen stehen. Tränen schossen ihr in die Augen. »O mein Gott«, flüsterte sie nach ein paar Sekunden. Und dann noch einmal entsetzt: »O mein Gott... das ist ja schrecklich!« Nach und nach wurde sich Katy des vollen Umfangs der Tatsache bewußt. Ihr Gesicht sah aus wie eine welke Blume. Zuerst verdutzte Ungläubigkeit, dann Unmut und schließlich zügellose Wut. »Wie konntest du nur, Mutter!« schrie sie. »Du wirst demnächst einundvierzig. So dumm kannst du doch nicht sein!«

»Nein, bin ich nicht«, erwiderte Maggie. »Ich kann es dir aber erklären.«

»Ich will es aber nicht hören.«

»Ich dachte...«

«So, du dachtest!« unterbrach Katy.

»Was du dachtest, sieht man ja nur allzu deutlich. Du dachtest, du könntest ein kleines illegales Verhältnis haben, ohne daß einer was davon merkt, und statt dessen wirst du schwanger.«

»Ja, gut fünf Monate jetzt.«

Katy wich zurück, als käme etwas Gefährliches auf sie zu. Ihr Gesicht drückte Widerwillen aus. Angeekelt zischte sie zwischen den Zähnen hervor: »Es ist sein Kind, nicht wahr? Das Kind eines verheirateten Mannes!«

»Ja, das ist es.«

»Das ist geschmacklos, Mutter.«

»Du kannst auch gleich den Rest der Geschichte hören: Seine Frau ist auch schwanger.«

Einen Augenblick lang schien es Katy die Sprache verschlagen zu haben. Dann warf sie einen Arm in die Luft. »Das ist ja großartig! Gerade habe ich hier ein paar neue Freunde gefunden. Was soll ich denen nun sagen? Daß ein verheirateter Mann meiner Mutter ein Kind gemacht hat und gleichzeitig auch seiner von ihm getrennt lebenden Frau?« Ihre Augen verengten sich. »O ja, Mutter, das weiß ich auch. Ich lebe schließlich nicht hinter dem Mond. Ich habe mich erkundigt. Ich weiß, daß er seit letztem Winter nicht mehr mit seiner Frau zusammenlebt. Hat er dir etwa versprochen, sich von ihr scheiden zu lassen und dich zu heiraten?«

Schuldbewußt errötete Maggie.

Katy schlug sich mit der Hand so gegen die Stirn, daß die Ponyfransen senkrecht in die Höhe standen. »O guter Gott, Mutter, wie konntest du nur so leichtgläubig sein? Die Tour ist doch so alt wie Geschlechtskrankheiten. Und weil wir gerade davon reden...«

»Katy, ich brauche keine Belehrungen über...«

»Und weil wir gerade davon reden«, wiederholte Katy bestimmt, »hast du etwa noch nie etwas von Kondomen gehört? Die sind momentan in, vor allem, wenn man Geschlechtsverkehr mit wechselnden Partnern hat. Also wirklich, Mutter, die Zeitungen sind voll davon. Wenn du dich mit einem Schürzenjäger einläßt, der es mit allen Frauen in der Stadt treibt...«

»Er treibt es nicht mit allen Frauen in der Stadt!« Maggie wurde zornig. »Katy, was ist eigentlich in dich gefahren? Du benimmst dich ganz ausgesprochen unflätig.«

»Was in *mich* gefahren ist?« Katy hielt sich mit ungläubigem Gesicht die gespreizte Hand vor die Brust. »In mich? Das ist ja wirklich zu komisch. In dich ist jemand gefahren, und zwar ein verheirateter Mann, von dem du jetzt schwanger bist.« Katy war nicht mehr zu bremsen. »Sieh dich doch an, wie du dich seit Daddys Tod verändert hast! Was erwartest du eigentlich von mir? Sollte ich vielleicht fröhlich allen Leuten verkünden, daß ich bald einen kleinen Bruder bekommen werde?« Ihr Gesicht war vor Wut ganz verzerrt. »Also darauf brauchst du wirklich nicht zu warten, Mutter, denn diesen Bastard werde ich nie Bruder oder Schwester nennen! Niemals!« Sie schleuderte den Rechen auf den Boden. »Ich bin nur froh, daß Daddy diesen Tag nicht erlebt hat.«

Heulend rannte sie ins Haus.

Die Tür schlug zu, und Maggie zuckte zusammen. Sie stand da, bis die Tränen zu laufen begannen. Katys Vorwürfe klangen ihr noch immer in den Ohren. Sie hatte Fehler gemacht, unverzeihliche Fehler, und Katys Tadel waren berechtigt. Als Mutter hätte sie jederzeit ein Vorbild sein sollen, und nun stand sie so da.

O Katy, Katy, es tut mir leid. Du hast ja recht, aber was soll ich machen? Es ist mein Kind, und ich muß es großziehen.

Mit schwerem Herzen stand sie leise weinend im Garten und kämpfte gegen Schuldgefühle und Ratlosigkeit. Momentan wußte sie nicht, wie sie ihren Pflichten als Mutter nachkommen sollte.

Welche Ironie des Schicksals: Sie, eine vierzigjährige Frau mußte sich von ihrer Tochter Vorwürfe in bezug auf Geburtenkontrolle machen lassen. Und *ihre* Tochter hatte sie angeschrien: »Was werden meine Freunde dazu sagen?«

Maggie schloß die Augen und wartete darauf, daß der Kummer leichter würde. Doch es drückte ihr immer schwerer aufs Gemüt. Sie hielt immer noch den glatten, warmen Rechengriff in der Hand, drehte sich dann teilnahmslos in Richtung Bootsanlegestelle und ließ den Rechen achtlos ins Gras fallen.

Eine Weile setzte sie sich auf die Holzbank, die Eric für sie gebaut hatte. Als er daran rumgebastelt hatte, war sie dabeigestanden und hatte davon geträumt, wie sie hier am Abend auf die Rückkehr der *Mary Deare* warten würde. Sie würde das Tau festbinden und dann mit ihm eng umschlungen im purpurnen Licht der Abendsonne auf das Haus zugehen.

Die Brise war hier am Wasser etwas kühler. Zwei Regenpfeifer kamen vorbeigeflogen und landeten auf den Steinen am Wasser. Emsig suchten sie im angeschwemmten Strandgut nach Nahrung. Weit draußen zog ein Segelboot mit einem orangefarbenen Spinnaker seine Bahnen. Maggie hatte sich eigentlich gleich nach ihrem Umzug hierher wieder ein Segelboot kaufen wollen. Es hatte Zeiten gegeben, da hatte sie davon geträumt, an den Wochenenden mit Eric nach Chicago zu segeln, dort zu essen, Hand in Hand mit ihm am Wasser spazierenzugehen und die vielen Schiffe zu betrachten. Das Segelboot hatte sie sich inzwischen wieder aus dem Kopf geschlagen, denn es gab nichts Einsameres, als allein auf einem Segelboot zu sein.

In diesen Tagträumen vermißte sie Eric so sehr, daß es ihr schier den Atem nahm. Sie wünschte sich nichts so sehr, als wieder stark, selbständig und willensstark zu sein, und sie würde es auch wieder werden. Aber in Krisenzeiten, so wie jetzt, sehnte sie sich einfach mit einer nahezu schmerzhaften Verzweiflung nach ihm.

Das erschreckte sie.

Was wußte ein Mensch schließlich von den Plänen und Vorstellungen des anderen? Wenn sie da an sich und ihre Beziehung zu Eric dachte, dann hätte er wohl auch ganz gut einfach mit ihr spielen können – ohne auch nur die geringste Absicht, seine außerordentlich schöne Frau zu verlassen. Die Geschichte, daß Nancy keine Kinder haben wollte – stimmte sie überhaupt? Schließlich war sie ja jetzt wohl auch schwanger.

Maggie seufzte, schloß die Augen und lehnte den Kopf zurück.

Was machte es schon aus – ob er nun ehrlich war oder nicht.

Ihre Affäre war beendet. Ganz sicher. Sie hatte sich von ihm losgesagt, hatte ihn buchstäblich im Regen stehengelassen, hatte sich geweigert, mit ihm am Telefon zu sprechen, und hatte ihn mit eisiger Miene gebeten, nicht mehr zu kommen, als er eines Tages plötzlich vor der Tür gestanden hatte. Aber ihre Reserviertheit war vorgetäuscht. Sie vermißte ihn. Sie liebte ihn immer noch. Sie wollte glauben, daß er sie nicht belogen hatte.

Die Regenpfeifer flogen auf. Der Spinnaker war nur mehr als dunkler Fleck zu erkennen. Auf der Straße oben rumpelte ein Wagen vorbei. Das Leben ging weiter. Und Maggie mußte auch weitermachen.

Alleine rechte sie weiter zusammen und ging dann in das Haus zurück. Katy war weg und hatte nur einen Zettel auf dem Küchentisch hinterlassen: *Bin bei Großmama.* Keine Unterschrift. Kein weiterer Kommentar.

Maggie ließ die Hand mit dem Zettel mutlos sinken. *Mutter,* dachte sie erschöpft. Sie warf den Zettel auf den Tisch, zog ihre Gartenhandschuhe aus und ging langsam um den Tisch herum, als wollte sie das Unvermeidliche noch ein wenig aufschieben.

Endlich war sie beim Telefon auf dem Schrank neben dem Kühlschrank angelangt.

Die letzte große Hürde.

Noch einmal ging sie zurück und wusch sich die Hände. Trocknete sie sehr lange ab. Sie betrachtete das Telefon, so wie ein Duellant seinen Gegner taxiert, ehe er den Arm hebt. Jetzt fiel ihr wirklich kein Verzögerungsgrund mehr ein. Sie schloß die Tür zum Gang und setzte sich auf einen kleinen, weißen Hocker.

Los jetzt, bring's hinter dich.

Endlich hob sie den Hörer ab, wählte die Nummer ihrer Mutter und atmete tief durch, als sie am anderen Ende der Leitung das Läuten hörte. Sie stellte sich das Haus vor – picobello aufgeräumt, wie immer – und ihre Mutter mit der ordentlichen, altmodischen Frisur.

»Hallo?« meldete sich Vera.

»Hallo, Mutter.«

Schweigen. Ach, du bist es.

»Ist Katy da?«

»Katy? Nein. Sollte sie da sein?«

»Sie wird gleich da sein. Sie ist auf dem Weg und schrecklich böse.«

»Weswegen? Habt ihr zwei euch schon wieder gestritten?«

»Leider, ja.«

»Weswegen denn diesmal?«

»Mutter, es tut mir leid, daß ich es dir auf diese Weise sagen muß. Ich hätte rüberkommen sollen und es dir persönlich sagen, anstatt hier übers Telefon.« Maggie atmete stockend ein, dann die Hälfte der Luft wieder aus und sagte: »Ich bekomme ein Baby von Eric Severson.«

Entsetztes Schweigen, dann: »O Gott, steh uns bei.« Die Worte klangen gedämpft, als hätte Vera die Hand auf den Mund gelegt.

»Ich habe es Katy heute gesagt, und sie ist hier unter Tränen weggelaufen.«

»O gütiger Gott im Himmel, Margaret, wie konntest du nur?«

»Ich weiß, daß du sehr enttäuscht von mir bist.«

Das Gebieterische in Veras Wesen schlug sofort wieder durch: »Du wirst es doch nicht etwa bekommen wollen?«

In einer anderen Situation hätte Maggie sicher ihren Unmut über die unfreundliche Antwort zum Ausdruck gebracht. Jetzt aber sagte sie nur: »Ich fürchte, es bleibt mir gar nichts anderes übrig.«

»Aber die Leute erzählen sich, seine Frau sei schwanger.«

»Ja, das ist sie. Ich werde dieses Kind alleine großziehen.«

»Hoffentlich nicht hier.«

Nun, Maggie, du hast ja wohl kein Mitgefühl erwartet, oder?

»Ich wohne hier«, erwiderte sie gelassen, »und habe mein Geschäft hier.«

Vera kam mit der erwarteten Bemerkung heraus. »Wie soll ich da jemals wieder den Leuten hier unter die Augen treten können?«

Maggie spürte, wie weh das tat. *Immer sie. Nur immer sie.*

Ohne Vorwarnung ließ Vera dann eine bitterböse Tirade vom Stapel. »Ich habe es dir doch gesagt – habe ich es dir nicht gesagt? Aber nein, du wolltest ja nicht hören und hast dich wieder mit ihm getroffen.

Die ganze Stadt spricht davon, und alle wissen auch, daß seine Frau ein Kind erwartet. Ich kann den Leuten auf der Straße jetzt schon nicht mehr in die Augen schauen. Wie soll das erst werden, wenn du mit seinem unehelichen Sohn daherspaziert kommst?« Ohne auf eine Reaktion zu warten, kam sie auf ihre eigentlichen Bedenken zu sprechen. »Du hättest wenigstens an deinen Vater und an mich denken können, Margaret. Schließlich müssen wir hier für den Rest unseres Lebens leben.«

»Ich weiß, Mutter«, antwortete Maggie kleinlaut.

»Wir können uns hier wirklich nicht mehr sehen lassen.«

Maggie ließ den Kopf hängen.

»Vielleicht wird dich dein Vater jetzt endlich nicht mehr dauernd in Schutz nehmen. Ich wollte schon letzten Winter, daß er mit dir ein ernstes Wort spricht, aber nein, er weigerte sich einfach, wie immer. Ich sagte: ›Roy, das Mädchen treibt sich mit Eric Severson herum, und erzähl mir bloß nicht, sie täte es nicht!‹«

Maggie saß ruhig da und stellte sich vor, wie Veras Gesicht rot wurde, wie ihr Hals zitterte.

»Ich sagte: ›Du mußt mit ihr reden, Roy, denn auf mich will sie ja nicht hören!‹ Na, vielleicht glaubt er es jetzt, wenn er den Schock seines Lebens bekommt!«

Ruhig sagte Maggie: »Daddy weiß es schon.«

Maggie konnte förmlich durch die Leitung spüren, daß Vera vor Wut kochte. »*Ihm* hast du es erzählt, und mir nicht?« fragte sie ungläubig.

Schweigend saß Maggie da und spürte so etwas wie eine ausgleichende Befriedigung.

»Ach ja, das wird ja immer schöner. Warum kommt meine Tochter nicht zuerst zu mir? Und warum hat er mir nichts davon erzählt?«

»Ich bat ihn, es nicht zu tun. Ich dachte, ich sollte es dir selber sagen.«

Vera schnaubte verächtlich. »Ach, vielen Dank. Wie rücksichtsvoll! Ich bin zutiefst gerührt. Ich muß jetzt gehen. Katy ist da.«

Sie legte ohne Abschiedsgruß auf. Maggie legte den Hörer in ihren Schoß, lehnte den Kopf gegen den Kühlschrank und schloß die Augen.

Ich werde nicht weinen. Ich werde nicht weinen. Ich werde nicht weinen. Woher kommt dann der Kloß in deinem Hals?

Daddy hat es auf den Punkt gebracht: Sie ist eine hartherzige Frau.

Was hast du von ihr erwartet?

Sie ist meine Mutter! Sie sollte mir in so einer Situation Trost und Stütze sein.

War sie das schon jemals?

Im Telefonhörer piepte es aufdringlich, aber Maggie saß weiter regungslos da und wartete, bis sie die aufkommenden Tränen unter Kontrolle hatte. Irgendwo tief aus ihrem Innern holte sie dann Kraft und Stärke hervor. Entschlossen legte sie den Hörer auf, nahm das Telefonbuch und suchte die Nummer der Lokalzeitung heraus. Sie rief an und ließ sich die Anzeigenabteilung, Rubrik »Stellenangebote« geben.

Nachdem sie die Anzeige aufgegeben hatte, in der sie eine Hilfskraft für ihre Frühstückspension suchte, leerte sie die Geschirrspülmaschine, zog vier Betten ab, reinigte drei Schlafzimmer, wusch zwei Waschmaschinen voll Handtücher, fegte die Veranden, bereitete den Muffinteig vor, stützte die Taglilien, die der Sturm geknickt hatte, begrüßte neu ankommende Gäste, ging achtmal ans Telefon, aß ein Stück Wassermelone, strich ein Korbmöbel zum letztenmal, nahm ein Bad, zog saubere Kleidung an (diesmal etwas Bequemeres, denn nun konnte sie ja die Umstandskleider herausholen, die sie versteckt aufbewahrt hatte) und füllte genau um Viertel vor fünf Uhr die Bonbonschale im Salon auf. All das ohne eine einzige Träne zu vergießen.

Ich habe es empfangen. Ich werde es willkommen heißen. Ich werde es alleine schaffen.

Sie blieb noch die ganze Nacht stark, obwohl Katy weder nach Hause kam noch anrief. Am nächsten Morgen begann sie den zweiten Tag ohne zusätzliche Hilfe. Das Mittagessen bestand aus einem Truthahnsandwich; den Staublappen legte sie dabei nicht aus der Hand. Dann verabschiedete sie die Gäste und freute sich auf die paar ruhigen Stunden, ehe die neue Meute ankam.

Sie litt immer noch unter der strengen, selbstauferlegten Tränenlosigkeit, als um zwei Uhr die Küchentür aufging und Brookie dastand. Maggie leerte gerade die Geschirrspülmaschine. Brookie betrachtete Maggie mit der ungezügelten Kampfeslust eines Samurai.

»Ich dachte, du könntest eine Freundin gebrauchen.«

Maggies mühsam aufgebaute Präsentation der Stärke krachte wie ein Kartenhaus zusammen. Sie ließ die Silberplatte fallen, die sie gerade in der Hand hatte, und flog in Brookies Arme, heulend wie eine Fünfjährige, die sich das Knie aufgeschlagen hatte.

»O Brookiiiiiee«, jammerte sie.

Brookie drückte sie fest an sich. Sie war erleichtert und voller Mitgefühl. »Warum bist du nicht zu mir gekommen? Ich habe mir solche Sorgen um dich gemacht. Ich dachte, ich hätte was Dummes gesagt oder getan. Dann dachte ich, du wärst vielleicht mit Todd nicht zufrieden und wüßtest nicht, wie du es mir sagen solltest. Ich stellte mir alle möglichen Sachen vor. O Maggie, das kannst du doch nicht alleine durchstehen wollen. Wußtest du nicht, daß du mir trauen kannst?«

»O B...Brookie«, heulte Maggie los. Endlich löste sich ihre ganze Verzweiflung in Tränen. Sie klammerte sich an Brookie. Ihre Schultern zuckten.

»Ich hatte s... solche Angst, es je... jemandem zu sagen.«

»Angst? Vor mir?« Dann scherzhaft: »Wie lange kennst du jetzt eigentlich die alte Brookie schon, hm?«

»Ich w... weiß.« Maggies Worte kamen zwischen den Schluchzern nur stockend heraus. »Aber ich... komme mir vor wie der... letzte Idiot.«

»Du bist kein Idiot, also hör auf, so zu reden.«

»Aber ich bin alt genug, um es besser zu wissen. Und ich

habe ihm geglaubt.« Die Worte kamen stockend heraus, und Maggie schüttelte es am ganzen Körper.

»Du hast ihm also geglaubt«, wiederholte Brookie.

»Er sagte, er würde mich heiraten, sobald er geschieden wäre.«

Brookie streichelte Maggie unaufhörlich über den Rücken. »Heul nur. Dann setzen wir uns zusammen und reden miteinander. Und dann wirst du dich gleich besser fühlen.«

Wie ein kleines Kind beharrte Maggie: »Ich werde mich nie mehr besser fühlen.«

Brookie lächelte. »Aber sicher wirst du das. Jetzt komm schon. Du rotzt mich ja überall voll. Schneuz dich und wisch dir die Augen trocken. Ich mache uns einstweilen Eistee.«

Sie nahm zwei Papiertaschentücher aus der Packung und führte Maggie zu einem Stuhl. »Setz dich hier hin und beruhige dich erst mal.«

Maggie tat, wie ihr geheißen, während Brookie das Wasser aufdrehte und in den Küchenschränken herumsuchte. Während sie dann Tee mit Zitrone tranken, erlangte Maggie ihre Fassung wieder und erzählte – von ihren verletzten Gefühlen, ihrer Enttäuschung und ihrem eigenen schweren Fehler.

»Ich komme mir so dumm und leichtgläubig vor. Brookie, ich glaubte ihm, und ich war mir sicher, nicht mehr schwanger werden zu können. Als ich es Katy erzählte, hielt sie mir einen Vortrag über Kondome, und ich wäre am liebsten vor Scham in der Erde versunken. Dann schrie sie mich an und sagte, sie würde meinen Bastard nie als Bruder oder Schwester anerkennen, und jetzt hat sie ihre Sachen gepackt und ist zu Mutter gegangen. Und Mutter – meine Güte, ich möchte die Worte gar nicht wiederholen, die sie mir an den Kopf geworfen hat, und noch dazu habe ich sie verdient.«

»Bist du jetzt endlich fertig?« fragte Brookie trocken. »Denn ich möchte jetzt auch einmal etwas sagen. Zunächst einmal – ich kenne Eric Severson mein ganzes Leben lang. Er ist nicht der Typ von Mann, der sich eine Frau nimmt und ihr bewußt was vorlügt. Was Katy betrifft: Sie muß erst einmal erwachsen werden. Gib ihr Zeit, damit sie sich an den Gedanken gewöhnen kann. Wenn das Baby erst einmal da ist, wird sie ihre Meinung ändern, wart's ab. Und Vera – nun, Mütter zu erziehen, war noch nie eine leichte Sache, oder?«

Maggie versuchte ein Lächeln. »Und du bist nicht dumm!« Brookie tippte Maggie mit einem Finger an die Nase. »Ich hätte mich wahrscheinlich genauso sicher gefühlt wie du, wenn ich Hitzewallungen und keine Perioden mehr gehabt hätte.«

»Aber die Leute werden sagen...«

»Pfeif doch auf die Leute. Laß sie doch reden.«

»Brookie, sieh mich an. Ich bin vierzig Jahre. Ganz abgesehen davon, daß das Baby außerehelich geboren wird, weißt du, was es bedeutet, in meinem Alter schwanger zu werden. Ich bin zu alt, um kleine Kinder aufzuziehen, und es besteht ein echtes Risiko, ein behindertes Baby zu bekommen. Was ist, wenn...«

»Also, jetzt hör schon auf damit. Sieh dir Bette Midler und Glenn Close an. Sie waren beide *über* vierzig, als sie ihr *erstes* Baby bekamen, und keine von beiden hatte ein Problem.«

Brookies positive Einstellung wirkte ansteckend. Maggie hob den Kopf herausfordernd und sagte: »Wirklich?«

»Ja, wirklich. Und nun hör zu – wie willst du's denn machen? Natürliche Geburt? Brauchst du eine Trainerin? Du weißt, ich bin im Kreißsaal fast wie zu Hause.«

»Danke für das Angebot, aber mein Daddy kommt mit mir.«

»Dein Daddy?!«

Maggie lächelte. »Mein guter, alter Daddy.«

»Das ist ja super. Aber wenn irgend etwas dazwischenkommt und er nicht kann – Anruf genügt.«

»O Brookie«, seufzte Maggie. Das Schlimmste war vorüber, der Sturm hatte sich gelegt. »Ich liebe dich.«

»Ich liebe dich auch.«

Diese letzten Worte wirkten heilend, brachten neues Selbstvertrauen und neuen Lebensmut. Die beiden Frauen saßen sich gegenüber und hatten die Arme auf den narbigen Tisch gelegt. Neben ihnen stand ein Steingutkrug mit Rittersporn, den Maggie zuvor in ihrem Anfall von Arbeitswut gepflückt hatte. Maggie sagte ruhig: »Ich glaube nicht, daß wir es uns schon einmal so direkt gesagt haben.«

»Ich glaube auch nicht.«

»Meinst du, man muß erst ein gewisses Alter erreicht haben, ehe man es so einfach zu einer Freundin sagen kann?«

»Vielleicht. Man muß einfach lernen, daß es besser gesagt als ungesagt ist.«

Sie lächelten sich an und genossen einen stummen Augenblick lang ihre Zuneigung.

»Weißt du was, Brookie?«

»Hm...«

Maggie rollte ihr kaltes Glas zwischen den Handflächen und betrachtete den Eistee: »Meine Mutter hat es nie zu mir gesagt.«

»O Liebes...« Brookie nahm Maggies Hand.

Maggie sah bekümmert auf. Sie wurde sich der ungeheuren Leere bewußt, die Vera bei ihr hinterlassen hatte. Sie war christlich erzogen worden. Oberstes Gebot war immer gewesen, seine Eltern zu lieben.

»Brookie«, sagte sie feierlich, »darf ich dir etwas gestehen?«

»Deine Geheimnisse sind auch meine Geheimnisse.«

»Ich glaube, ich liebe meine Mutter nicht.«

Brookie sah Maggie lange in die traurigen Augen. Dann drückte sie ihre Hand zustimmend.

»Ich bin keinesfalls schockiert, falls du das erwartet haben solltest.«

»Ich denke, ich sollte deshalb ein schlechtes Gewissen haben, aber ich habe es nicht.«

»Was ist so besonders an einem schlechten Gewissen, daß wir alle immer von Zeit zu Zeit das Gefühl haben, wir müßten es haben.«

»Ich habe mir wirklich alle nur erdenkliche Mühe gegeben, aber es kommt einfach nichts zurück. Und ich weiß, daß das sehr selbstsüchtig gedacht ist. Man sollte eine Liebe nicht daran bemessen, was man zurückbekommt.«

»Klingt wie das Wort zum Sonntag.«

»Du hältst mich nicht für entartet?«

»Da solltest du mich aber besser kennen. Du bist einfach verletzt.«

»Bin ich auch, Brookie, das bin ich wirklich. *Sie* sollte es doch sein, die hier sitzt und meine Hand hält. Stimmt es etwa nicht? Ich meine, wenn Katy schwanger wäre, würde ich sie doch nicht im Stich lassen. Ich wäre jede Minute des Tages für sie da und würde meine Enttäuschung verbergen, einfach, weil ich ihre Mutter bin. Menschen, die sich lieben, enttäuschen sich auch gelegentlich.«

»Genau das ist der gesunde Menschenverstand, an den ich auch glaube. Das kommt der Realität schon viel näher.«

»Ich dachte, durch meinen Umzug hierher hätten meine Mutter und ich die Chance, eine neue Beziehung zueinander aufzubauen – wenn schon nicht eine übermäßig liebevolle, so doch eine, in der einer den anderen respektiert. Immer habe ich das Gefühl gehabt, daß sie mich nicht akzeptiert – na, und jetzt weiß ich, daß sie es sicher nie tun wird. Brookie, sie tut mir leid, sie ist so kalt, so gefühllos, und ich habe Angst, daß Katy so wird wie sie.«

Brookie ließ Maggies Hand los und füllte ihre Gläser nach.

»Katy ist jung und für vielerlei Eindrücke empfänglich, aber wenn ich sie so zusammen mit Todd sehe, dann brauchst du keine Angst haben, daß sie kalt ist.«

»Nein, wahrscheinlich nicht.« Maggie zeichnete mit dem Boden ihres Glases nasse Ringe auf die Tischplatte. »Das erinnert mich an etwas anderes, was ich mit dir besprechen will – die beiden. Sie sind ... nun ... ich glaube, sie sind ...« Sie sah in Brookies lachende Augen.

»Miteinander intim – ist es das, was du sagen willst?«

»Du hast es also auch bemerkt?«

»Ich brauche doch nur auf die Uhr zu schauen, wann er abends heimkommt, und wie er mittags sein Essen runterschlingt, nur, damit er so schnell wie möglich zu ihr kommt.«

»Das ist wirklich dumm. Ich ...« Wieder hielt Maggie inne und suchte nach den richtigen Worten.

Brookie sprang noch einmal ein. »Du meinst, wie kannst du deiner Tochter sagen, sie soll aufpassen, daß sie nicht schwanger wird, wenn du selbst ungewollt schwanger bist?«

Maggie lächelte verstohlen. »Genau. Ich habe den beiden zugeschaut und nichts gesagt, weil ich mir richtig doof vorgekommen wäre.«

»Also, du kannst ganz beruhigt sein. Gene und ich haben mit ihm darüber gesprochen.«

»Du?« Maggie bekam große Augen.

»Ja, eigentlich war es Gene. Wir haben ein Abkommen – er spricht mit den Jungs, und ich mit den Mädchen.«

»Was hat Todd gesagt?«

Brookie warf lässig den Arm hoch. »Er sagte: ›Mach dir keine Sorgen, Dad. Alles paletti‹.«

Maggie und Brookie sahen sich an und lachten. Sie schlürften ihren Tee und tauschten elterliche Erfahrungen und Erinnerungen an ihre ersten sexuellen Abenteuer aus. Schließlich sagte Maggie: »Es ist alles so anders geworden, nicht wahr? Kannst du es glauben, daß wir uns hier ganz locker über das Sexualleben unserer Kinder unterhalten, als ginge es um den letzten Gemüsepreis?«

»He, wie kommen wir dazu, mit erhobenem Zeigefinger dazustehen? Wir, die wir beide auf demselben Boot Gefahr liefen, entdeckt zu werden?«

»Wir? Willst du damit sagen, daß Arnie und du...?«

»Ja. Arnie und ich.«

Ihre Gedanken gingen zurück zu dem Tag nach dem Abschlußball an Bord der *Mary Deare.* Damals waren sie jung, heißblütig und bereit, die Welt aus den Angeln zu heben.

Brookie seufzte und wischte gedankenverloren das Kondenswasser von ihrem Glas. Maggie tat das gleiche.

»Eric war bei dir der erste, oder?«

»Der erste und einzige, außer Phillip.«

»Wußte Phillip von ihm?«

»Er ahnte es.« Maggie sah auf. »Weiß Gene von Arnie?«

»Nein. Und ich weiß auch nichts von seinen alten Freundinnen. Warum sollten wir uns davon erzählen? Sie sind bedeutungslos geworden. Sie gehören zwar zu unserem Erwachsenwerden, aber sie haben heute keine Bedeutung mehr.«

»Leider ist das bei mir ganz und gar nicht so.«

Brookie überlegte eine Weile und sagte dann: »Wenn ich daran denke, daß ich diejenige war, die dir seine Telefonnummer gegeben und gesagt hat: ›Warum solltest du einen alten Freund nicht einfach anrufen können?›«

»Ja, es ist alles deine Schuld, meine Liebe.«

Sie grinsten sich an.

»Sag mal, kann ich denn das Baby gelegentlich bei dir abladen, wenn ich mal einen Abend frei haben möchte?«

Brookie lachte. »Das klingt ja fast schon nach einer normalen Einstellung zu dem Kind. Es sieht so aus, als gewöhntest du dich langsam an den Gedanken.«

»Vielleicht.«

»Weißt du was? Ich wollte meine beiden letzten eigentlich auch nicht haben, aber irgendwie wachsen sie einem ja doch ans Herz.«

»Ein Geständnis möchte ich noch bei dir abladen, und dann ist Schluß für heute«, sagte Maggie.

Brookie richtete sich auf. »Also los, ich höre.«

»Ich liebe ihn immer noch.«

»Ja, das ist nun das wirklich Schwierige an der Sache.«

»Aber ich habe drüber nachgedacht: Ich habe sechs Monate gebraucht, um mich zu verlieben, und deshalb sollte ich mir auch sechs Monate zugestehen, mich wieder zu ›ent-lieben‹.«

Wie »ent-liebt« man sich? Je länger Maggie Eric nicht sah, desto mehr vermißte sie ihn. Sie wartete auf das Ende ihrer Liebe wie ein Bauer, der in Dürrezeiten darauf wartet, daß seine Ernte vertrocknet. Aber wie Unkraut ohne Nahrung überleben kann, weigerte sich auch Maggies Liebe zu Eric, einfach zu sterben.

Der August verging, ein heißer, ermüdender, bedrückender Monat. Katy fuhr, ohne sich zu verabschieden, zum College zurück, Todd begann mit seiner Grundausbildung, und Maggie stellte eine ältere Frau namens Martha Dunworthy ein, die ihr täglich das Putzen abnahm. Trotz ihrer Hilfe waren Maggies Tage lang und anstrengend.

Um halb sieben Uhr hieß es aufstehen, Muffins backen, Saft bereitstellen, Kaffee machen, den Eßzimmertisch decken und sich selbst salonfähig herzurichten. Von 8 Uhr 30 bis 10 Uhr 30 wurde Frühstück serviert, und Maggie nahm sich die Zeit, mit jedem ihrer Gäste zu plaudern und einige Zeit an seinem Tisch zu sitzen. Sie wußte, daß dies ungeheuer wichtig war, wenn die Leute wiederkommen sollten. Wenn alle gegessen hatten, brachte sie das Eßzimmer in Ordnung, dann die Küche und danach verabschiedete sie die Gäste. Das zog sich oft sehr lange hin, denn die Gäste fühlten sich wie Freunde. Sie kassierte, stellte Quittungen aus und gab ihnen noch Postkarten vom Harding-Haus und ihre Visitenkarte mit. Die Verabschiedung überschnitt sich häufig mit den telefonischen Anfragen, die etwa ab zehn Uhr einliefen. Herbst war Hochsaison in Door County, und so konnte sie sich manchmal vor Telefonaten gar nicht retten. Die Ortsgespräche waren schnell erledigt. Meist war es der Touristenverein, der wegen freier Zimmer anfragte. Die Ferngespräche nahmen mehr Zeit in Anspruch. Bevor sie die endgültigen Reservierungen entgegennehmen konnte, waren Dutzende von Fragen zu klären. Wenn die Gäste weg waren, schrieb sie die Tageseinnahme auf, beantwortete Briefe, bezahlte Rechnungen, wusch Handtücher (die Wäscherei machte nur die Bettwäsche), schnitt Blumen und arrangierte sie in Vasen, sah nach, ob Martha sauber geputzt hatte, und ging zur Post. Gegen zwei Uhr kamen dann meistens die nächsten Gäste an mit den unausweichlichen Fragen: Wo kann man Essen gehen, wo kauft man Angelköder, wo Lebensmittel. Dazwischen mußte Maggie auch noch selber essen und alle persönlichen Dinge erledigen.

Ihr gefiel die Arbeit wirklich, aber sie war sehr anstrengend für eine Schwangere. Sie war fast rund um die Uhr im Einsatz. Ein Mittagsschlaf war wegen der ständigen Unterbrechungen undenkbar. Wenn der letzte Gast erst um halb elf Uhr abends ankam, dann mußte sie so lange aufbleiben. Und freie Tage gab es ohnehin nicht. Wenn sie nachts todmüde mit schmerzenden Beinen ins Bett fiel, dann dachte sie: Nie werde ich diese Arbeit und noch ein Baby dazu schaffen. Das Baby sollte etwa um Thanksgiving kommen, und sie hatte bis Ende Oktober Reservierungen angenommen. Doch manchmal glaubte sie, die letzten wieder absagen zu müssen.

Wenn ich doch nur einen Mann hätte, dachte sie in ihren schwächeren Augenblicken. Wenn nur Eric da wäre! Sie dachte immer noch an ihn.

Dann, am 22. September, rief Brookie an: sie hatte eine Nachricht, die Maggies Gefühlsleben in Wallung brachte.

»Sitzt du gut?« begann Brookie.

»Wart mal – jetzt.« Maggie hatte sich auf den Hocker neben dem Kühlschrank plumpsen lassen. »Was gibt's?«

»Nancy Macaffee hatte eine Fehlgeburt.«

Maggie atmete tief ein und spürte, wie ihr Herz stolperte.

»Es passierte in Omaha, wo sie auf Geschäftsreisen war. Aber Maggie, ich fürchte, der Rest der Nachricht ist nicht so gut. Es heißt, er hat mit ihr eine Kreuzfahrt nach St. Martin und St. Kitts gebucht, damit sie sich wieder erholen kann. Und um ihre Ehe zu kitten.«

Maggie sah ihre plötzlichen Hoffnungen wieder dahinschwinden.

»Maggie, bist du noch da?«

»Ja... ja, ich höre.«

»Es tut mir leid, daß ich dir das sagen muß, aber ich dachte, du solltest es wissen.«

»Ja... ja. Vielen Dank, Brookie.«

»He, Mädchen, bist du okay?«

»Ja, sicher.«

»Soll ich bei dir vorbeikommen?«

»Nein, mir geht's wirklich gut. Ich habe... ich habe ihn eigentlich schon abgehakt.«

Abgehakt? Wie konnte man einen Mann abhaken, dessen Kind man trug?

Die Frage verfolgte sie in den schlaflosen Nächten. Die Zeit der Geburt rückte näher, sie wurde immer runder und mußte in der Nacht unzählige Male auf die Toilette. Ihre Fußknöchel schwollen an, ihr Gesicht wurde dicker, und sie ging mit Roy zu einem Lamaze-Kurs.

Mit dem Oktober färbten sich die Blätter – ein atemberaubendes Schauspiel in Door County. Die Apfelbäume ächzten unter der Last der Früchte. Die Pension war jeden Abend voll, und es waren immer verliebte Pärchen, die Hand in Hand zum See gingen und sich dort küßten.

Maggie sah ihnen manchmal wehmütig zu. Alle Menschen schienen plötzlich nur noch paarweise aufzutreten, und so erschien ihr der Gedanke, ein Kind auf die Welt zu bringen und dabei allein zu sein, als die einsamste Sache der Welt.

»Wir machen das schon«, sagte sie dann zu ihrem Kind und strich sich über den Bauch. »Wir haben deinen Großpapa und Brookie, viel Geld und dieses wunderschöne Haus. Und wenn du alt genug bist, dann kaufen wir uns ein Segelboot und segeln zusammen, *wir beide,* nach Chicago. Wir schaffen das schon.«

Eines Nachmittags Ende Oktober – es war ein wunderschöner, strahlender Herbsttag –, beschloß sie, in die Stadt zu gehen und ihre Post zu holen. Sie zog eine schwarze Wollhose und einen weiten Pullover in Rostrot und Schwarz an und steckte einen Zettel an die Tür: *Bin um 4 Uhr zurück.*

Die Pappeln und die Ahornbäume hatten bereits die Blätter abgeworfen. Eichhörnchen eilten flink über den Weg und sammelten Nahrung für den Winter. Der Himmel war tiefblau. Die Blätter raschelten unter ihren Füßen.

Im Ort wurde es allmählich ruhiger. Die meisten Boote waren schon winterfest gemacht, einige Geschäfte hatten bereits geschlossen, und die wenigen, die noch offen waren, hatten wenig Laufkundschaft. Von den Blumen entlang der Main Street hatten nur die Ringelblumen und die Chrysanthemen den ersten Frost überstanden.

Der Publikumsraum des Postamtes war leer, als Maggie eintrat. Sie ging direkt zu ihrem Postfach, leerte es und schubste die Tür zu. Als sie sich umdrehte, stand Eric keine drei Meter hinter ihr.

Sie blieben beide wie angewurzelt stehen.

Ihr Herz begann wie wild zu klopfen.

Er wurde rot bis an die Haarspitzen. »Maggie...« Er sprach als erster. »Hallo.«

Sie stand immer noch stumm da und glaubte, ihr Kopf würde gleich zerspringen. Sie war durch seine Gegenwart wie versteinert. Allmählich erkannte sie die vertrauten Dinge wieder – sonnengebräuntes Gesicht, helle Haare, blaue Augen –, dann die unbekannten: braune Jeans, kariertes Hemd, dicke Daunenweste. Absurderweise fühlte sie sich um die Zeit betrogen, in der er sich diese Dinge gekauft hatte.

»Hallo, Eric.«

Seine Augen wanderten über ihren Pullover, der sich beträchtlich nach außen wölbte.

Herrgott, wünschte sie sich flehentlich, laß jetzt niemanden hereinkommen. Sie sah, wie er schluckte und ihr dann wieder in die Augen sah.

»Wie geht es dir?«

»Gut«, antwortete sie mit seltsam krächzender Stimme. »Mir geht's wirklich gut.«

Unbewußt verdeckte sie ihren Bauch mit der Post. »Und dir?«

»Einigermaßen«, antwortete er und versuchte verzweifelt, in ihren Augen etwas zu lesen.

»Ich hörte, daß deine Frau das Baby verloren hat. Das tut mir leid.«

»Ja, nun, manchmal... passiert eben... weißt du.« Fasziniert sah er wieder auf ihren Bauch, als ginge von diesem eine kosmische, magnetische Kraft aus. Im Postraum ratterte eine Maschine, und irgend jemand rollte einen schweren Wagen über den Boden.

»Du hast eine Reise gemacht?« sagte sie, verzweifelt auf der Suche nach einem Grund, noch ein bißchen stehenbleiben zu können.

»Ja, in die Karibik. Ich dachte, es könnte ihr... uns helfen.«

Hattie Hockenbarger, Postangestellte seit achtundzwanzig Jahren, tauchte am Schalter auf, öffnete eine Schublade und füllte die Postkarten nach.

»Wunderschöner Tag heute, nicht wahr?« sagte sie zu den beiden.

Sie sahen zerstreut zu ihr hinüber, gaben aber beide keine Antwort. Wie gebannt schauten sie sich wieder an und setzten ihr unterbrochenes Gespräch fort.

»Sie kommt nicht darüber hinweg«, murmelte Eric.

»Hm...« Maggie hatte dazu nichts zu sagen.

Es entstand eine Pause. Dann sagte Eric mit merkwürdig schwingender Stimme: »Maggie, du siehst wunderschön aus.« Er hatte so leise gesprochen, daß es außer ihr niemand hätte hören können.

Du auch. Sie sagte es nicht, vermied seinen Blick, betrachtete statt dessen die Fahndungsplakate des Sheriff-Büros an der gegenüberliegenden Wand und sprudelte schließlich los. »Der Arzt sagt, ich bin kerngesund, und Daddy wird dabeisein, wenn das Baby geboren wird. Wir gehen zweimal pro Monat in einen Lamaze-Kurs, und ich bin schon ganz gut bei den Kagel-Übungen, deshalb habe ich... wir...« Er berührte ihren Arm, und sie schwieg, unfähig, der ernsten Absicht in seinen Augen zu widerstehen. Eins war ihr klar. Seine Gefühle waren die gleichen geblieben. Sie litt – und er litt.

»Weißt du, was es ist, Maggie?« flüsterte er. »Junge oder Mädchen?«

Tu das nicht! Kümmer dich nicht um mich! Nicht, wenn ich dich nicht haben kann.

Gleich würde ihr Hals wie zugeschnürt sein! Gleich würde sie anfangen zu heulen! Gleich würde sie sich mitten im Postamt lächerlich machen.

»Maggie, weißt du es?«

»Nein«, flüsterte sie.

»Brauchst du etwas? Geld oder sonst was?«

»Nein.« Nur dich.

Die Tür ging auf, und Althea Munne kam herein, gefolgt von Mark Brodie, der wie immer das große Wort führte. »Das kann morgen abend ein klasse Spiel geben. Hoffentlich hält das Wetter...« Er sah auf und verstummte auf der Stelle. Immer noch hielt er die Tür auf, obwohl Althea längst in der Halle war. Er sah zwischen Eric und Maggie hin und her.

Sie hatte inzwischen wieder soweit die Fassung erlangt, daß sie ihn begrüßen konnte: »Hallo, Mark.«

»Hallo, Maggie, Eric.« Er nickte und ließ endlich die Tür los.

Zu dritt standen sie befangen nebeneinander, genauestens beobachtet von Althea Munne und Hattie Hockenbarger, die an ihren Schalterplatz gekommen war, als sie die Tür gehört hatte.

Mark sah Maggies Bauch und bekam rote Bäckchen. Er hatte sie nicht mehr angerufen, seit das Gerücht über sie und Eric die Runde gemacht hatte.

»Also, ich muß jetzt gehen. Ich erwarte noch Gäste«, improvisierte Maggie und brachte sogar ein fröhliches Lachen zustande. »Auf Wiedersehen, Mark. Hallo, Althea, wie geht's?« Sie beeilte sich, rauszukommen, war sie doch den Tränen nahe und zitterte am ganzen Körper. Draußen stieß sie mit zwei Feriengästen zusammen, die gerade auf dem Bürgersteig des Weges kamen. Sie wollte noch bei ihrem Daddy vorbeigehen, um ein paar Hamburger für das Abendessen mitzunehmen. Aber Daddy würde sicherlich sehen, in welchem Zustand sie war, und so ließ sie das sein.

Sie stapfte den Hügel hinauf, ohne noch etwas von dem wunderschönen Herbsttag zu sehen.

Eric, Eric, Eric.

Wie kann ich hier leben, ohne ihm, wie eben gerade, ab und an über den Weg zu laufen. Es war heute schon ein Alptraum. Wie sollte das erst werden, wenn sie sein Kind an der Hand führte. Eine Szene schoß ihr durch den Kopf: Sie und ihr Kind, ein Sohn, kommen in zwei Jahren in das Postamt und treffen dort einen großen, blonden Mann, der seinen Blick nicht von ihnen abwenden kann. Und das Kind würde sie fragen: »Mommy, wer ist der Mann?« Sie würde es nicht sagen können. Das hatte nichts mit Scham zu tun, sondern mit Liebe. Mit einer Liebe, die einfach nicht aufhören wollte, so unglücklich sie auch sein mochte. Eine Liebe, die bei jedem zufälligen Zusammentreffen ihre Gefühle eindeutig herausposaunen würde.

Ich kann es einfach nicht, dachte sie, als sie zu ihrem Haus kam, das ihr ans Herz gewachsen war. *Ich kann hier nicht mit seinem Kind, aber ohne ihn leben. Ich habe nur eine Alternative: von hier wegzugehen.*

19. Kapitel

Es war ein anstrengender Sommer für Nancy Macaffee gewesen. Eine Schwangerschaft vorzutäuschen, hatte ihr große Schwierigkeiten bereitet und ihr bislang nicht Erics Zuneigung zurückgebracht, wie sie es sich erhofft hatte. Er blieb reserviert und bedrückt, berührte sie kaum einmal und sprach mit ihr nur über nebensächliche Dinge. Die meiste Zeit verbrachte er auf seinem Boot und ließ sie an den Wochenenden alleine zu Hause.

Nur ein einziges Mal zeigte er Anteilnahme: Als sie ihn aus dem Saint Joseph's Hospital in Omaha anrief, um ihm mitzuteilen, daß sie eine Fehlgeburt gehabt hatte. Er hatte die Reise auf die Bahamas vorgeschlagen, damit sie wieder auf die Beine käme, und bereitwillig die Charterausflüge während dieser Woche abgesagt. Unter der Tropensonne, wo ihre Liebe neu erblühen sollte, war er jedoch verschlossen und schweigsam geblieben.

Zu Hause hatte sie sich dann noch einen Monat freigenommen – ein letzter Versuch, seine Wertschätzung über die Zurschaustellung von häuslichen Tugenden zurückzugewinnen. Sie rief seine Mutter an und bat sie um Brotrezepte, gab Weichspüler in die Wäsche und wachste den Boden. Aber sie fand es unerträglich. Ihr Leben erschien ihr sinnlos ohne die Herausforderung von hohen Verkaufsabschlüssen und Dienstreisen, ohne die tägliche Auftakelei und ohne ihre Geschäftswelt, wo die Leute Stil und Flair hatten und genauso aggressiv waren wie sie.

Die Zeit zu Hause war vergeudet, denn Eric spürte ihre Ruhelosigkeit und sagte: »Du solltest lieber wieder arbeiten gehen. Ich sehe doch, daß du dich hier verrückt machst.«

Im Oktober folgte sie seinem Rat. Aber sie versuchte weiter, ihn zurückzugewinnen. Jetzt versuchte sie es über seine Familie.

»Liebling«, sagte sie eines Freitag abends, als er schon etwas früher nach Hause gekommen war, »ich dachte, wir könnten am Sonntag abend Mike und Barbara einladen. Es ist meine Schuld, daß unsere Beziehungen zu ihnen nicht so gut sind, und das möchte ich ändern. Wie wär's, wenn wir sie zum Abendessen einladen? Wir könnten Linguini mit Muschelsauce machen.«

»Gut«, sagte er gleichgültig. Er saß am Küchentisch und machte seine Buchhaltung. Mit seinem frischen Haarschnitt sah er straff und sauber aus. Er hatte ein wunderbares Profil – eine gerade Nase, schön geschwungene Lippen, ein edel geformtes Kinn, wie ein junger Charles Lindbergh. Sein Anblick weckte Erinnerungen in ihr, wie es einmal zwischen ihnen gewesen war. Würde er sie jemals wieder berühren?

Sie beugte sich über seinen Stuhl und spielte mit dem Finger an seinem Ohrläppchen. »He...«

Er sah auf.

»Ich gebe mir wirklich Mühe.«

Er schob seine Brille auf die Stirn und schrieb weiter. »Nancy, ich muß hier arbeiten.«

Sie ließ sich nicht abweisen. »Du wolltest ein Baby... gut, das habe ich versucht. Du sagtest, ich hätte deine Familie brüskiert. Zugegeben, das habe ich getan; und jetzt versuche ich, es wieder gutzumachen. Du wolltest, daß ich zu Hause bleibe. Ich bin zu Hause geblieben, aber es hat absolut nichts gebracht. Was mache ich falsch, Eric?«

Er hörte auf zu schreiben, sah aber nicht auf. »Nichts...« antwortete er. »Nichts.«

Sie stand da, steckte die Hände in die Rocktaschen und gestand sich zum ersten Mal etwas ein, was sie die letzten Wochen immer wieder verdrängt hatte. Ihr Mann liebte sie nicht mehr. Sie wußte das so sicher wie sie wußte, wen er liebte.

Maggie wachte am 8. November um ein Uhr morgens durch einen schneidenden Schmerz im Bauch auf. Sie war sofort hellwach. Sie legte die Hände auf den Bauch und blieb ganz ruhig liegen. Es war zwei Wochen zu früh. *Bitte laß dem Baby nichts passieren.* Als der Schmerz nachließ, schloß sie die Augen und dachte an den eben geäußerten flehentlichen Wunsch, der sich ihr unbewußt aufgedrängt hatte. Wann hatte sie eigentlich begonnen, dieses Kind wirklich in ihr Herz zu schließen? Sie drehte das Licht an und sah auf die Uhr. Dann lag sie da, wartete und dachte an ihre erste Geburt. Wie anders war doch alles gewesen mit Phillip an ihrer Seite! Es war eine lange Wehenzeit gewesen – insgesamt dreizehn Stunden. Sie waren zu Hause auf- und abgegangen, hatten getanzt und zwischen den Wehen über ihre Unbeholfenheit gelacht. Er hatte ihren Koffer zum Wagen gebracht und war mit einer Hand auf ihrem Oberschenkel gefahren. Als sie eine besonders schmerzhafte Wehe hatte, hatte er die Autofenster runtergekurbelt und ein Rotlicht überfahren. Sein Gesicht hatte sie als letztes gesehen, als sie in den Kreißsaal gebracht wurde, und als erstes wieder, als es vorbei war. Wie beruhigend doch alles abgelaufen war.

Wie beängstigend diesmal, das Ganze ohne Ehemann durchstehen zu müssen.

Eine neue Wehe war im Anrollen. Acht Minuten... keuch... keuch... Daddy anrufen... den Arzt anrufen...

Dr. Macklin sagte: »Fahren Sie ins Krankenhaus.«

Roy sagte: »Ich bin schon auf dem Weg.«

Vera ließ Roy wissen: »Glaub' ja nicht, daß ich in dieses Krankenhaus gehe!«

Er nahm sein Hemd und seine Schuhe und antwortete: »Nein, Vera, das habe ich auch nicht erwartet. Ich habe gelernt, in wichtigen Augenblicken nichts von dir erwarten zu können.«

Sie setzte sich auf. Ihr Haarnetz hing wie eine Spinnwebe über ihre Stirn. Mit verkniffenem Gesicht keifte sie: »Da siehst du es wieder. Sie hat einen Keil zwischen uns getrieben. Das Mädchen hat nur Schande über uns gebracht, Roy, und ich weiß wirklich nicht, wieso du...«

Er schlug die Tür zu, während sie ihm aus dem Bett, das sie über vierzig Jahre lang geteilt hatten, nachschimpfte.

»Hallo, Liebes«, sagte er fröhlich, als er Maggie sah. »Ja, dann wollen wir doch mal sehen, wie wir das kleine Persönchen am besten ans Licht der Welt befördern.«

Maggie hatte nicht geglaubt, ihren Vater noch mehr lieben zu können, als sie es ohnehin schon tat, aber die nächsten beiden Stunden belehrten sie eines Besseren. Wenn ein Vater und eine Tochter eine so intime Erfahrung miteinander machten, dann mußten die Bande zwischen ihnen noch stärker werden. Roy war einfach wundervoll. Er war all das, was Vera nicht war: sanft, ungeheuer liebevoll, stark, wenn sie Stärke und Kraft brauchte, spaßig, wenn ihr Ablenkung guttat. Sie hatte Bedenken gehabt. Sie würde er reagieren, wenn er ihre Schmerzen miterlebte, wie, wenn die notwendigen Untersuchungen gemacht wurden, und wie würde es sein, vor ihm zum ersten Mal ganz nackt zu sein. Er erwies sich fast profimäßig unerschrocken. Ihre Nacktheit erschien ihm ganz natürlich, und er erzählte ihr von früher, während er zum ersten Mal ihren nackten Bauch massierte.

»Als du fünf oder sechs Jahre alt warst, hast du dein erstes Baby bekommen. Kannst du dich an die Geschichte erinnern?«

Sie schüttelte den Kopf.

»Nein?« Er lächelte. »Damals lieferten wir Lebensmittel auch nach Hause, wenn jemand krank war, kein Auto oder keinen Führerschein hatte. Und da du das wußtest, glaubtest du, daß auch die Babys so ins Haus geliefert würden. Also stelltest du dich eines Tages vor die Tür, packtest deine Puppe in eine braune Papiertüte, drücktest auf die Klingel, und als ich öffnete, sagtest du: ›Ich hab hier eine Lief...ung aus dem K...ankenhaus.‹«

»Ach, Daddy, das hast du doch eben erfunden.« Maggie mußte lächeln.

»Ganz bestimmt nicht. Ich schwör dir's bei meinem Enkelkind.«

Sie lachte, aber im gleichen Augenblick verzog sich ihr Gesicht, und sie schloß die Augen. »Wenn es... doch... so leicht... wäre!«

»Noch nicht pressen«, half er ihr. »Hecheln! Die unteren Muskeln anspannen... nur eine kleine Weile. So ist's brav, Liebes.« Als die Wehe vorbei war, wischte er ihr mit einem feuchten Tuch über die verschwitzte Stirn. »So ist's recht. Es läuft alles sehr gut, glaube ich.«

»Daddy«, sagte sie und sah zu ihm auf, »ich wollte, du müßtest nicht sehen, daß ich Schmerzen habe.«

»Schon gut, ich werde stark sein, und du mußt es auch sein. Außerdem ist das hier alles ziemlich aufregend für einen alten Mann. Als du geboren wurdest, konnte ich nicht dabei sein, denn damals verbannten sie die Väter noch in einen verrauchten Warteraum.«

Sie nahm seine Hand. Er drückte ihre fest. Sie mußten sich nicht sagen, daß sie sich liebten – sie wußten es auch ohne Worte.

Als es dann soweit war, daß sie unter Schreien und Stöhnen versuchte, das Kind aus ihrem Körper zu pressen, erwies er sich als ebenso beherzt.

»Weiter so, Liebes. Zeig's ihnen«, ermutigte er sie.

Als der Kopf des Babys zu sehen war, betrachtete Maggie Roy, der verzückt lächelte.

Er wischte ihr die Stirn ab und sagte: »Noch einmal, Liebes.«

Mit der nächsten Preßwehe erlebten sie gemeinsam den Augenblick, nach dem alles Leben strebt – von einer Generation zur nächsten und wieder zur nächsten.

Das Baby flutschte heraus, und Roy stieß einen Freudenschrei aus: »Es ist ein Mädchen!« Dann überkam ihn die Rührung und er murmelte immer wieder: »Sieh sie dir doch an, sieh doch nur, dieses wundervolle, kleine Wesen ist meine Enkelin.«

Das Baby krähte.

Roy trocknete die Augen an den Schultern seines grünen Kittels.

Maggie spürte das nasse, nackte Bündel auf ihrem Bauch und berührte ihre Tochter zum ersten Mal, ehe die Nabelschnur durchgetrennt wurde.

Bevor das Baby gebadet wurde, hielten sie es beide; Roy legte seine rauhe Fleischhauerhand auf den winzigen Bauch des Babys, Maggie ihre kleinere Hand auf das blutverschmierte, blonde Köpfchen.

»Es ist, als würde ich dich noch einmal bekommen«, sagte Roy.

Maggie sah zu ihm auf, und als in ihren Augen Tränen schimmerten, küßte er ihre Stirn. In diesem Augenblick wußte sie, daß diese ungewollte Schwangerschaft auch ein Segen gewesen war. Ihr Vater, dieser gütige, liebende Vater, hatte ihr und diesem Kind mit seinem Wohlwollen gezeigt, was Liebe alles vermag.

»Daddy«, sagte sie, »danke, daß du da bist – und daß du so bist, wie du eben bist.«

»Danke, daß du mich dabeihaben wolltest, Herzchen.«

Mike rief am 9. November bei Eric an: »Barbs Kusine Janice hat heute morgen aus dem Krankenhaus angerufen. Maggie hat letzte Nacht ein Baby bekommen. Es ist ein Mädchen.«

Eric verschlug es die Sprache.

»Eric, bist du da?«

Schweigen.

»Eric?«

»Ja, ich bin ... mein Gott ... ein Mädchen ...«

»Knappe sechs Pfund. Ein bißchen zierlich, aber alles bestens.«

Ein Mädchen, ein Mädchen. Ich habe ein kleines Mädchen.

»Es kam gestern abend zur Welt, wohl so gegen zehn. Barb meinte, du solltest es wissen.«

»Ist mit Maggie alles in Ordnung?«

»Soviel ich weiß, schon.«

»Hat Janice sie gesehen? Oder das Baby?«

»Ich weiß nicht. Sie arbeitet auf einer anderen Station.«

»Ach so, ja, natürlich ...«

»Hör zu, ich hoffe, es ist in Ordnung, wenn ich dir gratuliere. Ich meine, zum Teufel, ich weiß nicht, was ich sonst sagen sollte.«

Eric atmete stockend durch. »Danke, Mike.«

»Bitte. Sag, ist alles okay mit dir? Möchtest du herkommen? Sollen wir zusammen ein Bier trinken? Oder ein Stück rausfahren?«

»Nein, danke. Alles okay.«

»Bist du sicher?«

»Ja... ich... o Gott.« Er brach ab. »Hör zu, Mike, ich muß gehen.«

Nachdem er aufgelegt hatte, wanderte er ziellos umher, starrte Gegenstände an, ohne sie zu sehen. Wie hieß das Baby? Was hatte es für eine Haarfarbe? Lag es in einer jener Glasbehälter, die aussahen wie große Brotbackformen aus Pyrex? Weinte die Kleine? Sah jemand nach ihr? War sie bei Maggie und wurde sie gefüttert? Wie sahen sie zusammen aus – Maggie und ihre Tochter?

Er sah einen dunklen Haarschopf vor sich, der sich über ein blondes Köpfchen beugte. Das Kind trank aus einer Flasche... oder von der Brust. Er fühlte sich wie damals, als sein Vater gestorben war. Hilflos. Betrogen. Es war ihm zum Heulen zumute.

Nancy kam vom Einkaufen zurück, und er zwang sich, sich nichts anmerken zu lassen.

»Hallo, hat jemand angerufen?« wollte sie wissen.

»Mike.«

»Sie kommen doch heute, oder?«

»Ja, aber er bat mich, ihm heute nachmittag zu helfen, Ma's alten Heizöltank rauszuschmeißen. Wir bringen ihn zum Schrottplatz.«

Endlich hatten sie Ma zu einer neuen Heizung überredet, die letzte Woche eingebaut worden war. Deshalb war die Lüge mit dem Heizöltank naheliegend.

»Was das alles?«

»Ja.«

Er bewegte sich wie ein Flugzeug, das mit Autopilot geflogen wurde, mechanisch, als hätte er überhaupt keinen Willen mehr. Er ging nach oben, rasierte sich noch einmal, zog sich um, kämmte sich, klatschte sich After shave auf die Wangen und dachte dabei die ganze Zeit: Mann, du bist verrückt. Halt dich bloß von dem Krankenhaus fern!

Aber er machte unbeirrt weiter, als könnte er nicht anders. Er wußte, das war seine einzige Chance, seine Tochter zu sehen. Wenn Maggie erst mit ihr zu Hause war, konnte es Monate, ja Jahre dauern, bis er ihr zufällig in der Stadt begegnen könnte.

Ein Blick, ein kurzer Blick nur auf seine Tochter, und schon wäre er wieder weg.

Vor Nancys beleuchtetem Spiegel im Schlafzimmer betrachtete er sich noch einmal. Lieber wäre ihm gewesen, er hätte eine ordentliche Hose und ein Sakko anziehen können. Um Mas Heizöltank zum Schrottplatz zu bringen? Er hatte sein weißes Hemd ordentlich in die Jeans gesteckt, glättete es aber noch einmal und fuhr sich dann über seinen zittrigen Magen. Wovor hast du Angst? Er atmete tief aus, ging nach unten und nahm seine Jacke.

Während er sie anzog, vermied er es, Nancy anzusehen und fragte sie: »Brauchst du Hilfe beim Abendessen?«

»Du machst so gute Salatsaucen. Ich dachte, du könntest sie machen und den Salat anrichten.«

»Mach ich. Ich bin rechtzeitig zurück.« Er ging, ehe sie ihn zum Abschied küssen konnte.

Er hatte sich einen neuen Ford-Lieferwagen gekauft – ohne Werbeaufschrift. Niemand konnte erkennen, wem er gehörte. Während er in dem trüben Novemberwetter zum Door County Memorial Hospital fuhr, dachte er an einen ähnlichen Tag, nur mit Schnee, als er und Maggie zu einer Auktion nach Sturgeon Bay gefahren waren. Damals hatten sie das Bett gekauft, in dem ihre Tochter wahrscheinlich gezeugt worden war. Das Bett, das jetzt im Belvedere-Zimmer im Harding-Haus stand. Wer wohl jetzt darin schlief? Fremde? Oder hatte es Maggie für sich behalten? Und stand in einer Ecke eine Wiege? Oder ein Bettchen an einer Wand? Ein Schaukelstuhl?

Meine Güte, was er alles versäumte!

All die wichtigen Dinge im Leben eines frischgebackenen Vaters.

Das Krankenhaus lag im Norden der Stadt, wo die Häuser schon weiter auseinander standen. Es war ein dreistöckiger Ziegelbau, und die Entbindungsstation befand sich im ersten Stock. Er kannte sich aus, ohne fragen zu müssen. Sechsmal war er schon hier gewesen, um Mike und Barbs neugeborene Kinder zu besuchen. Ein halbes dutzendmal war er vor dem Glasfenster gestanden, hatte die rosagesichtigen, kleinen Bündel betrachtet und immer geglaubt, eines Tages würde eines auch seins sein. Im Laufe der Jahre jedoch war ihm die Möglichkeit immer unwahrscheinlicher erschienen. Jetzt war er hier, fuhr mit dem Aufzug in den ersten Stock und ging durch die doppelten Türen in die Entbindungsstation. Nun war er endlich Vater und mußte sich hereinschleichen, um einen verstohlenen Blick auf sein eigenes Kind werfen zu können.

Im Schwesternzimmer sah eine dralle, etwa vierzigjährige Schwester mit einem pfenniggroßen Muttermal auf der linken Wange auf, als er vorbeiging. Sie betrachtete ihn durch dicke Brillengläser, die ihre Augen vergrößerten und rosa erscheinen ließen. Er kannte den Vorgang. Wenn man ein Baby sehen wollte, dann fragte man im Schwesternzimmer, und es wurde an die Glasscheibe gebracht. Eric wollte nicht fragen. Er würde entweder Glück haben oder auch nicht. Er nickte der Schwester zu und ging um die Ecke zu dem Sichtfenster. Als er an Türen vorbeiging, fragte er sich, hinter welcher wohl Maggie liegen würde. Nein, er würde nicht stehenbleiben, falls er sie zufällig sehen sollte. Aber es fiel ihm unendlich schwer, nicht zu ihr zu gehen, wo er doch so nahe war. Hinter einer dieser Mauern lag sie auf einem hohen, harten Bett und erholte sich von der körperlichen Anstrengung. Ob sich aber auch ihr Herz erholte? Oder schmerzte es immer noch, wenn sie an ihn dachte? Wie würde sie reagieren, wenn er nach ihrer Zimmernummer fragte und plötzlich in der Tür stand?

Er kam an der Glasscheibe an, ohne jemandem zu begegnen, und sah hindurch. Weiße Wände mit bunten Bordüren aus Häschen und Bären. Ein Fenster auf der gegenüberliegenden Wandseite. Eine Uhr mit blauem Rahmen. Drei Babys in ihren Bettchen. Eines mit einem blauen Namensschild, zwei mit einem rosafarbenen. Aus der Entfernung konnte er die Namen nicht lesen. Da stand er nun, vor Aufregung schwitzend und kurzatmig, als hätte er gerade eine schwere körperliche Anstrengung hinter sich. Das Baby links mit dem rosafarbenen Namensschild lag auf dem Rücken und schrie. Die kleinen Ärmchen zitterten dabei wie dünne Pflänzchen in einer steifen Brise. Er ging näher zu der Glasscheibe und zog seine Brille heraus. Jetzt konnte er den Namen auf der rosafarbenen Karte über ihrem Bettchen lesen.

Suzanne Marian Stearn.

Eine kraftvolle Welle schien über ihm zusammenzuschlagen. Es brauste in seinen Ohren – oder war das sein eigener Puls? Seine Augen brannten – oder waren das seine eigenen Tränen? Er spürte unbändige Freude und gleichzeitig große Sehnsucht. Er war zufrieden und gleichzeitig wie ausgehöhlt; er wünschte, nie hierhergekommen zu sein, und hätte doch jeden über den Haufen gerannt, der ihn daran zu hindern versucht hätte.

Vaterliebe. Ungestüm und blind, und doch gegenwärtiger als jede andere Liebe, die er je erfahren hatte.

Ihr Haar sah aus wie der Flaum einer Pusteblume. Es bildete einen schönen Halbmond um ihren Kopf und war so blond wie sein Haar auf seinen Babybildern, so blond wie das von Anna und das von Annas Mutter.

»Suzanne?« flüsterte er und berührte das Glas.

Ihr Gesicht war rot und zerknittert. Sie schrie aus Leibeskräften, und ihre Augen waren nur zu erahnen. In der weißen Flanelldecke bewegten sich die Füßchen wild hin und her. Eric legte eine Hand flach auf die Glasscheibe, als könnte er ihr dadurch näher sein. Noch nie hatte er sich so ausgeschlossen, so zurückgestoßen gefühlt. Warum nimmt sie denn niemand hoch? Warum kümmert sich niemand um sie? Sie ist naß und hungrig, oder sie hat Bauchweh, seht ihr denn das nicht? Vielleicht ist ihr auch das Licht zu hell, oder sie möchte mehr Bewegungsfreiheit. Ich möchte ihre Händchen sehen.

Ein feiner, kläglicher Ton wie das Klagelied eines Regenpfeifers drang durch die Glasscheibe zu ihm.

Lächelnd eilte eine Krankenschwester herbei, nahm Suzanne heraus und sprach zu dem Kind. Auf ihrem Namensschild stand Sheila Helgeson. Sie war eine hübsche, junge Frau mit braunem Haar und Grübchen in den Wangen. Eric kannte sie nicht. Sie wiegte das Baby beruhigend hin und her und befreite Suzannes zitterndes Kinn aus den Falten des Hemdchens. Dabei hielt sie Eric das Baby entgegen. Bei der Berührung verstummte Suzanne augenblicklich und öffnete suchend den Mund. Als dies keinen Erfolg hatte, fing sie wieder an zu brüllen. Ihr Gesicht verfärbte sich purpurn.

Sheila Helgeson schaukelte sie leise hin und her und lächelte den Mann hinter der Glasscheibe an.

»Es ist Zeit zu füttern.« Er las es der Schwester von den Lippen ab und war enorm enttäuscht, als sie das Baby wegtrug. *Kommen Sie zurück! Ich bin ihr Vater und kann nicht mehr hierherkommen!*

Er spürte, wie sich seine Kehle zusammenzog und sich etwas wie ein Eisenband um die Brust legte, daß er Mühe hatte zu atmen. Langsam sog er die Luft ein.

Er drehte sich um und ging weg. Mit einer ganz einfachen Frage könnte er Maggies Zimmernummer herausfinden. Er könnte einfach hineingehen, sich an ihr Bett setzen und... und was? Die Sackgasse betrauern, in der sie steckten? Ihr sagen, daß er sie noch immer liebte? Daß es ihm leid tat? Sie noch weiter damit belasten?

Nein, das Beste, was er für sie tun konnte, war, hier zu verschwinden.

Im Aufzug nach unten lehnte er seinen Kopf gegen die Wand, schloß die Augen und kämpfte gegen die Tränen an. Die Aufzugtüren öffneten sich, und vor ihm stand Brookie mit einem Blumenstrauß.

Keiner bewegte sich. Erst als die Türen im Begriff waren, sich wieder zu schließen, trat Eric einen Schritt nach vorne und hielt sie auf. Dann standen sie beide vor den Türen und wußten nicht so recht, was sie sagen sollten.

»Hallo, Brookie.«

»Hallo, Eric.«

Es war sinnlos, etwas abzuleugnen. »Sag ihr nicht, daß ich hier war.«

»Sie würde es aber sicher gerne wissen.«

»Ein Grund mehr, es ihr nicht zu sagen.«

»Du hast dich mit deiner Frau also wieder zusammengerauft?«

»Wir sind dabei.« Ziemlich freudlos gab er die Erklärung ab. »Was wird Maggie mit ihrem Geschäft machen?«

»Momentan hat sie das Haus geschlossen. Sie will es eventuell im Frühjahr verkaufen.«

Wieder ein Schlag. Er schloß die Augen. »O mein Gott!«

»Sie hält es für besser, irgendwo anders zu leben.«

Es dauerte eine Weile, bis er wieder sprechen konnte. »Wenn du hörst, daß sie Hilfe braucht – irgendeine Hilfe, würdest du mir Bescheid sagen?«

»Natürlich.«

»Danke, Brookie.«

»Nichts zu danken. Paß auf dich auf.«

»Mach ich, und sag ihr bitte nicht, daß ich hier war.«

Sie hob die Hand zum Abschied, ohne ihm eine definitive Antwort zu geben. Auf dem Weg zu Maggies Zimmer überlegte sie, was sie tun sollte – das Geheimnis preisgeben oder nicht? Was würde Maggie von ihr erwarten? Maggie liebte Eric immer noch, aber sie bemühte sich sehr, über die Sache wegzukommen.

Brookie kam in Maggies Zimmer, als eine Schwester ihr gerade das Baby in die Arme legte.

»Hallo, hallo, Mag, wo hängt der Busen heute?« scherzte sie zur Begrüßung. Maggie sah auf, lachte, nahm das Baby und eine Flasche.

»Momentan hängt er noch nicht, aber das kann sich in ein, zwei Tagen ändern, wenn die Milch kommt. Aber sieh doch nur, was ich hier habe.«

»Aha, der heißersehnte Nachwuchs.« Brookie stellte die mitgebrachte Pflanze ab und ging zu Maggies Bett. Die Krankenschwester verließ den Raum. »Heia Suzanna Banana, wie fühlt man sich in einer so trockenen Umgebung? Mein Gott, Mag, wie sieht die denn aus? Das Schielen ist ja noch das wenigste!«

Maggie lachte, daß es das Baby schüttelte. »Du hast Blumen gebracht?«

»Für das Kind, nicht für dich.«

»Dann mach sie schon auf, damit ich sie sehen kann.«

»Gut.« Brookie riß das lilafarbene Papier auf. »Jetzt sieh mal her, Suzanne, das ist eine Gloxinie – kannst du Gloxinie sagen? Los, versuch's mal – Glo-xi-ni-e. Meine Güte, Maggie, das Kind kann noch nicht mal Gloxinie sagen. Solltest du sie nicht vielleicht lieber gleich umtauschen?«

Brookie brachte die richtige Mischung von losen Sprüchen und Humor mit. Sie umarmte Maggie und sagte: »Alles bestens! Sie ist wunderschön.« Einige Minuten später tauchte Roy mit einem riesigen Teddybär und einem Blumenstrauß auf. Alle standen bewundernd um das Baby herum, als Tani hereinkam und eine Viertelstunde später Elsie Beecham, die schon seit ewigen Zeiten neben den Pearsons wohnte. In dem ganzen Trubel kam Brookie gar nicht dazu, Maggie von Erics Besuch zu erzählen.

Maggies Freude über die Geburt von Suzanne wich immer wieder Augenblicken tiefster Melancholie. Es schmerzte sie sehr, daß Vera sie nicht im Krankenhaus besuchte. Sie hatte sich eigentlich darauf eingestellt, daß Vera sicher nicht über ihren Schatten springen würde; aber als ihr Vater zum zweitenmal kam, konnte sie es sich nicht verkneifen zu fragen: »Kommt Mutter auch?«

Sein Gesicht und seine Stimme drückten Bedauern aus. »Nein, Kleines, ich glaube nicht.« Maggie sah, wie sehr er sich bemühte, Veras Gefühlskälte wiedergutzumachen. Aber die väterliche Zuneigung konnte sie nicht darüber hinwegtrösten, daß ihre Mutter in diesem Augenblick nicht zu ihr hielt.

Und dann war da noch Katy. Roy hatte sie angerufen und ihr gesagt, daß das Baby da war, aber es kam keine Reaktion von ihr. Kein Telefonanruf, kein Brief, keine Blumen. Maggie fand die Vorstellung schrecklich, daß zwei Schwestern praktisch als Fremde aufwachsen sollten, und daß ihre Tochter für sie verloren schien.

Und natürlich dachte sie an Eric. Sie betrauerte, ihn verloren zu haben, genauso wie sie Phillips Tod betrauert hatte. Sie betrauerte auch *seinen Verlust, denn er litt ganz bestimmt* ebenfalls. Sicherlich hatte er von Suzannes Geburt gehört. Wie sich wohl die Geburt dieser unehelichen Tochter auf die Beziehung zu seiner Frau auswirken würde?

Am späten Nachmittag des zweiten Tages lag sie da und ruhte sich ein wenig aus, als eine Stimme sagte: »Ah, hier liebt sie jemand!«

Zuerst sah sie nur zwei Beine, die eine riesige Vase mit einem noch eingepackten Blumenstrauß hereintrugen. Dahinter tauchte dann ein grauhaariger Kopf und ein fröhliches Gesicht auf.

»Mrs. Stearn?« Es war eine freiwillige Helferin.

»Ja.«

»Blumen für Sie.«

»Für mich?« Maggie setzte sich auf.

»Natürlich Rosen.«

»Aber ich habe schon von allen Leuten, die ich kenne, Blumen bekommen.« Das Zimmer glich tatsächlich einem Blumenmeer.

So viele Leute, von denen sie es gar nicht erwartet hatte, hatten ihr Blumen geschickt – Brookie, Fish und Lise (Brookie hatte sie verständigt), Althea Munne, die Eigentümer des Ladens, in dem Roy arbeitete, selbst Mark Brodie, im Namen der Handelskammer.

»Meine Güte, das müssen ja mindestens zwei Dutzend sein«, sagte die Helferin, als sie sie auf Maggies Teewagen abstellte.

»Ist eine Karte dabei?«

Die großmütterliche Frau inspizierte den Strauß genau. »Ich kann nichts sehen. Vielleicht hat sie der Blumenhändler vergessen. Jedenfalls viel Spaß damit!«

Als sie gegangen war, nahm Maggie das Papier weg. Tränen schimmerten in ihren Augen, und sie preßte eine Hand auf die Lippen. Nein, der Blumenhändler hatte die Karte nicht vergessen. Der Strauß bestand aus pinkfarbenen Rosen.

Natürlich kam er nicht, aber die Blumen sagten ihr, wie gerne er gekommen wäre.

Doch jemand anderer kam, so unerwartet, daß Maggie schier der Atem stockte. Es war ein wenig später, am gleichen Abend, und Roy war noch einmal – zum dritten Mal – gekommen. Diesmal hatte er Maggie Erdnüsse gebracht und einen Gedichtband, der auf duftendem Papier gedruckt war. Maggie hielt ihre Nase hinein und schnupperte den Lavendelduft. Plötzlich spürte sie, daß sie jemand beobachtete. Anna Severson stand in der Tür. »Oh!« rief sie aus und bekam irgendwie einen Schrecken.

»Ich wußte nicht, ob ich willkommen bin oder nicht, deshalb frage ich lieber, ehe ich hereinkomme«, sagte Anna. Ihre Löckchen waren für den Besuch besonders keck aufgedreht. Sie trug eine rote gesteppte Nylonjacke und eine Polyesterhose aus Strickstoff in einem schrecklichen Königsblau. Roy sah von Maggie zu Anna, entschloß sich aber, Maggie die Situation meistern zu lassen.

Als Maggie sich gefangen hatte, sagte sie: »Natürlich sind Sie willkommen, Anna. Kommen Sie herein.«

»Hallo, Roy«, sagte Anna feierlich, als sie das Zimmer betrat.

»Wie geht es Ihnen, Anna?«

»Nun ja, da bin ich nicht ganz sicher. Diese Dummköpfe von Söhnen behandeln mich, als wäre ich ein wenig plemplem, so als würde ich nicht mitkriegen, was hier läuft. Das macht mich ein wenig reizbar, wenn ich mal so sagen darf. Ich bin wirklich nicht hierhergekommen, um Sie in Nöte zu bringen, Maggie, aber mir scheint, ich habe eine neue Enkelin – und für Enkel habe ich nun mal eine Schwäche; deshalb wollte ich wissen, ob ich sie vielleicht sehen darf.«

»O Anna...«, sagte Maggie nur, ehe ihre Augen feucht wurden, und streckte beide Arme nach ihr aus. Anna kam zu ihr und umarmte sie. Mit einem beruhigenden »Schon gut, schon gut!« klopfte sie ihr sanft den Rücken.

Roys Hilfe war ihr unschätzbar gewesen, aber genauso brauchte sie die Zuwendung einer mütterlichen Frau. Durch die Nähe von Erics Mutter war diese gefühlsmäßige Lücke geschlossen. »Ich bin so froh, daß Sie gekommen sind – und daß Sie von dem Baby wissen.«

»Gar nichts hätte ich gewußt, wenn Barbara es mir nicht erzählt hätte. Die beiden Jungs hätten mich dumm sterben lassen, diese Schwachköpfe. Aber Barbara fand, daß ich es wissen sollte, und als ich sie bat, mich hierherzufahren, hat sie das nur allzugern getan.«

Maggie rückte von Anna ab und sah in ihr zerfurchtes Gesicht. »Also Eric weiß gar nicht, daß Sie hier sind?«

»Nein, noch nicht, aber das wird sich ändern, sobald ich nach Hause komme.«

»Anna, Sie dürfen ihm nicht böse sein. Es war genauso meine Schuld wie auch seine – mehr meine, denke ich.«

»Ich habe ein Recht, wütend zu sein. Und enttäuscht! Zum Teufel, es ist kein Geheimnis, daß dieser Junge sich mehr als alles andere auf der Welt ein Kind gewünscht hat. Jetzt hat er eins, und ich fresse einen Besen, wenn er nicht mit der falschen Frau verheiratet ist. Ich sage dir, das ist eine ganz unglückliche Situation. Macht es dir etwas aus, mir zu sagen, was du vorhast?«

»Ich werde das Kind alleine aufziehen, aber darüber hinaus weiß ich noch nichts Genaues.«

»Hast du vor, ihr zu sagen, wer ihr Vater ist?«

»Jedes Kind hat das Recht, das zu wissen.«

Anna nickte kurz zustimmend und wandte sich dann an Roy. »Nun Roy, wie sieht's aus, sollten wir uns nicht gratulieren?«

»Ich weiß nicht, Anna, aber schaden kann das auf keinen Fall.«

»Wo ist Vera?«

»Zu Hause.«

»Sie ist wohl von den Socken, was?«

»So könnte man es ausdrücken.«

Anna wandte sich an Maggie. »Ist es nicht komisch, wie sich manche Leute in Namen der Ehre meinen gebärden zu müssen? Also, ich für meinen Teil wollte meine Enkelin schon ganz gerne sehen. Nein, Maggie, du bleibst schön liegen. Roy, Ihnen macht es doch sicher nichts aus, mit mir zur Säuglingsstation zu gehen, oder?«

»Ganz und gar nicht.«

Eine Minute später standen sie vor der Glasscheibe und betrachteten ihre schlafende Enkelin – ein alter Mann mit einem seligen Lächeln auf dem Gesicht und eine alte Frau mit feuchten Augen.

»Meine Güte, sie ist wunderschön«, sagte Anna.

»Das ist sie.«

»Mein dreizehntes Enkelkind, aber genauso einzigartig wie das erste.«

»Bei mir ist es erst das zweite, aber beim ersten habe ich so viel versäumt. Dieses jedoch...« Der angefangene Satz wies deutlich darauf hin, daß er noch viele Träume hatte.

»Ihnen kann ich es ja sagen, Roy. Ich war mit der Frau, die sich mein Junge ausgesucht hat, noch nie so recht einverstanden. Ihre Tochter wäre allemal eine bessere Frau für ihn gewesen. Es bricht mir das Herz, daß sie dieses Kind nicht zusammen großziehen können, aber das ist keine Entschuldigung für ihn.«

Roy betrachtete das Baby. »Es ist alles so anders als damals, als wir noch jung waren, nicht wahr, Anna?«

»Ganz bestimmt. Man fragt sich, wo das noch hinführen wird.«

Sie grübelten eine Weile, dann sagte Roy: »Eines hat sich allerdings zum Besseren gewandelt.«

»Und zwar?«

»Sie lassen heutzutage Großväter in den Kreißsaal. Ich habe meiner Maggie geholfen, dieses kleine Bündel zur Welt zu bringen. Hätten Sie das geglaubt, Anna?«

»Ach was, wirklich? Sie?« Sie sah ihn mit großen Augen an.

»Genau. Ich! Ich stand da und half Maggie, richtig zu atmen. Dann sah ich, wie es zur Welt kam. Das war eine tolle Sache für mich, müssen Sie wissen.«

»Kann ich mir vorstellen. Sicher war es das.«

Wieder betrachteten sie das Baby. Welch ein Wunder – und welche Enttäuschung.

Anna kam an diesem Abend um neun Uhr abends heim und rief sofort Eric an.

»Ich brauche dich hier. Bei meinem Küchenherd leuchtet ein Kontrollicht nicht mehr, und ich weiß nicht, warum.«

»Jetzt?«

»Möchtest du, daß der Herd in die Luft fliegt und ich mit ihm?«

»Kann Mike das nicht machen?«

»Mike ist nicht zu Hause.«

»Wo ist er denn?« fragte Eric.

»Woher zum Teufel sollte ich das wissen? Er ist nicht zu Hause, und damit basta. Kommst du nun oder nicht?«

»Na gut. Ich bin in einer halben Stunde bei dir.«

Sie legte auf und wartete auf ihn. Als Eric fünfundzwanzig Minuten später kam, ging er schnurstracks zum Küchenherd.

»Dem fehlt gar nichts. Setz dich«, befahl Anna.

»Was meinst du mit: Dem fehlt gar nichts?«

»Ich meine damit, was ich gesagt habe – dem Herd fehlt nichts. Setz dich nieder. Ich muß mit dir reden.«

»Worüber?«

»Ich war heute im Krankenhaus und habe deine Tochter gesehen.«

»Du warst wo?«

»Ich habe auch Maggie besucht. Barbara hat mich hingefahren.«

Er fluchte.

»Ich habe sie gebeten, weil keiner der Herren sich dazu bereit erklärt hat. Das ist ja eine schöne Bescherung, mein Sohn!«

»Ma, das letzte, was ich jetzt brauchen kann, ist eine Strafpredigt von dir.«

»Und das letzte, was Maggie Pearson brauchen konnte, war ein Baby ohne Vater. Was zum Teufel hast du dir dabei gedacht, mit ihr etwas anzufangen. Du bist doch schließlich ein verheirateter Mann!«

Er schob den Unterkiefer trotzig nach vorne und schwieg.

»Weiß Nancy davon?«

»Ja!« Er war gereizt.

Anna rollte die Augen gen Himmel und murmelte etwas auf norwegisch.

Eric sah sie mit ärgerlich funkelnden Augen an.

»Was für eine Art von Ehe habt ihr beide eigentlich?«

»Ma, das geht dich nichts an!«

»Das geht mich sehr wohl etwas an, wenn ich eine neue Enkelin habe.«

»Du scheinst dir nicht vorstellen zu können, daß auch ich darunter leide!«

»Ach, wenn ich einmal Zeit habe, werde ich dich bemitleiden. Aber momentan bin ich ziemlich wütend auf dich. Und auch wenn mir deine Frau nicht so liegt, sie ist immerhin deine Frau, und du hast eine Verantwortung ihr gegenüber.«

»Nancy und ich – wir geben uns Mühe. Sie hat sich verändert, seit sie das Baby verloren hat.«

»Welches Baby? Ich hatte selbst vier und habe zwei weitere verloren. Ich weiß, wie eine schwangere Frau aussieht. Sie war jedenfalls genausowenig schwanger, wie ich es zur Zeit bin.«

Eric blieb der Mund offen stehen. »Wovon redest du eigentlich, Ma?«

»Wovon denn schon? Ich weiß nicht, was sie für ein Spiel mit dir treibt, aber ich will auf der Stelle tot umfallen, wenn sie im fünften Monat schwanger war.«

»Ma, deine Fantasie geht mit dir durch. Natürlich war sie schwanger.«

»Ich bezweifle es, aber das tut jetzt nichts zur Sache. Wenn sie wußte, daß du mit Maggie herumziehst, dann hat sie dich wahrscheinlich angelogen, um dich nicht zu verlieren. Wie auch immer, ich verlange lediglich, daß du dich wie ein Ehemann benimmst – von welcher Frau, ist mir egal. Aber immer nur eine Frau, Eric Severson, verstanden?«

»Ma, du verstehst nicht! Als ich mich letzten Winter mit Maggie einließ, hatte ich die feste Absicht, Nancy zu verlassen.«

»Ach, soll das eine Entschuldigung sein? Nun, hör mir mal gut zu, mein Sohn. Ich kenne dich, und ich weiß, daß dir deine kleine Tochter am Herzen liegt, und wenn mich nicht alles täuscht, wirst du in Zukunft zumindest hie und da bei Maggie herumhängen, mit der Kleinen spielen und dich ein bißchen als Vater fühlen. Gut, das kannst du tun, wenn du möchtest. Aber du weißt, daß da auch wieder etwas anderes anfangen wird. Das sieht doch ein Blinder mit Krückstock. Ich habe die Rosen in ihrem Zimmer gesehen, und ich habe ihren Blick gesehen, wenn sie sie betrachtete. Wenn zwei Menschen solche Gefühle füreinander hegen und dazu noch ein Baby haben, dann ist das sehr schwer zu kontrollieren. Gut, dann geh zu deiner Tochter und ihrer Mutter. Aber *zuerst* mußt du schauen, daß du von der Frau, die du jetzt hast, loskommst. Dein Dad und ich haben dich gelehrt, Recht und Unrecht zu unterscheiden. Und zwei Frauen zu haben, ist nun mal Unrecht. Habe ich mich verständlich ausgedrückt?«

Kleinlaut antwortete er: »Ja, sicher.«

»Und du gibst mir dein Ehrenwort, daß du dich nicht mehr bei Maggie blicken läßt, ehe du die Scheidungspapiere in der Hand hast?«

Als keine Antwort kam, wiederholte sie: »Dein Ehrenwort?«

»Ja!« sagte er unwillig und stürmte mit rotem Kopf aus dem Haus.

20. Kapitel

Eric mußte sich ungeheuer beherrschen, um Nancy nicht sofort mit den Verdächtigungen zu konfrontieren, die seine Mutter ausgesprochen hatte. Seine Gefühle waren zu aufgewühlt, seine Verwirrung zu groß, und außerdem schlief sie bereits. Er lag neben ihr, grübelte, ob Ma recht haben könnte. Es war irgendwann Anfang Juli gewesen, als sie ihm gesagt hatte, daß sie schon vier Monate schwanger war und er sich ihr gegenüber gewundert hatte, daß davon noch nichts zu sehen war. Was hatte sie damals gesagt? Irgend etwas wie... er solle sie sich doch einmal nackt ansehen. Das hatte er dann auch getan und sich gewundert, daß sie immer noch so dünn war; aber sie hatte als Erklärung angeführt, daß sie täglich Gymnastik mache, topfit sei und auf ihr Gewicht achte. Außerdem habe ihr der Arzt gesagt, daß das Baby klein sei. Ende August, als sie die angebliche Fehlgeburt hatte, wäre sie im fünften Monat gewesen. Er versuchte sich zu erinnern, wie Barb im fünften Monat ausgesehen hatte; aber Barb war insgesamt viel kräftiger. Und Maggie? Sie war schon fast fünf Monate schwanger, als sie ihn im Regen stehenließ, aber Umstandskleidung hatte sie damals genausowenig getragen wie Nancy. Vielleicht täuschte sich Ma doch.

Am Morgen ging er in Nancys Büro unter dem Vorwand, die Kontrollabschnitte der Rechnungen, die er vor ein paar Tagen bezahlt hatte, einzuordnen. Er stand vor der offenen Schublade eines hohen Metallkastens, als sie im Gang vorbeiging. »Du Nancy«, rief er und tat ganz unschuldig, »sollten wir nicht eine Rechnung vom Krankenhaus bekommen?«

Sie kam zur Tür zurück. Sie sah sehr schick aus in der grauen Hose und dem dicken isländischen Wollpullover. »Das habe ich schon erledigt«, erklärte sie und ging wieder weg.

»He, warte mal eine Sekunde!«

Ungeduldig kam sie zurück. »Was ist? Ich muß um zehn Uhr im Kosmetikladen sein.«

»Du hast das erledigt? Hat das denn nicht die Versicherung übernommen?« Sie war über ihre Firma sehr gut versichert.

»Ja, natürlich hat sie das. Das heißt, sie wird es, wenn ich die Unterlagen einschicke.«

»Das hast du noch nicht gemacht?« Nancy war äußerst penibel in ihrer Buchführung. So eine Angelegenheit drei Monate liegenzulassen, war bei ihr völlig undenkbar.

»Was ist das eigentlich – eine Inquisition?« wollte sie pikiert wissen.

»Ich meine ja nur. Was hast du denn gemacht, das Krankenhaus mit Scheck bezahlt?«

»Ich dachte, wir hätten ausgemacht, du zahlst deine Rechnungen, und ich meine«, erwiderte sie und eilte davon.

Als sie das Haus verlassen hatte, suchte er die Unterlagen gründlicher durch. Wegen ihrer Reisen war es sinnvoll, getrennte Konten zu haben; aber da sie immer sehr viel Papierkram hatte, hatten sie sich geeinigt, daß er alle Haushaltsrechnungen übernehmen sollte. Die Versicherung war eine jener Grauzonen, denn er war mit ihr versichert, und so waren in diesem Bereich seine und ihre Unterlagen zusammen abgelegt.

Er sah den Ordner durch, konnte aber nur die Zahnarztrechnungen der vergangenen Jahre finden, Unterlagen über eine Halsentzündung, die er vor zwei Jahren gehabt hatte, und Nancys jährliche Vorsorgeuntersuchungen. Er suchte alles durch und machte sich dann an ihren Schreibtisch. Er war ein stabiles Möbelstück aus Eiche, das sie vor Jahren bei einer Auktion erstanden hatte. Noch nie hatte er darin etwas gesucht, außer einmal eine Büroklammer oder einen Kuli.

Als er die erste Schublade aufzog, kam er sich wie ein Einbrecher vor. Er fand die Scheckkontrolliste – alles war genauestens aufgeführt, bis zum Monat August. Doch kein Scheck war für das St. Joseph's Hospital oder einen ihm fremden Arzt ausgestellt worden. Noch einmal prüfte er Beleg für Beleg, um wirklich sicher zu sein.

Nichts.

Er sah den September durch. Nichts. Oktober. Immer noch nichts an ein Krankenhaus.

Er nahm seine Brille ab und legte sie neben den Tintenlöscher.

War er zu leichtgläubig gewesen? Hatte sie ihn, wie Ma sagte, belogen, um ihn von Maggie fernzuhalten? Sein Mißtrauen wuchs, und so suchte er weiter.

Kontrollabschnitte von Orlane. Kassenzettel von Modegeschäften. Geschäftsbriefe aus New York und Durchschläge von ihren Antworten. Benzinrechnungen. Werkstattrechnungen für ihren Wagen. Und in einer Hängemappe eine Plastikhülle mit Reißverschluß, die das Firmenzeichen einer Immobilienfirma trug, von der er noch nie etwas gehört hatte.

Er öffnete sie und erkannte die Computerrechnungen eines Krankenhauses, noch ehe er sie herausgeholt hatte. Er zog die gefalteten Blätter heraus, sah den Namen eines Krankenhauses und atmete erleichtert auf.

Das Krankenhaus war nicht das St. Joseph's in Omaha, sondern das Hennepin County Medical Center in Minneapolis. Das Entlassungsdatum war nicht der August 1989, sondern der Mai 1986.

Vor drei Jahren?

Was zum Teufel...

Er runzelte die Stirn. Was mochten wohl all die Abkürzungen und lateinischen Namen bedeuten. Medikamente vermutlich.

Abort? Abrasio? Im Mai 1986?

Er ahnte etwas. Innerlich begann er zu zittern. Seine Lippen waren zusammengekniffen. Sein Hals schmerzte beim Schlucken. Er hatte das Gefühl, gleich ersticken zu müssen. Nein, er mußte Gewißheit haben, sprang auf und verließ mit der Rechnung in der Hand fluchtartig das Zimmer. Hinaus zum Wagen. Wütend ließ er den Motor an und knallte den Rückwärtsgang rein. Braune Grasbüschel flogen hoch, als er aus dem Hof zurückstieß. Mit laut aufheulendem Motor raste er den Hügel hinunter, fuhr so hochtourig, daß der Motor kurz vor dem Explodieren zu sein schien, und donnerte dann den Highway entlang wie ein Bomber aus dem Zweiten Weltkrieg auf der Landebahn.

Als er fünfzehn Minuten später in Emphraim in Dr. Neil Langes Praxis stürmte, konnte ihn nichts mehr halten.

»Ich will zu Dr. Lange«, verkündete er im Vorzimmer und klopfte mit den Fingern wie ein Specht auf den Schreibtisch der Sprechstundenhilfe.

Patricia Carpenter sah auf und lächelte. Sie war süß und ein wenig mollig. In der neunten Klasse hatte sie ihm bei Algebra immer geholfen.

»Hallo, Eric. Hast du einen Termin?«

»Nein, aber es wird nicht länger als sechzig Sekunden dauern?«

Sie sah in den Terminkalender. »Also heute sieht's wirklich schlecht aus. Ich fürchte, vor heute nachmittag um vier ist nichts zu machen.«

Er rastete aus und schrie sie an. »Red keinen Blödsinn, Pat! Ich sagte, es dauert nur eine Minute, und er hat nur noch eine Patientin vor dem Mittagessen hier sitzen. Warum sollte das also nicht möglich sein? Du kannst mir gerne eine Rechnung dafür schicken, aber ich muß sofort zu ihm.«

Patricia blieb der Mund offen stehen. Ihre Bäckchen färbten sich rosig. Sie blickte zu der alten Frau im Wartezimmer, die bei Erics Gefühlsausbruch neugierig von ihrer Zeitschrift aufgesehen hatte.

»Ich werde sehen, was sich machen läßt.« Patricia stieß ihren Bürostuhl zurück.

Als sie gegangen war, fühlte er sich wie ein ganz mieser Typ. Wie sehr hatte sich Patricia doch früher mit ihm abgeplagt. Er schlug sich mit den zusammengerollten Unterlagen gegen den Schenkel und nickte zu der weißhaarigen Frau hinüber, die ihn anstarrte, als hätte sie ihn auf dem Fahndungsplakat der Polizei schon einmal gesehen.

In weniger als sechzig Sekunden kehrte Patricia hinter einem hochgewachsenen Mann im weißen Kittel zurück. Dieser zeigte mit dem Finger auf Eric. »Da hinein, Severson!«

Mit zorngerötetem Gesicht riß er eine Tür auf und zeigte den Gang entlang.

Eric ging in Neil Langes Büro und hörte, wie hinter ihm die Tür kräftig zugemacht wurde.

»Was zum Teufel denkst du dir eigentlich dabei, hier reinzukommen, Pat dumm anzureden und dich so aufzuführen. Ich habe gute Lust, dir einen Tritt in den Hintern zu verpassen und dich rauszuschmeißen.«

Eric drehte sich zu Neil um, der die Hände in die Hüften gestemmt hatte und mit zusammengekniffenen Lippen dastand. Seine dunklen Augen funkelten wütend hinter seiner Hornbrille. Er war der Doktor Lange in der zweiten Generation, war nur drei Jahre älter als Eric, hatte alle Babys von Mike und Barb zur Welt gebracht, Mas hohen Blutdruck diagnostiziert und war früher einmal mit Erics Schwester Ruth befreundet gewesen.

Eric atmete tief durch und zwang sich zur Ruhe. »Es tut mir leid, Neil. Du hast recht. Sie hat recht. Ich werde mich bestimmt bei ihr entschuldigen, aber jetzt mußt du mir bitte sofort etwas erklären.«

»Was?«

»Dies hier.« Eric rollte den Computerausdruck auf und reichte ihn Neil. »Sag mir bitte, wofür diese Rechnung ausgestellt wurde.«

Neil las alles aufmerksam durch. Als er die Hälfte gelesen hatte, sah er Eric an und las dann weiter.

Schließlich rollte er alles wieder zusammen und fragte: »Warum willst du das wissen?«

»Es ist von meiner Frau.«

»Ja, das sehe ich.«

»Und es ist von irgendeinem Krankenhaus in Minneapolis.«

»Das sehe ich auch.«

Schweigend standen sich die beiden Männer gegenüber. »Bedeutet es das, was ich glaube?«

»Was?«

»Eine Abtreibung.«

Lange wartete eine Weile und bestätigte dann: »Ja, das sieht so aus.«

Eric trat einen Schritt zurück und schien zu schwanken. Lange ließ die Hände sinken. Seine Stimme war jetzt ganz sanft. »Du hast bis jetzt nichts davon gewußt?«

Langsam schüttelte Eric seinen Kopf und starrte auf die braunen Flecken im Berberteppich.

»Es tut mir leid, Eric.« Lange legte tröstend die Hand auf Erics Schulter. Eric hob den Kopf. »Könnte es noch eine andere Erklärung geben?«

»Ich fürchte nein. Der Laborbefund lautet auf Schwangerschaft, und die anderen Angaben weisen eindeutig auf den Schwangerschaftsabbruch hin. Außerdem wurde der Eingriff in einem Bezirkskrankenhaus vorgenommen und nicht in einem Krankenhaus eines privaten oder religiösen Trägers, die üblicherweise keine Abtreibungen machen.«

Eric mußte die Gewißheit erst verdauen. Er seufzte tief und stand mühsam auf. »Jetzt weiß ich es also sicher.« Müde nahm er die Rechnungen wieder an sich. »Danke, Neil.«

»Wenn du mit mir reden willst, laß dir von Pat einen Termin geben, aber komm nicht wieder so reingepoltert wie eben.«

Mit gesenktem Kopf hob Eric die Hand zum Abschied. »Hör zu, Eric«, fuhr Lange fort, »wir leben hier in einer Kleinstadt. Die Leute reden über alles, und wenn das wahr ist, was mir zu Ohren gekommen ist, dann sieht es so aus, als müßtest du dein Leben in Ordnung bringen. Ich rede gerne mit dir darüber, wenn du willst, auch außerhalb der Praxisstunden, wenn ich mehr Zeit habe. In diesem Fall brauchst du dir von Pat keinen Termin geben zu lassen. Ruf mich einfach selber an, wenn du möchtest.«

Eric hob den Kopf, betrachtete den Arzt mit einem Ausdruck fassungsloser Verzweiflung, nickte kurz und ging dann. Beim Empfang blieb er stehen.

»Hör zu, Pat, es tut mir leid, daß...« Er hob ratlos die Arme. »Manchmal benehme ich mich wirklich wie ein Holzhacker.«

»Oh, ist schon gut. Es...«

»Nein, nein, es ist nicht gut. Magst du Lachs? Geräuchert vielleicht? Steak?«

»Gerne.«

»Welches Stück vom Lachs?«

»Eric, du mußt doch nicht...«

»Welches Stück?«

»Gut. Steaks.«

»Ich bringe dir morgen etwas vorbei – als kleine Wiedergutmachung.«

Er fuhr langsam nach Hause und fühlte sich so trostlos, wie der Novembertag es war. Hinter ihm bildete sich eine lange Schlange von Autos, die ihn nicht überholen konnten, aber er nahm sie gar nicht wahr. Das Ende – wie traurig es war. Es war besonders traurig, eine achtzehnjährige Ehe mit so einem Schlag zu beenden. Sein Kind... mein Gott, sie hatte sich seines Kindes entledigt wie eines ihrer aus der Mode gekommenen Kleider.

Er starrte auf die Straße. Ob es wohl ein Junge oder ein Mädchen gewesen wäre? War es blond oder dunkel, sah es Ma ähnlich oder seinem alten Herrn? Meine Güte, es könnte jetzt schon Dreirad fahren, würde Geschichten vorgelesen bekommen, würde auf den Schultern seines Vaters getragen werden und etwas über die Möwen wissen wollen.

Die weiße Mittellinie auf der Straße verschwamm vor seinen Augen. Sein Kind, ihr Kind, das vielleicht ein Fischer geworden wäre – oder Präsident oder... Nancy war seine Frau, und doch war er ihr so gleichgültig, daß sie das Leben, das er gezeugt hatte, weggegeben hatte. Achtzehn Jahre hatte er gehofft, die Hälfte der Zeit hatte er sie immer wieder gebeten und gebettelt. Und als es dann passiert war, hatte sie es umgebracht.

Sie war noch nicht zu Hause als er zurückkam, und so brachte er erst ihr Büro wieder in Ordnung. Er wurde von Minute zu Minute zorniger. Er packte ihre Koffer, packte sie wieder aus, packte seine eigenen, lud sie in den Wagen, setzte sich an den Küchentisch und wartete.

Sie kam kurz nach ein Uhr, voll bepackt. Nur ihr pechschwarzes Haar war über den großen Tüten zu sehen.

»Rat mal, was ich gekauft habe!« rief sie und setzte die Pakete ab. »Ich war in dem kleinen Laden neben...«

»Mach die Tür zu!« befahl er mit scharfer Stimme.

Langsam sah sie ihn über ihre Schulter an. »Was ist denn los?«

»Mach die Tür zu und setz dich!«

Sie schloß die Tür und näherte sich vorsichtig dem Tisch. Dabei zog sie ihre Lederhandschuhe aus.

»Hoppla, du scheinst ja wirklich stocksauer zu sein. Soll ich meine Peitsche holen?« versuchte sie zu scherzen.

»Ich habe heute etwas entdeckt.« Mit eisigem Blick schob er ihr die Krankenhausrechnung über den Tisch. »Möchtest du mir dazu etwas sagen?«

Sie sah auf die Rechnung und hielt eine Sekunde in ihrer Bewegung inne. Ihre Überraschung war lediglich an einem winzigen Ruck ihrer Augenbraue zu erkennen.

»Du warst an meinem Schreibtisch?« Ihre Stimme klang vorwurfsvoll.

»Ja, ich *war an deinem Schreibtisch!*« wiederholte er mit anschwellender Stimme.

»Wie kannst du es wagen?« Sie warf ihre Handschuhe hin. »Das sind meine *persönlichen* Unterlagen, und wenn ich das Haus verlasse, erwarte ich...«

»Jetzt komm mir bloß nicht mit der Tour, du mieses Frauenzimmer!« Er sprang auf. »Hier ist schwarz auf weiß der Beweis für das Verbrechen, das du begangen hast!« Er klopfte mit einem Finger auf die Rechnung.

»Verbrechen?« Sie tat, als fühlte sie sich ungerecht behandelt. »Ich gehe zum Friseur, du wühlst einstweilen meine persönlichen Unterlagen durch, und dann bin ich die Angeklagte!« Sie kam mit ihrem Gesicht ganz nahe an seines. »Ich bin diejenige, die böse sein könnte, mein lieber Mann!«

»Du hast mein Baby umgebracht, meine liebe Frau, und mir ist ganz egal, was das Gesetz dazu sagt; in meinen Augen ist es eine kriminelle Handlung.«

»Dein Baby umgebracht! Mach dich nicht lächerlich!«

»1986. Es steht alles auf dieser Rechnung.«

»Du hast eine fixe Idee mit deinen Babys. Du bist paranoid.«

»Dann erklär' mir das da.«

Sie zuckte die Achseln und sprach leichthin: »Meine Periode war unregelmäßig. Es war eine Routineoperation, um das zu beheben.«

»Ganz geheim, in irgendeinem Krankenhaus in Minneapolis?«

»Ich wollte dich nicht beunruhigen, nichts weiter. Nach einem Tag war ich schon wieder draußen.«

»Lüg mich nicht an, Nancy. Das macht dich nur noch verachtenswerter.«

»Ich lüge nicht.«

»Ich habe die Rechnung Neil Lange gezeigt. Er sagt, es war eine Abtreibung.«

Sie reckte den Hals in die Höhe, preßte die Lippen zusammen und sagte kein Wort.

»Wie konntest du das tun? Das brauche ich mir nicht gefallen zu lassen.« Sie wandte sich ab.

Er packte sie am Arm. »So kommst du mir nicht davon, Nancy«, brüllte er. »Du warst schwanger, und hast es nicht einmal der Mühe wert gefunden, mir etwas davon zu sagen. Du hast dich dazu entschlossen, das Baby wegmachen zu lassen, um das ich dich jahrelang gebeten habe. Einfach so!« Er schnippte mit den Fingern. »Ausgekratzt, wie man irgendeinen... irgendeinen *Abfall* auskratzt. Du hast es getötet, ohne auch nur einen Gedanken darauf zu verschwenden, was ich fühlte. Und du meinst, du bräuchtest dir das hier nicht gefallen zu lassen?« Er nahm sie am Mantel und zog sie hoch. »Was bist du bloß für eine Frau?«

»Laß mich los!«

Er schüttelte sie. »Kannst du dir vorstellen, was in mir vorging, als ich diese Rechnung fand? Was ich fühlte? Interessiert es dich überhaupt, was ich fühlte?«

»Du, du!« rief sie, stieß ihn von sich weg und stolperte

nach hinten. »Es geht immer nur um dich. Was *du* willst, wann was geschehen soll, wo wir leben werden! Was *du* willst, wenn wir abends ins Bett gehen. Wer fragt eigentlich, was *ich* will?«

Er kam auf sie zu. »Weißt du was, Nancy? Mir ist es jetzt scheißegal geworden, was du willst!«

»Du verstehst mich nicht. Du hast mich nie verstanden.«

»Ich verstehe dich nicht?« Sein Gesicht war zornesrot. Nur mühsam konnte er sich davon abhalten, ihr einen Schlag in das schöne Gesicht zu versetzen. »Ich verstehe nicht, daß du eine Abtreibung vornehmen läßt, ohne mir davon etwas zu sagen? Du meine Güte, hast du mich in all diesen Jahren nur für deinen Orgasmus gebraucht?«

»Ich liebte dich.«

Er stieß sie angewidert zurück.

»Quatsch. Du weißt ganz genau, wen du liebst. Dich selbst. Nur dich selbst.«

Mit schneidender Stimme fragte sie: »Und wen liebst du?«

Sie sahen sich schweigend an.

»Wir beide wissen, wen du liebst, nicht wahr?« beharrte sie.

»Erst, als es zwischen uns nicht mehr stimmte, und auch dann kam ich zu dir zurück und versuchte, wieder mit dir auszukommen.«

»Oh, vielen Dank«, bemerkte sie sarkastisch.

»Aber auch da hast du mich belogen. Du warst gar nicht schwanger, und ich war so naiv, dir zu glauben.«

»Ich habe gelogen, um dich nicht zu verlieren.«

»Du hast gelogen, weil es dir so in den Kram paßte!«

»Nun, du hattest es verdient! Die ganze Stadt weiß, daß du der Vater ihres Kindes bist.«

Sein Zorn hatte sich gelegt. »Das tut mir leid, Nancy. Ich wollte dir nie auf diese Weise weh tun, und wenn du meinst, ich hätte es absichtlich getan, dann täuschst du dich.«

»Aber du gehst doch jetzt zu ihr, oder?«

Er sah, wie ihr Gesichtsausdruck traurig wurde, und gab keine Antwort.

»Ich liebe dich immer noch.«

»Nein, Nancy.« Er wandte sich ab.

»Wir haben beide Fehler gemacht«, sagte sie, »aber wir könnten noch einmal von vorne anfangen.«

»Es ist zu spät.« Er starrte aus dem Fenster, ohne etwas zu sehen. Wie sehr hatte er dieses Haus geliebt, wie sehr hatte sie es gehaßt! Sie waren gescheitert, sie hatten versagt!

Sie legte eine Hand auf seinen Rücken. »Eric...«, sagte sie flehentlich.

Er drehte sich um, nahm seine Lederjacke von der Küchenstuhllehne und zog sie an.

»Ich bin bei Ma.«

Das Geräusch des Reißverschlusses an seiner Jacke hatte etwas Endgültiges.

»Geh nicht.« Sie begann zu weinen. So weit er sich erinnern konnte, hatte sie das noch nie getan.

»Nicht«, flüsterte er.

Sie nahm ihn an der Jacke. »Eric, diesmal mache ich alles anders.«

»Nicht...« Er nahm ihre Hände weg. »Du machst es nur noch schlimmer für uns beide.« Er nahm die Krankenhausrechnung und steckte sie in die Tasche. »Ich gehe morgen zu meinem Rechtsanwalt und sage ihm, er soll die Sache schnell durchbringen. Oder ich nehme mir einen anderen Anwalt.«

»Eric –« Sie streckte eine Hand aus.

Mit einer Hand an der Türklinke sah er zu ihr zurück. »Als ich heute auf dich wartete, ist mir etwas klar geworden. Du wolltest kein Kind haben, und ich hätte nie versuchen sollen, dich dazu zu überreden. Es wäre nicht das Richtige für dich – genauso, wie es für mich das Falsche ist, keine Familie zu haben. Wir haben uns verändert – irgendwie haben wir beide uns im Laufe der Zeit verändert. Wir haben unterschiedliche Ziele. Das hätten wir schon vor Jahren erkennen müssen.« Er öffnete die Tür. »Es tut mir leid, wenn ich dir weh getan habe«, sagte er feierlich. »Es stimmt wirklich, wenn ich sage, daß ich das nie wollte.«

Dann ging er hinaus und schloß leise die Tür hinter sich.

In einer Stadt von der Größe Fish Creeks blieb nichts lange ein Geheimnis. Innerhalb von wenigen Tagen hatte Maggie erfahren, daß Eric Nancy verlassen hatte. Sie saß wie auf glühenden Kohlen. Jedesmal, wenn ein Wagen draußen auf der Straße vorbeifuhr, reckte sie den Hals. Wenn das Telefon läutete, schlug ihr Herz doppelt so schnell, und sie beeilte sich, den Hörer abzunehmen. Wenn jemand an der Tür klopfte, hatte sie schwitzige Hände.

Sie entfernte die Blätter von den Rosen, die Eric ihr geschickt hatte und hängte sie mit den Köpfen nach unten auf, um sie zu trocknen. Aber auch als sie schon trocken und mit einem mauvefarbenen Band zusammengebunden waren, hatte sie von ihm noch nichts gehört.

Sie sah Suzanne an und flüsterte: »Meinst du, daß er zu uns kommen wird?«

Aber Suzanne schaute sie nur an und machte ein Bäuerchen. Thanksgiving kam, und immer noch keine Nachricht von Eric.

Maggie und Suzanne verbrachten den Feiertag bei Brookie.

Am 8. Dezember schneite es. Maggie ging von Fenster zu Fenster und sah zu, wie der Schnee den Garten mit einer weichen, weißen Decke überzog. Wo war Eric wohl? Würde sie bald etwas von ihm hören?

Im Zuge der Weihnachtsvorbereitungen schrieb sie an Katy und fragte sie, ob sie zu Weihnachten kommen würde. Ihre Antwort war schroff ablehnend. »Mutter... ich fahre mit Smitty zu Weihnachten nach Seattle. Bitte keine Geschenke, Katy.« Maggie las es mit Tränen in den Augen und rief dann Roy an. »O Daddy, ich scheine alle mit diesem Baby unglücklich gemacht zu haben. Mutter spricht nicht mehr mit mir. Katy spricht nicht mehr mit mir. Du wirst schreckliche Weihnachten haben. Ich werde schreckliche Weihnachten haben. Was soll ich bloß tun, Daddy?«

Roy antwortete: »Du steckst Suzanne in einen Schneeanzug und fährst mit ihr ein bißchen spazieren, damit sie den Winter kennenlernt. Und du freust dich an dem Schnee auf den Fichten und siehst dir den Himmel an, der die Farbe eines alten Zinnkessels hat. Dann wird dir auch klar, daß es auf dieser Welt eine Menge gibt, wofür man dankbar sein muß.«

»Aber Daddy, ich finde es so schlimm, daß ich Mutter vergrault habe. Damit habe ich doch auch dir das Weihnachtsfest kaputt gemacht.«

»Na ja, vielleicht werde ich auch einen Spaziergang machen und die Fichten und den Himmel betrachten, aber ich werde es überleben. Kümmer dich nur um dich selbst und um Suzanne.«

»Du bist so ein lieber Mensch, Daddy.«

»Siehst du?« erwiderte Roy mit Schalk in der Stimme. »Schon wieder etwas, wofür du dankbar sein mußt.«

Roy und Brookie halfen ihr über die schwere Zeit hinweg. Für Maggie war Weihnachten ein Wechselbad der Gefühle. Sie hatte Freude an ihrer kleinen Tochter, aber sie mußte das Fest ohne ihre übrige Familie verbringen. Und immer noch nichts von Eric. Die Feiertage verbrachte sie wieder bei Brookie und faßte in der Silvesternacht den Entschluß, Eric Severson endgültig abzuhaken. Sie mußte endlich der Tatsache ins Auge sehen, daß sie ihn nie mehr sehen würde, wenn er bis jetzt noch nicht bei ihr aufgetaucht war.

Eines Tages im Januar fuhr sie mit Suzanne zu einer Kontrolluntersuchung. Sie stand an einer roten Ampel in Sturgeon Bay, sah zufällig nach links und blickte direkt in Erics Augen, der hinter dem Steuer eines glänzenden, schwarzen Lieferwagens saß. Sie rührten beide keinen Finger.

Maggie starrte ihn, und Eric starrte sie an.

Der nächste Atemzug schmerzte in ihrer Brust.

Die Ampel schaltete auf Grün, und hinter Maggie hupte ein ungeduldiger Autofahrer. Maggie bewegte sich nicht von der Stelle.

Erics Blick wanderte zu den winzigen Händchen, die aufgeregt in der Luft herumwedelten. Mehr konnte er von Suzanne nicht sehen, die in ihrem Babysitz festgeschnallt war und ein Papiermobile betrachtete, das sich im Luftzug der Frontscheibenheizung bewegte.

Der Fahrer hinter Maggie hupte noch einmal, und Maggie

fuhr los. Sie verlor Erics Wagen aus den Augen, als er links abbog und aus ihrem Rückspiegel verschwand. Verzweifelt erzählte sie Brookie später: »Er hat nicht einmal gewunken. Er hat nicht einmal versucht, mich anzuhalten.«

Zum ersten Mal fand Brookie dafür keine tröstenden Worte.

Der Winter wurde danach in mehrfacher Hinsicht härter. Harding-Haus wirkte so bedrückend und groß für zwei Personen. Und vor allem, weil keine Aussicht bestand, daß sich das je ändern würde. Maggie begann mit Näharbeiten, um sich abzulenken, ließ aber oft ihre Hände in den Schoß sinken und lehnte den Kopf gegen die Stuhllehne. Wenn er sie verlassen hat, warum kommt er nicht zu mir?

Der Februar war bitterkalt, und Suzanne bekam ihre erste Erkältung. Maggie trug sie nachts hin und her, sah abgehärmt aus, weil es ihr an Schlaf fehlte, und wünschte sich, jemanden zu haben, der ihr das Baby auch mal abnahm.

Im März kamen die ersten Reservierungswünsche für den Sommer, und Maggie wußte, daß sie sich jetzt entscheiden mußte, ob sie Harding-Haus verkaufen wollte oder nicht. Die beste Zeit für einen Verkauf würde ganz sicher das Frühjahr sein, wenn der große Ansturm einsetzte.

Im April rief sie Althea Munne an und bat sie, vorbeizukommen, um das Haus zu schätzen. An dem Tag, an dem das ZU VERKAUFEN-Schild im Garten aufgestellt wurde, nahm sie Suzanne und fuhr zu Tani nach Green Bay. Sie konnte es nicht ertragen, das Schild anschauen zu müssen und Fremde neugierig in dem Haus herumschnüffeln zu sehen, in das sie so viel Liebe gesteckt hatte.

Im Mai kam Gene Kerschner vorbei und machte den Bootsanlegesteg für den Sommer klar. Am Tag darauf, während Suzanne ihren Nachmittagsschlaf hielt, machte Maggie sich daran, den Steg neu zu streichen.

Sie kniete mit dem Rücken zum Haus, hatte ein rotes Tuch um die Haare gebunden und betrachtete gerade ihren Pinsel, als sie Schritte hinter sich hörte. Sie drehte sich um und war wie vom Blitz getroffen.

In weißen Jeans, einem blauen Hemd und einer weißen Seglermütze kam Eric Severson den Bootssteg entlang.

Sie betrachtete ihn und spürte, wie das Adrenalin durch ihren Körper schoß. Wie doch der Anblick eines Menschen einen Tag, ein Jahr, ein Leben verändern konnte! Sie vergaß den Pinsel in ihrer Hand, vergaß, daß sie barfuß war, schwarze Jogginghosen und ein ausgeleiertes graues T-Shirt anhatte. Vergaß alles um sich herum und genoß nur den langersehnten Anblick.

Er blieb neben der Farbdose stehen und sah nach unten.

»Hallo«, sagte er.

»Hallo«, flüsterte sie. Ihr Puls pochte überall, überall.

»Ich habe dir was mitgebracht.« Er reichte ihr einen weißen Umschlag. Es dauerte eine Weile, bis sie den Arm bewegen konnte. Wortlos nahm sie den Umschlag und sah in seine Augen, die das strahlende Blau des Himmels widerzuspiegeln schienen.

»Mach ihn auf, bitte.«

Sie legte den Pinsel am Rand der Farbdose ab, wischte sich die Hände an ihrem Oberschenkel sauber und begann mit zitternden Händen den Umschlag zu öffnen. Er sah ihr von oben her zu. Sie nahm einen dicken Stoß Blätter heraus, die sich an den Knickstellen immer wieder zusammenlegen wollten. Das Zittern ihrer Hände übertrug sich auf die Blätter.

Juristische Fachbegriffe, die sie nicht auf Anhieb verstand.

»Was ist das?«

»Das sind meine Scheidungspapiere.«

Sie senkte den Kopf. Die Zeilen verschwammen vor ihren Augen. Zwei riesige Tränen tropften auf das Papier. Verschämt vergrub sie ihr Gesicht darin.

»Ach, Maggie...« Er kniete nieder und streichelte über das von der Sonne warme, häßliche Tuch. »Maggie, nicht weinen. Die Zeit der Tränen ist jetzt endgültig vorbei.«

Sie spürte, wie er sie an sich zog. Endlich war er bei ihr, und die schreckliche Zeit war vorüber. Laut heulend schlang sie ihre Arme um seinen Hals. »Ich dach... dachte, du würdest nie mehr zu mir k... kommen.«

Er hielt ihren Kopf mit seiner kräftigen Hand und drückte sie ganz fest an sich. »Meine Mutter hat mir das Ehrenwort abgenommen, daß ich dich erst wiedersehe, wenn ich meine Scheidungsurkunde in Händen habe.«

»Ich dachte... ich dachte... ich weiß nicht, was ich dachte.« Sie kam sich kindisch vor mit ihrem Gestammel, aber sie war so völlig unvorbereitet gewesen.

»Du dachtest, ich liebe dich nicht mehr?«

»Ich dachte, ich w... würde den Rest meines L... Lebens allein sein, und Suzanne würde dich n... nie kennenlernen. Und ich wu... wußte nicht, wie ich damit zurechtkommen sollte.«

»O Maggie«, sagte er und schloß die Augen. »Ich bin hier und bleibe hier.« Sie weinte eine Zeitlang, ihre Nase an seinem Hals. Er streichelte ihr unter dem Tuch über ihr Haar. Endlich flüsterte er: »Ich habe dich so sehr vermißt.«

Auch sie hatte ihn vermißt, fand aber momentan nicht die richtigen Worte, um ihre vielschichtigen Gefühle auszudrükken. Das Gefühl, ihn zurückzuhaben, war schwer zu beschreiben, so, als würde etwas Bitteres plötzlich süß schmekken, so, als würde ihr ein Stück von ihr selbst zurückgegeben.

Sie sah ihm mit ihrem tränennassen Gesicht in die Augen. »Du bist also wirklich geschieden?«

Er trocknete ihre Tränen mit den Fingerspitzen und sagte ruhig: »Ich bin wirklich geschieden.«

Sie versuchte ein zaghaftes Lächeln. Langsam neigte er seinen Kopf. Es war ein zarter, erster Kuß, der nach Mai und nach Tränen schmeckte, und vielleicht ein klein bißchen nach Terpentin. Sein Mund war weich, und langsam öffnete er die Lippen – vorsichtig, als könnten sie beide ihr Glück noch nicht recht fassen. Er hielt ihr Gesicht in seinen kräftigen Händen. Ihre Zungen berührten sich, ihre Lippen gaben dem Drängen nach. Immer noch kniend zog er ihre Hüften fester an sich und hielt sie, als wollte er sie nie wieder loslassen. Große, weiße Wolken segelten über den blauen Himmel über ihnen. Ein Windstoß erfaßte ihr Haar. Er zog das Tuch herunter und hielt ihren Kopf zärtlich in seiner Hand. Ein Kuß war vorerst genug – es tat so unendlich gut, sich in der Maisonne mit den Zungen zu liebkosen und den Kummer der Trennung zu vergessen, zu wissen, daß kein von Gott oder den Menschen gemachtes Gesetz mehr zwischen ihnen stand.

Nach dem Kuß sprachen nur ihre Augen, hatten sich ohne Worte viel zu sagen, bis sie sich schließlich wieder in die Arme fielen. Minutenlang verharrten sie so regungslos.

»Ich litt Höllenqualen, nachdem ich dich in Sturgeon Bay gesehen hatte«, sagte er.

»Ich hätte mir gewünscht, daß du mich angehalten hättest und dann mit mir durchgebrannt wärst.«

»Ich wollte auf der Stelle aussteigen, den Wagen mitten auf der Straße stehenlassen und mit dir zusammen in deinem Wagen weit wegfahren – nach Texas oder Kalifornien oder nach Afrika, wo uns keiner wiedergefunden hätte.«

Sie gluckste leise. »Du Dummerchen, nach Afrika kannst du doch nicht fahren.«

»Momentan habe ich das Gefühl, ich könnte es.« Er streichelte über ihren Rücken. »Mit dir fühle ich mich zu allem fähig.«

»Tausendmal wollte ich dich anrufen.«

»Ich bin jede Nacht an deinem Haus vorbeigefahren. Ich habe das Licht in der Küche brennen sehen und wollte reinkommen und mich zu dir setzen. Nicht küssen, nicht mit dir schlafen – einfach nur mit dir im selben Raum sein. Mit dir reden, dich ansehen, mit dir lachen, so wie wir es früher getan haben.«

»Ich habe dir einmal einen Brief geschrieben.«

»Hast du ihn abgeschickt?«

»Nein.«

»Was hast du geschrieben?«

Sie sah zu einer dünnen, weißen Wolke hinauf und antwortete: »*Danke für die Rosen*.«

Er setzte sich auf seine Fersen, und sie tat es ihm gleich. Sie hielten sich an den Händen.

»Du hast es also gewußt?«

»Natürlich. Die Rosen waren pinkfarben.«

»Ich wollte sie selbst bringen. Ich wollte dir so vieles sagen.«

»Hast du doch gemacht – mit den Rosen.«

Traurig schüttelte er den Kopf und dachte an damals zurück.

»Ich wollte bei ihrer Geburt dabeisein, wollte dich besuchen, zu dir stehen und auf die ganze Welt pfeifen.«

»Ich habe die Rosen getrocknet und sie für Suzanne aufgehoben, für den Fall, daß sie später... nun ja, einfach für den Fall, daß.«

»Wo ist sie?« Er sah zum Haus.

»Sie schläft drinnen.«

»Kann ich sie sehen?«

Maggie lächelte: »Natürlich. Darauf habe ich so lange gewartet.«

Sie standen auf. Hand in Hand gingen sie zum Haus, in den goldenen Strahlen der Nachmittagssonne, über den grünen Rasen, wo die Iris bereits in voller Blüte standen und die Ahornbäume ihr erstes, zartes Grün zeigten, die breite Vorderveranda hinauf, in das Haus und die Treppe hinauf, die sie so oft miteinander erklommen hatten.

Auf halbem Weg flüsterte er: »Ich zittere vor Aufregung.«

»Das glaube ich dir. Schließlich kommt es nicht alle Tage vor, daß ein Vater seine sechs Monate alte Tochter zum ersten Mal sieht.«

Sie führte ihn in das Zimmer, das sie »Sarah« genannt hatte. Es lag nach Süden, und das große, tiefe Fenster war von gelben Vorhängen eingerahmt, die einen üppigen Abschluß aus weißer Spitze hatten. Am Fenster stand ein riesiger Schaukelstuhl, an einer Wand ein Gästebett und gegenüber das Kinderbett aus gedrechseltem Ahorn mit einem Himmel aus weißer Spitze. Das Himmelbett einer kleinen Prinzessin.

Und da war sie.

Suzanne.

Sie lag auf der Seite, beide Arme neben dem Körper angewinkelt. Ihre Füße waren mit einer Decke, auf die Tierfiguren aufgenäht waren, zugedeckt. Ihre Haare waren honigfarben, ihre Wimpern eine Nuance dunkler. Ihre Wangen waren rosig wie Pfirsiche, und ihr Mund war der schönste, den Eric je gesehen hatte. Als er ihn betrachtete, stockte ihm der Atem.

»O Maggie, sie ist wunderschön«, flüsterte er.

»Ja, das ist sie.«

»Sie ist schon so groß.«

Jeder Tag, den er sie seit damals hinter der Glasscheibe nicht gesehen hatte, war für ihn ein verlorener Tag.

»Sie hat schon einen Zahn. Den zeige ich dir später.« Maggie beugte sich nach vorne und streichelte dem Baby mit einem Finger über die Wange. »Suzanne«, flötete sie zärtlich. »He, Schlafmütze, wach auf und sieh mal, wer da ist.«

Suzanne verzog das Gesicht, steckte einen Daumen in den Mund und schlief weiter.

»Du mußt sie nicht aufwecken, Maggie«, flüsterte Eric. Er war zufrieden, nur dazustehen und sie anzusehen. Für den Rest seines Lebens wollte er nur dastehen und sie anschauen.

»Schon gut. Sie hat schon zwei Stunden geschlafen.« Sie streichelte dem Baby über das feine Haar. »Suzanne«, sagte sie eindringlich.

Suzanne öffnete die Augen, schloß sie wieder und rieb sich mit der Faust über die Nase.

Maggie und Eric standen da und sahen zu, wie sie allmählich aufwachte, Grimassen schnitt, sich zusammenrollte wie ein Igel und schließlich wie ein kleines Bärenkind auf allen vieren versuchte aufzustehen. Sie betrachtete verwundert den fremden Mann, der neben ihrer Mutter am Bett stand. »Hallo, da sind wir ja. Hallo, Süße.« Maggie holte sie heraus und nahm sie auf den Arm. Sofort schmiegte sich Suzanne eng an ihre Mutter. Sie war in Rosa und Grün gekleidet, und einer ihrer Socken war runtergerutscht. Maggie zog ihn rauf, während Suzanne immer noch Mühe hatte aufzuwachen.

»Schau mal, wer hier ist, Suzanne. Das ist dein Daddy.«

Das Baby sah Maggie an. Die Wimpern am unteren Augenlid lagen auf den weichen Hautfalten ihrer Wangen auf. Dann betrachtete sie den fremden Mann und klammerte sich, noch ein bißchen wackelig, an Maggies T-Shirt fest.

»Hallo, Suzanne«, sagte Eric leise.

Sie sah ihn immer noch fasziniert wie eine Katze an. Schließlich schaukelte Maggie sie ein paarmal hin und her und drückte ihr Gesicht gegen Suzannes Haarflaum. »Das ist dein Daddy, der zu dir zu Besuch gekommen ist.«

Wie hypnotisiert streckte Eric seine Arme aus und nahm sein Kind, hob es hoch in die Luft.

»Meine Güte, du bist ja doch noch ganz schön klein. Du wiegst ja noch nicht einmal soviel wie die Lachse, die wir auf der *Mary Deare* fangen.«

Maggie lachte glücklich.

»Und größer bist du auch nicht.« Er zog das Baby an sich und roch zum ersten Mal die gepuderte Haut und den weichen Stoff des Babyjäckchens. Er setzte sich das Kind auf seinen Arm, stützte ihm mit einer Hand den Rücken ab und küßte es auf das seidenweiche Haar. Er schloß die Augen. »Ich habe schon nicht mehr daran geglaubt, daß ich das noch mal erleben werde«, flüsterte er gerührt.

»Ich weiß, Liebling, ich weiß.«

»Danke für dieses Kind.«

Maggie schlang ihre Arme um Mann und Kind, legte ihre Stirn an Suzannes Rücken und Erics Hand. Gemeinsam genossen sie den so lang herbeigesehnten Augenblick.

»Sie ist so süß.«

Wie um das Gegenteil zu beweisen, fing Suzanne im gleichen Augenblick an zu quengeln und wollte zu ihrer Mutter. Er übergab sie ihr, blieb aber nahe bei ihr, als Maggie ihr die Windeln wechselte, ihre Socken noch einmal raufzog und ihr weiche weiße Schuhe anzog. Danach legten sie sich alle auf das Bett, das Baby zwischen sich, und sahen zu, wie Suzanne sich die Schuhbändchen aufzog, Spuckeblasen vor sich hinsabberte und fasziniert die Hemdknöpfe ihres Vaters betrachtete. Manchmal betrachteten sie das Baby, dann wieder einer den anderen. Sie streichelten einander über Gesicht, Haare, Arme. Und schließlich lagen sie nur einfach zufrieden nebeneinander.

Eric nahm Maggies Hand.

»Würdest du mir einen Gefallen tun?« fragte er leise.

»Jeden. Ich würde alles für dich tun, Eric Severson.«

»Würdet ihr beide mit mir einen kurzen Ausflug machen?«

»Ja, natürlich.«

Zusammen verließen sie das Haus. Eric trug Suzanne, Maggie nahm eine Flasche Apfelsaft und Suzannes Lieblingsdecke mit. Sie waren immer noch ganz verzaubert von dem Augenblick des Glücks, auf den sie so lange gewartet hatten. Ein Mann, eine Frau, ein Kind. Endlich vereint.

Der Wind wehte Suzanne ins Gesicht, und sie blinzelte.

In der Lebensbaumhecke trillerte eine Grasmücke.

Sie verlangsamten ihre Schritte. Sie hatten es jetzt nicht mehr eilig.

»Du hast einen neuen Wagen«, bemerkte Maggie.

»Ja. Die alte Hure hat schließlich doch ihren Geist aufgegeben.«

Er öffnete die Beifahrertür für sie.

Sie war mit einem Fuß noch auf dem Trittbrett, als sie die Blütenzweige sah.

»O Eric.« Sie schlug die Hand vor den Mund.

»Ich hätte dich auch im Haus fragen können, aber wo doch gerade die Kirschbäume in voller Blüte stehen, dachte ich, wir sollten das Ganze auch stilgerecht machen. Steig ein, Maggie, damit wir zur Sache kommen können.«

Lächelnd, obwohl sie schon wieder mit den Tränen kämpfte, kletterte sie in Eric Seversons glänzenden neuen Wagen, betrachtete die Kirschblütenzweige hinter den Sonnenblenden, dem Rückspiegel und der Rückbank, wo sie das hintere Fenster fast verdeckten.

Eric stieg auf seiner Seite ein. »Was denkst du gerade?« fragte er, lächelte sie an und startete den Motor.

»Ich denke gerade, daß ich dich anbete.«

»Ich bete dich auch an. Ich habe mir nur überlegt, wie ich's dir am besten sage. Halt unser Baby fest.«

Sie fuhren durch den Frühling, durch einen blütendurchdufteten Spätnachmittag, an sanft hügeligen Obsthainen vorbei, die mit Steinmauern eingegrenzt waren, an Birken, deren

Stämme sich leuchtendweiß vom frischen, grünen Gras abhoben, an grasenden Kühen und leuchtendroten Scheunen, an feuchten Gräben, in denen Frösche quakten. Und schließlich kamen sie zu Easleys Obstplantage, wo Eric den Wagen unter den weit überhängenden Kirschbäumen anhielt.

Er drehte sich zu ihr und nahm ihre Hand.

»Maggie Pearson Stearn, willst du mich heiraten?« fragte er und sah sie dabei fest an. In dem Augenblick, bevor sie antwortete, erfüllten noch einmal all die süßen Erinnerungen ihre Sinne – Erinnerungen an den Ort, den Mann, den Geruch der Blüten.

»Eric Joseph Severson, ich würde dich hier sofort auf der Stelle heiraten, wenn das möglich wäre.« Sie beugte sich zu ihm hinüber, um ihn zu küssen. Suzanne, die auf ihren Knien saß, versuchte den Blütenzweig, der im Aschenbecher steckte, zu erreichen. Er sah auf, und sie lächelten sich wieder glücklich an. Dann kramte Eric in seiner linken Hosentasche.

»Ich wollte dir erst einen ganz großen Diamantring kaufen, aber dies hier erschien mir angebrachter.« Er steckte ihr seinen alten Schulring an den Ringfinger. Sie hielt die Hand hoch und betrachtete ihn.

»Sieht aus, als sei er schon immer da gewesen«, sagte sie lächelnd.

Mit der beringten Hand streichelte sie ihm über das Gesicht. »Ich weiß nicht, was ich sagen soll«, flüsterte sie.

»Sag: ›Ich liebe dich, Eric, und vergebe dir alles, was du mir angetan hast‹.«

»Ich liebe dich, Eric, aber ich habe nichts zu vergeben.«

Sie versuchten es mit noch einem Kuß, aber Suzanne ließ es nicht zu. Sie wand sich vom Schoß ihrer Mutter. Dann packte sie mit einem Händchen einen der Zweige über ihrem Kopf und schwenkte ihn wie wild in der Luft herum. Beinahe hätte sie dabei Erics Auge getroffen.

Er wich zurück. »Immer langsam, kleines Fräulein!« Er nahm sie mit einer Hand unter den Windeln, mit der anderen um ihren Körper und setzte sie wieder auf den Schoß ihrer Mutter.

»Siehst du nicht, daß ich um deine Mutter werbe?«

Sie lachten beide. Dann ließ er den Motor an, und sie fuhren nach Fish Creek zurück. Während der ganzen Fahrt hielt Eric Maggies Hand.

21. Kapitel

Fünf Tage später wurden sie im Garten von Harding-Haus getraut. Es war eine einfache Zeremonie an einem Dienstagabend. Der Bräutigam trug einen grauen Smoking mit Maiglöckchen am Revers (aus dem Beet an der Nordseite des Hauses), die Braut trug ein pinkfarbenes Kostüm und einen Brautstrauß aus Apfelblütenzweigen (aus Easleys Obstplantage). Anwesend waren außerdem Miß Suzanne Pearson Stearn (sie trug Windeln und krümelte mit Keksen), Brookie und Gene Kerschner, Mike und Barb Severson, Anna Severson (die diesmal statt T-Shirt mit Aufschrift in blaues Polyester von Sears Roebuck gewandet war) und Roy Pearson, der seine Tochter von der Veranda in den Garten führte. Im Hintergrund rauschte auf dem Plattenspieler eine Uraltaufnahme des Titels »I'll Be With You In Apple Blossom Time« mit den Andrew Sisters.

Auf dem frischen Frühlingsgras stand ein antiker Salontisch, der mit einem Strauß rosafarbener Apfelblütenzweige in einer Glasvase geschmückt war. Neben dem Tisch wartete ein Friedensrichter in einer schwarzen Robe. Die Ärmel seiner Robe blähten sich je nach Windstärke auf und sanken wieder in sich zusammen. Als der Song zu Ende war und das Brautpaar vor ihm stand, sagte der Richter: »Die Braut und der Bräutigam haben mich gebeten, ein Gedicht vorzulesen, das sie für diese Gelegenheit ausgesucht haben. Es stammt aus dem gleichen Jahr wie dieses Haus und heißt ›Erfüllung‹.«

Nachdem er das Gedicht vorgetragen hatte, wandte sich Eric an Maggie. Sie legte ihren Brautstrauß auf den Tisch, und er nahm ihre beiden Hände. In der späten Sonne erschien ihr Gesicht golden, ihre Augen schimmerten hellbraun wie Eicheln. Ihr Haar war zurückgekämmt, und an den Ohren trug sie zartrosa Perlen. In diesem Augenblick sah sie wieder aus wie siebzehn, und die Zweige, die sie beiseite gelegt hatte, waren wieder die, die er damals abgeschnitten hatte, um seiner jungen Liebe Ausdruck zu verleihen. Nun endlich hatte Eric seinen Platz im Leben gefunden. Er sprach sein Gelöbnis.

»Du warst meine erste Liebe, Maggie, und du wirst für immer meine Liebe sein. Ich will dich achten, dir treu sein und für dich und mit dir hart arbeiten. Ich will Suzanne und vielleicht auch noch unseren anderen Kindern ein guter Vater sein, und ich will alles tun, um dich glücklich zu machen.« Zum Schluß sagte er noch zärtlich: »Ich liebe dich, Maggie.«

In der kurzen Pause, die folgte, wischte sich Anna die Augen, und Brookie nahm Genes Hand. In Maggies Augenwinkeln glitzerte es. Sie lächelte wehmütig.

Dann sah sie auf Erics Hände – kräftige, starke Fischerhände, in seine blauen Augen, wegwartenblau, in die sie sich zuerst verliebt hatte, in sein liebes, sonnengebräuntes Gesicht, das ihr in den kommenden Jahren nur noch vertrauter werden würde.

»Ich liebe dich, Eric ... wieder.« Ein kurzes Lächeln tauchte in ihren Augen auf und verschwand wieder. »Ich werde alle meine Kraft einsetzen, um diese Liebe so frisch und schwungvoll zu erhalten wie damals, als wir siebzehn waren – und wie sie jetzt im Moment ist. Ich werde unser Haus zu einem Ort machen, wo das Glück wohnt, und ich werde unser Kind und dich lieben. Ich will mit dir alt werden. Ich werde dir treu sein. Ich will dein Kamerad und Partner sein. Ich will stolz deinen Namen tragen. Ich liebe dich, Eric Severson.«

Vom Wasser drang der Ruf zweier Möwen herüber, und die Sonne verschmolz am Ende eines langen, strahlenden Tages mit dem Wasser. Maggie und Eric tauschten die Ringe, einfache, goldene Ringe, die das Feuer des Sonnenuntergangs und die Wärme aufzunehmen schienen.

Danach senkte Eric den Kopf und küßte Maggies Hände. Sie tat das gleiche, und beide gingen dann zu dem Tisch, ließen sich einen Füllfederhalter geben und unterschrieben die Heiratsurkunde. Brookie und Mike waren die Trauzeugen, und die einfache Zeremonie war in fünf Minuten vorüber.

Eric lächelte Maggie an, dann den Friedensrichter, der ihnen mit Handschlag und einem freundlichen Lächeln gratulierte.

»Meinen Glückwunsch, Mr. und Mrs. Severson. Ich wünsche Ihnen ein langes, glückliches, gemeinsames Leben.«

Eric nahm Maggie in die Arme und küßte sie.

»Mrs. Severson, ich liebe dich«, flüsterte er in ihr Ohr.

»Ich liebe dich auch.«

Die Gäste standen im Kreis um sie herum. Brookie weinte, als sie Maggie mit einem Kuß gratulierte, und sagte: »Wurde aber auch Zeit!«

Gene umarmte sie und sagte: »Alles Gute. Ihr habt es euch verdient.«

Mike sagte: »Kleiner Bruder, ich glaube, da hast du einen Volltreffer gelandet.«

Barbara freute sich: »Ich bin überglücklich. Willkommen in unserer Familie.«

Anna schmunzelte: »An einem Tag eine Schwiegertochter und eine neue Enkelin zu bekommen, das reicht, um eine alte Frau zum Heulen zu bringen. Nimm sie mal, Eric, damit ich Maggie umarmen kann.« Nachdem sie Suzanne ihrem Vater übergeben hatte, flüsterte sie Maggie ins Ohr: »Ich habe diesen Tag schon kommen sehen, als ihr beide siebzehn wart. Du hast meinen Jungen glücklich gemacht, und dafür danke ich dir.« Sie umarmte Eric und sagte: »Ich wünschte, dein Daddy könnte diesen Tag noch erleben. Er hatte immer eine Schwäche für Maggie, und ich auch. Glückwunsch, mein Sohn.«

Dann kam Roy zu Maggie: »Du siehst wunderschön aus, Schätzchen, und ich bin so froh, daß dies so ausgegangen ist.«

Eric klopfte er auf den Rücken und sagte: »Endlich habe ich jemanden, mit dem ich fischen gehen kann, und das werden wir ganz sicher tun.«

Sie gingen zum Haus. Alle plauderten ungezwungen miteinander, während sie über den Rasen schlenderten. Suzanne war auf dem Arm ihres Vaters, Maggie drückte sich eng an Eric.

Im Eßzimmer gab es Champagner und Kuchen.

Mike brachte einen Toast aus. »Auf das glückliche Brautpaar! Mit siebzehn haben sie auf unserer Veranda ihre Liebe entdeckt. Mögen sie mit neunzig noch so glücklich wie heute sein!«

Es gab auch Geschenke aufzupacken. Von Brookie und Gene ein Tischtuch mit Lochstickerei, das groß genug war für den riesigen Eßtisch, und zehn passende Servietten dazu. Von Barb und Mike zwei antike Kristallkandelaber mit sechs weißen Kerzen dazu. Anna brachte ein Sammelsurium: handbestickte Geschirrtücher, gehäkelte Deckchen, sechs Gläser von Erics Lieblingshimbeermarmelade und ein Teeservice aus Porzellan, das Erics Großmutter gehört hatte. Letzteres fand Maggie so rührend, daß sie Anna fest an sich drückte. Roy hatte einen antiken Sessel aus der Zeit Ludwigs XIV. selbst abgebeizt, neu lasiert und neu aufgepolstert. Er war für den Salon gedacht und brachte ihm neben einem schmatzenden Kuß von Maggie auch die bewundernden Komplimente der gesamten Hochzeitsrunde ein. Auch Suzanne hatte etwas beigesteuert (obgleich niemand verraten wollte, woher es eigentlich kam): eine Glückwunschkarte, die eine viktorianische Familie zeigte – Vater, Mutter und Kind –, die ein Spielzeugboot in einem kleinen Teich zu Wasser ließen, mit einem Weidenbaum im Hintergrund. Auf die Karte hatte jemand geschrieben: *Für meine Mommy und meinen Daddy zu ihrem Hochzeitstag ... Alles Liebe, Suzanne.*

Als sie es gemeinsam gelesen hatten, sahen sich Eric und Maggie so voller Liebe an, daß alle Augen feucht wurden. Sie saßen dabei auf dem Fenstersitz im Eßzimmer und hatten die Geschenke um sich herum aufgebaut. Roy hatte Suzanne auf dem Arm. Eric streichelte über Maggies Wange und nahm dann das Baby.

»Danke, Suzanne«, sagte er und küßte sie auf die Wange. »Und danke euch allen. Wir wollen, daß ihr wißt, wieviel es uns bedeutet, euch heute hier zu haben. Wir lieben euch alle und danken euch von ganzem Herzen.«

Suzanne begann sich die Augen zu reiben und zu quengeln. Es schien Zeit zum Aufbruch zu sein. Der Abschied war sehr herzlich. Roy blieb bis zum Schluß. Er umarmte Maggie und sagte: »Liebes, es tut mir so leid, daß Katy und deine Mutter nicht hier waren. Sie sollten es eigentlich.«

Ohne Zweifel hatte Maggie ihre Abwesenheit als schmerzlich empfunden. »Ach, Daddy... wahrscheinlich kann man nicht alles im Leben haben.«

Er klopfte ihr auf die Schulter und nahm sie dann beiseite: »Ich möchte, daß du etwas weißt, Maggie. Du hast mich in diesen letzten Monaten vieles gelehrt. Ich wollte, ich hätte das schon in jüngeren Jahren gelernt. Nur du selbst kannst dich glücklich machen. Du hast es geschafft, und jetzt werde ich es tun. Ich fange damit an, daß ich mir ein wenig Freizeit gönne. Weißt du, ich glaube, ich habe in all den Jahren, die ich in dem Laden arbeite, nur viermal Urlaub genommen – und den habe ich damit zugebracht, das Haus zu streichen. Ich werde ein paar Tage weg sein – mir ein bißchen Zeit für mich selbst nehmen.«

»Kommt Mutter nicht mit dir?«

»Nein. Aber ich will nicht, daß du dir Sorgen machst. Ich melde mich, wenn ich zurück bin, okay?«

»Gut, Daddy. Aber wo...«

»Du bleib nur weiter glücklich, Liebes. Es tut mir gut, dich so zu sehen. Und jetzt sage ich besser gute Nacht!« Er küßte Maggie, streichelte Suzanne über den Kopf und klopfte Eric auf die Schulter. »Danke, mein Sohn«, sagte er mit Tränen in den Augen und ging.

Sie standen auf der Veranda und sahen ihm nach, wie er die Stufen zur Straße hinaufstieg. Eric hielt Suzanne, Maggie stand mit verschränkten Armen da.

»Daddy hat Sorgen«, stellte Maggie nachdenklich fest.

Eric legte einen Arm um ihre Schultern und zog sie an sich. »Aber nicht unsretwegen.«

Sie lächelte und sah zu ihm auf. »Nein, nicht unsretwegen.« Einen Augenblick sahen sie sich in die Augen, dann sagte Eric leise: »Komm. Wir wollen Suzanne zu Bett bringen.«

Suzanne war müde und unleidig und eingeschlafen, ehe sie den Daumen in den Mund stecken konnte. »Mir ist, als hätte ich vorher nicht gelebt«, sagte Eric, »als ob alles mit dir erst angefangen hätte ... und mit ihr.«

»Hat es auch.«

Er nahm sie in die Arme. »Meine Frau«, flüsterte er zärtlich.

Sie legte ihre Wange an sein Revers und sagte: »Mein Mann.«

Regungslos standen sie da, als würden sie einen Segen bekommen. Dann gingen sie hinüber in das Belvedere-Zimmer – zu dem großen, geschnitzten Bett.

Roy Pearson fuhr langsam nach Hause. Er fuhr einen Umweg, hügelaufwärts von Maggies Haus weg, an den Feldern entlang und die kurvige Straße hinunter bis zu dem Stopschild unten an der Main Street. Dort bog er rechts ab, fuhr an dem Laden vorbei, wo er sein ganzes Leben lang gearbeitet hatte, dachte an die Geräusche und Gerüche – an überreifes Obst, Knoblauchwurst, den scharf-säuerlichen Geruch von eingelegtem Hering, das Rumpeln der altmodischen Tür zur Kühlkammer, das *Kling* der Registrierkasse vorne. Eigentlich gab es die alte Registrierkasse schon seit vier Jahren nicht mehr. Die neue Kasse machte *dit-dit-dit-dit*, aber wenn Roy an Registrierkassen dachte, hatte er immer noch den glockenähnlichen Ton im Ohr. Er dachte an Helen McCrossen, die pünktlich jeden Dienstag um elf Uhr zur Tür reinkam – so pünktlich, daß man seine Uhr danach stellen konnte – und fragte: »Wie ist die Leberwurst heute, Roy, ist sie frisch?« Er dachte an das Gefühl, wenn er das Fleischerbeil in der Hand hatte, und an den talgigen Geruch im Kühlraum.

Er würde den Laden vermissen.

Zu Hause parkte er vor der geschlossenen Garagentür und ging durch den Garten zum Haus. Das Gras war feucht, und seine Schuhe wurden naß. Vera würde böse sein, wenn sie noch auf war. Aber das Haus war ruhig und nur schwach beleuchtet. Er beachtete die Fußmatte nicht, ging durch die Küche direkt zu dem Schrankraum unter der Treppe und holte einen schäbigen Stoffkoffer und einen Karton hervor, die er beide in das Schlafzimmer trug.

Vera war wach, hatte das unvermeidliche Haarnetz über die Frisur gestülpt und las beim Licht ihrer Bettlampe, die am Kopfteil ihres Bettes angebracht war.

»Und?« sagte sie, und dann im Befehlston wie zu einem Hund: »Sprich!«

Roy setzte seinen Koffer und die Schachtel ab, ohne eine Antwort zu geben.

»Sie ist also verheiratet?«

»Ja, das ist sie.«

»Wer war da? War Katy da?«

»Du hättest alle gesehen, wenn du selbst dagewesen wärst, Vera.«

»Mpf!« Vera wandte sich wieder ihrem Buch zu.

Roy drehte die Deckenbeleuchtung an und öffnete eine Kommodenschublade.

Jetzt erst sah Vera den Koffer. »Roy, was machst du da eigentlich?«

»Ich verlasse dich, Vera.«

»Wie bitte?«

»Ich verlasse dich.«

»Roy, mach keinen Unsinn! Räum den Koffer weg und geh ins Bett.«

Ruhig leerte er weiter die Schubladen aus und packte alles in den bereitstehenden Koffer und die Schachtel. Dann trug er drei Kleiderbügel aus dem Schrank zum Fuß des Bettes.

»Roy, du zerknitterst die Hose ganz, und ich habe sie erst gestern gebügelt. Häng sie sofort wieder in den Schrank!«

»Ich nehme keine Befehle mehr von dir entgegen. Vera. Das habe ich sechsundvierzig Jahre gemacht, und jetzt ist Schluß.«

»Was ist denn auf einmal in dich gefahren? Bist du verrückt geworden?«

»Nein, eigentlich bin ich eher zur Vernunft gekommen. Ich

habe vielleicht noch zehn, fünfzehn gute, gesunde Jahre vor mir, und ich werde versuchen, noch ein bißchen glücklich zu leben, so wie es meine Tochter tut.«

»Aha, deine Tochter steckt also dahinter.«

»Nein, Vera, das tut sie nicht. Eigentlich steckst du dahinter. Du und sechsundvierzig Jahre, in denen mir gesagt wurde, wo ich meine Schuhe auszuziehen habe, wie ich den Christbaum aufzustellen habe, wieviel Fett von den Schweinskoteletts runter muß, wo ich meine Füße nicht drauflegen darf, daß der Fernseher zu laut ist und daß ich ohnehin nie was recht machen kann. Du sollst auch nicht glauben, daß ich mich dazu plötzlich entschlossen habe. Ich habe fünf Jahre darüber nachgedacht. Ich habe eigentlich nur Maggies Mut gebraucht, um selbst auch ein wenig Mut zu fassen. Ich habe sie in diesem letzten Jahr beobachtet, wie sie ihr Leben angepackt und sich trotz aller Widrigkeiten ein bißchen Glück geschaffen hat. Da sagte ich mir: Roy, von dieser jungen Frau kannst du noch was lernen.«

»Roy, das ist nicht dein Ernst.«

»Doch, das ist mein Ernst.«

»Aber du kannst doch nicht einfach... hier weggehen!«

»Es hält mich nichts hier, Vera. Keine Wärme, kein Glück, keine Liebe. Du bist eine Frau, die unfähig ist zu lieben.«

»Das ist ja einfach lächerlich.«

»Ist es das? Wenn ich dich jetzt frage, Vera, ob du mich liebst, könntest du es dann sagen?«

Sie sah ihn mit zusammengekniffenen Lippen an.

»Wann hast du es überhaupt jemals gesagt? Oder gezeigt – mir oder Maggie gegenüber? Wo warst du heute abend? Wo warst du, als Suzanne geboren wurde? Du warst hier, hast deine bitterbösen Gefühle gehegt und gepflegt und dir gratuliert, daß du wieder mal recht hattest. Damals, als das Baby geboren wurde, habe ich mich entschlossen, dir noch etwas Zeit zu geben, zur Vernunft zu kommen, Maggie eine richtige Mutter und Suzanne eine richtige Großmutter zu werden. Aber als du heute nicht einmal zur Hochzeit deiner eigenen Tochter kamst, da dachte ich: Roy, was soll's? Sie wird sich nie ändern. Und ich glaube auch nicht, daß du es wirst.«

Roy legte ein Hemd in den Koffer. Vera starrte ihn an, unfähig etwas zu tun.

»Ist da eine andere Frau im Spiel?«

»Ach, um Himmels willen. Sieh mich doch an! Ich bin alt genug, um Rente zu beziehen, habe eine Glatze und habe in den letzten acht Jahren keinen mehr hochgekriegt. Was sollte ich mit einer anderen Frau anfangen?«

Allmählich wurde Vera klar, daß er sie wirklich verlassen wollte.

»Aber wohin willst du denn?«

»Zuerst will ich nach Chicago und mal sehen, ob ich Katy nicht zur Vernunft bringen kann. Ich werde ihr sagen, wenn sie so weitermacht, wird sie wie ihre Großmutter werden. Und danach weiß ich noch nicht, was ich tun werde. Ich habe im Laden aufgehört, aber darum gebeten, daß sie noch nicht darüber reden. Vielleicht gehe ich wirklich in Rente. Oder vielleicht mache ich irgendwo einen kleinen Reparaturladen auf und mache Puppenmöbel für meine kleine Enkelin. Ich möchte gerne mit Eric zum Fischen hinausfahren. Ich weiß noch nicht.«

»Du hast im Laden aufgehört?«

Er nickte und stopfte einen Packen Socken in die Schachtel.

»Ohne mir davon etwas zu sagen?«

»Ich sage es dir ja jetzt.«

»Aber... aber was wird aus uns? Kommst du zurück?« Als er weiterpackte, ohne aufzusehen, fragte sie mit zittriger Stimme: »Heißt das, du willst die Scheidung?«

Er sah sie traurig an. Seine Stimme war ruhig, als er sagte: »Ja, das heißt es, Vera.«

»Aber können wir nicht darüber reden, können wir nicht... können wir nicht...« Sie preßte sich die Faust gegen die Lippen. »Lieber Gott«, flüsterte sie.

»Nein, ich will über nichts mehr reden, ich will einfach gehen.«

»Aber Roy, sechsundvierzig Jahre … du kannst doch nicht einfach sechsundvierzig Jahre vom Tisch wischen.«

Er schnappte den Koffer zu und stellte ihn auf den Boden. »Ich habe die Hälfte von unserem Sparkonto genommen und die Hälfte unserer Depositeneinlagen zu Geld gemacht. Den Rest habe ich dir gelassen. Unsere Rechtsanwälte sollen sich um das Rentenkonto kümmern. Ich nehme das Auto, aber ich komme noch einmal, wenn ich eine Wohnung gefunden habe, um meine restlichen Kleidungsstücke und meine Werkzeuge zu holen. Das Haus kannst du haben. Es war ohnehin immer mehr dein Haus als meines, so wie du mir immer vorgeschrieben hast, was ich benützen darf und was nicht.«

Vera saß auf der Bettkante und sah verwirrt und verängstigt aus. »Roy, geh nicht … Roy, es tut mir leid.«

»Ja, das glaube ich dir sogar. Aber es kommt ein paar Jahre zu spät, Vera.«

»Bitte …«, flehte sie ihn an, mit Tränen in den Augen. Er ging in das Badezimmer, um seine Toilettenartikel zusammenzusuchen. Gleich darauf kehrte er zurück und warf sie in die Schachtel.

»Um eines wirst du dich vielleicht gleich kümmern müssen, Vera, um einen Führerschein. Den brauchst du ganz bestimmt.«

Vera sah erschrocken aus. Sie hielt eine Faust fest zwischen ihre Brüste gepreßt. »Wann kommst du zurück?«

»Ich weiß es nicht. Sobald ich mich entschlossen habe, was ich mache. Nach Chicago sehe ich mir vielleicht Phoenix an. Es heißt, die Winter sind dort mild, und es gibt viele Menschen in unserem Alter dort.«

»Ph … Phoenix?« flüsterte sie. »Arizona?» Das war für sie am anderen Ende der Welt.

Er klemmte sich die Schachtel unter einen Arm und nahm mit der anderen Hand den Koffer.

»Du hast nicht danach gefragt, aber Maggie und Eric hatten wirklich eine schöne Hochzeit. Sie werden sehr glücklich miteinander sein, und unsere Enkelin ist ein wahrer Goldschatz. Vielleicht siehst du sie dir doch einmal an.« Das letztemal hatte er Vera im Jahr 1967 weinen sehen, als ihre Mutter gestorben war. Er hielt es für ein gutes Zeichen. Vielleicht schaffte sie es doch noch, sich zu ändern.

»Ich denke, du wirst, sobald ich aus dem Haus bin, Maggie anrufen und dich ausweinen wollen, aber bitte denke doch einmal in deinem Leben zuerst an die anderen, denn schließlich ist dies ihre Hochzeitsnacht. Sie weiß nicht, daß ich dich verlasse. Ich werde sie in ein paar Tagen anrufen und es ihr erklären.« Er sah sich noch einmal im Zimmer um. »Also, dann... auf Wiedersehen, Vera.«

Ohne ein böses oder bitteres Wort verließ er das Haus.

Katy fiel aus allen Wolken, als er sie von der Halle aus in ihrem Wohnheim anrief: »Hier ist Großpapa. Ich bin gekommen, um dich zum Frühstück einzuladen.«

Er ging mit ihr in ein Perkins-Restaurant und bestellte für beide ein Schinken-Käse-Omelett. Dann sagte er ihr mit sehr viel Verständnis in seinen Worten und in seinen Augen, weshalb er gekommen war.

»Wir haben dich bei der Hochzeit vermißt, Katy.« Er wartete, aber sie antwortete nicht. »Es war wirklich eine schöne Hochzeit, im Garten deiner Mutter am See, und ich habe noch nie zwei so glückliche Menschen gesehen wie deine Mutter und Eric. Sie hatte ein hübsches, pinkfarbenes Kostüm an und einen Strauß aus Apfelblütenzweigen. Und sie sprachen das Gelöbnis mit eigenen Worten. Sie wollten alles ganz einfach haben, ohne großes Brimborium. Danach gab es Champagner und Kuchen. Wir waren nur ein paar Leutchen – die Kerschners, Erics Mutter, sein Bruder, dessen Frau... und ich.« Roy nahm einen Schluck Kaffee und fügte dann hinzu, als wäre es ihm gerade erst eingefallen. »Ach ja, da war noch jemand.« Er beugte sich über den Tisch und legte ihr ein Foto hin. »Deine kleine Schwester.« Er lehnte sich zurück und fuhr mit einem Finger durch den Henkel seiner Tasse. »Ich sag' dir, das ist vielleicht ein süßer, kleiner Käfer. Sie hat das typische Pearson-Kinn. Mit einem kleinen Grübchen wie bei dir und deiner Mutter.«

Katys Augen waren auf das Foto geheftet. Ihre Wangen färbten sich rosa. Die Kellnerin kam und schenkte ihren Kaffee nach. Als sie ging, stützte Roy seine Ellbogen auf den Tisch. »Aber deshalb bin ich nicht hierhergekommen. Ich bin gekommen, um dir etwas anderes zu sagen. Ich habe deine Großmutter verlassen, Katy.«

Katy sah ihn ungläubig an.

»Sie verlassen? Für immer?«

»Ja. Ich wollte es so, und sie hat sich wohl ziemlich mies gefühlt, als ich ging. Wenn du an einem der nächsten Wochenenden vielleicht Zeit hättest... Ich glaube, sie würde dich wirklich gerne sehen. Sie wird in der nächsten Zeit ziemlich einsam sein... und Freunde brauchen.«

»Aber... aber du... und Großmama...« Es war Katy unbegreiflich, daß sich ihre Großeltern trennten. Leute in ihrem Alter tun das einfach nicht!

»Wir waren sechsundvierzig Jahre verheiratet, und in dieser Zeit ist sie immer härter und kälter und unnachgiebiger geworden, bis sie schließlich das Gefühl zu lieben ganz verlernt zu haben schien. Das ist sehr traurig, weißt du? Die Menschen werden nicht über Nacht so. Es fängt im Kleinen an – nörgeln, kritisieren, über andere urteilen –, und schon bald glauben diese Menschen, nur sie wüßten, wie alles zu laufen habe. Schade. Deine Großmama hatte vor einiger Zeit die Chance, Verständnis zu zeigen, liebenswert zu sein, aber sie wies deine Mutter zurück. Sie verurteilte Margaret wegen einer Sache, deretwegen kein Mensch das Recht hat, einen anderen zu verurteilen. Sie sagte, wenn du dein Leben nicht so führst, wie ich es für richtig halte, dann... will ich mit dir nichts mehr zu tun haben. Sie war nach der Geburt Suzannes nicht ein einziges Mal bei deiner Mutter im Krankenhaus und hat sie auch seither nicht besucht. Sie hat Suzanne – ihre eigene Enkelin – noch nie gesehen und sich geweigert, zu der Hochzeit zu kommen. Nun, wie kann man mit so einer Frau leben – ich kann es jedenfalls nicht. Wenn deine Großmama glaubt, so sein zu müssen, dann muß sie es alleine sein.« Er schwieg eine Weile und fügte dann noch hinzu: »Solche

Menschen werden alle irgendwann allein dastehen, denn niemand kann diese Verbissenheit auf die Dauer ertragen.«

Katy hatte die ganze Zeit auf den Tisch gestarrt. Als sie aufsah, schimmerten Tränen in ihren Augen.

»O Großpapa«, flüsterte sie mit zittriger Stimme, »ich habe mich so mies benommen.«

Er legte seine Hand auf ihre: »Nun, das soll dir zu denken geben.«

Die Tränen wurden immer dicker in ihren Augen und kullerten schließlich über ihre Wangen.

»Danke«, stammelte sie, »danke, daß du hierhergekommen bist und mir die Augen geöffnet hast.«

Roy drückte ihre Hand und lächelte wohlwollend.

Am Samstag nach ihrer Hochzeit fütterte Maggie mittags Suzanne. Eric war seit dem frühen Morgen außer Haus. Der Kindersitz war an den Küchentisch gerückt, und Suzanne hatte den Apfelbrei über Mund und Wangen verschmiert, als das Telefon läutete.

Maggie hielt in einer Hand das Glas mit der Babynahrung und nahm mit der anderen den Hörer ab.

»Hallo?«

»Hallo, Liebes.«

»Eric, hallo!« antwortete sie und strahlte.

»Was machst du gerade?«

»Suzanne füttern.«

»Gib ihr einen Kuß von mir.«

»Suzanne, Daddy gibt dir einen Kuß.« In den Hörer sagte Maggie: »Sie hat dir mit der Faust zugewunken. Kommst du zum Mittagessen nach Hause?«

»Ja. Ich hatte einen guten Vormittag. Und du?«

»Mhm. Ich habe Suzanne mit in die Sonne hinausgenommen, als ich die Lilien ausgedünnt habe. Sie schien wirklich...« Maggie hielt mitten im Satz inne. Kurz darauf flüsterte sie erstaunt: »O mein Gott...«

»Maggie, was ist los.« Eric war erschrocken.

»Eric, Katy kommt gerade den Weg herunter.«

»O Schätzchen«, sagte er verständnisvoll.

»Liebling, ich leg' jetzt lieber auf.«

»Gut... und Mag?« fügte er noch schnell hinzu. »Toi, toi, toi.«

Sie trug Bluejeans und ein Northwestern-Sweatshirt. Über der linken Schulter baumelte eine kleine Handtasche. Sie hatte ihren Wagen oben geparkt, und als sie die Stufen hinunterstieg, blickte sie unverwandt auf die Verandatür.

Maggie ging vor die Tür und wartete.

Am Fuß der Veranda blieb Katy stehen. »Hallo, Mutter.«

»Hallo, Katy.«

Einen Augenblick lang fiel Katy nur die ganz banale Frage ein: »Wie geht es dir?«

»Ich bin glücklich, Katy. Und du?«

»Ich fühle mich schrecklich.«

Maggie öffnete die Tür. »Möchtest du hereinkommen und darüber reden?«

Mit gesenktem Kopf ging Katy in die Küche. Dort blieb sie stehen und sah das Baby an, das in seiner blauen Trägerhose und dem Lätzchen dasaß, an seiner Faust nuckelte und die Beinchen übereinandergelegt hatte. Maggie machte die Tür leise hinter sich zu und beobachtete Katy.

»Das ist Suzanne. Ich habe sie gerade gefüttert. Warum setzt du dich nicht, während ich weitermache?« Die Worte waren schmerzlich-höflich, als wäre ein Kirchenältester zu Besuch gekommen.

Katy setzte sich und starrte immer noch wie hypnotisiert das Baby an. Maggie blieb neben dem Tisch stehen und fütterte Suzanne, die den fremden Neuankömmling verwundert betrachtete.

»Großpapa hat mich am Mittwoch besucht.«

»Ich weiß. Er hat mich angerufen.«

»Ist es nicht schrecklich – mit ihm und Großmama?«

»Es ist immer traurig, eine Ehe auseinanderbrechen zu sehen.«

»Er hat mir einiges von Großmama erzählt, was für ein Mensch sie ist... ich meine...« Katy suchte nach Worten. Die

Verzweiflung stand ihr ins Gesicht geschrieben. »Er sagte… er sagte, ich bin so wie sie, und das will ich doch nicht. Das will ich wirklich nicht, Mom.«

Sie war halb Frau, halb Kind. Ihr Gesicht verzog sich, ihre Augen glänzten verdächtig.

Maggie stellte die Babynahrung ab und kam mit offenen Armen um den Tisch herum.

»O Katy, Liebes…«

Katy lief ihr weinend in die Arme. »Ich habe mich dir gegenüber so schrecklich benommen, Mom. Es tut mir leid.«

»Es war für uns alle eine schwere Zeit.«

»Großpapa hat mir die Augen geöffnet, wie egoistisch ich war. Ich will die Menschen, die ich liebe, nicht verlieren, so wie Großmama.«

Maggie hielt ihre Tochter, schloß die Augen und genoß den Augenblick. Sie und Katy hatten in den vergangenen zwei Jahren so viel durchgemacht und so viel dazugelernt. Sie hatten bittere Zeiten erlebt, und auch wieder schöne. Jetzt, da sie Katy in den Armen hielt, waren die bitteren Zeiten vergessen.

»Liebes, ich bin so froh, daß du nach Hause gekommen bist.«

»Ich auch.«

»Katy, ich liebe Eric sehr. Ich will, daß du das weißt. Aber meine Liebe zu ihm ändert gar nichts an meiner Liebe zu dir.«

»Das wußte ich auch. Ich war nur… Ich weiß nicht, was ich war. Verwirrt und gekränkt. Aber ich will auch, daß du glücklich bist, Mom.«

»Das bin ich.« Maggie schnupperte an Katys gelsteifem Haar. »Er hat mich so unendlich glücklich gemacht.« Jetzt schien der richtige Augenblick für Maggies nächste Frage zu kommen. »Möchtest du deine kleine Schwester kennenlernen?«

Sie gingen zu dem Baby.

»Suzanne Banana, das ist Katy.« Maggie nahm Suzanne auf den Arm. Suzanne hatte ihre blauen Augen neugierig auf Katy gerichtet. Dann sah sie ihre Mutter an und wieder die junge Frau, die unsicher dastand. Schließlich lachte sie Katy laut gurgelnd an.

Katy streckte die Arme aus und nahm sie von Maggies Arm. »Suzanna, hallllooo«, begrüßte sie sie und meinte dann zu ihrer Mutter: »Oh, sieh doch mal, Großpapa hatte recht. Sie hat tatsächlich das Pearson-Kinn. Donnerwetter, Mom, sie ist wirklich süß.« Katy hielt das Baby, schaukelte es vorsichtig, gab ihm ihren Daumen zum Nuckeln und lächelte in Suzannes rosiges Gesichtchen. »O Mann...«, sagte sie fasziniert. Maggie stand dabei und war einfach glücklich.

Die beiden waren immer noch miteinander beschäftigt, als draußen eine Wagentür zufiel und Eric den Weg herunterkam. Maggie öffnete die Tür und hielt sie ihm auf.

»Hallo«, sagte er, ruhiger als sonst, und legte eine Hand auf ihre Schulter.

»Hallo. Wir haben Besuch.«

Er blieb an der Tür stehen, sah Katy an und wartete. Sie stand auf der anderen Seite des Tisches, ein wenig ängstlich, ein wenig traurig, während Suzanne ihn anstrahlte.

»Hallo, Katy«, sagte er schließlich.

»Hallo, Eric.«

Er legte seine Kapitänsmütze auf den Schrank. »Das ist eine nette Überraschung.«

»Ich hoffe, es ist in Ordnung, daß ich gekommen bin.«

»Natürlich. Wir freuen uns beide, daß du da bist.«

Katy sah hilfesuchend zu Maggie, dann wieder zu Eric. »Ich dachte, es ist an der Zeit, daß ich Suzanne kennenlerne.«

Er lächelte das Baby an. »Sie scheint dich zu mögen.«

»Ja, nun, das ist eigentlich verwunderlich. Ich meine, eigentlich war ich ja in letzter Zeit nicht so liebenswert.«

Es entstand eine peinliche Pause, die Maggie rasch überbrückte.

»Warum setzt ihr euch nicht, und ich mache uns schnell ein Sandwich.«

»Nein, warte«, wandte Katy ein. »Laß mich erst etwas loswerden, denn sonst bringe ich sicher keinen Bissen runter. Eric... Mom... es tut... es tut mir leid, daß ich nicht zu eurer Hochzeit gekommen bin.«

Maggie sah Eric an. Dann blickten sie beide auf Katy und wußten keine Antwort.

»Ist es zu spät für Glückwünsche?«

Einen Augenblick lang herrschte in der Küche vollkommene Stille. Dann lief Maggie auf Katy zu und schloß sie in die Arme. Katy sah mit tränenschweren Augen zu Eric. Er kam zu seiner Frau, stand ein wenig unsicher daneben und betrachtete das Gesicht der jungen Frau, die seiner kleinen Tochter so ähnlich sah. Maggie ließ Katy los. Eric und Katy standen sich schweigend gegenüber.

Er war nicht ihr Vater.

Sie war nicht seine Tochter.

Aber sie liebten beide Maggie, die mit zitternden Lippen zwischen ihnen stand. Suzanne betrachtete die Vorgänge mit großen, unschuldigen Augen. Eric machte den Schritt und legte eine Hand auf Katys Schulter.

»Willkommen zu Hause, Katy«, sagte er nur.

Und Katy lächelte.